Zum Buch
Elisabeth Caspersen, steinreiche Erbin eines dänischen Industrieimperiums, findet im Tresor ihres verstorbenen Vaters einen Film, der eine grauenvolle Menschenjagd zeigt. Einer der im Film zu sehenden Jäger hat unverkennbare Ähnlichkeit mit Elisabeths Vater. Um der Sache nachzugehen, heuert sie Michael Sander an, ein exklusiver Privatdetektiv, der auf brisante Fälle spezialisiert ist. Als Sander sich auf die Suche nach der Identität der Opfer macht, stößt er auf eine perfide Welt aus Gewalt und Größenwahn, in der er bald selbst zum Gejagten wird.

Zum Autor
Steffen Jacobsen, 1956 geboren, ist Chirurg und Autor. Seine Bücher sind unter anderem in den USA, England und Italien erschienen. Er ist verheiratet, hat fünf Kinder und lebt in Kopenhagen.

STEFFEN JACOBSEN

TROPHÄE

THRILLER

Aus dem Dänischen
von Maike Dörries

WILHELM HEYNE VERLAG
MÜNCHEN

Die Originalausgabe *Trofæ* erschien 2013
bei People's Press, Kopenhagen

Verlagsgruppe Random House FSC® N001967
Das für dieses Buch verwendete
FSC®-zertifizierte Papier *Holmen Book Cream*
liefert Holmen Paper, Hallstavik, Schweden.

3. Auflage
Vollständige deutsche Erstausgabe 12/2014
Copyright © 2013 Steffen Jacobsen
Copyright © 2014 by Wilhelm Heyne Verlag, München
in der Verlagsgruppe Random House GmbH
Printed in Germany 2015
Redaktion: Nike Müller
Das Zitat von Ernest Hemingway auf Seite 5 stammt aus dem Artikel
»On The Blue Water«, erschienen in: *Esquire*, 1936.
Umschlagfoto: Johannes Wiebel unter Verwendung
von Mo Ahka | photocase. com und Shutterstock.com (Andrei, pkrzynow)
Umschlaggestaltung: Johannes Wiebel | punchdesign, München
Satz: Buch-Werkstatt GmbH, Bad Aibling
Druck und Bindung: GGP Media GmbH, Pößneck
ISBN: 978-3-453-43762-3

www.heyne.de

»There is no hunting like the hunting of man and those who have hunted armed men long enough and liked it, never really care for anything else thereafter.«

ERNEST HEMINGWAY

PROLOG

> Finnmark Nordnorwegen
> 24. März 2010, 18:35
> 70° 29´ 46. 97 N
> 25° 43´ 57. 34 O

Als sie ihn fanden, sah er gerade die Sonne hinter dem Fjell westlich des Porsangerfjordes untergehen. Er wusste, dass er sie zum letzten Mal sah. Mit der Dämmerung schob sich die Kälte über das Wasser. Wenige Schritte entfernt fiel die Hochebene steil ins Meer. Sein einziger Ausweg; aber in seiner Verfassung und bei dem schwindenden Tageslicht war es aussichtslos, die hundert Meter hohe, überhängende Felswand abwärtszuklettern. Dies war sein Ende, und er zog es vor, ihm ins Auge zu sehen. Er wollte nicht länger ein gejagtes Tier sein.

Er wusste, dass die Jäger ihn den ganzen Tag auf diesen Punkt zugetrieben hatten: an den Abgrund, der ins Nichts führte. Er stolperte über lose Granitsplitter, warf die leere Jagdflinte weg und hockte sich hinter einen Felsblock, in den der Wind eine bequeme Mulde geschliffen hatte. Wenige Meter neben ihm stürzte ein Bach aus Schmelzwasser von den Gletschern in die Tiefe. Weiß und schäumend schoss er über die Kante und klatschte auf den Uferstreifen unter ihm.

Auf der anderen Seite des Fjords, knapp fünfzehn Kilometer Luftlinie entfernt – in einer anderen Welt –, waren vereinzelt Autoscheinwerfer zu sehen. Er schob die Hände unter die Achseln, legte das Kinn auf die Knie und begutachtete seinen zerfetzten Wanderstiefel, wo die Kugel des Kunden ihn vor mehreren Stunden auf halsbrecherischer Flucht getroffen hatte. Sein Fuß blutete noch immer, es sickerte rot aus dem Loch, aber es tat nicht mehr wirklich weh. Er zog den Stiefel aus und biss die Zähne zusammen, als der mit geronnenem Blut verklebte Strumpf folgte. Dann schob er den Stiefel unter einen Stein und bedeckte ihn mit Erde und Schotter. Vielleicht würde ihn eines Tages jemand finden.

Das waren gute Stiefel. Die Ausrüstung war ohnehin erstklassig. Tarnjacke und Jagdhose, Fleecepulli, Thermounterwäsche, ein Kompass und laminierte Karten über die Finnmark mit den Landzungen, die sich zwischen Porsangerfjord, Laksefjord und Tana Fjord in die Barentssee erstreckten.

Die ersten Sterne und Himmelskörper zeichneten sich an dem dunkler werdenden Himmel ab. Er kannte die Venus, das war alles. Ingrid kannte alle Namen. Pflanzen, Tiere und Sternbilder waren gleichsam in ihren Genen verankert.

Er zog die Hände aus den Achselhöhlen, faltete sie und betete für seine Frau – auch wenn er sonst nie betete. Ingrid musste ihnen entkommen sein. Sie war im Gebirge schneller zu Fuß oder auf Skiern unterwegs, als er es jemals gewesen war, und selbst er hatte es bis hierher geschafft.

Sie hatten sich umarmt, als sie nachmittags die Pfeifen der Jäger gehört hatten, die ihnen verrieten, dass sie aufgespürt worden waren. Er hatte ihre kalten Lippen geküsst und sie von sich geschoben, in das Schmelzwasser unter dem Gletscherrand. Sie wollte ihn nicht verlassen, aber er hatte sie so heftig zurückgestoßen, dass sie fast gefallen wäre. Er wollte sich sichtbar über den Bergrücken bewegen, um sie hinter sich her zu locken, während sie im Schutz des Gletschers bleiben und sich dann später in höheres Terrain begeben sollte. Wenn sie den Rest des Tages und die Nacht durchlief, konnte sie bei Tagesanbruch in Lakselv sein und die Polizei alarmieren.

Ingrid hatte schließlich die Ski untergeschnallt, war wie ein Pfeil den schneebedeckten Hang hinabgeschossen und zwischen den dicht stehenden Krüppelkiefern verschwunden, wo die Jäger sie unmöglich sehen konnten. Sie würde ihnen entkommen.

Das letzte Mal hatte er seine Frau von einem Bergkamm aus gesehen. Fast gleichzeitig waren die Jäger über den nächsten Höhenzug gekommen. Sie hatten die Nachmittagssonne im Rücken und lange Schatten geworfen. Dass auch sie ihn entdeckt hatten, hatte er den schrillen Pfeiftönen entnehmen können, die über das Gelände schallten.

Seit der Geburt der Zwillinge vor zwei Jahren waren sie nicht mehr im Fjell gewesen, doch die Sehnsucht war zu groß geworden. Seine norwegische Frau hatte ihm die öde, nordnorwegische Landschaft nahegebracht, und sie hatten sich ganz spontan zu einem Ausflug entschlossen, als die Wettervorhersage Ende März für die Finnmark stille, wolkenlose Tage vorhergesagt hatte. Er hatte seine Mutter überreden können, auf die Kinder aufzupassen, und dann zwei Plätze im nächsten Flieger von Kopenhagen nach Oslo und weiter von Oslo nach Lakselv gebucht.

Dort hatten sie in dem fast leeren Porsanger Vertshus zu Abend gegessen. Die Saison hatte gerade erst angefangen, und die Wirtin hatte sich über die frühen Gäste gefreut. Sie hatten sich eine Flasche guten Rotwein oben im Zimmer geteilt, sich unter den kalten Bettdecken geliebt und fest und ruhig geschlafen.

Am nächsten Morgen waren sie in nördlicher Richtung am östlichen Ufer vom Porsangerfjord aufgebrochen, bis ein Lastwagen sie bis Väkkärä mitgenommen hatte. Dort waren sie ins Fjell abgebogen. Sie wollten dreißig Kilometer nach Nordnordosten zum Kjæsvatnet oder noch weiter gehen, das Zelt aufschlagen, angeln, fotografieren – einfach ein paar Tage dort verbringen, ehe sie wieder nach Lakselv zurückkehrten.

Ihr Weg führte sie unter der blassen Frühlingssonne durch Düfte, die das zeitige Frühjahr den Pflanzen und Flechten, den tausend Seen und Mooren entlockte, wo schwarzes Eis unter ihren Stiefelsohlen knirschte. Im Kjæsvatnet hatte er ein paar winterträge Forellen gefangen, die schwer, kalt und fest in seinen Händen lagen. Er wickelte sie in Moos und legte sie in den Angelkorb, während Ingrid Feuer machte. Der Frost begann in den Bäumen zu knacken, aber sie saßen zum Essen in ihren Schlafsäcken an Birkenstämme gelehnt, dicht am Feuer, und froren nicht.

Später in der Nacht wurde er von dem dumpfen, regelmäßigen Rotorenknattern eines Helikopters irgendwo weiter östlich wach. Sie hörten häufig Hubschrauber, die Patienten in die Krankenhäuser in Kirkenes oder Hammerfest flogen oder die Mannschaften der Ölbohrinseln in der Nordsee versorgten. Der Verwaltungsbezirk maß ungefähr 700 km im Durchmesser und war spärlich bevölkert, von ein paar kleinen, windgepeitschten Ortschaften an der Küste und den mit ihren Rentierherden herumziehenden Samen abgesehen.

Er schlief wieder ein und konnte im Nachhinein nicht sagen, wovon er das nächste Mal geweckt wurde. Die Fragmente, an die er sich erinnerte, machten keinen Sinn: das Aufblitzen des kalten, sternenklaren Himmels, als die Zeltbahn über ihnen zerschnitten wurde, Ingrids Aufschrei, der beißende Geruch von Ozon, ein blauer, knisternder Blitz. Schmerz und Finsternis. Er konnte keinen Muskel rühren, hatte aber wahrgenommen, wie er in seinem Schlafsack hochgehoben und nach draußen getragen wurde.

Sie waren mit einem Elektroschocker außer Gefecht gesetzt worden, dachte er später. Wie im Film.

Die Konturen eines Helikopters verdeckten den Himmel über ihnen. Sie wurden auf den Boden der Maschine gelegt, die leicht wackelte, als die Männer einstiegen.

Schwerelosigkeit. Transport.

Die Entführer hatten kein Wort gesprochen, nicht mit ihnen und auch nicht untereinander. Kurz darauf beugte sich einer von ihnen mit einer Injektionsspritze in der Hand über Ingrid und stach die Kanüle durch den Schlafsack in ihren Oberschenkel, woraufhin ihr halb ohnmächtiges Wimmern verstummte.

Ein klarer, dünner Strahl kam aus der Nadel der nächsten Spritze geschossen, der Mann kniete sich neben seinen Kopf und tastete nach seinem Arm im Schlafsack.

Er erwachte, nachdem er Ewigkeiten auf ein leuchtendes Rechteck zugeschwommen war, und fand sich nackt auf einem Betonboden hockend. Er zitterte vor Kälte und starrte auf eine Fensteröffnung, die heller war als die Wand. Sein

Körper musste aktiv gearbeitet haben, ehe er wieder zu Bewusstsein gekommen war, da er mit aufgestellten Knien dasaß. Seine Hände waren unter dem strammen Kabelbinder, mit dem er gefesselt war, blau angelaufen und geschwollen. Von dem Kabelbinder führte ein Stahldraht zu einem Ringbolzen im Boden.

An einem Ende der Halle lagen Schiefersteine, zwischen Stützbalken aufgeschichtet. Vermutlich befanden sie sich in einem der zahllosen, verlassenen Schieferbrüche im Fjell.

Als er ein Seufzen und das Kratzen von Nägeln auf Beton neben sich hörte, ließ er sich auf die Seite fallen, damit sein Gesicht das Erste war, was Ingrid sah.

Sie lagen so dicht aneinandergedrückt da, wie die Stahldrähte es zuließen, als die Tür aufging und zwei dunkle Gestalten im Türrahmen erschienen, die niedrig stehende Morgensonne im Rücken.

Schlacke knirschte unter ihren Stiefelsohlen, als sie die Halle betraten. Sie ignorierten seine drängenden Fragen auf Dänisch, Englisch und Norwegisch. Aber als er dazu überging, sie zu beschimpfen, wurde eine Pistole an Ingrids Kopf gesetzt.

Der größere der beiden Männer zerrte ihn an den Haaren in Sitzposition, ließ ihn los und zog ihre Pässe aus seiner Jackentasche. Er stellte in korrektem Englisch mit skandinavischem Akzent ihr Alter fest, fragte sie nach ihrem Gewicht, ob sie Medikamente einnahmen, und ob sie wüssten, wie hoch die Sauerstoffsättigung in ihrem Blut sei.

Der ruhige Plauderton des Mannes irritierte ihn. Sein Begleiter nahm die Pistole von Ingrids Schläfe. Er sammelte Spucke und zielte auf den Stiefel des Fragenden.

Der Mann rührte sich nicht, und keiner der beiden sagte ein Wort, dafür landete der Stiefelabsatz des Fragenden mit einem lauten Knall auf Ingrids kleinem Zeh. Sie schrie auf, er zerrte an seinem Draht und kassierte einen Tritt in den Bauch.

Der Mann wiederholte seine Fragen – und bekam diesmal die gewünschten Antworten. Die Vorhängeschlösser wurden geöffnet und die Kabelbinder um ihre Fußgelenke aufgeschnitten, dann wurden sie vom Boden hochgezogen und nach draußen gebracht.

Ingrid musste gestützt werden, aber er wollte selbst gehen.

Auf dem Platz zwischen den Gebäuden des Schieferbruches standen vier weitere Männer mit schwarzen Skimasken, Tarnjacken und an das Hochgebirge angepassten, eisgrau, schwarz und dunkelgrün gemusterten Tarnhosen.

Er sah in die braunen Augen des Mannes.

»Ihr seid echte Helden, was?«, sagte er auf Dänisch.

Die Augen des Mannes verengten sich, und seine Augenwinkel verschwanden in einem Netz aus Lachfalten, antworten tat er aber nicht.

Als die Kabelbinder um ihre Handgelenke aufgeschnitten wurden, drückte er Ingrid an sich. Sie war so klein und zart und versuchte, ihr Geschlecht und ihre kleinen Brüste mit den Händen zu bedecken.

Kleider, Stiefel, Ausrüstung und Proviant lagen auf einem Tisch aus Türblättern auf Sägeböcken. Sie wurden aufgefordert, die Thermounterwäsche anzuziehen, dann T-Shirts, Fleecepullis, Strümpfe, Tarnjacken und Hosen. Der Anführer forderte sie auf, so viel von den Nudeln, dem Müsli und dem Brot auf dem Tisch zu essen, wie sie nur konnten. Das sollte ihre letzte Mahlzeit sein.

Sie seien von einem Kunden gekauft worden, der sie die nächsten vierundzwanzig Stunden durchs Hochgebirge jagen wollte, informierte sie der Anführer mit den braunen Augen. Und dass sie es nicht persönlich nehmen sollten. Der Kunde würde sie nicht kennen und sie ihn auch nicht. Es seien auch noch andere im Spiel gewesen, aber der Kunde habe sich schließlich für sie entschieden.

Ingrid schlug die Hände vors Gesicht, krümmte sich und sagte schluchzend immer wieder die Namen der Zwillinge.

Hinter einem Fenster regte sich etwas. Stand dort jemand hinter der verdreckten, kaputten Scheibe? Das verwischte Oval eines Gesichts, halb beschattet unter einem breitkrempigen Hut.

Im nächsten Augenblick glitt der Mann zur Seite und war nicht mehr zu sehen.

Sie bekämen zwei Stunden Vorsprung, erklärte ihnen der Anführer. Sollten Sie innerhalb des festgelegten Zeitrahmens aufgespürt werden, würde der Kunde sie auf die Art erlegen, die er wünschte. Er zeigte auf einen weißen, frei stehenden Felsen einige hundert Meter entfernt. Am Fuß des Felsens würden sie ein Jagdgewehr mit drei Kugeln im Magazin finden. Diese Waffe stünde zu ihrer freien Verfügung, sagte er und wollte noch wissen, ob sie mit einer Jagdwaffe umgehen konnten?

Er nickte.

Ingrid sackte in sich zusammen, aber er zog sie barsch auf die Füße. Dann führte er sie an den Bunkern mit Schiefersteinen vorbei ins freie Gelände.

Die Sonne löste sich im Osten vom Gebirge, als sie losliefen.

Er sah den Widerschein der Stirnlampen auf den nassen Steinen des Baches, und sein Herz schlug schnell und laut. Seine Blase entleerte sich, und die Wärme breitete sich an den Innenseiten der Oberschenkel aus. Er fluchte, aus Scham und wegen seiner unerträglichen Sorge über Ingrid; das alles war so verdammt unwirklich.

Die Jäger verließen die Dunkelheit, und er schrie ihnen entgegen. Einer zog das Bein nach. Hätte er dieses Schwein doch ins Herz statt in den Oberschenkel getroffen. Ein Licht schien greller und weißer als die Stirnlampen, er schirmte die Augen mit der Hand ab. Eine Kamera. Die perversen Schweine filmten ihn.

Die Jäger blieben einen knappen Meter entfernt stehen und begannen, rhythmisch in die Hände zu klatschen – anfangs noch leise, dann immer lauter. Er beugte sich vor, hob einen Stein auf und warf ihn, ohne zu treffen. Die Schützenkette bestand aus sieben Männern. Die grünen und roten Strahlen der Laserzielfernrohre strichen verspielt über seinen Körper und kreuzten sich über seinem Herzen.

Als sie zu singen begannen, schaltete sein Gehirn ab. Er stand mit dem Rücken zum Abgrund in einer der kargsten, abgelegensten Landstriche der Welt, und seine Henker schrien, stampften und klatschten sich durch Queens *We Will Rock You ...*

BUDDY, YOU'RE A YOUNG MAN, HARD MAN!
SHOUTIN' IN THE STREET
YOU GOT BLOOD ON YO' FACE
YOU BIG DISGRACE

WE WILL WE WILL ROCK YOU!

Ihr Gesang wurde immer lauter, und ihre Stiefelsohlen knallten auf den felsigen Untergrund. Schließlich öffnete der Halbkreis sich für den Kunden. Er stolperte mit dem Jagdgewehr in der Hand näher, wirkte aber unentschieden und senkte den Gewehrlauf, um ihn gleich wieder anzuheben.

Er suchte den Blick des Kunden unter der breiten Hutkrempe, um so etwas wie einen menschlichen Kontakt herzustellen, aber der Scheinwerfer der Kamera blendete ihn. Er schirmte das Licht mit den Händen ab, konnte Ingrid aber nirgends entdecken. Eine wilde Hoffnung öffnete seine Kehle, und er schrie laut einen wortlosen Triumph hinaus.

Der Kunde beugte sich zur Seite und übergab sich. Er stützte den Gewehrkolben auf einen Stein und hielt sich am Lauf fest. Der Anführer sagte etwas zu dem Mann, der nickte und sich den Mund abwischte.

Dann wandte der Anführer sich dem Gejagten zu und warf ihm in hohem Bogen etwas zu.

Automatisch griff er nach dem schwarzen, schweren Schnürbeutel und sah die stummen, regungslosen Männer an, ehe er den Beutel öffnete und den Inhalt herausnahm.

Die Welt ging unter, und einen Augenblick später war Kasper Hansen tot.

1

Michael Sander ließ einen Kamm durchs Haar gleiten und rückte die Krawatte zurecht. Er spazierte an einer drei Meter hohen, weißen Mauer entlang, die sich um eine von Dänemarks teuersten Adressen zog: die Wohnungen an der Richelieus Allé in Hellerup gehörten zu der erstrebenswertesten Kategorie zwischen sehr großen Villen und ausgesprochenen Palästen.

Er las das Namensschild, das neben der Pforte in die Mauer eingelassen war und auf dem CASPERSEN stand, versicherte sich in dem blank polierten Messing, dass sein Seitenscheitel richtig saß, legte den Finger auf den Klingelknopf und richtete ein, wie er hoffte, vertrauenswürdiges Lächeln in die Überwachungskamera.

»Wer ist da?«

Die Frage tönte aus einem Lautsprecher im Torpfosten.

»Michael Sander.«

»Einen Augenblick.«

Die Torflügel schwangen auf, und der Perlkies knirschte unter seinen Schuhsohlen, als er die Einfahrt hinaufging.

Lächelnde Delfine spuckten Wasserstrahlen auf eine nackte, ebenso lebendig wie sinnlich wirkende Nymphe im Brunnen vor dem Haus, und eine offene Garage präsentierte das Spielzeug des reichen Mannes: ein himmelblauer Maserati Quattroporte, ein Mercedes Roadster und ein taubengrauer Rolls Royce. Die Nummernschilder lauteten SONARTEK 1–3.

Vor der Haupttreppe parkte ein gewöhnlicher schwarzer Opel.

Michael wurde sich der optischen Täuschung bewusst, der er zum Opfer gefallen war. Vom Eingangstor aus hatte das weiße Gebäude unanständig groß gewirkt, aber da hatte er sich geirrt: In Wirklichkeit war es gigantisch.

Er ging die acht breiten Treppenstufen hinauf und wollte gerade den Türklopfer betätigen, als die Tür sich automatisch öffnete.

Ein graues Augenpaar musterte ihn, ehe sich das dazugehörige Gesicht ein reserviertes Lächeln abrang. Die Frau war groß, hatte einen kräftigen Knochenbau und wirkte weder graziös noch hinreißend. Die Gesichtszüge waren eher grob, aber symmetrisch, und Michael schätzte sie ein paar Jahre jünger als sich selbst.

Sie begrüßte ihn mit einem routinierten Händedruck und stellte sich vor.

»Elisabeth Caspersen-Behncke.«

Dann ging sie ihm voran über die weiß-grünen Marmorfliesen, während Michael sie in Augenschein nahm. Schwarzer Cashmere-Sweater, Perlenkette, anthrazitfarbener Rock und kontrastierende, bordeauxfarbene Strümpfe, die ihn an einen Austernfischer erinnerten. Sie war zu groß, um etwas anderes als flache Schuhe zu tragen, und sie war ein Kopfmensch.

Eine seiner ersten Einteilungen potenzieller Klienten war die Unterscheidung in Kopf- und Körpermenschen. Natürlich gab es Unterkategorien, aber nur selten musste er seinen ersten Eindruck korrigieren. Michael wusste, dass Elizabeth Caspersen-Behncke zum einen Erbin eines kolossalen Familienvermögens war und zum anderen Partnerin in einer der größten und ältesten Anwaltskanzleien Kopenhagens. Schon daher war sie ohne Zweifel und im buchstäblichen Sinn begabt, aber nicht das hatte ihn bewogen, sie der Kategorie Kopfmensch zuzuordnen. Es war die Art, wie ihre Hüfte mit dem Oberkörper und den Beinen zusammenhing, der Hüftschwung, die Haltung, die Schrittlänge. Ob die Gelenke gut geschmiert oder trocken waren.

Seine Frau fragte ihn immer wieder, welcher Kategorie er selbst angehörte, was Michael jedes Mal ein wenig verletzte. Er betrachtete sich eindeutig als Zwischenform; sinnlich, aber rational.

Elizabeth Caspersen ging vor ihm die Treppe hinauf, und es war ein wenig so, als würde er durch ein zoologisches Museum spazieren. Alle Wände waren mit ausgestopften Hirsch- und Antilopenköpfen, Geweihen und Hörnern in allen Formen und Größen geschmückt. Leere Augenhöhlen observierten ihn von allen Seiten, und die Trophäen verströmten einen trockenen, muffigen Geruch.

Am ersten Treppenabsatz streckte ein afrikanischer Löwe seine daumenlangen Krallen nach ihm aus. Über einem Vorderbein des Tieres brach der enorme Kopf durch die Mahagoniplatte, die schwarzen Lefzen waren nach hinten gezogen und entblößten gelbe Zähne, die Mähne war aufgerichtet und der rasende Blick aus den Glasaugen veranlasste ihn, wie angewurzelt stehen zu bleiben.

Die Frau sah sich um.

»Mein Vater hat ihn Louis genannt. Erschreckend, nicht wahr?«

»Absolut, Frau Caspersen-Behncke.«

»Elizabeth reicht, wenn ich Sie Michael nennen darf.«
»Selbstverständlich.«
Er war wie hypnotisiert von dem Tier.

»Stellen Sie sich vor, Sie wären ein kleines Mädchen mit ausgesprochen blühender Fantasie, das spät am Abend noch mal runtermuss, weil es etwas aus der Küche braucht.«

»Ich hätte jede Nacht Albträume gehabt«, antwortete er.

Sie gingen weiter nach oben, bis Michael unter dem etwa drei Meter hohen Porträt des Hausherrn stehen blieb, dem vor kurzem verstorbenen Unternehmer Flemming Caspersen. Das Gemälde war nahezu fotografisch präzise. Die eine Hälfte des Bildhintergrunds zeigte Regale mit alten, goldenen Buchrücken. Caspersen stützte sich in nachdenklicher Positur mit der Hand auf einem runden Tisch ab, auf dem versiegelte Pergamente und vergilbte Manuskripte, Landkarten und aufgeschlagene Folianten lagen, als wäre der Milliardär bei seinem Studium der Nilquellen oder dem Konnex aller Dinge unterbrochen worden.

Hinter dem Milliardär richtete sich ein grauer Grizzly auf, und die Schatten von Tier und Mann verschmolzen vor der Wand. Caspersens viriles, energisches Gesicht war ernst, die Haare standen in kurzen Borsten hoch, der Blick war auf den Betrachter gerichtet, und die erhöhte Position des Bildes sowie seine stattliche Erscheinung sicherten ihm eine königliche Würde. Die Krawatte war dezent graugestreift, der Anzug war ihm auf den Leib geschneidert.

»Mein Vater liebte es, sich als aufgeklärtes Universalgenie der Renaissance darzustellen«, erklärte Elizabeth Caspersen. »Obwohl ich bezweifle, dass er jemals ein schöngeistiges Buch gelesen hat. Er pflegte zu sagen, dass er selbst mehr als genug erlebt hat. Erdichtete Lebensläufe langweilten ihn.«

Michael zeigte auf einen Nashornkopf, der sechs Meter über dem Boden hing. Das Tier schielte dramatisch auf die grauen, flachen Stümpfe, die von seinen Hörnern noch übrig waren.

»Was ist denn mit dem passiert?«

»Vor ein paar Monaten ist im Haus eingebrochen worden. Sie haben die Leiter des Gärtners an die Wand gestellt, die Hörner mit einer Metallsäge abgesägt und sind verschwunden. Meine Mutter war im Krankenhaus, das Haus war also leer. Die Durchführung sei höchst professionell gewesen, meint die Polizei. Eigentlich müssten wir das Tier runternehmen. Ein Nashorn ohne Hörner ist ziemlich witzlos.«

Sie zeigte auf einen Schrank unten neben der Eingangstür. »Sie haben die Eingangstür mit einer Brechstange aufgehebelt und die Alarmanlage mit flüssigem Stickstoff ausgeschaltet.«

Michael lehnte sich über das Geländer und sah sich die cremefarbene Wand unter der amputierten Trophäe an. Tatsächlich waren noch die Flecken von der Leiter zu sehen.

»Zoologische Museen und Privatsammlungen erleben offenbar eine Epidemie an Horndiebstählen«, sagte er. »Angeblich sollen sie alles kurieren können, von Impotenz bis Krebs.«

»Das war ein imposantes Horn«, sagte sie. »Mein Vater hat das Tier '73 in Namibia geschossen. Es ist ein weißes Nashorn. Oder war.«

»Ich dachte, die ständen unter Naturschutz.«

»Dieses Tier wurde zu Forschungszwecken erlegt, was natürlich ein anderes Wort für Bestechung ist. Mein Vater blieb hartnäckig, bis er seinen Willen gekriegt hat.«

Michael blieb stehen. Das prähistorische Tier weckte ein zartes Mitgefühl in ihm.

»Die Hörner brachten ungefähr acht Kilo auf die Waage und waren ihr Gewicht in Kokain wert«, sagte sie. »Der Straßenpreis ist exakt der gleiche. Zweiundfünfzigtausend Dollar pro Kilo.«

Michael war beeindruckt. Vierhunderttausend Dollar für eine halbe Stunde Arbeit, das war gut. Souverän, könnte man sagen.

»Sonst haben sie nichts mitgenommen?«, fragte er.

»Mutters Schmuck liegt in einem Bankfach, und es ist nie mehr Bargeld im Haus als nötig, um den Gärtner oder die Putzfrau zu bezahlen.«

Sie führte ihn den Flur der oberen Etage entlang. In einem abgedunkelten Schlafzimmer erhaschte Michael einen kurzen Blick auf ein mageres Frauengesicht auf einem Kissen: große Vogelaugen, die zur offenen Tür gewandt waren. Eine Krankenpflegerin war gerade dabei, einen Tropf am Stativ zu befestigen.

»Flemming? Flemming?«

Die Pflegerin schloss die Tür.

Das Rufen verstummte.

»Meine Mutter«, sagte Elizabeth Caspersen. »Alzheimer.«

Michael lächelte mitfühlend.

Sie öffnete die nächste Tür, und Michael flutete blendendes Licht vom Øresund entgegen, der in der Sonne glitzerte.

»Ein wunderschöner Raum, nicht wahr?«, sagte sie.

Die Fenster, die vom Boden bis zur Decke reichten, waren mindestens sechs Meter hoch.

»Fantastisch«, sagte er und beschattete die Augen mit der Hand.

Er erkannte das Interieur der Bibliothek von Flemming Caspersens Porträt wieder. Vor den Regalen in etwa drei Meter Höhe verlief ein schwarzer, kunstschmiedeeiserner Steg, der eine Galerie bildete. Der riesige, ausgestopfte Bär focht weit über seinem Kopf mit den Tatzen.

»Ein Kodiakbär, Alaska '95«, sagte sie lakonisch.

»Ich beginne zu verstehen, wieso diese Tiere vom Aussterben bedroht sind«, konterte er.

»Sie selbst jagen nicht?«

»Keine Tiere.«

»Mein Vater würde jetzt sagen, dass es ohne die Safariindustrie, zum Beispiel in Afrika, kein Geld für Reservate und Wildhüter gäbe, und dass ohne sie die Wilddiebe dort unten längst alles abgeschossen hätten.«

»Damit hatte er sicher recht«, sagte Michael.

Sie trat an ein Fenster, verschränkte die Arme vor der Brust und kaute an einem Nagel. Das war sicher kein normales Benehmen für eine Rechtsanwältin des Obersten Gerichts, dachte er und stellte sich neben sie, um ihr sozusagen eine Art stumme Stütze anzubieten.

Die hohe, weiße Mauer schirmte den Park von den Nachbargrundstücken ab. Er bemerkte die dünnen Alarmkabel auf der Mauerkrone und diverse weiße Überwachungskameras, die jeden Quadratzentimeter des Grundstückes abzudecken schienen. Am passiven Sicherheitsstandard des Hauses war nichts auszusetzen, soweit er das sehen konnte. Das Problem war allerdings die offene Seite, die zum Wasser ging.

Vor dem Fahnenmast im Park saß ein schwarzer Labrador, die Schnauze in den Frühlingshimmel gereckt, und heulte herzzerreißend.

»Nigger, der Hund meines Vaters«, murmelte Elizabeth Caspersen. »Er sitzt seit seinem Tod dort und heult.«

»Nigger?«

Elizabeth lächelte betrübt.

»Er war kein Rassist. Ihm ging es einzig und allein darum, dass jemand leistete, was von ihm verlangt wurde. Ich glaube, er fand es einfach amüsant, hier in Hellerup nach seinem Hund zu rufen. Laut.«

Michaels Blick verweilte noch immer auf der Gartenmauer mit den Alarmleitungen und den Kameras.

»Haben die Kameras den Einbruch aufgezeichnet?«

»Ja. Zwei Mann kommen um zwei Uhr nachts in einem Gummiboot vom Sund. Kapuzenjacken, Skimasken, Handschuhe. Sie sind über den Rasen hinter das Haus gelaufen, haben die Leiter des Gärtners geholt und die Haustür aufgebrochen.«

»Und Nigger?«

Sie schaute hinunter zu dem trauernden Tier.

»Er hat sich wahrscheinlich gefreut, auch mal einen lebenden Menschen zu sehen. Er ist ein einsamer und sehr freundlicher Hund. Wollen wir uns setzen?«

Er legte die Schultertasche ab und nahm in einem Sessel Platz. Elizabeth setzte sich in den Sessel neben ihn, schlug die roten Beine übereinander, wippte mit dem Fuß und schaute aus dem Fenster.

Er lehnte sich zurück.

Der Fuß wippte immer schneller.

So etwas erlebte er häufiger: Die Unentschlossenheit, ehe man sein Leben und seine Geheimnisse einem Fremden anvertraute. Entweder kneifen sie den Schwanz ein und beenden das Treffen, ehe es richtig in Gang kommt, oder sie lassen sich voll und ganz darauf ein.

Das hier schien etwas dazwischen zu werden.

»Sie waren nicht einfach zu finden«, sagte sie. »Wie bezeichnen Sie sich selbst? Berater?«

»Ja.«

»Sie haben nichts von einem Privatdetektiv«, sagte sie.

»Das nehme ich als Kompliment.«

»Wie bitte? Selbstverständlich. Kaffee? Wasser?«

»Nein, danke«, sagte er.

»Sind Sie verheiratet?«

Ihre Finger fuhren rasch an ihre Perlenkette.

»Sehr glücklich«, antwortete er.

»Ich auch.«

Elizabeth Caspersen lehnte sich zurück und legte die Fingerspitzen auf die Augen.

»Sie beschatten also keine untreuen Ehegatten oder wühlen in fremder Leute Müll herum?«

»Nur am Ende des Monats«, sagte er.

»Entschuldigung ... ich ...«

Sie errötete.

»Entschuldigung. Mir fällt das alles nicht gerade leicht. Einer der englischen Anwälte meines Vaters hat Sie mir empfohlen. Er hatte von einem Holländer gehört, der Hilfe von einem dänischen Sicherheitsberater in Anspruch genommen hatte. Das war alles sehr geheimnisvoll, und der Holländer hat lange mit seiner Antwort gezögert.«

»Er hat zuerst mich angerufen, bevor er sich bei Ihnen gemeldet hat«, erklärte Michael.

»Ich hätte nicht gedacht, dass es Leute wie Sie in Dänemark überhaupt gibt?«

»Es gibt schon ein paar von uns«, sagte er. »Aber wir haben keine Gewerkschaft oder etwas in der Art.«

»Sie heißen Michael Vedby Sander?«

»Ja«, log er.

»Und Sie kennen Pieter Henryk?«

»Selbstverständlich.«

Er hatte für Pieter Henryk zwei inkompetente Kidnapper aufgespürt – Vater und Sohn – auf einem verlassenen Hof südlich von Nijmegen in Holland. Sie hatten die jüngste Tochter des steinreichen Niederländers entführt, was ihr erster Fehler gewesen war.

Die Polizei einzuschalten und einen Presseskandal zu riskieren, war undenkbar für Henryk gewesen, der altmodisch war und eine diskrete und dauerhafte Lösung vorgezogen hatte.

Die Entführer hatten die Neunzehnjährige unzählige Male vergewaltigt, um sich die Wartezeit zu verkürzen. Sie hatten ihr die Haare abrasiert, sie verprügelt, Zigaretten auf ihrem Rücken ausgedrückt, sodass sie mehr tot als lebendig gewesen war, als Michael und der Rest der Mannschaft sie aufgespürt hatten. Seine Aufgabe war es gewesen, das Mädchen zu finden, um die Kidnapper kümmerten sich die anderen Männer von Pieter Henryk.

Michael hatte in seinem Wagen am Waldrand ein paar hundert Meter entfernt gesessen und beobachtet, wie ein serbischer Söldner sie auf seinen Armen über den Hofplatz trug. Der kräftige Mann brachte sie zu einem Mercedes, wo ihr Vater und ein Arzt sie erwarteten. Sie war nackt, kraftlos wie eine Puppe und erinnerte an ein geschlachtetes Tier. Der Mercedes verließ das Grundstück mit quietschenden Reifen.

Er wartete. Eine halbe Stunde später bog ein Lastwagen auf den Hofplatz, und die Söldner trugen Backsteine, Mörtel und Eimer in das Haus, in dem die Kidnapper sich nach wie vor aufhielten.

Michael verließ den Schauplatz. Er wusste, was kommen würde, und er kannte Pieter Henryks Männer, Veteranen aus dem Balkankrieg, die alles erlebt hatten. Wenn sie gnädig gestimmt waren, würden sie Vater und Sohn einen Trommelrevolver mit zwei Schuss Munition zuwerfen, ehe sie den letzten Stein in die Mauer setzten, damit sie sich selbst töten konnten. Hatten sie schlechte Laune, würden sie die beiden an Händen und Füßen fesseln, die Wand fertig mauern und warten, bis der Mörtel trocken war.

Sie klatschte in die Hände und riss ihn aus seinen Gedanken.

»Entschuldigung?«

»Ich würde es begrüßen, wenn Sie für mich arbeiten«, wiederholte sie.

»Vielleicht kommen wir ja wirklich zusammen«, sagte er vorsichtig. »Ich würde mich freuen.«

»Henryk meinte, ich soll mich bedingungslos auf Sie verlassen.«

Er nickte. »Das ist in der Regel notwendig, wenn wir etwas erreichen wollen.«

»Sie können mich und meine Familie ruinieren, wenn

sich herausstellen sollte, dass ich mich nicht auf sie verlassen kann, Michael. Wir hätten dann keine Zukunft mehr.«

»So verhält es sich in der Regel«, sagte er ruhig. »Vielleicht sollte ich Ihnen meine Vorgehensweise ein wenig erläutern. Wenn ich einen Auftrag annehme, arbeite ich vierundzwanzig Stunden rund um die Uhr daran, bis ich das gewünschte Resultat erreicht habe oder Sie mich bitten, aufzuhören. Mein Honorar beträgt zwanzigtausend Kronen am Tag plus Erstattung der Ausgaben, die für die Inanspruchnahme anderer Expertenmeinungen, Bestechungen, Reisen, Kost und Logis anfallen. Es gibt keinen Vertrag, und Sie sehen keine Belege, Sie müssen mir einfach vertrauen. Ich gebe Ihnen die Nummer eines Kontos bei meinem Wirtschaftsprüfer, der die Beträge dem Finanzamt vorlegt. Ist das akzeptabel?«

»Was steht im Kleingedruckten?«, fragte sie.

»Nicht viel. Ich führe keine riskanten oder strafbaren Handlungen aus, wenn sie meinem Empfinden von Recht und Vernunft widersprechen. Ich entscheide von Fall zu Fall, wie weit ich gehen kann.«

»Unabhängig von der Höhe des Honorars?«

»Ja.«

»Das ist in Ordnung«, sagte sie. »Aber wieso sind Sie so verflucht schwer zu finden?«

»Ich bin wählerisch«, sagte er.

Seine Frau stellte ihm immer wieder die gleiche Frage. Michael Sanders Einmann-Beratungsfirma war in keiner Datenbank im Internet zu finden. Beharrliche Individuen stießen vielleicht auf eine der letzten Versionen der Firmenhomepage irgendwo im *deep web,* dem Keller des Internets, der Suchmaschinen wie Google und Alta-

Vista verschlossen war, nicht aber für spezialisierte, vertikale Roboter wie technocrati.com. Vielleicht gingen ihm durch seine Exklusivität Klienten durch die Lappen, aber er wollte es so. Auf die Idee hatte ihn eine hübsche, dänische Escort-Dame in London gebracht, deren intime Dienste so viel kosteten wie das griechische Haushaltsdefizit. Es sei eine Frage ihrer eigenen und der Sicherheit ihrer Tochter, hatte sie gesagt.

Seine Homepage war knapp gehalten und relativ nichtssagend. Man erfuhr darauf, dass Michael Ex-Soldat war, Ex-Polizist, und dass er seit zehn Jahren als Sicherheitsberater für Shepherd & Wilkins Ltd. arbeitete, eine bekannte britische Sicherheitsfirma. In seinen Aufgabenbereich fielen persönliche Sicherheit, Verhandlungen bei Geiselnahmen, Untersuchungen im Finanzsektor und Diverses. Unter Kontakte stand eine Mobilnummer zu einem Handy, das mindestens einmal pro Monat ausgetauscht wurde, in der Regel öfter.

»Was wissen Sie über mich?«, fragte sie.

»Ich weiß, dass sie Flemming und Klara Caspersens einziges Kind sind«, sagte er. »Ich weiß, dass Ihr Vater ursprünglich Radiomechaniker war und erst später eine Ausbildung zum Diplomingenieur gemacht hat. Ich weiß, dass er in den Achtzigern einige bahnbrechende Patente auf Erfindungen einreichte, die später zu den Ultraschall-Dopplern, Mini-Sonaren und Laser-Entfernungsmessern weiterentwickelt wurden, die weitestgehend in allen militärischen Waffensystemen vom U-Boot bis zum Jagdflieger verwendet wurden, aber ebenso in zivilen, meteorologischen Frühwarnsystemen. Hinter moderner Distanzermittlung und Zielidentifikation steht schlicht und ergreifend die

Kerntechnologie. Diese Technologie ist unentbehrlich und bisher unübertroffen. Ihr Vater hat Sonartek 1987 zusammen mit seinem Studienkollegen Victor Schmidt gegründet, und ... der Rest ist wohl dänische Industriegeschichte. Eine Erfolgsstory.«

»Eines Abends in Frederiksberg hat er einen Krankenwagen gehört, und hinterher hat er die ganze Nacht auf einer Bank gesessen und darüber nachgedacht, dass das Echo der Sirenen ihm genau sagte, wo der Krankenwagen sich befand. So hat alles begonnen. Dann fing er an, Delfine, Fledermäuse und die ziemlich elementare Doppler-Technologie zu studieren. Die er verbessert und weiterentwickelt hat.«

»Soweit ich weiß, ist nur noch die Entwicklungsabteilung von Sonartek in Dänemark ansässig, während die Produktion und Distribution ...«

»Nach China, Indien, Polen und Estland verlegt worden ist«, sagte sie. »Das war notwendig.«

»Und zu guter Letzt weiß ich, dass Ihr Vater vor einigen Monaten an einem Herzinfarkt gestorben ist«, sagte er.

»Er ist zwei Tage vorher noch einen Marathon in knapp über drei Stunden gelaufen«, sagte sie. »Er war zweiundsiebzig, aber noch unglaublich gut in Form. Ich glaube nicht, dass er in seinem ganzen Leben jemals eine Tablette genommen hat. Er hat immer gesagt, dass Gene das Einzige im Leben von Bedeutung seien.«

Sie stand auf und trat ans Fenster. Aus dem Park drang das untröstliche Heulen des Hundes herauf. Michael rührte sich nicht und schwieg.

Elizabeth Caspersen wischte sich die Augen trocken und drehte sich um.

»Verfluchter Hund«, murmelte sie.

»Ihre Mutter ist krank?«, fragte er.

»Es hat vor vier Jahren begonnen und ging dann unglaublich schnell. Ihr gehört ein großer Teil des Unternehmens mit Filialen in der Dritten Welt, dabei weiß sie nicht mal mehr, wie sie heißt. Sie weiß noch nicht einmal, dass ihr Mann tot ist.«

»Was geschieht jetzt mit der Firma?«

»Die Aktien sind natürlich gefallen, als mein Vater starb, aber sie haben sich schnell wieder eingependelt. Sie haben gute Sachen produziert. Vater hat nach wie vor das Meiste entschieden, und alles, was er nicht entschieden hat, bestimmte Victor.«

»Victor Schmidt?«

»Ja. Mein Vater erfand die Dinge, Victor verkaufte sie. Diese Kombination funktionierte hervorragend.«

»Waren sie sich einig?«

»Ich glaube schon. Victor hat sein Schloss bei Jungshoved bekommen, und mein Vater diesen Palast, als die Firma an die Börse ging.«

»Sitzen Sie im Vorstand von Sonartek?«

»Ja, und solange meine Mutter ihren Verpflichtungen im Vorstand nicht nachkommen kann, was sie nie wieder können wird, vertrete ich sie zusätzlich. Mein Vater war Aufsichtsratsvorsitzender, im Augenblick ist Victor kommissarisch als Vorsitzender eingesetzt und wird nächsten Monat in einer außerordentlichen Vorstandssitzung als neuer Vorsitzender gewählt werden.«

»Die Familie ist also abgesichert?«

»Nicht unbedingt. Kindern oder Enkeln der Firmengründer ist nicht automatisch ein Platz im Vorstand oder eine

Karriere in der Firma garantiert. Sie müssen sich schon als *tauglich* erweisen, so steht es in der Stiftungsurkunde. Und der Vorstand entscheidet, wer tauglich ist und wer nicht. Ich bin offensichtlich positiv bewertet worden. Familienfehden sind unerwünscht, und es will niemand, dass die Zukunft des Unternehmens von Einfaltspinseln abhängt, bloß weil sie Schmidt oder Caspersen heißen. Andererseits wird meine Mutter Vaters Aktien in Sonarteks Holdinggesellschaft erben, und ich repräsentiere momentan durch sie faktisch eine Aktienmehrheit in der Gesellschaft.«

»Wollte Ihr Vater Sie in der Firma?«

»Und ob! Er war hingerissen, als ich meine Bestallungsurkunde bekam. Er hatte alles arrangiert, und ich war darauf eingestellt, dass er mich erschießen würde, wenn ich ablehnte.«

Michael lächelte beeindruckt.

»Und er hat Sie nicht enterbt?«

»Er hat sich eines Besseren besonnen. Ich war, wie gesagt, auf das Schlimmste vorbereitet, aber als es dann ernst wurde, hat er es eigentlich erstaunlich gut aufgenommen. In der Beziehung war er ziemlich fair. Vielleicht hat er trotz allem damit gerechnet, dass ich irgendwann bei Sonartek einsteige und nach Hause komme. Als ich anfing, zu den Vorstandssitzungen zu gehen, tat ich das hauptsächlich, um ihm eine Freude zu machen.«

Elizabeth Caspersen setzte sich wieder. Sie dachte angestrengt nach und mehrere Gesichtsausdrücke kämpften um ihren Platz auf der Bühne.

»Victor Schmidt hat zwei Söhne?«, fragte Michael.

»Henrik und Jakob, ja.«

»Was machen die beiden?«

»Henrik ist stellvertretend für Victor Sonarteks erster Vertriebsleiter, nachdem der die Geschäftsführung der Firma übernommen hat. Er ist fleißig und verfügt über ein gut funktionierendes Netzwerk. Er ist fast die ganze Zeit in New York oder Washington, wo er die amerikanischen Streitkräfte hofiert. Er ist ein Workaholic und hat keine Laster. Jakob ...« Sie zog die Schultern hoch. »Ich weiß eigentlich gar nicht, was der zurzeit macht. Er ist das schwarze, aber heiß geliebte Schaf der Familie. Er war Offizier der Leibgarde. Jetzt ist er Logistiker für große World-Aid-Organisationen. Er ist eine unabhängige Seele und fühlt sich allein und in der Natur am wohlsten. Man sieht die Brüder selten zusammen, aber sie sind seit Vaters Tod beide in Dänemark. Mein Vater war sehr angetan von ihnen, und sein Tod hat sie schwer getroffen.«

»Angetan?«

»Ja, sehr. Sie hängen da drüben.«

Sie zeigte an die Wand hinter der Wendeltreppe.

Michael streckte sich und studierte die Schwarzweißfotografie in einem edlen Silberrahmen. Er klappte es ein wenig nach vorn. Die Tapete dahinter war verschossen. Entweder hing es dort noch nicht sehr lange, oder es wurde regelmäßig abgenommen. Die Tapete hinter dem daneben hängenden Foto, das Bild des lächelnden Flemming Caspersen mit dem Kopf eines erlegten Leoparden, war deutlich heller.

Er betrachtete das kleine, gerahmte Bild: ein lachender, schlaksiger, dunkelhaariger Junge von ungefähr dreizehn Jahren saß mit einem schimmernden Fisch, der so lang wie sein Arm war, im hinteren Ende eines Kanus. Hinter dem Jungen breitete sich ein glitzernder See aus. Der Junge saß genau auf der Grenze zwischen dem Sonnenglitzern und dem Schatten eines Baumes, der sich fast waagerecht über die Wasseroberfläche ausstreckte. Auf dem Stamm saß sein Bruder; ein paar Jahre jünger, flachsblond, knochiger Oberkörper, Shorts, weiße Zähne und nackte Füße, die über dem Wasser baumelten. Im Vordergrund stand ein Zelt. Zeitlose, sorglose Sommerstimmung.

»Das hat er in Schweden aufgenommen«, sagte sie.

»Ihr Vater?«

»Ja. Victor hat nie Urlaub gemacht, er hat die Jungs meinem Vater überlassen. Von ihm haben sie all die Männersachen gelernt: Segeln, Fischen, Jagen.«

»Ist Victor verheiratet?

»Mit Monika. Schwedischer Landadel.«

»Trophäenfrau?«

»Ganz und gar nicht. Sie hat als Salesmanagerin in der Firma gearbeitet, war sehr tüchtig und ist gut ausgebildet. Jetzt hat sie ein Gestüt. Dänisches Warmblut. Wenn das kein Widerspruch in sich ist.«

Ein bitteres Lächeln umspielte ihre Mundwinkel.

»Mein Vater war neidisch auf Victors Söhne. Er nannte mich immer seinen dritten Preis.«

»Den dritten Preis?«

»Der erste Preis ist ein Sohn, der zweite ein behinderter Sohn und der dritte ein Mädchen, sagte er immer.«

Flemming Caspersen wurde Michael immer unsympathischer. Natürlich wollte er erst einmal abwarten, wie die Tochter seine Aufgabe definierte, aber im Grunde genommen hatte er sich bereits gegen diesen Job entschieden. Natürlich konnten Sara und er das Geld gut gebrauchen, aber sie waren nicht darauf angewiesen. Dann müsste sie den Gürtel eben etwas enger schnallen, während er weiter frei für Shepherd & Wilkins arbeitete, auch wenn er dann wieder an irgendwelche gottverlassenen Orte im Yemen, in Nigeria oder – da sei Gott davor – in Kasachstan reisen musste. Mindestens für einen Monat. Michael hatte ein festes Angebot, als Freelancer einzuspringen, wann immer es ihm passte. Im Prinzip hörte sich das gut an, in der Praxis bedeutete das aber, dass er dann die Aufträge übernehmen musste, die die Festangestellten scheuten wie die Pest.

»Ist das mit dem dritten Preis eine seltsame Art von Humor?«, fragte er, nicht ganz bei der Sache.

»So ist es. Ich glaube nicht, dass er sich wirklich etwas dabei gedacht hat. Er war nur ...«

Ein stumpfer, megalomaner alter Dreckskerl, dachte Michael.

»Warum bin ich eigentlich hier?«, fragte er.

Die Frage schien sie zu überraschen.

»Wie bitte?«

»Warum bin ich hier?«

Sie sah ihn an und begann zu reden. Dann schloss sie den Mund und sammelte sich.

»Sie sind hier, Michael«, sagte sie schließlich, »weil ich glaube, nein, weil ich weiß, dass mein irrsinniger Vater einen Menschen getötet hat. Zum reinen Vergnügen, quasi als Sport. Im Rahmen einer perversen, kranken, abartigen Menschenjagd. Darum sind Sie hier.«

Sie stand auf, zog eine unbeschriftete DVD aus dem Bücherregal – und begann zu weinen.

2

Sie sagte kein Wort und rührte sich in den drei Minuten, die der Film dauerte, nicht. Aber sie weinte weiter. Still. Auch Michael saß reglos da.

Er hatte in der dunkelsten Ecke der Bibliothek Platz genommen, seinen Laptop auf den Knien, und verfolgte die Hinrichtung eines jungen Mannes auf einem Berg. Er hörte den Gesang der Männer und sah einen Gegenstand durch die Luft fliegen, einen schwarzen Beutel, zugeschnürt mit einem weißen Band. Der Gejagte fing den Beutel auf, schob eine Hand hinein und zog einen Gegenstand heraus, der jedoch von seinem Oberkörper verborgen war.

Die Aufnahmeausrüstung war herausragend; Bild und Tonspur waren messerscharf und die Kameraführung stabil, als das weiße Gesicht des Mannes eingezoomt wurde. Der Gejagte lief hinkend in die Dunkelheit, den nicht erkennbaren Gegenstand an die Brust gedrückt. Dann verstummte der Gesang und eine halbe Sekunde später knallte ein Schuss.

Es gab nur diesen einen Schuss, aber man konnte unmöglich sehen, ob der Mann getroffen war oder nicht. Kurz drauf fing die Kamera den Ermordeten auf dem schmalen, steinigen Uferstreifen am Fuß des Steilhangs ein. Eine Hand des Opfers reichte gerade bis ans Wasser, aber der Gegenstand aus dem Beutel war verschwunden. Das Licht wurde ausgeschaltet, und ein paar Sekunden lang war nur der Sternenhimmel über dem mondbeschienenen Fahrwasser zu sehen. Dann schaltete die Kamera sich aus.

Michael nahm die DVD aus dem Laufwerk und achtete darauf, dass seine Fingerkuppen nur den Rand berührten. Er legte sie auf die Tastatur und stand auf.

»Darf ich Ihre Toilette benutzen?«

Sie sah ihn nicht an.

»Dritte Tür links ... Entschuldigung ... Entschuldigung ...«

Es war kühl in dem großen Haus, aber ihm brach der Schweiß zwischen den Schulterblättern aus. Michael ging durch den hohen Flur, schloss die Badezimmertür hinter sich ab und spritzte sich kaltes Wasser ins Gesicht. Seine Zähne schlugen aufeinander, und ihm drehte sich der Magen um wie ein altes, schwerfälliges Schloss, aber er unterdrückte den Drang, sich zu übergeben.

Er war soeben Zeuge davon geworden, wie ein Mann in den Tod gejagt worden war, in kräftigen, natürlichen Farben, untermalt von einer authentischen Tonspur, und er dachte matt an den undefinierbaren, aber abgrundtiefen Unterschied zwischen einer extrem realistischen Hollywood-Produktion und der Wirklichkeit.

Aber es war nicht die DVD an sich, die ihm dieses Unwohlsein verursachte, obgleich er nicht daran zweifelte, dass die Aufnahme echt war. Oder genauer gesagt: nicht der Film, sondern der Gesang, denn der rief in ihm Erinnerungen an Grosny wach, an die tote Hauptstadt von Tschetschenien.

Im September 2007 hatte Michael mit seinem festen Partner Keith Mallory in einem Vorort von Grosny endlose Tage auf dem rattenverseuchten, halb eingestürzten Dachboden einer Kirche verbracht. Keith, der seit einer unseligen Begegnung mit einer Wegrandmine im Irak hinkte, war Major in einem berühmten, britischen Eliteregiment gewesen, ehe er Seniorkonsulent bei S & W wurde.

Das sei wirklich der merkwürdigste Krieg, bei dem er je dabei war, hatte der Engländer gesagt. Ausgeruhte und wohlgenährte russische Truppen lagen einige hundert Meter nördlich der Kirche in passiver Bereitschaft, während muslimische Rebellen völlig unbekümmert zwischen den Ruinen im Süden herumschlenderten. Eine Gruppe singender Frauen fegte die Straße zwischen den baufälligen, lange verlassenen Mietskasernen. Das Ganze war völlig surreal, und für den Augenblick wirkten alle initiativlos und uninteressiert am anderen, als wollten sie einfach nur das klare, warme Sommerwetter und die Pause zwischen den Kampfhandlungen genießen.

Michael und Keith hatten in den Verhandlungen mit den *Fedayé* über eine passende Lösegeldsumme für ein englisches Rot-Kreuz-Team, das die Tschetschenen einige Monate zuvor aus einem Feldlazarett entführt hatten, einen toten Punkt erreicht. S & W verhandelte im Namen einer internationalen Versicherungsgesellschaft, die das Rote Kreuz als Kunden hatte. Sie hatten einen Koffer mit gebrauchten Dollarscheinen für die Geiselnehmer und einen kleineren Geldkoffer für einen korrupten Offizier der russischen Luftwaffe dabei, der vielleicht, vielleicht aber auch nicht, einen Helikopter organisieren konnte, um sie und das Ärzteteam über die Grenze nach Aserbaidschan zu evakuieren, sollte das nötig sein. Der Bretterboden war mit einer daumendicken Schicht von vertrocknetem Taubenkot bedeckt, und überall lagen von Maschinengewehrsalven beschädigte Gipsengel und Ikonen herum, die aus dem Kirchenraum hier heraufgeschafft worden waren. Sie hatten einen Kurzwellensender, ihr Gepäck, eine Rolle Plastikbeutel, in die sie ihre Notdurft verrichteten, und reichlich Wasser und Astronautenkost bei sich.

Es ging im Augenblick nur noch um wenige tausend Dollar hin oder her, die eigentlichen Probleme waren die Frage des Stolzes und die gestörten Kommunikationswege.

»He fishes 'cause he can't fuck Lady Ashley«, erinnerte Michael sich Keith sagen gehört zu haben, als der Gesang einsetzte.

»Was?«

»Jake Barnes, verdammt«, sagte Keith müde und zeigte auf Ernest Hemingways *The Sun Also Rises,* ein zerfleddertes Paperback, mit dem er sich momentan die Zeit vertrieb.

»Aha.«

Der ehemalige Major hatte geseufzt und das Buch weggelegt. Er versuchte schon lange, seinen jungen dänischen Kollegen dazu zu bringen, etwas anderes zu lesen als Waffenkataloge, ballistische Tabellen und Automagazine.

Er legte den Kopf schief. »Wer singt da, Mike?«

Michael hatte sein Auge an das Zielfernrohr des Heckenschützengewehrs am Fenster gelegt, das auf die russische Frontlinie gerichtet war. Keith krabbelte auf allen vieren unter das niedrige Dach und nahm sein eigenes Fernrohr.

Etwa dreihundert Meter entfernt hatte eine Panzerbesatzung eine junge muslimische Mutter und ihre vielleicht siebenjährige Tochter gefangen genommen. Die Speznas-Elitesoldaten, gut zu erkennen an ihren blauweiß gestreiften T-Shirts, hüpften auf dem Panzer auf und ab und stampften sich durch den alten Queens-Klassiker *We Will Rock You*. Die Frau wurde zwischen die Männer vor dem Panzer geschubst. Sie rissen ihr eine farbenprächtige, bestickte Stofflage nach der anderen vom Leib. Die Tochter hockte zwischen den Beinen eines Soldaten auf dem Geschützturm und weinte mit abgewandtem Gesicht. Der Soldat hatte die Arme des Mädchens hinter ihren Rücken gebogen und drückte ihr eine Pistole an den Hals, während er sie zu küssen versuchte. Die Mutter war inzwischen nackt, sie schrie, panisch.

Keith versuchte, ihn wegzuziehen.

»Das ist nicht persönlich, Mike. Das ist Terror. Und jetzt geh weg von dem Fenster, verdammt noch mal!«

Der erste Soldat vergewaltigte die Mutter an den Panzer gepresst. Seine Tarnhose war auf seine Stiefel gerutscht. Der Kopf der Frau schlug rhythmisch gegen den Panzer. Michael sah ihre schlapp herabhängenden Arme und die weit gespreizten Beine auf beiden Seiten des arbeitenden Männerkörpers. Die Unterarme und der Hals des Soldaten waren sonnenverbrannt, während der Rest bleich unter den blauen Amateurtätowierungen schimmerte.

Vier weitere Männer standen Schlange.

Der Mann auf dem Geschützturm hatte dem Mädchen den Pistolenlauf in den Mund gesteckt und öffnete seinen Hosenschlitz.

Keith zog erneut energisch an seinem Arm. Michael wusste, dass er dem Vergewaltiger oben von dem Kirchendachboden eine Kugel durch den wackelnden Kopf schießen könnte, ohne die Frau zu treffen.

Aber dann würden sie das Rote-Kreuz-Team verlieren.

Er hatte bereits eine Patrone in die Kammer geschoben,

als Keith ihm die Waffe aus der Hand riss und ihn anfauchte. Dann hatte Keith Mallory die Kopfhörer aufgesetzt, obgleich die Wellenlänge tot war, und Michael war in den entferntesten, dunkelsten Winkel des Dachbodens gekrochen und hatte die Hände auf die Ohren gepresst.

Als er in die Bibliothek zurückkam, knetete Elizabeth Caspersen ein Taschentuch in ihrer Hand. Er setzte sich in den Sessel neben ihr, faltete die Hände über seinem Schoß und unterdrückte ein Zittern.

»Was sagen Sie zu dem Film?«, fragte sie.

»Ich denke, die Aufnahme ist echt«, sagte er auf seine Hände schauend. »Damit meine ich, dass jemand ein Verbrechen gefilmt hat. Spontan würde ich sagen, der Film ist eine Art Jagdtrophäe.«

»Oh Gott.«

Sie blickte an die Decke, und neue Tränen liefen über ihre Wangen.

»Das war ja wohl auch Ihre Vermutung«, sagte er. »Sonst wäre ich nicht hier.«

Sie sah auf das Taschentuch, das sie jetzt um einen Finger schlang.

»Ja, ich habe nur gehofft ... Ich weiß nicht, was ich gehofft habe. Doch, ich glaube, ich habe gehofft, Sie würden sagen, das Ganze wäre nur arrangiert, nur ein Film ... einfach nur ein abartiger Film.«

»Wo haben sie ihn gefunden?«

Sie stand auf und ging zu einem venezianischen Spiegel, schwang ihn von der Wand ab und zeigte auf eine weiße Stahltür mit einer Tastatur.

»Die Anwälte meines Vaters sind dabei, den Nachlass

zu ermitteln. Nachdem die Bankschließfächer am Kongens Nytorv geleert worden waren, stand nur noch sein privater Safe aus.«

»Kannten Sie den Code?«, fragte Michael und fand es seltsam, dass die DVD in Flemming Caspersens privatem Tresor gelegen hatte. Nach seinem Empfinden gehörte sie in einen atomsicheren, unterirdischen Bunker.

»Der Bestatter. Vater hatte sich den Code auf die Innenseite seines Oberarmes tätowiert.«

Sie schnäuzte sich die Nase.

Michael runzelte die Stirn.

»Wirklich? Das konnte dann doch jeder mit einem guten Teleobjektiv oder Fernrohr sehen, wenn Ihr Vater schwimmen war ...«

»Aber dafür musste man schon wissen, dass die Zahlen erst mit elf multipliziert und durch drei dividiert werden mussten, sein Geburtsdatum«, sagte sie.

»Okay.«

Er fand auch hier, dass das zu einfach war, wie der Name seines Hundes als Passwort für den Computer. N-I-G-G-E-R.

»Was ist mit der Leiche Ihres Vaters geschehen?«

»Er wollte verbrannt werden.«

»Wurde er obduziert?«

»Ja.«

»Und?«

»Nichts. Herzinfarkt, haben sie gesagt.«

»Hm ...«

Er stand auf und sah sich den Tresor genauer an. Es handelte sich um einen neueren Chubb ProGuard. Ein ausgezeichneter Safe, von dem es hieß, dass er nicht in weniger als drei Stunden geöffnet werden konnte, nicht einmal von Chubbs eigenen Technikern. Die Tür war weiß, glatt und intakt.

»Haben Sie den Film noch anderen gezeigt?«

»Selbstverständlich nicht! Ich fasse es nicht, wie mein Vater so etwas tun konnte. Ist das nicht typisch?«

»Was?«

Die Tränen lösten sich in Zeitlupe von den Wimpern.

»Dass sehr reiche Menschen ... Ich weiß sehr wohl, wie leicht man den Bezug zur Wirklichkeit verlieren kann, wenn man so abgeschottet lebt, wie meine Eltern am Ende. Weder er noch meine Mutter hatten eine Ahnung, was ein Liter Milch kostet.«

»Ich weiß nicht, ob das typisch ist. Noch ist ja nicht sicher, dass es wirklich Ihr Vater war.«

Sie starrte ihn an. »Warum sollte er die DVD sonst aufbewahrt haben? Außerdem ist er zu sehen!«

»Man sieht ein bisschen Backenbart, ein halbes Ohr, einen Hut, ein Stück Ärmel und ein Handgelenk«, wandte er sanft ein. »Das könnte sonstwer sein.«

»Aber er hatte so einen Hut! Ich weiß, dass er es ist.«

»Alle Jäger tragen solche Hüte«, widersprach Michael.

Sie öffnete die Tresortür, nahm ein flaches Schmuckkästchen von einem Bord und klappte den Deckel hoch. *Cartier-Paris* war mit Goldbuchstaben in den dunkelblauen Samt geprägt.

»Hier drin lag sie.«

»Ich wäre Ihnen dankbar, wenn Sie das nicht mehr anfassen würden«, sagte er.

Sie sah ihn an, dann begriff sie und hätte das Kästchen fast fallen gelassen.

»Bleiben Sie ganz ruhig«, sagte er.

Michael nahm eine durchsichtige Plastiktüte aus seiner Schultertasche und ließ das Etui hineingleiten.

»Und ich soll Anwältin sein«, sagte sie. »Fingerabdrücke, natürlich. Gott bewahre.«

»Und Haare, Fasern, Hautzellen, Schuppen, all das«, sagte er. »Gehen Sie nicht zu hart mit sich ins Gericht. Es ist wie bei einem Arzt, der einen Tumor ignoriert, der ihm bereits durch die Haut wächst. Eine Art Betriebsblindheit, sozusagen.«

»Das kann man wohl sagen«, bestätigte sie.

»Was soll ich mit dem Film machen?«

Sie zögerte.

»Ich möchte, dass Sie herausfinden, ob das mein Vater ist. Und Sie sollen für mich herausfinden, wer dort getötet worden ist und wer sonst noch dabei war. Darum sind Sie hier. Ich muss wissen, ob der junge Mann Angehörige hatte, denen ich irgendwie helfen kann.«

»Finanziell?«

»Überhaupt«, sagte sie. »Was sagen Sie dazu? Und wollen Sie den Job noch?«

Er schaute aus dem Fenster.

»Ich würde mich der Aufgabe gerne annehmen, obgleich sie kompliziert ist und sicher einiges an externer Hilfe erfordert«, sagte er. »Ich würde nicht zusagen, wenn ich nicht der Meinung wäre, eine Chance zu haben, sie zu lösen. Die Aufgabe widerspricht nicht meinen persönlichen Regeln. Ihr Vater ist tot und nicht mehr erreichbar für Strafverfolgung und Verurteilung.«

»Zumindest nicht in dieser Welt«, sagte sie.

»Genau. Ich werde herausfinden, wer der Ermordete ist.

Und ich werde die Jäger suchen, und wenn ich sie gefunden habe, können Sie vor Gericht gestellt und verurteilt werden.«

»Soweit Sie etwas beweisen können«, sagte die Anwältin. »Oder sie zu einem Geständnis bringen.«

»Letzteres wird vermutlich schwierig werden«, sagte er. »Spontan würde ich sagen, dass sie eine militärische Ausbildung haben. Sie verwenden Laserzielfernrohre. Die kann man zwar auch privat erwerben, aber ich halte es für unwahrscheinlich, dass sie allesamt damit ausgerüstet sind, wenn es sich um gewöhnliche, abgedriftete Jäger handelt, die an einer Art Jagdausflug auf ein zufälliges Opfer teilgenommen haben. Man sieht auch einen Ärmel von der Person, die neben dem Kameramann steht. Das ist der Ärmel einer militärischen Tarnuniform. Außerdem sind da noch andere, diffusere Dinge wie der Gesang und so weiter. Ich bin eigentlich ziemlich sicher, dass es sich um Soldaten oder ehemalige Soldaten handelt.«

»Haben Sie schon jemals etwas von Menschenjagd als Sport gehört? Das ist doch wahnsinnig. Krank.«

Menschensafari war Michael noch nicht untergekommen, und wahrscheinlich hätte er es als absurde Wandergeschichte abgetan, wie schon bei den Todesfilmen im Netz, *Snuff*. Jetzt war er mit beidem konfrontiert und überzeugt, dass der Film echt war.

Ihm war durchaus bewusst, dass einige Soldaten nie wieder voll und ganz zu Hause ankamen. Sie waren schon von Anfang an anders gewesen, oder aber der Krieg hatte sie zerstört. Einige suchten Zuflucht in der Einsamkeit, andere fanden Anstellungen als Berater von Sicherheitsunternehmen. Er hatte im Laufe seiner Karriere etliche professionelle Kollegen getroffen, die dezidiert von einem anderen Stern kamen und das Meiste von diesem hier vergessen hatten.

»Nein, ich habe bislang noch nichts davon gehört«, sagte er schließlich.

»Haben Sie eine Idee, wo das Ganze stattgefunden hat?«, fragte sie.

»Die Landschaft ist arktisch«, sagte er. »Was ein dehnbarer Begriff ist. Von Patagonien bis Alaska kommt da alles in Frage, genauso gut kann es aber auch eine Berglandschaft außerhalb der Arktis sein. Er schreit sie an, aber ich kann keine einzelnen Wörter oder seine Muttersprache identifizieren.«

»Können Sie das herausfinden?«, fragte sie mutlos. »Alles?«

»Ich denke schon«, sagte Michael.

»Wie?«

»Ich werde den Film mit verschiedenen digitalen Bildprogrammen untersuchen. Ich habe die vage Hoffnung, dass ich möglicherweise den Tatort über die Sternbilder identifizieren kann, die kurz zu sehen sind, bevor die Kamera ausgeschaltet wird.«

Wieder tupfte sie sich mit dem Taschentuch die Tränen ab und schaute an die Decke.

»Vielleicht sollte ich einfach die Polizei einschalten.«

»Vielleicht.« Michael lächelte aufmunternd. »Aber geben Sie mir vorher noch ein paar Wochen Zeit. Ich will nicht ausschließen, dass es nicht irgendwann notwendig sein wird, die Polizei mit einzubeziehen. Sie verfügen über Ressourcen, die ich nicht habe. Dafür sind sie an gewisse, zivilisierte Regeln gebunden, was bei mir nicht der Fall ist.«

»Sind Sie unzivilisiert?«

»Ich kann durchaus unzivilisiert sein.«

»Gut. Sie bekommen zwei Wochen. Was machen Sie mit dem Schmuckkästchen?«

»Das schicke ich an ein privates, kriminaltechnisches Labor in Bern. Wenn es irgendeine DNA-Spur auf dem Kästchen geben sollte, finden sie sie, und falls es Fingerabdrücke geben sollte, abgesehen von Ihren, natürlich, werden Sie sie ebenfalls finden.«

»Die DVD können Sie aber nicht mitschicken«, sagte sie alarmiert.

»Natürlich nicht. Aber ob es andere Fingerabdrücke als Ihre auf der DVD gibt, kann ich selber überprüfen. Ich bin zwar kein Kriminaltechniker, aber Jodpulver und Klebestreifen habe ich auch.«

Elizabeth Caspersen nickte skeptisch.

»Ich wusste gar nicht, dass es so was gibt«, sagte sie langsam. »Private, kriminaltechnische Labore. Na ja, dass es Menschen wie Sie gibt, hab ich ja vorher auch nicht gewusst.«

»In der Schweiz kann man für Geld alles kaufen«, sagte Michael. »Was mich daran erinnert, dass Sie jemanden die private Buchführung Ihres Vaters durchsehen lassen sollten. Es wäre interessant zu wissen, ob er Transaktionen mit Liechtenstein, den Kanalinseln, den Cayman Islands oder anderen Steueroasen laufen hatte.«

Sie blies die Wangen auf und stieß die Luft langsam wieder aus.

»Selbstverständlich. Zeitlich wie lange zurück?«

»Das teile ich Ihnen so bald wie möglich mit. Darf ich seine Waffen sehen?«

»Selbstverständlich.«

Sie stemmte sich hoch, setzte sich dann aber wieder.

»Ich verstehe das nicht!«, sagte sie und zeigte auf die DVD. »Wie kommt jemand dazu, so etwas zu tun?«

»Sie sind normal, Elizabeth, natürlich können Sie das nicht verstehen. Ich verstehe es auch nicht, aber ich habe selber schon eine Art Jagd auf ... Menschen mitgemacht, auch wenn sie Abschaum waren. Menschen, die isoliert leben, wie Sie von Ihrem Vater gesagt haben, und nur mit Gleichgesinnten umgehen, entwickeln häufig eine Attitüde von Übermensch und Unverwundbarkeit. Sie bewegen sich nicht mehr in der allgemein anerkannten Realität und fühlen sich nicht deren Gesetzen verpflichtet.«

»Milliardäre, zum Beispiel?«

Er breitete die Arme aus.

»Oder Politiker, die nie einen gewöhnlichen Job hatten. Saudi-arabische Prinzen oder dreiundzwanzigjährige Fußballspieler, die in einer Woche mit zwei Stunden Fußballspielen den Jahreslohn eines durchschnittlichen Arbeitnehmers verdienen und die Welt nur aus dem Spielerbus oder einem Ashton Martin kennen. Wir erheben sie zu einer Art Halbgott, und am Ende glauben sie das selber. Sie sind von einem Hofstaat umgeben, der sie von der Welt abschirmt, und es wird immer Lieferanten geben, die bereit sind, ihre speziellen Bedürfnisse zu befriedigen.«

»Wie Safaris auf Menschen?«

»Oder Jungfrauen, antike Bugattis oder Nashornpulver«, sagte Michael.

Es war natürlich nicht die Rede von einem gewöhnlichen Waffenschrank, sondern einem ganzen Waffenraum im

Keller des Hauses. Hier gab es noch mehr Jagdtrophäen, gemütliche Ledersessel, Regale mit Jagdliteratur und prachtvolle, verschlossene Glas-Mahagonischränke, die speziell für den Raum angefertigt worden waren. Eine nahezu demonstrativ maskuline Freistatt.

Michael mochte Waffen. Er bewunderte ihre Funktionalität, Leistungsfähigkeit und Präzision, und er fand ihre Entwicklung faszinierend. Hinter den facettengeschliffenen Glastüren in Flemming Caspersens Waffenraum standen Gewehre und Schrotflinten, die ein oder zwei durchschnittliche dänische Jahresgehälter kosteten und seine Speichelproduktion anregten. Er bat um die Schlüssel und schloss den ersten Schrank auf, nachdem er sich ein Paar Latexhandschuhe übergezogen hatte. Michael nahm Waffen heraus, öffnete Bolzen, untersuchte das Innere der Läufe, indem er sie gegen ein Deckenlicht hielt und schnupperte an Baskülen, Magazinen und Bolzen. Aus dem letzten Schrank nahm er ein Jagdgewehr mit Zielfernrohr aus der Reihe, zog den Ladehebel nach hinten und fing überrascht die unbenutzte Patrone auf, die aus dem Magazin gedrückt wurde. Er zog den Schlagbolzen ganz nach hinten und sah sich den gezogenen Lauf an, ehe er die Waffe vorsichtig gegen die Wand lehnte.

So arbeitete er sich durch alle Schränke, öffnete Schubladen und untersuchte Patronengürtel, verschiedene Zielvorrichtungen und Schachteln mit Munition.

Michael zeigte auf das Gewehr, das an der Wand lehnte. »Das da, passen Sie gut darauf auf. Lassen Sie es dort stehen und sorgen Sie dafür, dass niemand es anfasst, okay?«

»Natürlich, aber warum ausgerechnet das?«

»Das ist eine schöne Waffe«, sagte er. »Eine Mauser

M 03. Verglichen mit den Prachtexemplaren, die Ihr Vater ansonsten hier stehen hat, ein herausragendes, modernes, aber ordinäres Jagdgewehr. Es gibt beispielsweise keine Gravur wie auf allen übrigen Waffen, und sie kann nichts, was die anderen Waffen nicht genauso gut oder besser könnten. Sie hat ein gutes Zeiss-Teleskop mit Nachtsichtfunktion. Das wäre sicher die Waffe, die ich wählen würde, wenn ich ...«

»Wenn Sie einen Menschen jagen und töten wollten«, sagte sie.

Er nickte ernst.

»Sie erregt kein Aufsehen und ist die einzige Waffe in diesem Raum, die nicht gereinigt oder eingefettet wurde, was bemerkenswert oder zumindest interessant ist. Im Gewehrlauf befinden sich Reste von Pulverschlamm, und im Magazin stecken noch Patronen, was einer Todsünde gleichkommt. Ich habe eine Patrone gesichert, die ich mit dem Schmuckkästchen nach Bern schicken werde. Vielleicht haben wir ja Glück. Ich bräuchte im Übrigen irgendeinen Gegenstand mit den Fingerabdrücken Ihres Vaters. Und etwas mit Ihren Fingerabdrücken.«

»Einen Füllfederhalter, zum Beispiel?«

»Das wäre wunderbar.«

Er zeigte auf einen kleinen Tisch mit einer dreiviertelvollen Flasche Whisky und einem Kristallglas mit einer bräunlichen, eingetrockneten Schicht am Boden.

»Ich gehe mal davon aus, dass er es war, der es sich hier unten mit einer Flasche Whisky gemütlich gemacht hat?«

»Ich glaube nicht, dass er irgendjemand anderen hier mit runter genommen hat«, sagte sie. »Hier hat er meditiert. Ich bin seit seinem Tod nicht mehr hier unten gewesen.

Das war sein Zimmer, und ich war es gewohnt, dass man den Raum nicht betreten durfte.«

»Wenn ich das Glas haben dürfte, bin ich abdrucktechnisch, denke ich, versorgt«, sagte Michael.

Er sah sich nach Werkzeug um und fand eine große Auswahl an Schraubenziehern und Zangen zur Herstellung von Gewehrmunition. Er hielt das Ende der Patrone mit einer Zange fest und drehte das Projektil mit einer anderen heraus, ließ das Kordit in eine Schublade fallen und legte die Patronenhülse in einen kleinen Plastikbeutel.

Sie musterte mit Abscheu die Waffe.

»Glauben Sie, dass es die war, die er benutzt hat?«

»Vielleicht. Ich würde mir ganz gern die Aufnahmen von dem Einbruch ansehen, wenn das möglich ist?«

»Ich werde sie besorgen.«

Er gab ihr die Adresse des Hotels, in dem er immer wohnte, wenn er in Kopenhagen war.

»Gerne morgen«, sagte er.

»Selbstverständlich«, sagte sie mechanisch.

Sie begleitete ihn bis auf die Haupttreppe hinaus, versuchte sich an einem Lächeln, verschränkte aber schließlich fest die Arme vor der Brust und starrte auf die Bodenfliesen.

Sie war noch ein unvorsichtiges Wort von der totalen Auflösung entfernt, dachte Michael. Sie hatte die verdammte DVD viel zu lange und viel zu einsam mit sich herumgeschleppt, hatte innere Kämpfe ausgefochten und wusste jetzt noch nicht einmal, ob sie ihm vertrauen konnte. Wenn die DVD an die Öffentlichkeit kam, würden sie, ihr Mann und ihre Kinder im Schatten dieses Filmes weiterleben müssen. Die Medien würden sie kreuzigen, und sie würde niemals die Chance haben zu vergessen, dass ihr Vater, der bekannte Finanzmann, in Wirklichkeit ein psychopathischer Mörder war.

Es war bewundernswert, dass sie ihn kontaktiert hatte, statt einfach die DVD zu zerstören und zu hoffen, dass es keine Kopien gab. Er wusste, dass er selbst dazu nicht im Stande gewesen wäre.

3

Nach dem Treffen saß Michael lange in seinem Auto unter einem der knospentreibenden Bäume der Allee. Er hatte seine Jacke ausgezogen und den Schlips gelockert. Es war unnatürlich warm. Er schob eine CD in die Anlage und lauschte Joan Armatrading, während er geistesabwesend drei der acht Zigaretten rauchte, die seine abgesprochene Tagesration bildeten: eine Absprache, die seine Frau in seinem Namen mit sich selbst gemacht hatte. Er warf einen Blick auf seine Schultertasche mit dem Computer und wusste, was Keith Mallory gesagt hätte, wenn er wüsste, dass er den Auftrag angenommen hatte: *Don't forget your kevlar, Mike.*

Aber er besaß keine schusssichere Weste, und war selbst auch nicht bewaffnet. Schusswaffen hatten die Eigenart, unüberschaubare Situationen in unüberschaubare Tragödien zu verwandeln.

Er war überzeugt davon, dass die Menschenjäger Soldaten oder ehemalige Soldaten waren. Professionelle Militärs schufen über eigene Lieder, Redensarten, Frisuren, Tätowierungen und einen eigenen Slang eine Art Subkultur. Er hatte dieses Lied nicht nur in Grosny gehört. Es war eine Siegerhymne, die von vielen Elitesoldaten in allen möglichen Ländern gesungen wurde.

Junge Soldaten, die gefährliche Kommandoeinsätze mitgemacht hatten, fanden nie wieder eine Gemeinschaft, die sich mit der aus Kriegszeiten messen konnte. Es war nicht schwer fortzugehen, aber oft unmöglich, wieder zurückzukehren – besonders in eine Gesellschaft, die in der Auffassung von der Notwendigkeit eines Krieges gespalten war.

Michael hatte junge Männer und Frauen kennengelernt, die die reinsten Kommando-Junkies geworden waren, sie bettelten förmlich darum, wieder an die Front geschickt zu werden. Im Feld hatten sie die Verantwortung für avanciertes, wertvolles Material, während sie im zivilen Leben möglicherweise dazu verdonnert waren, den Boden in einem Lager zu fegen. Es war eine Generation ohne Grenzen und Autoritäten. Sie hatten Eltern und Lehrer, die nicht mehr fähig oder willens waren, Kinder zu erziehen, und sie waren in einer Welt ohne Anforderungen, Widerstände und klare Spielregeln groß geworden. Beim Militär fanden sie kompetente, stabile Vorbilder, Verantwortung, Sinn und Bruderschaft. Etliche fanden ihre erste Familie beim Militär.

Diese Generation hatte es in vielerlei Hinsicht schwerer: Ihre Realitätswahrnehmung war von vorneherein verzerrt. Bis zu den ersten Verletzungen und Todesfällen glaubten sie, dass sie alle wieder aufstehen würden, wenn das Computerprogramm neu gestartet wurde.

Michael fand einen Parkplatz in der Nähe des Bahnhofs Hellerup und fuhr mit der S-Bahn nach Nørreport. Wenn er zahlende Klienten hatte, wohnte er im Admiral Hotel am Hafen. Es lag zentral, war teuer und gut, und man hatte einen beruhigenden und immer interessanten Ausblick über den Hafen.

Er schlenderte die Frederiksborggade hinunter und

schaute die vielen Menschen an, die einen Frühlingssonnenplatz auf dem Kultorvet ergattert hatten. Es war warm und windstill, und die Leute befanden sich in der Übergangsphase von Daunenjacken, Stiefeln und Wollmützen zu Pullovern, T-Shirt, Jeans und Sommerschuhen. Ihm fielen drei Frauen auf, die sich gerade an einen Cafétisch in der Mitte des Platzes setzten. Die mittlere hatte kastanienrotes Haar, lange Beine in Jeans, breite Hüften, einen hübschen Busen und markante Schultern, klassische Sanduhrtaille. Sie hatte den hellen, klaren Teint der Rothaarigen, und große Sommersprossen waren großzügig über ihr Gesicht und den Ausschnitt über dem Spitzen-BH verstreut, der sich ihm beim Bücken zeigte, als sie in ihrer Tasche nach dem piepsenden Handy suchte. Sie strich das Haar nach hinten, legte das Telefon ans Ohr und ließ ihren Blick gleichgültig über Michael schweifen. Ihre Miene und ihr Blick wurden starrer.

Michaels eigenes Handy klingelte. Er hörte kurze, rasselnde Atemzüge, die ihn veranlassten, stehen zu bleiben und die Stirn zu runzeln.

»Hallo?«

Das feuchte Rasseln wurde von einem lauten Nieser unterbrochen.

»Michael Sander ...«

»Hast du gehört?«, fragte seine Frau.

»Was?«

»Julie hat nach dir gefragt.«

»Sie ist anderthalb Jahre, Sara. Das hat sich eher so angehört, als wäre jemand auf den Hamster getreten.«

»Sie hat wirklich gesprochen, Michael.«

»Okay.«

»Rauchst du?«

»Im Augenblick nicht«, sagte er.

»Was wollte sie?«

Ihre Stimme wurde tiefer.

»Ein Job«, sagte er und wischte sich Schweiß von der Stirn. »Ich habe zugesagt.«

»Musst du verreisen?«, fragte sie.

»Ich nehme es an.«

Er stellte die Tasche ab und schaute in das Schaufenster eines Ladens.

»Wirst du lange weg sein?«, fragte sie.

Michael nahm den Schlips ab und steckte ihn in die Jackentasche.

»Auch das nehme ich an. Es ist etwas kompliziert.«

»Gefährlich?«

»Ja.«

Er hörte, dass sie die Kleine auf den Boden setzte und dass ihr großer, vierjähriger Bruder dem Hund etwas zurief.

»Du passt auf dich auf?«, sagte sie.

»Selbstverständlich.«

»Ich liebe dich«, sagte sie.

»Ich liebe dich auch, Sara.«

Die Lobby im Admiral Hotel hatte Wi-Fi. Michael suchte sich eine ruhige Ecke und schrieb eine lange Mail an das kriminaltechnische Labor in Bern. Dann wickelte er den Plastikbeutel mit der Patronenhülse aus Flemming Caspersens Jagdgewehr in ein Stück Alufolie und bat den Portier um ein großes Kuvert, in das er die Beutel mit dem Whiskyglas, die Patronenhülse, den Füllfederhalter und die Schmuckschatulle legte. Schließlich bat er den Portier, das

Ganze so schnell wie möglich mit FedEx loszuschicken und legte fünfhundert Kronen auf den Tresen, um die Wichtigkeit zu unterstreichen. Der Portier lächelte und versprach, sich umgehend darum zu kümmern.

In seinem Zimmer öffnete Michael die Tür des französischen Balkons und schaute auf Kopenhagens Hafen hinaus, auf die Hafeneinfahrt, Christianshavn und auf den Sund und den glatten Wasserspiegel weiter draußen. Er duschte ausgiebig, zog den Hotelbademantel über und arrangierte liebevoll seinen Laptop, einen Kugelschreiber und einen Block auf dem Schreibtisch.

Michael bepinselte die DVD mit Jodpulver, blies vorsichtig das überschüssige Pulver von der Scheibe und betrachtete die kleinen Flecken mit den Spirallinien der Fingerabdrücke. Er nahm die Abdrücke mit einem Spezialtape von der Scheibe ab und hielt sie gegen das Licht, das durch die offene Balkontür fiel. Die Abdrücke waren klein, oval und sahen gleich aus. Von einer Frau, vermutete er, und nur von einer Person, da war er sicher.

Er würde die Klebebandabschnitte ebenfalls nach Bern schicken und das Labor bitten, sie mit den Fingerspuren auf Elizabeth Caspersens Füllfederhalter abzugleichen.

Danach sah er sich mehrmals den Film an und notierte sich Details, die er beim ersten Mal übersehen hatte. Er suchte die einzige, kurze und verwackelte Sequenz, in der man den Schützen sah: schräg von hinten rechts. Die Hälfte eines breitkrempigen Hutes mit einer Feder am Hutband. Unter der Krempe sah man ein Stück vom Ohr, einen weißen, ordentlich geschorenen Vollbart – genau wie auf dem Porträt des Finanzfürsten in Hellerup –, einen grünlichen Ärmel, eine behandschuhte Hand und das Stück eines Gewehrkolbens. Michael beschnitt einzelne Aufnahmen des Films und bearbeitete sie mit unterschiedlichen Belichtungsgraden, Auflösungen und Kontrasten. Das Resultat war im günstigsten Fall mehrdeutig. Ein menschliches Ohr war zwar absolut individuell, aber in diesem Fall war der größte Teil von Hut und Jackenkragen verdeckt.

Er versuchte zu erkennen, ob zwischen Jackenärmel und Handschuh eine Armbanduhr zu erkennen war. Aber das war nicht der Fall. Die Waffe war unmöglich zu identifizieren. Die Art des Mündungsfeuers ließ aber mit hoher Sicherheit vermuten, dass es sich um ein Jagdgewehr handelte. Die Flamme war länger und gelber als bei einem leichtkalibrigen Militärkarabiner.

Von den anderen Jägern konnte er nur unscharfe, gelegentliche Schatten im Terrain erkennen, wenn der Lichtkegel einer Stirnlampe oder der Projektor der Kamera sie zufällig streifte. Sie schienen in einer Reihe zu stehen. Der Anzahl der Lasersights nach zu urteilen, waren es sechs außer dem Kunden. An einer Stelle rutschte der Kameramann aus, so dass die Kamera dicht an seinem Nebenmann vorbeischwang, ehe er sich wieder fing und die Kamera ausrichtete. Michael sah sich die kurze Sequenz mehrmals an. Etwas Weißes mit roten Flecken sauste durch das Bild. Er fror das Bild ein: ein Bein, ein rechtes Bein in Tarnhose mit einem blutigen, stramm gewickelten Verband zwischen Knie und Leiste.

Der Kameramann war verletzt.

Dann spielte er zigmal das Ende mit dem dunkelhaarigen, jungen Opfer ab. Sein Mund war zu einem stummen Schrei weit aufgerissen. Plötzlich drehte er sich um und lief mit dem Inhalt des schwarzen Sacks auf den Klippenrand zu. Das Opfer war ein gut gebauter, sportlicher Mann Ende zwanzig in passender Outdoorkleidung. Als die Kamera ihn wieder einfing, lag er wie eine nachlässig hingeworfene Schlenkerpuppe an einem Fjordufer, der Mündung eines breiten Flusses oder an einem Abschnitt von einem Schärengarten.

Michael spulte zum Anfang des Films zurück und zoomte den rechten Fuß des Opfers ein. Er war nackt, weiß und dunkelbraun verschmiert, wahrscheinlich von getrocknetem Blut. Aber der Mann war nicht in seinen Bewegungen eingeschränkt. Wahrscheinlich war er so mit Adrenalin vollgepumpt gewesen, dass er auch mit gebrochenen Beinen hätte laufen können. Sein linker Fuß steckte in einem soliden Wanderstiefel mit blauem Schnürband.

Er hatte nicht viel, aber Michael war trotzdem optimistisch: Die Sternbilder am Ende der Aufnahme waren ganz scharf, und der junge Mann war in voller Größe zu erkennen.

Er machte eine Pause, ging im Zimmer auf und ab und packte die Reisetasche auf dem Bett aus. Er musste schmunzeln, was Sara ihm als Reiselektüre eingepackt hatte. Zusammen mit einer Freundin aus Schultagen besaß sie ein kleines, aber bis unter die Decke vollgestopftes Antiquariat mit eigenwilligen Öffnungszeiten in der Hauptstraße der kleinen Kaufmannsstadt auf Fünen, wo sie wohnten und wo er selbst aufgewachsen war. Wie Keith Mallory hoffte sie, Michael aus seinem abgrundtiefen literarischen Sumpf zu retten, und legte ihm deshalb immer Werke von verspielten Chancen und zarten, weiblichen Emotionen und Sehnsüchten ins Gepäck. Dieses Mal war es Flauberts *Madame Bovary*. Bei den letzten beiden Aufträgen waren es ein Jane Austen-Roman und davor eine Gedichtsammlung von Emily Dickinson gewesen. Er warf *Madame Bovary* zurück in die Tasche und nahm stattdessen den mitgeschmuggelten Krimi von Jo Nesbø heraus und legte ihn auf den Nachtschrank.

Dann setzte er sich wieder an den Computer. Es war eine Frage der Geometrie oder eher der Trigonometrie, hatte er zu Elizabeth Caspersen gesagt, als sie ihn gefragt hatte, ob er den Tatort lokalisieren könnte. Das war so weit richtig: Über die Punktdichte auf dem Bildschirm rechnete er die Größe des Opfers auf 185 Zentimeter, indem er sie mit der Größe der Armbanduhr, den Knöpfen der Camouflagejacke und der Sonnenbrille verglich, die er an einer Schnur um seinen Hals trug. Er studierte die Landschaft im Hintergrund in den wenigen Sekunden, nachdem der Kamerascheinwerfer ausgeschaltet worden war, und sah ein Paar gelbe Scheinwerfer auf der anderen Seite des Wassers, vermutlich von einem Auto oder Lastwagen. Dann gab es also eine Straße auf der anderen Seite, während das diesseitige Ufer steinig und kahl war. Einzelne Eisschollen trieben auf dem Wasser, in denen sich das Licht brach. Indem er die Länge des Toten unten auf dem Uferstreifen – erneut über das Zählen der Pixel – in Relation zu dem Steilhang brachte, kam er auf eine Höhe von ungefähr einhundert Metern.

Er zoomte die Sterne und Planeten über den flachen Bergen im Hintergrund heran, manipulierte die Aufnahmen und konnte noch mehr Himmelskörper sichtbar machen. Jetzt müsste er nur noch eine kompetente Person finden, die anhand der Positionierung der Sterne zueinander und der Observationshöhe über dem Meeresspiegel einen astronomischen Kalender errechnen konnte, so dass er die geografische Position des Tatorts auf einen Radius von ein paar Kilometern bestimmen und den Tatzeitpunkt bis auf wenige Minuten oder Sekunden eingrenzen konnte.

Er war auf einem guten Weg, das spürte er. Er schnitt die Ausschnitte mit dem Nachthimmel aus, kopierte sie auf einen USB-Stick und sah sich nach einem sicheren Versteck für die DVD um. Er hätte sie natürlich im Zimmersafe deponieren können, aber der war vor neugierigen Angestellten nie ganz sicher, und die Konsequenzen waren unüberschaubar. Er schaute nach oben. Bis zur Zimmerdecke waren es vier, fünf Meter. Die ursprüngliche Balkenkonstruktion war freigelegt worden. Er zog den Tisch in die Mitte des Zimmers und stellte einen Stuhl darauf. Dann legte er die DVD in einen Hotelumschlag, den er sich zwischen die Zähne schob, bevor er auf den Stuhl kletterte. Er fand einen Balken mit einer dicken, unberührten Staubschicht auf der oberen Seite und schob den Umschlag in einen Spalt dahinter. Er inspizierte den Platz aus allen Winkeln, aber von unten war definitiv nichts zu sehen.

Recht zufrieden mit seinen Fortschritten ging Michael Sonarteks letzte Jahresabschlüsse durch und warf einen Blick auf die Kursentwicklungen. Schließlich rief er sein bevorzugtes Finanz-Orakel an, Simon Hallberg, Journalist bei der *Berlingske Tidende*. Der junge Mann war der geborene Researcher und verfügte über ein beeindruckendes, internationales Netzwerk. Michael nutzte die Expertise des Journalisten schon mehrere Jahre, auch wenn er für S & W die Kreditwürdigkeit von Firmen untersuchte, und er wusste, dass der Journalist bedingt kooperationswillig war: die Bedingung betrug 2000 Euro, einbezahlt auf ein Konto in Liechtenstein. Simon Hallberg liebte exquisites Essen, guten Wein und teure Hotels, und seine unautorisierten Transaktionen ermöglichten es ihm, mit Stil zu reisen.

Sie verabredeten sich für den nächsten Tag, und Michael überwies das Honorar.

Die restlichen Nachmittagsstunden verbrachte Michael damit, sich auf gut Glück im *deep web* treiben zu lassen. Er gab alle erdenklichen Kombinationen der Begriffe SAFARI, SNUFF, MAN HUNTING, LIVE, SOLDIER, MERCENARY, REAL, TARGET, HUMAN, KILLING, BOUNTY, EXPERIENCE, UNIQUE, LIFETIME ein. Er scrollte sich durch einen breiten Ausschnitt erfindungsreicher und unerschöpflicher menschlicher Idiotie und Perversion, fand aber nichts, was es wert war, genauer angeschaut zu werden.

Er bestellte sich ein Sandwich und ein Bier aufs Zimmer und suchte weiter, bis er über der Tastatur einnickte und sein Hirn längst seinen Dienst eingestellt hatte. Das Bett sah unendlich einladend aus. Ein paar Minuten die Beine ausstrecken, bevor ich weitermache, dachte er, der letzte bewusste Gedanke, den Michael hatte, bevor Sonntag, der 15. April, zum Montag, der 16. April wurde.

4

Es war das Lied, das ihn weckte. Oder der Kater. Oder die volle Blase, die geleert werden wollte. Kim Andersen stemmte sich auf den Unterarmen hoch und schaute in das schlafende Gesicht seiner frisch Angetrauten.

Er brachte sich in aufrechte Position und starrte intensiv auf die Kommode, um dem Rotieren des Schlafzimmers ein Ende zu machen. Die Uniformjacke lag auf dem Boden, die hellblaue Paradeuniformhose der Königlichen Leibgarde trug er noch, mit zwischen den Beinen verhedderten Hosenträgern. Sie waren gegen vier Uhr morgens vom Hochzeitsfest nach Hause gefahren worden. Betrunken, enorm betrunken, aber glücklich.

Er warf einen Blick auf das schöne Gesicht neben sich. Louise war immer da gewesen. Als er aus dem Kosovo, dem Irak oder aus Afghanistan zurückgekommen war. Wenn er Himmel und Hölle auf Erden erlebt hatte. Sie war da, wenn er sich leer und fremd fühlte, wenn er zu viel getrunken hatte oder wenn seine Albträume ihn aus dem Bett in den Wald trieben, wo er endlose Spaziergänge machte, bis alles wieder lichter und normaler wurde. Und jetzt waren sie verheiratet. Er war glücklich. Das war ein neuer, guter Anfang.

Kim Andersen betrachtete sich beim Pinkeln im Spiegel. Seine frisch geschnittenen Haare waren schweißnass, das Kinn unrasiert und die Augen glasig und blutunterlaufen. Es war ein gutes Fest gewesen, sie waren alle gekommen: ihre Familien, Louises Kollegen aus der Schule, alte Soldatenkameraden, Freunde aus dem Jagdclub, Kollegen aus der Tischlerei, selbst der Meister mit seiner Frau war da gewesen.

Das Lied.

Er knöpfte die Uniformhose zu und dachte, er hätte geträumt. Das mit dem Lied konnte nicht stimmen. Das war hier streng verboten. Er ging in das niedrige Wohnzimmer und schaute aus dem Fenster. Im Haus war kein Laut zu hören. Er atmete gleich wieder leichter. Dann hatte er doch nur geträumt.

Er humpelte in die Küche und goss sich einen Becher Nescafé auf, während er zum Waldrand guckte, der an das Grundstück angrenzte, wo das ehemalige Forsthaus stand. Der Kastenwagen der Tischlerei stand ganz unten in der Einfahrt, dafür parkte Louises neuer, sahneweißer Alfa Romeo mit der gigantischen blauen Seidenschleife auf dem Dach am Haus. Er hatte sie gestern geweckt und ihre Hand genommen, weil er nicht länger warten konnte. Dann hatte er sie aufgefordert, die Augen zu schließen und sie mit den Händen auf ihren Schultern in den Garten hinausgelenkt, und als er ihr sagte, dass sie jetzt die Augen öffnen dürfe, hatte sie nur noch zwei Meter von dem Auto entfernt gestanden. Sie hatte sich riesig gefreut, aber Sorgen wegen des Geldes gemacht. Die Hochzeit war noch nicht bezahlt. Er war enttäuscht gewesen, und sie hatten sich gestritten.

Kim Andersen kniff die Augen zusammen, als er bemerkte, dass eine Tür des Alfa Romeo offen stand. Die Armatur leuchtete rot. Er nahm den Kaffeebecher mit nach draußen und ging zu dem Auto, als das Lied wieder einsetzte. Er warf den Becher weg und rannte zum Wagen. Die Hosenträger schlackerten um seine Beine. Das Lied füllte seine Gehörgänge, sein Gehirn mit lähmender Angst. Der Schlüssel steckte im Zündschloss, die Stereoanlage lief auf voller Lautstärke. Er tippte auf den Tasten herum und bekam irgendwann die CD mit Queens altem Rocksong aus der Anlage gedrückt, eine völlig neutrale CD ohne Beschriftung oder Etikett.

Kim Andersen warf die CD ins Gras und setzte sich auf den Fahrersitz, die Füße auf dem Kies, die Hände vor dem Gesicht. Die Bartstoppeln schabten an der Handfläche, als er sich übergab.

Er brauchte eine ganze Weile, ehe er aufstand und zurück zum Haus ging. Er öffnete die Tür zum Kinderzimmer, die er selbst mit Löwen, Giraffen und Zebras verziert hatte, und einem kleinen Jungen und Mädchen, die durch das hohe Savannengras liefen. Die Kinder waren bei Louises Eltern, die Betten waren ordentlich gemacht, und auf jedem Kissen lag eine glänzende Neunmillimeterpatrone: eine für Lukas' fünfjährigen und eine für Hannas dreijährigen Kopf.

Zwei Stunden später fand Kim Andersens am Vortag angetraute Frau ihn an einem Strick an einem der unteren Äste der Eiche hängen. Die nackten Füße baumelten in der Luft, darunter lag ein umgekippter Gartenstuhl.

5

Drei Stunden später klingelte das Mobiltelefon von Kriminalkommissarin Lene Jensen, als sie sich gerade mit ihren zwei besten Freundinnen an einen Cafétisch auf dem Kultorvet in Kopenhagen niedergelassen hatte. Lene hatte sich enorm auf dieses Treffen gefreut, das letzte lag sicher ein halbes Jahr zurück. Sie schaute auf das Display und stöhnte.

»Was ist?!«, fragte sie und stach ihren Löffel durch den dicken, weißbraunen Schaum ihres Caffè Latte, der gerade vor ihr abgestellt wurde. Lene schnitt eine entschuldigende Grimasse in Richtung von Marianne und Pia, während die Stimme am anderen Ende alles kaputt machte.

Der einunddreißigjährige Kim Andersen war vor wenigen Stunden in seinem Garten am Wald südlich von Holbæk von einem Baum geschnitten worden, informierte sie die Stimme. Er habe sich erhängt.

Die Stimme gehörte der stellvertretenden Polizeidirektorin Charlotte Falster, Lenes direkte Vorgesetzte bei der Staatspolizei, und sie sprach wie gewöhnlich klar und deutlich und einen Tick zu laut, als ob sie meinte, ihre Untergeordneten seien zwar versiert, aber nichtsdestotrotz ein wenig minderbemittelt. Charlotte Falster hatte nichts für Missverständnisse übrig, sie setzte auf klare, eindeutige Kommunikation. Dafür hatte sie Seminare besucht.

»Vielleicht hat sich der arme Mann ganz einfach das Leben genommen«, sagte Lene. »Das muss doch noch erlaubt sein.«

Während sie diese Worte leise und undeutlich aussprach, weil Charlotte Falster nichts mehr hasste als Genuschel, war ihr natürlich mehr als klar, dass die stellvertretende Polizeipräsidentin sicher nicht ihren Sonntags-Body-Flow-Kurs oder das Museumswochenende in Berlin abgebrochen hatte, um sich mit einem banalen Selbstmord auf Westseeland zu beschäftigen.

»Die Hände waren mit Handschellen auf dem Rücken gefesselt«, informierte die stellvertretende Polizeipräsidentin sie weiter. »Im Übrigen hat er gestern geheiratet, das Timing ist also schon recht ungewöhnlich. Er ist ein hochdotierter Kriegsveteran, was die Presse sehr interessieren dürfte. Die Leute haben den Eindruck, als täte das Militär nicht genug für die heimgekehrten Veteranen. Sie würden sich selbst überlassen, auch wenn sie traumatisiert und krank sind. Die Polizeidienststelle in Holbæk hat um Hilfe gebeten. Kannst du hinfahren und dir das mal ansehen?«

Um Haaresbreite hätte Lene vorgeschlagen, ob Charlotte Falster eventuell morgen noch mal anfragen könne, und fragte stattdessen: »Was ist mit Torsten?«

»Vaterschaftsurlaub.«

»Jan?«

»Knieverletzung. Fußball.«

»Christian?«

»Bei einem Kurs. Du kannst Morten mitnehmen, wenn du willst«, sagte ihre Chefin. »Es wäre schon gut, wenn ihr zu zweit dort aufkreuzen würdet.«

Lene würde nicht mal ein brennendes Auto verlassen,

wenn Morten Christensen sie dazu aufforderte, und Charlotte Falster wusste das ganz genau.

»Ich fahre in einer halben Stunde«, sagte sie. »Ist das okay?«

»Es freut mich, dass du Zeit und Lust hast, Lene«, sagte ihre Chefin ironisch. »Ich sage dann Bescheid, dass du unterwegs bist.«

Lene ließ den Löffel in das Latteglas sinken. Der Appetit auf Kaffee war ihr vergangen. Am liebsten hätte sie geschrien. Sie lehnte sich auf ihrem Stuhl zurück, legte die Hände in den Schoß und starrte vor sich hin.

»Die Juristin?«, fragte Pia.

»Die Powerbitch.« Marianne nickte.

Es gab nur einen Menschen, bei dem Lene diesen Gesichtsausdruck bekam.

»Du hast Geburtstag«, sagte Pia sauer. »Warum hast du ihr das nicht gesagt?«

»Sie ist keine Bitch«, entgegnete Lene. »Sie ist eigentlich ganz okay ... Etwas trocken, vielleicht, aber eigentlich okay, oder ...«

»Ist sie nicht«, sagte Pia.

Pia Holm war Krankenschwester in der Distriktspsychiatrie, südländischer Abstammung, schwarzhaarig und temperamentvoll, und sie liebte Lene bedingungslos. Sie waren sich vor vielen Jahren auf einer Treppe in der Istedgade begegnet, als Lene noch Uniform trug und bei der alten Station 1 in der Innenstadt Streife gefahren war. Ein Ex-Lover von Pia, der an dem Tag auf Bewährung freigelassen worden war, war gerade dabei, ihre Haustür einzutreten. Pias Tochter, damals fünf Jahre alt, hatte im Nachthemd in einer Ecke im Eingangsbereich gehockt und sich die Hände auf die Ohren gepresst, während Pia die Alarmzentrale angerufen hatte. Die übrigen Bewohner des Treppenaufgangs hatten ihre Fernseher lauter gedreht und gehofft, dass der Kerl sich wieder beruhigte und Leine zog.

Pia war gerade dabei, eine Kommode vor die Tür zu schieben, als sie schnelle, leichte Schritte auf der Treppe hörte, einen überraschten Aufschrei und eine ruhige, mahnende Frauenstimme. Als sie die Tür einen Spaltbreit öffnete, lächelte eine junge, rothaarige Frau in Polizeiuniform sie an. Ihren Fuß hatte sie zwischen den Schulterblättern des Ex-Lovers platziert, der bäuchlings und mit überkreuzten Armen vor der Polizistin auf dem Treppenabsatz lag.

Unter Pias Gesicht war das kleine, ernste Gesicht ihrer kleinen Tochter im Türspalt zum Vorschein gekommen, woraufhin die rothaarige Beamtin noch breiter gelächelt und gefragt hatte, wie sie den hieße und wie alt sie sei. Erst danach hatte sie wieder Pia angesehen.

»Kennen Sie diesen Mann?«

»Ja, ich meine, nein ... früher mal. Wir waren so was wie ein Paar. Er ist auf Bewährung entlassen worden. Er verfolgt mich. Obwohl ich umgezogen bin.«

Sie fing an zu weinen.

Die Polizistin sah Pia Holm in die Augen und versicherte ihr, dass er sie nicht mehr belästigen würde. Sie sollten jetzt ins Bett gehen und am nächsten Tag dafür sorgen, dass die Tür repariert werden würde.

»Versprechen Sie das?«, fragte Pia.

»Ehrenwort«, sagte die Polizistin.

»Verdammte Schlampen«, keuchte der Ex-Lover.

Pia Holm schloss die Tür und hörte das Geräusch von einem trockenen, knackenden Zweig. Der Ex-Lover schrie auf. Kurz darauf klang es, als würde etwas Schweres die Treppe runterfallen.

Sie lief ins Wohnzimmer und schaute auf die Straße. Das rote Haar der Polizistin leuchtete im Schein der Straßenlaternen wie Kupfer, als sie eine schlaffe Gestalt an einem Fuß hinter sich herzog. Ihr Partner stand mit überkreuzten Beinen an die Kühlerhaube des Streifenwagens gelehnt und rauchte. Die Autotüren standen offen, der Schimmer des Blaulichts wischte rhythmisch über die Fassaden, und Pia hörte den Sprechfunk aus dem Wageninnern knistern. Der Beamte schnippte die Zigarettenkippe weg und half seiner rothaarigen Kollegin ruhig und gelassen, die Überreste des Ex-Lovers auf der Rückbank zu verstauen. Dann knallten die Autotüren, das Blaulicht ging aus, und der Streifenwagen bog am Hauptbahnhof um die Ecke.

Wenige Tage darauf hatte sie zufällig die nun in Zivil gekleidete, rothaarige Polizistin im Supermarkt getroffen und sie gefragt, ob sie Lust hätte, mit ihr einen Kaffee zu trinken. Der Rest war Geschichte.

Marianne, die Lene kannte, seit sie sich an ihrem ersten Schultag neben sie gesetzt hatte, legte eine Hand auf ihren Arm.

»Wo musst du hin, Teuerste?«

»Nach Holbæk.«

»Nichts mit Kindern, oder?«

»Ich glaube nicht.«

Lene holte tief Luft und versuchte sich an einem Lächeln.

»Nächstes Wochenende? Versprecht mir das! Alle beide!«

»Natürlich«, sagten sie.

Sie warf einen Blick auf das Handy und fuhr sich genervt durch die langen, roten Haare.

»Fuck ... wieso können die Leute nicht irgendwann mal Pause machen?«

»Weil du dann arbeitslos wärst, Teuerste«, sagte Marianne altklug.

»Ich könnte nach Kreta zurückgehen und Surfbretter verleihen«, sagte Lene. »Oder Schmuck für die Touristen machen.«

»Das ist doch mindestens zwanzig Jahre her, oder?«, fragte Pia. »Du kriegst noch Geschenke!«

Die Freundinnen wühlten in ihren Taschen. Eine Gutscheinkarte für die Cinemathek – Lene liebte Filme – und ein Paar silberne Ohrringe mit Perlen und Delfinen. Sie musste fast heulen.

»Ihr seid so süß«, murmelte sie.

»Und ob wir das sind«, sagte Marianne. »Alles Gute!«

*

Lene fand ihren kleinen, alten Citroën in der Nørre Voldgade. Sie saß einen Augenblick lang einfach nur da und betrachtete ihr Spiegelbild hinter dem Sonnenschutz. Dann wischte sie über die Lachfalten um die Augen, frischte den Lippenstift auf und seufzte. Die neuen Ohrringe standen ihr gut. Sie sammelte das Haar mit einem Haargummi in einem dicken Pferdeschwanz. Dreiundvierzig Jahre alt, und nichts fühlte sich anders an. Ihre Tochter Josefine war einundzwanzig und rackerte sich in einem Café ab, um das Geld für eine halbjährige Reise mit einer Freundin nach Südamerika zusammenzukratzen, bevor sie hoffentlich endlich herausfand, was sie mit ihrem Leben anstellen wollte. Genau wie Lene es nach ihrer Gymnasialzeit und einem – wie der Vater konstatierte – mittelmäßigen

Abitur getan hatte. Lene hatte ein halbes Jahr auf Kreta gelebt, ehe sie nach Vordingborg und in die Ungewissheit zurückgekehrt war. Sie war seit Generationen die Erste in der Familie, die keine akademische Ausbildung gewählt hatte. Die Polizeischule zählte nicht, meinten ihr Vater, der Apotheker war, und ihre Mutter, die Klassische Philologie studiert hatte.

Sie hatte sich von Niels scheiden lassen, als sie neununddreißig und Josefine siebzehn gewesen war, undramatisch, aber eigentlich fünf Jahre zu spät, wie sie beide hinterher sagten. Niels war wieder verheiratet, während sie, einigermaßen zufrieden mit ihrem arbeitsreichen Singledasein, weitermachte so wie immer. Sie hatte sich bisher nicht wieder ernsthaft verliebt und war eine elende Flirterin.

Sie fuhr nach Hause in den Kong Georgs Vej, parkte den Wagen und ging in ihre Wohnung im dritten Stock hoch, eine schöne, helle Vierzimmerwohnung, die Lene vom Erbe ihres Vaters gekauft hatte. Sie schloss die Tür auf und rief, dass sie zu Hause war.

Es duftete nach Popcorn. Ihre Tochter und die Freundin, mit der sie nach Südamerika wollte, saßen am Esstisch im Wohnzimmer und futterten, während sie Landkarten und Reisebroschüren studierten.

»Was machst du denn zu Hause?«, fragte Josefine.

Als sie Lenes Gesicht sah, war alles klar. Sie hielt ihrer Mutter die Schüssel hin.

»Popcorn?«

Lene nahm eine Hand voll.

»Schön«, sagte Josefine und zeigte auf die Ohrringe.

»Danke, Schatz. Ich muss gleich wieder los.«

»Wohin?«, fragte die Freundin der Tochter.

»Nach Holbæk«, antwortete sie finster.
»Könnte schlimmer sein«, sagte Josefine.
»Zum Beispiel? Grönland?«
»Zum Beispiel.«
»*Christ.*«

Lene ging ins Schlafzimmer und warf Unterwäsche, Kleider und Toilettenartikel in eine Sporttasche, während sie überlegte, ob sie Laufschuhe mitnehmen sollte. Sie war in körperlicher Topform, absolvierte zwei- bis dreimal pro Woche Boxtraining im Sportverein der Polizei. Mit Zahnschutz, Helm und vollem Körpereinsatz. Und sie wog seit ihrem fünfundzwanzigsten Lebensjahr das Gleiche. Sie hatte sich nie stärker, beweglicher und schneller gefühlt als jetzt. Sie öffnete den kleinen Stahlschrank, der hinter dem Kleiderschank in die Wand gemauert war, und nahm ihre Dienstpistole heraus – eine hässliche Heckler & Koch 9mm-Pistole mit achtzehn Schuss im Magazin – und überprüfte, ob sie entladen war. Auch die Waffe verschwand in der Tasche, dazu ein Gürtelhalfter und zwei Magazine, ehe sie den Reißverschluss zuzog.

Sie war so weit.

6

Lene schaltete das GPS aus, als sie den Streifenwagen am Ende des schmalen Waldweges sah. Gærdesmuttevej. Das klang idyllisch, und das weiße Fachwerkhaus mit dem Reetdach machte ebenfalls einen gemütlichen, gepflegten Eindruck. Davor parkten ein Lieferwagen von einer Tischlerei, ein Krankenwagen, ein Wagen der Kriminaltechnik und ein nagelneuer Alfa Romeo mit einer gigantischen blauen Schleife auf dem Dach. Neben dem Krankenwagen stand eine abgedeckte Bahre, daneben warteten zwei Sanitäter.

Im Näherkommen bemerkte Lene einen uniformierten Beamten unter einem Baum im Garten und einen Kriminaltechniker in weißem Plastikanzug, der neben dem Alfa Romeo hockte und eine Probe in ein Reagenzglas gab, bei dem es sich um Erbrochenes handeln konnte.

Lene fand einen Platz für ihr Auto neben der Reifenspur. Der Garten grenzte an den Wald, und hinter dem Grundstück erstreckte sich eine lange, feuchte Wiese. Ein Rehbock hob den Kopf und beobachtete sie eine Weile, ehe er weiteräste.

Sie zeigte dem älteren Sanitäter ihren Ausweis, und sein jüngerer Kollege schlug das Laken bis zu den Hüften des Toten zurück.

Schlank, gut gebaut, muskulös. Keine Brustbehaarung,

während sich die Schamhaare in einer schwarzen Spitze bis zum Nabel kräuselten. Der Kopf war unnatürlich weit nach links gedreht. Vermutlich war die Halswirbelsäule unmittelbar unter dem Schädel gebrochen, dachte sie. Der Strick war mit einem Knoten unter dem rechten Ohr verknotet gewesen und hatte eine tiefe, blaue Furche um den Hals hinterlassen. Kim Andersens Augen waren halb geschlossen, der Mund stand offen. Die Leiche lag halb auf der Seite, halb auf dem Rücken, was an den über den Lendenwirbeln auf dem Rücken gefesselten Händen lag. Lene ging in die Hocke und sah sich die Handschellen genauer an, die sich nicht wesentlich von denen unterschieden, die sie in einer Schublade in ihrem Büro liegen hatte. Die Kriminaltechniker hatten Plastiktüten um die Hände des Toten geschnürt, um später den Dreck unter den Nägeln und andere Spuren zu sichern.

Der Körper des Verstorbenen war von gut zwanzig Tätowierungen bedeckt. *Rege et Grege* stand über einem roten Herz neben Kim Andersens linker Brustwarze. Entlang der Außenseite des linken Oberarms fand sie das Motto *Dominus Providebit.* Unter dem Fadenkreuz eines Zielfernrohrs, das auf den Kopf eines Taliban-Kriegers gerichtet war, stand *RLG Keeping Hell Busy,* und unter einem zweiten, leeren Fadenkreuz über Kim Andersens rechter Brustwarze *You Can Run, But You Only Die Tired.*

Kim Andersen trug eine dicke, hellblaue Uniformhose mit breitem, weißem Kavalleriestreifen. Die Hosenträger waren um die Beine gewickelt, und der Reißverschluss stand offen. Der Schließmuskel hatte sich entspannt, und der Tote stank.

»Leibgarde«, sagte der jüngere Sanitäter.

»Das sehe ich«, sagte sie. »Danke, dass Sie gewartet haben. Sie können ihn jetzt wegbringen.«

Der tote Gardist würde in das Rechtsmedizinische Institut in Kopenhagen transportiert werden, wo Lene am folgenden Tag hoffentlich Resultate und Rückschlüsse von den Rechtsmedizinern erhalten würde, die über das Offensichtliche hinausgingen.

Das rotweiße Absperrband der Polizei spannte sich zwischen den Bäumen im Garten, und die Spurensicherung hatte mit grünen und roten Holzstäben zwei Paar Fußspuren im Gras markiert. Lene duckte sich unter dem Band hindurch und ging an einem geometrisch perfekten Brennholzstapel unter einem Schutzdach vorbei zu dem jungen Polizisten, der bei dem Baum stand. Sie sah sich den umgekippten Gartenstuhl an und das Ende des dünnen Nylonstricks, der etwa einen Meter unter dem Ast abgeschnitten worden war.

Der Beamte zeigte zu der offenen Garage, wo eine Segeljolle auf einem Anhänger stand.

»Der Strick stammt vermutlich von der Jolle«, sagte er.

Sie gingen in die Garage.

»Die Backbord Fockschot fehlt«, erklärte der Beamte. »Oder ... sie hängt an dem Ast.«

»Segeln Sie?«, fragte Lene.

»Ich habe ein kleines Boot, ja.«

Er ging vor ihr zurück zum Baum.

»Was sagen Sie zu dem Knoten da oben?«, fragte sie.

»Ein schöner Palstek«, sagte er. »Der Universalknoten für alles zwischen Himmel und Erde, wenn man segelt.«

»Kannten Sie den Toten?«

Der Mann schüttelte den Kopf.

»Wer hat ihn gefunden?«, fragte sie.

»Seine Frau. Sie hatte Kaffee gekocht. Sie hat ihn auch abgeschnitten, ihn beatmet und ihm eine Herzmassage verpasst, ehe sie angerufen hat. Der Anruf ging um Viertel nach zehn bei uns ein.«

Lene legte die Stirn in Falten. Das war bemerkenswert. Die meisten Leute wären vor Schock wie gelähmt gewesen oder rettungslos panisch.

Der Polizist zeigte auf den weißen Alfa Romeo in der Einfahrt. »Schickes Hochzeitsgeschenk, was?«

»Kann man wohl sagen«, antwortete sie. »Handwerker sollte man sein. Wo ist Ihr Kollege?«

»Drinnen bei der Frau. Oder Witwe sollte man wohl besser sagen, auch wenn sie nicht mal vierundzwanzig Stunden verheiratet waren.«

Lenes Blick wanderte zu dem Sandkasten und einem Dreirad vor der Garage.

»Ist wohl so. Wo sind die Kinder?«

»Bei ihrer Mutter.«

Sie zog blaue Überzieher an, ehe sie das Haus betrat. Die erste Tür links im Eingangsbereich war mit afrikanischen Tieren bemalt und angelehnt. Lene schob sie mit einem Finger auf und blickte in das aufgeräumteste Kinderzimmer, das ihr je begegnet war. Zwei weiße Betten, das eine mit Bettzeug von *Toy Story* bezogen, das andere mit *My Little Pony*. Perfekt. Mädchen und Junge. Das Spielzeug stand aufgereiht in Treppenregalen oder in Plastikkisten verpackt, die akkurat nebeneinander unter dem Bett standen. Die Bettdecken waren an den Seiten um die Matratze festgesteckt, aber die Kissen lagen ohne Bezug auf dem

Boden, als hätte jemand die Kissenbezüge abgerissen und gegen die Wand geschleudert. Lene fand die Bezüge unter einem der Regale, rührte sie aber nicht an. Sie ging wieder nach draußen und bat einen der Techniker, den sie kannte, Kissen und Bezüge mitzunehmen.

Der Mann sah sie an: »Was sollen wir daran untersuchen?«

»Wenn ich das wüsste, bräuchtet ihr sie nicht zu untersuchen, Arne.«

Er seufzte und stieg in den Lieferwagen, um mehr Beweisbeutel zu holen.

»Was habt ihr sonst?«, fragte sie an seinen vornübergebeugten Rücken gewandt.

»Neben dem Alfa hat sich jemand übergeben«, sagte er. »Und dann haben wir die hier gefunden.«

Er hielt einen Beutel mit einer CD-Rom hoch.

»Die lag im Gras, aber noch nicht sehr lange.«

Lene schaute auf die silberne Scheibe. »Ich freue mich schon, zu hören, was da drauf ist. Morgen?«

»Selbstverständlich. Ich schlage mir doch mit Vergnügen die ganze Nacht um die Ohren, um Kopien und alle akustischen Untersuchungen durchzuführen, die mir einfallen. Ich hab ja auch nur Gäste zum Abendessen und zum Bridge. Aber mach dir darüber keine Gedanken.«

»Mache ich nicht, Arne, keine Sorge. Mir geht's auch nicht anders. Was mich angeht, habe ich heute zum Beispiel Geburtstag.«

»Glückwunsch. Die Frau des Verstorbenen hat übrigens eine Gartenschere für den Strick benutzt. Die nehmen wir mit.«

»Sonst noch was? Was ist mit Computern?«

»Ich habe keinen gefunden.«

Lene sah ihn an.

»Wer hat heutzutage denn keinen Computer?«, fragte sie.

»Keine Ahnung. Aber sie offenbar nicht.«

Lene breitete die Arme aus. »Natürlich haben die einen. Irgendwo muss der sein, Arne.«

»Du darfst gerne suchen«, sagte er.

»Warum muss ich eigentlich alles selber machen?«

Er grinste.

»Weil du die Detektivin bist?«

»Herrgott ... Was ist mit den Spuren im Garten?«

»Zwei Paar. Nackte Füße Größe fünfundvierzig und Füße in Strümpfen Größe neununddreißig.«

»Danke, Arne.«

Lene öffnete die Tür zum Wohnzimmer. Eine Polizistin mit kurzen, blonden Haaren saß in einem Sessel, die Hände gefaltet, die Füße unter den Sessel geschoben: eine der Positionen, die man automatisch einnahm, wenn man wusste, dass man unerwünscht war. Lene hatte schon unzählige Male so dagesessen.

Hinten im Wohnzimmer lief eine junge Frau mit einem Handy am Ohr auf und ab. Sie sah Lene nicht an und setzte ihre frustrierte Wanderung zwischen Truhe und Regal fort. Mit der freien Hand hatte sie den Bademantelkragen am Hals zusammengerafft. Tränen tropften von ihrem runden Kinn. Sie war etwas kleiner als Lene und hatte ein schönes, jetzt allerdings schmerzlich verzerrtes, blasses Gesicht, eingerahmt von langem, dunklem Haar. Sie trug feine, transparente Nylonstrümpfe, sicher noch ein Teil der

Brautgarderobe, nahm Lene an. Ihre Füße waren erdig, und in ihren Haaren hingen immer noch ein paar Reiskörner. Das kräftige Hochzeits-Make-up war ruiniert, die Mascarastreifen hatten den Hals erreicht, und der Lippenstift war verwischt.

»Ich weiß nicht, warum«, rief sie in den Hörer. »Er ist einfach nur tot, Mama! Tot, tot, tot! Jemand hat ihn umgebracht!«

Lene blieb an der Tür stehen.

Die Frau hielt inne, um einen Schub Asthmaspray zu nehmen.

»Wer sind Sie?«, fragte sie plötzlich und sah Lene an. Ihre Nase war rot und die Augen verquollen, aber die Kommissarin ahnte trotzdem ein Blitzen in den Augen. Ein rationales und kühles Aufblitzen.

»Ich bin Kriminalkommissarin Lene Jensen von der Staatspolizei in Kopenhagen«, sagte sie. »Mein herzliches Beileid.«

»Das ist so verdammt ungerecht«, flüsterte die junge Frau. »So verflucht noch mal ungerecht. Alle Kriege ohne eine Schramme überstanden und dann ... Das ist gestern alles so gut gelaufen. Und ich weiß, dass es auch weiter richtig gut gelaufen wäre.«

Sie beendete das Gespräch mit ihrer Mutter, setzte sich aufs Sofa und starrte mit leerem Blick vor sich hin.

Lene entdeckte auf dem oberen Regalbrett ein Schwarzweißfoto des Verstorbenen. Uniformmütze, Paradejacke, breites Zahnpastalächeln, hübsche Gesichtszüge. Standard. Es sah aus wie alle anderen Soldatenporträts, die sie im Laufe der Zeit gesehen hatte. *Für meine geliebte Louise,* hatte Kim Andersen quer über das Bild geschrieben. Lene ließ den Blick zu einem größeren Farbfoto in Silberrahmen auf dem zweitobersten Regalbrett wandern. Eine Gruppe sonnengegerbter Soldaten in einer fernen Wüste. Im Hintergrund waren braune, kahle Höhenzüge zu erkennen, und die Sonne stand senkrecht über den Köpfen der Männer. Sie waren kaum voneinander zu unterscheiden: alle groß und muskulös, mit breitkrempigen Wüstenhüten und extrem dunklen oder reflektierenden Sonnenbrillen. Die Soldaten waren mahagonibraun, langhaarig und bärtig und nicht gerade vorschriftsmäßig gekleidet: zwei in sandfarbenen T-Shirts und locker sitzenden Camouflagehosen, zwei mit nacktem Oberkörper und der letzte mit offenem Uniformhemd über der Hose. Vier der fünf Männer hatten rot- oder schwarzweiß karierte Partisanentücher um den Hals und alle trugen schwarze Pistolenholster an den Oberschenkeln.

Kim Andersen stand in der Mitte. Lene erkannte ihn an den Tätowierungen.

Der größte und kräftigste der Männer stand etwas abseits mit verschränkten Armen. Eine kleine, aber bedeutungsvolle Distanz. Nackter Oberkörper, kein Partisanentuch, kein um die Schulter gelegter Arm. Er sah gut aus, dachte sie. Und er war am ganzen Körper tätowiert, wie es schien. Figuren, Buchstaben und Runen schlängelten sich die Arme hinauf, über die Schultern, hinter das eine Ohr. Er lächelte wie die anderen, und sah doch ganz anders aus. Reserviert.

Sie setzte sich neben Louise Andersen aufs Sofa. Die Witwe hatte die Stirn auf die Knie gelegt, und Lene wartete, bis die halb unterdrückten Schluchzer allmählich verebbten.

»Louise?«

Der Kopf nickte.

»Wo sind Ihre Kinder?«

»Bei meiner Mutter.«

»Möchten Sie gerne zu ihnen?«

»Ja, gerne.«

»Das sollen Sie auch. Aber darf ich Sie noch etwas fragen, ehe Sie sich auf den Weg machen?«

»Ja.«

»Sie haben gestern geheiratet?«

Louises Atem ging schneller, hektisch, sie nahm noch einen Stoß Asthmaspray, trocknete sich mit den Handflächen das Gesicht.

Dann lächelte sie Lene mit einer schrecklichen Grimasse an.

»Und wurde heute geschieden.«

»Sie haben Kim selbst heruntergenommen und versucht, ihn wiederzubeleben, habe ich gehört. Das haben Sie sehr gut gemacht, Louise.«

»Danke ...«

»Haben Sie die Handschellen schon mal gesehen?«

Louise Andersen krümmte sich erneut zusammen.

»Das war ein Joke«, schluchzte sie. »Er hat sie von einem Kumpel bekommen, weil er jetzt lebenslänglich an mich gefesselt war.«

»Von wem?«

»Irgendwer. Ich weiß es nicht.«

»Okay. Wo ist Ihr Computer?«

Louise Andersen zeigte mit der Hand zu einem antiken Sekretär zwischen zwei Fenstern, die in den Garten zeigten. Lene nickte der Polizistin zu, die aufstand und die Klappe öffnete. Sie zeigte Lene ein paar lose Kabelenden.

»Was war das für ein Computer, Louise?«
»Was?«
»Welche Marke?«
»Toshiba. Ein Laptop. Altes Teil. Ist er nicht da?«
»Nein, aber wir werden ihn sicher finden.«
»Kann ich jetzt gehen? Ich würde jetzt gern zu meinen Kindern.«
»Selbstverständlich. Wir können Sie fahren.«

Louise Andersen sprang auf, lief durchs Wohnzimmer und verschwand im Badezimmer.

Lene sah die Polizistin an. Sie war jung. Sehr jung. Und sehr unsicher, obgleich sie sich alle Mühe gab, die angemessene Kompetenz auszustrahlen.

»Würden Sie sie bitte zu ihrer Mutter fahren?«
»Natürlich.«
»Vielleicht sollte ein Arzt kommen, um sie zu untersuchen«, sagte Lene. »Und vielleicht sollte sie etwas zur Beruhigung bekommen.«

7

Eine Sekretärin hatte ihr ein Zimmer in einem kleinen Hotel außerhalb von Holbæk reserviert. Es war wie alle anderen Hotelzimmer, in denen Lene durchschnittlich hundertfünfzig Nächte im Jahr verbrachte: Hübsch und steril.

Sie entschied sich für das Tagesgericht – von dem sie sich fünf Minuten später nicht mehr erinnerte, was es war –, das sie in einem fast leeren Restaurant mit schöner Aussicht über den Fjord zu sich nahm. Eine kleine weiße Fähre glitt über den dunkelblauen Spiegel auf Orø zu, und das auf dem Wasser treibende Licht der Fähre und das kultivierte Gemurmel der wenigen Gäste hatten eine einschläfernde, fast hypnotische Wirkung auf sie. Lene nickte beinahe über ihrem Teller ein, als der Kellner kam und sie fragte, ob sie einen Kaffee wollte.

Sie hatte einen vorläufigen Bericht von Arne, dem verantwortlichen Kriminaltechniker, vorliegen. Die Techniker hatten einen Waffenschrank aufgebohrt und eine Schrotflinte und ein Jagdgewehr mit Zielfernrohr gefunden. Die Waffen waren gepflegt, aber von einer feinen Staubschicht bedeckt, die besagte, dass sie schon länger nicht benutzt worden waren. Ein paar ungeöffnete Schachteln mit Schrot- und Jagdmunition wiesen die gleiche Staubschicht auf.

Bei der Untersuchung des Badezimmers waren sie auf

ein Glas Sertralin gestoßen, ein Mittel gegen Depressionen, und eine Schachtel Schlaftabletten. Beide Präparate waren Kim Andersen verordnet worden. Die Verpackungen waren angebrochen gewesen. Lene war gespannt auf das Resultat der Blutproben.

Arne hatte den Namen und die Adresse des behandelnden Arztes angegeben.

Ansonsten war das Heim weitestgehend unauffällig gewesen, ähnlich eingerichtet wie Hunderttausende andere dänische Wohnungen auch, sagte er.

Lene trank ihren Kaffee in der menschenleeren Hotelbar, während sie ihre Notizen und Skizzen durchging und über Unstimmigkeiten nachgrübelte. Kim Andersen war auf alle Fälle nicht nur der kerngesunde Tischler und hochdekorierte Ex-Zeitsoldat der Leibgarde gewesen, wie es auf den ersten Blick den Anschein hatte. Und die Verzweiflung der jungen Witwe über den Tod ihres Mannes war echt, ihre Gefühlsausbrüche hatten selbst auf eine erfahrene und zynische Beobachterin wie Lene absolut authentisch gewirkt. Ihre Aussagen über das, was sie getan hatte, waren hingegen himmelschreiend unstimmig.

Nach einer weiteren Tasse Kaffee auf Staatskosten verließ sie das Hotel durch den Seitenausgang. Sie umrundete eine Hecke und ging über den Parkplatz und einen asphaltierten Fußweg nach unten zum Fjord. Dort hielt sie inne und betrachtete die Lichter in Hørby drüben auf Tuse Næs. Die Fähre war auf der Fahrt zurück nach Holbæk. Das Wasser war nach wie vor winterlich kalt, der leichte auflandige Wind war wärmer, und die Meeresbrise verdickte sich zu dichtem Nebel.

Lene fröstelte und ging zum Hotel zurück. Ein paar

dämmrige, gelbe Straßenlaternen erleuchteten den fast leeren Parkplatz. Unter einem Laternenpfahl parkte ein hellgrauer Volvo-Kastenwagen, der Fahrer saß am Steuer und rauchte. Die Seitenscheibe war runtergekurbelt, damit der Rauch entweichen konnte. Der Fahrer trug Lederjacke und Handschuhe, ein Arm hing aus dem Fenster. Er hielt ein Mobiltelefon ans Ohr gedrückt. Aus dem Radio strömte klassische Musik in die Dunkelheit. Lene warf automatisch einen müden Blick auf die Gestalt und registrierte kurz geschnittenes, dunkles Haar, einen Hemdkragen und die Augen des Mannes im Rückspiegel. Sein Blick folgte ihr einen kurzen Moment, ehe er ihn niederschlug. Der Mann lachte gedämpft über irgendetwas, das sein Gesprächspartner gesagt hatte, entgegnete aber nichts. Lene gähnte und ging weiter, sie freute sich auf ihr Hotelbett.

Sie entfernte ihr Geburtstags-Make-up, duschte rasch, putzte sich die Zähne, zog frische Unterwäsche an und schlüpfte unter die weiche Decke.

*

Sie wurde lange vor Tagesanbruch wach und setzte sich abrupt im Bett auf. Es war kühl im Zimmer. Es regnete leicht und die Tropfen malten gelbe Linien auf das Fensterglas, wo der Schein der Straßenlaternen sie traf. Ihr Herz hämmerte, und sie war schweißgebadet. Ihr Atem ging schwer, und sie suchte nach ihrem Puls. Sie zählte, während der Sekundenzeiger ihrer Armbanduhr viel zu schnell vorwärtstickte.

Als Polizist kannte man diese Angst in- und auswendig. Anfangs dachte man noch, dass die Attacken zufällig waren, aber inzwischen hatte Lene gelernt, dass jede dieser Attacken eine ganz konkrete Ursache hatte: Ein kurzer Blick in den Schrank voller Tod, Tragödien, Gewalt und Verstümmelung, die sie im Laufe von achtzehn Jahren im Polizeidienst erlebt hatte.

Der Puls beruhigte sich wieder, und ihr Atem ging langsamer. Sie lehnte sich gegen das Kopfteil, die Hände über dem Bauch gefaltet und die Knie an die Brust gezogen. Es gab keine Gesichter dort drinnen, keine Stimmen oder Verwünschungen, keine Sirenen oder schnelle Schritte. Keine toten Kinder.

Nur den muskulösen Hals eines Mannes in dem schummrigen Licht einer Straßenlaterne. Ein Hals mit dem schwarzen Schwanz eines Skorpions, der aus dem Hemdkragen ragte. Der Hals gehörte dem Mann in dem Volvo, der auf dem Parkplatz vor dem Hotel gestanden hatte. Dem Mann, dessen Blick ihr im Rückspiegel gefolgt war. Sie hatte diesen Skorpionschwanz schon einmal gesehen.

Im Haus von Kim Andersen. Sie war sich fast sicher.

Hexenkesselnebel waberte gespenstisch und weiß über die Wiese, und über Lenes Kopf befand sich der Große Wagen in seiner gewaltigen Rotation. Sie umrundete das dunkle, stille Haus und wäre um ein Haar über das allgegenwärtige Absperrband der Kriminaltechniker gestolpert. Sie fluchte nervös. Sie hatte einen verschlafenen Wachhabenden in der Polizeistation Holbæk rausgeklopft, um sich einen Schlüssel für das Haus geben zu lassen. Jetzt stand sie unter dem Windfang vor der Eingangstür und suchte in ihren Taschen danach, als sie direkt neben sich ein leises Schniefen hörte. Aufgewärmte Luftmoleküle von einem Körper in unmittelbarer Nähe richteten die daunenfeinen Härchen auf ihren Händen auf, und sie fuhr herum, während sie die Pistole aus dem Holster riss und die Taschenlampe in Schulterhöhe ausrichtete. Der Lichtkegel erleuchtete zwei runde, blutrote Netzhäute in den weit aufgerissenen Augen eines Rehbocks. Das Tier schnaufte aufgeschreckt und verschwand mit langen Sprüngen durch den Hexenkesselnebel.

Sie ging in die Hocke, legte den kalten Stahl der Pistole an die Stirn und betrachtete ihre schwarzen Schnürschuhe. Ihr Herz schlug wieder zu schnell, und sie fluchte leise, aufgeschreckt und in Alarmbereitschaft, und wünschte sich, sie hätte das Mistvieh wenigstens erschossen.

Dann schloss sie die Tür auf, durchquerte Eingangsbereich und Wohnzimmer und blieb vor dem Regal stehen.

Das Wüstenbild stand an seinem Platz.

Sie drehte es um, bog die dünnen Metallhaken zur Seite und nahm das Foto heraus. Lene setzte sich auf das Sofa und sah sich die Soldaten im Schein ihrer Taschenlampe noch einmal an. Besonders den breitschultrigen, großen Mann, der etwas abseits stand. Leicht gespreizte Beine, vor der Brust verschränkte Arme, Muskelspiel unter der sonnengebräunten Haut. Die Augen waren hinter den Spiegelgläsern der Sonnenbrille nicht zu erkennen. Die Tätowierung zog sich von der Schulter bis unter das rechte Ohr: Der Skorpion und sein Giftstachel.

Reserviertes Lächeln in die Kamera. Anders.

Als der Mann am Waldrand das Nachtsichtgerät abnahm, bestand die Welt mit einem Mal nicht länger aus graugrünen Flächen und Formen. Es belustigte ihn, dass der Rehbock die Kommissarin derart überrascht hatte. Aber er war ziemlich beeindruckt von ihren Reflexen, auch wenn er schon Besseres gesehen hatte.

Er lief durch den Wald zurück und fragte sich, ob er sie sich gleich hätte schnappen sollen. Der Gedanke war reizvoll, fast unwiderstehlich. Sie war allein. Der nächste Nachbar war mindestens einen Kilometer entfernt. Er blieb auf dem schmalen Waldpfad stehen und überlegte noch einmal und ernsthaft, was er alles mit ihr machen würde.

Dann ging er weiter. Nicht jetzt. Kriminalkommissarin Lene Jensen war sicher zäh und stark. Es würde lange dauern, sie in ein Tier zu verwandeln.

8

Niemand brauchte Michael zu erzählen, dass eine gute Verkleidung nicht unbedingt etwas mit einem falschen Bart, einer Perücke, einer Sonnenbrille oder höheren Schuhen zu tun haben musste. Eher kam es auf eine ausgewogene Kombination aus Stimmführung, Körperhaltung und Mimik an. Es galt, einen Typen darzustellen, der in der Erinnerung der Leute die Person hinter der Verkleidung verdeckte. Keith Mallory hatte immer gesagt, die Leute sollten Mickey Mouse sehen und den Mann im Kostüm vergessen.

Für die erste Verabredung des Tages schlüpfte er in die Rolle des harmlosen und besorgten Vaters. Michael kämmte die Haare zu einer Ponyfrisur nach vorne, die etwa einen Fingerbreit über den Augenbrauen endete. Er schmierte sich etwas Glyzerinsalbe an die Schläfen, damit es aussah, als würde er vor Nervosität schwitzen, und zog ein beiges, etwas zu großes Leinenjackett an, das seine Frau »Keramiker von Møn bei Vernissage« nannte, dazu ein braungestreiftes Hemd und ein Paar braune Sandalen, die bei ihr unter »Biologielehrer, unerkannt pädophil, 1973« rangierten, graukarierte Socken und eine farblose, ausgebeulte Hose, bei der Sara die Worte fehlten. Das Werk erfuhr seine Vollendung durch eine starke Brille mit getönten Gläsern.

Vielleicht steckte er zu viel Mühe in sein Outfit, aber die Aufgabe war nun mal ungewöhnlich, und er wollte auf keinen Fall riskieren, dass irgendjemand seine Unternehmungen rekonstruieren konnte und seine Identität auffliegen lassen würde. Ganz zu schweigen davon, dass jemand an der Identität seines Klienten kratzte.

Nach einem soliden Frühstück war er zu FOTO/C hinter dem Königlichen Theater gegangen, einem Fachgeschäft für Kameras, Dunkelkammerausrüstungen, Film- und Bildbearbeitung. Dort hatte einer der Angestellten den besten und deutlichsten Ausschnitt des Sternenhimmels in den letzten Sekunden von Elizabeth Caspersens Film kopiert. Mit Hilfe avancierter Software hatte er das Sternbild noch stärker herausgearbeitet und ein Schwarzweißfoto in hoher Auflösung hergestellt.

Michael ging zum Kongens Nytorv, nahm die Metro nach Nørreport und beschloss, das letzte Stück zum Niels Bohr-Institut in Nørrebro zu Fuß zu gehen.

Er hatte im Voraus wegen seines speziellen Anliegens angerufen und war nach einigen Weiterleitungen bei einem jungen und recht freundlichen Studenten mit dem romantischen Namen Christo Buizart gelandet, vorübergehend entliehen vom Observatorium in Paris. Michael hatte sich als Knud Winther vorgestellt, verzweifelter Vater, der Hilfe suchte, um anhand der Sternenkonstellation in einem Film seine Tochter zu finden.

Er betrachtete die graue, berühmte Fassade des Instituts, ehe er einen Blick auf den Notizzettel mit der mitreißend schnellen Wegbeschreibung des jungen Franzosen warf. Im ersten Stock verlor er schnell die Orientierung in dem Labyrinth aus engen Korridoren und merkwürdig halben Treppen zwischen den unterschiedlichen Ebenen der miteinander verbundenen Gebäudeflügel. Er musste mehrfach nachfragen, ehe er die Tür mit dem Namen des Astronomen auf einem gelben Post-it-Zettel fand.

Der junge Franzose war Herrscher über ein Büro, das etwas kleiner als zwei zusammengebaute Telefonzellen war. Papierstapel, summende elektronische Lautsprecher und mehrere große Computerbildschirme machten das Büro mehr oder weniger unbetretbar, außerdem gab es nur einen Stuhl, auf dem der junge Wissenschaftler saß. Er stand auf, wobei er um ein Haar einen Kaffeebecher umgestoßen hätte, fluchte in seiner Muttersprache und streckte die Hand aus.

»*Bonjour.*«

»*Bonjour*«, antwortete Michael. »Können wir vielleicht Englisch sprechen?«

»*Naturellement, Monsieur.*«

Michael leitete seine Erzählung von einer neunzehnjährigen Tochter mit einer ungesunden Faszination für Gothrock ein, die sich einbildete, in den Leadsänger einer deutschen Band namens Styx verliebt zu sein. Die Tochter bezeichnete den Leadsänger als »Meister«. Den Pressefotos nach zu urteilen, war der »Meister« ungefähr dreißig Jahre alt.

Christo Buizart lächelte mitfühlend.

»Nach einem Konzert in Berlin im Oktober 2010 wurde meine Tochter von dieser verfluchten Band und ihrer verzerrten Weltsicht geschluckt und ist einfach verschwunden. Wir bekommen nur ab und zu über Mails oder SMS ein Lebenszeichen von ihr. Styx ist schlimmer als eine religiöse Sekte, der Albtraum eines jeden Vaters.«

Der Franzose, der höchstens fünfundzwanzig sein konnte, nickte verständnisvoll.

»Aber wie kann ich Ihnen helfen?«, fragte er.

Michael klappte die Schultertasche auf und fummelte den Umschlag mit den Sternenbildern heraus. Beim Anblick der glänzenden Fotos schob Christo Buizart hurtig seine Papiere und Berichte zusammen, um Platz auf dem Schreibtisch zu schaffen.

»Einer meiner Kollegen hat mir geraten, diese Bilder anfertigen zu lassen«, sagte Michael. »Er ist Hobbyastronom und meinte, dass man meine Tochter eventuell anhand der Sternbilder lokalisieren könnte. Die Aufnahmen stammen aus einem kurzen Film, den sie meiner Frau vor einigen Monaten geschickt hat.«

Michaels Gesicht nahm einen schwebend desperaten Ausdruck an, während der Astronom die Augenlider senkte und die Fotografien durch ein Vergrößerungsglas betrachtete.

»Darf ich darauf zeichnen?«, fragte er.

»Selbstverständlich.«

Mit einem weißen Stift verband der Franzose blitzschnell die Sterne in ihren jeweiligen Konstellationen.

Er zeigte auf den größten, leuchtenden Punkt in der Mitte des Bildes.

»Das ist natürlich die Venus«, sagte er.

Michael lächelte beeindruckt und beugte sich vor.

»Über der Venus haben wir Scheat im Pegasus, dort Sheratan im Widder«, fuhr Buizart fort. »Wir befinden uns also im Norden. Sehr weit im Norden. Wir schauen an den westlichen Sternenhimmel irgendwo von den hohen Breitengraden. Da ist der Fisch. Gut. Sehr gut, sogar.«

Er sah Michael von der Seite an.

»Im Vordergrund ist Wasser, eine Fahrrinne. Es sieht so

aus, als läge die Stelle ein gutes Stück unter dem Beobachtungspunkt.«

»Sie hat etwas davon geschrieben, dass sie hundert Meter über dem Meer stünde und die Sterne grüße«, erklärte Michael voller Ernst.

Der Franzose nickte und navigierte dann durch diverse Datenbanken, Tabellen und endlose Kolonnen grüner, sich unaufhörlich verändernder Zahlen auf einem Computermonitor. Am Ende tippte er irgendwelche Zahlen in eine Art avancierten Taschenrechner ein.

»Das hier ist ein astronomischer Taschenrechner«, erklärte er.

»Aha.«

Der junge Mann war noch einige Minuten ganz in sein privates Universum vertieft, ehe er aufschaute.

»70 Grad, 29 Minuten und 46 Sekunden nördlicher Breite und 25 Grad, 43 Minuten und 57 Sekunden östlicher Länge«, sagte er und schrieb die Koordinaten auf einen Block. »Bei der Annahme, dass der Beobachtungspunkt 102 Meter über dem Meeresspiegel liegt.«

»Und wo ist das?«

»Dort.«

Christo Buizart öffnete Google Earth und schob den Cursor auf die Koordinaten.

»Gleich östlich vom Porsangerfjord. Das nördlichste Nordnorwegen, Monsieur. *Voilà.*«

»Wa...?« Michael räusperte sich. »Entschuldigung, wann?«

Der Astronom tippte fingerfertig eine lange Zahl in den Rechner.

»Exakt 18 Uhr 45 lokale Zeit, 24. März.«

Michael sah ihn an.

»In welchem Jahr?«

Gallisches Schulterzucken.

»Je ne sais pas, Monsieur. Innerhalb der letzten Jahre. Die Konstellationen und ihre präzise Position im Verhältnis zur Erde wiederholen sich jedes Jahr. Mehr oder weniger. Dazu müsste man allerdings punktgenau die Observationshöhe kennen. Und wenn es Kometen, Satelliten oder andere spezifische Objekte auf den Bildern gäbe, könnte ich Ihnen natürlich sagen, welches Jahr. Aber sie sagten doch, dass Ihre Tochter im Herbst 2010 verschwunden ist, dann kann es ja eigentlich nur 2012 sein, wenn Sie den Film vor einigen Monaten bekommen haben?«

»Aber natürlich, da haben Sie recht. Tausend, tausend Dank!«

Der Astronom lächelte und zeigte zwei ausgesprochen ebenmäßige Zahnreihen.

»War mir ein Vergnügen. Ich hoffe, Sie sind bald wieder mit Ihrer Tochter vereint«, sagte der Franzose feierlich.

Michael fand ein Café an den Seen. Er trank schwarzen Kaffee und wischte sich das Glyzerin von den Schläfen, strich das Haar zurück und steckte die Brille in die Schultertasche. Er schaute abwesend zu den Joggern und Frauen mit Kinderwagen. Die Frühlingssonne schien alle nach draußen zu locken.

Finnmark. *Porsangerfjord.* Michael wusste nicht viel mehr über Nordnorwegen, als dass es spärlich bevölkert und quasi straßenlos war und auf Wanderer und Kletterer eine magische Anziehungskraft ausübte, auch wenn ihm der Monat März sehr früh für einen solchen Ausflug vorkam. Aber das Datum erklärte natürlich die Eisschollen auf dem Wasser vor dem Felshang. Vielleicht hatte der Mann auf Skiern gestanden und kam aus einer Hütte in der Nähe. Oder war er von woanders dort hingebracht worden?

Michael fragte sich, ob es noch sterbliche Überreste des jungen Mannes unten auf dem Uferstreifen gab. Unwahrscheinlich. Die Tiere dort oben hatten fast ein Jahr Zeit gehabt, die Leiche zu verzehren, und der Reste hatten sich dann sicher die Gezeiten, das Eis und die Winterstürme angenommen. Die Finnmark könnte vermutlich ganze Armeen spurlos verschlingen.

Aber wenigstens hatte er jetzt ein paar genaue Koordinaten, vorausgesetzt die Observationshöhe, die entscheidend für die Genauigkeit der Berechnungen war, stimmte.

Er stand auf, bezahlte den Kaffee und spazierte an den Seen entlang zu seiner nächsten Verabredung.

Michael erkannte Simon Hallberg schon von weitem. Der junge Journalist von der *Berlingske Tidende* stand wie abgesprochen vor der Buchhalle auf dem Rathausplatz unter den berühmten weißen Lampen der konkurrierenden Morgenzeitung. Er trug ein kurzes, braunes Samtjackett, Jeans, gelbe Skaterschuhe und ein hellblaues Hemd. Über seiner Schulter hing eine abgewetzte, graue Crumples-Tasche. Seine Arme und Schultern sahen aus, als würde er nicht oft Gewichte heben, die schwerer als ein Kugelschreiber waren, und er hatte eine Glatze.

Michael legte eine Hand auf die Samtschulter, und der Journalist zuckte zusammen.

»Überlegst du, zur Konkurrenz zu gehen, Simon?«, fragte er.

»Hi, Michael! Was? Nein, nein, mir geht's bestens, wo ich bin. Ganz bestimmt. Wie sieht's bei dir aus?«

»Gut.«

»Was macht der Sohn?«

»Den beiden geht's gut. Wir haben vor anderthalb Jahren ein Mädchen bekommen«, sagte Michael.

»Super.«

Simon Hallberg, ein eingefleischter Junggeselle, ließ den Blick über Michaels Verkleidung gleiten und verzog das Gesicht.

»Undercover.«

Michael lachte.

»Sozusagen. Gehen wir?«

»Kaffee? Ich kenne ...«

»Ich denke, wir gehen besser.«

Sie überquerten den Rathausplatz vorbei an der H.C. Andersen-Statue und schlenderten den Boulevard entlang. In dem hübschen, aber erstaunlich unbekannten und in der Regel menschenleeren Garten fanden sie eine ruhige Bank. Michael sah sich um. Es war niemand in Hörweite. Ein Stück entfernt saßen ein paar Angestellte aus dem Rathaus mit ihrer Lunchbox.

»Sonartek«, sagte er. »Was sagt das einem Insider, Simon?«

Der Journalist lehnte sich zurück und legte die Fingerspitzen aneinander. Er schloss konzentriert die Augen. Michael wusste, dass er ein fotografisches Gedächtnis hatte.

»Eine sichere, hoch gelegene Insel mitten im globalen, finanziellen Tsunami. Wirklich. Solide wie Fort Knox. Mehr oder weniger unbeeinflusst von der Krise. Sie haben eine ganze Reihe von Produkten, für die es immer eine Nachfrage geben wird, und sie sind innovativ und flexibel. Sie haben kontinuierlich neue Software-Versionen und verbesserte Hardware in der Pipeline, und das verkauft sich sozusagen von allein. Sonartek ist ein alles ausschließendes Monopol in dieser Nische.«

»Werden sie nach Flemming Caspersens Tod ihr Niveau halten können? War nicht er der Motor und die innovative Kraft?«

»Scheint so. Die Ingenieure sind die Besten der Branche. Eine vernünftige Zusammensetzung von Leuten, die von Anfang an dabei sind. Junge, talentierte Dänen, Chinesen und Amerikaner. Sie haben sich für die Zukunft abgesichert, was ihre Erfahrung betrifft, aber auch die Kreativität. Sie haben vor allen anderen sämtliche kosten- und arbeitsintensiven Bereiche der Produktion aus Dänemark verlegt.«

»Nach China, Indien, Lettland und Polen?«

»Genau. Die Zukunft sieht hell und heiter aus für Sonartek. Soweit ...«

»Soweit?«

»Ein Unternehmen wie Sonartek ist immer von äußeren und inneren Feinden bedroht«, sagte Simon Hallberg ernst. »Der Gründer stirbt, und wie geht's dann weiter? Die dänische Industriegeschichte ist voll von Beispielen solider Familienunternehmen, die nach dem Tod des Stifters in ihre Atome zerfallen sind. Fraktionen, verwöhnte Erben, die selbst null zustande gebracht haben, sich nicht grün sind, aber trotzdem ins Management drängen. So etwas wirkt sich zwangsläufig auf die Geschäftsleitung aus. Das ist eher die Regel als die Ausnahme. Das Einzige, was zwischen Sonartek und der Auflösung steht, ist natürlich Victor Schmidt, eine solide Holding, ein sicheres Fundament. Er arbeitet rational und nicht emotional, ist ein professioneller Geschäftsleiter, dem es um die Firma geht und nicht um die Erben.«

»Und die äußeren Feinde?«

Simon Hallberg lächelte, zündete sich eine Zigarette an und bot Michael eine an, der aber ablehnte.

»Sehr interessant und ungewöhnlich. Wenn du an Sonartek interessiert bist, solltest du dir einen Überblick darüber verschaffen, wer den Status Quo bewahren will und wer nicht. Ihr größter Kunde ist das amerikanische Verteidigungsministerium, aber die Technologie ist auch in vielen anderen Ländern für die Waffenindustrie unentbehrlich: Bofors in Schweden oder der Celsius-Konzern, wie er inzwischen heißt, Thales in Frankreich, BAE-systems in England und so weiter. Stell dir das Szenario vor, wenn Sonartek in seiner Existenz bedroht wäre. Das wäre katastrophal. Keine Wartung der Waffensysteme mehr, keine Ersatzteile, keine Techniker, keine automatischen Aktualisierungen der Software. Dreiviertel aller Jagdflugzeuge, Kampfpanzer, U-Boote und Kriegsschiffe der Welt würden stillstehen. Die ganze Verteidigung würde zusammenbrechen.«

Michael pfiff. »Ganz zu schweigen von den meteorologischen Diensten.«

»Ganz genau. Rund um den Globus müssten Flughäfen – zivile wie militärische – ihre Tore schließen, weil man nicht mehr weiß, wie man die Flieger in die Luft und wieder auf den Boden bringen soll. Das wäre natürlich unakzeptabel. Es gibt kein System, in dem nicht Sonarteks Doppler-Technologie verarbeitet ist. Den Amerikanern macht das schon lange Sorgen, die sind gar nicht glücklich über das Monopol der Firma. Und die damit einhergehende Verwundbarkeit.«

»Haben sie versucht, die Firma aufzukaufen?«

»Wer hat das nicht? Das amerikanische Verteidigungsministerium läuft natürlich nicht herum und kauft Firmen auf, das übernimmt irgendein Fonds für sie, der im Gegenzug Garantien kriegt für Marktanteile und Verträge, Rabatte, Vorzugspreise, die friktionsfreie Behandlung von Patentrechten und so weiter.«

»Und das haben sie gemacht?«

»Mehrfach. 2010 ging von Bridgewater Associates ein Angebot über 60 Milliarden Kronen für den ganzen Laden ein, gefolgt von einem Angebot von Black Rock über 65 Milliarden. Das sind zwei megagroße, amerikanische Kapitalfonds. Keiner hat es laut ausgesprochen, aber alle wussten, dass da das Pentagon dahintersteckte. Victor Schmidt und Flemming Caspersen haben abgelehnt.«

»Und wenn sie das Angebot angenommen hätten?«

Michael versuchte, sich 65 Milliarden Kronen vorzustellen.

»Wäre die Firma innerhalb von fünf Minuten in dünne Scheiben zerlegt worden«, sagte Simon Hallberg. »Der militärische Bereich wäre, zum Beispiel, an Raytheon verkauft worden, ein amerikanischer Großlieferant für die Verteidigungsindustrie. Man würde eine Konstruktion anstreben, in der das amerikanische Militär in Form einer neuen Tochtergesellschaft den entscheidenden Teil der Aktien hält. Der meteorologische Bereich würde an Philips oder Siemens verkauft werden und die optische Abteilung an Sony oder Samsung. Der zuständige Kapitalfonds würde in einem Augenblick Milliarden verdienen, und das amerikanische Verteidigungsministerium könnte ruhig schlafen in der Gewissheit, dass ihre Flieger und U-Boote auch noch morgen funktionieren. Alle wäre also glücklich.«

»Wer zum Teufel kann zu 65 Milliarden Nein sagen?«, fragte Michael.

»Flemming Caspersen und Victor Schmidt. Das ist ihr Lebenswerk, und Geld haben sie genug. Einer von Victors Söhnen, Henrik Schmidt, ist offenbar ausersehen, die Fackel weiterzutragen. Er ist oberster Sales Director, und die meisten meinen, dass er hervorragende Arbeit leistet.«

»Schmidt hat zwei Söhne, oder?«, fragte Michael.

»Ja, aber ich glaube nicht, dass Jakob Schmidt sonderlich an der Firma interessiert ist. Lebt der nicht irgendwo als Pelzjäger? Oder arbeitet er für eine Entwicklungshilfeorganisation in Afrika? Für Sonarteks Zukunft ist er definitiv nicht eingeplant.«

Michael schaute auf seine Uhr. Es gab so vieles, was er heute gern noch abgehakt hätte. Zum Beispiel, wer der Ermordete am Porsangerfjord war.

»Was ist mit Casper Flemmings Erben?«, fragte er.

Der Journalist streckte einen Finger in die Luft.

»Eine. Elizabeth Caspersen-Behncke. Beachte bitte die Reihenfolge des Doppelnamens. Sie sitzt im Vorstand von Sonartek, hat aber ihre eigene Karriere als Anwältin. Und sie scheint nicht sonderlich interessiert an der Firma zu sein. Dann wäre da noch Caspersens Witwe, die Alzheimer hat, aber rein juristisch immer noch die Erbin von Caspersens Anteil an der Firma ist, bis jemand beim Amt eine Vormundschaft durchsetzt. Sie ist nicht mehr in der Lage, Entscheidungen zu treffen.«

»Und wenn die Tochter ihr Vormund wird?«

»Dann verfügt Elizabeth Caspersen mit ihren eigenen, den Anteilen ihres Vaters und den gesamten Aktien ihrer Mutter über die Mehrheit in Sonarteks ursprünglicher Holdinggesellschaft und hätte damit indirekt die Macht.«

Michael sah nachdenklich auf Hallbergs hässliche Sandalen. Das war interessant.

»Wie haben die Amerikaner Flemming Caspersens Tod aufgenommen?«

»Keine Ahnung. Es gab keine offizielle Bekanntmachung, soweit ich weiß, aber du kannst davon ausgehen, dass jede Veränderung bei Sonartek ihnen extrem zuwider wäre. Nach dem Motto: Man weiß, was man hat.«

Michael nickte. Hatte die amerikanische Verteidigung oder einer ihrer unzähligen Nachrichtendienste etwas mit Elizabeth Caspersens DVD zu tun? Neue, vielschichtige Möglichkeiten und Perspektiven keimten in seinem Gehirn.

Er stand auf und streckte die Hand aus.

»Danke, Simon. Du bist wie immer gut informiert.«

Der Journalist erhob sich ebenfalls.

»Warum bist du so interessiert an der Firma? Weißt du was, das ich wissen sollte?«

Michael lächelte.

»Das kann ich mir nicht vorstellen, Simon.«

9

»Menschenjagd?«, sagte Keith Mallory ungläubig. »Verarscht du mich, Mike? Schon, oder?«

»Nein, das ist mein Ernst«, sagte Michael. »Ist das so unvorstellbar? Die Leute fahren mit Skiern vom Mount Everest und lassen sich über die Grenze nach Afghanistan schmuggeln, um Krieg zu spielen, Großwildjäger bestellen ein Hybridwesen zwischen Löwe und bengalischem Tiger, um eine Trophäe über dem Kaminsims zu haben, die außer ihnen niemand hat. Und erinnerst du dich noch an die Typen '94 in Sniper Alley in Sarajevo, die den Serben Geld dafür bezahlt haben, dass sie Kinder und Frauen abknallen konnten? Aus Lust am Schießen.«

Am anderen Ende entstand eine Pause.

»Wir reden hier nicht von Neu Guinea oder Matto Grosso? Blasrohre und Keulen?«, fragte der Engländer.

»Nein, wir reden von einem möglicherweise psychopathischen Milliardär, wir reden von der Arktis und Lasergewehren ... und von Queens *We Will Rock You*. Spezialisten, Keith. Ex-Soldaten.«

Michael wusste, dass sie an das Gleiche dachten: an die Berater der multinationalen Sicherheitsfirmen, die Aufträge im Irak, im Kosovo, in Afghanistan bekamen, wenn die regulären Truppen abgezogen waren und die Firmen und Unternehmen ins Land strömten. An diejenigen, die die Ölanlagen bewachen sollten, die ausländischen Diplomaten, die Erste-Hilfe-Organisationen. An diejenigen, die die neuen Sicherheitskräfte der neuen Demokratie ausbilden sollten, Polizei und Armee, und dafür sorgten, dass keiner anstelle eines Stimmzettels Plastiksprengstoff in die Wahlurne steckte.

»Wie die Leute von Pax«, sagte Keith Mallory.

»Zum Beispiel«, sagte Michael.

Pax war die übelste aller Sicherheitsfirmen. Sie stand in etlichen Ländern auf der roten Liste, in anderen war sie herzlich willkommen. Sie erledigte ihren Job mit äußerst zweifelhaften Mitteln und hinterließ niemals lebende Zeugen, wenn der Staub sich gelegt hatte.

»Ich bräuchte schon noch etwas mehr Information«, sagte Mallory.

Michael folgte einem Hafenbus mit dem Blick.

»Norwegen«, sagte er.

»Norwegen?«

»Finnmark.«

»Wann?«

»März, in einem der letzten Jahre.«

»Geht das auch ein bisschen konkreter?«

»Im Augenblick noch nicht, aber sobald ich den exakten Zeitpunkt weiß, bist du der Erste, der ihn erfährt.«

»Wie viele?«

»Sechs Jäger und ein Kunde«, sagte Michael. »Willst du es dir ansehen? Das Honorar ist gut. Und damit meine ich: wirklich gut.«

»Hatten sie Erfolg?«

»Ein circa dreißigjähriger Mann. Er hat sich von einer Felswand gestürzt oder wurde erschossen, als die Teufel fertig gesungen hatten.«

»Dänen?«
»Keine Ahnung.«
»Pervers. Tragisch, Mike.«
»Ja.«
»Ich sehe es mir an.«

Michael stand auf, öffnete die Balkontür und lehnte sich gegen das Geländer. Er sah sein neu erstandenes Mobiltelefon mit Prepaidkarte an, führte den Arm nach hinten und warf es mit Schwung ins Hafenbecken. Er hatte noch drei weitere in Originalverpackung auf Vorrat. Von nun an würde er jeden Tag ein neues verwenden.

Das Gespräch mit Keith war das Einzige, was er im Augenblick tun konnte. Die Kontakte des Engländers waren aktuell und weit verzweigt. Wenn er sich richtig ins Zeug legte, würde früher oder später irgendetwas ans Tageslicht kommen. So lief das in Mallorys Schattenwelt. Keine SMS, Telefonanrufe oder E-Mails. Irgendjemand würde mit einer Hand auf der Schulter Kontakt zum Ex-Major aufnehmen, in einem Pub oder wenn er mit seinem Hund Gassi ging, und Michael würde einen erklecklichen Finderlohn zahlen. Irgendjemand wusste etwas oder kannte jemanden, der etwas wusste. Das lief über die persönliche Schiene. Alles war persönlich in dieser Branche. Er streckte sich auf dem Bett aus und sah an die Decke. Fünfundsechzig Milliarden.

Der verfluchte Film würde über Elizabeth Caspersens Haupt schweben wie ein Damoklesschwert und über alles entscheiden: Ihr Schicksal, das ihrer Familie und der Firma. Das war nicht einfach nur eine CD voller Nullen und Einsen. Das war eine Fernbedienung, und irgendjemand hatte seine Finger auf den Tasten.

Die Gedanken schwirrten wie aufgescheuchte Bienen in seinem Kopf herum und flogen von innen gegen seinen Schädel. Er zog die Vormittagszeitung zu sich heran und las noch einmal die Schlagzeile auf der Titelseite, die seinen Blick auf sich gelenkt hatte, als er am 7-Eleven vorbeigegangen war: *Junger Familienvater und Veteran unter mysteriösen Umständen gestorben.* Darunter das Foto eines lächelnden jungen Mannes in der Paradeuniform der Königlichen Leibgarde. Feldmütze mit Quaste, Uniformjacke, Hemd und Schlips. Hübsche Zähne.

Selbstmord oder Mord?, fragte der Journalist auf Seite 5. Der einunddreißigjährige Tischler Kim Andersen, der als Elitesoldat der Leibgarde im Irak, in Bosnien-Herzegowina und Afghanistan im Einsatz war, wurde von seiner frisch angetrauten Frau am Morgen nach der Hochzeit erhängt im Garten aufgefunden. Die Staatspolizei war eingeschaltet worden, was darauf hindeutet, dass möglicherweise ein Verbrechen vorliegt. Schon ein merkwürdiges Timing, dachte Michael. Der Verstorbene hatte bis zur Hochzeit sechs oder sieben Jahre mit seiner Freundin zusammengelebt, und sie hatten zwei kleine Kinder. Noch ein nicht wieder eingegliederter, ausgebrannter Veteran, der nicht nach Hause gefunden hat, meinte der Journalist.

Es folgten Luftaufnahmen von einem strohgedeckten Haus in einem Waldstück, von Krankenwagen und Einsatzwagen, und der Journalist hatte herausgefunden, dass eine der erfahrensten Ermittlerinnen der Staatspolizei, Lene Jensen, im Hotel Strandmarken abgestiegen war, wenige Kilometer vom Tatort entfernt.

Michael runzelte die Stirn, als er das Archivbild der Kommissarin entdeckte, das auf der Treppe vor dem Amtsgericht aufgenommen worden war: schwarzer Anzug, hohe Absätze, Sonnenlichtreflexe in dem leuchtend roten Haar, das im Nacken zusammengefasst war. Ernst.

Er lächelte, als ihm einfiel, wo er die Frau schon mal gesehen hatte: gestern an einem Cafétisch auf dem Kultorvet.

Er legte die Zeitung neben sich auf die Bettdecke, schob sich ein extra Kissen unter den Kopf und fuhr fort, die Decke anzustarren.

10

Lene atmete mit offenem Mund hinter ihrem Mundschutz, während sie Kim Andersens entseelten Leib auf dem Stahltisch betrachtete. Sie war völlig übermüdet. Der Formaldehydgeruch verursachte ihr Übelkeit und das konstante Rauschen der Lüftung Kopfschmerzen. Sie hatte keinen Schlaf gefunden, nachdem sie ins Hotel zurückgekommen war. Sie hatte sich hin und her gewälzt und immer wieder die Leselampe angeknipst, um das Wüstenfoto zu studieren, das auf ihrem Nachttisch lag.

Die Rechtsmedizinerin war eine junge Frau, die Lene von früheren Fällen kannte. Sie zog das schwere Laken bis zu den Füßen der Leiche zurück. Kim Andersen sah ganz gewöhnlich aus. Wo die Haut den Tisch berührte, hatten sich blaue und rötliche Leichenflecken gebildet. Sie hatten ihm die Handschellen, Plastiktüten und das Seil um seinen Hals abgenommen. Die Einschnürung von dem Seil unter seinem Ohr war in der Zwischenzeit schwarz geworden.

Die Gerichtsmedizinerin sah sie an.

»Du würdest gern was über die Todesursache wissen, oder?«

»Genickbruch, nehme ich an«, sagte sie.

Die Augen der Ärztin lächelten über der Maske. »Jepp. Gehen wir frühstücken?

»Meinetwegen, gerne.«

Sie folgte der Pathologin zu einem Lichtkasten, wo ein paar Röntgenaufnahmen von der Halswirbelsäule des Verstorbenen hingen. Lene hatte die junge Frau irgendwann einmal gefragt, wieso sie sich für dieses makabre Spezialgebiet mit misshandelten Kindern, Vergewaltigungsopfern, Wasserleichen und Brandopfern entschieden hatte, statt für eine sicher lukrativere und nervenschonendere Karriere als plastische Chirurgin oder HNO-Ärztin, konnte sich aber nicht mehr an die Antwort erinnern.

»Das hier ist der obere Halswirbel, der Atlas, der die Erdkugel, also den Schädel, auf seinen Schultern trägt. Er ist im Verhältnis zur Unterseite des Schädels verschoben und der darunter liegende Wirbel ist gebrochen. Kannst du mir folgen?«

Lene nickte.

»Die Todesursache ist also dieser Bruch des zweiten Halswirbels«, sagte die Rechtsmedizinerin.

»Durch einen Sturz von einem Gartenstuhl?«

»Das reicht. Er wiegt 85 Kilo, und die Fallhöhe betrug ungefähr 40 Zentimeter. Ausreichend Kraft, Beschleunigung und Gewicht, um ihm das Genick zu brechen.«

Lene stützte sich auf das Handwaschbecken.

»Was ist mit den Handgelenken?«

»Das ist glücklicherweise dein Problem, Lene«, sagte die Ärztin mit einem Kopfschütteln.

»Jemand hat ihm post mortem Handschellen angelegt«, konstatierte sie.

Die Rechtsmedizinerin nickte, ging zum Sektionstisch und hob einen Arm von Kim Andersen an. Die Leichenstarre war da gewesen und wieder verschwunden.

»Es gibt keine Hautläsionen oder Einblutungen unter den Handschellen, wie zu erwarten gewesen wäre, wenn ihm jemand Handschellen angelegt hätte, als er noch lebte, und ihn dann mit einem Strick nach oben gezogen hätte. So wäre es auch, wenn er sie sich selbst angelegt hätte, um sicherzugehen, dass er nicht kurz vor Schluss noch einen Rückzieher macht. Das Nervensystem reagiert noch eine Weile weiter, wenn das Gehirn schon tot ist, er hätte sich unwillkürlich gegen die Handschellen gewehrt. Außerdem haben wir Nylonfasern gefunden, die zu dem Strick um seinen Hals passen. Er hat den Knoten selbst gemacht, aber nicht versucht, sich an dem Strick hochzuziehen. Es gibt keine Brandblasen an seinen Handflächen, wie du siehst.«

Die Rechtsmedizinerin zog die Handschuhe und ihren sterilen Kittel aus, knüllte beides zusammen und warf das Bündel in einen Abfallbeutel.

»Ich habe von Fällen gehört, bei denen der Täter versucht hat, einen Mord als Selbstmord auszugeben«, sagte sie nachdenklich. »Aber ich habe noch nie erlebt, dass jemand versucht, einen Selbstmord als Mord hinzustellen.«

»Schon speziell, oder?«

»Ja, und warum tut jemand so was?«

Lene schmunzelte. Die Pathologin war ihr sympathisch. Wenn sie lächelte, zeigte sie eine charmante Lücke zwischen den Schneidezähnen, die sie bestimmt hätte korrigieren können. Lene gefiel, dass sie es nicht getan hatte.

»Elementar, Watson«, sagte sie. »Das heißt also, dass jemand möchte, dass Kim Andersens Selbstmord als Mord behandelt wird. Und das habe ich vor. Was sagen die Blutproben?«

Die Ärztin schlug die Akte auf.

»Ordentlich Promille nach den Ausschweifungen der Hochzeitsfeier, aber in keiner Weise alarmierend oder lebensbedrohlich.«

»Schlafmittel?«

Die Rechtsmedizinerin schüttelte den Kopf.

»Keine Benzodiazepine oder Barbiturate, aber Sertralin, ein recht gewöhnliches Antidepressivum in therapeutischer Konzentration. Glückspillen. Man begeht keinen Selbstmord mit Glückspillen.«

»Man wird nur glücklicher?«, murmelte Lene.

»Was?«

»Nichts. Was ist mit den Tätowierungen?«

»Die Königliche Leibgarde. *Pro Rege et Grege* ist das übergeordnete Motto der Garde. *Für König und Volk.* Dann haben wir noch die Worte *Dominus Providebit,* was so viel heißt wie *Gott wird vorsorgen.* Sehr fromm. Ich habe das nachgeschlagen. Das ist ein Untermotto der 1. Panzerinfanteriekompanie. Und auf dem rechten Unterarm steht innen *ISAF,* die Abkürzung für *International Security Assistance Force,* also der NATO-geleiteten Mission in Afghanistan.«

»Koalitionen?«

»Ja. Er war Elitesoldat.«

»Stimmt, das war er. Und er war nicht nur in Afghanistan, sondern auch im Balkan und im Irak. Was ist mit Lippenstift?«

»Entschuldigung?«

»Die Ehefrau hat ausgesagt, dass sie ihn beatmet hat, nachdem sie ihn abgeschnitten hatte. Sie trug noch die volle Kriegsbemalung nach der Hochzeit, unter anderem einen recht heftigen Lippenstift und nicht unbedingt wasserfeste Mascara. Aber ich habe weder um seinen Mund noch um seine Nase Lippenstift gefunden, und da müsste was sein.«

Die Augen der Ärztin wurden etwas größer, und sie nickte nachdenklich.

»Da hast du recht«, sagte sie. »Ich meine ... da ist nichts.«

Sie blickten beide in das strenge, nach innen gerichtete Gesicht des Toten. Die Augen waren tief in die Augenhöhlen gesunken.

»Damit meinst du, dass die Ehefrau lügt?«, fragte die Rechtsmedizinerin.

»Das einzig Glaubwürdige, was sie mir mitgeteilt hat, ist ihr Name«, sagte Lene.

Sie nahm den Mundschutz ab, obgleich der Gestank dadurch eindringlicher wurde, und gähnte hinter vorgehaltener Hand. Ihr Handy vibrierte lautlos in ihrer Jackentasche, aber sie ignorierte es. Sie wusste, wer das war. Die Polizeidirektorin Charlotte Falster wünschte tägliche Berichterstattung, damit sie mit ihrer überlegenen Intelligenz einschreiten konnte, falls etwas schiefzulaufen drohte.

»Gibt es Fingerabdrücke auf den Handschellen?«, fragte sie.

»Die liegen bei deinen Technikern.«

Lene zeigte auf eine unregelmäßige, tiefe Narbe am rechten Oberschenkel des Toten.

»Was ist das da?«

»Das ist tatsächlich sehr interessant. Spontan würde ich sagen, dass es wie die Schusswunde von einem Jagdgewehr oder einem Militärkarabiner aussieht.«

Die Rechtsmedizinerin hob mit Mühe das Bein auf dem Stahltisch an.

»Die Einschussöffnung vorne ist verhältnismäßig klein, die Haut kaum beschädigt und das Projektil so abgelenkt, dass es durch den Schenkel durchgegangen ist, ohne den Knochen oder wertvolle Gewebestrukturen dahinter zu treffen, wie etwa den Ischiasnerv oder die größeren Arterien.«

Die Ausschussöffnung an der Unterseite des Schenkels war wesentlich größer als die sternförmige Narbe vorne.

Lene runzelte die Stirn.

»Und das kann kein Splitter von einer Straßenrandbombe gewesen sein?«, fragte sie.

»Nein. Und die Wunde wurde nicht von einem Arzt behandelt. Sie wurde zwar ordentlich gereinigt, aber nicht genäht. Die Wunde ist komplett von allein zugewachsen, das muss Monate gedauert haben. Ich schätze, sie ist ein paar Jahre alt.«

Lene nickte. Sie sah, dass die Rechtsmedizinerin am Rand des Narbengewebes Proben entnommen hatte.

»Das heißt, er war damit nicht in einem Krankenhaus oder einer Ambulanz?«

Die Ärztin schüttelte den Kopf.

»Da bin ich mir hundertprozentig sicher. Wenn ein Chirurg die Wunde behandelt hätte, hätte er als Erstes die weichen Teile aufgeschnitten und den Schusskanal geöffnet, um sicherzugehen, dass keine Erd- oder Stoffreste in der Wunde mehr sind.«

Lene nickte. Was hatte Louise Andersen noch gesagt? Dass ihr Mann alle Kriegseinsätze ohne eine Schramme überstanden hatte.

Lene blieb vor dem flachen Institutsgebäude stehen und schaute rüber zum Fælledpark. Ein paar Kindergartenzwerge spielten auf der Rasenfläche, und ein Läufer in Jogginghose und Kapuzenpulli machte Dehnübungen an einem Baum. Sie atmete tief durch, um den Gestank aus Nase und Mund zu vertreiben.

Das Handy fing wieder an zu vibrieren.

»Wo bist du?«, fragte ihre Chefin.

»Vor dem Rechtsmedizinischen.«

Lene ging zu ihrem Auto.

»Was hast du rausgefunden?«

Sie sah Charlotte Falster vor sich: Hinter ihrem großen Schreibtisch im Büro des neuen Hauptsitzes der Staatspolizei in einem langweiligen Industrieviertel in Glostrup. Auf dem Schreibtisch der dreiflügelige Silberrahmen mit dem Foto des Staatssekretärs, mit dem sie verheiratet war, und den beiden hübschen und wohlgeratenen Kindern, Sohn und Tochter. An den Wänden hingen gerahmte Poster von Impressionisten, den Boden schmückte ein Vibeke Klint-Teppich und den Kopf der Polizeidirektorin ein unverwüstlicher, grauer Pagenschnitt.

Sie war nicht, wie Lenes Freundinnen Pia und Marianne behaupteten, ausschließlich eine verkniffene Paragrafenreiterin oder schlechte Chefin. Es war viel einfacher und zugleich viel komplizierter: Lene und sie konnten sich schlicht und ergreifend nicht riechen und wussten das von der ersten Stunde an. Es war eine Frage der Chemie. Aber sie versuchten, das Beste aus der Situation zu machen, durch gegenseitigen, professionellen Respekt.

»Kim Andersen hat Selbstmord begangen«, sagte Lene. »Daran besteht kein Zweifel.«

Sie schloss das Auto auf. Der Läufer mit dem Kapuzenpulli hatte den Baum verlassen und trottete Richtung Weg.

»Und die Handschellen? Wie erklärst du die?«, fragte ihre Vorgesetzte.

»Die Handschellen hat ihm jemand angelegt, als er schon tot war.«

»Um uns dazu zu bringen, der Sache nachzugehen?«

»Das nehme ich an.«

»Hast du eine Idee, wer das gemacht haben könnte?«

»Seine Frau. Es gibt keine Fußspuren auf dem Rasen, die darauf hindeuten, dass da noch jemand außer den beiden gewesen ist. Es lag Tau auf dem Gras, und der Boden war feucht und weich.«

Am anderen Ende war es still, während ihre Chefin wahrscheinlich ihre Gedanken sortierte. »Brauchst du Unterstützung?«, fragte sie. »Jan ist wieder gesundgeschrieben von seiner Fußballverletzung. Du weißt, dass ...«

Sie beendete den Satz nicht, wofür Lene ihr dankbar war. Natürlich sollten sie mindestens zu dritt hier sein: einer zum Sammeln der Spuren am Tatort, einer zum Lesen aller Berichte und einer, der die Zeugen vernahm. Normalerweise kam spätestens an dieser Stelle Charlotte Falsters Vortrag über Teamwork, Synergien, an einem Strick ziehen, gegenseitigen Respekt und andere alltagsuntaugliche Begriffe von der Handelshochschule, aber diesmal verkniff sie sich diese Predigt gnädig.

»Es ist einfach ein schlichter Selbstmord«, sagte Lene. »Ich habe mit der Witwe gesprochen.«

Am anderen Ende raschelte Papier. Die Tageszeitungen vermutlich. Charlotte Falsters Verhältnis zur Presse war ambivalent. Einerseits machte sie sich gut in den Spalten oder im Fernsehen mit ihrer kühlen, reservierten, wohlartikulierten und geschulten Art. Andererseits hasste sie es, dass Journalisten, die sie über einen Kamm geschert als eine Horde fauler Idioten betrachtete, die sich auf groteske Art selbst überschätzten und beweihräucherten, sie so viele nutzlose Ressourcen an Akteneinsichten, Interviews, Anfragen und Richtigstellungen kosteten.

»Ich kümmere mich um die Presse«, beeilte Lene sich zu sagen. »Ich setze morgen einen Pressetermin an. Du hattest recht, die sind wirklich ganz heiß auf die Geschichte, schwirren überall rum hier in Holbæk.«

»Danke«, sagte Charlotte Falster und klang, als ob sie das tatsächlich so meinte. »Soll ich eine neutrale Pressemeldung verschicken und einen Raum in der Polizeidienststelle Holbæk organisieren? Ist morgen um zwei okay?«

»Natürlich«, sagte Lene. »Danke zurück.«

Sie setzte sich ins Auto und drückte die Schnellwahltaste für Arne, den Kriminaltechniker, und bat ihn, die Fingerabdrücke von den Handschellen mit denen von Louise Andersen abzugleichen.

Währenddessen dachte sie darüber nach, wieso ihr nicht im Traum einfallen würde, Charlotte Falster von ihrem nächtlichen Besuch in Kim Andersens Haus zu erzählen, von dem Foto des unverwundbaren jungen Kriegers in irgendeiner Wüste und dem Gefühl, die ganze Zeit beobachtet zu werden. Die Antwort war einfach. Weil das unmöglich war. Sie wollte ihre Chefin nicht so nah an sich ranlassen.

Der Läufer mit dem Kapuzenpulli ging zu einem Motorrad, das er hinter dem Institut geparkt hatte, schloss die Lenkradkette auf, mit der der Helm angeschlossen war, zog eine Lederjacke und ein paar Handschuhe aus den Motorradtaschen und steckte den Schlüssel ins Zündschloss. Er hatte keine Eile. Er wusste, dass er Lene Jensen überall finden würde. Er hatte ihren alten Citroën in der letzten Nacht mit mehreren versteckten GPS-Sendern ausgerüstet. Die Frau Kommissarin war komplett vorhersagbar. Genau wie ihre hübsche, einundzwanzigjährige Tochter Josefine.

Die Wohnung im Kong Georgs Vej war leer. Josefine hatte den Popcorndunst ausgelüftet, es hing keine Unterwäsche an der Duschvorhangstange, sie hatte gesaugt und die Küche war glänzend sauber. Selbst ihr Zimmer sah aus, als wäre ein Feng Shui-Team da gewesen. Lene lief leicht verwirrt durch ihr eigenes Heim. Es war ein bisschen so, als hätte ihre Tochter einen plötzlichen Quantensprung vom chaotischen und hundert Prozent egoistischen Teenager zur Vorsteherin einer Haushaltsschule gemacht.

Sie würde sie vermissen, wenn sie sich auf Reisen begab und irgendwann auszog. Selbst ihre heftigen Streitereien, die aus dem Nichts entstanden und in die sie sich beide mit Leib und Seele stürzten. Dann kannten sie beide keine Gnade mehr, und es wurden keine Gefangenen gemacht. Sie würden lieber sterben als zuzugeben, dass sie möglicherweise im Unrecht waren. Bis sie sich komplett in einem irrationalen Nebel verliefen, sich ansahen, das Gespräch zurückspulten und sich selbst den idiotischsten Bockmist sagen hörten – und sich krumm und schief lachten.

All das würde ihr fehlen.

Lene schlief ein paar Stunden auf dem besten und bequemsten Sofa der Welt und wachte mit einer intensiven Unlust auf das auf, was sie vor sich hatte: ein ausführliches und ernstes Gespräch mit der unglücklichen, jungen Witwe mit der gespaltenen Zunge.

Aber vorher wollte sie noch nach Holbæk fahren und mit Kim Andersens Hausarzt reden.

11

Der Arzt hatte seine Praxis praktischerweise über einer Apotheke und unter einem Augenarzt in einem weißen Haus in Holbæks Hauptstraße. In seine Praxis einzutreten war wie eine Reise, die vierzig Jahre in die Vergangenheit zurückführte. Der graue Linoleumboden im Wartezimmer bog sich an den Ecken nach oben, und Lene beäugte misstrauisch die verschossenen Möbel, ehe sie sich vorsichtig auf ein Sofa setzte, das aussah, als wäre es aus einem lebendigen grünen Schwamm ausgeschnitten worden. Sie hatte sich bei einer älteren, unförmigen Sekretärin im Vorzimmer angemeldet, war aber nicht sicher, ob die Frau sie verstanden hatte.

Während sie wartete, beobachtete Lene einen kleinen Jungen mit dicken Brillengläsern und dicken Wattebäuschen in den Ohren, der in der Spielecke saß und versuchte, einen viereckigen Klotz durch das runde Loch in einem Holzbrett zu drücken, während seine Mutter in einer Zeitschrift blätterte. Der Junge rackerte sich ab, und Lene dachte, ob sich so wohl auch die heimgekehrten Soldaten fühlten: wie ein eckiger Klotz, der durch ein rundes Loch sollte.

Ohne Vorwarnung stand die Frau auf, nahm den Jungen an der Hand und verschwand mit ihm durch eine Tür. Lene hatte niemanden rufen hören oder eine Lampe aufleuchten sehen und fragte sich, ob nur eingeweihte Patienten zu Doktor Knudsen vorgelassen wurden. Ein gellender Schrei ertönte im Sprechzimmer, gefolgt von ein paar strengen Worten der Mutter. Gleich darauf erschien das weinende, von den Wattebäuschen befreite Kind in der Tür. Die Mutter hielt seinen Arm umklammert und zog ihn hinter sich durchs Wartezimmer.

Die Tür zum Sprechzimmer war angelehnt, und Lene hörte jemanden ihren Namen flüstern.

Sie zog die Tür hinter sich zu und kniff die Augen in der schummrigen Beleuchtung zusammen. Eine bleiche Hand am Ende eines Kittelärmels schob sich in den Lichtkegel der Tischlampe, und der Arzt bat sie, Platz zu nehmen.

Allmählich gewöhnten sich ihre Augen an die Dunkelheit, und sie erkannte Dr. Knudsens ausgezehrtes Gesicht. Auf einer Schreibtischecke stand ein alter, grauer Computerbildschirm, und in einem Aschenbecher qualmte ein Zigarillo vor sich hin.

Lene setzte sich, und der Arzt lehnte sich wieder in das Halbdämmer zurück.

»Guten Tag«, sagte sie. »Ich bin Kriminalkommissarin Lene Jensen von der Staatspolizei.«

»Guten Tag, Lene Jensen.«

Danach nichts weiter.

»Kim Andersen ist, oder besser war einer Ihrer Patienten«, sagte sie.

Lene las die Personennummer des Verstorbenen von einem Zettel ab, und der Arzt zog unter leisem Knacken an seinen Fingern. Sie hasste dieses Geräusch. Ihr Exmann hatte diese Angewohnheit auch. Und ihr Vater. Die Finger des Arztes huschten über die Tastatur, und das magere Gesicht bekam einen grünlichen Schimmer im Schein des Monitors.

»Ich habe gehört, dass er Selbstmord begangen hat«, sagte er leise, fast enttäuscht.

»Er hat sich gestern Morgen erhängt«, bestätigte Lene.

»Das ist sehr bedauerlich. Empörend geradezu. Ich kenne Kim, seit er ein kleiner Junge war. Er war sehr selten bei mir, war in bester physischer Verfassung.«

»Und psychisch?«

Dr. Knudsen lehnte sich zurück.

»Normalerweise bin ich ja an die Schweigepflicht gebunden, Kommissarin Jensen. Ich weiß nicht, ob ...«

»Er ist tot, und es gibt in Bezug auf den Tod ein paar ärztliche Details, die ich gerne klären würde.«

»Ah ja?«

»Ja. Wir haben Antidepressiva in seinem Haus gefunden. Sertralin. Und Schlafmittel. Die Packung mit den Schlaftabletten war halb leer. Das Rezept war von Ihnen ausgestellt.«

»Stilnoct«, sagte der Arzt. »Das ist relativ unschädlich.«

»Wie lange hat er die Schlaftabletten schon genommen?«

»Ein paar Jahre.«

»Wann genau hat er damit angefangen?«, fragte sie.

»Im Juni 2010.«

»Und mit dem Sertralin?«

»Zur gleichen Zeit.«

»Im Juni 2010?«

»Ja.«

»Wurde er an einen Psychiater überwiesen?«, fragte Lene.

Dr. Knudsen schwieg, und Lene wollte ihre Frage gerade wiederholen, als er sich nach vorn beugte.

»Er wollte keine Überweisung, Kommissarin Jensen. Offenbar hatte er Vertrauen zu mir. Es ist inzwischen oft so, dass wir, die Allgemeinärzte, die Behandlung von Patienten mit leichten bis moderaten Depressionen übernehmen. Es gibt zu wenig Psychiater, die Wartezeiten sind zu lang, und immer mehr Patienten kriegen Glückspillen verschrieben. Eigentlich könnte man den Wirkstoff auch gleich dem Trinkwasser beimischen.«

Er hustete kurz.

»Das meine ich natürlich nicht ernst, aber Depression ist eine Volkskrankheit geworden. Entweder liegt das daran, dass wir inzwischen bessere Diagnosemöglichkeiten haben oder dass heutzutage tatsächlich mehr Leute depressiv sind als früher. Oder ...«

»Ja?«

»Oder die Leute wissen inzwischen mehr über Behandlungsmöglichkeiten und fordern die auch ein. *Das Internet*, Frau Kommissarin.«

Der Arzt sprach das Wort aus, als handele es sich um eine tödliche Geschlechtskrankheit.

»Aber vielleicht überdiagnostizieren wir das Leiden auch nur. Eine offensichtlich unausweichliche Entwicklung. Im Verhältnis zur aktuell geltenden Norm ist doch niemand mehr gesund. Der Schüchterne hat plötzlich eine Sozialphobie, der natürlich Introspektive ist krankhaft gehemmt, der Melancholiker oder von einer Trennung Betroffene ist depressiv, der nervige, grenzenlose Junge hat ADHS, und Leute mit einem steifen Hals oder Hexenschuss haben ein Schleudertrauma oder Fibromyalgie oder was weiß ich. Es gibt keinen Platz mehr für die stinknormale, altmodische Trauer im Leben eines Menschen, Frau Kommissarin. Das ist meine Meinung. Heute nennt man das posttraumatische Belastungsstörung, PTSD. Ich ziehe das Wort Trauer vor.«

Lene nickte kurz.

»Worüber hat er getrauert?«

Während der Arzt eine Antwort formulierte, sah sie sich im Zimmer um. Es hätte sie nicht überrascht, das Operationsbesteck zur Sterilisierung in einem Glas Whisky stehen zu sehen, und sie versuchte, sich eine gynäkologische Untersuchung auf der schwarzen, nostalgischen Untersuchungsliege in der Ecke mit dem rissigen Polster vorzustellen, aber da streikte ihre Fantasie.

»Wer weiß? Er hat einige Kameraden in Afghanistan verloren«, sagte Dr. Knudsen schließlich.

»Er wurde 2008 nach Hause geschickt und hat erst 2010 Sertralin verschrieben bekommen«, sagte sie.

»Das ist korrekt. Dafür habe ich keine gute Erklärung, tut mir leid. Aber ich weiß, dass Kim von den Psychologen am Institut für Militärpsychologie beurteilt wurde. Wie wohl alle Kriegsheimkehrer.«

»Können Sie mir einen Namen nennen?«

»Bedaure, nein. Aber sie sind in der Svanemøllens Kaserne in Kopenhagen untergebracht.«

Lene schloss die Augen. Sollte sie den Rest ihres Lebens zwischen Holbæk und Kopenhagen hin und her pendeln? Sie könnte natürlich Charlotte Falsters Angebot annehmen und einem Kollegen das Gespräch mit den Militärpsychologen, Kim Andersens Vorgesetzten und alten Soldatenkameraden überlassen, aber sie wusste auch, dass sie das nicht wollte. Irgendein lebenswichtiges Detail ging immer verloren, wenn mehrere Ermittler involviert waren, und sie verließ sich, mal ganz ehrlich, auf niemand anderen als sich selbst. Das lag in ihrer Natur, und außerdem hasste sie es, vom Tempo und der Gründlichkeit anderer abhängig zu sein, die immer zu langsam waren und alles immer irgendwie ein kleines bisschen verkehrt machten.

»Bei der Obduktion wurde eine verheilte Wunde an Kim Andersens rechtem Oberschenkel gefunden«, sagte sie. »Die Rechtsmedizinerin meinte, dass es sich um die Schusswunde eines Jagdgewehrs oder Militärkarabiners handelt. Sie hat Gewebeproben entnommen und schätzt, dass die Wunde circa zwei Jahre alt ist. Hat er Ihnen gegenüber irgendwas in der Richtung erwähnt?«

Dr. Knudsens Kopf rückte näher an den Bildschirm heran. Er bewegte die Lippen, als er seine eigenen Notizen in der Patientenakte las.

»Ich habe ihn nie wegen einer Schusswunde am Oberschenkel behandelt, und er hat mir gegenüber nichts dergleichen angesprochen. Mir liegt auch kein Behandlungsschreiben von einer Notaufnahme oder Station wegen irgendeiner Verletzung am Bein vor. Das ist merkwürdig.«

Lene stimmte ihm zu. Das war sehr merkwürdig.

»Danke, Dr. Knudsen.«

»Gern geschehen, Frau Kommissarin.«

Der Arzt verschwand wieder im Schatten.

12

Die Bildqualität war, wie fast immer bei Überwachungskameras, nicht gerade überragend, und die zwei Nashorndiebe schienen genau zu wissen, wo auf Flemming Caspersens Grundstück Kameras installiert waren. Sie bewegten sich zielstrebig und schnell auf der Grenzlinie zwischen Halblicht und Halbschatten. Das Gummiboot löste sich kurz vor zwei Uhr an jenem Januarmorgen aus der Dunkelheit. Die Männer sprangen ins Wasser, ehe das Boot das Ufer erreichte, zogen es auf die Steine und sprinteten durch den Park. Hände und Gesichter waren nicht als weißliche Flecken auf der Aufnahme zu sehen, weshalb Michael vermutete, dass sie Handschuhe und eine Art Skimaske trugen. Sie liefen von einem Kamerafeld ins nächste, bis sie die Haupttreppe erreichten. Der eine zog kaum sichtbar das rechte Bein nach.

    Der längere der beiden stand still, während derjenige mit dem lädierten Bein ein Brecheisen aus seinem Rucksack nahm. Er zwängte das Brecheisen unter die Angeln der Eingangstür und hebelte sie aus den Beschlägen. Die Tür fiel ins Haus, und jetzt wartete der Mann mit dem Brecheisen, während sein Kollege einen Druckbehälter aus seinem Rucksack nahm, sicher mit dem flüssigen Stickstoff, mit dem sie das Überwachungssystem des Hauses eingefroren hatten. Die Männer rannten die Treppe hinunter und verschwanden hinter der Garage. Nach wenigen Sekunden kamen sie wieder zum Vorschein und liefen mit der Aluminiumleiter des Gärtners ins Haus.

Das war's dann auch im Großen und Ganzen. Im Haus gab es keine Kameras.

Sie waren genauso vorgegangen, wie Michael es auch gemacht hätte.

Die Aufnahme war wirklich frustrierend unscharf. Die beiden Männer – der Größe nach zu urteilen mussten es Männer sein – hatten sich laut der digitalen Stoppuhr, die die Aufnahme begleitete, exakt sechs Minuten und dreiundzwanzig Sekunden im Haus aufgehalten.

Reichte die Zeit, um die DVD zu platzieren?

Kaum. Und Elizabeth Caspersen hatte gesagt, dass es keine Anzeichen eines unautorisierten Zugangs zum Geldschrank gegeben hätte.

Der Hund Nigger glänzte mit seiner Abwesenheit.

Michael nahm die CD raus, legte sie beiseite und warf einen traurigen Blick auf sein Mobiltelefon. Er hatte mit Sara gesprochen, und die Sehnsucht und das schlechte Gewissen nagten an ihm. Sein Sohn Axel war mit einer Platzwunde an der Stirn in der Notfallambulanz gewesen, da hätte er da sein sollen. Sara hatte alles allein managen müssen, die schreiende Kleine unter den Arm geklemmt und ein Vierjähriger, der mit acht Stichen genäht werden musste.

So waren die Spielregeln, aber manchmal verfluchte er es, dass er nicht Bäcker, Koch, Lehrer oder was anderes Sinnvolles geworden war, das sich mit einem einigermaßen normalen Familienleben vereinbaren ließ.

Er hatte probiert, sich einen gewöhnlichen Job zu suchen, als er nach Dänemark zurückgekehrt war, aber entweder war er unter- oder überqualifiziert – oder undefinierbar. Am Ende hatte Sara darauf bestanden, dass er doch lieber das machen sollte, was er am besten konnte: Dinge und Menschen finden. Er war bei Vorstellungsgesprächen in den unterschiedlichsten Firmen gewesen, aber alle Interviews waren an der gleichen Stelle gescheitert: Zehn Jahre bei einer Sicherheitsfirma in England – und was bitte hatte er dort gemacht?

Darüber konnte er leider nicht sprechen.

Worüber konnte er nicht sprechen?

Michael hatte jedes Mal nur gelächelt und mit den Schultern gezuckt. Shepherd & Wilkins hätten ihm ihre Kopfgeldjäger auf den Hals gehetzt, wenn er operative Details verraten hätte. Es war, wie nach zehn Jahren aus dem Koma zu erwachen. Wie konnte man Koma geschickt als Aktiva in seinen Lebenslauf einarbeiten?

Michael schenkte sich eine Tasse schwarzen Kaffee ein und suchte weiter nach verschwundenen und vermissten Personen in den Internetausgaben der norwegischen Zeitungen. Besonders nach solchen Personen, die zuletzt im nördlichsten Teil der Finnmark gesehen worden waren.

Er wusste, dass das schwierig werden würde. Verschollene Menschen waren willkommener Nachrichtenstoff, während wieder aufgetauchte Personen sehr viel weniger von Interesse waren. Es mangelte nicht an Geschichten von verschwundenen Bergwanderern, Kletterern, Skiläufern, Leuten, die auf Schneescootern unterwegs gewesen waren, Beerensammlern oder Ornithologen, die sich in der nordnorwegischen Wildnis verlaufen hatten, wohl aber an Nachrichten über tragische oder glückliche Ausgänge der Fahndungen.

Ende Juli 2010 war ein 39-jähriger Däne irgendwo an der finnischen Grenze verschwunden. Nach fast einer Woche ohne ein Lebenszeichen, wurde er wohlbehalten von einem Rettungshubschrauber des norwegischen Militärs gefunden. Ende März desselben Jahres verschwand ein junges, dänisch-norwegischen Ehepaar auf einer Bergwanderung in der Finnmark. Es gab mehrere Artikel über das Paar, sowohl in der dänischen als auch in der norwegischen Presse, und es gab Links zu verschiedenen Clips bei YouTube, wo Freunde und Verwandte des Paares Informationen zu den beiden Verschwundenen erbaten. Michael hielt sich nicht lange damit auf. Das Opfer auf der DVD von Elizabeth Caspersen war allein gewesen.

Danach überprüfte er die Homepage der Staatspolizei mit vermisst gemeldeten Personen, aber die schien schon länger nicht mehr aktualisiert worden zu sein. Jedenfalls fanden sich dort erstaunlich wenig Profile. Michael klickte sich weiter durch die drei großen Organisationen: Rotes Kreuz, Roter Halbmond, Missing Persons Tracing Service unter UNO, und danach durch eine Reihe kleinerer Organisationen, ohne Erfolg.

Eine Stunde, zwei Tassen Kaffee und drei Zigaretten später merkte er, dass er dieselben acht Zeilen jetzt mindestens viermal gelesen hatte – *Ekstra Bladet*, 4. April 2010:

Ein 31-jähriger Däne und seine 29-jährige Frau werden noch immer in Nordnorwegen vermisst. Das Paar wurde am 27. März von Angehörigen vermisst gemeldet. Die erfahrenen Bergwanderer verschwanden in der Gegend um Lakselv in der Finnmark. Die norwegische Polizei

*gibt an, dass sie vermutlich mit GPS und Satellitentelefon ausgerüstet waren. Sie waren am 22. März mit einem Flieger aus Oslo gelandet. Die Route des Paares ist nicht bekannt.
Die norwegische Polizei und die Bundeswehr haben eine Suchaktion in der Gegend nördlich und östlich von Lakselv gestartet.*

Seine Instinkte begannen sich zu regen. Manchmal hatten sie recht, manchmal nicht, aber er hatte gelernt, auf sie zu hören. Erfahrene Bergwanderer, GPS, Satellitentelefon ... norwegische Ehefrau. Norweger lernten, in der Wildnis zu überleben, bevor sie laufen lernten. Das machte ihn stutzig.

Michael wusste, dass er auf der richtigen Spur war. Er wusste es, weil in ihm etwas zur Ruhe kam und sein Hirn den Tunnelblick entwickelte. Ganz sicher war er dann, als er einen groß aufgemachten Artikel in *Verdens Gang* vom 3. Mai 2010 fand, in dem ein deutliches Farbfoto der Verschwundenen abgedruckt war.

Verirrte Dänen in der Finnmark, lautete die Überschrift.

Der Journalist, ein Knud Egeland, fasste historische Episoden zusammen, in denen Flachlanddänen sich in der nördlichen Wildnis verirrt hatten. Fast alle waren wohlbehalten gefunden worden, nicht aber das Ehepaar Kasper Hansen und Ingrid Sundsbö, die während der letzten Märztage 2010 östlich von Porsangerfjorden verschwanden. Ingrid Sundsbö war samischer Abstammung und eine sehr erfahrene Bergwanderin. Sie war neunundzwanzig, als sie verschwand. Kasper Hansen war dänischer Bauingenieur, der oft die Ferien mit seiner Frau in den Bergen verbracht hatte. Das Paar hatte *Porsanger Verdshus* am Morgen des 23. März verlassen, einem Dienstag. Das Personal hatte mitgeteilt, dass die beiden gut ausgerüstet gewesen waren mit Zelt, Schlafsäcken, handlichem GPS und Satellitentelefon. Sie hatten ihre Telefonnummer bei der Wirtin hinterlassen.

Ein Fernfahrer, der sie ein Stück mitgenommen hatte, erinnerte sich gut an sie. Die jungen Leute seien gut gelaunt gewesen und hatten sich auf ihre Tour gefreut, meinte er. Die Frau hatte Norwegisch gesprochen, ihr Mann ebenfalls. Der Fahrer, der mit einer Ladung Computer auf dem Weg nach Murmansk war, hatte sie auf einem Rastplatz ein paar Kilometer südlich vom Kajavajärvi-See abgesetzt. Die Frau hatte einen roten Parka getragen, der Mann einen schwarzen. Sie hatten eine hochwertige Ausrüstung dabeigehabt, erinnerte sich der Fahrer, und sie hatten einen fitten Eindruck auf ihn gemacht. Der Fernfahrer war vermutlich der Letzte, der die beiden lebend gesehen hatte.

Michael sah sich das Foto genauer an. Eine Berglandschaft. Kasper Hansen und Ingrid Sundsbö auf einem Berggipfel mit schneebedeckten Gipfeln im Hintergrund. Kasper Hansen hatte seiner Frau einen Arm um die Schulter gelegt, und sie lächelte ihn an. Weiße Strickmütze, langes, glattes, schwarzes Haar, roter Parka mit Pelzkragen, schlank. Kasper Hansen guckte direkt in die Kamera. Um seinen Hals hing eine Schneebrille. Schwarzer Parka, dunkles, kurzes Haar, weiße Zähne. Beide sahen in hohem Maße kerngesund und zufrieden aus, und an der Identifikation bestand absolut kein Zweifel. Das war der junge Mann von dem Film. Kasper Hansen war der Mann, der am Rand des Porsangerfjords in den Tod gejagt worden war.

Michael lehnte sich zurück und zündete sich eine Zigarette an. Seine Finger zitterten leicht, und er brauchte mehrere Anläufe mit dem Feuerzeug. Aber wo zum Teufel war Ingrid Sundsbö abgeblieben?

Ab dem 25. März waren keine Anrufe mehr von dem Satellitentelefon des Paares ausgegangen, allerdings waren mehrere besorgte Anrufe von Ingrid Sundsbös Eltern und Kasper Hansens Mutter an die Nummer gegangen. Kaspers Mutter hatte die zweijährigen Zwillinge des Paares gehütet.

Einheiten der norwegischen Polizei und der Bundeswehr hatten eine gründliche Suche eingeleitet. An einem lang gestreckten, schmalen See mit dem Namen Kjæsvatnet hatten die Spürhunde der Polizei Reste eines Lagerfeuers gefunden, und an einem Bach in der Nähe eine leere Angeltasche aus Weidengeflecht und Leder mit den Initialen K H. Andere Spuren, die auf das Paar hinwiesen, gab es nicht.

Anfang April war das Wetter schlechter geworden, mit Temperaturstürzen und Schneeschauern. Um den 10. April herum hatte man die Suche eingestellt.

Michael loggte sich bei Facebook ein und sah sich die Seiten an, die Kasper Hansen und Ingrid Sundsbö gewidmet waren. Es gab massenweise Porträts der Vermissten, und immer wieder kamen Aufforderungen an all jene, die über Informationen verfügten, die zur Aufklärung des Falles beitragen konnten, diese zu schreiben, egal, wo auf der Welt sie sich befanden. Es gab Bilder der inzwischen fünfjährigen Zwillinge, ein Mädchen und ein Junge, beide dunkelhaarig. Es gab Fotos von den Eltern, Großeltern, Geschwistern und eine Bildserie von einer Art Gedenkgottesdienst, den die Angehörigen in der norwegischen Seemannskirche auf Amager arrangiert hatten.

Den letzten Eintragungen war zu entnehmen, dass Kasper Hansens Mutter in Vangede wohnte und das Sorgerecht für die Zwillinge bekommen hatte, obgleich Kasper Hansen und Ingrid Sundsbö juristisch betrachtet noch lebten. Das Paar würde erst nach fünf bis sieben Jahren vom Nachlassgericht formell für tot erklärt werden.

Michael ging auf die Seite des norwegischen meteorologischen Instituts und überprüfte historische Wetterkarten von einigen anderen internationalen Wetterdiensten: Alle gaben einen für die Saison ungewöhnlich positiven Hochdruck an, der sich in der letzten Märzwoche bis in die ersten Tage des April 2010 von der Karelischen Halbinsel über Nordnorwegen bewegt hatte, um sich dann irgendwo über der Nordsee zwischen Island und Jan Mayen aufzulösen. Das Wetter war klar und für die Jahreszeit einzigartig warm gewesen, und in dem Gebiet um den Porsangerfjord waren keine nennenswerten Niederschläge verzeichnet worden. Die Nächte waren sternenklar gewesen, genauso, wie auf Elizabeth Caspersens DVD zu sehen. Sterne, klares Wetter. Windstille. Kein Rauschen im Mikrofon.

Er sah sich verschiedene norwegische und dänische Homepages an, um herauszufinden, ob es Wanderhütten in der Nähe der angegebenen Position gab, aber die nächste offizielle Wanderhütte lag dreißig Kilometer vom Tatort entfernt. Luftlinie.

Michael fuhr den Computer herunter, legte sich aufs Bett, stand wieder auf und ging rastlos im Zimmer auf und ab. Dann rief er Elizabeth Caspersen an und bat sie, sich ein neues Mobiltelefon und eine Prepaidkarte zu kaufen und ihn unter der neuen Nummer anzurufen. Er hinterließ eine kurze Nachricht auf Keith Mallorys Anrufbeantworter und gab ihm das Datum durch, an dem das Paar verschwunden war.

Er brauchte ein Ventil für seine Energie und Rastlosigkeit, zog T-Shirt, Shorts und Laufschuhe an und begab sich in den Fitnessraum des Hotels, um die nächsten anderthalb Stunden auf dem Laufband, dem Stepper und mit Gewichten zu verbringen.

13

Als er nach dem Training im Bad war, kam eine SMS mit Elizabeth Caspersens neuer Telefonnummer.

Er rief sie zurück, sobald er fertig war. Sie vergeudete keine Zeit mit Höflichkeitsfloskeln. Michael hörte Verkehrslärm im Hintergrund und vermutete, dass sie im Auto saß.

»Ich wurde von einer englischen Frauenstimme auf Ihre neue Nummer verwiesen«, sagte sie. »Wie oft wechseln Sie das Telefon?«

»Täglich.«

»Aber Sie sind es?«

»Ich glaube schon«, sagte er.

»Was haben Sie herausgefunden, Michael, und was soll ich mit einem neuen Telefon? Wen sollte es interessieren, meine Gespräche abzuhören? Ist das überhaupt möglich?«

Sie klang gestresst und gereizt.

»Das ist möglich, um die letzte Frage zuerst zu beantworten«, sagte er. »Viel zu simpel, im Grunde genommen. Und auf die Frage, wer Interesse haben könnte, Sie abzuhören: Da mangelt es sicher nicht an Kandidaten. Stellen wir uns nur mal vor, die DVD wurde im Safe Ihres Vaters deponiert, um Sie zu erpressen, da wäre es schon plausibel, wenn jemand Ihr Telefon abhört.«

»Mich erpressen? Warum das?«

»Die Holdinggesellschaft. Ich gehe davon aus, dass ein juristischer Vormund für Ihre Mutter vorgeschlagen wurde, und dass das selbstverständlich Sie sein werden?«

»Selbstverständlich. Die Anwälte sind dabei, das zu prüfen. Die Entscheidung kann jederzeit fallen.«

»Was wird Victor Schmidt dazu sagen?«

»Er wird plötzlich sehr, sehr freundlich werden. Oder das Gegenteil.«

Er wartete auf eine Fortsetzung, die nicht kam.

»Die Firma verfügt über eine extrem wertvolle Technologie, Elizabeth. Wertvoll für verschiedene mächtige Spieler«, sagte er. »Wenn etwas mit der Firma passiert, es zum Beispiel zum familiären Machtkampf kommt oder sie gesplittet und verkauft wird, ist das amerikanische Verteidigungsministerium gezwungen, auf die Beschlüsse einzuwirken. Mit dem Verfügungsrecht über Ihre und die Aktien Ihrer Eltern würden Sie, zumindest hypothetisch, ins Zentrum dieser Erwägungen rücken, da Sie damit die Aktienmehrheit in der Gesellschaft hätten.«

»Wieso um alles in der Welt sollte ich etwas tun, das der Firma meines Vaters schadet?«, fragte sie. »Das ergibt keinen Sinn. Auch wenn ich mich im Grunde genommen nicht für Sonartek interessiere, Michael. Ich habe nämlich ein eigenes Leben.«

Michael seufzte.

»Ich bin mir nicht ganz sicher, ob alle Entscheidungsträger in der Waffenindustrie oder im amerikanischen Verteidigungsministerium der gleichen Meinung sind. Ich glaube eher, dass Sie vom Gegenteil ausgehen können.«

Er lächelte und hoffte, dass sich das Lächeln auf die Stimme übertrug. Er hatte irgendwo gelesen, dass Telefonverkäufer die Anweisung hatten zu lächeln, wenn sie die Leute zu überzeugen versuchten. Es wurde behauptet, man könne das Lächeln hören.

»Das ist, wie gesagt, nur eine Hypothese, aber die DVD ist ein hervorragendes Mittel zur Erpressung.«

»Hervorragend«, sagte sie tonlos. »Ich kann mir kaum was Effizienteres vorstellen.«

»Gut, dann wären wir uns ja einig«, sagte Michael geschäftsmäßig. »Was Ihre erste Frage betrifft, habe ich den vermutlichen Tatort ausgemacht.«

»Wo?«

»Im nördlichsten Zipfel Norwegens. Finnmark. Am östlichen Ufer eines langen, schmalen Gewässers, dem Porsangerfjord. Und ich habe einen Zeitpunkt.«

Er legte eine Kunstpause ein.

»Der Mann wurde um halb sieben am Abend des 24. März getötet«, sagte er.

»Sind Sie sicher? Im letzten oder vorletzten Jahr? Wann?«

Sie reagierte genauso, wie er es gehofft hatte. Wenn Sie mehr wusste, als sie ihm erzählt hatte, hätte sie sicher nicht so spontan nach dem Jahr gefragt.

»Was Ort, Datum und Uhrzeit betrifft, bin ich mir sicher«, sagte er. »Und es dürfte in den letzten drei Jahren gewesen sein. Wir haben die Position über die Konstellation der Sterne am Ende des Filmes berechnet.«

»Anhand der Konstellation der Sterne? Und Sie sind sich wirklich sicher?«

»Das bin ich«, sagte er.

»Das ist so furchtbar. Wissen Sie schon, wer das Opfer war?«

»Noch nicht.«

Er hielt den Zeitpunkt noch nicht für gekommen, ihr von dem dänisch-norwegischen Ehepaar zu erzählen. Er musste erst noch über die Identifizierung nachdenken, redete er sich ein. Tatsächlich war es ihm unangenehm, Elizabeth Caspersen erzählen zu müssen, dass ihr Vater womöglich nicht nur ein, sondern zwei junge Menschenleben auf dem Gewissen hatte. Die Eltern von zwei kleinen Kindern.

»Was soll ich tun?«, fragte sie und putzte sich die Nase.

»Finden Sie heraus, ob Ihr Vater im Laufe der letzten drei Jahre Ende März außer Landes gewesen ist.«

»Ich habe mich die letzten drei Monate mehr mit seinem Leben auseinandergesetzt als zu seinen Lebzeiten«, sagte sie. »Ich hatte im Großen und Ganzen seit zehn Jahren keinen Kontakt mehr zu ihm.«

»Wie kommt das?«

»Ich glaube einfach, dass wir uns nicht mehr füreinander interessiert haben. Hört sich das seltsam an?«

»Nein.«

Michael dachte an seinen eigenen Vater, den Pastor, der Alkoholiker war, unmöglich, unzuverlässig, ein Fantast, der alles vögelte, das einen Pulsschlag hatte und seiner Mutter das Herz gebrochen hatte. Und Michael hatte ihn angebetet.

»Er konnte nicht so richtig mit meinem Mann«, sagte sie. »Vielleicht, weil sie sich im Grunde genommen sehr ähnlich waren. Aber vielleicht war es auch eine Art verzögerter jugendlicher Aufruhr meinerseits. Ich habe in letzter Zeit viel darüber nachgedacht.«

»Können Sie herausfinden, ob er Ende März auf Reisen gewesen ist?«

»Ich kann es versuchen. Die Firma hat ein Jetflugzeug, in dem er mehr oder weniger gelebt hat. Und ein Haus auf Mallorca und eine Wohnung in New York.«

»Ich bin sicher, Sie finden das heraus«, sagte er. »Und Sie könnten mir außerdem noch bei einer anderen Sache behilflich sein.«

»Wobei?«

»Ihr Vater muss einen Waffenschmied oder Büchsenmacher gehabt haben. Überprüfen Sie, ob es irgendwelche Quittungen oder Visitenkarten einer Waffenfirma gibt, die seine Waffen justiert und repariert hat.«

»Wozu?«

»Mich interessiert das Mauser-Gewehr. Ich würde gerne wissen, wo er es gekauft hat und ob es für Ihren Vater angepasst wurde. Möglicherweise hat die Firma die Kolbenlänge verändert, oder sie kennen das Gewehr gar nicht. Auch das wäre eine wichtige Information.«

»Sie meinen, er hätte die Waffe extra für diesen bestimmten Zweck gekauft?«

»Ja.«

»Und Sie haben wirklich keine Ahnung, wer der junge Mann ist?«, fragte sie.

»Nein.«

»Aber Sie finden das noch heraus, oder?«

»Das werde ich. Wollen Sie wirklich, dass ich weitermache, Elizabeth? Jetzt wäre ein günstiger Zeitpunkt, um auszusteigen«, sagte er und dachte an Ingrid Sundsbö und die Zwillinge.

»Wie meinen Sie das?«

»Wenn wir jetzt abbrechen, können Sie hoffen, dass das Ganze sich von selbst erledigt. Aber wenn ich weitermache, wird irgendwann ein Name auftauchen. Mit einer dazu gehörenden Geschichte, Familie, Angehörige, vielleicht Kinder. Bis jetzt ist er nicht mehr als eine Figur auf einer DVD. Der Film ist grauenvoll, keine Frage, aber der Mann ist anonym. Ein Fremder. Ich an Ihrer Stelle würde mir die Zeit nehmen, gründlich darüber nachzudenken, ob ich das hier wirklich will.«

»Irgendwo da draußen sitzen Menschen und wissen nicht, was mit ihm passiert ist, Michael«, antwortete sie unmittelbar. »Ich würde um jeden Preis Bescheid wissen wollen, wenn eine von meinen Töchtern verschwunden wäre.«

»Das verstehe ich, und natürlich ist das Ihre Entscheidung«, murmelte er.

»Da ist noch was«, sagte sie.

»Was?«

»Die anderen. Die zusammen mit meinem Vater dort waren. Vielleicht haben sie das vor Norwegen schon mal gemacht. Oder danach. Irgendjemand muss sie stoppen, und das wäre gerne ich. Ich sehe keine andere Möglichkeit, die geisteskranken Taten meines Vaters wenigstens ein Stück weit zu sühnen. Ich bin wohlhabend und investiere gern jede Krone, die ich habe, um diese Männer zu finden.«

Das werden Sie womöglich auch tun müssen, dachte Michael.

»Ich suche den Büchsenmacher raus und spreche mit den Piloten meines Vaters«, sagte sie. »Und Sie machen weiter, hören Sie?«

»Gut«, sagte er. »Danke übrigens für die Aufnahmen von dem Einbruch.«

»Konnten Sie damit was anfangen?«

»Ich werde sie mir noch mal anschauen. Die zwei waren wirklich gut, wie Sie schon sagten.«

Michael massierte seine Stirn, ehe er die nächste Frage stellte.

»Gäbe es eine Möglichkeit, Victor Schmidt und seine Söhne zu treffen?«

»Das weiß ich nicht. So ein Treffen könnte schwierig werden. Wieso wollen Sie Victor treffen?«

»Vielleicht ist die DVD tatsächlich eine Jagdtrophäe, die Ihr Vater selbst in seinem Safe deponiert hat. Aber vielleicht ist sie auch etwas anderes und mehr als das. Ich würde mir gerne einen Eindruck von den Menschen verschaffen, die Ihrem Vater am nächsten standen. Halten sich zurzeit alle in Dänemark auf?«

»Ja, aber es dürfte trotzdem nicht ganz einfach sein. Victor ist nicht dumm, man darf ihn nicht unterschätzen. Was soll ich sagen, wer Sie sind? Ein Journalist, der die Lebensgeschichte meines Vaters schreiben will?«

Sie lachte verzweifelt.

Diese Möglichkeit hatte Michael auch schon in Betracht gezogen, sie aber wieder verworfen.

»Nein. Die Stärke jeder geschickten Lüge ist die, dass sie möglichst nah an der Wahrheit liegt. Wie lange ist Ihre Mutter schon krank?«

»Gut vier Jahre.«

»Hat Sie Ihren Vater auf seinen Reisen begleitet?«

»Nicht so oft. Sie flog nicht gern und hatte am Ende nichts mehr übrig für Geselligkeit. Sie sagte immer, sie hätte ihren letzten Martini getrunken. Sie hatte viele gute Freundinnen. Sie hat Bridge und Tennis gespielt, gemalt und gelesen. Und sie war eine fantastische Großmutter. Sie hatte ihr eigenes Leben.«

»Hervorragend«, sagte er. »Hatte Ihr Vater eine Schwäche für Frauen?«

»Eine Schwäche für Frauen?«

»Ja?«

»Ich denke schon, aber es gab nie Gerüchte, dass er untreu war, wenn Sie das meinen. Wenn es eine andere gab, war er sehr diskret. Ich hatte das Gefühl, dass sie es sich gut miteinander eingerichtet hatten. In diesem Zusammenhang habe ich nie an ihn gedacht.«

»Nehmen wir mal an, Ihr Vater hatte tatsächlich eine Affäre auf seinen Geschäftsreisen«, sagte er. »Eine dauerhafte Affäre. Auf Mallorca oder in New York. Nehmen wir New York. Und damit meine ich nicht irgendein Callgirl, sondern eine gebildete Frau aus guter Familie ... Eine Frau mit Klasse.«

»Einverstanden«, sagte sie trocken.

»Gut. Nehmen wir weiter an, dass ihr Verhältnis ... Konsequenzen hatte, sozusagen.«

»Sie meinen, dass ich einen kleinen Bruder oder eine kleine Schwester in den USA habe? Das wäre ja wunderbar!«

»Das ist nur eine frei erfundene Geschichte«, sagte er. »Der Aufhänger für Victor. Wenn Ihnen was anderes und Besseres einfällt, ist das für mich auch okay.«

»Dafür fehlt mir, glaube ich, die Fantasie. Mein Gott, da hat mein Vater meine Mutter also mit einer Frau aus guter Familie in New York betrogen ... Und dann?«

»Jetzt will die Betreffende ihre und die Rechte ihres kleinen Sohnes geltend machen, der Frucht aus Flemming Caspersens Lenden.«

Er hörte das Knallen einer Autotür, und der Verkehrslärm wurde lauter.

»Ich habe wieder angefangen zu rauchen«, sagte sie. »Vor zehn Jahren habe ich damit aufgehört, aber jetzt stehe ich auf einem potthässlichen Rastplatz an der Autobahn und rauche. Nach unserem ersten Treffen hat's mich erwischt.«

Sie kicherte, leicht hysterisch, aber irgendwie erleichtert.

»Frucht seiner Lenden? Meine Güte ... Ist Ihr Vater Pastor, Michael?«

Er lachte überrascht.

»Das ist er. Aber verraten Sie es niemandem. Er hat sich zu Tode gesoffen.«

»Und Sie? Trinken Sie auch?«

»Ich habe Jack Daniels in den Vorruhestand geschickt. Aber ab und zu schaut er vorbei.«

»Das freut mich zu hören. Das mit dem Ruhestand, meine ich. Es wäre wirklich Vergeudung.«

»Das ist es in der Regel«, sagte er, ohne es zu meinen.

»Wissen Sie, woran ich gerade denken muss?«, sagte sie. »Nein, natürlich wissen Sie das nicht. Ich muss an Victors Gesicht denken, wenn ich ihm von dem unbekannten Erben von Sonartek erzähle.«

Michael lachte. Beherrscht.

»Wie alt ist der kleine Knirps?«, fragte sie und kicherte wieder wie ein Schulmädchen.

Michael interpretierte das als Vorboten eines reellen, klassischen Nervenzusammenbruchs.

»Sagen wir mal, sechs Monate«, sagte er. »Und sagen wir, Sie hätten einen Brief von ... von Miss Janice Simpson bekommen ...«

»Simpson?«

Elizabeth Caspersen lachte jetzt laut, aber das Lachen ging in lautem Lastwagenrauschen unter. Es klang, als stände sie mitten auf der Fahrbahn.

»Meinetwegen auch ein anderer Name. Das dürfen Sie entscheiden. Ein handschriftlich verfasster Brief. Schreiben Sie, was Sie wollen. Sie spricht Ihnen ihr tiefes Mitgefühl über den Verlust Ihres Vaters aus, der auch sie und den Junior trifft, und flicht ganz nebenbei diverse, sehr private Details über Ihren Vater, seine Firma und Sie ein. Wissen, das nicht jeder haben kann. Sie hat ein Foto des Kleinen beigelegt, auf dem er natürlich wie jedes andere Baby aussieht. Sie ist erschüttert über den Tod Ihres Vaters ... und ihres Geliebten, muss aber natürlich auch an die Zukunft ihres Sohnes denken, im weitesten Sinne.«

»Selbstverständlich«, sagte sie.

»Sie ist der Meinung, dass Ihr Vater sich eine angemessene Erziehung für seinen Sohn gewünscht hätte. Miss Simpson will wirklich nicht unverschämt sein, ganz sicher nicht. Darum würde sie Ihnen gerne die Chance geben, sich zu äußern, wie Sie sich das Ganze weiter vorstellen, ehe sie ihre Anwälte einschaltet. Und natürlich ist sie bereit, alle nötigen DNA-Proben zu liefern, von denen Sie nur träumen können.«

»Sie sind fantastisch, Michael«, sagte sie.

»Das ist nur eine Geschichte.«

»Aber sie könnte wahr sein.«

Einen Augenblick lang schwiegen beide.

»Und wo kommen Sie ins Bild?«, fragte sie schließlich.

»Als derjenige, der ich bin. Ein Privatermittler, den Sie von einem Holländer empfohlen bekommen haben. Weil Sie sich keinen Rat mehr wussten. Erst stirbt Ihr Vater, Ihre

Mutter ist krank, und jetzt das hier. Welche Forderungen wird Miss Simpson stellen? Will sie Geld? Den Namen Ihres Vaters? Einen Platz in der Firmenleitung? Offizielle Anerkennung des Sohnes? Sie wollen natürlich mit Victor und seiner Familie, die ihrem Vater so nahestanden, und mir als Beisitzer, Ihre Möglichkeiten besprechen. Was das Erbrecht betrifft, wissen Sie Bescheid, aber Sie haben mich gebeten zu überprüfen, ob diese Miss Simpson eine Schwindlerin oder vertrauenswürdig ist. Sie wollen gern mehr über Miss Simpsons Hintergrund erfahren, ihre Familie ... Wer sie ist und wo sie herstammt.«

»Sie haben recht«, sagte Elizabeth Caspersen. »Das würde ich in der Tat. Wenn die Geschichte wahr wäre, würde ich mir so jemanden wie Sie suchen.«

»Sehen Sie«, sagte Michael. »Und Victor Schmidt will unter Garantie auch gern wissen, ob er bei der nächsten Vorstandssitzung warme Milchfläschchen bereitstellen muss.«

Sie kicherte wieder lange, bis Michael sie unterbrach.

»Ein Letztes, Elizabeth.«

Das Lachen erstarb.

»Was?«

»Die Krankenakte Ihres Vaters. Wo ist er eigentlich gestorben?«

»Auf Victors Schloss. Er war zur Jagd dort. Wie meistens. Er wohnte mehr oder weniger dort, wenn er nicht auf Reisen war. Sie haben ihn am Sonntagmorgen in seinem Bett gefunden. Warum?«

»Nichts Besonderes. Ich gehe davon aus, dass er ins nächste Krankenhaus gebracht worden ist?«

»Wo beim Eintreffen sein Tod festgestellt wurde«, sagte sie.

»Trotzdem müsste es eine Krankenakte oder eine Notiz aus der Notfallambulanz geben, einen Totenschein. Und da er, wie Sie gesagt haben, obduziert wurde, auch einen Obduktionsbericht. Sie als nächste Angehörige können die ärztlichen Akten anfordern. Ich würde sie mir gern ansehen.«

Elizabeth Caspersens Stimme wurde spitz. »Und ich frage Sie noch einmal: Wozu? Ich habe keinen Grund zu der Annahme, dass er an etwas anderem gestorben ist als einem Herzanfall.«

Er legte sich seine nächste Formulierung zurecht.

»Ich finde, wir haben es hier mit einer Anhäufung sonderbarer Zufälle zu tun. Ein plötzlicher Herzanfall bei einem ansonsten kerngesunden Mann, Einbruch, Nashornklau, ein Jagdgewehr mit geladenem Magazin. Der Film. Das ist schon alles sehr merkwürdig.«

Die folgende Pause war extrem lang.

»Sie haben recht, und Sie irren sich«, sagte sie schließlich. »Aber ich werde zusehen, dass ich die Unterlagen bekomme und sie Ihnen schicken.«

»Danke.«

Zumindest hatte Elizabeth Caspersen aufgehört zu lachen, wofür er sehr dankbar war.

Nach dem Gespräch holte Michael seine Reisetasche und fand eine verschrammte, weiße Pressekarte von der Größe einer gewöhnlichen Kreditkarte und aus dem gleichen Kunststoffmaterial. Es war ein Mikrochip darauf und ein undeutliches Passfoto. Mit Klebebuchstaben konnte er sie nach Bedarf mit neuen Namen versehen. Einer professionellen Prüfung würde sie nicht standhalten, aber die meisten Menschen hatten noch nie eine Pressekarte gesehen, und bis jetzt hatte noch niemand einen zweiten Blick darauf geworfen.

Peter Nicolaisen, Danmarks Radio, dachte er und machte sich an den Buchstabenaustausch.

Michael war nicht gläubig im traditionellen Sinn. Sein Vater, der gefallene Pastor, hatte ihn absolut vom Christentum in der dänischen Standardversion geheilt, aber er hoffte trotzdem, dass ihm irgendwer irgendwo den Schritt verzeihen würde, den er nun tun musste: den trauernden Angehörigen falsche Hoffnungen zu machen.

14

Lene parkte wenige hundert Meter von dem hübschen, klassischen Backsteingebäude entfernt, in dem die Polizeistation Holbæk untergebracht war. Die Sonne hatte den Zenit überschritten, aber es war immer noch warm. Sie hatte die Kapuze und ihre Sonnenbrille aufgesetzt. Der Tod des Veteranen und die Anwesenheit der Staatspolizei hatten die Kriminalreporter in die westseeländische Kleinstadt gelockt, und sie würden Lene Jensens rotes Haar schon von Weitem erkennen. Aber sie hatte im Moment ganz und gar nicht das Bedürfnis, von informationshungrigen Journalisten belagert zu werden. Die würden sich bis zur Pressekonferenz am nächsten Tag gedulden müssen.

Sie betrat das Gebäude durch einen Seiteneingang und schaute kurz in der Wachzentrale vorbei, wechselte ein paar Worte mit dem Wachhabenden, der ihr ein Büro im ersten Stock zuwies.

Der Raum war mit einer verblichenen Schultafel eingerichtet, einem Plakat mit der Storstrømsbrücke, einer Brandinstruktion aus dem Jahr 1983, einem verschrammten Schreibtisch und zwei Stühlen. Sie hängte die Windjacke über den einen Stuhl, stellte die Schultertasche auf den Boden und setzte sich an den Schreibtisch. Dann nahm sie die Armbanduhr ab und legte sie neben ihrem Notizbuch und einem Kugelschreiber parallel zur Tischkante.

Auf dem Weg nach Holbæk hatte sie kurz mit Arne telefoniert, dem Kriminaltechniker. Ein in vielfacher Hinsicht beunruhigendes Gespräch, das in mehreren Punkten ihre eigenen Befürchtungen bestätigt hatte.

Um vier Uhr klopfte es an der Tür, und die junge Polizistin, die Lene im Haus von Kim Andersen getroffen hatte, öffnete die Tür und ließ Louise Andersen herein. Danach zog sie die Tür wieder hinter sich zu.

Lene stand nicht auf, sagte nichts und machte einen neutralen Gesichtsausdruck. Sie zeigte auf den Stuhl auf der anderen Seite des Schreibtisches, und Louise Andersen setzte sich.

Sie war jetzt abgeschminkt und sah mindestens zehn Jahre älter aus als dreißig. Dunkle Ringe unter den Augen, nach unten gezogene Mundwinkel, ein von nun an womöglich dauerhafter Zug, wie Lene befürchtete. Sie sah die Kommissarin nicht an.

»Wie geht es Ihnen, Louise? Wo sind Ihre Kinder?«
»Bei meiner Mutter.«
»Haben Sie geschlafen?«
»Nein.«

Lene versuchte erfolglos, Louises Blick einzufangen.
»Können Sie sich erinnern, was gestern passiert ist?«
»Wie sollte ich das vergessen können?«

Jetzt sah sie Lene empört an, senkte den Blick aber gleich wieder auf die Spitzen ihrer roten Converse-Schuhe. Eine bildhübsche Frau, dachte Lene. Wundervolles Haar, dunkelbraun und natürlich gelockt, hohe Wangenknochen und leicht schräg stehende, große Augen, die momentan matt und leer waren.

»Sie haben Kim einen Kaffee gekocht, nachdem Sie aufgewacht sind. Sie haben nach ihm gerufen. Sie haben im Bad nach ihm geschaut. Sie sind in die Küche gegangen ... Erzählen Sie selbst weiter«, begann Lene das Gespräch.

»Ich bin in die Küche gegangen«, murmelte Louise. »Mir war schlecht, und ich hatte Kopfschmerzen. Wir hatten viel zu viel getrunken. Ich hab erst einmal ein halbes Tetrapak Saft getrunken und dann Kaffee aufgesetzt. Ich kann mich nicht erinnern, ob ich nach ihm gerufen habe. Ich dachte, dass er vielleicht einen Spaziergang macht.«

»Einen Spaziergang?«

»Ja, er war ständig im Wald unterwegs. Ich schenkte mir einen Kaffee ein und ihm auch einen Becher. Zwei Teelöffel Zucker und ein Schuss Milch. Kim kann keinen Kaffee ohne Zucker trinken.«

Ihre Lippen zuckten.

»Was haben Sie dann gemacht?«

Louise Andersen legte die Finger auf die Augen.

»Ich bin raus in den Garten. Da habe ich ihn gefunden. Irgendjemand hat Kim an dem Baum aufgehängt ...«

Ihre Hände fielen auf den Schoß, die Gesichtszüge entglitten ihr, Tränen strömten über ihre Wangen. Sie sprang vom Stuhl auf, ging durch den kleinen Raum und presste sich mit bebenden Schultern in die Ecke neben der Tür.

Lene lehnte sich zurück und schaute aus dem Fenster. Auf dem Parkplatz vor dem Gebäude öffnete ein Polizist die Kofferraumklappe eines Kombi und ließ einen Schäferhund heraus. Der Hund sprang hoch und legte die Vorderpfoten auf die Brust des Mannes. Der Polizist schob den Hund nach unten, worauf der seine Hände ableckte. Ein junger Hund. Verspielt.

»Nein ... nein ... nein ... nein ...«

Louise Andersen sprach leise mit der Wand.

»Louise ...?«

Die schmale Gestalt richtete sich etwas auf, die Schultern sackten nach unten.

»Louise?«

Sie nickte.

»Wissen Sie, was ich sehe, wenn ich Sie anschaue?«

»Nein.«

»Ich sehe etwas Besonderes. Ich sehe eine junge Frau, die stark und mutig ist. Es steckt so viel in Ihnen. Und es gibt eine Zukunft auf der anderen Seite. Nach Kim. Auch wenn das seine Zeit braucht. Und Sie entscheiden selbst, ob der Start in diese Zukunft schwer oder vielleicht nicht ganz so schwer sein soll.«

»Es gibt keine Zukunft.«

Louise hatte ihr Gesicht immer noch der grünen Zimmerecke zugewandt.

»Doch, gibt es. Sehen Sie mich an, Louise.«

Sie drehte sich noch immer nicht um.

»Verdammt noch mal, setzen Sie sich wieder auf den Stuhl!«

Lene benutzte ihre Straßenstimme. Polizeifrequenz. Es war lange her, dass sie sie das letzte Mal gegen pflastersteinbewaffnete Demonstranten oder hochgepeitschte Fußballfans eingesetzt hatte, aber sie zeigte immer noch Wirkung.

Die junge Frau richtete sich auf, als hätte sie einen Stromschlag bekommen, ging zurück zu ihrem Stuhl und setzte sich. Sie sah Lene mit großen Augen an.

»Glauben Sie, ich sitze zum ersten Mal jemandem wie Ihnen gegenüber?«, fragte Lene barsch.

»Sicher nicht.«

»Nein. Und Sie haben eine Zukunft. Ich weiß, dass Ihnen im Moment alles wie ein unüberschaubarer Scheißdreck vorkommt, so wie ich auch weiß, dass alles noch eine ganze Weile lang ein unüberschaubarer Scheißdreck bleiben wird. Echte, fucking Scheiße, okay? Die Frage ist nur, ob Sie davor kapitulieren wollen. Sie stehen unter Schock. Das ist verständlich, das ginge jedem so. Aber das ist eine gesunde und natürliche Reaktion, und Sie können mir verdammt noch mal glauben, dass es wirklich irgendwann besser wird. Und das hat nichts mit mangelndem Respekt oder mangelnder Liebe für Ihren Mann zu tun, wenn Sie eines Tages Ihre neue Zukunft in Angriff nehmen.«

»Haben Sie schon mal jemanden verloren, der Ihnen nahesteht?«

Lene blinzelte. Es war nicht das erste Mal, dass ihr diese Frage gestellt wurde. Sie hatte ihren Vater verloren, aber der war alt gewesen, chronisch krank und bereit zu sterben. Er wollte nicht mehr. Und sie hatte mit siebzehn eine Abtreibung gehabt, aber das zählte in diesem Zusammenhang nicht. Ihr größter Verlust war ihre heißgeliebte Katze gewesen, die verschwunden war, als sie elf war. Sie hatte drei Wochen lang geweint. Sie war überzeugt davon gewesen, dass Valium, so getauft von ihrem Vater, dem Apotheker, einem Verbrechen zum Opfer gefallen war, dass ihr Nachbar, der alle lebenden Wesen hasste, Valium erschlagen und verbuddelt hatte. Sie hatte erfolglos seinen Garten durchsucht, während er bei der Arbeit war. Sozusagen ihre erste Detektivarbeit.

»Nein«, sagte sie.

»Seien Sie froh«, sagte Louise Andersen.

»Das bin ich. Was haben Sie getan, als Sie Kim gefunden haben?«

»Ich habe das Seil durchgeschnitten.«

»Womit?«

»Ich bin ins Haus gelaufen und hab ein Messer aus der Küche geholt. Ich habe den Stuhl wieder aufgerichtet, kam aber trotzdem nicht an den Strick ran ... oh Gott ...«

»Was haben Sie dann gemacht?«

»Ich bin in die Garage gelaufen und hab die Astschere geholt, damit ging es.«

»Das haben Sie gut gemacht«, sagte Lene freundlich. »Wirklich. Ich gehe davon aus, dass Sie Kim nicht halten konnten? Er ist ein großer, schwerer Mann.«

»Nein, er ist ins Gras gefallen. Ich habe versucht, ihn zu halten, aber der Stuhl ist umgekippt.«

»Wie spät war es da?«

»Keine Ahnung.«

»Okay. Kim liegt im Gras. Was haben Sie dann gemacht?«

Ihr Gesicht wurde ausdruckslos, sie wich dem Blick der Kriminalkommissarin aus.

Jetzt kommt es, dachte Lene.

»Ich habe versucht, ihn zu beatmen und durch Herzmassage wiederzubeleben. Aber das hat nichts genützt. Er war kalt und hat sich nicht bewegt. Er hat nur in den Himmel gestarrt. Ich glaube nicht, dass sein Herz noch geschlagen hat.«

»Haben Sie einen Erste Hilfe-Kurs gemacht, Louise?«

Zwischen den schmalen, hochzeitsgezupften Augenbrauen bildete sich eine tiefe Furche.

»Ich bin Lehrerin. Wir haben regelmäßig Kurse in der Schule.«

»Haben Sie die Handschellen gleich bemerkt?«

»Ja, ich habe sie gleich gesehen.«

»Können Sie sich erinnern, ob Sie sie berührt haben?«

»Nein, habe ich nicht.«

»Kaffee?«, fragte Lene.

»Was?«

»Möchten Sie einen Kaffee? Ein Glas Wasser? Sonst irgendwas?«

»Ein Glas Wasser, danke.«

»Augenblick.«

Lene trat auf den Flur, fand eine Toilette, wo sie die Handgelenke unter kaltes Wasser hielt und sich Wasser ins Gesicht spritzte. Sie starrte ihr Spiegelbild lange an, ehe sie das Wasser wieder abdrehte.

Hinter der Wachzentrale lag die Küche. Der Hundeführer saß am Küchentisch, und der Hund schlabberte Wasser aus einer Plastikschale und schob sie dabei tollpatschig über das glatte Linoleum, ein langbeiniger Welpe, der seine vier Beine, den Schwanz und seinen großen Kopf noch nicht ganz unter Kontrolle hatte. Er schnupperte neugierig an Lene, bis der Polizist ihn zurückpfiff. Sie schenkte sich einen Becher Kaffee ein und rührte drei Würfelzucker hinein. Dann zog sie ein Snickers aus der Jackentasche und riss die Verpackung auf. Ihre Hände zitterten. Niedriger Blutzucker.

Sie biss gierig von dem Schokoriegel ab, trank einen Schluck Kaffee und sah den Hund an.

»Wird er gut?«

Der Beamte betrachtete ihn mit väterlichem Stolz.

»Das denke ich doch. Ich hatte einen von seinen großen Brüdern aus einem früheren Wurf, und der war richtig gut.«

»King?«

Er lächelte.

»Nein. Und auch nicht Rollo. Er heißt Tommy.«

Lene lächelte den Hund an. »Schöner Name.«

»Ja.«

Sie schenkte ein Glas Wasser für Louise Andersen ein und ging in das kleine, staubige Büro zurück.

Lene stellte den Kaffeebecher in eine Linie mit ihrer Armbanduhr, das Wasserglas vor Louise und warf einen kurzen Blick zu ihrer Schultertasche auf dem Boden. Sie war nicht bewegt worden.

»Sie dürfen gerne rauchen, wenn Sie wollen«, sagte sie.

»Ich habe Asthma.«

»Oh, ja. Deswegen ist Ihr Haus sicher auch das sauberste, in dem ich je gewesen bin, mein eigenes eingeschlossen.«

»Ich habe keine andere Wahl.«

»Selbstverständlich.«

Lene sah in den Becher und nippte an der schwarzen Flüssigkeit.

»Louise, als ich das mit der Zukunft gesagt habe, dass Sie selbst entscheiden, ob der erste Tag sehr schwer oder nur schwer sein wird – das habe ich wirklich so gemeint.«

Die junge Frau wickelte sich eine dunkle Locke um den Finger und zog fest daran. Lene verzog das Gesicht. Ihr Gegenüber schien den Schmerz zu genießen. Die Ablenkung.

»Okay?«

»Es gibt etwas, das *ungebührlicher Umgang mit Leichen* heißt, Louise. Damit ist gemeint, dass man Tote nicht berühren oder bewegen soll, wenn kein wirklich wichtiger Grund vorliegt. Man soll sie nicht irgendwie arrangieren, sie aus- oder anziehen, sie schminken, auf ein Motorrad setzen oder auf den Dachgepäckträger eines Autos legen. Verstehen Sie? Das ist strafbar.«

»Natürlich.«

»Gut. Dann gibt es noch etwas, das *Obstruktion* heißt oder *Irreführung der Polizei*. Auch das ist strafbar. Und zu guter Letzt gibt es noch den Meineid oder falsche Zeugenaussagen. Das bedeutet, dass man während der polizeilichen Ermittlungen oder vor Gericht bewusst die Unwahrheit sagt.«

Louise Andersen folgte aufmerksam Lenes Ausführungen. Ihre Lippen waren feucht und leicht geöffnet.

»Ich weiß, was das bedeutet.«

»Das freut mich aufrichtig, Louise. Wirklich. Ich befürchte nämlich, dass Sie sich in allen drei Punkten schuldig gemacht haben, und nun möchte ich natürlich gerne wissen, wieso.«

»Wie meinen Sie das? Was zum Teufel wollen Sie damit sagen?«

Lene sah ihr tief in die Augen. »Als ich gesagt habe, dass ich Sie für eine starke und mutige Person halte, habe ich das genauso gemeint. Die Handschellen haben keine Spuren an Kims Handgelenken hinterlassen. Wenn jemand sie ihm zum Beispiel angelegt hätte, bevor er an dem Strick hochgezogen wurde, hätte er irgendwie versucht, sich zu befreien. Dann müsste es aber Hautabschürfungen oder Einblutungen unter der Haut geben. Auch wenn er sie sich selbst angelegt hätte, um zu verhindern, dass er die Tat auf halber Strecke bereut. Das ist eine automatische Reaktion, nicht willentlich beeinflussbar.«

Louise Andersen schob jäh den Stuhl zurück und war

schon fast bei der Tür, als Lene sie sehr laut und sehr barsch aufforderte, sich wieder zu setzen. Louise blieb stehen, als wäre sie gegen eine unsichtbare Wand gelaufen, und Lene hatte sich schon halb von ihrem Platz erhoben, um sie notfalls mit Gewalt auf ihren Stuhl zurückzuholen. Sie kam mit glühendem Blick zurück und setzte sich wortlos. Sie verschränkte die Arme vor der Brust und schlug die Beine übereinander. Dabei umklammerte sie die Oberarme so fest, dass die Fingerknöchel weiß wurden.

»Danke«, sagte Lene ernst. »Dieses Problem wird nicht gelöst, indem Sie weglaufen, Louise. Es gibt Fingerabdrücke von einer einzigen Person an den Handschellen. Ihre. Und im Falle einer Mund-zu-Nase-oder Mund-zu-Mund-Beatmung hätten wir Spuren von Lippenstift auf seinem Gesicht finden müssen. Aber da war nichts. Wir haben Ihre Fingerabdrücke auf der Astschere gefunden. Ihre Geschichte stimmt also zur Hälfte, und nun möchte ich gerne die andere Hälfte hören. Die korrekte, wahre Version.«

»Ich will einen Anwalt«, sagte Louise.

Lene nickte.

»Selbstverständlich. Aber wenn Sie einen Anwalt nehmen, muss ich Sie anzeigen, und wenn ich Sie anzeige, kommen Sie vor Gericht, und wenn Sie vor Gericht kommen, werden Sie verurteilt. So viel steht fest.«

Die Mundwinkel der jungen Frau zuckten. Und wieder schlug sie die Hände vors Gesicht.

Lene schaute auf die Uhr. Das konnte sich endlos hinziehen. Sie war plötzlich fürchterlich wütend über Louise Andersens unverständliche Ausflüchte und ihre Trägheit.

»Was wollen Sie?«, fragte sie schroff. »Sehr schwer oder nur schwer?«

Ihr Gegenüber murmelte etwas Unverständliches.

»Wie bitte? Ich verstehe Sie nicht.«

»Ich finde, dass schwer völlig reicht.«

»Das finde ich auch«, sagte die Kommissarin. »Lassen Sie uns also mit den Handschellen beginnen.«

»Ich weiß nicht ... Ich weiß nicht, was ich gedacht habe ... Doch, ich dachte, wenn ich ihm Handschellen anlege, würden Sie, würde die Polizei vielleicht herausfinden, was mit ihm nicht stimmt. Es tut mir leid. Ich hätte das nicht tun sollen.«

»Was mit ihm nicht stimmt?«

»Oh, fuck ... Alles!«

»Meinen Sie seine Depression? Wir haben die Tabletten gefunden, und ich habe bereits mit seinem Arzt gesprochen.«

»Nein, nein ... Ich glaube, am Anfang haben die sogar noch geholfen, aber er wurde immer abwesender und trauriger, isolierte sich und ertrug die Kinder nicht mehr. Vorher war er ganz vernarrt in sie. Das lag nicht nur an seiner Depression. Die konnte ich gut verstehen, damit konnte ich umgehen. Aber es gab Tage, an denen er kein Wort mit mir oder den Kindern sprach, nichts aß, nicht duschte oder die Klamotten wechselte. Dann lief er im Wald rum oder fuhr mit der Jolle raus und kam erst nach Hause, wenn er sicher war, dass ich schon im Bett lag. Wir hatten keinen Sex, wir redeten nicht miteinander, wir taten nichts gemeinsam.«

»Wie lange ging das?«

»Das letzte Jahr war fürchterlich. Es war meine Idee, zu heiraten, ich habe ihm den Heiratsantrag gemacht ... Ich dachte, das würde vielleicht helfen. Dass er mir dann glauben würde, dass ich ihn nicht verlassen wollte. Das war am Ende seine größte Angst. Ich habe geglaubt, das Fest und die Vorbereitungen, dass er seine alten Freunde wiedersieht, würden helfen. Und das hat es auch. Er war besser drauf, hatte ich das Gefühl. Es kam oft vor, dass er morgens nicht aus dem Bett kam. Sein Meister nahm das hin. Kim war Veteran, und sein Meister sagte, dafür müsse Raum sein. Aber er hat eine Firma und muss Rücksicht auf seine anderen Angestellten nehmen, die wegen Kim extra hart arbeiten mussten. Das war ihm klar, und er hatte deswegen ein schrecklich schlechtes Gewissen.«

Lene legte die Stirn in Falten.

»Ich verstehe das nicht ganz, Louise. Und auch das Timing macht mir Probleme. Soweit ich weiß, wurde Kim 2008 aus Afghanistan nach Hause geschickt. Ist das korrekt?«

»Ja.«

»Dr. Knudsen hat im Juni 2010 die Behandlung mit Antidepressiva begonnen und ihm ebenfalls im Juni 2010 Schlafmittel verschrieben. Warum?«

»Er konnte nur schlafen, wenn er die Pillen nahm. Er meinte, dass er sie nimmt, um nicht zu träumen. Die Träume wären das Schlimmste, sagte er.«

Lene nickte. »Ich hätte nur vermutet, dass seine Probleme in Zusammenhang mit der Heimkehr 2008 entstanden sind. Er war doch Elitesoldat, oder? Kein Logistiker oder Koch, zum Beispiel?«

Louise Andersen lächelte traurig.

»Kim? Er hätte sich lieber beide Arme gebrochen, als Papierkram zu erledigen. Damit konnte er nichts anfangen. Er konnte nicht einmal ein Ei kochen. Er las nicht und hatte Schwierigkeiten mit dem Schreiben. Ich habe ihn nie zum Vergnügen ein Buch lesen sehen. Er las Gebrauchsanweisungen und Handbücher. Das, was ihm wirklich etwas bedeutete, war, mit seinen Kameraden draußen im Feld zu sein. Kim ist einer der höchstdekorierten Elitesoldaten Dänemarks. Er war ein guter, erfahrener Soldat. Er war im Irak, in Bosnien und im Kosovo, und die Truppe war seine Familie.«

»Hat er Geschwister?«

»Er hat einen älteren Halbbruder, den er selten gesehen hat. Er wohnt in Jütland. Sie kamen so weit gut miteinander aus, aber es lagen zehn Jahre zwischen ihnen, sie hatten also nicht viele Gemeinsamkeiten. Kims Eltern haben sich scheiden lassen, als er neun war, und nach der Scheidung hat er seinen Vater kaum noch gesehen. Sie haben sich nicht sonderlich gut verstanden. Sein Vater ist nach Thailand gezogen und hat dort ein Mädchen geheiratet. Seine Mutter ist auch wieder verheiratet. Sie lebt in Stockholm.«

»Wie ging es ihm nach Afghanistan?«

Louise Andersen trank einen Schluck Wasser und stierte vor sich hin.

»Es dauert eine Weile, bis sie wieder ankommen. Sie sind bis zur Hutschnur mit Adrenalin vollgepumpt ... völlig unter Dampf. Tag und Nacht. Aber das legt sich irgendwann. Und so war es auch bei Kim. Nach Afghanistan, meine ich. Er hat zu arbeiten angefangen, und ich hatte das Gefühl, als hätte er alles unter Kontrolle. Er bekam das immer wieder in den Griff.«

»War er am Militärpsychologischen Institut?«

»Da kommen alle hin. Sie werden vor und nach den Einsätzen einem Stress-Screening unterzogen, um festzustellen, ob sie das packen oder ob sie nach ihrer Heimkehr behandelt werden müssen. Er hat keine Therapie oder so was gemacht, wenn Sie das meinen.«

Louise schwieg.

»Männer wie Kim sind ihr Gewicht in Gold wert«, sagte sie.

»Warum?«

Ihr Gesicht und ihre Augen wirkten jetzt lebendiger. Kim Andersen konnte sich glücklich schätzen, dachte Lene. Relativ glücklich.

»Nichts kann Erfahrung ersetzen«, sagte Louise Andersen. »Solche wie Kim bringen den jungen und unerfahrenen Soldaten bei, was sie zu tun haben und was nicht. Er war in der Flügelkompagnie, 1. Panzer-Infanteriekompagnie. Das sind die mit der größten Erfahrung, und diejenigen, die eingesetzt werden, wenn es richtig hart zur Sache geht.«

»Okay«, sagte Lene. »In der ersten Zeit lief es also ganz gut. Was passierte dann im Frühjahr 2010?«

»Ich weiß es wirklich nicht. Er ist gerne auf die Jagd gegangen und war Mitglied im Jagdclub hier in Holbæk. Dann hatte er noch mit ein paar Kameraden eine Pacht auf einem Schloss in Jütland. Pederslund heißt es, glaube ich. Dort war er oft, meist zur Bockjagd. Und ab und zu war er in Polen oder Schweden zur Wildschwein- oder Elchjagd. Im März oder April 2010 war er in Schweden und hat sich am Bein verletzt. Er humpelte, meinte aber, dass man nichts daran machen könnte. Er hatte die Verletzung in einer Notambulanz in Schweden behandeln lassen. Aber das war nicht das Problem, denke ich. Im Mai bekam er Nachricht, dass zwei seiner besten Freunde, die noch in

Afghanistan waren, von einer Wegrandbombe getötet worden sind. Kenneth und Robert. Taliban hatten einen Druckkochtopf mit Plastiksprengstoff, Kugellagerkugeln, Schraubenmuttern, Nägeln, Glassplittern und Steinsplitt gefüllt, und von irgendeinem Hügel in der Nähe die Bombe über ein Mobiltelefon ferngezündet. Die Patrouille bestand aus fünf Leuten. Kims bester Freund ging vorweg und war auf der Stelle tot. Sein Kamerad, der drei Meter hinter ihm ging, starb später an den Fragmenten, die sich in seinen Hals gebohrt hatten. Das war furchtbar für ihn.«

»*Christ.*«

Louise Andersen sah auf.

»Ja. *Christ*«, murmelte sie. »Ich glaube, er hat gedacht, er hätte das verhindern können, wenn er dabei gewesen wäre. Dass es irgendwie seine Schuld war. Das war echt krank. Er meinte, das wäre die Strafe für etwas, das er getan hätte. Etwas, das sie alle getan hätten. Kenneth und Robert sollten eine Woche später nach Hause geschickt werden.«

»Eine Strafe? Wofür?«

Louise Andersen lächelte blass.

»Keine Ahnung. Mehr wollte er dazu nicht sagen. Eine Strafe. Das hat er gesagt. Ich habe ihn überredet, zum Arzt zu gehen. Und der hat ihm die Pillen verschrieben.«

Lene nickte und machte sich ein paar Notizen.

»Okay. Wir haben ein Gewehr und eine Schrotflinte im Waffenschrank gefunden«, sagte Lene. »Die Waffen sahen so aus, als wären sie lange nicht mehr benutzt worden.«

»Seit Schweden ist er nicht mehr zur Jagd gegangen«, erwiderte Louise. »Und nach der Tour nach Schweden ging es ihm plötzlich schlechter.«

»Wer war mit ihm dort?«

»Ein paar Kumpel aus dem Schloss, nehme ich an. Er hat kaum von seinen Jagdtouren erzählt, und er hasste es, ausgefragt zu werden. Dann machte er komplett dicht. Er konnte sehr stur sein.«

»Wie kam es zu der Verletzung?«

»Er hat erzählt, dass er über Windbruch gestolpert wäre und sich einen Ast durch den Oberschenkel gebohrt hätte.

»Und er wurde weder im Kosovo noch im Irak oder in Helmand verletzt?«

»Nein, nie. Er war unverwundbar, weil er mich so sehr liebt, hat er immer gesagt. Er hatte wirklich unglaubliches Glück.«

Lene lehnte sich zurück. Das war weniger, als sie erwartet hatte, und zugleich viel, viel mehr. Es öffneten sich alle möglichen Türen. Vielleicht hätte sie sich Notizen machen sollen, aber sie wusste, dass das den dünnen Faden zwischen ihr und der Witwe zum Reißen bringen konnte, wenn die Vernehmung zu handfest oder formell würde. Dann wäre sie entweder wieder aufgelöst vor Trauer oder würde in trotziges Schweigen verfallen. Und in diesem Augenblick befanden sie sich auf einer kleinen, sicheren Insel.

Sie lächelte so freundlich, wie sie konnte.

»Louise?«

Die junge Frau sah sie an.

»Hat er einen Brief hinterlassen?«

Die junge Frau holte tief Luft, und einen Augenblick glaubte Lene, sie verloren zu haben, aber dann nahm sie ihre Tasche auf den Schoß, zog einen Umschlag heraus und reichte ihn über den Tisch.

Ein einzelnes Blatt. Blau kariert. Von einem Spiralblock abgerissen.

Du hast mein Herz, Louise. Für immer.
Verzeih.

Dominus Providebit.
Kim

Lene drehte das Blatt um. Auf der Rückseite stand nichts und auch nichts auf dem Umschlag.

Louise Andersen starrte auf Lenes Hände. Ihre Augen liefen über.

»Das ist mein Brief. Sie können ihn nicht behalten.«

Lene gab ihn ihr zurück.

»Natürlich nicht.«

Louise faltete das Blatt zusammen und steckte es in den Umschlag zurück. Sie behielt die Tasche auf dem Schoß und legte ihre Hände darüber.

Lene sah sie forschend an.

»Ihre Geschichte, Louise. Ich kann möglicherweise nachvollziehen, wieso Sie so gehandelt haben. Ihm Handschellen angelegt haben, meine ich. Aber Ihr Mann hat tatsächlich Selbstmord begangen. Er hat ein Seil von ihrem Boot genommen, hat sich auf einen Gartenstuhl gestellt, ein Seilende um den Ast geknotet, die Schlinge am anderen Ende um seinen Hals gelegt und den Stuhl weggetreten. Ich möchte nicht zynisch klingen, aber so ist es gewesen. Versuchter Selbstmord oder vollzogener Selbstmord fallen nicht unter das Strafgesetz. Auch wenn es für uns schwierig bis unmöglich nachzuvollziehen ist, was einen Menschen so weit treibt, ist und bleibt das reine Privatsache. Ich verstehe nicht ganz, was die Polizei in diesem Fall für Sie tun kann. Damit wäre der Fall mit Ihren neuen und ergänzenden Erklärungen an und für sich abgeschlossen.«

Louise Andersen nickte schweigend. Dann steckte sie die Hand in ihre Tasche und legte sie dann auf die Tischplatte.

»Was haben Sie da?«

Sie öffnete die Finger. Auf ihrer Handfläche lagen zwei 9 mm-Patronen.

15

Die Patronen rollten über den Tisch und kamen zur Ruhe. Lene rührte sie nicht an.

»Wo haben Sie die her?«, fragte sie.

»Die eine lag auf Lukas' Kopfkissen, die andere auf Hannas.«

»Glauben Sie, dass Kim sie gesehen hat?«

»Die Tür war offen.«

»Haben Sie die Kissen auf den Boden geworfen?«

»Ja.«

»Wer hat die Patronen auf die Kissen gelegt, Louise?«

»Das weiß ich wirklich nicht. Irgendein Psychopath.«

»Kennen Sie Psychopathen?«

»Nicht, dass ich wüsste.«

Louise war ruhig. Ihre Stimme war fest, leise, aber deutlich.

»Dieselbe Person, die Ihren Computer mitgenommen hat?«

»Wer sonst?«

»Aber warum?«, fragte Lene.

»Darum habe ich ihm die verdammten Handschellen angelegt, verstehen Sie?«

Lene nickte und nahm das Foto von den fünf Soldaten in der Wüste aus ihrer Schultertasche, legte es auf den Schreibtisch. Sie drehte es richtig herum für die junge Witwe.

»Ich habe mir erlaubt, dieses Foto aus Ihrem Haus mitzunehmen. Ich habe Kim an der Tätowierung erkannt. Wer sind die anderen?«

»Robert Olsen und Kenneth Enderlein stehen links von Kim. Die beiden wurden von der Bombe getötet. Kims beste Freunde.«

»Wann wurde das Bild gemacht?«

»Im Sommer 2006 irgendwo bei Camp Bastion oder Camp Viking, wie der dänische Teil des Lagers genannt wird. Da waren auch Engländer, Amerikaner und Kanadier. Und das Jägerkorps. In dem Lager sind fast tausend Mann untergebracht. Da kennt man nicht jeden.«

Lene zeigte auf den Soldaten mit dem offenen Uniformhemd. Im Gegensatz zu den anderen sah er nicht wie von einer Katalogseite für Tätowierer aus.

»Wer ist das rechts neben Kim?«

»Das ist Allan. Er ist Offizier der Leibgarde. Ich glaube, der ist immer noch in der Armee. Allan Lundkvist. Kim meinte, er wäre ein guter Soldat. Er ist Imker.«

»Imker?«

»Kim hat zwischendurch ein paar Gläser Honig bekommen, wenn er ihm mit Tischlerarbeiten geholfen hat. Der schmeckt fantastisch. Er lebt auf einem alten Hof in der Nähe der Kaserne.«

Lene lächelte.

»Was macht einen guten Soldaten aus, Louise?«

»Dass man sich auf ihn verlassen kann, und dass er keine idiotischen Sachen macht, die andere in Gefahr bringen. Sie sollen sowohl als auch sein.«

»Wie meinen Sie das?«

»Also, man muss sich auf sie verlassen können, und die

anderen müssen sicher sein, dass er nachdenkt, bevor er da draußen etwas unternimmt. Und zugleich müssen sie bereit sein, zuzuschlagen und unter Hochdruck das Richtige zu tun. Das ist nicht leicht. Sie sollen im Bruchteil einer Sekunde wahnwitzige Entscheidungen treffen und dabei auch noch auf die anderen aufpassen. Das war das Einzige, was wirklich zählte: dass sie aufeinander aufpassten.«

»Was ist mit zivilen Verlusten?«, fragte Lene.

»Das kam vor. Wenn sie in der Klemme steckten, konnten sie entweder Flugunterstützung oder die Artillerie anfordern, und die trafen wie geplant oder daneben, und eine Granate oder was auch immer traf Privatpersonen. Man kann keinen Unterschied zwischen dem Feind und den Zivilen erkennen. Sie kleiden sich alle auf die gleiche Art, sprechen eine Sprache und halten sich an denselben Orten auf. Kim meinte, da unten wäre es am schwierigsten gewesen. Im Kosovo, Bosnien-Herzegowina und im Irak war das einfacher. Da konnte man in der Regel sehen, wer wer war.«

»Gut. Und der fünfte im Bunde? Der etwas abseits steht, mit dem Skorpion am Hals?«

Louise Andersen nahm das Bild vom Tisch.

»Tom«, sagte sie und legte das Foto zurück.

»Tom?«

»Er war wohl nur an dem Tag dort.«

»Haben Sie Kim nach ihm gefragt?«

»Er hat nie was über ihn erzählt. Ich glaube nicht, dass er ihn besonders gut kannte. Ich kann nicht mal sagen, ob er Däne ist. Er könnte auch Kanadier, Engländer oder Amerikaner sein.«

»Er hat Ihnen also nichts über diesen Tom erzählt?«

»Nein.«

Lene musterte sie eindringlich. Die Witwe klang vollkommen aufrichtig. Sie log nicht.

»Wer hat das Foto gemacht?«

»Das weiß ich nicht. Ich bin immer davon ausgegangen, dass sie es mit Selbstauslöser geknipst haben.«

»Okay. Und was ist hiermit?«

Lene hielt einen Plastikbeutel mit der CD hoch. Die Scheibe war von roten Flecken übersät, die vom Fingerabdruckpulver der Techniker stammten.

»Die haben wir neben dem Alfa Romeo gefunden«, sagte sie. Kims Fingerabdrücke waren die einzigen, die wir identifizieren konnten.«

»Was ist da drauf?«

»*We Will Rock You* von Queen. In Endlosschleife.

»Wie bitte?«

»Ich glaube, dass Sie mich verstanden haben, Louise.«

Das Gesicht der jungen Frau wurde plötzlich aschfahl.

»Das war ihr Lied ... In der Kompanie, meine ich. Das haben sie gesungen, wenn sie besoffen waren. Oder wenn sie ins Lager zurückkamen und alles gut gegangen war.«

»Was heißt gut gegangen?«

»Sie sollten die Taliban vernichten, Lene.«

Das war das erste Mal, dass Louise sie bei ihrem Namen nannte.

»Ja, klar. Das war also so eine Art Kampfgesang?«

»Das kann man so sagen.«

»Hat er das auch gehört, wenn er zu Hause war?«

»Nie. Auf die Idee wäre er nie gekommen. Es gab Dinge, die man tat und Dinge, die man auf keinen Fall tat. Da sind sie enorm abergläubisch. Ich denke, das ist typisch für Soldaten und Seeleute und alle, die einen riskanten Job haben. Sind Polizisten abergläubisch?«

»Nicht übermäßig, würde ich sagen. Glückwunsch noch zu dem Alfa«, sagte Lene. »Ein schönes Auto.«

»Ich hasse das Auto«, sagte Louise und brach erneut in Tränen aus.

Lene reichte ihr eine Packung Papiertaschentücher über den Tisch.

»Warum denn, das ist doch ein super Auto.«

»Wir können uns kein Auto leisten. Das ist Wahnsinn. Wir haben noch nicht mal die Hochzeit bezahlt. Ich weiß verdammt noch mal nicht, was er sich dabei gedacht hat. Und ich habe keine Ahnung, wo das Geld herkommt. Er meinte nur, er hätte Glück gehabt.«

»Was für Geld?«

»Ich bezahle die Rechnungen. Ich mache Netbanking. Und vor einigen Monaten waren auf unserem Gehaltskonto plötzlich 1300000 Kronen. Völlig aus dem Nichts. Wie sich zeigte, war das der Wechselkurs von über zweihunderttausend Schweizer Franken von einer Bank in Zürich.«

Lene beugte sich vor.

»Welche Bank? Und war der Überweisung eine Mitteilung beigefügt?«

»Credit Suisse. Und nein, da war nichts dabei. Es gab nur eine Kontonummer, aber sonst keinen Link, den man anklicken konnte. Er nannte das Wiedergutmachung. Er wollte gerne eine richtige Hochzeit feiern und mir eine bleibende Erinnerung schenken.«

»Wiedergutmachung für was?«

Die junge Frau wand sich.

»Kann ich jetzt gehen? Ich möchte zu meinen Kindern.«

»Wiedergutmachung wofür, Louise?«

»Das weiß ich nicht! Verflucht, kann ich jetzt gehen?! Wiedergutmachung für sein Bein, seine Depressionen, die Nächte im Wald, was weiß denn ich! Und er sagte, da wäre noch viel, viel mehr zu holen. Wir könnten reisen. Wir könnten nach Argentinien oder Neuseeland ziehen. Ein neues Leben anfangen. Ein schönes, besseres Leben!«

»Kam das schon öfter vor, Louise?«

»Noch nie.«

»Nie?«

»Nein. Wir hatten nie viel Geld. Nicht mehr als unsere Freunde, auf alle Fälle.«

Lene sah sie an.

»Haben Sie davor oder hinterher Ihren Heiratsantrag gemacht?«

»Das kann ich Ihnen nicht sagen. Warten Sie ... das muss kurz danach gewesen sein. Oh Gott, glauben Sie, dass ...? Ist es meine Schuld ...?«

Lene hatte Mitleid mit ihr.

»Das glaube ich nicht, Louise. Früher oder später wäre das sowieso passiert, da bin ich sicher«, sagte sie und legte ihre Hand auf den Unterarm der jungen Frau.

Louise Andersen holte tief Luft und legte zwei weitere Gegenstände auf den Tisch: eine größere, goldfarbene Schachtel mit dem silberfarbenen Wort ROLEX auf dem Deckel und ein blaues Samtkästchen vom *Kgl. Hofjuwelier Hertz*.

»Er war vor drei Wochen in Kopenhagen«, sagte sie. »Und kam mit diesen Sachen nach Hause. Einer Rolex und einem Diamantring. Wollen Sie sie haben?«

Lene sah die Schachteln an und überlegte. Sie massierte sich die Schläfen.

»Gehen Sie nach Hause, Louise. Und behalten Sie Ihre Sachen oder verkaufen Sie sie bei eBay und spenden Sie das Geld dem Roten Kreuz.«

In der Tür drehte sich Louise Andersen noch einmal um und sah Lene an.

»Ist sonst noch was? Werden Sie …?«

Lene lächelte.

»Gehen Sie zu Ihren Kindern.«

»Danke.«

»Ich danke, Louise.«

»Ich hätte ihn nicht fragen sollen, oder?«, sagte sie. »Ich hätte ihm keinen Antrag machen sollen. Das hätte ich wohl besser nicht.«

»Kommen Sie gut nach Hause«, sagte Lene.

*

Sie blieb eine Weile sitzen, dann stand sie auf, reckte sich und ging ans Fenster. Sie sah Louise Andersen den Parkplatz überqueren. Sie ging schnell, mit gebeugtem Nacken und schaute weder nach rechts noch nach links. Lene drehte sich um und betrachtete die Patronen auf dem Tisch. Eine für den Sohn und eine für die Tochter. Die Patronen … das Lied … konditionierte Reflexe. Kim Andersen hat sich erhängt, weil jemand seine erlernten, konditionierten Reflexe aktiviert hat. Irgendjemand hat ihn ferngesteuert.

Tom … Däne, Kanadier, Amerikaner, Brite? Scheiße!

Sie steckte die Patronen in die Tasche. Falls Fingerabdrücke darauf gewesen waren, hatte Louise sie längst verwischt. Es würden keine fremden Abdrücke zu finden sein.

Sie brauchte eine richterliche Genehmigung, um Kim und Louise Andersens private finanzielle Lage zu untersuchen, und sie würde das Konto in Zürich ausfindig machen, und wenn sie persönlich dorthin fahren und dem einen oder anderen störrischen, aalglatten Schweizer Bankmann die Pistole auf die Brust setzen musste. Sie konnte natürlich auch den offiziellen Weg gehen und einen der Staatspolizei unterstellten Sachbearbeiter mit der Angelegenheit beauftragen. Dafür müsste ein Polizeianwalt ein offizielles Ersuchen an einen Schweizer Richter stellen, das dann einem Gericht in der Schweiz vorgelegt werden konnte.

Bevor sie von dort eine Antwort erhielte, säße sie längst im Altersheim. Außer, sie ließe Kim Andersen zum Islam konvertieren, das würde die Abläufe sicher deutlich beschleunigen.

16

Lene war die fünfunddreißig Kilometer zwischen Holbæk und Kopenhagen nach ihrem Geschmack definitiv zu oft hin und her gependelt und hatte die Nase gestrichen voll von der Fahrerei.

Sie hatte ihre Umgebung beobachtet, wo immer sie ging und stand, ohne die Quelle für das chronisch kribbelnde Gefühl finden zu können, dass sie beobachtet wurde, und immer wieder redete sie sich ein, dass sie langsam paranoid wurde. Dänische Polizisten wurden nicht verfolgt. Das war ein abwegiger Gedanke. Sie parkte wenige Meter von ihrem Hauseingang entfernt und nahm ihre Schultertasche von der Rückbank, während sie die Straße rauf und runter schaute. Ein Motorrad fuhr langsam über die Kreuzung Kong Georgs Vej und Kronprinsesse Sofies Vej, aber der Fahrer schaute nicht in ihre Richtung. Auf dem gegenüberliegenden Bürgersteig ging jemand, aber er bewegte sich von ihr weg. Sie blieb stehen, bis der Mann in einem Hauseingang verschwunden war.

Josefine saß auf dem Sofa und guckte eine Realityshow, in der ein paar anorektische, ordinär aussehende Mädchen darum wetteiferten, wer das nächste Topmodel des Landes wurde. Sie wurden von einer ähnlich ordinär aussehenden Moderatorin angetrieben, die ein merkwürdiges Kauderwelsch aus Dänisch und exaltiertem Englisch sprach.

»Im Kühlschrank steht was zu essen«, sagte ihre Tochter.
»Eine offene Dose eingelegte Makrelen?«
Josefine funkelte sie beleidigt an.
»Ich habe Spaghetti Carbonara gemacht, und es ist genug für dich übrig.«
Lene blieb stehen und schloss die Augen.
»Ich will meine Tochter zurück«, flüsterte sie.
»Sehr witzig«, sagte Josefine.
Sie schaute auf die Uhr und stand auf.
»Ich muss zur Arbeit.«
Sie arbeitete in einem Café am Rathaus Frederiksberg und würde erst gegen zwei Uhr nachts nach Hause kommen. Auch wenn es höchstens eine Viertelstunde Fußweg zum Café war, und obwohl Josefine einundzwanzig war, äußerst vernünftig und ausgezeichnet in der Lage, auf sich selbst aufzupassen, wusste Lene, dass sie wach liegen würde, bis sie den Schlüssel im Schloss hörte.

Als die Haustür unten im Treppenhaus zufiel, ging Lene in die Küche, nahm den Deckel von dem Topf mit Josefines Spaghetti Carbonara und probierte vorsichtig. Das war sogar genießbar. Sie füllte einen Teller, öffnete eine Flasche Rotwein und setzte sich mit einer Decke über den Beinen auf das Sofa vor den Fernseher. Sie zappte durch die Kanäle, bis sie auf TCM einen Hitchcock-Film fand, *Notorious*, mit Ingrid Bergman als Nazi-Trophäe und Cary Grant als hübscher und stoffeliger Agent. Sie hatte den Film schon zigmal gesehen, liebte ihn aber immer noch. Und jedes Mal rechnete sie erneut damit, dass das flüchtende Paar kurz vor Schluss entlarvt und auf der unendlich langen Treppe des argentinischen Nazipalastes eingeholt wurde.

Nach dem Film und zwei Glas Rotwein döste sie ein,

während ihr Unterbewusstsein eine Unstimmigkeit in unmittelbarer Reichweite bearbeitete. Sie hatte irgendetwas gesehen, das nicht stimmte, nicht zusammenhing, aber sie konnte nicht benennen, was es war, obwohl sie wusste, dass es wichtig war. Aber je mehr sie sich anstrengte, desto weiter entfernte sich das fehlende Puzzlestück.

Er saß auf dem Bordstein neben seinem Motorrad. Die Verkleidung des Motors lag um ihn herum verteilt. Er hatte sich eine Taschenlampe zwischen die Zähne geklemmt und hörte sie einen Meter entfernt stehen bleiben. Sie musste sich räuspern, damit er aufschaute. Josefine Jensen lächelte und zeigte mit einer Handbewegung auf die Teile und das Motorrad, das den Rest des Bürgersteigs versperrte. Er erwiderte ihr Lächeln, stand auf, nuschelte eine Entschuldigung und ließ sie vorbei. Es war kühl, und die junge Frau wickelte sich enger in ihre Jacke ein. Sie duftete gut.

Nach zwanzig Metern drehte sie sich um und schaute zurück, aber er tat, als widme er sich schon wieder mit voller Konzentration dem tadellos funktionierenden Motor. Als sie in Höhe Falkoner Allé um die Ecke bog, schraubte er die Verkleidung schnell wieder an, startete das Motorrad und klappte das Visier an seinem Helm herunter. Er sah die junge Frau ein paar hundert Meter weiter den Fußgängerüberweg queren, zählte bis fünfzig und bog auf die Straße. Die junge Frau bewegte sich geschmeidig und harmonisch zwischen den abendlichen Spaziergängern.

Unter anderen Umständen wäre sie eine schöne Trophäe, dachte er.

Er folgte ihr bis zu dem Café, in dem sie arbeitete. Sie spurtete bei Rot über die Fußgängerampel, woraufein

Taxi verärgert hupte. Sie sah sich nicht einmal um, aber der Mann auf dem Motorrad lächelte, als sie dem Taxifahrer hinter ihrem Rücken den Mittelfinger zeigte und weiterlief, ohne langsamer zu werden.

Bevor er die Tür zum Café öffnete, atmete er tief durch und bereitete sich mental auf den ungewohnten Lärm vor, der ihn dort drinnen erwarten würde: das ekstatische, egozentrische Geschwätz junger Städter, das Klirren von Gläsern, Tassen, Besteck auf Tellern, Musik jenseits jeder Lautstärkenkontrolle. Er hasste Städte und wusste, dass die meisten Blicke ihm folgen würden.

Er fand einen freien Tisch im hinteren Teil des Lokals neben vier jungen Frauen. Er hängte seine Motorradjacke über den Stuhl, nahm eine Zeitung vom Haken und ignorierte die Frauen, die ihn verstohlen musterten. Das war er gewohnt. Frauen fast allen Typs hatten ihm gesagt, dass er attraktiv war, was er selbst nicht beurteilen konnte. Er schenkte seinem Äußeren nicht sonderlich viel Aufmerksamkeit, rasierte sich selten, schaffte es nicht jeden Tag unter die Dusche und schor sich selbst die Haare, wenn er fand, dass sie zu lang waren. Im Augenblick wohnte er in einem alten Wohnmobil, das er sein Zuhause nannte.

Josefine Jensen kam aus der Küche hinter dem Bartresen, band sich die Schürze um die Taille und schob das Haargummi strammer an den Hinterkopf. Es waren keine Gäste an ihrem Ende des Tresens, und sie begann, gespülte Gläser in die Halter über dem Tresen zu sortieren. Ihr Gesicht war ausdruckslos, die Bewegungen zügig und routiniert. Der andere Kellner sagte etwas zu ihr und sie lachte laut.

Er stand auf, ging Richtung Tresen und wartete, bis sie ihn bemerkte, ehe er lächelte. Er setzte sich auf einen Barhocker und schaute in die Cocktailkarte. Er wusste, dass sie ihn wiedererkannt hatte, wegen der kurzen Verzögerung in ihrem Bewegungsablauf. Sie stand auf Zehenspitzen, und ihre Brüste spannten ihr dünnes, weißes Hemd.

Er klappte die Karte zu, legte sie beiseite und schaute in die Regale hinter dem Tresen und auf ihr Spiegelbild. Schmale Taille, knackiger Hintern, lange Beine.

Als sie mit den Gläsern fertig war, sah sie ihn an.

»Und, das Motorrad wieder heil?«

»Was?«

»Dein Motorrad. Hast du nicht gerade noch zwischen den Einzelteilen auf dem Bürgersteig im Kong Georg Vej gehockt?«

Sie zeigte auf seine Hände.

Er sah seine ölverschmierten Finger an und lächelte. »Ach, du warst das? Entschuldige. Ja, alles wieder okay. Alt und eigenwillig.«

Er schlug die Karte wieder auf.

»Du hinterlässt Spuren«, sagte sie.

»Was kannst du mir empfehlen?«, fragte er.

»Ich weiß nicht. Musst du fahren?«

»Ja.«

Sie nahm ihm die Karte aus der Hand, obgleich sie ein Dutzend andere zur Auswahl hatte, blies sich eine blonde Strähne aus den Augen und zog die Brauen hoch. Er beugte sich vor und erhaschte einen Blick auf ein Buch, das auf ein paar Bierkästen hinter ihr lag. *Lonely Planet Guide to South America.*

Gut.

»Wie wär's mit einem Mojito?«

»Zu viel Grünzeug«, sagte er.

»Black Russian?«

»Sehe ich aus wie einer, der Kahlua trinkt?«

Sie sah ihn genauer an.

»Eigentlich nicht.«

Sie drehte die Karte um und zog erneut die Brauen hoch. Sie scheint kurzsichtig zu sein, dachte er. Und sie hatte die grünen Augen ihrer Mutter.

»Singapore Sling?«

»Ananassaft? Ich glaube nicht.«

Sie grinste.

»Mmh …«

Sein Blick wanderte zu den Whiskyflaschen hinter ihr.

»Gib mir einen doppelten Glenlivet auf Eis«, sagte er.

»Okay, aber meintest du nicht, du musst fahren …«

»Dann laufe ich eben.«

Sie nahm ein Glas, schenkte den Whisky ein und suchte nach der Zange im Eiswürfelbehälter.

»Nimm die Finger«, sagte er.

Sie sah ihn an, legte nacheinander mit den Fingern drei Eiswürfel in sein Glas und stellte es vor ihn auf den Tresen. Er bezahlte mit einem neuen Zweihundertkronenschein.

»Magst du auch einen?«, fragte er.

Josefine spürte den Blick ihres Kollegen im Nacken.

»Ich muss noch ein paar Stunden durchhalten.«

»Ein andermal?«, fragte er.

»Ich glaube nicht«, sagte sie und gab ihm das Wechselgeld. Die Münzen fielen langsam in seine große Hand. Sie schob die Kassenlade zu und lächelte die Frau im Pelz hinter ihm an.

Er rührte sich nicht vom Fleck, sah sie einfach nur weiter an, bis sie nicht anders konnte, als seinen Blick zu erwidern.

»Ein andermal?«, wiederholte er.

Sie sah ihn ausdruckslos an.

»Bist du morgen Abend auch hier?«, fragte er.

»Bin ich wohl«, sagte sie.

»Ich warte draußen auf dich. Morgen«, sagte er.

Er grinste breit, rutschte vom Barhocker und ging mit dem Whisky an seinen Tisch. Josefine nahm die ölverschmierte Karte und legte sie unter den Tresen.

»Was darf es sein?«, fragte sie die Frau.

Die Frau im Pelz sah sie an. »Zwei Latte«, sagte sie überdeutlich.

Er vertiefte sich wieder in die Zeitung und nippte an seinem Drink, als das Handy in seiner Tasche vibrierte. Er warf der jungen Frau hinter dem Tresen einen kurzen Blick zu, nachdem er die Mitteilung gelesen hatte. Sie wurde rot, ihre klaren, grünen Augen wichen seinem Blick aus, während sie die Gäste bediente.

Bedauerlich.

Er schob das Handy zurück in die Tasche und leerte sein Glas. Die Kommissarin hatte in Holbæk mit Kim Andersens Witwe gesprochen. Lange. Viel zu lange, offensichtlich. Sie sollte ihre Ermittlungen einstellen.

Er hatte keine Meinung dazu. Er wurde so gut bezahlt, dass er leben konnte, wie er Lust hatte, zumindest die meiste Zeit. Und Freiheit hatte immer ihren Preis. So simpel war das.

Lene wurde wach, als sie den Schlüssel im Schloss hörte. Der Fernsehbildschirm war eine bläulich flackernde Fläche in der Dunkelheit. Sie fühlte sich müder als vor dem

Einschlafen. Sie setzte sich auf und schaute auf die selbstleuchtenden Zeiger der Uhr. Halb drei. Das Licht im Flur ging an, und sie hörte Josefine ihre Jacke aufhängen, die Badezimmertür, das Rascheln von Toilettenpapier, den Wasserhahn, die elektrische Zahnbürste. Kurz darauf ging die Tür zum Wohnzimmer auf.

Sie knipste die Lampe neben dem Sofa an.

»Hallo, Schatz«, murmelte sie.

»Hi, Mama. Hab ich dich geweckt? Du musst meinetwegen nicht wach bleiben. Ich finde auch allein nach Hause.«

»Kein Problem. Mein Gott, bin ich erschlagen. Wie war's?«

Sie tätschelte das Sofa neben sich.

Josefine sank auf das andere Ende des Sofas und streckte die Beine aus, bis sie fast waagerecht lag.

»Gut.«

Lene gähnte hinter vorgehaltener Hand und betrachtete das entspannte Gesicht ihrer Tochter.

Die Symptome kannte sie nur zu gut.

»Wer ist der Glückliche, Schatz?«

Ihre Tochter schickte ihr einen kriegslüsternen Blick.

»Was redest du da?«

»Josefine, verdammt ...«

»Was?!«

»Nichts. Danke fürs Essen. Die Spaghetti haben super geschmeckt.«

Ihre Tochter erhob sich.

»Freut mich. Gute Nacht.«

»Schlaf gut.«

Die Tür zum Zimmer ihrer Tochter wurde mit einem Hauch mehr Kraft als notwendig geschlossen.

Lene leerte ihr Glas. Der Rotwein schmeckte bitter. Sie war wütend auf sich selbst, natürlich war sie das ... Aber verflucht noch eins! War sie auch so gewesen in dem Alter? Oder war sie ein bisschen neidisch? Das wies sie weit von sich. Josefine war kein Musterkind, und das erwartete Lene auch nicht von ihr. Sie selbst war sexuell nicht gerade zurückhaltend gewesen, bis sie ihren Mann Niels kennengelernt hatte, und es hatte auch während ihrer Ehe die eine oder andere Gelegenheit gegeben. Na ja, ab und zu vermisste sie schon den Körper eines anderen Menschen, die Hände und den Mund eines anderen. Ihr war nur zu bewusst, dass sie auf dem besten Wege war, ein weltfremder Workaholic zu werden, dabei hätte sie absolut nichts gegen ein bisschen Romantik, wenn sie darüber stolpern würde. Es passte ihr nur irgendwie nie richtig ins Programm. Oder das Spiel war ihr zu anstrengend, und sie hatte keine Lust auf eine neue, umständliche, in die Länge gezogene Enttäuschung. Vielleicht wäre es das Beste, sich einen verheirateten Liebhaber zu nehmen, aber dazu war sie nicht der Typ. Sex ohne ein Minimum an Gefühlen und Erwartungen war für sie unvorstellbar.

Lene löschte das Licht, ging durchs Wohnzimmer und öffnete die Zimmertür ihrer Tochter einen Spaltbreit. Josefine lag auf dem Bauch, die Decke um die Beine gewickelt, und umarmte ein großes Kissen. Lene seufzte und schloss die Tür wieder.

17

»Asenglauben?«, fragte Lene verblüfft. »Ernsthaft?«

Die Chefpsychologin am Militärpsychologischen Institut, cand. psych. Hanne Meier, lächelte. Sie lächelte viel, hatte Lene bemerkt.

»So ist es«, sagte sie. »Thor und Odin, Loke und der ganze Klimbim. Wenn man denen die Uniformen auszieht, könnte man glauben, an der Tafel in Walhalla zu sitzen oder in einem Langschiff zwischen lauter Wikingern. Sie sind über und über bedeckt von Runen und altnordischen Symbolen, und die Tätowierungen sind äußerst exakt. Man handelt sich keine Pluspunkte ein, sich die falschen Motive tätowieren zu lassen. Sie sind ein Stamm.«

»Was sagen die Geistlichen der Bundeswehr dazu?«

»Ich muss sagen, die nehmen das ziemlich gelassen. Ich bin fast überzeugt, dass etliche von ihnen die Asenrituale und Zeremonien gründlich studiert haben, um helfend eingreifen zu können, falls nötig.«

»Aber das sind doch Heiden!«, platzte Lene heraus, die getauft und konfirmiert war und zur Kirche ging, so oft es ging.

Hanne Meier war etwa in ihrem Alter. Sie sah die Kommissarin an und dann prusteten beide los.

»Wenn die Pfarrer der Bundeswehr das nicht stört, sollten wir uns auch nicht darüber aufregen«, sagte die Psychologin sehr pragmatisch. »Natürlich haben nicht alle diese Überzeugung, aber doch viele.«

»Warum?«

»Warum was?«

»Asenglauben?«

»Weil es ein militanter Glaube ist? Eine Kriegerreligion. Und sie sind Krieger. Das passt also gut zusammen. In Walhalla werden sie sich wiedersehen. Ich könnte mir keinen von ihnen als Buddhist oder Taoist vorstellen.«

Lene überlegte, wie tief dieser innere Glaubenswandel der Soldaten wohl ging. Ob sie wieder die gewohnten Normen annahmen, wenn sie ins zivile Leben zurückkehrten, oder ob sie sich weiterhin als auserwählter Stamm mit eigenen, souveränen Regeln sahen.

»Was passiert, wenn sie getötet werden? Ich gehe mal nicht davon aus, dass sie auf einem Boot vor der Küste ausgesetzt werden, das mit einem Feuerpfeil in Brand gesteckt wird?«, sagte sie.

»Nein, aber die Bundeswehr kommt ihnen ziemlich weit bezüglich ihrer Wünsche entgegen, sowohl zu Lebzeiten wie nach dem Tod. Sie setzen vor ihrer Abreise ihre Testamente auf, und sie schreiben Briefe an ihre Angehörigen, die überbracht werden, falls das Schlimmste eintrifft. Besondere Wünsche bezüglich ihrer Bestattung versucht die Bundeswehr zu erfüllen. Natürlich innerhalb gewisser Grenzen.«

Die Psychologin lächelte.

»Ein Major hat geschrieben, dass er verbrannt werden wollte und dass seine Asche in Dom Perignon aufgelöst werden sollte.«

Ihr Lachen steckte Lene an.

»Aber das ist nur der Anfang. Er verlangte nämlich noch, dass Naomi Campbell den Champagner trinken sollte, damit er in ihrem Körper weiter existieren könnte!«

»Da kann man nur hoffen, dass er wohlbehalten zurückgekehrt ist«, murmelte Lene.

»Ist er. Gott sei Dank. Das wäre eine echte Herausforderung gewesen.«

»Wie geht es Ihnen damit?«, fragte Lene. »Mit dem Asenglauben?«

»Wenn es ihnen hilft, ist es mir egal, ob sie an den Weihnachtsmann oder Osterhasen glauben. Natürlich gibt es Grenzen, die sie überschreiten und sich zu weit von der Welt entfernen, die sie ausgeschickt hat und zurückerwartet. Aber soweit ich weiß, haben diese Grenze noch nicht viele überschritten. Dänische Soldaten sind ziemlich gut. Sie kennen ihre Mission. Sie wissen sehr genau, dass sie im Grunde genommen Außenpolitik betreiben. Die dänischen Soldaten gelten als die besten der Welt, habe ich gehört. Sie sind demokratisch und kreativ. Die Hierarchien bestehen nur formhalber. Ich bin selbst in Afghanistan gewesen, und da war es nichts Ungewöhnliches, einen Unteroffizier in eine strategische Diskussion mit einem Bataillonskommandeur über einem Bier in der Offiziersmesse vertieft zu sehen. Das sieht man bei anderen Truppen nicht, mit Ausnahme der Israeli vielleicht. Da weiß jeder, was er kann und wer im Ernstfall das Sagen hat. Es gibt dort so gut wie nie ernsthafte, disziplinäre Probleme.«

»Könnte man sagen, dass sie sich selbst als eine Art Wikinger sehen?«, fragte Lene.

»Abgesehen davon, dass sie nicht brandschatzen, Frauen vergewaltigen und das Kirchensilber plündern, wo sie auftauchen ... ja, vielleicht. Ein Zwischending zwischen Wikinger und Katastrophenhelfer.«

Lene nickte und sah sich in dem spartanisch eingerichteten Büro um. In einer Ecke standen Umzugskisten, die mit 2007 gekennzeichnet waren. Das Gebäude der Svanemøllen-Kaserne strahlte ein Gefühl von chronischem Übergang aus, als könnte das Institut sich nicht entscheiden zu bleiben oder weiterzuziehen.

»Eine Bruderschaft«, sagte sie langsam.

»In hohem Maße. Und sie sind tüchtig.«

»Sie screenen die Männer, ehe sie in Krisengebiete geschickt werden?«

»Wir haben gerade damit angefangen. Und wir reden mit ihnen, wenn sie zurückkommen. Wir haben es nicht mit den Schreckensgeschichten zu tun, wie man sie von den Vietnam-Veteranen in den USA kennt, eine Randgruppe, die wie Ausgestoßene in den Wäldern und Bergen lebt. Viele von denen sind psychisch angeknackst, wenn nicht sogar psychotisch, geisteskrank. Und unbehandelt.«

Lene runzelte die Stirn.

»Aber einige zerbrechen daran wohl auch hier, vermute ich? Psychisch? Ich meine, wie gut kann man sich überhaupt auf einen Krieg vorbereiten?«

Hanne Meier lehnte sich zurück.

»Es gibt einige wenige, das ist richtig. Die drehen durch, haben psychotische Phasen. Das kommt vor.«

»Was macht man mit denen?«

»Wenn das im Basislager oder bei einem Einsatz passiert, werden sie gefesselt, betäubt und mit dem ersten Flug nach Dänemark zurückgeschickt.«

»Entschuldigung?«

»Die Militärärzte, die mit im Feld sind, haben Plastikstrips im Gepäck. Plastikhandschellen. Benutzen Sie die nicht auch?«

»Ja.«

»Sie werden also gefesselt, kriegen eine Spritze Ketalar verpasst, das ist ein Betäubungsmittel, und ... Ja, werden so schnell wie möglich ausgeflogen.«

»Wer schafft es nicht?«

»Wir können sie inzwischen besser aufspüren, je mehr Erfahrungen wir sammeln. Der Krieg ist ein Vergrößerungsglas für die Charaktereigenschaften eines Menschen, man kann sich nicht verstecken. Die schlechten wie die guten Seiten werden vergrößert. Sollten Sie im normalen Leben ein Opfer elterlicher Vernachlässigung, von Missbrauch sein oder ein schwaches Selbstwertgefühl haben, selbst wenn Sie in einem kräftigen Bodybuilderkörper leben, wird das zu Tage kommen. Einige von denen verkraften es nicht, dass ihnen die Maske abgerissen wird, weil sie mit ihrer eigenen Unzulänglichkeit konfrontiert werden. Sie kollidieren mit der Wirklichkeit.«

Die Chefpsychologin dachte kurz nach.

»Manchmal wird es unerträglich, wenn der Abstand zwischen dem, was man zu sein glaubte und dem, was man tatsächlich ist, zu groß wird. Dieses Gefühl kennt jeder von uns, denke ich. Wenn dieses Selbstverständnis in der Extremsituation Krieg zusammenbricht, kann man geisteskrank werden. Vorübergehend, jedenfalls.«

»Was machen Sie mit denen?«

»Ganz wichtig ist es, ihnen nahezubringen ... ihnen klarzumachen, dass man trotzdem ein wertvoller Mensch sein kann, auch wenn man nicht dafür geschaffen ist, dunkle

Häuser in labyrinthischen Ortschaften von Taliban-Kämpfern zu säubern. Oder wenn man Angst hat, in einer Gegend, die für Wegrandbomben bekannt ist, an der Spitze einer Patrouille zu gehen, und wenn man zusammenklappt, weil man zusieht, wie der beste Freund verstümmelt oder getötet wird, ja, wenn man schlicht und ergreifend feststellt, dass man nicht als Elitesoldat geeignet ist.«

Hanne Meier nickte nachdenklich.

»Das ist es, was wir tun.«

»Mit Erfolg?«

»In der Regel, ja. Es ist unmännlich, einen Nervenzusammenbruch zu haben, das wissen Sie ja sicher von Ihrer eigenen Arbeit?«

Allerdings, dachte Lene und sah die Kollegen vor sich, denen im Laufe der Jahre die Maske abgerissen worden war. Was ist eigentlich aus denen geworden, und wie dicht war sie selbst davor?

»Ja, und ob«, sagte sie. »Aber es werden doch sicher auch Leute gebraucht, die eiskalt sind und Eigenschaften haben, die sie im zivilen Leben in Schwierigkeiten bringen würden, im Krieg aber eher nützlich sind. Die dort wunderbar klarkommen, aber nirgendwo sonst?«

»Sie meinen Psychopathen?«

»Möglich, was ist die aktuelle Definition von Psychopath?«

Die Psychologin breitete die Arme aus. »Im Großen und Ganzen die gleiche wie immer, glaube ich. Sie sind gefühlskalt, manipulativ, stehen außerhalb der allgemeinen und sozialen Normen und empfinden kein Mitgefühl. Sie tun nur, was für sie von Vorteil ist und scheuen keine Mittel. Ohne Rücksicht auf andere.«

»Haben Sie solche Leute hier getroffen?«, fragte Lene.

»Sowohl bei der Bundeswehr als auch sonst. Natürlich. Diese Abweichung von der Norm gibt es in allen Abstufungen und Bereichen. Andererseits ist es sehr viel einfacher, den Abweichler zu definieren, als den Normalen. Was ist eigentlich normal?«

»Würden die sich beim Bund wohlfühlen?«

»In bestimmten Zusammenhängen, sicher. Bei gefährlichen Einsätzen zum Beispiel, Aufgaben, bei denen man nicht zu emotional sein sollte oder wo ethische Überlegungen ein Hemmschuh sein könnten. Ich generalisiere jetzt und rede nicht speziell von den dänischen Einsatzkräften.«

»Was ist mit Kim Andersen?«, fragte Lene.

Hanne Meier zog eine dünne, grüne Aktenmappe zu sich heran und setzte ihre Lesebrille auf.

»Er war auf alle Fälle weder Psychopath noch Soziopath. Ich erinnere mich nicht besonders gut an ihn, habe aber im Januar 2009 mit ihm gesprochen, ein paar Monate, nachdem er endgültig nach Hause geschickt worden war. Es hat mich sehr getroffen, dass er Selbstmord begangen hat. Sehr.«

Das schien allen sehr nahe zu gehen, dachte Lene.

»Er war nicht der Intelligenteste, aber sehr diszipliniert, und er kam gut mit seinen Vorgesetzten und Kameraden aus«, fuhr die Psychologin fort. »Ein heiteres Gemüt, würde ich spontan sagen, und nichts kann ein angeborenes, heiteres Gemüt ersetzen. Im Übrigen hatte er eine beneidenswerte Konstitution. Er hatte keine nennenswerten disziplinären Einträge, mal abgesehen von den üblichen Jungsstreichen wie das Fahrrad des Bataillonskommandeurs an der Fahnenstange hochziehen oder nachts Blendgranaten in den Schlafsaal werfen.«

»War er für Spezialaufträge eingesetzt?«, fragte Lene.

»Er hat eine Scharfschützenausbildung hier in Dänemark und in England absolviert. Er war offenbar ein Naturtalent.«

»Auf alle Fälle war er ein erfahrener Jäger«, sagte Lene.

»Und in seinen letzten zwei Lebensjahren hat er Antidepressiva eingenommen. Irgendwas scheint mit seinem heiteren Gemüt passiert zu sein. Übrigens hat er seine Lebensgefährtin Louise geheiratet, einen Tag, bevor er sich erhängt hat. Sie waren sieben Jahre zusammen und haben zwei Kinder, drei und vier Jahre.«

»Das überrascht mich wirklich sehr«, sagte Hanne Meier. »Wir haben diverse Instrumente, verschiedene psychologische Frageschablonen, unter anderem einen Depressions-Index. Und Kim Andersens Antworten waren nie in irgendeiner Form bemerkenswert oder besorgniserregend.«

»Im Juni 2010 hat er eine Therapie gegen seine Depressionen begonnen«, teilte Lene mit. »In der gleichen Zeit begann er, unter Schlafproblemen zu leiden. Seine Frau hat erzählt, dass er jeden Abend Schlafmittel nahm, was sein Hausarzt bestätigt hat.«

Hanne Meier nickte nachdenklich, während sie aus dem einzigen Fenster des Büros schaute.

»Was macht man eigentlich in den Basislagern, wenn man freihat?«, fragte sie.

»Pornos oder Actionfilme gucken, Computerspiele spielen, Gewichte heben. Ungefähr das Gleiche, was sie zu Hause auch machen.«

»Wo kann man sich melden?«, fragte Lene.

»Ich glaube, dass Sie sich schnell langweilen würden.«

Lene lächelte. »Wäre nicht zu erwarten, dass die psychischen Probleme mit der Heimkehr auftreten?«, fragte sie.

»Man kann natürlich auch an ganz anderen Fronten Probleme haben, auch wenn man Soldat ist«, sagte Hanne Meier. »Psychische Probleme müssen nicht ausschließlich auf eine Teilnahme am Krieg zurückzuführen sein, obgleich Kim Andersen extrem häufig und lange im Einsatz war.«

»Schon klar. Aber hat denn wirklich keiner der Heimkehrer Schwierigkeiten, zu Hause wieder Fuß zu fassen? Weil er seine Kameraden und den täglichen Adrenalinkick vermisst, weil er immer am Limit gelebt hat?«

»Ehrlich gesagt glaube ich, dass es den meisten so geht«, sagte die Psychologin. »Es liegen natürlich Welten dazwischen, ein Dorf von schwer bewaffneten und fanatischen Taliban-Kriegern zu säubern und dann mit der Ehefrau an einem Samstagvormittag in den Baumarkt zu gehen und Fußleisten zu kaufen oder die Dachrinne zu reinigen. Die meisten wollen gerne wieder zurück. Aber Kim Andersen hatte das schon mehrfach ausprobiert. Er wusste sehr gut, was es hieß, wieder nach Hause zu kommen.«

»Okay, danke ...«

Lene schob die Hand in die Schultertasche und holte das Wüstenbild heraus. Sie hatte es sich schon so oft angesehen und spürte trotzdem jedes Mal die rätselhafte Bedeutung. Sie hatte das linke Viertel des Bildes nach hinten geknickt und zeigte der Psychologin den größeren Ausschnitt des Fotos.

»Das ist Kim Andersen. Der mit den meisten Tätowierungen. Erkennen Sie ihn wieder?«

»Eigentlich nicht«, sagte Hanne Meier. »Die sehen doch alle gleich aus. Über und über tätowiert, langbärtig und langhaarig. Sie müssen schon eine ganze Weile aus dem

Lager weg sein, um so auszusehen. Vielleicht waren sie auf einer Aufklärungsmission. Aber da fehlt jemand.«

»Wer?«

»Ein Zugführer, würde ich sagen.«

»So einer wie der hier?«

Lene faltete das Foto auf und zeigte auf den Mann mit dem Skorpiontattoo.

Die Psychologin schob die Lesebrille hoch und kniff die Augen zusammen.

»Möglich, ja. Er sieht wie ein Führer aus.«

»Kennen Sie ihn?«

»Nein. Aber wie gesagt, ich weiß nicht mal, ob ihre Mütter sie so wiedererkennen würden.«

Lene seufzte.

»Er ist ein Gespenst«, sagte sie und steckte das Foto wieder in die Tasche. »Kim Andersens Frau kannte ihn auch nicht, obwohl das Foto seit Jahren in ihrem Regal stand. Können Sie erkennen, ob er Offizier ist?«

»Es sind keine Rangabzeichen zu sehen, von daher, nein, kann ich nicht.«

»Sind Offiziere auch tätowiert?«, fragte Lene.

»Selbstverständlich. Das ist nicht sozial beschränkt. Wer sind die anderen?«

»Zwei von ihnen sind im Mai 2010 getötet worden. Robert Olsen und Kenneth Enderlein. Eine Wegrandbombe. Und der fünfte heißt Allan Lundkvist.

»Ist das der Imker?«, fragte Hanne Meier.

Lene lächelte.

»Ja, soweit ich weiß. Kennen Sie ihn?«

»Ein Kollege von mir hat mit ihm gesprochen.«

»Und?«

»Ich kann nichts über die psychologischen Profile von denen sagen, die noch leben, Lene.«

»Nein, natürlich nicht.«

Sie stand auf, verabschiedete sich mit Handschlag und war bei der Tür, als Hanne Meier noch etwas einfiel. »Er war so weit in Ordnung, der Imker. Er hat meinem Kollegen Honig mitgebracht. Er müsste noch wissen, wer der fünfte Mann ist.«

»Ich wollte ihn auf alle Fälle danach fragen«, sagte Lene. »Ich habe schon mehrfach versucht, ihn zu erreichen, aber er ruft nie zurück.«

Als sie die Tür öffnete, sagte die Chefpsychologin: »Ihr Gespenst ...«

»Ja?«

»Ist er Däne?«

»Keine Ahnung.«

»Ich dachte ... nein ... Ich weiß nicht ....«

»Was?«

Hanne Meier zuckte mit den Schultern.

»Ich bilde mir ein, inzwischen eine gewisse Erfahrung mit komischen Käuzen und gefährlichen Männern zu haben. Und ich finde, ganz unwissenschaftlich, dass er sich auf unangenehme Art von den anderen unterscheidet. Vielleicht sollten Sie sich besser von ihm fernhalten.«

»Das werde ich nicht immer einhalten können«, sagte die Kommissarin, während sich in ihr etwas Dunkles, Kaltes zu regen begann.

»Dann passen Sie gut auf sich auf«, riet die Chefpsychologin ernst.

»Ich werde mir Mühe geben. Danke.«

18

»Warum sind wir hier, Lene?«

Der familiäre Typ. Charlotte Falster hatte zur Pressekonferenz in der Polizeistation Holbæk geladen, und Lene konnte sich wahrlich nicht über den Zuspruch beklagen. Die Kantine der Dienststelle war brechend voll mit Journalisten. Die Polizeichefin hatte angeboten, daran teilzunehmen, aber Lene hatte abgelehnt. Sie sei das gewöhnt, hatte sie versichert, und hatte auf der anderen Seite eine gewisse Erleichterung gespürt.

Sie sah den Frager nüchtern an, ein Journalist von einer Kopenhagener Morgenzeitung. Die wurden auch immer jünger – oder sie wurde älter. Tonsur. Schmale Architektenbrille. Schwarzes T-Shirt mit Metallica-Aufdruck.

»Wie meinen Sie das?«

»Lassen Sie mich die Frage anders formulieren: Was machen *Sie* hier? Wenn es stimmt, dass Kim Andersen Selbstmord begangen hat?«

Gute Frage.

Die übrigen Journalisten sahen sie an. Der Junge hatte für sie alle gesprochen.

»Wir waren bis zu einem gewissen Punkt der Meinung, dass manche … dass die technischen Umstände, was Kim Andersens Selbstmord betrifft, auf unterschiedliche Weise gedeutet werden konnten«, sagte Lene. »Es ist nicht ungewöhnlich, dass wir zu vermeintlichen Selbstmorden hinzugezogen werden, bis der endgültige rechtsmedizinische Bericht vorliegt. Der in diesem Fall klar und eindeutig war.«

Sie lächelte eine der älteren Journalistinnen vom *Ekstra Bladet* an, die sie schon länger kannte. Lene schätzte ihre ausgewogene und besonnene Berichterstattung. Die Frau erwiderte ihr Lächeln und notierte etwas auf ihrem Block.

»Was meinen Sie mit unterschiedlich deuten, Lene? Gab es Hinweise auf ein Verbrechen? *Technisch* gesehen?«, hakte der Glatzköpfige nach.

»Ich kann hier nicht auf Details eingehen ... Janus? Ich kann nur so viel sagen, dass kein Zweifel mehr daran besteht, dass Kim Andersen Selbstmord begangen hat. Damit ist, was uns betrifft, der Fall abgeschlossen.«

Der Junge nickte unbefriedigt, und Lene zeigte auf einen korpulenten Mann mittleren Alters in Tweedjacke und hellblauem Hemd, das zu platzen drohte. Er reckte eine breite, rote Bauernpranke in die Luft.

»Man muss sich doch wundern, dass Kim Andersen, ein abgehärteter Elitesoldat der Leibgarde, einen Tag nach seiner Hochzeit Selbstmord begeht«, sagte er. »Er wurde vor gut vier Jahren nach Hause geschickt. Wurde er wegen einer Depression oder Ähnlichem behandelt?«

Lenes Hände lagen ruhig und verschränkt auf der grauen Tischplatte. Jeder, der einen Arzt, einen Angestellten in einer Apotheke oder eine Heimkrankenpflegerin kannte, hatte heutzutage Zugang zu den medizinischen Daten von jeder Person, deren Personennummer er kannte. Für einen erfahrenen Journalisten war es ungefähr so leicht wie sich im Nacken zu kratzen, alles über Kims antidepressive Behandlung in Erfahrung zu bringen.

»Dazu kann ich nichts sagen«, erklärte sie, wohl wissend, dass der Journalist die Antwort natürlich längst kannte.

»Aber Sie stimmen mir zu, dass das Timing schon sehr ungewöhnlich ist?«

»Absolut. Aber wir werden nie erfahren, was letztendlich Kim Andersens Motive waren.«

»Hatte er finanzielle Probleme?«

»Dazu habe ich keine Informationen oder Kommentare.«

»Und Sie sehen keinen direkten Zusammenhang zwischen seinem Selbstmord und seinem Kriegseinsatz?« Der Journalist blätterte in seinem Notizblock. »Er war im Irak, in Bosnien-Herzegowina und dreimal in Helmand. Haben Sie zum Beispiel mit seinem Kompaniechef gesprochen? Den Kameraden?«

»Das habe ich nicht.« Lene sah den Journalisten unverwandt an. »Ich möchte noch einmal betonen, dass unsererseits kein Verdacht auf ein Verbrechen in Verbindung mit Kim Andersens Tod besteht. Und Selbstmord ist nun mal eine Privatangelegenheit. Für die Staatspolizei ist der Fall damit abgeschlossen. Ich sehe keinen Grund und habe keine Zeit, mögliche hypothetische Motive hinter seinem Entschluss zu untersuchen.«

Die nächste Frage kam von der Vertreterin des *Ekstra Bladet*. »Er hatte zwei kleine Kinder und kannte seine Frau, Louise, sieben Jahre, ehe sie geheiratet haben. Sie haben mit der Witwe gesprochen. Wie wird sie damit fertig? Soweit ich weiß, hat sie ihren Mann gefunden und abgeschnitten, bevor sie versucht hat, ihn wiederzubeleben. Wenn ich richtig unterrichtet bin, hatten Sie gestern Nachmittag ein längeres Gespräch mit ihr hier in der Dienststelle.«

Lene nickte und schob ein Salzfass neben die Ketschupflasche.

»Ich muss sagen, sie hält sich fantastisch«, sagte sie voller Überzeugung. »Das ist natürlich ein großer Schock. Das wäre es für jeden. Sie bleibt allein mit zwei Kindern zurück, aber ihre Eltern wohnen in der Nähe, und sie hat ein gutes Netzwerk. Ich bin sicher, dass Louise Andersen das auf die beste Weise bewältigt. Meine persönliche Auffassung von ihr ist, dass sie eine sehr starke, kluge und kompetente Frau ist, das dürfen Sie meinetwegen gerne zitieren. Sie hat viele Jahre damit umgehen müssen, dass ihr Mann möglicherweise im Kriegsdienst umkommt, und ich denke, dass diese Erfahrung, diese mentale Vorbereitung, ihr jetzt zugutekommt. Und ich bin sicher, dass das Militär ihr jede nur erdenkliche Unterstützung zukommen lässt.«

Die Journalistin lächelte. Vielleicht hatte sie ihre Schlagzeile bekommen.

»Sind Sie der Meinung, dass die Bundeswehr ausreichend für ihre Veteranen tut?«, fragte der Journalist mit den Bauernhänden. »Es ist nicht das erste Mal, dass einer von denen Selbstmord begeht.«

»Ich bin kein Soziologe und glaube nicht, dass ich die notwendigen Kompetenzen habe, um mich dazu zu äußern«, sagte Lene.

Sie erhob sich.

»Noch Fragen?«

Sie sah sich im Raum um und wusste, dass sämtliche Journalisten frustriert waren, so weit für so wenig gefahren zu sein. Sie hatten auf ein Verbrechen oder eine Geschichte über alte Kriegstraumata gehofft, die den Veteran eingeholt und zu dieser letzten, unwiderruflichen Tat gezwungen hatten. Noch einer.

Sie erhoben sich langsam. Lene nahm ihren Dufflecoat vom Tisch, als Metallica sagte: »Ich habe mit Freunden und Kollegen von Kim Andersen gesprochen.« Er lächelte selbstverliebt und blieb als Einziger sitzen. »Er war verwundet.«

Lene legte den Mantel wieder hin. Nicht blinzeln, dachte sie.

»Was meinen Sie?«

»Als Soldat ist er nicht verwundet worden, aber im Frühjahr 2010 ...«, Metallica konsultierte seine Notizen, »... wurde er verletzt. Er war drei Monate krankgeschrieben und bekam sozusagen einen Schonjob zugeteilt.« Der Journalist wich Lenes Blick aus. »Laut meiner Quelle bekam er ab Juni 2010 Antidepressiva. Er war sehr aufgeschlossen der Behandlung gegenüber.«

»Das kann ich mir vorstellen«, sagte Lene. »Und?«

Die anderen Journalisten rührten sich nicht.

»Keiner von uns versteht wohl so ganz, wie er es sich, ohne Schwarzarbeit und ohne Überstunden, bei den vielen Krankmeldungen leisten konnte, eine Hochzeit mit 80 Gästen zu feiern und seiner Frau einen neuen Alfa Romeo zu kaufen.«

Metallica schob wieder eine effektvolle Pause ein.

Was erwartete der Idiot? Einen Fackelzug? Cheerleader?

»Wie lautet die Frage?«, sagte sie.

»Na ja ... Können Sie diese Informationen kommentieren?«

Sie lächelte den Jungen an, obwohl sie viel eher Lust hatte, ihm eine Abreibung zu verpassen, was seine Eltern offensichtlich versäumt hatten.

»Man soll nicht alles glauben, was man hört. Die Leute sind vielleicht neidisch, ich weiß es nicht. Ich habe keine weiteren Kommentare.«

Ein Funkeln hinter der Architektenbrille. Lene kannte diesen Typ. Von denen gab es immer mehr: Megaverwöhnte Curlinggeneration, Wunschkind, liebevolles Akademikerheim, viel zu fucking liebevoll und nachsichtig. Hat nie ein Nein zu hören bekommen. Holzspielzeug. Waldorf-Kindergarten. Wackelige maskuline Identität. Arschloch.

»Sie haben meine Frage noch nicht beantwortet!«, protestierte Metallica. »Seine Freunde vom Jagdclub und seine Kollegen erzählen, er hätte damit geprahlt, auf einem Vermögen zu sitzen. Das muss doch was bedeuten!«

»Das sehe ich nicht so«, sagte Lene. »Er hat Selbstmord begangen, und vielleicht ist er reich gestorben, wer weiß? Schönen Tag noch.«

Mit eisiger Miene verließ sie die Kantine und holte erst wieder Luft, als sie nach draußen in den Regen kam. Sie trat in ein Schlagloch, ihr Schuh füllte sich mit Wasser, und sie fluchte den ganzen Weg bis zum Auto vor sich hin. Sie stieg ein, legte beide Hände um das Lenkrad und rüttelte schreiend daran, so fest sie konnte.

»Das lief doch wunderbar, Lene«, murmelte sie leise, als sie sich wieder beruhigt hatte und mit leerem Blick aus der Frontscheibe starrte. »Das hast du wirklich gut gemacht.«

19

Der Journalist Peter Nicolaisen von Danmarks Radio, alias Michael Sander, hatte Tove Hansen im Voraus angerufen. Pflege- und Großmutter von verwaisten, fünfjährigen Zwillingen und Mutter und Schwiegermutter von Kasper Hansen und Ingrid Sundsbö. Er hatte sich nicht die Mühe gemacht, sich zu verkleiden, sondern klingelte in seiner normalen Aufmachung an der Tür des kleinen gelben Hauses; Windjacke, Kapuzenpulli, Jeans und Laufschuhe. Er bezweifelte nicht, dass er die Rolle des beharrlichen Journalisten auf der Jagd nach den Dänen, die 2010 von der Erdoberfläche verschwunden waren, überzeugend spielen konnte.

Es hörte sich nicht so an, als wären die Zwillinge zu Hause, und dafür war er dankbar. Er schaute den Gartenweg hinunter. An einem Baum im Vorgarten lehnten zwei gepflegte Kinderräder, auf dem Rasen stand eine Holzmast für Stangentennis und dem Gartentrampolin fehlte mindestens die Hälfte der Sprungfedern. Die Blumenbeete waren von Geißfuß überwuchert, und das zerschlagene Kellerfenster war mit einer Nettotüte und Klebeband repariert worden.

Er lächelte die Frau an, die in der Türöffnung erschien, und stellte sich vor. Sie nickte, und Michael machte Anstalten, die Schuhe auszuziehen, aber sie schüttelte den Kopf.

»Nicht nötig.«

»Danke. Ich hoffe, ich störe nicht?«

Die Frau zuckte mit den Schultern. Sie band die Schürze ab und hängte sie an die bereits übervolle Garderobenleiste in dem schmalen Flur. Kinderwintersachen, Schwimmwesten, ein beiger Damenmantel, Mützen und ein oranger Bobschlitten, der es auf seiner Frühjahrsreise aus dem Garten in den Keller immerhin schon bis zur Garderobe geschafft hatte. Tove Hansen öffnete die Tür zu einem Wohnzimmer mit niedriger Decke.

Sie setzte sich in einen Sessel, und ein kleiner, weißer Pudel trippelte zu Michael und schnüffelte an seinem Hosenbein. Offenbar war er akzeptiert, da der Hund lautlos durch eine Tür verschwand.

»Perle«, sagte sie ernst.

»Süß«, sagte er.

Er setzte sich der Frau gegenüber.

»Ich kann einen Kaffee machen«, sagte sie mit einer Handbewegung Richtung Küche.

»Ich hatte gerade welchen, Frau Hansen, danke schön.«

»Tove«, sagte sie.

»Tove.«

Sie sah ihn mit matten, grauen Augen an, und Michael sah sich im Raum um. In den Regalen standen hauptsächlich Buchclubausgaben. Die Möbel waren ordentlich, aber verschlissen. Das Kinderspielzeug war in rote und blaue IKEA-Kisten nach Jungs und Mädchen getrennt sortiert. Er entdeckte ein Foto, auf dem eine jüngere, schlanke und braun gebrannte Tove Hansen an der Seite eines dunkelhaarigen Mannes auf einem Hotelbalkon zu sehen war. Im Hintergrund glitzerte das blaue Meer. Er konnte Kasper Hansen in beiden wiedererkennen. Und über dem Sofa hing ein Schulabschlussbild des Sohnes, die Abiturmütze keck in den Nacken geschoben. Der junge Mann sah aus, als wollte er mit seinen weißen Zähnen einen großen, gierigen Biss vom Leben nehmen. Neben Kasper Hansen hing ein zweites Abiturfoto von einem blonden, langhaarigen Mädchen mit Gesichtszügen, die ihrem Bruder stark ähnelten.

»Das links ist Kasper und rechts Sanne«, sagte Tove Hansen.

»Ich erkenne ihn wieder. Ich bin in *Verdens Gang* auf ein Foto von Kasper und Ingrid gestoßen. Und wir in der Redaktion dachten, es könnte interessant sein, die Geschichte genauer zu untersuchen.«

»Das ist jetzt zwei Jahre her«, sagte sie. »Es ist schon seltsam ... Ich kann mich immer noch nicht daran gewöhnen. Wenn ich aufwache ... eigentlich jeden Morgen. Natürlich weiß ich, dass Kasper weg ist, wenn ich die Kinder aufstehen höre, aber ich ertappe mich ständig dabei, dass ich denke, er wäre hier.«

»Sie sind fünf Jahre alt?«, fragte er. »Ein Junge und ein Mädchen?«

Sie sah ihn an, als hätte sie die Frage gehört, aber nicht ganz verstanden. Dann nickte sie. »Sie sind im Kindergarten. Ich kann sie holen, wenn Sie möchten ...«

»Das ist nicht nötig«, sagte Michael mit einem matten Lächeln, während er gegen einen intensiven Selbstekel ankämpfte. Er zog ein Notizbuch aus der Innentasche, obgleich er nicht im Traum daran dachte, irgendwelche Notizen – egal, über was – zu machen, und schlug es auf.

»Sie sind im März 2010 in Norwegen verschwunden?«

»Am 24. oder 25. März«, sagte sie.

»Was wollten sie in der Finnmark?«

»Sie wollten wandern. Sie waren begeisterte Bergwanderer.«

»Waren sie von jemandem eingeladen worden oder sind sie mit anderen zusammen gereist?«

»Nein, das war ein spontaner Einfall. Sie waren seit zwei Jahren nicht mehr dort gewesen und vermissten die Berge. Ich glaube, Ingrid besonders. Sie ist ja in Telemark geboren und aufgewachsen. Kasper hatte einige Überstunden angesammelt, und Ingrid arbeitete Teilzeit, um mehr Zeit mit den Kindern zu verbringen. Sie war Grafikdesignerin. Das Wetter soll ungewöhnlich gut dort oben gewesen sein. Eine Art vorzeitiger Frühling. Sie wollten nur ein paar Tage bleiben und haben mich gefragt, ob ich die Kinder hüten könnte. Am Morgen des 22. haben sie die Kinder abgeliefert, und ich habe sie zum Flughafen gefahren.«

Ohne Vorwarnung fing Tove Hansen mit ausdruckslosem Gesicht an zu weinen. Michael beobachtete sie und fragte sich, wann sie es selbst bemerken würde. Sie zuckte zusammen, als eine Träne auf ihren Handrücken fiel, murmelte etwas und lief aus dem Wohnzimmer. Er hörte sie die Treppe hoch in den ersten Stock laufen.

Michael stand eilig auf, nahm eine kleine Digitalkamera aus der Jackentasche und fotografierte alle Bilder an den Wänden. Die Zwillinge von der Geburt bis zum Hopsen auf dem Trampolin im Garten, Tove Hansens Hochzeitsfoto, Kasper Hansen als Abiturient, noch ein Porträt des Sohnes in Militäruniform, Ingrid und Kasper auf einem Fest. Sie sah hübsch aus mit ihren pechschwarzen, hochgesteckten Haaren, dem grünem Seidenkleid und den nackten, sonnengebräunten Armen.

Michael steckte die Kamera zurück in die Tasche und setzte sich wieder auf seinen Platz, kurz bevor Tove Hansen zurückkam.

»Es tut mir leid«, sagte sie.

»Sie haben keinen Grund, sich zu entschuldigen, Tove. Ist Kasper hier im Haus aufgewachsen?«

»Mein Mann und ich wohnen seit unserer Heirat hier. Sanne lebt in Kalifornien. Sie ist wie Kasper Ingenieur. Mein Mann ... ihr Vater ist vor fünf Jahren gestorben.«

Michael zeigt an die Wand.

»Wo hat Kasper seinen Wehrdienst geleistet?«

»Er war beim Gardehusarenregiment in Slagelse. Das war nichts für ihn. Ich glaube, er hat sich fürchterlich gelangweilt.«

Michael blinzelte. Er war selbst Oberleutnant und später Hauptmann der Militärpolizei an der Antvorskov Kaserne in Slagelse gewesen, aber natürlich lange bevor Kasper dort seine Rekrutenausbildung durchlaufen hatte.

»Was glauben Sie, ist mit ihnen passiert?«, fragte er und klappte das Notizbuch zu.

Die Frau schob einen Kerzenständer über den Wohnzimmertisch.

»Ich habe mir alles Mögliche ausgemalt. Manchmal geht es gut für sie aus, und ich sehe ihn wieder ... dann wieder geht es nicht so gut aus.«

»Verstehe.«

»Waren Sie von Danmarks Radio oder TV2?«, fragte sie.

»Danmarks Radio.«

»Kaspers Vater war Schlachter, und ich habe im Laden gestanden. Sie haben beide studiert, Sanne und Kasper ...«

Die Stimme verebbte.

»Waren Kasper und Ingrid beide gesund?«, fragte Michael.

»Was ...? Ja, absolut. Da war nichts. Sie haben viel Sport gemacht und sich bewegt. Sind gelaufen und Rad gefahren. Und Kasper hat zweimal die Woche mit Kollegen Squash gespielt. Ihnen hat nichts gefehlt. Er war auch als Kind nie krank.«

»Haben sie Sie aus Norwegen angerufen?«

»Nein, sie sind einfach verschwunden. Niemand hat was von ihnen gehört.«

»Und sie kannten sich in der Gegend aus?«

»Sie waren schon mehrmals dort. Ich bin selbst nie da gewesen, habe mir aber natürlich ihre Filme und Fotos angeguckt. Da gibt es Klippen und Gletscher und Moore. Da kann eine Menge passieren, wenn man nicht vorsichtig ist.«

Michael nickte.

»Haben Sie Hilfe mit den Zwillingen?«

»Ich möchte am liebsten allein mit ihnen klarkommen. Ingrids Eltern kommen ab und zu hierher, und in den Ferien sind die Kinder manchmal bei ihnen. Ingrid war Einzelkind. Und meine Tochter hat selber Kinder in ihrem Alter. Sie kommt aus den USA zu Besuch, so oft sie kann. Ich denke, es geht den Zwillingen gut, sie können sich nicht mehr an ihre Eltern erinnern.«

»Und finanziell?«

Die Frau richtete sich auf.

»Es geht. Was haben Sie vor?«

Michael beugte sich vor. »Wir hatten eine Sendereihe über verschwundene Dänen. Das Konzept war ziemlich populär, und wir konnten auch tatsächlich ein paar Familien oder Freunde wieder zusammenführen. Aber dieser Fall ist anders, unter anderem, weil Kasper und Ingrid spurlos in einer einsamen und gefährlichen Gegend verschwunden sind. Das Wahrscheinlichste ist ja, dass sie einen Unfall oder so was hatten. Bei den anderen Fällen, mit denen wir zu tun hatten, ging es meist um Menschen, die aus psychischen oder finanziellen Gründen beschlossen hatten unterzutauchen.«

»Ich verstehe«, sagte Tove Hansen.

Michael lächelte so aufmunternd, wie er konnte.

»Andererseits ist das auch eine gute Geschichte, Tove. Verstehen Sie mich bitte nicht falsch, aber sie bietet uns einige Möglichkeiten. Wir könnten ein Team dorthin schicken, das mit der Polizei, den Streitkräften, den Bewohnern reden könnte. Vielleicht finden wir tatsächlich neue Spuren und können dazu beitragen, mehr Respekt vor der Natur bei denjenigen zu wecken, die vorhaben, nach Nordnorwegen oder -schweden zu fahren. Kasper ist nicht der erste Däne, der dort oben verschwunden ist, und er wird sicher nicht der Letzte sein.«

Sie nickte.

»Das wäre sicher gut, denke ich. Und ich würde natürlich selber auch gerne wissen, was passiert ist.«

»Das ist klar.«

»Ich hätte gerne einen Platz, zu dem ich mit den Kindern gehen kann, wo ihre Mutter und ihr Vater liegen. Ich denke, das ist wichtig für sie, wenn sie größer werden. Das andere ist so unfassbar, als wären sie auf dem Meer verschollen.«

»Natürlich ist es das, das kann ich sehr gut verstehen«, sagte er. »Ich würde gern daran weiterarbeiten, wenn das für Sie in Ordnung ist, und werde Sie auf dem Laufenden halten. Wir bräuchten Interviews mit beiden Familien, mit Mitschülern, Freunden und Kollegen.«

Tove Hansen stand auf.

»Ich hole jetzt die Kinder.«

Michael stand ebenfalls auf.

»Das ist in Ordnung.«

»Möchten Sie sein Zimmer sehen?«, fragte sie. »Es sieht noch so aus wie damals, als er zu Hause ausgezogen ist. Es ist unten im Keller.«

Jede Zelle in Michaels Körper schrie danach, aus dem kleinen, stillen Haus ins Freie zu kommen.

»Selbstverständlich«, sagte er. »Sehr gern.«

20

»Wie ist es gelaufen?«, fragte Charlotte Falster.

»Augenblick.«

Lene war richtig froh, dass ihre Chefin sich meldete. Sie hatte Schwierigkeiten, die Pressekonferenz abzuhaken und freute sich über die Ablenkung. Sie steckte den Ohrstöpsel ins Ohr, stöpselte das Handy ein und legte das Gerät in den Aschenbecher.

»Sind Journalisten überhaupt Menschen?«, fragte sie.

»Wenn du mich fragst, nein«, sagte die Polizeichefin. »Was hast du rausgefunden?«

»Kim Andersen hat Selbstmord begangen. Und seine Frau hat ihm Handschellen angelegt, als sie ihn an dem Baum gefunden hat. Sie war und ist besorgt wegen irgendwelcher Probleme, in die ihr Mann offensichtlich verwickelt gewesen ist.«

»Die da wären?«

»Depressionen, Schlaflosigkeit, Alkohol ... Und eine große Summe Geld von einem unbekannten, ausländischen Investor, die über Credit Suisse in Zürich auf Kim Andersens Privatkonto überwiesen wurde. Die Ehefrau hat keine Ahnung, woher das Geld kommt, und ich glaube ihr. Das Geld beunruhigt sie sehr. Sie hat ihm einen Heiratsantrag gemacht und befürchtet nun im Nachhinein, dass sie ihn zu irgendeiner Dummheit veranlasst hat, die mit Geld bezahlt wurde, damit er sich die Hochzeit und die Geschenke leisten konnte.«

»Von welcher Summe sprechen wir?«

Charlotte Falster klang wie immer beherrscht, aber Lene meinte trotzdem, eine gewisse Angespanntheit in ihrer Stimme zu hören.

»Zweihunderttausend Schweizer Franken vor etwas mehr als einem Monat.«

»Imposant. Irgendwelche Ideen?«, fragte ihre Chefin.

»Nichts, außer dass man einen Polizeianwalt und das COM-Zentrum auf Informationen aus Zürich ansetzen sollte.«

Am anderen Ende entstand eine nachdenkliche Pause. Lene spürte förmlich Charlotte Falsters Interesse.

»Wir sind tot und begraben, ehe wir eine Antwort bekommen«, sagte sie. »Soll ich es versuchen?«

Lene lächelte.

Sie hatte auf dieses Angebot gehofft. Charlotte Falsters Mann war Ressortchef im Justizministerium und saß in einer Gruppe mit dem Direktor der Nationalbank und Gott. Er konnte sicher die eine oder andere bürokratische Abkürzungstaste drücken, die weit außer Reichweite einer einfachen Kommissarin war.

»Sehr gerne«, sagte sie. »Das würde ich sehr zu schätzen wissen.«

»Was hat er gemacht, das zweihunderttausend Schweizer Franken wert war?«, fragte Falster neugierig. »Sicher kein Carport gebaut, oder?«

»Das glaube ich auch nicht, würde es aber gerne rausfinden. Ich habe mit einer Militärpsychologin gesprochen, die ihn als ganz normal beschrieben hat. Sie war sehr überrascht über seinen Selbstmord. Genau wie sein Hausarzt. Er wurde im Herbst 2008 nach Hause geschickt, aber erst im Sommer 2010 wurde eine behandlungsrelevante Depression diagnostiziert. Nach einem Jagdausflug nach Schweden und der Mitteilung, dass zwei seiner engsten Freund in Afghanistan ums Leben gekommen waren. Er war bei keinem seiner Einsätze verletzt worden, zog sich aber in Schweden auf der Jagd eine schlimme Verletzung am Oberschenkel zu. Die Rechtsmedizinerin sagt, das sähe nach einer unbehandelten Schussverletzung aus. Mein Problem ist, dass ich den Fall offiziell gerne als aufgeklärten Selbstmord zu den Akten legen würde, um mir die Presse vom Leib zu halten, und den Fall dann verdeckt weiter als Mordfall behandeln. Jemand hat übrigens zwei 9mm-Patronen auf die Kopfkissen in den Kinderbetten gelegt. Kim Andersen hat sie gefunden, bevor er sich erhängt hat. Ich finde, das sagt schon ziemlich viel.«

»Dann hat also jemand Kim Andersen mitgeteilt, dass er es für eine gute Idee halten würde, dass er sich selbst umbringt und ihnen die Arbeit erspart? Und wieso erzählst du mir erst jetzt von den Patronen?«

Das professionelle Sparring mit Charlotte Falster gehörte zu den Dingen, die Lene am besten an ihrem Job gefielen, auch wenn sie sonst nicht viel von der Polizeichefin hielt. Falster dachte so klar, wie sie sprach, und es war kaum etwas undenkbar, wenn sie miteinander diskutierten.

»Muss ich wohl vergessen haben«, sagte sie.

»Sicher«, sagte Charlotte Falster trocken. »Das hier ist ziemlich ungewöhnlich, Lene.«

»Das ist es. Da hast du recht.«

Falster schwieg, und Lene wusste, dass ihre Vorgesetzte

Möglichkeiten und Szenarien gegeneinander abwog und verwarf.

Natürlich war die Abteilung extrem unterbemannt, natürlich hatten sie jede Menge andere Fälle, die locker die gesamte Arbeitszeit eines routinierten Ermittlers beanspruchten, und natürlich war es Charlotte Falsters Recht und Pflicht, ihre knappen Ressourcen nach bestem Vermögen zu verteilen. Das verstand und akzeptierte Lene, und sie hatte selten besondere persönliche Ansprüche auf ihre Fälle. Aber Kim Andersens pawlowbedingter Selbstmord war zu ungewöhnlich, als dass sie ihn anderen überlassen wollte.

»Okay«, sagte die Polizeichefin schließlich. »Bleib dran und mach einen Bogen um die Presse. Wenn jemand fragt, feierst du die nächsten Tage Überstunden ab. Was hast du vor?«

»Wenn du dich um das Geld und die Schweizer kümmerst, würde ich mich um die übrigen Finanzen kümmern und mit seinen Kameraden und Offizieren reden.«

»Und Schweden?«

»Und Schweden.«

»Und wer war das mit den Patronen? Das klingt nicht nach jemandem, dem man gern im Dunkeln begegnen würde.«

Lene dachte an den Mann mit dem tätowierten Skorpion. Das reservierte Lächeln. Der kleine, aber bedeutungsvolle Abstand zwischen ihm und dem Rest der Welt.

»Das werde ich herausfinden.«

»Sei vorsichtig«, sagte ihre Chefin zerstreut, und Lene wäre um ein Haar in den Graben gefahren. Sorge? Charlotte Falster? Das Nächste wäre, dass Brøndby die Superliga gewann.

»Das werde ich«, sagte sie und beendete das Gespräch.

Sie versuchte es noch einmal unter dem Festnetzanschluss des Imkers. Sie hatte sicher ein halbes Dutzend Mal bei ihm angerufen und ebenso viele Nachrichten auf dem Anrufbeantworter hinterlassen, aber keine Antwort bekommen. Soweit sie wusste, war Allan Lundkvist nicht mehr für die Leibgarde tätig, aber sicher gab es eine Million andere Gründe, weshalb er das Telefon nicht abnahm. Hatten Imker keine regelmäßige Arbeitszeit? Er wohnte auf einem Hof in Ravnsholt, nicht weit von der Kaserne der Leibgarde in Høvelte entfernt.

Lene schaute auf die Uhr im Armaturenbrett. Sie überlegte kurz, ob sie auf dem Heimweg in Ravnsholt vorbeifahren sollte, beschloss dann aber, lieber eine Stunde mit Josefine zu verbringen, bevor sie zur Arbeit musste. Allan Lundkvist musste warten.

Auf dem Nachhauseweg hielt sie im Værnedamsvej an, Kopenhagens bester Einkaufsmeile. Sie kaufte ein paar leckere Käse, französisches Mineralwasser, Trauben, frisches Brot, große, grüne Oliven und Serranoschinken. Dann konnten sie noch eine Kleinigkeit zusammen essen, ehe Josefine los musste.

»Jose?«

Lene stellte die Einkaufstüten auf den Küchentisch. Ihre Tochter verstümmelte im Badezimmer einen Shakira-Hit, während Lene die Delikatessen auf einem Holzbrett anrichtete, die Oliven in ein Schälchen umfüllte, sich ein Glas Rotwein einschenkte und Josefine ein Glas Mineralwasser. Sie trug Teller und Gläser ins Wohnzimmer und legte eine CD mit Nina Simone auf.

»Jose? ...Schinken! ... Oliven! ... Brot!«

Der Föhn dröhnte los, und Lene war klar, dass ihre Tochter keinen Ton gehört hatte. Lene steckte sich ein paar Oliven in den Mund und tunkte ein Stück Brot in Olivenöl mit Meersalz. Dabei stellte sie fest, wie ausgehungert sie war. Außerdem musste sie mal aufs Klo. Sie ging in den Flur und schlug mit der flachen Hand gegen die Badezimmertür.

»Was?«

»Ich muss mal, Josefine. Jetzt! Es gibt was zu essen.«

»Ich habe keinen Hunger.«

»Natürlich hast du Hunger.«

Josefine hatte einen Stoffwechsel wie eine Verbrennungsanlage. Als kleines Kind hat sie täglich ihr Eigengewicht verputzt. Sie konnte immer noch essen, was sie wollte ohne zuzunehmen.

Josefine kam aus dem dampfenden Badezimmer und knöpfte ein indigoblaues Seidenhemd über einem weißen Spitzen-BH zu, den Lene sich nicht erinnern konnte, schon mal gesehen zu haben. Sie bekam eine hastige Umarmung und wurde in den Duft von *Chanel Mademoiselle* eingehüllt. Ihr Gesicht glühte nach der Dusche, und sie hatte ein diskretes Make-up aufgelegt, während ihre Lippen blutrot glänzten.

»Darf ich deine neuen Perlenohrringe ausleihen, Mama?«

»Ist David Beckham in der Stadt?«

»Zu alt. Darf ich?«

Lene seufzte und zog ihr Geburtstagsgeschenk von den Ohrläppchen. David Beckham zu alt? Das war doch ein Bubi, verflucht.

»Dürfte ich dann auch mal in mein Badezimmer?«

»Klar.«

Als Lene sich die Hände wusch, sah sie Ausrufezeichen,

Blitze und Herzen auf dem beschlagenen Spiegel und spürte, wie sich ihr Magen verkrampfte. Sie atmete tief ein und ermahnte sich. Jetzt kapier es doch endlich, Lene, das Mädchen ist einundzwanzig … Sie ist erwachsen, verdammt, auch wenn sie natürlich wusste, dass sie für sie immer fünf Jahre alt bleiben würde.

Sie pustete die Härchen von der Ablage, die vom Augenbrauenzupfen ihrer Tochter zurückgeblieben waren und steckte die Wimpernbürste zurück in die Hülle. Pille? Sie öffnete den Medizinschrank und kontrollierte Josefines Sichtverpackung. Das stimmte wenigstens.

Als sie ins Wohnzimmer zurückging, stand Josefine über den Tisch gebeugt und steckte sich vorsichtig Oliven und Schinkenstückchen in den Mund, ohne den Lippenstift zu verschmieren. Sie hatte die Haare zu einem straffen Pferdeschwanz zusammengefasst. Die Ohrringe standen ihr gut. Ihre schwarze Jeans saß wie auf ihre langen Beine gemalt, und sie hatte ihre neue, halb lange Wildlederjacke, ein olivgrünes Halstuch und die neuen schwarzen Stiefel angezogen.

Lene war stolz auf ihre Tochter … und besorgt.

»Kommst du zum Schlafen nach Hause?«

»Das hoffe ich nicht! Hallo, Mama, das war ein Witz … glaube ich … Bis später.«

»Pass auf dich auf«, sagte Lene mechanisch, aber ihre Tochter war schon halb zur Tür raus.

Sie versuchte noch ein paar Mal, den flüchtigen Imker zu erreichen und hörte zum hundertsten Mal seine träge Stimme auf dem Anrufbeantworter. Sie hinterließ eine neue Nachricht und schleuderte genervt den Telefonhörer in die Sofakissen.

21

Michael kehrte nach dem Interview mit Kasper Hansens Mutter schlecht gelaunt in sein Hotelzimmer zurück und verfluchte sich. Er war ein aalglatter Betrüger. Eine Schlange. Die arme Frau. Jetzt würde sie auf einen Anruf warten, der nie kommen, einen Journalisten, der nie mehr von sich hören lassen, und eine Sendung, die nie ausgestrahlt werden würde.

Der Portier an der Rezeption reichte ihm einen dicken, gelben Umschlag mit vielen Heftklammern verschlossen und ohne Absender. Sobald er im Zimmer war, riss er ihn auf und breitete die Kopien von Flemming Caspersens Krankenakte auf dem Bett aus.

Er fing mit der relativ kurz gefassten Notiz aus der Notfallambulanz aus dem Kreiskrankenhaus in Næstved an. Flemming Caspersen war am Morgen des 14. Januar 2012 um 08:30 Uhr leblos in seinem Bett im Ostflügel von Pederslund gefunden worden. Eine Viertelstunde später war der Krankenwagen eingetroffen. In der Zwischenzeit hatten Victor Schmidt und seine Frau die Wiederbelebung mit Herzmassage und Beatmung versucht. Die Sanitäter setzten diese Maßnahmen fort, auch während der Fahrt ins Krankenhaus. Sie hatten Adrenalin direkt in den Herzmuskel injiziert und versucht, den Herzschlag von dem schwachen, wirkungslosen Flattern wieder in einen normalen, effektiven Rhythmus zu versetzen. Flemming Caspersens Pupillen hatten während des Transports nicht auf Licht reagiert, was vermuten ließ, dass das Gehirn schon längere Zeit nicht mehr mit Sauerstoff versorgt worden war.

Der Arzt, der ihn in Næstved in Empfang nahm, konnte nur noch den Tod feststellen. Der Todeszeitpunkt wurde mit 09:33 Uhr angegeben, die Todesursache bei Ankunft und nach der Leichenschau sechs Stunden später mit *institio cordis,* Herzstillstand – vermutlich als Folge eines großen, akuten Myokardinfarktes.

Michael nahm seinen Lieblingsplatz vor dem französischen Balkon ein. Herzstillstand. Starb daran nicht letztendlich jeder Mensch? Der Obduktionsbericht war sehr knapp und oberflächlich formuliert. Man hatte eine mehr als altersabhängige Verkalkung der Koronararterien festgestellt und einen Thrombus, der hauptsächlich zum Absterben des linken Herzmuskels beigetragen hatte. Flemming Caspersen war im Schlaf gestorben. Es gab keine Anzeichen äußerlicher Gewalteinwirkung. Man stellte einen Blutalkohol von einem Promille fest, was nach den Gläschen, die am Abend vorher getrunken worden waren, nicht ungewöhnlich war. Es war keine Analyse auf eventuelle Giftstoffe vorgenommen worden, und niemand hatte ihn auf Einstiche zum Beispiel zwischen den Zehen oder Fingern untersucht, unter der Zunge, am Haaransatz, in den Ohren oder in der Schleimhaut des Anus.

Er war nicht sehr angetan von der Arbeit des Pathologen. Verkalkung, Thrombus, Tod, punktum. Es gab buchstäblich Hunderte von Methoden, einen Mord wie einen natürlichen Todesfall aussehen zu lassen, aber nicht einmal eine davon war in dem Bericht aufgetaucht.

Und jetzt war Flemming Caspersen verbrannt und in alle Winde verstreut.

Michael hatte zwei Treo in einem Glas Wasser aufgelöst, als das Telefon klingelte.

Er trank die weiße, bittere Flüssigkeit.

»Hallo?«

»Sie haben heute Abend eine Einladung zum Abendessen im Schloss«, sagte Elizabeth Caspersen ohne Einleitung. »Genauer, wir beide. Victor stand kurz vor dem Hirnschlag, als ich ihm von Miss Simpson aus New York erzählt habe. Können Sie überhaupt?«

»Natürlich kann ich, Elizabeth. Fantastisch. Haben Sie den Brief geschrieben?«

»Ja. Das war fürchterlich.«

»Und haben Sie ein Foto von dem Kleinen?«

»Ein Enkelkind von meiner Sekretärin. Hässliches, kleines Gör. Sieht aus wie Winston Churchill.«

»Mit Zigarre?«

»Ja. Ich habe erzählt, dass meine Tochter das für ein Referat über Überbevölkerung braucht. Ich glaube nicht, dass sie das geschluckt hat.«

»Wann soll ich kommen?«

»Um sechs Uhr gibt es einen Aperitif, um halb sieben wird das Essen serviert. Auf dem Land wird früh zu Abend gegessen. Sie werden alle dort sein. Ich kann Sie um halb fünf vor dem Hotel abholen, sprich in anderthalb Stunden. Wir können uns auf der Fahrt dorthin unterhalten. Gibt es was Neues?«

»In der Tat«, sagte er. »Aber lassen Sie uns damit warten. Dresscode?«

»Ich glaube nicht, aber wenn Sie keine sauberen Hemden mehr haben, sollten Sie vielleicht in ein neues investieren.«

Michael schloss die Balkontür.

»Das werde ich tun. Und wo wir gerade von Investitionen sprechen, müsste ich Sie um einen Vorschuss bitten. Ich habe bereits gewisse Ausgaben gehabt und befürchte, dass sie demnächst markant steigen werden. Ich muss zum Beispiel einen Helikopter chartern.«

»Einen Helikopter ...?«

Elizabeth Caspersen klang überrumpelt.

»Vermutlich nur für ein paar Tage«, sagte er.

»Ein paar Tage?«

Ihre Stimme überschlug sich, und Michael schnitt eine Grimasse.

»Darf ich Sie daran erinnern, dass Sie gestern noch gesagt haben, sie wären bereit, jede Krone zu investieren, die Sie besitzen, um die Sache aufzuklären? Eine Sache, die möglicherweise beweist, dass Ihr Vater für die Liquidierung eines harmlosen Wanderers in Norwegen verantwortlich ist. Ich könnte den Helikopter natürlich auch sein lassen und in die Finnmark laufen, aber das würde, was mein Honorar betrifft, an den Gesamtausgaben wahrscheinlich nicht viel ändern.«

Ihr Schweigen war eminent ausdrucksvoll.

»Selbstverständlich ...«, sagte sie beherrscht. »Natürlich will ich das. Und entschuldigen Sie. Ich muss nur ... Ich muss mich nur erst einmal an das Niveau gewöhnen. Ich bin an Sie herangetreten, und Sie machen das ganz ausgezeichnet. Wie viel?«

»Ich denke, zweihunderttausend Kronen würden fürs Erste reichen.«

»Ich werde das Geld umgehend anweisen«, sagte sie mit neuer, ergebener Stimme.

»Danke.«

Er gab ihr die Nummer des Kontos bei seinem Wirtschaftsprüfer in Odense. Sara würde sich freuen. Zumindest, bis er anfing, in Nordnorwegen Helikopter zu mieten.

»Dann sehen wir uns um halb fünf«, sagte sie.

»Ich freue mich«, sagte er.

»Freuen Sie sich nicht zu früh«, sagte sie und legte auf.

Michael blätterte die Tageszeitungen durch. Die Staatspolizei war noch immer mit dem angeblichen Selbstmord des Veteranen in Holbæk beschäftigt. Es gab ein neues Foto von dem Verstorbenen zusammen mit Kriegskameraden auf der Ladefläche eines gepanzerten Mannschaftswagens außerhalb von Bagdad. Kim Andersens nackter Oberkörper glänzte unter der mittelöstlichen Sonne, um seinen Hals hatte er ein schwarzweiß kariertes Partisanentuch gewickelt. Michael lächelte beim Anblick der vielen Tätowierungen, die Arme, Schultern und Torso des Gardisten bedeckten.

Er hatte selbst eine Tätowierung auf der Schulter, was völlig reichte. Er war heillos betrunken gewesen, als Keith Mallory ihn in ein kleines, unhygienisches Tätowierlädchen in Manila geschleppt hatte.

Michael hatte erst ungefähr einen Tag später entdeckt, was passiert war, als er sich immer noch leicht angetrunken nach der Dusche vor dem Spiegel abtrocknete. Er hatte laut geschrien, als er sah, dass auf seinem Rücken ein oranger Homer Simpson mit einem listigen Grinsen einen Blick über die Schulter warf. Die Figur hatte die Hose runtergelassen und zeigte jedem Interessierten seinen behaarten Hintern. Sara hasste das Tattoo.

In einer anderen Zeitung war ein neues Bild der Kriminalkommissarin Lene Jensen auf einem Parkplatz vor der Polizeistation in Holbæk abgedruckt. Sie war im Laufschritt abgelichtet worden und sah den Fotografen an. Ihr Gesicht war wie üblich ernst, aber ihre Körperhaltung entspannt und harmonisch.

Lene Jensen war ein Körpermensch, beschloss Michael.

Der Journalist hatte mit Kim Andersens Kollegen in der Tischlerei gesprochen, mit ein paar Mitschülern von früher und aktuellen Jagdkameraden, die alle ihr Erstaunen kundtaten. Es schien doch schwerer für Kim gewesen zu sein, sich wieder zu Hause einzuleben, als alle gedacht hatten. Das letzte Jahr sei er sehr verschlossen und niedergeschlagen gewesen. Er hinkte und hatte Schmerzen im Bein und konnte nicht mehr auf Gerüsten oder Dächern herumklettern. Vielleicht war sein Selbstmord letztendlich doch nicht so schwer zu verstehen.

Michael blätterte die restlichen Zeitungen durch, ohne etwas anderes als Spekulationen und Allgemeinplätze zu finden.

Ein toter, hochdekorierter Veteran. Mit einem verletzten Bein. Genau wie einer von den beiden Nashorndieben.

Elizabeth Caspersens schwarzer Opel Insignia fuhr um Punkt 16.30 Uhr vor dem Admiral Hotel vor. Michael öffnete die Beifahrertür und stieg ein. Er hatte es noch geschafft, sich ein neues Hemd zu kaufen und seinen einzigen mitgebrachten Anzug im Hotel dämpfen zu lassen.

Sie machte einen müden, gestressten Eindruck. Der Fahrersitz war ganz nach hinten geschoben, damit ihre langen Beine Platz hatten. Sie trug schwarze, perforierte Autohandschuhe und fuhr ruhig und konzentriert. Sie fuhren über Langebro, am SAS-Hotel vorbei und in östlicher Richtung über den Ørestads Boulevard.

Keiner von ihnen sagte etwas, bis sie die Autobahn erreichten.

»Sie sehen blendend aus, Michael.«

»Danke, ebenso.«

Sie lächelte matt.

»Was haben Sie herausgefunden? Sie sehen so ernst aus.«

Michael seufzte und betrachtete seine Hände.

»Am 23. März 2010 ist ein junges dänisch-norwegisches Ehepaar bei einer Gebirgswanderung nördlich von Lakselv verschwunden. Kasper Hansen und Ingrid Sundsbö«, sagte er, ohne sie anzusehen. »Einunddreißig und neunundzwanzig Jahre alt. Ingenieur und Designerin. Sie sind am Nachmittag des 22. März von Kopenhagen über Oslo nach Lakselv geflogen, haben im Porsanger Vertshus übernachtet, von wo sie sich am nächsten Morgen auf den Weg nach Norden gemacht haben. Ein Fernfahrer hat die beiden ein Stück mitgenommen. Danach hat sie niemand mehr gesehen, außer ihre Mörder. Sie waren erfahrene Berggeher, gut ausgerüstet, und das Wetter war gut und warm.«

Das Auto schlingerte auf die Mittelspur. Sie lenkte es mit einem Ruck zurück.

»Zwei ...? Sie waren doch nicht zu zweit, oder?«

»Ich fürchte, schon. Wie gesagt, ein junges Ehepaar. Sie wurden vermutlich am selben Tag ermordet. Die Frau wurde nie gefunden. Er auch nicht, was das angeht.«

»Michael ... verdammt noch mal ... Oh Gott ...«

Sie lehnte sich zurück und schloss die Augen. Michael behielt nervös einen Lastwagen im Seitenspiegel im Auge.

»Soll ich fahren?«, fragte er, aber Elizabeth Caspersen schien ihn nicht zu hören. »Zwei ...«, murmelte sie wieder, verzweifelt. Sie tat ihm aufrichtig leid. »Sie haben doch keine Kinder, oder? Michael ... sagen Sie, dass sie keine Kinder haben ...«

»Zwei. Zwillinge. Ein Junge und ein Mädchen. Fünf Jahre alt«, sagte er unbarmherzig. »Tut mir leid. Kasper Hansens fünfundsechzigjährige Mutter hat das Sorgerecht. Sie leben in einem kleinen Haus in Vangede. Ich habe sie gestern Vormittag besucht. Als Journalist, der an der Geschichte interessiert ist.«

»Das ist ja fürchterlich, Michael! Was soll ich denn machen? Und das *sind* wirklich sie? Sind Sie da hundertprozentig sicher?«

»Es besteht kein Zweifel. Die Familien und Freunde haben im letzten Herbst in der norwegischen Seemannskirche auf Amager einen Gedenkgottesdienst vor zwei leeren Särgen abgehalten. Die beiden waren beliebt. Es gibt etliche Facebookseiten, die nach neuen Informationen suchen. Die Leute wollen wissen, was passiert ist, wie Sie selbst ja schon gesagt haben.«

»Genug ... Ich habe verstanden ...«

Ihr standen Tränen in den Augen. Michael legte eine Hand auf die Handbremse.

»Keine weiteren Details?«, fragte er.

»Im Augenblick nicht, nein.«

»Ich habe ja versucht, es Ihnen zu sagen, Elizabeth, das habe ich. Plötzlich bekommen sie Gesichter und Namen.«

»Ich weiß. Und ich will alles wissen. Ich bitte Sie nur, alles ein wenig zu portionieren. Ich wusste ja nicht ... Ich hätte nie gedacht, dass es mehrere sind. Gleichzeitig, meine ich.«

»Natürlich nicht. Aber nicht Sie sind diejenige, die etwas Schreckliches getan hat, Elizabeth. Im Gegenteil. Vergessen Sie das nicht.«

»Nein, aber mein geisteskranker, mordgeiler Vater. Ich kann nichts dagegen tun, dass ich mich verantwortlich fühle. Ich weiß auch, dass das nicht rational ist, aber so ist es nun mal.«

Sie fing an zu weinen. »Wie schrecklich traurig für die beiden Kinder.« Sie blinzelte die Tränen von den Wimpern. »Haben Sie Kinder?«

»Vier und eineinhalb Jahre«, sagte er.

Sie nickte und starrte geradeaus, das Gesicht verschlossen vor einem Sturm neuer Einsichten und Angst. Michael beobachtete eine Träne auf ihrer Reise vom Augenwinkel über die Wange, bis sie sich von der Unterseite des Kinns löste und einen kleinen dunklen Fleck auf dem Seidenkragen hinterließ.

Allmählich bekam sie ihre Gefühle wieder unter Kontrolle – und auch den Wagen –, und er lehnte sich zurück und bemerkte, dass seine Fingernägel schmale rote Halbmonde in seinen Handballen hinterlassen hatten.

»Und die anderen?«, fragte sie. »Die Jäger? Die Mörder?«

»Noch nichts.«

»Aber Sie finden sie?«

»Ich denke, schon.«

»Sie müssen sie finden, Michael!«

»Selbstverständlich.«

»Mein Vater hat seine Waffen bei *Guns & Gents* gekauft«, sagte sie nach einer Weile. »Der Büchsenmacher hat seine Waffen gepflegt. Die Mauser haben sie im Januar 2010 für ihn bestellt und mit dem Zielfernrohr für ihn eingeschossen, das jetzt draufsitzt. Alle Stempel, Quittungen und Nummern stimmen überein. Haben Sie immer noch Zweifel, dass er es war?«

Michael sagte nichts.

»Die Gulfstream der Firma hat meinen Vater am 20. März 2010 nach Stockholm geflogen«, fuhr sie fort. »Sie ist am selben Nachmittag ohne Passagiere zurückgekommen. Am 27. März ist sie erneut nach Stockholm geflogen und hat meinen Vater dort abgeholt.«

»Aha«, sagte er.

»Ist das Ihr ganzer Kommentar?«

»Im Moment, ja.«

»Ich bin mir nicht ganz sicher, ob Sie mir richtig zugehört haben und mich verstehen, oder ob Sie es einfach nicht wahrhaben wollen, dass er es war«, sagte sie aufgebracht. »Nur er und ein paar andere irre Mörder und kein vom CIA oder von Victor erdachtes Komplott, um ihn anzuschwärzen oder mir Probleme zu machen. Die haben zwei junge, unschuldige Menschen getötet, Michael!«

»Ich höre Sie, und ich verstehe Sie, Elizabeth«, sagte er. »Aber ...«

»Aber was?! Ist das nicht genug, zum Teufel noch mal?«

Er seufzte und hätte jetzt gerne eine geraucht.

»Nichts.«

»Hören Sie auf, mich für dumm zu verkaufen, Michael. Was wollen Sie sagen?«

»Ich weiß es nicht. Ich weiß es wirklich nicht, es ist nur etwas, das ich gelernt habe.«

»Was?«

»Muster, Elizabeth.« Michael machte eine hilflose Geste. »Wenn etwas zu einfach ist und zu gut zusammenpasst, bedeutet das immer, dass es zu gut ist, um wahr zu sein. Immer.«

»Wenn Sie meinen«, murmelte sie. »Aber ich bin davon überzeugt, dass er es war.«

Er wechselte das Thema.

»Was erwartet mich gleich?«

»Victor wird versuchen, Sie einzuschüchtern, er wird Ihnen auf keinen Fall trauen, oder mir. Keiner, und am wenigsten er, duldet es, dass jemand Außenstehendes in seinem Privatleben herumwühlt. Das kann er gar nicht leiden. Seine Frau, Monika, hingegen wird gastfreundlich und höflich sein. Falls Victor sie nicht gerade wieder verprügelt hat.«

»Wieder?«

»Das kommt vor«, sagte sie. »Falls Sie heute Nacht merkwürdige Geräusche hören, machen Sie Ihre Tür nicht auf.«

»Heute Nacht?«

Michael sah sie verdutzt an.

»Es wird zu spät, um heute noch nach Hause zu fahren. Victor wird nicht lockerlassen, ehe der letzte Stein in dieser Angelegenheit umgedreht wurde. Ein unehelicher Sohn seines Kompagnons, ein Baby in den USA, bei dem irrsinnigen Rechtssystem da drüben? Vergessen Sie es.«

»Ich habe keine Zahnbürste dabei«, sagte er.

»Die Gästezimmer sind gut ausgestattet. Ich glaube nicht, dass es Ihnen an irgendetwas fehlen wird.«

»Und die Söhne?«

»Henrik wird Sie wahrscheinlich kaum bemerken. Er wird völlig von seinem Mobiltelefon oder Computer absorbiert sein. Er arbeitet immer. Und wenn er Sie bemerkt, wird er freundlich zerstreut sein. Charmant auf eine ganz eigene, altmodische Art.«

»Ist er verheiratet?«

»Ich würde ihn als asexuell bezeichnen. Ich habe jedenfalls nie von einer Freundin oder einem Freund gehört. Er arbeitet.«

»Und Jakob, der Offizier?«

»Reserviert. Ähnelt weder seiner Mutter noch seinem Vater. Er ist ständig auf Reisen, lebt sehr genügsam.«

»Single?«

»Seriell monogam. Er verliebt sich nicht leicht. Ich glaube, er hatte erst eine ernsthafte Beziehung in seinem Leben.«

»Mit wem?«

Sie legte die Stirn in Falten. »Mit einem Mädchen, das er bei einer Urlaubsreise durch Nepal kennengelernt hat. So eine wie er. Eine Abenteurerin. Und offenbar recht abenteuerlich.«

»Was ist passiert?«

»Das ist fünf, sechs Jahre her. Jakob war vom Militärdienst zurückgekommen und hatte zehn Kilo abgenommen. Er hat sich einen Monat lang in seinem Zimmer verbarrikadiert und wollte mit niemandem reden, schon gar nicht über sie. Ich erinnere mich nicht mehr, wie sie hieß.«

»Hat Sie ihm den Laufpass gegeben?«

»Jakob ist nicht der Typ, dem man den Laufpass gibt. Aber ich weiß es nicht. Es wurde nie darüber gesprochen«, sagte sie. »Haben Sie den Obduktionsbericht gelesen?«

»Ja.«

»Und?«

»Nichts. Ihr Vater ist einfach gestorben.«

22

Auf dem unscheinbaren, ausgefahrenen Privatweg ahnte man noch nichts von dem schmucken, bezaubernden Schloss. Hecken und Bäume wuchsen über dem Weg zusammen und schirmten den hellen Abendhimmel ab.

Elizabeth Caspersen steuerte den Wagen durch eine Öffnung zwischen zwei versetzten Hecken, die Michael übersehen hätte. Im Abbiegen sah er ein Paar rote Torsäulen und schwarze, gusseiserne, von Efeu überwucherte Torflügel. Sie fuhren ein paar hundert Meter über einen schmalen Schotterweg, ehe sich vor ihnen ein Park auftat, mit sich schlängelnden Wasserläufen, seerosenbedeckten Teichen, reetgedeckten und dunklen Pächterhäusern, schnurgeraden Blumenbeeten und Rasenflächen, auf denen man hätte Golf spielen können.

So unauffällig und wild die Zufahrt zum Schloss gewesen war, so penibel gepflegt waren der Park und die Gebäude. Das Haupthaus war weiß, grazil und elegant. Es hatte etwas von italienischer Zuckerbäckerei. Hinter dem Haupthaus fiel das Gelände zum Wasser hin ab. Rechterhand vom Schloss erstreckten sich weiße Pferche und rote Stallgebäude. Auf der Koppel grasten ein paar Vollblüter mit sauberen, blauen Decken über den Rücken.

»Fantastisch«, sagte er.

»Oh ja, ein schöner Ort«, sagte sie. »Die Pferde sind Monikas Hobby. Sie züchtet dänisches Warmblut und lässt Victor in Frieden. Das ist die Absprache. Pederslund ist ein Jagdschloss, das Frederik der VI. für eines seiner vier unehelichen Kinder erbauen ließ, die er mit seiner Geliebten Frederikke Dannemand hatte.«

»Noch mehr uneheliche Kinder.« Michael schmunzelte.

»Das passt doch gut«, sagte sie. »Der Junge, also mein amerikanischer Halbbruder, heißt übrigens Charles. Nach Miss Simpsons Großvater.«

»Schönes Detail«, sagte Michael.

Sie parkte zwischen einem Volvo Kombi und einem dunklen BMW. Michael stieg aus und reckte sich.

»Arbeitet Victor von hier aus?«

»Er hat eine Wohnung in der Bredgade. Monika ist die meiste Zeit hier.«

Elizabeth Caspersen ging um das Auto herum. »Es ist kein großes Geheimnis, dass er eine Geliebte in der Stadt hat, und Monika, na ja, wechselnde Liebhaber. Das ist sicher ein gutes Arrangement.«

Die großen Lampen rechts und links am Eingang leuchteten auf, als sie die Haupttreppe emporstiegen und die Tür von einem großen, hageren Mann geöffnet wurde. Grau meliertes Haar, ordentlich getrimmter Oberlippenbart und Hakennase. Hellbraune, italienische Lederslipper, weicher, zimtfarbener Pullover und hellblaues Hemd, das über seine sehnigen Unterarme aufgekrempelt war. Der Mann bewegte sich rasch und energisch und begrüßte Elizabeth Caspersen überschwänglich, während seine dunklen Augen ständig zu Michael wanderten.

»Kommt rein! Schön, Elizabeth. Schön, dich zu sehen. Es geht dir gut?«

Er wartete die Antwort nicht ab, sondern zog sie in die Halle, damit er sich um ihren Begleiter kümmern konnte.

Michael lächelte höflich. Victor Schmidts Hand war kühl und trocken. Er wirkte körperlich topfit, obgleich er sicher Ende sechzig war.

»Willkommen in Pederslund. Victor Schmidt.«

»Michael Sander.«

»Elizabeths mystischer ... ja, was eigentlich genau?«

»Berater?«

»Michael hilft mir«, sagte sie.

Victor Schmidt ließ Michaels Hand los. Sein Lächeln reichte nicht bis in die Augen.

»Wie auch immer, willkommen.«

»Danke.«

Michael sah sich in der Eingangshalle um. Hinter der Haustür teilte sich eine breite Treppe in zwei Treppenläufe, die schwerelos durch die Etagen nach oben zu schweben schienen. An den Wänden waren Geweihe und Hörner, Fächer und Rosetten um besonders prachtvolle Trophäen arrangiert, aber es schienen nur skelettierte Überreste aus der einheimischen dänischen Fauna vertreten zu sein.

Victor Schmidt half Elizabeth Caspersen aus ihrem Trenchcoat, wobei er immer zu Michael herüberschielte, der seine Blicke ausdruckslos erwiderte. Irgendetwas stimme nicht mit Victor Schmidts Augen, dachte er. Der enorme Kristallleuchter in der Mitte der Halle wurde auf unterschiedliche Weise in ihnen reflektiert. Dann schlussfolgerte er, dass Victor Schmidts linkes Auge eine Prothese war.

Der Unternehmer breitete die Arme als Geste amüsierter Ergebenheit aus.

»Das ist ja wohl eine komplett verrückte Geschichte, Elizabeth. Der alte Bock. Ich weiß nicht, ob ich weinen oder lachen oder neidisch sein soll ... Man dürfte ja wohl erwarten, dass Flemming schon mal was von Kondomen *gehört* hat, zum Teufel. Deine arme Mutter. Vielleicht ist es ja ganz gut, dass sie ...«

»Schwachsinnig ist?«, schlug Elizabeth Caspersen vor.

»Ja. In dem Fall eine Gnade. Was zu trinken?«

Er ging vor ihnen durch eine Flucht dunkler Doppeltüren, und Michael beugte sich zu der Anwältin.

»Hat er ein Glasauge?«, fragte er leise.

»Sie sind ein hervorragender Detektiv, Michael.«

Sie drückte kurz seinen Arm.

Die Schlossbibliothek stand der in Flemming Caspersens Haus in nichts nach, aber Michael hatte das Gefühl, eine Kulisse zu betreten, was ihm in Hellerup nicht so gegangen war. Die Atmosphäre von Zugehörigkeit und Besitz, wie er sie aus den großen Häusern in England kannte, die nur durch viele Generationen und unangetastete, weiter vererbte Privilegien entstand, war hier nicht vorhanden. Die Bibliothek in Pederslund war einfach ein bisschen zu viel des Guten.

Dabei fehlte es an nichts. Da waren die gemütlichen, englischen Ledersofas, ein klassischer Kamin, in dem ein knisterndes Feuer brannte, Bücherregale vom Boden bis unter die Decke voller dicker Bände mit imposanten Titeln, die vermutlich als Regalmeter auf irgendwelchen Auktionen erstanden worden waren, dänische Malerei der Romantik, seidenbezogene Lampenschirme, riesige chinesische Vasen, orientalisches Elfenbein und Holzschnitzereien und sogar ein lackiertes Ruderblatt über dem Kamin, aber es fehlte die Seele.

Eine schlanke, dunkelhaarige Frau erhob sich von einem Sofa und kam durch den Raum auf sie zu. Sie begrüßte Elizabeth Caspersen mit Wangenkuss und einer distanzierten Umarmung und musterte Michael mit großen, melancholischen Augen. Sie trug einen eng anliegenden, beigen Seidenrock mit aufgestickten Perlen und eine schwarze Seidenbluse, deren Ausschnitt mit einer Perle über der Brustfalte zusammengehalten wurde, darüber eine kurze Jacke in der Farbe des Rockes. Sie bewegte sich elegant, trotz der sehr hochhackigen Schuhe. Dünne Silberarmreifen umschmeichelten ihren Unterarm, als sie ihm die Hand reichte, und er war nicht ganz sicher, ober er sie drücken oder küssen sollte, entschied sich aber für Ersteres.

»Monika«, sagte sie heiser.

»Michael.«

Sie war eine Sonnenanbeterin, die Haut in ihrem Dekolleté war leicht ledrig, aber ihr Hals war glatt, lang und elegant und das Gesicht gut erhalten. Sie hatte das schwarze Haar zu einem strammen Pferdeschwanz im Nacken zusammengefasst.

»Ich bin Schwedin«, sagte sie. »Victor hat mich aus Stockholm entführt.«

»Ich kann ihn verstehen«, sagte Michael galant.

Sie lächelte.

»Danke. Was trinken Sie, Michael? Wie ich verstanden habe, sind Sie eine Art Privatdetektiv, ich tippe also auf Whisky?«

»Ja, gern.«

»Eis?«

»Wenn Sie haben.«

»Darf ich Ihnen meinen Sohn Henrik vorstellen«, sagte

sie und ging zu einem Barschrank. Sie hatte eine ansehnliche Rückenansicht und muskulöse, schlanke Beine. Als sie sich wieder umdrehte, bemerkte er ihre großen, prallen Brüste, die Schwerkraft und Alter zu trotzen schienen. Sie mochte Mitte fünfzig sein, war aber gut in Schuss. Wahrscheinlich trug die Reiterei auch ihren Teil dazu bei, dachte er.

Ein junger Mann mit sandfarbenem Haar und extrem stechend blauen Augen hatte sich von seinem Platz an einem der Schreibtische erhoben. Auf dem Bildschirm des Laptops waren lange grüne Zahlenkolonnen zu sehen. Michael erkannte den blonden Jungen von dem Sommerbild in Flemming Caspersens Bibliothek wieder. Er war immer noch dünn und schlaksig, langbeinig und schmalschultrig wie sein Vater, aber mit einem offenen Gesicht und einem freundlichen Lächeln um die Lippen.

Er strich sich das Haar aus der Stirn und streckte die Hand aus.

»Hallo. Henrik. Willkommen.«

»Michael. Ein fantastischer Ort.«

»Ein wenig ab vom Schuss, aber Vater ist in einem Hinterhof in Vesterbro aufgewachsen, behauptet er, und hat immer von so einem Schloss auf dem Land geträumt. Jetzt hat er es, und verbringt die meiste Zeit in der Stadt. Das ist doch irgendwie grotesk, oder?«

»Aber Ihre Mutter wohnt hier, oder?«

»Sie kann nicht ohne ihre Pferde.«

»Reiten Sie auch?«, fragte Michael.

»Niemals. Pferde sind, wenn Sie mich fragen, neurotische Mistviecher, völlig überschätzt und unberechenbar.«

Monika Schmidts Parfüm streifte Michaels Nasenflügel.

Sie berührte ganz leicht seine Schulter. Victor Schmidt und Elizabeth Caspersen standen vor dem Kamin in ein Gespräch vertieft.

»Ihr Drink, Michael«, murmelte Monika Schmidt. Sie war jetzt sehr nah, ihr Duft war überwältigend. Sie sah ihren Sohn an.

»Hat er schon den Mistviecher-Vortrag gehalten?«, fragte sie.

»Nur die Überschrift.«

»In Wirklichkeit hat er Angst vor ihnen«, sagte sie.

Henrik Schmidt lächelte. »Ja, Mutter. Nein, Mutter. Ich weiß sehr wohl, dass das edle Tiere sind.«

»Das sind sie tatsächlich«, sagte sie.

Michael schaute nach draußen auf die Koppel. In der schräg einfallenden Abendsonne strahlte der Zaun unnatürlich weiß. Die Pferde waren als dunkle, seelenruhig grasende Konturen zu erkennen. Er nippte an seinem Whisky und inhalierte den Duft von Meer und Tang. Islay Malt, vermutete er. Wie auf einem geteerten Hanfseil zu kauen. Gut. Eine Schande, dass er heute Abend nicht trinken konnte.

»Sie ... züchten?«, fragte er.

»Ich habe einen wunderbaren Hengst«, sagte sie und sah ihn abschätzend an. »Cavalier von Pederslund. Wir frieren seinen Samen ein und verkaufen ihn in die ganze Welt. Oder wir lassen die Stuten zu ihm kommen. Momentan hat er Besuch von einer Stute aus Deutschland. Ich denke, wir werden ihn sie heute Abend besteigen lassen.«

Sie führte ihr Glas zum Mund, Michaels Blick hing an dem Lippenstift am Glasrand.

Sie lächelte. »Ich liebe Krimis, Michael ... Sind Sie wirklich ein echter Detektiv?«

»Nicht im literarischen Sinne«, sagte er. Sie musterte ihn von Kopf bis Fuß, als zöge sie in Erwägung, auf einer Auktion für ihn zu bieten.

»Sicher?«, fragte sie enttäuscht.

»Ganz sicher.«

Michael schaute sich verzweifelt nach Elizabeth Caspersen um.

Henrik Schmidt sah seine Mutter ausdruckslos mit seinen klaren, blanken Augen an. Dann schickte er Michael ein jungenhaftes Lächeln, entschuldigte sich und setzte sich wieder an seinen Computer. Seine schlanke, vornübergebeugte Gestalt strahlte etwas mönchisch Asketisches und in sich Gekehrtes aus. Henrik Schmidt wirkte wie ein Mensch, der genau dort war, wo er sein wollte.

Michael wurde von Victor Schmidt und Elizabeth Caspersen gerettet. Der Finanzmann legte seiner Frau einen Arm um die Schulter, zog sie an sich und lächelte Michael an.

»Ich muss Sie warnen, Michael«, sagte er. »Wenn meine Frau ein gutes Zuchttier entdeckt, tut sie alles, um es zu kriegen.«

Monika Schmidt errötete und lächelte nicht.

»Er ist Detektiv, Victor«, murmelte sie.

Er drückte seine Frau noch fester an sich und sah Michael an.

»Was sind eigentlich Ihre Qualifikationen? Ich habe versucht, mich über Sie schlauzumachen. Aber Sie scheinen der letzte Mensch auf dem Erdball zu sein, über den bei Google nichts zu finden ist.«

»Jetzt hör schon auf, Victor«, sagte Elizabeth Caspersen. »Ich bürge voll und ganz für Michael.«

Mit seinem gesunden Auge betrachtete der Finanzmann

ihn inquisitorisch, während sein blindes Glasauge zufällig auf seinen Sohn am Schreibtisch gerichtet war.

»Ich muss doch wohl etwas über den Mann wissen, ehe ich ihn in allen Ecken meiner Firma herumschnüffeln lasse.«

»Deine Firma?«

»Unserer Firma, Elizabeth, verdammt noch mal.«

»Ich muss Victor recht geben, Elizabeth«, sagte Michael munter. »Mir würde es genauso gehen.« Er lächelte. »Ich habe ungefähr zehn Jahre für Shepherd & Wilkins in London und New York gearbeitet, ehe ich mich selbstständig gemacht habe. Vielleicht haben Sie schon mal von der Firma gehört? Davor war ich Hauptmann bei der Militärpolizei der Leibgardehusaren und habe bei der Kriminalpolizei in Hvidovre gearbeitet.«

Schmidt nickte.

»War das so schlimm, Elizabeth?« Er leerte sein Glas und ließ seine Frau los. »Ich bin zufrieden. Den Umständen entsprechend. Hast du den Brief von dieser Miss Simpson dabei?«

Er stellte das Glas auf einem Couchtisch ab, als Elizabeth ihre Handtasche öffnete und ihm ein hellblaues Kuvert von edler Qualität reichte. Er suchte seine Lesebrille, setzte sie auf seine Hakennase und nahm einen dicht beschriebenen Briefbogen heraus. Ein kleines Foto fiel zu Boden.

Michael hob es auf und warf einen Blick darauf, ehe er es weitergab. Elizabeth Caspersen hatte recht. Das schmollende, dicke Baby auf dem Foto hatte in der Tat eine beunruhigende Ähnlichkeit mit dem eminenten britischen Staatsmann.

Schmidt nahm Michael das Foto aus der Hand. Seine

Lippen bewegten sich, während er las. Er drehte das Blatt um und las weiter. Dann sah er Elizabeth Caspersen über den Rand der Lesebrille an.

»Das ist nicht gut, Elizabeth.«

Sie nickte ruhig.

»Ganz deiner Meinung. Das ist sehr ungünstig.«

»Ungünstig? Das ist eine verdammte Scheiße. Wenn dein Vater nicht schon tot wäre, würde ich ihn eigenhändig erschießen.«

Er hielt Michael den Brief hin.

»Haben Sie das gelesen?«

»Ja.«

»Und?«

»Und was?«

»Na, alles, zum Teufel! Ist das echt? Existiert diese Frau überhaupt?«

Monika Schmidt lächelte entschuldigend von ihrer Position hinter ihrem Mann.

Michael nickte.

»Es gibt eine Miss Janice Simpson unter der angegebenen Adresse«, sagte er ruhig. »Sie ist zweiunddreißig Jahre alt, Redakteurin in einem Verlag am Bryant Park, lebt in einer Eigentumswohnung in der 58th Street West, die so gut wie abbezahlt ist und gibt Bücher über moderne Kunst heraus. Ihre Mutter ist Bibliothekarin an der New York Public Library und ihr Vater Richter am New York Criminal Court. Eine alte Familie mit gutem Stammbaum, seit sieben Generationen in New York.«

Er sah Victor Schmidt an und hoffte, so etwas wie einen sozialen Minderwertigkeitskomplex in ihm anzustoßen, aber sein Gegenüber nickte nur zerstreut.

»Ich warte noch auf diverse Bankauskünfte«, fuhr Michael fort, »sowie Simpson Juniors Geburtsurkunde und mehr fotografisches Material.«

Schmidt wirkte trotz allem ein wenig beeindruckt.

»Ausgezeichnet«, sagte er langsam und sah sich das Foto an. »Hässliches Kind.«

»Darf ich?«

Monika Schmidt streckte die Hand aus. Sie sah sich das Bild wortlos an und gab es zurück. Sie hatte den Blick gesenkt und die Augenlider halb geschlossen. Michael betrachtete das große Ölgemälde über dem Kamin. Eine zufrieden aussehende, jüngere Ausgabe von Monika Schmidt in einem langen, hellen Seidenkleid an einem offenen Fenster mit luftigen Gardinen. Neben ihr stehen ihre beiden Söhne: der blonde Henrik mit den himmelblauen Augen, der seinem Vater ähnelte, und der kräftigere, dunklere und nach innen gekehrte Jakob, der seiner Mutter ähnelte. Das Gemälde war fast fotografisch und sehr detailgetreu. Es war von demselben Künstler, der das Bild in Hellerup mit Flemming Caspersen und dem Alaska-Bären gemalt hatte.

Er schielte vielsagend zu Elizabeth Caspersen, die seinem Blick auswich.

»Ich finde ihn sehr süß«, sagte sie. »Charles ...«

»Charles Caspersen?«, sagte Victor Schmidt. »Was zum Teufel ist denn das für ein Name?«

»Ich glaube nicht, dass sie auf den Nachnamen besteht, Victor«, sagte Elizabeth Caspersen. »Wozu sollte das gut sein?«

»Wozu soll das Ganze überhaupt gut sein?«, sagte er. »Dieser alte Idiot.«

»Ich wäre dir sehr dankbar, wenn du nicht so über meinen Vater reden würdest, Victor. Ohne ihn würdest du Gebrauchtwagen im Nordwest-Viertel verkaufen, statt die Hälfte von Sonartek zu besitzen. Vergiss das nicht.«

»Weniger als die Hälfte, liebe Elizabeth. Den Rest besitzen du und deine demente Mutter jetzt zusammen«, sagte er bösartig.

Monika Schmidt ging dazwischen.

»Ich bitte euch alle beide! Victor, du entschuldigst dich augenblicklich bei Elizabeth, und du, Elizabeth, nimmst die Entschuldigung an. Wie üblich.«

Sie starrte ihren Mann an, bis er brummelnd ihrer Aufforderung nachkam.

Michael spürte einen Blick im Rücken und drehte sich um. Von seinem Platz am Fenster observierte Henrik Schmidt ihn mit beinahe kurzsichtiger Intensität. Als er bemerkte, dass Michael ihn ansah, lächelte er breit. Dann entdeckte er offensichtlich etwas hinter dem Berater. Sein Gesicht hellte sich auf, und er stand auf.

»Hallo, Jakob!«

Michael drehte sich wieder um und fragte sich, wie jemand derart leise sein konnte. Keith Mallory hatte immer gesagt: *Früher oder später wird dir ein neues Talent begegnen, Michael, und auch wenn du dich für fantastisch gut und sehr gefährlich hältst, kannst du nur hoffen, dass ihr in derselben Mannschaft spielt, denn sonst wird er dich in den Arsch ficken, bis du nicht mehr weißt, wie du heißt.*

Michael dachte, dass genau jetzt dieser Moment gekommen war.

23

»Michael Sander«, sagte er und streckte die Hand aus.

»Jakob.«

Der andere betrachtete einen Augenblick Michaels Hand, ehe er danach griff. Fast vorsichtig. Es war keine Männlichkeitsprobe nötig. Er blinzelte nicht, und sein Gesicht war unbeweglich und ernst. Dunkler Anzug, langer Hals, schwarzer Rollkragenpullover. Er war groß, fast einen Kopf größer als Michael, breitschultrig und gut gebaut, dunkelblond, ausdrucksloses, gebräuntes Gesicht, lange Hakennase, dunkle Augen – kein Lächeln.

Michael beobachtete die Gesichter um sich herum. In Victor Schmidts kämpfte die Irritation mit einem, soweit Michael das erkennen konnte, Ausdruck von Zuneigung.

»Warst du unten am Wasser?«, fragte der Vater.

»Die übliche Tour.«

»Der Junge heißt Charles«, sagte Victor Schmidt. »Gewöhn dich an den Namen, wenn du kannst.«

»Charles?«

»Ja, leider Gottes. Charles Simpson Caspersen.«

»Jetzt hör schon auf, Victor.«

Monika Schmidts Stimme war schroff und leidgeprüft.

Elizabeth Caspersen war fast so groß wie Jakob Schmidt. Sie begrüßten sich mit einer herzlichen Umarmung.

Michael zuckte zusammen, als hinter ihm eine neue

Stimme ankündigte, dass jetzt in der Küche gedeckt sei. Die Frau schüttelte ihm die Hand. »Frau Nielsen«, stellte sie sich vor. Sie kümmerte sich um die Familie. Sorgte dafür, dass sie wenigstens etwas zu essen bekamen. Blasses Gesicht, dunkle Haare, schlichtes Kleid und erstaunlich auralos.

»Danke, Frau Nielsen«, sagte Monika Schmidt. »Henrik, Jakob, kommt ihr? Victor?«

Michael ging wenige Zentimeter an Jakob Schmidt vorbei. Der Mann roch nach Kälte und Gras.

»Arbeiten Sie für Elizabeth?«, fragte er, als sie nebeneinander auf die Tür zugingen.

»Ja«, sagte Michael.

»In Ihrer Eigenschaft als ...?«

»Berater.«

»Das ist kein geschützter Titel, oder?«

»Ganz und gar nicht.«

»Glauben Sie, dass Sie das können?«

»Was?«

Jakob Schmidt lächelte, und auf dem Grund seines Blickes schwamm etwas Schnelles, Totbringendes vorbei.

»Für alles eine Lösung zu finden?«

»Reden wir von Flemming Caspersen und seinem Sohn Charles?«

»Selbstverständlich. Darüber reden wir.«

»Das hoffe ich doch«, sagte Michael entspannt.

Der junge, große Mann hielt Michael die Tür auf, der wieder sehr dicht an ihm vorbeiging. Jakob Schmidt hatte die ökonomischen Bewegungen eines Athleten, und Michael wog ab, ob er ihn im Zweikampf besiegen könnte. Er zweifelte daran.

Michael saß Monika Schmidt an der langen Tafel in der Schlossküche gegenüber. Es gab kein Tischtuch, aber das Steingut, Besteck und Glas war ausgesucht, und man brauchte richtig Kraft, um das schwere Silberbesteck zu stemmen. Es gab rustikale, italienische Brotkörbe, braune, spanische Weinkrüge und blau gebrannte, portugiesische Teller.

Er breitete die steife Leinenserviette auf seinem Schoß aus, stellte fest, dass er hungrig war und lächelte die Gastgeberin an.

Hinter ihm brodelte es in Töpfen auf dem riesigen, englischen Ofen.

»Das duftet großartig«, sagte er.

Eine Schale Bouillabaisse wurde vor ihn hingestellt, große Fisch- und Hummerstücke schwammen in der Suppe, und Michael inhalierte erwartungsvoll den Dampf. Monika Schmidt schenkte ihm Weißwein ein, und Victor Schmidt erhob das Glas und sah in die Runde. Er legte eine Hand auf die Schulter seines jüngeren Sohnes.

»Ein Prosit auf die Erben. Auf alle bekannten und neuen.«

»Ich habe gehört, Pederslund ist ein Jagdschloss«, sagte Michael konversierend. »Gibt es genügend Wild ...?«

»En masse«, sagte Victor Schmidt. »Wir haben Fasane, Schnepfen, hin und wieder Wildschweine ... bösartige Teufel ... Enten und Gänse am Strand, Rehwild. Natürlich, und Damwild. Sind Sie Jäger?«

»Nein.«

Michael wollte gerade hinzufügen, dass er noch sexuell aktiv war, ließ es aber bleiben.

»Das ist ein gutes Geschäft«, murmelte der Gastgeber. »Wir haben einige Konsorten hier. Und wir haben einen Gutsjäger, der sich um die Anfütterung kümmert, das Einsetzen der Fische, um die Hunde und so weiter. Einer von Jakobs alten Freunden. Hier sind viele ehemalige Soldaten.«

Michael brach sich ein Stück Brot ab.

»Und der wohnt auch hier?«

»Selbstverständlich. Wenn er nicht unterwegs ist. Er ist ziemlich viel unterwegs, oder, Jakob?«

Michael konnte Victor Schmidts Gesichtsausdruck nicht deuten.

»Ja, kann man sagen«, sagte Jakob Schmidt. »Thomas ist Kompagnon einer Safari-Firma. Er arrangiert Jagdreisen nach Afrika, Kanada und in den Himalaya. Wenn er nicht hier ist, kümmert sich ein Freund von ihm um die Hunde und das Wild. Momentan ist Peter hier.«

»Das funktioniert hervorragend«, sagte Victor Schmidt, und Michael war klar, dass das Thema damit erschöpft war.

Darum wandte er sich stattdessen an Jakob Schmidt. »Elizabeth hat gesagt, Sie wären Offizier?«

Der junge Mann nickte nur kurz, aber Victor Schmidt lächelte stolz. »Kapitän des ersten Panzerinfanterieregiments der Leibgarde. Jakob war in Bosnien-Herzegowina, im Irak und in Afghanistan. Und auch heute noch ist er überall, nur nicht zu Hause, stimmt's, Jakob?«

Der Sohn schaute in seine Schale.

»Er ist ein Gespenst«, sagte Monika Schmidt.

Henrik Schmidt sah von einem zum anderen und lächelte Michael an. »Als Kinder haben wir immer *Das scharlachrote Siegel* gespielt. Jakob war natürlich der Held. Er ist der Ältere und konnte mich verhauen, also hat er bestimmt. Ich war entweder ein aristokratischer Unterdrücker, der guillotiniert werden sollte, oder ein Revolutionär, der versucht hat, ihn zu fangen. Erinnerst du dich noch, Mama?«

Henrik Schmidts Rolle war die des Diplomaten, dachte Michael. Der Airbag zwischen dem Zwist von Vater und älterem Bruder, den möglicherweise explosiven Egos.

Monika Schmidt spitzte die Lippen.

»Und ob ich mich erinnere.

They seek him here, they seek him there,
Those frenchies seek him everywhere
– Is he in heaven? – Is he in hell?
That damned, elusive Pimpernell!«, deklamierte sie mit einem liebevollen Blick auf ihren ältesten Sohn.

»Und so ist es andauernd«, sagte Victor Schmidt. »Ein ziemlich nutzloses Gespenst.«

»Jakob hat sich nie fürs Geschäft interessiert, Victor«, sagte seine Frau beschwichtigend. »Freu dich, dass du Henrik hast. Jakob würde jede Minute in einem Sitzungsraum leiden. Er kann es nicht ertragen, eingesperrt zu sein. Das weißt du genau.«

»Selbstverständlich bin ich dankbar für Henrik«, sagte Victor Schmidt. »Das sind wir wohl alle, denke ich.«

»Und nun hast du noch einen neuen Erben dazubekommen«, sagte Elizabeth Caspersen munter.

»Und das auch noch ganz nah an der Wall Street«, sagte Jakob Schmidt mit einem Grinsen.

»Hast du sie mal gesehen, Henrik?«, fragte sein Vater. »Sie schreibt, dass sie Flemming in seiner Wohnung in der 3rd Avenue besucht hat. Du wohnst ja quasi dort. Bist du ihr mal begegnet?«

»Das ist eine große Wohnung«, sagte Henrik Schmidt.

»Sie wird wohl kaum so groß sein, dass du ein kopulierendes Paar in einem Zimmer überhörst? Oder die Paletten an Viagra übersiehst?« Er warf Elizabeth Caspersen einen Blick zu. »Entschuldige bitte, Elizabeth, aber ...«

»Schon gut, Victor«, sagte sie mit einem Seufzer und richtete ebenfalls ihre Aufmerksamkeit auf den jüngsten Sohn.

»Bist du ihr begegnet, Henrik?«

»Natürlich nicht. Flemming ist immer ausgegangen, und in der Regel waren wir zusammen aus. Wir waren ständig bei irgendwelchen Sitzungen oder Treffen. Wir arbeiten da drüben, auch wenn ihr das nicht glaubt. Ich kann mir nur schwerlich vorstellen, dass er eine Affäre hatte, ohne dass ich etwas davon mitbekommen habe. Und nein, ich habe sie weder in der Wohnung noch woanders gesehen.«

Und du hast recht, dachte Michael. Henrik Schmidt tat ihm fast ein bisschen leid.

»Sie schreibt, dass sie sich bei einer Ausstellung im Guggenheim-Museum kennengelernt haben«, sagte Victor Schmidt. »Guggenheim? Seit wann, zum Teufel, interessierte Flemming sich für moderne Kunst? Wenn keine toten Tiere auf den Bildern waren, hat er sich nie ...«

»Ich glaube, das war eine Veranstaltung für den Verteidigungsausschuss des Kongresses im letzten Sommer«, sagte Henrik Schmidt. »Wir waren nicht die Einzigen, die die Chance genutzt haben, etwas Lobbyarbeit zu leisten. Flemming war dabei.«

Michael sah Elizabeth Caspersen an. Das waren perfekte Details, die sie in den Brief eingeflochten hatte. Extrem glaubwürdig. Er war beeindruckt.

»Was will sie eigentlich?«, fragte Victor Schmidt, als die

Suppenschalen abgeräumt wurden und eine Platte gebratene Tauben auf den Tisch gestellt wurde.

»Sie will eine Zukunft für sich und ihren Sohn«, sagte Elizabeth. »Und wenn Papa sie tatsächlich geschwängert hat ... Wenn er der Kindsvater ist, dann verstehe ich sie gut. Sie schreibt auch, dass sie nicht unmäßig sein will.«

»Unmäßig? Eine New Yorkerin? Was heißt das genau? Ein paar Milliarden Dollar?«

»Mindestens«, sagte Henrik. »Ihr Vater ist Richter. Das wird ein Fest!«

Victor Schmidt regte sich noch mehr auf.

»Ich weiß nicht, wie ihr das einfach so auf die leichte Schulter nehmen könnt. Es stecken dreißig Jahre knallharte Arbeit im Aufbau von Sonartek, und jetzt ist Flemming tot, und da kommt so eine ... so eine ...«

»Reg dich ab, Papa«, sagte Jakob ernst. »Vielleicht wird es ja gar nicht so schlimm.«

Victor Schmidt riss sich mit einer Kraftanstrengung zusammen und sah seinen ältesten Sohn an.

»Wie lange haben wir eigentlich diesmal das Vergnügen deiner Gesellschaft?«

Jakob Schmidt schob den Jackenärmel mit einer Drehbewegung über die Armbanduhr, als wollte er sein Handgelenk abdrehen oder traute ihm nicht ganz. Eine verschrammte Rolex mit Stahlarmband rutschte über das Handgelenk. Michael bemerkte einen weißen Streifen Haut unter der Uhr.

»Ich mach mich um halb neun wieder auf den Weg.«

»Halb neun?« Sein Vater sah ihn streng an. »Jetzt hör mal gut zu, Junge. Flemming, mein Kompagnon, falls du dich vage an ihn erinnern kannst, hat in fremden Betten gevögelt und ein Kind gezeugt, nicht im Jenseits, sondern in New York. Vor nicht allzu langer Zeit. Charles. Wir befinden uns mitten in einer Krise. Die Mutter kann uns auf Schadenersatz in Millionenhöhe verklagen. Sie ist Amerikanerin, Jakob! Ihr Vater ist Richter. Weißt du, was das bedeutet?«

Jakob Schmidt erwiderte gelassen den Blick seines Vaters und zuckte mit den Schultern.

Das schien nicht gerade das innigste Vater-Sohn-Verhältnis zu sein, dachte Michael, der dem Schlagabtausch interessiert folgte. In Jakobs Augen lag eine eigenartige Distanz, als er seinen Vater betrachtete. Vielleicht konnte er es einfach nicht ertragen, dass sein Vater die Mutter schlug. Oder es war etwas ganz anderes. Michael hatte das schon häufiger erlebt. Eins der Kinder hielt sich an die Spielregeln, während das andere, in der Regel das geliebtere von beiden, nicht konnte oder wollte und sich rücksichtslos ausklinkte, um nicht zu Grunde zu gehen. Elizabeth Caspersen hatte das Gleiche getan. Die beiden schienen sich zu verstehen.

»Definiere *uns*«, sagte der Sohn trocken.

Victor Schmidt leerte sein Glas und schenkte sich nach. Wein floss über den Tisch. Frau Nielsen war schnell mit einem Tuch zur Stelle, der Geschäftsmann nahm sie gar nicht wahr.

»*Uns*, verdammt, wir! Deine Familie. Deine Mutter, dein Bruder und ich. Und Elizabeth. Und was hast du heute Abend vor, das wichtiger ist als das hier?«

»Jemanden treffen«, sagte der Sohn.

»Kannst du mich nach Kopenhagen mitnehmen?«, fragte sein Bruder.

»Klar.«

Victor Schmidt sah mit leerem Blick von einem zum anderen. Verraten.

»Mit Rücksicht auf Flemmings amerikanischen Nachwuchs ist es ja wohl angemessen, dass die Mutter in irgendeiner Form Unterhalt erhält, oder?«, fragte Jakob.

Er sah Michael an. »Werden Sie mit ihr reden?«

»Das ist der Plan.«

»Aber du kommst doch später wieder, Jakob?«, fragte seine Mutter.

»Selbstverständlich, ich bin schneller zurück, als du blinzeln kannst.«

»Versprochen?«

Er streckte eine große Hand über den Tisch und drückte die schmale Hand seiner Mutter.

Aber sein Vater war noch nicht fertig.

»*Angemessen!* Das meinst du also? Und was meinst du damit? Einen Platz im Vorstand? Was genau verstehst du unter *angemessen*?«

Der Sohn lächelte.

»Gibt es nicht so was wie eine untere Altersgrenze, Elizabeth? Für Vorstandsposten in börsennotierten Gesellschaften, meine ich. Du bist doch die Wirtschaftsanwältin für Erwerbsrecht.«

»Ich denke, die liegt bei fünfzig«, sagte sie. »Und außerdem muss man Mitglied im Klub 300 sein, dem dänischen Ableger, und Direktor einer anderen Firma, in der einige von den anderen Jungs im Vorstand sitzen. So sieht es jedenfalls nach außen hin aus. Inzucht. Victor sitzt ja auch im Vorstand von TDC, Carlsberg und Den Gebrüdern Hartmann. Sie leben davon, dass sie sich gegenseitig erzählen, wie einzigartig und tüchtig sie sind und dass sie eigentlich schon längst als CEOs von Pfizer oder Morgan Stanley abgeworben worden wären, wenn sie nicht so verdammt patriotisch wären.«

Ihre Wangen glühten.

Monika Schmidt legte eine beruhigende Hand auf den Unterarm ihres Mannes, den er hitzig wegzog. Er hätte schrecklich gern seinen Missmut gegenüber seinem Sohn Luft gemacht und noch dringlicher Elizabeth Caspersen gegenüber, falls jemand daran zweifeln sollte, aber sein Blick streifte Michael, den Außenstehenden, und er kniff die Lippen zusammen, als wäre ein Insekt hineingeflogen.

»Papa, verdammt«, sagte Jakob Schmidt versöhnlich. »Jetzt wart's doch erst mal ab. Schick Michael rüber und hör dir an, was die Frau eigentlich will. Darf ich den Brief mal sehen?«

Elizabeth Caspersen reichte ihn über den Tisch.

Jakob Schmidt sah sich zuerst das kleine Foto an. Er lächelte und legte es zur Seite. Die dunklen Augen bewegten sich ruckartig über die Zeilen. Er faltete den Briefbogen und steckte ihn sorgfältig zurück in den Umschlag, legte das Foto dazu und gab ihn Elizabeth zurück.

»Darf geraucht werden?«, fragte er.

Die Hausdame wartete nicht auf eine Antwort und schob einen silbernen Aschenbecher neben seinen Ellenbogen. Jakob Schmidt zündete sich ein langes, braunes Zigarillo an, blies den Rauch an die Decke und schaute ihm hinterher, als er Richtung Tür schwebte.

»Henrik hat gesagt, Miss Simpson wäre Redakteurin in einem Verlag«, sagte er.

»Das hat Michael bereits rausgefunden«, sagte Elizabeth Caspersen. »Warum?«

Der ältere Sohn sah Michael mit unergründlichem Blick an.

»Ach, nichts. Sie ist sicher in Ordnung. New Yorker seit sieben Generationen? Richten Sie ihr einen schönen Gruß von der Familie aus.«

»Das werde ich«, sagte Michael.

»Von mir nicht«, sagte Victor Schmidt mit breiiger Stimme.

»Ich hätte die Möglichkeit, über ein kriminaltechnisches Labor in Bern eine DNA-Probe des Kindes prüfen zu lassen«, sagte Michael. »Wie ich Elizabeth verstanden habe, wäre Miss Simpson bereit, so eine Probe zu liefern. Vielleicht sollte man einen DNA-Treffer abwarten, ehe wir die Angelegenheit vorantreiben.«

Monika Schmidt schickte ein warmes Lächeln in die Tischrunde.

»Hör dir an, was Michael zu sagen hat, Victor, bevor dir die letzte Sicherung durchbrennt«, sagte sie. »Das scheint mir doch vernünftig zu sein, nicht wahr, Elizabeth? Vielleicht ist das Ganze ja nur ein Sturm im Wasserglas.«

»Äußerst vernünftig«, antwortete sie. »Ich schlage vor, dass wir Michael zu einem Vorabgespräch mit Miss Simpson nach New York schicken. Dann kann er sich ein Bild machen, sich das Kind angucken und eine Einschätzung vornehmen, wo wir stehen. Und er kann eine DNA-Probe mitbringen.«

Victor Schmidt starrte Michael mit seinem gesunden Auge an, während das andere leblos und zufällig auf die Platte mit den gebratenen Tauben schielte. Er rieb sich mit den Handflächen übers Gesicht.

»Dann machen wir das so«, sagte er. »Obwohl Flemming

verbrannt ist und ich zum Teufel keine Ahnung habe, wie ihr DNA-Material von ihm herzaubern wollt.«

»Das Problem werden wir schon lösen.« Michael wandte sich an die Haushälterin. »Die Tauben sind ausgezeichnet!«

»Frau Nielsen macht immer Mengen für ein ganzes Garderegiment«, sagte Henrik Schmidt. »Wenn es nach ihr ginge, würden wir rollen statt zu laufen.«

Michael lächelte bemüht, schob den Stuhl über eine Kante im Boden und stand auf. »Wo finde ich wohl bitte ein Badezimmer?«

Henrik Schmidt stand ebenfalls auf. »Erster Stock, dritte Tür auf der linken Seite. Soll ich mitgehen?«

»Ich denke, ich komme zurecht«, sagte Michael.

Er ging die Treppe hoch und betrat einen Gang, der an einen Hotelflur erinnerte. Hohe, weiß gestrichene Holzvertäfelung, grüne Seidentapete und gleich viele Türen auf beiden Seiten. Michael öffnete die erste Tür zu einem nüchternen Gästezimmer mit unberührtem, aufgeschlagenem Bett. Die nächste Tür führte in ein riesiges Badezimmer mit in den Boden eingelassener Badewanne mit Treppe, goldenen Armaturen und Wandmalereien. Römische Szenen mit badenden Frauen in dünnen, nassen Gewändern und nackten, jungen Männern, die Amphoren mit potenten Wasserstrahlen herumreichten. Farbenprächtige Vögel umbalzten einander auf Mosaikborten. Michael öffnete alle Schränke, fand aber nur Stapel exklusiver, angenehm duftender Handtücher, Bademäntel, diverse Körperöle, Lotionen und Seifen.

Er schloss die Tür zum Badezimmer wieder und probierte die anderen Türen im Flur, ohne etwas anderes zu entdecken als Leinenschränke, Nähzimmer und mehrere identische Gästezimmer.

Die letzte Tür auf der linken Seite war die einzige, die abgeschlossen war. Am Türrahmen hatte jemand ein Emaille-Wappen der Leibgarde mit dem Motto *Dominus Providebit* angebracht.

Die anderen waren beim Kaffee angelangt, als er in die Küche zurückkam. Michael lächelte die Frauen an und setzte sich wieder auf seinen Platz.

»Kaffee?«, fragte Frau Nielsen.

»Ja, gerne.«

»Kaffee für den Detektiv«, sagte Victor Schmidt bedeutungsvoll, aber offensichtlich, ohne etwas Konkretes damit zu meinen. Er zwinkerte Michael gemütlich zu.

Vielleicht hatte während seiner Abwesenheit jemand für ihn gesprochen. Selbst Jakob Schmidt empfing ihn mit einem kleinen, wenngleich immer noch skeptischen Lächeln. Es war fast wie bei einem gewöhnlichen Abendessen in einem gewöhnlichen Haus bei einer gewöhnlichen Familie.

24

Michael schaute auf seine Armbanduhr, als es an der Gästezimmertür klopfte, und runzelte die Stirn. Es war Viertel nach zwei und das Schloss still wie ein Mausoleum. Jakob Schmidt hatte Pederslund wie angekündigt um halb neun mit seinem Bruder verlassen.

Sie hatten die juristischen Implikationen von Flemming Caspersens fruchtbarem, wenn auch imaginärem Seitensprung diskutiert, bis Victor zu unzusammenhängend wurde und seine Frau ihn ins Schlafzimmer begleitete. Michael hatte sich vor ihrer Tür auf der anderen Flurseite von Elizabeth Caspersen verabschiedet. Die Anwältin war auch etwas beschwipst, was er ihr nicht verdenken konnte.

Michael hatte nichts getrunken. Darauf war er sehr stolz. Er schnippte die erste Zigarette des Abends aus dem offenen Fenster. Die Glut beschrieb einen Bogen im Dunkel über Jungshoved. Dann öffnete er Monika Schmidt die Tür, versperrte ihr aber den Zugang, indem er die Hand an den Rahmen legte. Sie trug eine Art mittelöstliches Negligé, durchsichtige Stofflagen übereinander, das ihr bis an die nackten Füße reichte. Wie Schmetterlingsflügel. Michael erahnte die Konturen des schlanken Körpers vor dem Licht der Flurbeleuchtung.

Sie hatte das Parfüm gewechselt, etwas Leichteres, Blumigeres – und Betörendes. Sie sah ernst zu ihm auf, aber er nahm die Hand nicht weg. Um ihren Mund zuckte ein unsicheres Lächeln, sonst war ihr Gesicht ruhig und abwartend.

»Soll ich hier stehen bleiben?«, fragte sie.

Michael kratzte sich im Nacken. Er hatte das steife neue Hemd, die Jacke, seine Schuhe und Strümpfe abgelegt und stand nur mit seiner Hose bekleidet in der kühlen Abendluft.

Er versuchte es mit einem Lächeln.

»Monika, hören Sie ... Ich finde wirklich, dass Sie eine sehr attraktive ... anziehende ... aber ...«

Sie knickste ironisch, blinzelte übertrieben verführerisch mit ihren langen Wimpern und hob die Hände, in denen sie eine Flasche Talister und zwei Kristallgläser hielt. Die dünnen Armreifen klirrten.

»Einen Whisky, Michael? Bitte, bitte, Michael. Sie können mich nicht einfach wegschicken, wissen Sie. Das geht einfach nicht.«

Sie duckte sich unter seinem gestreckten Arm hindurch und trat in den dunklen Raum, wo ihre Gestalt sich auflöste. Michael steckte den Kopf aus der Tür und schaute links und rechts den Flur hinunter. Der Spalt unter Elizabeth Caspersens Tür war dunkel. In seiner Tür steckte kein Schlüssel.

»Schließt hier niemand seine Türen ab?«, fragte er.

»Jakob in der Regel«, sagte Monika Schmidt hinter ihm.

Sie knipste die Nachttischlampe an, setzte sich auf sein Bett und streckte die Beine aus. Sie lächelte und schenkte ein.

Michael schloss das Fenster und setzte sich in sicherem Abstand von der Gastgeberin in einen Sessel. Dann schlug er die Beine übereinander, um ihr zu signalisieren, dass sie das vielleicht auch tun sollte. Tat sie nicht. Stattdessen betrachtete Monika Schmidt ihn mit einem schelmischen Lächeln. Sie reichte ihm ein gefülltes Glas, und er stand auf und nahm es ihr aus der Hand.

Sie lehnte sich an das Kopfteil, seufzte und winkelte ein Bein an. Michael konzentrierte sich auf sein Glas. Er ahnte, dass ihre einstudierte Bewegung das Negligé oder den Kaftan oder wie immer das Ding hieß, hochgeschoben hatte.

»Verstehen Sie mich nicht falsch, Michael.«

»Was um alles in der Welt sollte ich falsch verstehen, Monika?«, fragte er.

Er nippte an seinem Whisky, ohne den Blick zu heben, und sah aus dem Augenwinkel, dass sie das Negligé über den Schoß zog.

»Sind Sie verheiratet?«, fragte sie.

Michael murmelte irgendwas Bestätigendes.

»Glücklich?«

»Würde ich sagen.«

»Gibt es das tatsächlich noch?«

»Das hoffe ich.«

»Wie im Märchen? Kinder?«

Michael streckte zwei Finger.

»Zwei.«

Monika Schmidt nickte und verschränkte die Arme vor der Brust.

»Eine glückliche Frau, Ihre Frau«, sagte sie.

»Das glaube ich nicht. Ich kann mich glücklich schätzen, aber ich bezweifle, dass das umgekehrt auch für sie gilt.«

Sie lächelte schweigend.

»Prost«, sagte er.

Sie hob das Glas und trank einen Schluck. Dies war eine andere Ausgabe von Monika Schmidt, dachte er. Ernst, ausgeglichen. Das Hektische war weg.

»Eine wahnsinnige Geschichte, nicht wahr?«, sagte sie und ließ mit einem Ausdruck leichter Bestürzung den Blick über seinen nackten Oberkörper gleiten.

»Das Kind in New York?«

»Ja. Glauben Sie das?«, fragte sie.

»Warum sollte ich nicht? Es wäre nicht das erste Mal, dass jemand ein außereheliches Kind zeugt, würde ich sagen.«

»Nicht Flemming.«

»Er wird Hoden und einen Geschlechtstrieb gehabt haben wie alle anderen«, nuschelte Michael. »Was braucht es mehr?«

Sie sah ihn ernst an.

»Er war nicht so. Das war er nicht.«

»Na dann.«

Sie nickte, leerte ihr Glas und schenkte sich sofort nach.

»Wissen Sie, Michael, Sie dürfen nicht schlecht über uns denken.«

»Natürlich nicht. Warum auch?«

»Ach! Weil ... all die Konflikte, mit denen wir uns rumschlagen. Victor ... Ich ... Victor und ich, Victor und Elizabeth, Victor und Jakob. Alles halb so wild. Victor ist ein guter Mann, eigentlich. Er ist das Ergebnis seiner Herkunft wie wir alle. Sein Vater hat ihn geschlagen, und seiner Mutter war er egal. Wissen Sie, wie er sein Auge verloren hat?«

»Nein.«

»Eines Tages stellte sein Vater ihn auf den Küchentisch und sagte, er sollte springen, er würde ihn natürlich auffangen. Da war er fünf Jahre alt. Victor sprang, aber sein Vater fing ihn nicht auf, und dabei hat er das Auge verloren. Der Vater meinte nur, jetzt habe er gelernt, dass man sich niemals auf irgendwen verlassen dürfe. Das hatte er damit gelernt. Sie waren sehr arm. Er ist niemals, egal, wie reich und mächtig und abgesichert er auch sein mag, in seiner Einbildung mehr als einen kurzen Schritt vom Abgrund entfernt. So empfindet er es wirklich. Und er hasst Ohnmacht, Abhängigkeit und Schwäche, weil er immer stark sein musste. Das ist wahrscheinlich typisch für ... einen wie ihn. Flemming war sowohl Vater und Bruder für ihn, und ohne Flemming ist er nackt und verletzlich. Er würde alles tun, um sich und Sonartek zu schützen.«

»Alles?«

Sie sah ihn an. Scheinbar unbewusst zog sie das Bein wieder an, und Michaels Blick fiel direkt auf ihre kurz getrimmte, hübsche Muschi. Er wandte den Blick ab. Monika Schmidt sah ihn forschend an, dann verstand sie und schlug sich die Bettdecke über die Beine.

»So! Jetzt können wir uns unterhalten, ohne dass Sie abgelenkt werden. Und ich abgelenkt werde. Tut mir leid, Michael.«

»Sie sagten, Victor würde alles tun?«, fragte er.

»Das würde er.«

»Nach allem, was er durchgemacht hat, müsste er Jakob doch verstehen.«

Sie verzog das Gesicht.

»Victor will nicht begreifen, dass Jakob nichts mit der Firma am Hut hat. Er fühlt sich von Jakob als Vater und Vorbild weggestoßen, und er kann nicht verstehen, wieso er nicht seiner Pflicht nachkommt, obwohl er ihm alles gegeben hat. Will sagen, die Dinge, die er selbst nicht bekommen hat. Im Grunde genommen unwichtige, materielle Dinge, aber das versteht er, wie gesagt, nicht.«

»Ist er neidisch auf Jakob?«

»Das glaube ich. Er ist neidisch auf Jakobs Freiheit, ohne zu begreifen, dass er die niemals hätte leben können, weil er sich nie sicher fühlen konnte. Jakob kann sich sicher fühlen. Victor muss lernen, sich selbst in den beiden wiederzuerkennen, statt sie als Fremde zu betrachten. Gefallen Ihnen meine Jungs?«

»Ja. Sehr verschieden und sehr ähnlich, finde ich. Aber ist das alles?«

»Was meinen Sie?«

»Die Unstimmigkeiten? Zwischen Victor und Jakob. Äußerlich haben die beiden keine Ähnlichkeit miteinander. Ich würde spontan sagen, das steckt tiefer. Es geht um etwas anderes und um mehr, als sich nur für ein komfortables Leben oder dagegen zu entscheiden. Oder die Pflicht.«

Die Nachttischlampe malte goldene Vierecke auf ihre braune Iris.

»Oh, Michael ...«

»Was?«

Sie schenkte Whisky nach und legte ihre kraftlose Hand an die Stirn.

»Michael, ich glaube, Sie sind ein gefährlicher Mann.«

Sie sprach seinen Namen Schwedisch aus, das ch wurde zu einem kurzen k, der Akzent rutschte auf die zweite Silbe. Eigentlich sehr charmant.

Sie gähnte und streckte sich. Das Negligé verrutschte und eine harte, dunkelbraune Brustwarze kam zum Vorschein. Egal, wo er hinschaute, fiel sein Blick entweder auf

Brustwarzen oder delikate Schamlippen. Das war sehr aufreizend.

»Ich glaube nicht«, murmelte er.

»Aber das *sind* Sie. Sie sehen Dinge. Ich verstehe, wieso Elizabeth sie genommen hat.«

Sie schaute vor sich hin.

»Irgendwas stimmt nicht, Michael. Es wird bald etwas Schreckliches passieren. Das weiß ich.«

Sie wischte sich mit dem Handrücken langsam die Tränen von der Wange und schaute erstaunt auf ihre feuchte Hand.

»Sagen Sie mir, was Ihrer Meinung nach nicht stimmt«, sagte er ruhig.

»Das weiß ich nicht. Alles. Die Jäger auf Pederslund.«

»Die Jäger?«

»Eine Zeitlang waren es viele. Jetzt kommen kaum noch welche. Das waren Soldaten, Henriks und Jakobs Freunde. Am Ende hauptsächlich noch Henriks, obwohl er gar kein Soldat war. Die Jungs lieben es, auf die Jagd zu gehen. Sie haben eine Art Jungsclub gehabt. Frauen hatten keinen Zugang zu ihren Essen oder Festen. Nur Edelnutten und Stripperinnen. Männer brauchen Freiräume. Das muss man akzeptieren, sonst fühlen sie sich bedrängt und eingeschränkt. Heute gibt es viele junge Frauen, die dafür kein Verständnis haben. Sie kastrieren ihre Männer mit Schuldgefühlen. Ist es nicht so, Michael?«

»Absolut.« Er nickte. »Aber Jakob, was macht er, wenn er nicht in irgendeinem Erdbebengebiet arbeitet?«

Sie seufzte.

»Jakob ist Jakob. Ich weiß nicht, ob er jemals jemand anderen gebraucht hat, als sich selbst. Er hat als Kind nie geweint. Am liebsten hat er alleine gespielt, gehörte in der Schule aber trotzdem zu den beliebtesten Jungen, weil er nie gespielt hat. Gibt es etwas Anziehenderes für die anderen als jemanden, der so selbstzufrieden ist und in sich ruht? Wir glauben, sie haben ein Geheimnis, das sie mit uns teilen wollen. Wir brauchen sie und hoffen, dass das abfärbt. Er erinnert mich an Flemming. Und an Sie.«

»Wie meinen Sie das?«

Sie antwortete nicht.

Er widerholte die Frage und wurde mit einem leisen Schnarchen belohnt.

Monika Schmidt war eingeschlafen.

Fuck ...

Fuck, fuck, fuck!

Er stand auf und beugte sich über sie. Betrachtete das schlafende, stille Gesicht. Die Jahre waren verschwunden. Monika Schmidt sah aus wie ein schlafendes Kind. Die Augäpfel bewegten sich ruckartig unter den dünnen Augenlidern, die Lippen waren entspannt und blutrot. Sie duftete nach Frau und exklusivem Parfüm.

Shit.

Sollte er sie ins Ehebett zu ihrem sturzbetrunkenen, bewusstlosen Mann tragen? Wo immer das war. Oder sie aufrecht neben die Tür stellen, klopfen und dann schnell weglaufen? Oder sollte er sie einfach unten auf eins von den Sofas legen?

Er ließ sie liegen.

*

Michael nahm seine kleine Digitalkamera, ein Lederetui und eine schmale Maglite aus der Innentasche seiner Jacke, öffnete die Tür und warf Monika Schmidt einen schnellen Blick zu. Sie schlief wie ein Stein. Er schlich den Flur hinunter, öffnete die Tür zur Haupttreppe und ging über den Treppenabsatz in den Flur auf der gegenüberliegenden Seite. Es war vollkommen still im Haus.

Vor der verschlossenen Tür zu Jakob Schmidts Zimmer blieb er stehen und untersuchte den Türrahmen auf angeklebte Haare oder zusammengefaltete Zettel, die zu Boden fielen, wenn die Tür geöffnet wurde. Er konnte keine kleinen Verräter entdecken und drückte die Klinke herunter. Die Tür war immer noch abgeschlossen. Michael hockte sich auf den Boden, legte das Lederetui auf den Teppich und klappte es auf. Darin lag eine Reihe schlanker Metallwerkzeuge. Das Schloss war alt, und er brauchte keine Minute, um es zu öffnen.

Obwohl er sicher war, dass Jakob Pederslund verlassen hatte, hielt er die Luft an, als er die Tür öffnete und in das stille Zimmer glitt. Er lehnte sich gegen das Türblatt und orientierte sich erst einmal in der umfassenden Dunkelheit. Dann machte er die Taschenlampe an und sah sich um. Das Zimmer eines jungen Mannes, in dem seit vielen Jahren die Zeit stillstand. Über das schmale, altmodische Eisenbett war eine Patchworkdecke gebreitet, in dem Regal standen Klassiker wie Moby Dick, Kim, Die Schatzinsel, Lord Jim und diverse militärische Lehrbücher, die er selbst zu Hause stehen hatte. An der Wand über dem Bett hingen eine Bambusangel und darunter das Foto von dem schwedischen Sommertag mit Henrik und Jakob Schmidt, das auch in Flemming Caspersens Bibliothek hing. Mit identischem Rahmen.

Unter dem tiefen Fenster stand ein verkratzter Schreibtisch mit Gravuren von Messerspitzen, Brandflecken von heimlich gerauchten Zigaretten und Ringen von verbotenen Bierflaschen. Auf der Arbeitsfläche stand ein Laptop. Michael klappte den Deckel auf und wurde aufgefordert, ein Password einzugeben. Er klappte den Computer wieder zu und öffnete stattdessen den Kleiderschrank, der mit Outdoor-Ausrüstung gefüllt war: Kletterseile, Klettergurte, Karabinerhaken und Bergstiefel, Wathose, Segeljacke und alte Uniformteile, Camouflagejacken und Camouflagehosen, aber nicht die militärische Variante. Nichts, was er von Elizabeth Caspersens DVD wiedererkannt hätte. An der Türinnenseite hingen ein Säbel und ein modernes Bajonett in seiner Scheide. Die Paradeuniform der Leibgarde steckte in einer Plastikhülle, und auf dem Schrank stand eine hohe, stoffbezogene Schachtel, in der vermutlich Jakob Schmidts Bärenfellmütze aufbewahrt wurde.

Wenn der Mann mit den dunklen Rehaugen ihn hier drinnen überraschte, würde er mit einem Besuch in der Notaufnahme sicher noch glimpflich davonkommen, dachte er. Wahrscheinlich würde er eher auf der Intensivstation landen, die Fütterungsinstruktionen auf einem Post-it-Zettel auf der Stirn.

Die Taschenlampe zwischen die Zähne geklemmt, lokalisierte er die Fotos an den Wänden und stellte die Kamera ein. Die Gardinen waren zugezogen, aber trotzdem würde der Blitz von draußen zu sehen sein. Er konnte es nicht ändern. Er machte mehrere Aufnahmen von jedem Bild und überprüfte die Schärfe des LED-Displays, ehe er fortfuhr.

Die Abschlussklasse der Offiziersschule 2001: Jakob Schmidt in Oberleutnant-Uniform in der hinteren Reihe. Ausdrucksloses Gesicht, während alle anderen lächelten.

Michael machte einen kurzen Schritt zur Seite und sah sich ein gestochen scharfes Wüstenbild von fünf halbnackten Kriegern mit langen Haaren und Bärten an. Die Gesichter waren halb im Schatten der Wüstenhüte verborgen und die Augen hinter dunklen Sonnenbrillen versteckt. Er sah sich den Mann genauer an, der außen links etwas abseits von den anderen stand. Tätowiert, träges Halblächeln, muskulös, breitschultrig und langbeinig. Er war fast sicher, dass das Jakob Schmidt sein musste. Michael kannte diesen Typ: kein Teamplayer, aber einer der unverzichtbaren Einzelkämpfer. Der Skorpion streckte seinen Giftstachel über den Hals des Mannes.

Er fand diverse Jagdbilder vom Schloss, erkannte auf etlichen Henrik Schmidt wieder, was ihn ein wenig überraschte. Sonarteks Salesmanager war ihm nicht unbedingt wie ein Naturbursche vorgekommen, aber er schien sich wohlzufühlen in der Gesellschaft der anderen bei den Wildparaden. Einer von ihnen. Jakob war nirgends zu sehen, und Michael vermutete, dass er wahrscheinlich die meisten der Fotos geschossen hatte.

Michael legte die Stirn in Falten und ging zurück zu dem Foto aus der namenlosen Wüste. Er verglich es mit einer Aufnahme von der Eingangstreppe des Schlosses. Es hatte was Zeremonielles. Die Hunde saßen in einer Reihe am Fuß der Treppe, Frau Nielsen balancierte ein Silbertablett mit kleinen Gläsern mit dem Begrüßungsschnaps für die Jagdgesellschaft. Victor und Henrik Schmidt standen auf der oberen Treppenstufe, die übrigen acht Männer verteilten sich auf zwei Reihen; die eine stehend, die andere kniend.

Kim Andersen. Der tote Leibgardist. Der Selbstmörder. Er war sowohl auf dem Jagdfoto wie auch auf dem Wüstenbild zu sehen. Jeder Zweifel ausgeschlossen. Er trug normales Jägeroutfit; Oilskinjacke, Jagdhose und Gummistiefel. Über seiner Schulter hing ein Jagdgewehr, und er lächelte unbeschwert in die Kamera, genau wie alle anderen auf der Treppe von Pederslund – in der Gruppe der sonnengegerbten Krieger in der Wüste stand er in der Mitte; bestimmt irgendwo in Afghanistan oder im Irak. Michael erkannte die Tätowierungen aus den Zeitungen wieder; vor allem von dem Foto in der tagesaktuellen Zeitung von einem gepanzerten Mannschaftswagen vor Bagdad, an dessen Antenne eine kleine dänische Flagge flatterte.

Er richtete sich auf. Versuchte, sich an die Quintessenz des Artikels zu erinnern. Selbstmord oder Mord? Die Mordkommission der Staatspolizei war hinzugezogen worden.

Michael lauschte auf die Geräusche des schlafenden Hauses, ehe er die Tür zu Jakobs Badezimmer öffnete, das im Vergleich zu dem römischen Bad weiter hinten auf dem Flur fast ordinär wirkte. In dem weißen Hängeschränkchen über dem Waschbecken standen ein Glas Panadol, ein Deo und eine unangebrochene Zahnpastatube. Michael fuhr mit dem Finger über den Kopf der Zahnbürste. Knorztrocken. Auf dem Boden der Badewanne lag eine dünne Staubschicht.

Er ließ den Lichtkegel seiner Taschenlampe ein letztes Mal über die Zimmerwände gleiten. Jungsclub hatte Monika Schmidt das genannt. Aber das war nicht das, was Michael auf den Bildern sah. Er sah ein entwurzeltes Streben nach einer Nostalgie mit ihren eigenen Gesetzen, einer Goldenen Zeit, die es niemals gegeben hatte. Träumer, Krieger und Mörder.

25

Monika Schmidt hatte sich auf die Seite gedreht, schlief aber immer noch. Michael schlich ins Zimmer, verteilte Kamera, Plastikbeutel, Taschenlampe und seine Dietriche in den Jackentaschen und deckte Monika zu. Er rauchte eine Zigarette am offenen Fenster, trank einen Schluck Talisker und überlegte, wer sie geschickt hatte.

Einer der Schmidts schien zu wissen, dass er nicht hier war, um in einer Vaterschaftsangelegenheit zu assistieren. Zumindest musste er diese Möglichkeit in Betracht ziehen.

Er fühlte sich beobachtet und drehte sich um. Monika Schmidt hatte die Hände unter dem Kinn gefaltet und taxierte ihn. Sie bewegte keinen Muskel.

»Schlafen Sie ruhig«, sagte er.

Ihr Blick glitt über seinen nackten Oberkörper.

»Sie sehen aus, als wären Sie unter einen Mähdrescher geraten, Michael. Wo kommen all die Narben und Homer Simpson her?«

»Ich bin ungeschickt. Und versoffen.«

Sie schmunzelte.

»Warum sind Sie nach England gezogen?«

»Wegen einer Frau.«

»Und wieso sind Sie zurück nach Dänemark gekommen?«

»Wegen einer anderen Frau.«

Sie schloss die Augen, drehte sich auf den Rücken, gähnte und streckte sich.

»Ich sollte besser nicht hierbleiben. Michael, obgleich das ein sehr, sehr gemütliches Bett ist.«

»Sicher nicht«, sagte er.

Sie bewegte ganz langsam die Arme, wie ein Kind, das Schneeengel macht, und starrte an die Decke.

»Monika?«

»Ja?«

»Wer ist Jakobs Vater?«

Ihre Arme waren angewinkelt, und die Hände lagen neben ihrem dunklen, glatten Har. Sie musterte fortwährend die Zimmerdecke, aber ihre Pupillen weiteten sich, bis ihr Schwarz fast das Braun verdrängt hatte. Sie stützte sich auf einen Arm, schwang die Beine über die Bettkante und zupfte ihr Negligé zurecht, alles in einer einzigen, fließenden Bewegung. Sie sah ihn nicht an.

»Ein Mann, Michael. Ein richtiger Mann. Nicht so ein falscher Schnüffler wie Sie.«

Monika Schmidt durchquerte das Zimmer mit der Sicherheit einer Schlafwandlerin und verschwand.

Michael sah die geschlossene Tür an. Er seufzte, schob einen Stuhl vor die Tür und drückte die Lehne unter die Klinke. Wer immer jetzt versuchen sollte, sich in sein Zimmer zu stehlen, dem würde er den Hals umdrehen.

Er legte sich auf die Bettdecke, die Hände im Nacken verschränkt. Dann drehte er sich auf die Seite und knipste die Nachttischlampe aus. Er spürte die Nachwärme ihres Körpers und atmete ihren Duft ein. Und dachte an die rothaarige Kriminalkommissarin, die in Kim Andersens Selbstmord ermittelte … Lene … wie? … Jensen. Er überlegte, ob er Kontakt zu ihr aufnehmen sollte. Um ihr was zu sagen? Dass der ehemalige Leibgardist sich 2010 seine Beinverletzung nicht bei einem harmlosen Jagdausflug in Schweden zugezogen hatte, sondern bei einer entarteten Menschenjagd in Nordnorwegen? Beweise? Nicht wirklich. Nur eine Vermutung.

Würde sie ihm glauben? Michael sah die harten, grünen Augen der Kommissarin vor sich. Sah ihre Lippen die Worte formen: Fuck … you … what's next!

Dann dachte er an Jakob Schmidt. Die sonnengebräunten, geschickten Hände. Die unbeirrbaren, braunen Augen. Seine Intelligenz.

Und schließlich dachte er an Sara und die Kinder, lächelte im Dunkeln und schlief ein.

26

Er sah sie die Grenze zwischen Licht und Dunkel überschreiten und auf dem Bürgersteig stehen bleiben. Sie sah sich um, und er ließ sie warten. Sie strich sich das Haar hinters Ohr. Sie schaute die Allégade rauf und runter und direkt zu ihm rüber auf die andere Straßenseite, konnte ihn im Schatten aber nicht sehen. Er pfiff, und sie schaute hoch. Er winkte sie zu sich rüber, und sie überquerte die Fahrbahn. Selbstbewusst.

Aus der Nähe duftete sie kühl und frisch, und er sah, dass nichts an ihrem Make-up oder der Kleidung dem Zufall überlassen war. Genauso wenig wie bei seinem Outfit, und er stellte fest, dass er Eindruck auf sie machte. Aus dem rohen Motorradnomaden war ein geschniegelter Börsenmakler geworden. Seidenkrawatte mit engem Windsorknoten, dunkler Einreiher, glänzende schwarze Schuhe, knittrig weißes Hemd und dunkelblauer Kaschmirmantel. Er war rasiert, die Haare waren ordentlich geschnitten, und er duftete diskret nach l'Homme.

»Wo ist der Motorradkerl geblieben?«, fragte sie.
»Der hat heute Abend frei.«
Sie zog kritisch die Brauen hoch.
»Schade. Ich konnte ihn gut leiden.«
»Tatsächlich?«
»Ja.«

»Er kommt sicher wieder, wenn du möchtest«, sagte er.

Sie verschränkte die Arme unter der Brust und nickte.

»Frierst du?«, fragte er.

»Ein bisschen.«

Er zeigte auf den langen, dunklen BMW, der ein paar Meter weiter parkte.

»Der hat Sitzheizung«, sagte er.

Sie sah das Auto an, rührte sich aber nicht.

»Super«, sagte sie.

Er lächelte.

»Ich freue mich, dass du gekommen bist. Ich heiße Adam.«

»Josefine.«

Er fischte ein Zigarettenpäckchen aus der Jackentasche und bot ihr eine an. Sie nahm eine, und er zündete für sie beide an. Er hustete und blinzelte eine Träne aus dem Auge.

»Ich bin Anfänger«, sagte er.

»Das glaube ich nicht.«

Sie guckte zur Seite und kaute auf einem Nagel.

»Doch ... Ich war so lange auf Reisen, dass ich vergessen habe, wie das geht.«

Er lächelte unbeholfen.

»Wo warst du?«, fragte sie.

»Überall. Nepal, Neuseeland, Nordafrika ... Südamerika ...«

Josefine Jensens Gesicht hellte sich auf.

»Du warst in Südamerika?«

Er lächelte und rasselte etwas auf Spanisch herunter.

»Was?« Sie kniff die Augen zu. »Was hast du gesagt? Wie bitte?!«

»Dass es verdammt kalt ist und ich schweinemäßig

friere, und was braucht es eigentlich noch, dass sich das hübsche Fräulein endlich in mein Auto setzt, damit wir irgendwohin fahren und an einem schönen, warmen Platz was trinken können?«

»Wenn du mir was über Südamerika erzählst, haben wir eine Verabredung. Ich will für ein paar Monate da rüber.«

»Klar, alles, was du wissen willst.«

Er machte ihr die Tür auf, und sie lehnte sich im Beifahrersitz zurück, ließ die Finger über das kühle Leder gleiten, während er stehen blieb und sich umsah. Es war niemand in der Nähe. Er hatte die Kennzeichen in einem Parkhaus am Flughafen geklaut, im blinden Winkel der Überwachungskameras. Er trat die Zigarette aus, setzte sich hinters Steuer, lächelte sie an und ließ die Tür einen Spaltbreit offen, damit er sie in der Innenbeleuchtung sehen konnte. Eine Hand lag wie zufällig auf ihrem Schoß, mit der anderen schob sie sich wieder eine widerspenstige Locke hinters Ohr. Ihre Nase war gerade, das Profil jung und unverbraucht, die Oberlippe etwas fülliger als die Unterlippe, und ihr Mund sah aus, als würde er stets ganz leicht lächeln. Ihre Haut war perfekt, fast porenlos, die Stirn hoch und wohlgeformt. Sie duftete nach junger Frau, Parfüm und Wildlederjacke.

»Wo warst du?«, fragte sie.

»Costa Rica, Honduras, San Salvador, Argentina«, murmelte er und ballte die rechte Hand in dem Lederhandschuh zur Faust.

»Hast du Tango in Buenos Aires getanzt?«, fragte sie.

»Ich tanze nicht.«

»Ich mache einen Spanischkurs bei einem alten Chilenen, der hier in Frederiksberg wohnt«, sagte sie. »Er ist

Dichter und mindestens hundertzwanzig Jahre alt. Er kannte Pablo Neruda persönlich.«

»Beeindruckend.«

Er schloss die Tür und schaute an ihr vorbei aus dem Seitenfenster. Auf dem Parkplatz war niemand zu sehen. Dann schlug er zu, so fest er konnte, vor das linke Ohr. Ihr Unterkiefer brach unter seinen Knöcheln, der Kopf knallte gegen die Seitenscheibe, sie riss kurz die Augen auf, ehe sie ausdruckslos wurden und zufielen. Der Mund stand halb offen. Dann schlug sie die Augen wieder auf und starrte vor sich hin.

»Aber ...«, sagte sie, und er schlug wieder zu.

Sie wurde schlaff, rutschte im Sitz nach unten, der Kopf rollte mit dem Gesicht in seine Richtung. Er schob sie auf den Sitz zurück und stellte die Rückenlehne so flach, dass sie halb saß, halb lag.

Er zog ihr Halstuch und Jacke aus. Sie war dünner, als er erwartet hatte, und atmete angestrengt durch den halb offenen Mund. Er legte ihre Jacke auf den Rücksitz, schob ihren Hemdärmel auf seiner Seite hoch und öffnete das Handschuhfach. Der Gummiriemen lag schon bereit, und er zog ihn über ihren Oberarm. Dann nahm er eine Spritze aus der Innentasche, zog die Plastikkappe mit den Zähnen ab und injizierte fünf Milliliter Ketalar in ihre Blutbahn.

Das Mädchen wäre mindestens eine halbe Stunde bewusstlos, und falls nötig, würde er die Injektion wiederholen.

Er blinkte, setzte aus der Parklücke und fuhr in östlicher Richtung die Allégade hinunter. Für jeden zufälligen Beobachter war er ein gut gekleideter, junger Mann in einem teuren Auto mit einem schlafenden Mädchen neben sich.

Sein Handy klingelte. Er beäugte skeptisch das Display. Allan Lundkvist.

Der Imker war hysterisch.

»Wie stellt ihr euch das vor?«, fragte er. »Wie zum Teufel stellt ihr euch das vor? Die Kommissarin hat schon wieder angerufen. Heute mindestens schon zehn Mal. Und gestern. Sie lässt nicht locker und scheint nie zu schlafen. Was zum Teufel soll ich ihr sagen? Was habt ihr mit ihr vor?«

»Hast du schon mit ihr gesprochen?«, fragte er.

»Natürlich nicht! Wir haben abgemacht, dass ich nicht mit ihr rede. Aber irgendwann steht sie garantiert bei mir auf der Matte, wenn ich mich nicht zurückmelde.«

Er warf einen Blick auf das lange Haar des Mädchens neben sich und auf die Stelle auf dem Bürgersteig, an dem sie sich das erste Mal begegnet waren. Er begann zu summen. Bruce. Bruce Allmächtig.

»Ruf sie an und sag ihr, dass du dich morgen Vormittag mit ihr treffen willst, um neun, zum Beispiel«, sagte er.

»Um neun? ... Sag mal, singst du?«

»Nein. Oder halb zehn. Wann stehst du auf?«

»Sieben.«

»Bist du alleine?«, fragte er.

»Ja! Was soll ich ihr sagen? Was will sie?«

Er schlug den Takt auf dem Lenkrad und versuchte, den Text zu memorieren. Wenn der Idiot wenigstens mal kurz den Mund halten könnte.

»Sie will mit dir über Kim reden, was sonst?«, sagte er. »Sie will wissen, wie gut du ihn kanntest. Und sie wird nach uns fragen.«

»Gut, dann erzähl ich ihr eben alles. Danke für den Tipp. Das wird sicher ein nettes Gespräch.«

»Das ist nicht schwieriger, als viele andere Dinger, die wir gedeichselt haben, Allan. Das hat nichts zu bedeuten. Du kanntest Kim, wie du Kim eben kanntest. Er hat dir bei ein paar Arbeiten auf dem Hof geholfen, und du hast ihm dafür Honig von deinen fleißigen Bienen gegeben. Wir waren zusammen in Camp Viking, aber nicht in derselben Abteilung. Und du warst, zum Beispiel, nicht zu seiner Hochzeit eingeladen.«

»Aber ich bin mit auf den Fotos. Auf den Filmen. Aus Qala. Das sind wir alle.«

»Das kann sonst wer sein. Wir sahen doch damals alle gleich aus.«

»Und alle sind tot.«

Er lachte beruhigend.

»Du bist nicht tot, Allan, und ich auch nicht. Der Fotograf ist nicht tot.«

»Was ist eigentlich passiert?«, fragte der Imker.

»Womit?«

»Mit Kim, zum Teufel.«

»Er hat sich erhängt.«

»Und was mach ich? Den Kopf in den Gasofen stecken?«

»Natürlich nicht. Warum solltest du das tun, Allan? Hast du überhaupt einen Gasofen?«

Der andere klang weit weg, wieder etwas ruhiger, aber als würde er sich vom Telefon weg bewegen und nicht vorhaben, zurückzukommen.

»Nee, klar, warum sollte ich das tun? Neun Uhr, sagst du?«

»Zum Beispiel«, sagte er.

»Und wo bist du?«

»Ganz in der Nähe, würde ich sagen.«

»Du hast doch nicht vor ... sie hierher zu bringen, ihr hier bei mir was anzutun, oder? Das hast du doch nicht vor, oder? Du arbeitest nicht mehr für diese kranken Firmen, das weißt du, oder?«

Er schaute wieder zu dem bewusstlosen Mädchen.

»Natürlich weiß ich das. Wir sind hier in Dänemark.«

»Hauptsache du weißt, wo du bist. Manchmal bezweifle ich das«, murmelte der andere und klang alles andere als überzeugt.

»Ich weiß, wo ich bin, Allan«, sagte er und umfasste das Lenkrad fester.

»Das hoffe ich, verdammt. Willst du selber mit ihr reden?«

»Das dachte ich eigentlich. Irgendwann.«

»Neun oder halb zehn morgen früh, also«, sagte Allan Lundkvist, weiter weg als vorher.

»Ruf sie jetzt gleich an und verabrede dich«, sagte er und brach das Gespräch ab.

Er zog mit den Zähnen den Handschuh von der rechten Hand und strich mit der Oberseite der Finger über ihr Gesicht. Das Gewebe um den Kiefer und das linke Auge begannen anzuschwellen. In ein paar Minuten würde das Auge zu sein. Die Haut über dem Auge und dem gebrochenen Unterkiefer war warm, über den intakten Bereichen des Gesichts kühler. Die Fingerkuppen streiften ihre Brust. Jung. Schön. Eine Schande.

Er nahm die Hand weg, trommelte mit den Fingern auf das Lenkrad, lächelte sich im Rückspiegel an und erinnerte sich plötzlich an den Text, der nie weg gewesen war:

HEJ LITTLE GIRL, IS YOUR DADDY HOME?
DID HE GO AWAY AND LEAVE YOU ALL ALONE?
I GOT A BAD DESIRE
I'M ON FIRE

TELL ME NOW BABY IS HE GOOD TO YOU?
CAN HE DO TO YOU THE THINGS THAT I DO?
I CAN TAKE YOU HIGHER
I'M ON FIRE

Er sang laut und schlug mit den Handflächen auf das Lenkrad. Er streckte den Arm aus und drehte ihr Gesicht nach vorn, damit ihr Blick nicht länger auf ihn gerichtet war. Der Kopf rollte zurück. Er probierte es noch einmal, mit demselben Resultat. Als ob sie keine Knochen im Hals hätte.

»Bitch«, murmelte er und gab es auf.

Guter Song. Fades Mädchen.

27

Er parkte vor einem flachen, grauen Betongebäude im Südhafen, nicht weit vom Wasser und dem mächtigen, summenden H.C. Ørsteds-Kraftwerk entfernt. Die Fenster waren mit schwarzen Abfalltüten zugeklebt. Er überquerte den Platz vor dem Lagergebäude, schloss die Gittertür mit einer Kette und einem Vorhängeschloss ab, blieb zwischen den überfüllten Abfallcontainern und den gestapelten, kaputten Euro-Paletten stehen und sah sich um.

Das nächste Wohnhaus war weit weg, und hier trieben sich nur Tagger und Obdachlose herum. Er öffnete die Beifahrertür und fasste Josefine unter den Achseln, schulterte sie, trat die Autotür mit dem Fuß zu und trug sie die Laderampe hinauf. Er klopfte dreimal an das Metalltor und sah sich noch einmal um.

Das Tor ging auf und rollte nach oben. Ein Mann erschien und grinste, als er das Mädchen über seiner Schulter sah und trat einen Schritt zur Seite.

»Probleme?«

»Nein.«

»Skimaske«, sagte sein Chef.

»Sie ist bewusstlos.«

»Trotzdem.«

Er legte das Mädchen auf ein ausrangiertes Sofa, das sie in einem Container gefunden hatten. Josefine Jensens Kopf kippte zur Seite, ein Arm rutschte kraftlos zu Boden. Der andere Mann hatte Fotoscheinwerfer in einem Viereck um das Sofa aufgestellt und unter einen Ladebalken gehängt. Unter dem Balken hing außerdem ein altes, aber funktionstüchtiges Spill mit einer Kette, die bis auf die Erde reichte.

»Wie viel hast du ihr gegeben?«

»Fünf Milliliter. Sie wird bald wach.«

Er faltete seinen Mantel mit dem Futter nach außen und legte ihn auf den Boden. Sein Chef reichte ihm eine Skimaske, und er zog die Öffnungen über Augen und Mund zurecht.

Der Mann sah ihn an.

»Allan?«

»Ich habe mit ihm gesprochen. Er ruft die Kommissarin an und macht für morgen früh einen Termin mit ihr aus.«

»Gut. Wir können nicht noch einen mit Depressionen und einem schlechten Gewissen brauchen, und auch keinen, der klamm ist oder dauernd anruft wie Kim.«

Sie zogen das Mädchen gemeinsam aus. Sie betrachteten wortlos den nackten Körper auf dem Sofa. Sein Chef fasste ihr unter die Arme und zog sie weiter hoch. Das gesunde Augenlid zitterte, und sie murmelte irgendetwas Unverständliches. Der Unterkiefer war luxiert, das linke Auge schwarz und zugeschwollen.

Der Mann richtete sich auf.

»Sie wird wach«, sagte er und begann, die Scheinwerfer zu positionieren. »Sie sieht gut aus.«

»Ja.«

»Damit meine ich, dass sie zu gut aussieht. Schlag sie.«

Er rührte sich nicht, und der andere musterte ihn aus klaren, blauen Augen.

»Du willst Eindruck schinden, was? Sind wir deswegen nicht hier?«

»Doch.«

»Dann schlag sie.«

Er ging zum Sofa, zog den Lederhandschuh über die rechte Hand und schlug dem Mädchen mitten ins Gesicht. Ihre Nase brach nach rechts, und Blut schoss aus den Nasenlöchern.

Er rieb sich die Knöchel. Es war gar nicht mehr so schwer.

»Noch mal«, sagte der andere.

»Das reicht jetzt.«

»Dann mach ich das.«

Sein Chef hob eine kurze Eisenstange vom Boden auf und beugte sich über das Mädchen.

Er wandte sich ab, hörte die Stange aber mit einem schmatzenden Schlag treffen. Etwas gab nach.

Der Mann zeigte auf die Kette, die von dem Ladebalken hing und reichte ihm die Handschellen.

»Zieh sie hoch, damit sie nicht erstickt.«

Der zierliche Brustkasten des Mädchens pumpte Sauerstoff in ihre Lungen, ihr Körper war von einer Schweißschicht überzogen. Das Blut aus Nase und Mund lief zwischen den Brüsten hinunter und sammelte sich mit den Zahnsplittern in der Nabelgegend. Er ließ die Handschellen um ihre Handgelenke einrasten, hängte den Haken an der Kette dazwischen ein und zog sie ein Stück hoch. Ihre Arme wurden unnatürlich lang, ehe sich der schlanke Körper vom Sofa hob. Der Kopf sackte nach vorn auf den arbeitenden Brustkasten, das Haargummi rutschte ab, und die Haare fielen ihr ins Gesicht. Er zog die Kette zu einer Säule und sicherte sie.

Der andere montierte eine schwere, hochwertige Videokamera auf einem Stativ, schaute in den Sucher und nickte. Dann hockte er sich neben einen Laptop auf den Boden und öffnete das Bild der Kamera auf seinem Bildschirm.

»Ich habe eine Idee für die Tonspur«, sagte er und erzählte seinem Chef von dem Lied.

Der andere nickte zustimmend. »Das laden wir von YouTube runter. Hervorragend. Unwiderstehlich, würde ich sagen.«

Er fand das Handy des Mädchens in ihrer Jackentasche, öffnete das File mit den gesendeten SMS und las die letzten zwanzig Mitteilungen, um sich einen Eindruck von ihrem SMS-Stil zu machen. Er lächelte, als er auf eine Mitteilung an irgendeine Laura stieß, in der sie ihn vorteilhaft und leicht ironisch beschrieb. Dann schickte er eine kurze SMS an ihre Mutter, ließ das Handy fallen und zermalmte es unter seinem Absatz.

»Es ist noch Kaffee in der Kanne«, sagte der andere und zeigte in eine Art Büro hinter einer Trennwand.

Er sah das Mädchen an. Josefine hing halb liegend über dem verdreckten grünen Sofa.

»Sie fängt an zu zittern«, sagte er.

»Irgendwo müssen hier Decken sein.«

Sie wickelten sie in graue, steife Decken.

Er legte eine Kanüle an ihrem Handgelenk, schloss einen Beutel mit Kochsalzlösung an und spritzte etwas Stesolid in den Infusionsschlauch. Die Flüssigkeit wurde milchig weiß und gleich darauf wieder glasklar, und das Jammern des Mädchens verstummte.

Der andere hob die Hand.

»Sachte. Sie soll ruhig was merken, oder?«
»Klar.«

Lene versuchte, sich auf ihren Roman zu konzentrieren, merkte aber, dass sie dieselbe Seite schon mindestens dreimal gelesen hatte, ohne dass der Inhalt weiter als bis zu ihren Augen gekommen wäre.

Das Telefon klingelte.

»Lene.«

»Allan Lundkvist. Sie haben angerufen. Mehrmals.«

Die Stimme des Mannes klang leise und fern, als befände er sich auf einem anderen Kontinent.

»Allan. Das freut mich. Entschuldigung ... sind Sie hier? In Dänemark, meine ich?«

Sie legte das Buch weg und setzte sich im Bett auf. Es juckte an ihrem Fußknöchel. Sie zog das Bein unter der Decke an, um zu kratzen.

»Ist es zu spät? Habe ich Sie geweckt? Ich bin gerade aus Jütland zurückgekommen«, sagte er. »Und dachte mir, ich ruf Sie am besten gleich an.«

»Nein, es ist nicht zu spät. Ich bin froh, dass sie sich melden. Sehr. Und tut mir leid, wenn ich mit meinen Anrufen genervt habe.«

Er sagte nichts.

»Es geht um Kim Andersen«, sagte sie.

»Kim Andersen?«

»Elitesoldat. Leibgarde. Holbæk. Camp Viking. Helmand.«

»Kim, ja, ich dachte grad ... ja, verdammt ... Was ist mit dem?«

»Er hat sich am Tag nach seiner Hochzeit erhängt.«

»Erhängt?« Lange Pause. »Louise. Er hat Louise geheiratet, richtig?«

»Korrekt. Dann gehe ich recht in der Annahme, dass Sie nicht bei der Hochzeit waren?«

»Nein, verdammt, das ... Scheiße ... Am Tag danach? Das ist ja pervers.«

»Ja.«

Allan Lundkvist klang ehrlich überrascht, konfus und etwas erschöpft. Er suchte auf absolut natürliche, zögernde Art nach Worten.

»Warum zum Teufel hat er das gemacht?«, fragte er schließlich. »Er war total in sie verschossen. Und liebte seine Kinder. Er hat dauernd von ihnen erzählt.«

»Dazu kann ich nichts sagen. Aber ich habe ein Foto aus Afghanistan, Allan. Auf diesem Foto sind fünf Männer. Robert Olsen ist tot. Kenneth Enderlein ist tot. Kim Andersen hat, wie gesagt, Selbstmord begangen. Und dann wären da noch Sie und der fünfte Mann, der wie ... genau heißt? Es scheint der Gesundheit nicht sehr zuträglich zu sein, zu dieser Gruppe zu gehören.«

Sein Atem ging gleichmäßig, aber schwach. Sie befürchtete, er könnte auflegen.

»Musa Qala«, sagte er schließlich. »Das Foto ist vor Musa Qala aufgenommen worden.«

»Was ist das?«

»Eine Art Stadt. Mit mehr Toten als Lebenden. Wenn noch jemand dort lebt, dann, weil die Taliban wieder eingerückt sind. Wir haben den Ort vier, fünf Mal von ihnen gesäubert, aber sie sind immer wieder zurückgekehrt. Im März 2006 haben sie den Distriktsgouverneur Amir und den Bezirksleiter Abdul Quddus ermordet. Dann sind die Engländer eingerückt und haben die Taliban rausgeschmissen. Darauf rückten die Bornholmer nach, also der Spähtrupp, um die Engländer zu retten und so weiter. Vor kurzem haben die Amerikaner Mullah Gafoor vor der Stadt mit Drohnen beschossen. Das ist eine verdammte Endlosschleife.«

»Ist es das?«

»So geht das seit Alexander dem Großen. Afghanistan ist kein Land, das ist ein Stück versteinerte, mittelalterliche Scheiße.«

»Aber ihr haltet dort die Stellung?«

»Ist doch cool!«, sagte er und lachte. »Ich geh im Januar noch mal für ein halbes Jahr hin und freu mich richtig drauf.«

»Wer ist der fünfte Mann, Allan, der mit dem Skorpion am Hals?«

»Das weiß ich nicht. Da gibt es so viele, die kommen und wieder verschwinden. Er war nur einen Tag da oder so. Ich kann mich wirklich nicht mehr erinnern. Wollen wir morgen weiterreden? Ich bin jetzt echt kaputt.«

Lene schaute aus ihrem Wohnzimmerfenster in die Dunkelheit und dachte an Josefine.

»Ja, natürlich. Aber sie haben alle fünf lange Bärte und lange Haare, als wären sie alle zusammen ziemlich lange dort gewesen, weit weg von jedem Rasierer.«

»Ja ... sicher. Klar. Wahrscheinlich waren wir bei den Basaren oder irgendwelchen Stammestreffen. Und die haben uns garantiert jede Menge Scheiß erzählt. Da unten gibt es keine Uhren, Lene. Die erinnern sich an alles. Und wie die sich erinnern. Die erzählen Geschichten, die vor 2000 Jahren passiert sind, als wäre es gestern. Die haben jede

Menge Zeit. Die reden heute noch von Sikander und Macedonien und dem Pferd Bukephalos, als würde Alexander in einer Viertelstunde mit seinen beschissenen Elefanten über die Berge kommen.«

»Das Foto ist vom Sommer 2006«, sagte sie schnell, ehe der Elitesoldat sich aus der Leitung verabschiedete oder sich in seinen Gedanken über den Lauf der Jahrhunderte und die Sinnlosigkeit des Ganzen verlor.

Lene hörte das leise Raspeln einer Hand, die über Bartstoppeln strich und das Klirren einer Flasche, die in einem Abfalleimer landete. Oder daneben.

War das nicht Hannibal, der mit den Elefanten über die Alpen gekommen war? So kleine, haarige Viecher. Ihre Mutter hätte das gewusst.

»Fuck ... ja«, nuschelte Allan Lundkvist. »Kann sein, dass wir zwei Wochen weg waren. Ich erinnere mich nicht mehr. Können Sie nicht morgen vorbeikommen, Lene? Bis dahin guck ich in meinem Tagebuch nach. Ich schreibe jeden Tag wenigstens zwei Sätze, auch draußen in der Scheißwüste.«

»Okay«, seufzte sie. »Wann?«

»Neun, halb zehn«, sagte er. »Ich hab um halb zwölf eine Verabredung.«

Er gab ihr seine Adresse.

»Wie läuft die Honigbranche?«, fragte sie.

»Sehr gut, Lene, sehr gut. Dann sehen wir uns also morgen, okay?«

Sie sah auf die Uhr.

Es war zwölf. Josefine hatte schon seit zwei Stunden frei und noch nichts von sich hören lassen.

»Gute Nacht«, sagte sie.

»Schlafen Sie gut«, sagte er.

»Allan ...?«
»Was?«
»Wer hat das Foto gemacht?«
»Niemand. Selbstauslöser.«

Lene lehnte sich an das Kopfende und knipste die Nachttischlampe aus. Sie starrte an die Decke, als ein Piepsen ihres Handys eine SMS ankündigte.

Hey, Mutti. Got lucky!
Schlafe auswärts. Mir geht's richtig, richtig gut.
Schlaf gut und träum süß.
Jose

Gefolgt von den üblichen zwei Smileys.

Lene legte das Handy weg und nahm einen Schluck Wasser aus dem Glas auf dem Nachtschrank. Sie klopfte die Kissen auf, legte sich hin und zog die Decke bis ans Kinn.

Got lucky?

Sie bezweifelte, dass sie süße Träume haben würde. Sie ging das Gespräch mit Allan Lundkvist noch einmal durch. Er hatte müde und *normal* geklungen, aber warum schrillten in ihrem Hinterkopf sämtliche Alarmglocken? Sie hätte auf dem Namen des fünften Mannes bestehen sollen, wusste aber auch, dass er dann vermutlich dichtgemacht hätte.

Sie ließ ihre Gedanken an schöne, friedliche Plätze wandern, aber die gewohnten guten und sicheren Zufluchtsorte flohen Hals über Kopf vor ihr, sobald sie sich näherte. Sie dachte zum zigsten Mal an Kim Andersens kleines Forsthaus im Wald und wusste plötzlich, was sie die ganze

Zeit gestört hatte. Mit welcher Unstimmigkeit sie die letzten Tage gerungen hatte.

Schornstein. Brennholz. Ein ordentlicher Brennholzstapel unter einem Vordach. Aber kein Ofen oder Kamin.

Sie lächelte in die Dunkelheit hinein.

Sie konnte es also immer noch.

28

Der Hof sah aus wie Tausende andere alte, dänische Höfe: Das Fachwerk war schwarz gestrichen, das weiße Mauerwerk bröckelte und der reetgedeckte Dachfirst hing durch. Lene hatte bei der Abzweigung von der Landstraße ein schönes, neues Schild passiert, das für ökologischen Honig warb.

Wussten Bienen, welche Blüten mit Pestiziden gespritzt waren und welche nicht? Oder konnten sie darauf dressiert werden, nur Nektar von »reinen« Blüten zu sammeln?

Der Weg war nicht asphaltiert. Eigentlich war es kaum mehr als eine Spurrille zwischen den Äckern, das Gras der Mittelnarbe schabte über den Unterboden. Sie ging vom Gas, als sie auf einer Wiese hinter dem Wohnhaus eine weiß gekleidete Gestalt zwischen kleinen, weißen Bienenstöcken sah. Die Person trug einen weiten Leinenanzug und schützte den Kopf mit einem breitkrempigen Hut mit Netzschleier. Sie drückte auf die Hupe, und der Mann schaute auf, winkte und verschwand hinterm Haus. Allan Lundkvist war größer, als er auf dem Wüstenbild gewirkt hatte.

Lene parkte vor dem Torbogen des Seitenflügels, stieg aus und sah sich um. Der hoffnungslose Kampf eines Menschen gegen den Verfall, dachte sie. Kein Wunder, dass er defätistisch und überreizt geklungen hatte. An Mauerwerk und Fachwerk waren halbherzige Reparaturen ausgeführt worden, überall lagen Haufen aus Baumaterial herum, halb zugedeckt mit Planen, die die Winterstürme weggerissen hatten. Da stand ein alter Traktor ohne Reifen, aber mit angehängter, von Rost zerfressener Egge. Der Himmel war klar und blau, und Schwalben schnitten über den Dächern und Bäumen scharfe Bögen durch die Luft. Einzig der Platz mit den Bienenstöcken sah ordentlich und gepflegt aus, die in einer schnurgeraden Reihe aufgestellt waren.

Sie ging durch den Torborgen auf den kopfsteingepflasterten Hofplatz. Sie hatte erwartet, dass der Imker ihr entgegenkäme, aber es rührte sich nichts, weder auf dem löchrigen Hofplatz noch in den dunklen Räumen hinter den Stalltüren. Sie überquerte den Platz und probierte es an der Tür des Haupthauses, von der die Farbe abblätterte. Verschlossen.

Lene überlegte, Allan Lundkvist anzurufen, aber er hatte sie doch kommen sehen? Sie stellte sich auf einem Kanaldeckel unter einem Fenster auf die Zehenspitzen, legte die Hände um die Augen und versuchte, in das Zimmer zu spähen, aber die Scheiben des Sprossenfensters waren dunkel, und sie konnte gar nichts sehen. Sie ging an der Hauswand entlang und durch einen schmalen Durchgang zwischen Wohnhaus und Seitenflügel. Die Passage hatte ursprünglich eine Tür, aber die stand ohne Angeln an die Wand eines Schuppens gelehnt. Es gab eine Wäschespinne ohne Leine, ein von Unkraut überwuchertes Rasenstück und ein paar alte, morsche Obstbäume, die dringend gestutzt werden müssten. Sie stellte einen Gartenstuhl ans Haus, stieg darauf und versuchte erneut, einen Blick nach drinnen zu werfen.

Die gelbbraunen Gardinen hinter der Scheibe sahen irgendwie seltsam ... lebendig aus? Lene runzelte die Stirn, als sie das dumpfe, leise Summen hinter dem Fenster wahrnahm. Die Gardine bewegte sich tatsächlich, und plötzlich erkannte sie einzelne Insekten in der lebenden Masse direkt vor ihrem Gesicht. Sie riss den Kopf zurück und wäre um ein Haar vom Stuhl gefallen. Gelbe und schwarze, krabbelnde und kämpfende Individuen: Tausende und Abertausende Bienen, die durcheinanderwimmelten.

Sie stellte den Stuhl vor das nächste Fenster und sah die gleiche vibrierende, unruhige Masse an den Scheiben. Sie klopfte vorsichtig gegen das Glas, worauf die Bienen sich so weit zurückzogen, dass sie einen kurzen Blick auf die weiß gekleidete Gestalt mit dem Imkerhut werfen konnte, die auf einem Stuhl in der Mitte des Raumes saß. Das Gesicht hinter dem Netzschleier war nicht zu erkennen. Die Bienen füllten die Lücke schnell wieder auf, und sie klopfte erneut dagegen. Fester. Der Schwarm verzog sich. Der Mann rührte sich nicht.

Lene lief um das Haus herum, blieb vor der Haupttür stehen, holte tief Luft und trat mit Wucht gegen das Schloss. Das Holz splitterte, und die Tür ging auf, bis sie von der Sicherheitskette gestoppt wurde. Sie trat noch einmal zu und riss die Kette mitsamt Beschlag aus dem Türrahmen.

»Allan? ALLAN?«

Das intensive Summen Zehntausender aufgeregter Insekten füllte ihre Ohren. Es klang wie Wassermassen, die durch ein Betonrohr gedrückt wurden.

Sisalteppich. Garderobenleiste mit Oilskinjacke und Hundeleine. Lene zog die Pistole, lud durch, entsicherte die Waffe, hielt den Zeigefinger aber seitlich neben dem

Abzug am Lauf und richtete vorschriftsmäßig mit beiden Händen haltend die Mündung nach oben. Das Summen schwoll an und verebbte. Sie trat einen Schritt zurück, statt direkt in ... was eigentlich hineinzutappen?

»Allan, verdammt noch mal! Ich bin's, Lene!

Aus dem Vorraum führte eine Treppe in die obere Etage. Es roch stickig und muffig im Flur. Links eine weiße Tür. Sie legte ein Ohr an das Türblatt, und das infernalische Summen wurde lauter. Sie legte vorsichtig eine Hand auf die Türklinke und zögerte. Griffen Bienen Menschen an? Nein, nicht ohne Grund. Das waren friedliche, arbeitsame, kleine Lebewesen. Ganz langsam öffnete sie die Tür zum Wohnzimmer, und für einen Augenblick erstarrte alle Bewegung, als würden die Insekten sie wie ein Gesamtorganismus beobachten.

Der Raum lebte. Die Bienen saßen in dicken Lagen an den Scheiben und Gardinen und bildeten zähe, bewegliche Waben an allen möglichen Stellen. Das aggressive Summen war ohrenbetäubend. Die Beine des Mannes und sein Unterleib waren von ihnen bedeckt und sahen aus wie ein wogender, gelbbrauner Rock. Der Boden war frei von Insekten, und Lene näherte sich der Gestalt auf dem Stuhl in einem großen Bogen von hinten. Die Vorstellung, dass die Bienen sie womöglich kollektiv als Bedrohung einstuften, sich auf sie stürzten und ihr in Ohren, Nase und Mund krochen, sie verschlangen, ließ Panik in ihr aufsteigen.

Der Mann saß auf einem gewöhnlichen Esszimmerstuhl mit hoher Rückenlehne. Lene sah, dass er mit grau glänzendem Klebeband daran gefesselt war. Sein Kopf fiel schwer auf seine Brust, als sie eine Hand auf seine Schulter legte und der Hut verrutschte. Die Hände in seinem Schoß waren von Bienen bedeckt, und zwischen seinen Händen sah sie die obszön aufgerissenen, weißen, eierlegenden Hinterteile der Bienenköniginnen mit Horden aufwartender Drohnen und Arbeiterinnen um sich herum.

Darum hatten alle Bienen sich hier versammelt: um ihre Königinnen zu schützen, die jemand aus den Bienenstöcken herausgenommen und auf den Schoß des Mannes gelegt hatte.

Lene blieb auf den Bodendielen stehen und betrachtete das Profil des Mannes hinter dem Schleier. Er wirkte wie in Gedanken versunken und feierlich. Ein eingetrocknetes Rinnsal Blut, das seinen Ursprung in einem kleinen, lächerlich kleinen, kreisrunden Loch zwischen den Augenbrauen hatte, zog sich über Nase, Mund und Kinn. Die Augen waren halb geöffnet und schienen die herumkrabbelnden Königinnen in seinen Händen zu betrachten. Der weiße Leinenanzug war bis zum Schoß mit Blut vollgesogen.

Lene streckte eine Hand nach dem Toten aus, als die Erkenntnis sie wie ein Schlag traf: Der Mann auf dem Stuhl war schon eine ganze Weile tot. Und sie hatte gerade eine weiß gekleidete Gestalt bei den Bienenstöcken gesehen.

Sie hörte kein Geräusch, und der Augenblick zwischen der Erkenntnis und der Dunkelheit währte nur den Bruchteil einer Sekunde.

29

Die Augen aufzuschlagen verschlimmerte den Schmerz im Hinterkopf und machte den Schwindel unerträglich, aber sie musste die Augen öffnen. Das war das Wichtigste – das Wichtigste, was sie tun musste. Ihr war ein Eisenspeer durch den Schädel ins Rückgrat gerammt worden. Sie hatte sich auf die Zunge gebissen, das Blut schmeckte warm und salzig. Unmittelbar vor ihrem Gesichtsfeld war es dunkel, und nichts wäre einfacher, vernünftiger, als sich dieser Dunkelheit ganz hinzugeben. Ihr drehte sich der Magen um, bittere Galle schoss aus den Nasenlöchern und lief aus den Mundwinkeln. Lene spuckte aus und schnappte krampfhaft nach Luft.

Sie saß auf einem harten Stuhl. Sie war nackt und betrachtete verständnislos das graue, reflektierende Klebeband, mit dem ihre Beine an den Stuhl gefesselt waren, genau wie bei dem Toten im Wohnzimmer. Sie konnte weder Kopf noch Schultern bewegen und war einen Sekundenbruchteil sicher, dass sie schwer verletzt, ihre Halswirbel gebrochen, sie für immer gelähmt war.

Sie schloss die Augen und dachte wie besessen nach. Rekonstruierte, zwang sich nachzuspüren. Eine scharfe Kante scheuerte unter ihrem Kinn, und sie stellte fest, dass der unerkannte Angreifer ihr eine Art Halskrause angelegt hatte, wie Sanitäter sie benutzten, um die Halswirbelsäule von

Unfallopfern zu stabilisieren. Sie konnte die Füße bewegen, die Schienbeine gegen das unnachgiebige Klebeband drücken, und sie spürte die rauen Bretter unter den Fußsohlen. Sie war nicht gelähmt. Ihre Halswirbel waren nicht gebrochen.

Sie spürte den Fremden hinter sich, auch wenn er sich geräuschlos bewegte und geruchlos war. Eine Bodendiele unter dem Stuhl bewegte sich. Sie versuchte, den Kopf zu drehen, als ihr wieder der scharfe, grelle Schmerz durch den Nacken in den Hinterkopf schoss. Sie wimmerte leise im Takt mit ihren keuchenden, angestrengten Atemzügen. Sie konnte das nicht unterdrücken, der Schmerz brauchte ein Ventil.

»Kannst du was sehen, Lene?«

Sie schlug die Augen auf und sah einen aufgeklappten Laptop vor sich auf einer Kommode stehen. Etwas Weißes und Rotes bewegte sich über den Bildschirm. Die Stimme kam aus den Lautsprechern des Computers: metallisch, ausdruckslos, jenseitig. Sie starrte auf den Bildschirm und identifizierte eine Art kahle, hohe Betonhalle mit tiefen Schatten, die die Scheinwerfer aus der Dunkelheit schnitten.

Die Kamera verharrte bei ein Paar in der Luft hängenden, blutverschmierten Füßen, die in einem halben Meter Abstand mit Tape an ein Rundholz gefesselt waren. Die Füße schwangen leicht hin und her, und das leise Klirren einer Kette war zu hören. Die Kamera zoomte den rechten, schlanken Fuß ein. Korallenroter, schöner Nagellack. Gerade, hübsche Zehen.

Der Laptop und die Füße verschwammen hinter den Tränen, sie blinzelte heftig.

Die Stimme.

»Siehst du das?«

Lene blinzelte und starrte.

Die weißen Zehen wurden ins Bild gezogen. Der Nagellack. Sie wollte die Farbe nicht erkennen. Sie wollte den Fuß nicht erkennen, der ihrem eigenen so ähnlich war.

»Siehst du?«

Ihre Muskeln spannten sich unter dem unnachgiebigen Tape an, der Stuhl machte einen Ruck. Sie wollte weg von dem Bild, wusste, dass das verboten war, hörte die Bewegung in der Luft, unmittelbar bevor die geballte Faust des Angreifers sie auf dem Ohr traf. Der Stuhl rutschte zur Seite, und sie hörte ihren eigenen Schrei.

»Kannst du das sehen, Lene?«

»*JA!* ... ja ...«

Ein dünnes, warmes Rinnsal lief aus ihrem Ohr den Hals hinab.

Es pfiff schrill durch ihr geplatztes Trommelfell, und sie hörte jede Schwingung und jede Reibung der Moleküle in der Luft.

So jedenfalls fühlte es sich an.

»*JA!!*«

Die Kamera zoomte aus. Zentimeter für Zentimeter wurde der Körper auf dem Bildschirm sichtbar. Ein graziöser und schlanker Körper, der mit auf dem Rücken gefesselten Händen in der Luft hing. Das Blut war in Rinnsalen auf der Haut getrocknet und erinnerte an Blattrippen. Die Kamera verharrte bei einer blonden Haarsträhne über dem Venushügel. Der Bauch bewegte sich leicht mit oberflächlicher, schneller Atmung. Die Beine wurden von dem Rundholz gespreizt.

Eine schwarze, behandschuhte Hand am Ende eines dunklen Ärmels schob sich in das Bild. Die Finger fächerten sich über dem Schambein des Mädchens auf und drückten zu. Der Körper schwang nach hinten, die Hand zog sich aus dem Bild zurück, und der Körper schwang wieder nach vorn.

Lene begann zu schreien. Sie nahm hinter sich eine Bewegung wahr und erwartete einen neuen Schlag, der jedoch ausblieb.

Sie ließen sie schreien.

Der Körper auf dem Bildschirm schwang vor und zurück, die Kamera glitt Stück für Stück weiter nach oben. Lene schloss die Augen, und die Kamera hielt inne.

»Lene«, sagte die Stimme. »Ich kann dich sehen. In dem Computer vor dir ist eine Kamera. Mach gefälligst auf der Stelle deine verfickten Augen auf.«

»Nein? Okay, dann bringen wir das Ganze eben als Hörspiel«, sagte die Stimme. »Du willst deine Augen nicht aufmachen, und ich versuche, sie dir zu öffnen. Das ist ein nettes Spiel. Du willst es nicht sehen, aber ich zeige dir jetzt ein Stück abgeschnittenen, frischen Bambus. Ein bisschen altmodisch, aber ich habe nichts Besseres zur Hand.«

Lene hörte den Bambusstab durch die Luft sausen.

Die Stimme klang jetzt tonloser, leidenschaftsloser.

»Dann wollen wir sie mal auf die Probe stellen, sehen, aus welchem Holz sie geschnitzt ist, nicht wahr, Lene?«

Lene warf sich gegen die Rückenlehne, als der Bambusstab mit einem feuchten Knall auf Fleisch traf, der sich tief in ihr Gehirn und ihre Seele schnitt. Bis an die tiefste, allertiefste Stelle.

Und sie hörte den rohen Schrei eines jungen Menschen,

der jenseits allen Bewusstseins war und dessen Körper nur noch auf ganz starken Schmerz reagierte.

Lene öffnete die Augen. Ein frischer, roter Streifen zog sich über Bauch und Unterleib des vor ihr hängenden Körpers. Der Bambusstock hatte die weiche Haut aufgerissen, aus den Rändern quoll Blut hervor.

»Siehst du das? Lene?«
»Ja ... oh, *JA!*«, schluchzte sie. »Aufhören!«
»Willst du den Rest auch noch sehen?«
»Ja. Oh Gott ... ja.«

Die Lautsprecher klickten. Musik? Lene war sicher, dass sie sich das Lied nur einbildete, dass irgendwas in ihr kaputt gegangen war, aber die Musik spielte weiter, klar und deutlich, und immer lauter. Sie hallte von den Wänden der Halle wider und sammelte sich um den hängenden, jungen Körper.

Sie hatte mit Niels zu diesem Lied getanzt. Auf einem ihrer ersten Feste, auf dem sie ihm aufgefallen war, und er ihr. Sie hatten sich über einen Tisch voller Gläser und Flaschen angelächelt – und er hatte mit einem Nicken zu der kleinen Tanzfläche im Wohnzimmer bei einem ihrer gemeinsamen Freunde gedeutet. Sie war aufgestanden.

HEY LITTLE GIRL, IS YOUR DADDY HOME?
DID HE GO AWAY AND LEAVE YOU ALL ALONE?
I GOT A BAD DESIRE
I'M ON FIRE

Die Kamera zoomte wieder ganz nah ran und zeigte jedes Detail des Körpers: Eine hellrote Brustwarze, eine rasierte Achselhöhle, einen Oberarm, dessen Muskeln wie elektrisch unter der Haut zuckten. Lange Blutspuren den Arm entlang, ein Handgelenk mit einem Pflaster und einer grünen Kanüle, weiße Hände, malträtiert und blau über den glänzenden Handschellen, eine rostige Kette, die oben in der Dunkelheit verschwand. Die Kamera verweilte bei den Händen und fand dann eine Strähne blutverklebtes, blondes Haar und einen Ohrring mit einer Perle und einem kleinen Delphin.

Die Kamera zoomte aus, das Gesicht hinter den Haaren war nicht zu erkennen.

Das Kinn war auf die Brust gesunken. Die behandschuhte Hand sammelte eine Handvoll blondes Haar zusammen.

»Siehst du, Lene?«

»Ja.«

»Das sind deine Ohrringe, nicht wahr?«

Sie flüsterte etwas Unverständliches.

»Ich verstehe dich nicht. Das hier ist sehr, sehr wichtig für dich. Und für sie.«

»JA ... Das sind meine Ohrringe.«

Der Kopf wurde nach oben gezogen, und das Gesicht war zu sehen. Lene wimmerte.

»Jose ... Oh Gott, Jose ...«

Das war kein Gesicht mehr, das war nicht länger das Gesicht ihrer Tochter, das war eine verfärbte, verunstaltete Masse voller abnormer Schwellungen. Eine zerstörte Maske. Das eine intakte Augenlid zitterte, das Auge ging auf, und die grüne Iris richtete sich auf die Kamera und sie. Das Weiße des ausdruckslosen Auges war blutunterlaufen. Der schiefe, geschwollene Mund öffnete sich zu einer schwarzen Höhle, in der ihre Zähne gewesen waren.

Die Hände ließen den Kopf los, der wieder nach vorn kippte. Das Lied lief weiter, aber die Kamera bewegte sich von der hängenden Gestalt weg und wurde auf den Boden gerichtet, wo sich Blut, Urin und Galle gesammelt hatten.

»Lene?«

Sie schüttelte den Kopf.

»Du kannst dem hier ein Ende bereiten«, sagte die Stimme ruhig.

»Es werden andere kommen«, sagte sie.

»*Du* kannst das jetzt beenden, Lene, den Fall abschließen. Ich rede von *dir*. Nicht von anderen. Wenn andere übernehmen, kommunizieren wir mit denen. Verstehst du? Willst du aufhören, Lene?«

Der Bambusstock zischte durch die Luft und traf.

»JA!«

»Danke. Danke dafür.«

Der Mann trat ins Bild, aber Lene konnte nur einen schwarzen, unförmigen Overall erkennen, schwarze Handschuhe und eine eigenartige, eng anliegende Ledermaske wie bei Bondageliebhabern und Fetischisten, mit Reißverschlüssen vor Mund und Augen. Er zog den Kopf ihrer Tochter erneut an den Haaren nach oben und drückte ihr einen obszön roten Gummiball als Knebel in den blutenden, schiefen Mund und verknotete ihn mit einer Lederschnur hinter dem Kopf.

»Sie ist ein hübsches Mädchen, Lene. Bist du nicht hübsch, Josefine?«

»LASSEN SIE SIE LOS!«, schrie Lene, aber der Mann hörte sie nicht. Sie sah einen Handschuh den Oberschenkel hochgleiten und zwei harte Finger in ihr verschwinden.

Ihre Tochter stieß einen tiefen, kehligen Klagelaut aus.

Der Mann ging auf die Kamera zu. Die Ledermaske füllte jetzt das ganze Bild. Sie sah die lächelnden, blauen Augen hinter den Schlitzen. Er zeigte ihr ein schmales, zweischneidiges Messer, ging zurück und drückte die Spitze unter Josefines Brustbein. Die Spitze bildete eine Vertiefung in der elastischen Haut.

»Das wirklich Merkwürdige, Lene, ist die Tatsache, dass der Mensch immer ... immer weiter hofft und bis zum Schluss glaubt, dass es nicht passieren kann, obwohl es längst passiert ist. Und dann ist er so verdammt überrascht, so verdammt erstaunt und enttäuscht, dass es tatsächlich passiert und zu Ende ist, und es in keinem Moment etwas zu hoffen gab.«

Der Bildschirm wurde schwarz.

30

Die Kommissarin nahm ihn nicht wahr, obgleich er nur einen Meter von ihr entfernt stand. Ihr Blick war starr auf den dunklen, blanken Bildschirm vor ihr gerichtet.

Er sah die Niederlage und den Schock in ihrem Gesicht und verließ das Schlafzimmer. Er durchquerte die anderen Zimmer und rief seinen Chef an.

»Alles in Ordnung«, sagte er.

»Sicher?«

»Vollkommen. Sie ist fertig.«

»Dann mach ich mich vom Acker«, sagte der andere. »Das solltest du besser auch tun.«

»Was?«

»Dich unsichtbar machen. Ich melde mich, wenn ich dich wieder brauche. Und das werde ich wohl.«

»Sicher?«

»Ganz sicher. Mach's gut.«

»Was ist mit dem anderen?«, fragte er.

»Michael Sander?«

»Ja.«

»Darum kümmere ich mich. Er ist zumindest interessant. Gute Fahrt.«

»Danke. Aber wieso taucht der Kerl gerade jetzt auf?«

»Keine Ahnung. Wirklich. Ich hab seine Homepage über eine spezielle Suchmaschine gefunden. Das ist ein Profi, und man sollte ihn nicht unterschätzen. Aber vielleicht sollten wir uns von ihm zu Kims Sachen führen lassen.«

»Die Filme?«

»Kim war der Einzige, der wusste, wo die scheiß Fotos und Filme sind«, sagte der andere.

»Wollen wir mal hoffen.«

»Vielleicht sollte ich mit Kims Witwe reden«, sagte der Chef.

Er ging wieder ins Schlafzimmer und stülpte einen lichtundurchlässigen Stoffbeutel über den unbeweglichen Kopf der Kommissarin, zog die Schnur zu, aber nicht zu stramm. Dann packte er seine Sachen in einen Koffer, stellte den Koffer neben der Tür ab und sah sich um. Aus dem Wohnzimmer klang noch immer das hektische Summen der Bienen.

Er legte ein handbeschriebenes Stück Pappe auf den Boden neben ihrem Stuhl mit der Adresse des stillgelegten Reserveteillagers im Südhafen, schnitt den Kabelbinder an ihren Handgelenken durch und legte das Linoleummesser neben den Stuhl. Dann drehte er den Stuhl so, dass sie das Messer sehen konnte und zog den Beutel von ihrem Kopf.

Anschließend nahm er den Koffer neben der Tür und verließ das Haus.

31

»Gut geschlafen?«

»Nicht wirklich«, antwortete Michael.

Er setzte sich Elizabeth Caspersen gegenüber an den Küchentisch. Die unermüdliche Frau Nielsen war eifrig am Herd beschäftigt, und die Küche duftete nach Rührei.

Elizabeth Caspersen verteilte methodisch eine dünne Lage Butter auf einer Scheibe Toast und zeigte auf das Glas Orangenmarmelade neben Michaels Hand. Er reichte es ihr, als die Haushälterin an den Tisch trat.

»Rührei?«, fragte sie freundlich.

»Danke, nein. Mir reicht schwarzer Kaffee.«

Sie schenkte ihm ein und verließ die Küche. Sie hörten sie draußen im Wirtschaftsraum rumoren.

»Hat jemand Ihre Nachtruhe gestört, Michael?«

Elizabeth Caspersens andeutende Augenbrauentechnik war unübertroffen. Er warf einen Blick über die Schulter.

»Wo sind die anderen?«

»Victor macht sich immer früh auf den Weg, um das Gewimmel zu umgehen, er hat nie einen Kater. Die Jungs sind nicht zurückgekommen, und Monika ... entweder schläft sie noch, oder sie ist draußen bei den Pferden. Was halten Sie von der Familie?«

»Wenn sie ein Land wären, dann der Balkan«, murmelte er und nippte an dem heißen Kaffee.

Sie lachte und sagte etwas, aber er hörte nicht richtig hin. Er war rastlos. Dachte schon wieder an die rothaarige Kommissarin. Lene Jensen. Sie war wichtig.

»Entschuldigung?«, sagte er.

»Ich habe nur gefragt, wann Sie fahren wollen.«

Sie biss von ihrem Toast ab und tupfte mit der Serviette einen Krümel von der Oberlippe. Sie sah so kühl, effektiv und tadellos aus wie immer. Vielleicht lag das daran, dass sie direkt in die Kanzlei fahren wollte. Elizabeth Caspersen hatte dezentes Make-up aufgelegt, die Lippen waren mit dunkelrotem Lippenstift nachgezogen, der gut zu dem eleganten Schwung der Augenbrauen und den grauen Augen passte. Heute trug sie Perle, eine graue Seidenbluse und ein Kostüm, das ihr auf den langen Leib geschneidert zu sein schien.

»So bald wie möglich«, sagte er.

Sie nickte, leerte ihre Kaffeetasse und erhob sich. Sie wussten beide, dass sie hier im Schloss nichts von Belang besprechen konnten.

Sie gingen gemeinsam in die Eingangshalle, und Michael warf einen Blick auf die Geweihe an den Wänden.

»Kennen Sie den Gutsjäger? Thomas?«, fragte er.

Sie nickte. »Ich habe ihn ein paar Mal gesehen. Großer Mann. Gut aussehend. Dunkler Typ ... Ziemlich finster und introvertiert, soweit ich mich erinnere. Er ist kein Gesellschaftsmensch, mehr der Einsiedler.«

»Und er ist ein Freund von Jakob?«

»Einer der Blutsbrüder, ja. Sie sind in einer Loge.«

»Zusammengeschweißt durch Feuer und Blut?«

Sie sah ihn an.

»Ja, tatsächlich. Kennen Sie so etwas nicht?«

Er lächelte.

»Ich war nur einer von diesen Papiersoldaten, Elizabeth. Habe betrunkene Soldaten angehalten und in die Ausnüchterungszelle gesteckt. Es waren Friedenszeiten, kann man wohl sagen. Das ist anders bei Jakob Schmidt und seinen Freunden. Was ist mit Peter, dem Stellvertreter?«

Elizabeth Caspersen beugte sich vor und nahm die Weekendtasche. Er bemerkte, dass ihre Nylonstrümpfe hinten eine feine, schwarze Naht hatten.

Er hielt ihr die Tür auf.

»Offener«, sagte sie. »Positiv und fröhlich, würde ich sagen. Aber ich gehe nicht auf die Jagd, Michael.«

»Ihr Vater dürfte sie doch recht gut gekannt haben, oder?«, hakte er nach »Er war viel hier unten, nicht?«

»Ständig. Aber ich habe die letzten zehn Jahre so gut wie nicht mehr mit ihm gesprochen, wie gesagt. Da ist Monika.«

Michael blieb auf der Haupttreppe stehen und schirmte die Augen mit der Hand ab. Der Frühjahrshimmel war blau und leer gefegt, und die Sonnenstrahlen fielen schräg durch die Zweige der hohen Eichen auf saftig grüne Wiesen.

Möglicherweise war es ein verstaubtes Klischee, aber Pferd und Reiterin waren eins. Monika Schmidt sah aus, als wäre sie im Sattel geboren. Ihr Gesicht war entspannt, ihr Blick offen, und ihr Oberkörper wurde von einer unsichtbaren Schnur gehalten, die von der Brust des Pferdes durch ihren Körper lief. Das langbeinige, dunkelbraune Tier trabte vorwärts und seitlich in einer eleganten Gangart, und die Reiterin war eins mit der Bewegung des Tiers. Die Sonne schimmerte in der Perlmuttspange in ihrem Nacken, als das Pferd pirouettierte und zurücktrabte.

»Sie ist gut, oder?«

»Ja.«

»Und tragisch«, sagte Elizabeth Caspersen.

»Sicher«, sagte er. »Aber denken wir dabei an das Gleiche?«

»Wahrscheinlich nicht. Oder, doch ... Verdammt, nein. Das, was ich tragisch finde, ist die Tatsache, dass sie erst mit über vierzig festgestellt hat, dass sie reiten kann. Davor hatte sie noch nie auf einem Pferd gesessen. Wenn sie mit zehn Jahren angefangen hätte wie alle anderen Mädchen, würde sie heute bestimmt ...«

»... mit gebrochenem Hals im Rollstuhl sitzen«, sagte er. »Ich mache mir nichts aus Pferden. Haben die überhaupt so was wie ein Gehirn?«

»Fragen Sie Monika«, sagte sie.

Pferd und Reiterin kamen auf sie zu. Elizabeth Caspersen winkte. Man sah keine Reaktion in Monika Schmidts Gesicht, sie konzentrierte sich ganz auf das, was sie gerade tat.

Er sah über die Koppel hinweg, vorbei an Monika Schmidt und Cavalier von Pederslund, wenn er das war, vorbei an dem Stallgebäude und zu einer fernen Figur, die reglos am Waldrand stand. Sixpence, Gummistiefel, Tweedjacke und einen gescheckten Jagdhund zu Füßen.

Und ein Fernglas vor den Augen.

»Das ist Peter«, sagte Elizabeth Caspersen.

Sie winkte, worauf der Mann das Fernglas absetzte und im Wald verschwand.

»Nicht sehr entgegenkommend«, sagte Michael.

Sie legte die Stirn in Falten.

»Nein, merkwürdig. Er ist sonst ... anders.«

»Wollen wir fahren?«

Sie gingen die Stufen hinunter. Elizabeth Caspersen stellte sich an den Zaun. Michael folgte ihr zögerlich. Das Pferd bäumte sich vor ihnen auf. Es landete wieder auf den Vorderhufen und trabte mit schwingendem Kopf auf den Lattenzaun zu, wo Monika das Bein über die Kruppe schwang und sich nach unten gleiten ließ. Ohne Pferd und hochhackige Schuhe wirkte sie viel kleiner. Er hatte mitleidige Verachtung oder zumindest Reserviertheit erwartet, aber die Gesichtszüge der Schwedin waren immer noch geprägt von der sanften Melancholie, die er in der letzten Nacht bei ihr gesehen hatte.

Elizabeth Caspersen beugte sich zu einer hastigen Umarmung vor, worauf Monika Schmidt ihm eine behandschuhte Hand reichte.

»Nett, Sie kennengelernt zu haben, Michael.«

»Ebenso. Danke für das fantastische Essen gestern. Ich hoffe, es wird sich alles klären.«

»Mit Charles Simpson?«

Ihr Gesicht war natürlich gerötet nach dem Ausritt. Bei Tageslicht konnte er um Mund und Augen ihr Alter erkennen. Aber sie wird immer schön sein, dachte er.

»Mit Simpson Junior und dem Rest«, sagte er höflich.

»Fahrt ihr?«, fragte sie Elizabeth.

»Wir schicken Michael nach New York«, sagte Elizabeth Caspersen.

Monika Schmidt nickte und schaute zu Boden.

»Sie sind jederzeit willkommen, Michael«, sagte sie mit einem heiseren Lachen. »Und du natürlich auch, liebe Elizabeth.«

»Danke«, sagte er.

Sie zog den Kopf des Pferdes zu sich heran und tätschelte sein Maul. Seine Augen waren groß wie Äpfel.

»Cavalier?«, fragte er. Sie lachte laut und schüttelte den Kopf. Die Haarspange fiel zu Boden.

Er hob sie auf und reichte sie ihr.

»Michael, so naiv können doch nicht einmal Sie sein! Das ist Zarina, Cavaliers kleine Freundin aus Deutschland.«

Er ging ein wenig in die Knie und warf einen Blick zwischen die Hinterläufe des Tieres.

»Natürlich.«

»Sie hätten keine Zweifel«, sagte sie.

»Sicher nicht.«

Er drehte sich auf dem Beifahrersitz des Opels um und schaute zurück, als sie durch den Park fuhren. Monika Schmidt saß wieder auf dem Pferd, und der Gutsjäger war von weiß Gott woher aufgetaucht. Der Hund fuhr schnüffelnd herum und hob das Bein an einem Pfahl. Monika und der Jäger waren in ein Gespräch vertieft. Sie saß aufrecht im Sattel und guckte nach vorn, während der Mann aufgeregt gestikulierte.

Michaels Handy signalisierte, dass eine neue E-Mail in der In-Box gelandet war.

Eine Mitteilung von Dr. Henkel, dem Rechtsmediziner aus Bern. Michael öffnete das angehängte Dokument und las die Schlussfolgerungen des Professors, lehnte sich zurück und rieb sich die Augen.

»Etwas Neues, Michael?«

»Das Labor in Bern«, sagte er.

»Sind sie fertig?«

»Ja.«

Er ließ seinen Blick über die Ländereien von Jungshoved

und das blaue, glitzernde Wasser des Bøgestrømmen schweifen.

»Die Fingerabdrücke Ihres Vaters waren auf der Patronenhülse der Mauser. Sie stimmen mit den Abdrücken auf dem Whiskyglas überein.«

»Und die Schmuckschatulle?«

»Nur Ihre Fingerabdrücke, Elizabeth.«

»Keine Haare oder Schuppen?«

»Nein.«

»Können Sie nicht die DVD dorthin schicken?«

»Es sind nur Ihre Fingerabdrücke drauf«, sagte er. »Ich habe das selbst mit Jodpulver und Klebeband überprüft.«

»Ich bin eine Idiotin, Michael. Ich habe nicht nachgedacht, als ich sie im Tresor gefunden habe.«

»Natürlich nicht. Sie konnten ja nicht wissen, was das war. Das hätte alles Mögliche sein können.«

»Er ist zum passenden Zeitpunkt mit Sonarteks Jet nach Stockholm geflogen, und Sie haben seine Fingerabdrücke auf einer Patrone des Gewehrs gefunden, von dem Sie glauben, dass es für die Jagd und die Morde dort oben benutzt wurde. Aber das passt zu gut zusammen, meinen Sie. Sie sind nicht zufrieden, Michael? Verstehe ich das richtig?«

»Wie ist er von Stockholm nach Norwegen und in die Finnmark gekommen?«, dachte er laut und setzte sich anders hin.

»Das weiß ich nicht. Wahrscheinlich ist er mit den anderen im Auto gefahren. Das ist nicht gerade die bestbewachte Grenze der Welt. Nicht wie Nordkorea, okay?«

»Aber wer waren die anderen?«, überlegte er weiter. »Das ist doch die Frage.«

»Finden Sie es heraus!«

»Natürlich. Haben Sie schon eine Rückmeldung von seinem Wirtschaftsprüfer?«

»Über fragwürdige Transaktionen mit Cayman Islands, Zypern oder Liechtenstein?«

»Ja.«

Sie schaute auf ihre Uhr.

»Er will sich heute Nachmittag melden. Er hat sich mit Vaters Kontoauszügen und Kreditkarten rumgeschlagen, seit wir zwei uns zum ersten Mal getroffen haben.«

»Gut.«

Danach sagten sie nichts mehr, bis sie die Ausläufer von Kopenhagen erreichten.

»Und wie geht's jetzt weiter?«, fragte sie.

»Es gibt ein paar Dinge, die ich mir gerne ansehen würde«, sagte er vage.

»Was ist mit Norwegen?«

»Ich fahre hin, so schnell ich kann.«

»Zwei Jahre sind vergangen, Michael, was um alles in der Welt wollen Sie da in den gottverlassenen Bergen noch finden?«

»Nichts, wahrscheinlich. Aber wenn ich nicht fahre, werde ich immer denken, dass dort irgendein Beweis liegt. Irgendetwas, das die Familien begraben könnten. Ich muss fahren.«

»Selbstverständlich«, sagte sie müde. »Soll ich Sie beim Hotel absetzen?«

Er stieg aus, beugte sich ins Wageninnere und sah sie mit einem Lächeln an.

»Wir hören voneinander«, sagte er.

Ihre Augen waren leicht zusammengekniffen, sie lächelte nicht.

»Er war es, Michael. Er ist so geworden. So werden sie.«
»Wahrscheinlich haben Sie recht«, sagte er.

Er winkte dem Wagen hinterher, als er auf die Fahrbahn bog, sie sah ihn im Rückspiegel an und hob die behandschuhte Hand. Michael drehte sich um. Jetzt lächelte er auch nicht mehr. Wer zum Teufel säuberte seine eigene DVD von Fingerabdrücken, ehe er sie zurück in seinen eigenen Hochsicherheitstresor legte?

32

Er hatte sich nur kurz aufs Bett gelegt, ein kurzer Augenblick, der sich auf drei Stunden traumlosen Schlaf ausgedehnt hatte. Michael erhob sich mit steifen Knochen, torkelte ins Bad und wurde erst wach, als er Kalt und Heiß unter der Dusche verwechselte.

Er trocknete sich meditativ vor dem Spiegel ab und überlegte, ob er sich rasieren sollte, wozu er sich nicht durchringen konnte.

Lene Jensen, Kriminalkommissarin. Die Stimme im Hinterkopf, die ihn drängte, sie zu kontaktieren, war eindringlicher geworden, obwohl es gegen jede seiner ungeschriebenen Regeln verstieß, Außenstehende einzubeziehen. Aber er musste den Selbstmörder Kim Andersen in seinem Bild unterbringen, so schnell wie möglich.

Kriminalkommissarin Lene Jensen war nicht in ihrem Büro ... Und nein, die Staatspolizei würde ihre Privatnummer nicht rausgeben. Schon gar nicht an ehemalige Polizisten. Wenn er eine Nachricht hinterlassen wollte, würde die Kommissarin ihn so schnell als möglich zurückrufen.

Das wollte Michael nicht, bedankte sich bei der Sekretärin und beendete das Gespräch.

War da eine gewisse Anspannung in der Stimme der Sekretärin zu hören gewesen? Sie hatte zweimal nach seinem Namen gefragt, und er hatte das Klappern der Tastatur gehört, als sie seinen Namen und seine Telefonnummer eingab. Er spielte mit dem Handy in seiner Jackentasche und versuchte, sich die Namen seiner ehemaligen Kollegen von der Dienststelle in Hvidovre ins Gedächtnis zu rufen, wo er als grüner Polizeikommissaranwärter angefangen und drei Jahre gearbeitet hatte. Wer von denen könnte bis heute dort hängengeblieben sein?

Sie waren eine Handvoll junger, ehrgeiziger Kriminalanwärter gewesen, und er konnte sich nicht vorstellen, dass aus seiner Gruppe einer in dem Polizeibezirk geblieben war. Aber es hatte ein paar ältere Polizisten gegeben, die sozusagen mit der Station verwachsen waren. Sie hatten in der Nähe gewohnt, und ihre Frauen arbeiteten im Hvidovre Hospital. Krankenschwestern und Bullen waren schon immer eine stabile Kombination gewesen.

Er hatte Glück. Daniel Tarnovski war immer noch dort. Er saß in seinem Büro und konnte sich noch gut an Michael erinnern. Das erstaunte Michael immer wieder. Er selbst war extrem vergesslich. Nach diversen Fragen, wie es ihm in der Zwischenzeit ergangen wäre, die er so schwammig wie möglich beantwortete, beschrieb Tarnovski Lene Jensen als verdammt zäh und stur. Sehr hartnäckig, was übersetzt hieß, dass Daniel Tarnovski sie für einen fanatischen Workaholic hielt. Sie arbeitete unmittelbar mit einer Oberklassejuristin zusammen, jetzt Polizeidirektorin bei der Staatspolizei, Charlotte Falster, über die Daniel Tarnovski ebenfalls eine ganz ausgeprägte Meinung hatte. Warum wollte Michael das wissen?

Er kniff die Augen zu und dachte wie besessen nach.

Er hatte die Kommissarin auf einem Fest kennengelernt und sich verliebt? Wohl kaum. Er hatte die vage Vermutung, dass ihre aktuellen Ermittlungen zu dem Selbstmord des Elitesoldaten in Holbæk in irgendeiner Form mit seinen eigenen Recherchen über eine Gruppe psychopathischer Veteranen zusammenhing, die in den unwegsamsten Ecken der Welt professionell Menschenjagd betrieben?

Der Kollege würde wahrscheinlich nur kurz die Augenbraue hochziehen.

Michael drehte den Spieß einfach um und erzählte, die Kommissarin habe ihn am Vortag kontaktiert, um zu fragen, ob ihm in seiner Eigenschaft als ehemaliger Hauptmann bei der Militärpolizei der Gardehusaren eine Clique von Elitesoldaten bekannt wäre, die in den Schwarzmarkthandel von Medikamenten und militärischen Nachschub in Sarajevo verwickelt waren. Unter anderem sei in diesem Zusammenhang der Name des Selbstmörders aus Holbæk, Kim Andersen, gefallen. Die Richter des Militärgerichtes hatten ihr die Fallakten überlassen, und Michael war dort als ursprünglicher Sachbearbeiter aufgeführt.

Michael lachte verlegen.

»Ich konnte mich an überhaupt nichts erinnern, Daniel. Ich hatte megamäßigen Stress, die Kinder waren am heulen, die Waschmaschine hatte die Waschküche unter Wasser gesetzt, und die Hündin hat gerade acht Welpen gekriegt, weshalb ich so was in der Art zu ihr gesagt habe, dass sie mich mal am Arsch lecken könnte, was natürlich nicht nett ist, sie hat ja nur ihre Arbeit gemacht. Ich habe ihren Namen, aber keine Nummer. Jetzt sind mir aber noch ein paar Details zu der Sache eingefallen, die nirgendwo stehen und möglicherweise wichtig sein könnten. Du weißt schon, wie das ist.«

»Das weiß ich wirklich nicht«, sagte Daniel Tarnovski.

»Aber ich finde es ganz schön mies, dass du sie anblaffst, und sie macht nur ihre Arbeit. Ehrlich, Michael.«

»Darum rufe ich ja an. Tut mir leid«, murmelte er schuldbewusst.

»Du musst dich nicht bei mir entschuldigen, sondern bei ihr.«

»Ja, deswegen versuch ich ja auch, ihre Nummer rauszukriegen. Aber ich bitte dich – Lene Jensen? Davon gibt es eine Million.«

»Schick ihr Blumen«, sagte der andere.

»Wohin?«

»Augenblick.«

Tarnovski gab ihm eine Adresse in Frederiksberg und eine private Mobilnummer.

»Ruf sofort bei ihr an«, sagte er.

Vieles war im digitalen Zeitalter einfacher geworden für Ermittler wie Michael. Jeder Mensch konnte heutzutage im Internet für ungefähr 150 Kronen einen absolut funktionstüchtigen und zuverlässigen GPS-Transponder erstehen, den man mit Klettband unter einem Auto anbringen oder auf den Boden einer Tasche legen konnte. Dann konnte man in aller Seelenruhe in GoogleMaps alle Bewegungen des Betreffenden zu Hause vom Sessel aus verfolgen. Es war in vielerlei Hinsicht leichter geworden, Menschen aufzuspüren – oder selbst aufgespürt zu werden, was die Kehrseite der Medaille war und einer der Gründe, dass er täglich das Mobiltelefon wechselte und ausschließlich nicht registrierte Nummern benutzte.

Michael öffnete www.mgoogle.com/latitude/ im webbrowser, gab Lene Jensens Telefonnummer ein und wusste zwei Sekunden später, dass sowohl Telefon wie vermutlich auch die Eigentümerin sich im Augenblick im Rigshospital, Blegdamsvej 9, Østerbro irgendwo im Bereich des Hauptgebäudes Eingang 2 befanden.

Er runzelte die Stirn, ehe er in der Hotelrezeption anrief und bat, ihm ein Taxi zu rufen.

Eine halbe Stunde später legte Michael den Kopf in den Nacken und betrachtete die hässliche, graue Fünfzigerjahrefassade des Hauptgebäudes. Er überprüfte erneut die Position auf seinem Mobiltelefon. Lene Jensens Telefon hatte sich nicht bewegt. Er ging durch die Schwingtür und stellte sich zusammen mit schweigsamen Patienten, weiß gekleidetem Personal und verstimmten Angehörigen vor die Aufzüge.

Er verließ den vollen Fahrstuhl als Einziger in der siebten Etage und sah sich um. Es gab mehrere Möglichkeiten. Er öffnete eine Tür, wurde von dem typischen Krankenhausgeruch empfangen und ging langsam durch ein Wartezimmer, nach einer bestimmten, kastanienroten Nuance Ausschau haltend. Er ging weiter den Gang hinunter durch einen anderen Vorraum mit Aufzügen und versuchte es mit einem parallel laufenden Korridor: HNO-Bettenabteilung. Eine Krankenschwester hinter einer Glasscheibe sah ihm nach, und um einen Tisch herum aßen ein paar mumifizierte Patienten in absoluter Stille, als könnte eine falsche Kaubewegung oder ein unüberlegtes Wort Schienen, Schrauben, Gummis und sorgfältig restaurierte Schädelknochen zerbröseln.

Aber sie folgten ihm ebenfalls mit ihren Blicken. Michael fühlte sich beobachtet. Als in diesem Moment sein Handy klingelte, sah ihn eine Krankenschwester streng an, legte einen Finger an die Lippen und zeigte auf ein Schild mit einem durchgestrichenen Handy. Offenbar brachten sie die Beatmungsgeräte oder andere lebenswichtige Apparate durcheinander.

Michael eilte den Gang hinunter und verließ die Abteilung. Er fand einen leeren Aufenthaltsraum mit einer fantastischen Aussicht über den Fælledpark und die Türme und Dächer der Stadt. Eine Taube auf dem Metalllauf vor dem Fenster betrachtete ihn aus blinzelnden, roten Augen. Eine Kralle des Vogels war von einer dicken Geschwulst deformiert, und er fragte sich, wie um Himmels willen das Viech damit überlebte, ganz zu schweigen davon, wie es die Balance auf dem schmalen Metalllauf hielt.

»Michael.«

»Keith. Wie geht's.«

»Glänzend.«

»Sicher?«

»Selbstverständlich«, sagte er.

Der invalide Vogel hob ab, ein paar Daunen rieselten herunter und blieben zwischen Ascheresten und leeren Saftpäckchen auf dem Fenstersims liegen.

»*Running Man Casino*«, sagte der Engländer. »Westindien. Antigua und Barbuda. Nördlich von Venezuela und westlich von Puerto Rico. Piratenland. Ein Mikrostaat. Von dort werden deine Menschenjäger finanziert.«

»Ein Casino?«

»Pokersite im Internet. Das hat sich zur westindischen Spezialität entwickelt. Und die Idee ist gut, wenn du mich fragst«, sagte sein alter Mentor. »Richtig gut. Merkwürdig, dass nicht schon eher jemand darauf gekommen ist.«

»Ist es doch vielleicht.«

Michael dachte an die Kette karibischer, ehemaliger spanischer und britischer Kolonien, die sich wie ein Krummsäbel von Florida im Norden nach Venezuela im Süden zog. Das Gebiet war politisch, geologisch und meteorologisch ein instabiler Albtraum: Zuckerplantagen, Sklaven, Rum, Diktatoren, tropische Orkane, Erdbeben, Kokain, wunderschöne Strände und moderne Piraten in Armani-Outfit mit Dreadlocks, Goldkette, Bentley und Maschinenpistole.

»Das ist ein selbstständiger Staat«, sagte Keith Mallory. »Commonwealth, Strände, Reggae, Steelbands, Drinks mit Sonnenschirmchen, Rastafari und ...«

»Kleine Banken und Pokersites«, sagte Michael.

»Kleine Banken mit sehr großen, privaten Konten, die davon leben, dass sie niemals – nie und niemals – irgendetwas irgendwem über die Kontoinhaber mitteilen«, ergänzte der Engländer den Gedanken. »Die Kolumbianer und die mexikanischen Drogenkartelle müssen ihre Cokedollars irgendwo investieren, und Online-Casinos eignen sich hervorragend, Schwarzgeld weiß zu waschen. Das Einzige, was man dafür braucht, ist eine Bambushütte am Strand und eine verdammt gute Internetverbindung, ein paar große, wassergekühlte Server und eine freundliche, kleine Bank. Schon kann man auf dem Markt mitmischen.«

Michael nickte.

Die Geschäftsidee war wirklich gut. Die Frage war nur, wer sie gehabt hatte. Flemming Caspersen? Er war vermutlich mit den reichsten und einflussreichsten Menschen auf dem Erdenrund ganz dicke: Top-Lobbyisten in Washington, Mumbai-Milliardäre, russische Oligarchen, Direktoren von Ölgesellschaften. Alle waren sie abhängig von Sonarteks Produkten, und alle hätten Flemming Caspersen sicher gerne einen Dienst erwiesen: zum Beispiel, ihm bei der Einrichtung eines Online-Casinos in Westindien behilflich zu sein. Die Frage war nur, ob er der einzige Kunde war oder ob das ein Marktplatz für Anbieter exklusiven Zeitvertreibs für alte, müde, aber mächtige Männer war, die nach dem immer größeren Kick suchten.

»*Christ*, Keith. Ich ...«

»Was?«

Das verschlüsselte Telefon knackte und pfiff.

»Ist deine Quelle okay?«

»Wer ist schon okay? Du und ich, wir sind okay. Ich traue keinem anderen, Mike. Aber als Quelle ist er gut genug. Er wurde von Leuten von *Running Man* gefragt, ob er ›Reiseleiter‹ sein wollte bei ganz speziellen Jagdreisen für sehr reiche Klienten, und hat abgelehnt. Später wurde er neugierig und hat rausgefunden, dass man auf der Homepage einen besonderen Bonus bekommt, wenn man ein häufiger und regelmäßiger Kunde bei den Spielen ist, für die es keine Obergrenze für die Einsätze gibt. Sie werben mit dem Versprechen ganz besonderer Erlebnisse. Einzigartig. Bannerwerbung, die offensichtlich nichts mit dem Casino zu tun hat, die mir so aber bisher auch noch nirgendwo sonst begegnet ist. Sie bewerben beispielsweise Jagdsafaris für den besonders anspruchsvollen Kunden.«

»Und man bezahlt, indem man bei den Spielen Unsummen Geld verliert?«

»Das nehme ich an.«

»Und wenn man gewinnt?«

»Man gewinnt nicht, Mike. Das Ganze ist so falsch wie Chers Titten. Das ist einfach ein Cyber-Treffpunkt, an dem elitär Auserwählte Dinge arrangiert bekommen und bezahlen. Alles ist doppelt und dreifach verschlüsselt. Unlösbare Algorithmen.«

»*Running Man Casino?*«

»Hübscher Name, oder?«

Michael dachte an Elizabeth Caspersens DVD, Kasper Hansens Gesicht und die Felskante vor dem Abgrund.

»Sehr passend«, sagte er. »Danke, Keith.«

»So little.«

Erneute kurze Pause.

»Ich wollte es dir eigentlich erst gar nicht erzählen«, sagte der Engländer schließlich. »Weil ich glaube, dass das hier in einer anderen Liga spielt als das, womit du dich sonst beschäftigst, Mike. Ich meine, das hier ... Heavy, verstehst du? Sehr, sehr heavy.«

Michael nickte. Die Taube war zurückgekehrt und saß wieder auf dem Metalllauf. Sie betrachtete ihn wie ein großes Hotdogbrötchen und schien schier größenwahnsinnige Pläne zu haben.

»Danke für den Hinweis, aber das bringt dieser Auftrag wohl mit sich.«

»Bist du sicher? S & W hätte gerade einen Job für dich, wenn du willst.«

»Usbekistan?«

»Schlimmer. Nigeria.«

»Ist da nicht gerade Bürgerkrieg? Stecken die da nicht alle Ölquellen in Brand?«

»Genau davon leben wir, Mike, schon vergessen? Wir passen aufs Öl auf, damit deine Kinder im Winter nicht frieren müssen.«

Michael hatte für einen Augenblick den bitteren, erstickenden Geruch von brennendem Rohöl in der Nase, den die rasende Mutter Erde ausspie, um die gierigen Menschen zu vernichten, die kilometerlange Löcher in ihren Leib bohrten.

»Danke, aber nein, Keith. Ich mag den Frühling in Dänemark. Außerdem ...«

»Deine Frau und die Kinder«, sagte der Engländer. »Verstehe. Mach's gut, Mike, und überweis mir doch bitte gleich das Geld.«

33

Michael starrte vor sich hin, das Handy in der Hand. Nigeria? Der schwarze Kontinent. Der Name passte perfekt. Er war oft dort gewesen.

Er überlegte, was es gewesen war, das eine Saite in seinem Unterbewusstsein angerührt hatte, als er mit seinem vorlauten Telefon den Flur hinuntergeeilt war. Er schaute zu der Tür, die auf die Station führte. Eine Farbe. Er hatte etwas Kastanienrotes gesehen, als er an einem der Krankenzimmer vorbeigelaufen war. Die richtige Nuance. Er stellte das Handy auf lautlos und öffnete die Tür zur renommiertesten HNO-Klinik des Landes.

Er ging den Flur entlang und fand die Tür, die immer noch angelehnt war. Die Farbe stimmte. Er sah einen Stuhl, den kleinen Ausschnitt eines leichenblassen Gesichts und etwas Haar unter einer dunkelblauen Kapuze. Er klopfte vorsichtig an und beobachtete die Person dort drinnen. Sie rührte sich nicht. Er klopfte etwas lauter und sah sich um. Die Mumien am Esstisch hatten ihn wieder entdeckt.

Er schob die Tür auf und trat in den kleinen Eingangsbereich vor einem winzigen, linoleumverkleideten Badezimmer.

»Entschuldigung?«

Er hüstelte. Die Frau auf dem Stuhl vor dem Fenster rührte sich nicht. Ihr Haar leuchtete rot, aber das Gesicht war ausdruckslos und nach unten geneigt. Es war ein Einzelzimmer ohne Bett. Michael ging vor der Frau in die Hocke.

Ganz vorsichtig legte er eine Hand auf ihr Knie und zog sie gleich wieder weg.

»Lene?«

Auf dem linken Ohr der Kommissarin saß eine Kompresse und am Hals unter dem Ohr war angetrocknetes Blut. Der Kopf hob sich ein kleines Stück, und ihre grünen Augen richteten sich auf ihn, offensichtlich, ohne ihn zu registrieren. Ihr Blick war komplett leer.

»Lene? Ich heiße Michael Sander. Ich ...«

Was sollte er sagen?

Er stand auf. Die Kriminalkommissarin bewegte sich nicht, aber ihr Blick richtete sich wieder nach unten. Michael zog eine seiner selten gebrauchten Visitenkarten aus der Brieftasche, auf der nichts außer seinem Namen stand. Er schrieb die tagesaktuelle Handynummer darauf und legte sie auf die Armlehne.

»Rufen Sie mich an. Es geht um Kim Andersen. Ich glaube, wir können uns gegenseitig helfen.«

Er zog ratlos die Schultern hoch, schob die Hände in die Taschen und wandte sich zum Gehen.

Dann überlegte er es sich anders und sah sie an.

»Ähm ... Die Zeit wird knapp, also rufen Sie mich an, sobald ... ja, sobald es Ihnen wieder etwas besser geht.«

Er hatte eine Hand auf die Türklinke gelegt, als sie etwas flüsterte. Er machte einen Schritt zurück und sah sie an.

»Was haben Sie gesagt?«

»Ich darf mit niemandem sprechen«, sagte sie und schüttelte den Kopf. »Ich darf mit niemandem sprechen.«

»Wieso nicht?«

Lene Jensens grüne Augen füllten sich mit Tränen. Sie wischte sie mechanisch mit dem Handrücken weg. Ihre Hände waren schmutzig und etliche Nägel gebrochen.

»Das darf ich nicht«, sagte sie.

Sie nahm die Visitenkarte von der Armlehne und sah sie sich an.

»Wer sind Sie?«

Er ging zu ihr und hielt bewusst die Balance zwischen notwendiger Nähe und notwendiger Distanz. Lene Jensen hatte etwas von einem gejagten Tier an sich.

Er zögerte, atmete tief ein.

»Dann werde ich versuchen, für uns beide zu sprechen, Lene. Sie können mich unterbrechen, und Sie können nicken, wenn Sie meinen, dass das, was ich sage, einen Sinn ergibt, oder den Kopf schütteln, wenn Sie das nicht meinen. Okay? Kim Andersen war Veteran der Leibgarde. Er hat in Afghanistan, im Irak und in Bosnien Dienst geleistet. Er ist Mitglied einer Clique von Ex-Soldaten, die in Nordnorwegen eine Art Menschenjagd auf ein paar willkürlich ausgewählte, junge Menschen veranstaltet haben. Ich spreche von einem Ingenieur, Kasper Hansen, und seiner norwegischen Frau, Ingrid Sundsbö, einunddreißig und neunundzwanzig Jahre alt. Die Jagd hat am 24. März 2010 stattgefunden. Ich weiß nicht, wann genau an diesem Tag Ingrid Sundsbö umgekommen ist, aber Kasper Hansen wurde um halb sieben Uhr abends erschossen. Das Paar hatte zweijährige Zwillinge.«

Michael machte eine Pause und sah die Kommissarin an. Hatte sie irgendetwas von dem mitbekommen, was er gesagt hatte? Ihr Gesicht war unverändert ausdruckslos, aber war da nicht eine schwache Glut tief in ihren grünen Augen?

»Meine vorläufige Vermutung ist, dass Kim Andersen sich die Verletzung an seinem Bein bei dieser Jagd zugezogen hat. Es existiert ... eine Art Film vom Abschluss der Jagd. Eine Art Trophäe, an der der Kunde sich aufgeilen kann, wenn alle schlafen. Ich weiß nicht, ob die Morde Einzelfälle waren, oder ob die Betreffenden zu anderen Zeitpunkten ähnliche Menschenjagden an anderen Orten organisiert haben. Jedenfalls wirkten sie routiniert. Ich bin eine Art privater Ermittler für einen Klienten, der in den Besitz des Films gekommen ist und die Jäger finden will. Ich glaube, dass die Clique von einem südseeländischen Gut aus operiert. Und ich glaube, dass es sich um Veteranen der dänischen Armee handelt, und dass sie aus dem Jagdkonsortium dort unten rekrutiert wurden. Ihre Honorare wurden als Spielgewinne eines Online-Casinos in Westindien ausbezahlt, *Running Man Casino*. Was mir fehlt, sind Beweise und mehr Informationen, besonders über Kim Andersen. Hat er sich aus freiem Willen erhängt oder hat jemand nachgeholfen? Es wäre mir eine Hilfe, wenn wir zusammenarbeiten könnten ... eine große Hilfe, sogar.«

»Sind Sie einer von denen?«, fragte sie Richtung Boden.

»Einer von welchen?«

»Werde ich auf die Probe gestellt? Ich werde nichts sagen. Das habe ich doch gesagt. Das habe ich versprochen ... Ihr dürft ihr nichts tun.«

Tränen liefen über ihr Gesicht.

Was um Himmels willen hatten sie mit ihr gemacht? Michael dachte an das Foto von der Kommissarin in den Zeitungen und an Daniel Tarnovskis Einschätzung von ihr als zähe, knallharte Frau.

Er ging wieder vor ihr in die Hocke und versuchte, ihren

Blick unter dem roten Haar einzufangen, aber das war unmöglich. Sie wollte ihn nicht ansehen.

»Nein, ich bin keiner von denen, Lene«, sagte er so beruhigend, wie er konnte. »Ich arbeite allein. Ich weiß nicht, was mit Ihnen passiert ist oder wer in diesem Zimmer liegt, aber ich glaube, wie gesagt, dass wir uns helfen können. Bitte rufen Sie mich an, wenn Sie Zeit hatten, darüber nachzudenken.«

Er lächelte sie an.

»Ich gehe Tag und Nacht ans Telefon und würde sehr gerne mit Ihnen reden.«

Michael erhob sich, als es an der Tür klopfte. Der Besucher wartete keine Antwort ab und kam direkt herein. Die schlanke, grauhaarige Frau in der Türöffnung sah ihn fragend an.

Sie trug einen tadellosen Pagenschnitt, die Augen hinter den Brillengläsern waren klar und wachsam. Michael lächelte die Frau an, aber sein Lächeln wurde nicht erwidert.

Er streckte die Hand aus.

»Michael Sander.«

»Charlotte Falster. Entschuldigen Sie, ich dachte ... Sie sind also nicht Josefines Vater?«

Er hatte nicht gehört, dass die Kriminalkommissarin aufgestanden war, und wurde von ihrem kräftigen Händedruck überrumpelt, der sich um seinen Oberarm legte.

Lene Jensen schob ihn beiseite, den Blick nicht auf ihn, sondern auf die Frau mit den grauen Haaren gerichtet.

»Er wollte gerade gehen«, sagte sie.

Es vergingen ein paar peinliche Sekunden. Charlotte Falster fasste sich als Erste wieder.

»Ich warte gerne draußen, Lene, bis ihr ...«

Die Kommissarin sah an Michael vorbei und nickte Richtung Tür.

»Bleib ruhig, Charlotte. Auf Wiedersehen. Und danke, dass Sie gekommen sind, Michael.«

Er sah sie an.

»Schon in Ordnung.«

Michael lächelte die grauhaarige Frau noch einmal an, als er an ihr vorbeiging. Als er die Tür hinter sich schloss, hörte er Charlotte Falster bereits mit klarer Stimme die ersten Fragen stellen. Und er hörte die Kommissarin aufschluchzen.

Er lächelte. Nicht, weil er irgendetwas an dieser Situation komisch fand, sondern weil er Lene Jensens hastige, versteckte Handbewegung bemerkt hatte, als sie seine Visitenkarte in die Tasche des Kapuzenpullis geschoben hatte.

34

Die Glastüren des vornehmen Bürohauses in der Bredgade glitten automatisch auf. Michael ging an Vitrinen mit ausgesuchter Keramik und kunstvollen Webteppichen vorbei und durch ein überdachtes Atrium in das Herz des Gebäudes. Er lächelte eine junge Frau an, die aus einem zylinderförmigen Glasaufzug trat, ging hinein und drückte die Taste für den dritten Stock: Anwaltskanzlei Holm, Joensen & Partner. Er verließ den Aufzug, trat in einen geschmackvollen Empfangsbereich und wandte sich an die Frau hinter dem Tresen.

»Michael Sander für Elizabeth Caspersen.«

»Sander?«

Michael nickte, und die Rezeptionsdame zeigte zu einem schwarzen Ledersessel mit Chromgestell.

»Fünf Minuten«, sagte sie. »Es gibt Kaffee oder Wasser.«

»Danke.«

Er nahm Platz und warf einen Blick auf die üblichen Architekturmagazine, die einladend fächerförmig auf dem niedrigen Glastisch zwischen den Sesseln auslagen. Die Luft war trocken und angenehm temperiert, im Hintergrund war das leise Summen einer Klimaanlage zu hören.

Michael rieb sich das unrasierte Kinn und dachte an die traumatisierte, ausdruckslose Kriminalkommissarin im

Rigshospital. Tiefste Verzweiflung hatte sie wie ein Umhang eingehüllt. Sie hatte eine Grenze überschritten, und auf der anderen Seite war nichts.

Er hörte das hohle Klappern von Absätzen auf den polierten Granitfliesen und erhob sich.

»Elizabeth ...«

»Michael.«

Sie führte ihn zielstrebig durch weitere Glastüren einen langen Gang entlang. Die letzte Tür hielt sie ihm auf.

Die vom Boden bis zur Decke reichenden Regale waren voller Gesetzessammlungen und gebundener Fachzeitschriften. Auf dem Boden lag ein mitgenommener persischer Teppich, der Raum war erstaunlich gewöhnlich möbliert: Elizabeth Caspersen schien nichts von oberflächlichem Blendwerk zu halten. Sie nahm auf einem niedrigen Sofa Platz und forderte Michael auf, ebenfalls dort Platz zu nehmen.

»Ich habe Neuigkeiten, Michael«, sagte sie aufgeregt. »Gute und etwas problematischere. Danke, dass Sie gleich kommen konnten.«

»Kein Problem«, sagte er und versuchte sich an einem enthusiastischen Lächeln.

»Ich habe mit dem Chef von Vaters dänischer Wirtschaftsprüfungsfirma gesprochen – obwohl das eigentlich eine internationale Gesellschaft ist –, also, mit dem Chef der dänischen Filiale.«

»Verstehe«, sagte Michael.

»Ich musste ihm diverse Passwörter nennen, weil er sonst nicht ...« Sie wurde rot, als hätte sie gerade zugegeben, dass sie mit fünfzehn Feuerzeuggas geschnüffelt hatte.

Michael hoffte, dass sie endlich zur Sache kam.

»Er ist auf eine Möglichkeit gestoßen, wie das Geld an die Männer überwiesen wurde, die ...«

»Kasper Hansen und Ingrid Sundsbö ermordet haben«, sagte er.

»Genau. Der Prüfer hat einen Kanal gefunden, einen sehr privaten Kanal, über den recht große Summen überwiesen werden konnten. Sie werden es sicher nicht glauben, aber ...«

»*Running Man Casino,* Antigua und Barbuda?«, schlug er vor.

Ihre Augen funkelten, sie klappte den Mund zu.

»Woher zum Teufel wissen Sie das? Wie haben Sie das ...«

Er zuckte mit den Schultern, und sie explodierte.

»Warum haben Sie mir nichts davon gesagt, Michael? Das hätte ich sehr zu schätzen gewusst.«

Ihre Knöchel waren weiß, und sie beugte sich vor, als wollte sie ihn schlagen. Er hob abwehrend die Hände.

»Weil ich es auch erst vor ein paar Stunden erfahren habe. Ich habe mit einem früheren Kollegen gesprochen und bin sicher, dass er es auch erst wenige Minuten wusste, bevor er mich angerufen hat.«

Sie sah ihn an. Ihre ohnehin schon schmalen Lippen waren zu einem dünnen Strich zusammengepresst und die Fäuste auf ihrem Schoß geballt.

Er lächelte versöhnlich.

»Aber es ist doch gut, das von mehreren Seiten bestätigt zu bekommen. Wirklich.«

Sie schloss die Augen und holte tief Luft.

»Gut! Schon gut, verdammt noch mal.«

Michael lachte und kratzte sich im Nacken.

»Worüber lachen Sie?«, fragte sie misstrauisch.

»Über Sie. Entschuldigung. Dass eine Anwältin mit Zulassung für den Obersten Gerichtshof und aufgewachsen in der Richelieus Allé flucht wie ein Bierkutscher, erstaunt mich schon ein bisschen.«

Sie errötete und senkte den Blick. Dann lächelte sie verlegen.

»Sprechen Sie so auch im Gerichtssaal?«, fragte er. »Ich stelle mir gerade vor, wie Sie den Geschworenen klarmachen, dass sie übers Knie gelegt werden, wenn sie sich blöd anstellen.«

»Es kommt selten vor, dass ich einen Gerichtssaal von innen sehe. Ich bin Anwältin für Wirtschaftsrecht. Meine Hauptaufgabe besteht darin, Schlupflöcher für reiche Menschen zu finden.«

»Was hat der Wirtschaftsprüfer zu dem Casino gesagt? Weiß er, wem es gehört?«

»Es ist nicht gerade Transparenz, mit der sich der Banksektor in Westindien auszeichnet. Da ist so ziemlich alles machbar. Ich glaube, der Prüfer hat einen Hacker dazugeholt, vermutlich aus einer IT-Sicherheitsfirma. Er war wirklich fähig.«

»Hervorragend, dann lassen Sie mal hören«, sagte Michael.

»*Running Man Casino* wurde vor etwa fünf Jahren auf Antigua aus der Taufe gehoben«, sagte sie. »Sie bieten Online Poker, Blackjack, Roulette, einarmige Banditen und so weiter an. Das gehört zu einer Site mit anderen, internationalen Spielsites. Die öffnen und schließen, tauchen unter neuen Namen und mit neuen Kontaktinformationen wieder auf. Wie Pornosites, meinte der Prüfer.«

»Pornosites?«

»Jetzt sagen Sie mir nicht, dass Pornosites ein unbekanntes Phänomen für sie sind.«

»Ich habe davon gehört«, sagte Michael.

»Das Casino gehört offiziell einer Gesellschaft in Panama City, *Pan Pacific Equity*. Heißt konkret: ein Büro mit Sekretärin, Computer und Anrufbeantworter.«

»Die Gesellschaft in der Gesellschaft in der Gesellschaft.«

»So läuft es normalerweise«, stimmte sie zu. »Und jetzt habe ich etwas herausgefunden, was ich mich schon immer gefragt habe ...«

»Das da wäre?«

»Wie die Firma Bestechungen abwickelt. Naheliegend. Und elegant, muss ich sagen.«

Michael nickte. Sonartek hatte sicherlich eine Monopolstellung in seiner Nische, machte aber natürlich nicht nur Geschäfte mit Staaten, die sich an die internationalen Konventionen hielten. Da waren sowohl Diktaturen wie Demokratien darunter. Die Waffenbranche war nichts für zarte und ängstliche Gemüter. Wer einen Auftrag haben wollte, kam um Bestechung nicht herum.

»Von welchen Summen sprechen wir, Elizabeth?«

»Ungefähr dreißig Millionen Dollar pro Jahr in den letzten fünf Jahren.«

Michel pfiff. Das war mehr als ausreichend, um die härtesten Männer der Welt dazu zu motivieren, alles zu tun, und genug, um hochrangige Beamte und diverse Verteidigungsminister zu schmieren.

»Gibt es eine Verbindung zu Dänemark?«

Sie ließ die Frage unbeantwortet und ging zu einem Archivschrank in der Ecke des Büros. Als sie zurückkam, legte sie eine Kopenhagener Morgenzeitung vor ihn auf den Tisch. Eine Zeitung, die Michael nur zu gut kannte.

»Kim Andersen«, sagte sie. »Ich habe ihn öfter in Victors Schloss gesehen, hab aber nicht mehr an ihn gedacht, bis ich über dieses Bild gestolpert bin. Und ich habe auch keinen Gedanken daran verschwendet, bis ich mit dem Wirtschaftsprüfer gesprochen hatte. Wissen Sie etwas über den Fall?«

»In der Tat. Leibgardist. Veteran. Selbstmord.«

»Er starb relativ wohlhabend«, sagte Elizabeth Caspersen trocken.

Michael warf einen Blick auf die Titelseite. Lene Jensen auf dem Parkplatz vor der Polizeiwache in Holbæk, ernster Blick auf den Fotografen gerichtet. Sie trug den gleichen Kapuzenpulli, den sie auf der Station im Rigshospital getragen hatte.

»Aha, ist er das?«

»Er hatte gerade eine Überweisung über Credit Suisse in Zürich überwiesen bekommen, die zweihunderttausend Schweizer Franken entspricht.«

»Von *Running Man Casino*?«

»Ganz genau. Und diese Auszahlung wurde im Juli 2010 von Victor Schmidt genehmigt.«

Michael nahm den Blick von der Titelseite und lehnte sich auf dem unbequemen Sofa zurück.

»Victor?«

»Seine persönliche interne, digitale Signatur. Die kann nicht gefälscht werden.«

»Das ist interessant«, sagte Michael. »Das ist sehr, sehr interessant. Ein Beweis, sozusagen.«

»Darüber bin ich mir im Klaren«, sagte sie. »Kaffee? Ich

habe leider nichts Stärkeres da, obwohl ich eigentlich einen Drink gebrauchen könnte.«

»Ja, danke«, sagte er abwesend.

»Milch?«

»Danke.«

Elizabeth Caspersen machte sich rasch an Thermoskanne, Tassen und Zuckerschale zu schaffen. Sie schenkte ihm Kaffee ein, setzte sich wieder aufs Sofa und schlug die Beine übereinander.

»Warum ausgerechnet vor einem Monat?«, fragte er.

Sie stellte ihre Tasse ab.

»Er hat geheiratet, einen Tag, bevor er sich erhängt hat«, sagte sie. »Heutzutage sind Hochzeiten Mega-Events, bei denen die Leute darum wetteifern, sich zu überbieten und alles Mögliche zu beweisen. So was kostet inzwischen ein Vermögen.«

»Selbstverständlich.«

Er und Sara hatten zwölf Gäste zu ihrer Hochzeit in einer Dorfkirche in Devon eingeladen. Anschließend waren sie in den Pub gegangen – wo der Wirt und Keith Mallory ihn später ins Bett tragen mussten, während Sara unten weiter gefeiert hat. Bei der Erinnerung daran musste er grinsen. Das Ganze war äußerst denkwürdig gewesen und hatte sie ein paar Tausend Pfund inklusive Zimmer und Frühstück für alle gekostet.

Michael zeigte auf das kleine Foto von Lene Jensen.

»Die Frau ist Kriminalkommissarin bei der Staatspolizei und hat den Ruf einer kompetenten, starken und zuverlässigen Frau. Ich habe sie heute im Rigshospital getroffen. Sie ist völlig am Boden zerstört. Irgendetwas oder jemand hat sie kaputtgemacht.«

»Wir können so nicht weitermachen«, sagte Elizabeth Caspersen ruhig. »Sie vertrauen mir offensichtlich nicht, obgleich ich Sie engagiert habe und ziemlich viel riskiere, falls der Film an die Öffentlichkeit kommt.«

»Natürlich vertraue ich Ihnen, aber ich bin auch Profi, und ich will nicht riskieren, dass irgendjemand etwas von unseren Gesprächen mitbekommt. Das könnte katastrophale Folgen haben.«

Elizabeth Caspersen tippte mit einem manikürten Fingernagel auf ihre Brust. »Glauben Sie, ich würde jemandem erzählen, dass mein Vater ein psychopathischer Mörder war?«

Er erwiderte seelenruhig ihren rasenden Blick.

»Natürlich nicht mit Absicht. Und ich befinde mich in keiner anderen Situation. Ich bin kein Übermensch, weit davon entfernt. Aber je weniger Menschen wissen, was wir tun, desto größer sind unsere Chancen. Das ist natürlich eine Frage der Balance, denn irgendjemand muss ja über alles Bescheid wissen.«

»Kommunikation, Michael. Das ist es, wozu ich erzogen wurde. So wie Sie dazu erzogen wurden, alles totzuschweigen. In diesem Punkt kollidieren unsere Interessen sozusagen.«

Er lächelte.

»Kommunikation wird nach meinem Geschmack völlig überbewertet«, sagte er. »Übertriebene Kommunikation ist eine Geißel der Zivilisation. Sitzungen um der Sitzung willen. Informationen ohne Inhalt.«

Elizabeth Caspersen bot einen neuerlichen Beweis ihrer überheblichen Augenbrauentechnik.

»Wenn Sie meinen.« Sie nahm die Zeitung und studierte die Titelseite.

»Lene Jensen? Wieso ermittelt die Polizei überhaupt bei einem Selbstmord?«

»Das weiß ich nicht. Aber ebenjenen Kim Andersen habe ich heute Nacht auf etlichen Fotos in Jakobs Zimmer gesehen«, sagte er. »Fotos aus dem Irak, aus Afghanistan und von Pederlunds Haupttreppe. Fröhlich. Frau Nielsen mit Silbertablett daneben. Jagdhörner und Morgenschnaps.«

»Sie waren in Jakobs Zimmer? Wenn er sie erwischt hätte, hätte er sie umgebracht. Er ist der privateste und scheueste Mensch, der mir jemals begegnet ist. Er kann Menschen generell nicht leiden.«

»Natürlich war ich in seinem Zimmer. Warum sonst, glauben Sie, wollte ich aufs Schloss?«

Sie starrte ihn an.

»Das weiß ich doch nicht! Sie haben gesagt, Sie wollten die Menschen kennenlernen, die meinem Vater nahestanden. Das haben Sie gesagt, verdammt noch mal.«

»Habe ich das? Na, dann war ich eben aus mehreren Gründen dort.«

»Offensichtlich. Sie haben gesagt, sie sei am Boden zerstört? Warum? Ein Unfall? Was ist passiert, und warum wollen Sie mit ihr reden?«

Sie legte die Zeitung weg und sah ihn alarmiert an.

»Sie haben doch nicht vor, ihr etwas von der Jagd zu erzählen, oder? Von dem Film? Das können Sie nicht tun, Michael. Das dürfen Sie nicht!«

»Das habe ich auch nicht vor.« Er goss zerstreut Milch in seine Tasse. »Natürlich nicht. Aber der Mann ist tot. Ich kann nicht mehr mit ihm reden und muss ihn trotzdem irgendwo in dem Bild unterbringen, in dem großen Bild, mit dem Casino in Westindien und den zweihunderttausend

Schweizer Franken von Credit Suisse. Sie müssen zugeben, dass das Ganze nicht ganz unkompliziert ist.«

»Aber vielleicht ist es auch ganz simpel, Michael. Ein Schützenverein. Ein Club für Jäger, die es leid sind, gewöhnliches Wild zu jagen. Die etwas anderes ausprobieren wollen und eine Möglichkeit gefunden haben.«

Er sah sie traurig an und trank einen Schluck Kaffee.

»Vielleicht. Aber wahrscheinlich ist es eh zu spät. Sie war der traumatisierteste Mensch, den ich je gesehen habe.«

»Und was machen wir jetzt?«, fragte sie.

»Jakob Schmidt …«

»Wie bitte?«

»Ist er tätowiert?«

Sie dachte nach.

»Ich glaube schon. Das sind sie früher oder später alle, oder? Wieso?«

Michael zeigte auf seinen Hals.

»Ein Skorpion, zum Beispiel? Hier, unter dem Ohr. Ich konnte ihn auf keinem der Fotos in seinem Zimmer finden. Er ist wirklich ein verfluchtes Gespenst, genau wie sein Vater gesagt hat.«

Elizabeth Caspersen nickte.

»So ist es ihm am liebsten. Ein Skorpion? Nein, ich glaube nicht, dass er so was hat, aber ich habe ihn in den letzten Jahren kaum gesehen. Natürlich kann er sich in der Zwischenzeit einen Skorpion an den Hals tätowieren lassen haben. Soll ich nachfragen?«

»Um Himmels willen, nein. Vergessen Sie es.«

Michael warf einen Blick aus dem Fenster. Im Atrium brannte jetzt Licht. Es wurde dunkel, und er war todmüde.

»Sie wollten wissen, was wir jetzt machen sollen. Ich

denke, es ist an der Zeit, dass wir die Initiative ergreifen, Elizabeth.«

»Wie?«

»Sie haben gesagt, Sie würden alles in diese Sache investieren, was Sie haben, nicht wahr?«

»Und das meine ich auch so, Michael«, sagte sie mit fester Stimme. »Ich weiß sehr wohl, dass ich mich aufgeregt habe, weil Sie einen Helikopter chartern wollen und solche Dinge, aber das ist in Ordnung. Legen Sie los.«

»Wunderbar. Ich bin nämlich richtig gut im Ausgeben von Geld anderer Leute. Und ich habe eine Idee. Aber die ist kostspielig. Sehr, sehr kostspielig.«

»Was schwebt Ihnen vor?«

Er lehnte sich zurück und schaute zerstreut auf den persischen Teppich.

»Ich würde gern etwas durch ein Kellerfenster in das *Running Man Casino* schmuggeln«, sagte er. »Ein trojanisches Pferd.«

Sie nickte.

»Denken Sie an jemand Konkreten, Michael?«

»Ich kenne da einen hervorragenden Typen.«

35

Sie unterhielten sich noch ein paar Minuten, worauf Michael ein langes Telefonat tätigte, das Elizabeth Caspersen mithörte.

Es waren am Ende ihre Überzeugungskünste, die den Ausschlag gaben. Und natürlich das Geld.

Danach trank Michael Kaffee, während Elizabeth Caspersen am Computer beschäftigt war. Nach einigen Minuten sah sie auf, warf einen Blick zu Michael rüber, drückte die ENTER-Taste und seufzte.

Sie rieb sich nervös die Oberarme.

»So fühlt es sich also an, fünfzigtausend Sonartek-Aktien zu verkaufen. Mein Vater würde mich umbringen, wenn er das wüsste.«

Michael lächelte aufmunternd. »Ich hoffe, das ist es Ihnen wert, Elizabeth. Kriegt Victor das mit?«

»Ich finde, dass es das absolut wert ist, Michael. Und nein, ich verteile das Portfolio in den nächsten Tagen über verschiedene Aktienhändler auf eine Reihe kleinerer Händler. Sonartek wird jeden Tag auf der ganzen Welt tausendfach gehandelt.«

»So wird's wohl sein«, sagte Michael, nach wie vor skeptisch. Sie hatte schließlich selbst gesagt, dass man Victor Schmidt nicht unterschätzen sollte.

Eine Weile hingen sie beide ihren Gedanken nach.

»Und wie lautet die problematische Neuigkeit?«, fragte er schließlich.

»Entschuldigung?«

»Sie meinten vorhin, Sie hätten gute und etwas problematischere Neuigkeiten.«

Sie seufzte und legte die Handflächen auf einen dicken weißen Umschlag auf der Schreibunterlage.

»Das hier. Ich wurde heute von der staatlichen Aufsichtsbehörde zum gesetzlichen Vormund und Vollstrecker meiner Mutter ernannt. Hier ist das Gutachten eines klinischen Psychologen und das Expertengutachten eines Professors der Neurologie.«

»Darf man Sie beglückwünschen?«

»Das weiß ich, ehrlich gesagt, nicht.«

»Damit haben Sie jetzt ein großes Mitspracherecht in der Firma, nehme ich an? Ein sehr großes Mitspracherecht.«

Sie nickte.

»Victors und Henriks Reaktion nach zu urteilen, dürfte das so sein.« Ihr Gesicht war bar jedes Enthusiasmus und Triumphes. »Sie haben mich gestern Nachmittag auf dem Parkplatz abgefangen und zu einem Drink eingeladen. Man könnte fast sagen, genötigt. Victor wusste bereits alles. Ich habe keine Ahnung, woher.«

»Was wollte er?«

Sie lächelte blass.

»Die Zusage, dass ich in einer außerordentlichen Vorstandssitzung von Sonartek für ihn als neuen Aufsichtsratspräsidenten stimme.«

»Was haben Sie gesagt?«

»Was sollte ich sagen? Die beiden wirkten auf mich fast verzweifelt. Mein Gott, Michael, ich will überhaupt nicht in die Firma. Ich will einfach nur mein eigenes Leben leben dürfen. Verstehen Sie das?«

Michael nickte, dachte aber im Stillen, wie schwer es wohl wäre, mit der Hälfte von 65 Milliarden in der Hand dazustehen.

»Und was haben Sie gesagt?«, fragte er noch einmal.

»Dass ich natürlich für ihn stimme. Dass Kontinuität wichtig sei, die Firmenkultur ... den ganzen Schund, den er hören wollte. Ich glaube, ich habe Angst vor ihm. Vor beiden.«

Das Geschäftsmäßige und Selbstsichere der Anwältin am Obersten Gerichtshof war verflogen. Eine dünne Schweißschicht auf ihrer Stirn reflektierte das Licht der Schreibtischlampe.

»Vor Henrik auch?«

»Wie bitte?«

»Henrik. Haben Sie vor ihm auch Angst?«

Sie zuckte mit den Schultern. »Nein ... Ja! Ich weiß es nicht. Er ist so anders, finde ich. Fanatisch und nervös. Alle beide. Victor hat nie sonderlich herzliche Gefühle für mich oder meine Mutter gehegt. Ich denke, er ist eifersüchtig auf uns. Genau wie Henrik. Er hat meinen Vater vergöttert.«

»Eifersüchtig?«

»Ist das so schwer zu verstehen? Meinen Vater und Victor hat eine sehr tiefe, aber auch komplizierte Freundschaft verbunden. Ich glaube nicht, dass Victor andere Freunde hat. Er vertraut niemandem. Wahrscheinlich nicht einmal seinen eigenen Kindern und schon gar nicht Monika. Es hat ihm gar nicht geschmeckt, dass es andere Menschen als ihn im Leben meines Vaters gab. Er ist nicht mehr jung, und das Einzige, was er im Leben zustande gebracht hat, ist Sonartek. Das muss erhalten werden, und das in Dänemark. Er hat wirklich gelitten, als die Produktion ausgelagert wurde, obgleich er wusste, dass die Entscheidung ökonomisch betrachtet richtig war. Er ist ein Patriot und war wahnsinnig stolz, als Jakob Offizier wurde, und wahnsinnig enttäuscht, als er die Armee verließ und als Mienenräumer und Logistiker für Nothilfeorganisationen anfing.«

»Und Henrik?«

»Teflon. Ganz der Sohn seines Vaters und rechte Hand mit Haut und Haar. Er ist gefallsüchtig und hat eine Heidenangst, die Liebe seiner Eltern zu verlieren, wenn er bockt oder beginnt, eigenständig zu denken.«

Michael stand auf.

»Verstehe«, sagte er.

Sie sah zu ihm hoch. Versuchte zu lächeln.

»Was soll ich machen?«, fragte sie.

»Spielen sie das Spiel mit, Elizabeth. Wenigstens noch eine Weile. Fordern Sie sie nicht heraus. Zu Ihrem eigenen Besten«, sagte er ernst. »Und passen Sie gut auf sich auf.«

Sie nickte, atmete tief ein und zog einen kleinen Umschlag aus ihrer Handtasche. Sie wurde rot, als sie ihn an ihn weiterreichte.

»Und dann wäre da noch das hier, Michael. Tut mir leid. Von ganzer Seele. Victor hat es mir gegeben. Er war sehr stolz auf sich, und ich hatte keine Ahnung, was ich sagen sollte.«

Michael öffnete den Umschlag mit einem Gefühl von Niederlage. Er las die wenigen Zeilen auf dem Blatt und setzte sich wieder.

Es war die Fotokopie eines Operationsberichts aus dem Bezirkskrankenhaus in Næstved, datiert auf den 3. Mai

1997, der Tag, an dem ein Chirurg Casper Flemmingsen sterilisiert hat.

»Na super«, murmelte er.

»Ich habe das nicht gewusst, ehrlich«, sagte sie verzweifelt.

»Wie konnten Sie das nicht wissen, verdammt noch mal?«, platzte Michael hitzig heraus und dachte daran, dass sie im Augenblick seine einzige Klientin und Einnahmequelle war. »Entschuldigen Sie, Elizabeth, verflixt noch mal.«

»Ist schon in Ordnung. Er hat es mir gegenüber nie erwähnt, und auch meine Mutter hat nie was darüber gesagt.«

»Warum?«

»Warum er sich sterilisieren lassen hat? Keine Ahnung.«

Er stand wieder auf und sah sie an.

»Ein Letztes.«

»Ja, Michael?«, sagte sie matt.

»Wer ist Jakob Schmidts Vater?«

»Wie bitte?«

Er beobachtete sie aufmerksam.

»Er hat keine Ähnlichkeit mit Victor wie sein Bruder Henrik«, sagte er. »Man braucht sich nur die Porträts über dem Kamin in Pederslund anzuschauen und mit dem Bild Ihres Vaters in Hellerup vergleichen.«

Elizabeth Caspersen starrte auf ihre Schuhspitzen.

»Ich bezahle Sie, um die Männer aus dem Film zu finden, Michael«, sagte sie ruhig. »Für nichts anderes. Ist das klar? Das ist nicht relevant.«

»Kristallklar, Elizabeth.«

»Ich werde Sie nach draußen begleiten«, sagte sie.

*

»Sie war übrigens nicht allein«, sagte Michael aus einer plötzlichen Eingebung heraus.

»Wer?«

»Die Kriminalkommissarin. Lene Jensen. Als ich gerade gehen wollte, kam eine Frau. Sie ist Polizeidirektorin und Juristin und Lene Jensens direkte Vorgesetzte bei der Staatspolizei. Ich weiß, dass es viele Anwälte gibt, aber vielleicht kennen Sie sie ja?«

»Wie heißt sie?«

»Falster. Charlotte Falster.«

Elizabeth Caspersen blieb stehen und sah ihn an.

»Falster?«

»Ja. Kennen Sie sie?«

»Ich kenne ihren Mann, Joakim. Er ist Staatssekretär. Wir waren im gleichen Jahrgang und hatten eine Lerngruppe zusammen. Ich war sogar bei ihrer Hochzeit.«

Michael nickte. Bestimmt waren dort Quadrillen getanzt worden.

»Soll ich mit ihr reden?«, fragte sie.

»Gern. Aber wie wollen Sie Ihr plötzliches Interesse für eine ihrer Angestellten begründen?«

»Da lasse ich mir schon was einfallen. Sie haben mir nicht nur das Rauchen beigebracht, sondern auch geschickt zu lügen. Dass unsere Lüge nicht lange gehalten hat, macht sie nicht schlechter.«

»Super. Sie sind sehr gelehrig. Damit enden Sie in der Hölle.«

»Bei meinem Vater? Wie wunderbar.«

Michael grinste. Er konnte sie sich lebhaft als eifrige Teufelsschülerin vorstellen.

36

Michael hatte in einem plötzlichen Japp auf Salz, leere Kalorien, Fett und Cola einen McDonald's angesteuert. Er hatte seinen Burger runtergeschlungen und fühlte sich aufgebläht und unbefriedigt, als er Kongens Nytorv überquerte, den Nyhavn hinunterging und durch die Schwingtür das Admiral Hotel betrat. Er wartete ungeduldig, während ein älteres, amerikanisches Paar eine Milliarde nervöse Fragen beantwortet bekam und erkundigte sich, ob Nachrichten für ihn gekommen wären. Das war nicht der Fall, und Michael ging weiter zu den Fahrstühlen. Sein Magen revoltierte in dem Versuch, das Burgermenü zu verdauen.

Als er sein Zimmer betrat, berührte er wie gewohnt mit der Hand den Lichtschalter an der linken Wand. Er rechnete nicht damit, dass jemand den Schalter entfernt hatte und landete mit dem Finger im stromführenden Inneren. Ein langer blauer Funke schoss aus dem Kontakt, und Michael riss überrumpelt und laut fluchend die gefühllose Hand weg.

Während er die Hand in dem dunklen Flur ausschüttelte, kam der Angreifer aus der Dunkelheit auf ihn zugeschossen und rammte ihm eine Schulter in den Bauch. Michael ging mit dem Geschmack von Katastrophe im Mund zu Boden und steckte einen Tritt gegen die linke Schläfe ein. Er sah einen schwarz glänzenden, spitzen Herrenschuh und merkwürdige Muster hinter den Augenlidern, und seine Lungen waren komplett luftentleert. Instinktiv hob er die Arme vors Gesicht und sah daher den nächsten Tritt nicht kommen, der in seinen Testikeln landete. Er krümmte sich lautlos, weil keine Luft zum Schreien da war. Der Angreifer riss die schwere Tür auf – und knallte sie gegen seinen Kopf. Alles wurde schwarz.

Er wusste nicht, wie viel Zeit vergangen war, als er mit dem Gestank von Erbrochenen in der Nase aufwachte, dem er zu entkommen versuchte, indem er den Kopf hob. Das hätte er nicht tun sollen. Ein weißglühender Schmerz schoss durch sein Gehirn, und er fiel erneut in bodenlose Dunkelheit.

Als er das nächste Mal zu Bewusstsein kam, war er schlauer. Er blieb ganz still liegen, atmete durch den Mund und ignorierte den Gestank. Alles tat weh, und er beschloss, das Ganze systematisch anzugehen. Er konnte die Füße und Beine bewegen, ohne dass es pervers wehtat, und es gelang ihm, seine zitternde Hand in die Nähe des Kopfes zu bewegen. Er begrub sie im Teppichflor und in einer weichen Masse, die er nach und nach als die unverdauten Reste von Fritten, Burger und anderem identifizierte. Die Finger ertasteten die Stellen, an denen er mit seiner Unterlage zusammengewachsen war. Das geronnene Blut aus einer tiefen Platzwunde an seiner Schläfe war eine starke und zähe Verbindung mit dem Teppich eingegangen. Äußerst behutsam befreite er eine Haarsträhne nach der anderen. Danach stemmte er sich vorsichtig hoch und hatte es nach einigen Minuten in eine sitzende Position geschafft. Die Bewegung löste eine neue Übelkeitswelle aus, die er erfolgreich unterdrücken konnte. Er lehnte den Kopf an die Wand und blieb eine Weile so sitzen.

Die Tür zum Flur war angelehnt. Er hörte unbeschwerte Touristen vorbeigehen, das Geräusch ihrer Rollkoffer und sein eigenes Stöhnen.

Mit Mühe kam er auf die Beine und tastete nach dem Lichtschalter, als ihm einfiel, dass das keine gute Idee war. Stattdessen suchte er den Lichtschalter im Badezimmer und schloss die Augen. Trotzdem bohrte sich das Licht in allen Farben des Regenbogens durch die Augenlider und löste ein neues Feuerwerk an Schmerzen in seinem Kopf aus.

*

Er hob die Augenlider und sah, dass alles voller Blut war. Es war in den hellgrauen Teppich neben der Lache aus Erbrochenem gesickert und setzte sich auf den Badezimmerfliesen in verschiedene Richtungen fort. Er hinterließ rote Handabdrücke, während er sich zum Handwaschbecken vorkämpfte, das kalte Wasser aufdrehte und sich ein sandfarbenes Hotelhandtuch nahm.

Er betrachtete teilnahmslos das Blut, das sich in langen Streifen über das weiße Porzellan zog. Als er in den Spiegel schaute, sah er unmittelbar hinter sich im Türrahmen Jakob Schmidt stehen.

Michael konnte sich nicht erinnern, sich jemals so wehrlos gefühlt zu haben.

Der Ex-Offizier trug den gleichen Rollkragenpullover wie am Abend zuvor, eine halblange, schwarze Lederjacke, Jeans und … ein Paar zerschlissene Wanderschuhe. Keine spitzen, glänzenden, schwarzen Herrenschuhe.

Das meiste Blut schien aus der hässlichen Platzwunde an der linken Schläfe zu stammen. Michael presste das Handtuch darauf und funkelte den unerwarteten Gast finster an.

»Was wollen Sie?«, fragte er. »Und haben Sie verdammt noch mal nicht gelernt anzuklopfen?«

Jakob Schmidt lächelte minimal.

»Hat Ihre Mutter Ihnen nicht beigebracht, dass es sich nicht gehört, die Türen anderer Leute mit einem Dietrich zu öffnen und ihr Zimmer zu durchsuchen, außer man wird darum gebeten?«

Michael antwortete nicht, sondern hielt einen Handtuchzipfel unter das kalte Wasser und drückte es auf die Platzwunde. Er verzog das Gesicht.

»Sie können unmöglich wissen, dass ich in Ihrem Zimmer war«, murmelte er. »Ich war viel zu vorsichtig.«

»Sie mögen ja manches sein, Michael, aber vorsichtig gehört nicht unbedingt dazu. Zwei Lagen Stanniol mit Talkum unter dem Teppich direkt hinter der Tür. Da waren Fußabdrücke drauf, als ich zurückkam. Und ich würde wetten, dass das Ihre Schuhgröße ist.«

Michael sah den anderen im Spiegel an.

»Man lernt nie aus«, sagte er.

»Solange man lebt, ja.«

Jakob Schmidt verschränkte die Arme vor der Brust und musterte ihn leidenschaftslos.

»Haben Sie Pflaster?«, fragte er.

Michael nickte.

»In der Reisetasche. Linke Seitentasche ... Wenn es noch da ist.«

Er zog das Hemd aus, und Jakob Schmidt trat einen

Schritt zurück. Michael war die Reaktion gewöhnt, wenn die Leute zum ersten Mal seinen nackten Oberkörper sahen, der aussah wie eine topografische Landkarte aus Narbengewebe auf Rücken, Flanke und Brust. Jakob Schmidt gehörte sicher zu den wenigen, die das Einschussloch auf der rechten Seite über dem Hüftknochen und die etwas größere Narbe am Rücken, wo die Kugel wieder ausgetreten war, erkannten. Über Michaels Bauchnabel war ein blauroter Abdruck.

»Man kann fast die Schuhgröße erkennen«, sagte Michael. »Kleiner als Ihre.«

»Das war ich nicht. Sie sehen aus, wie durch die Mangel gedreht.«

»Ich bin grobmotorisch. Pflaster?«

»Selbstverständlich.«

Zwanzig Minuten später saß er mit einer winzigen Wodkaflasche aus der Minibar auf seinem Bett, in einem frischen, hellblauen Hemd und mit einer Platzwunde an der Schläfe, die Jakob Schmidt fingerfertig mit Pflaster geschlossen hatte. Er hatte eine Handvoll Panadol und Profen geschluckt und hatte sich schon schlechter gefühlt. Besser aber auch.

Jakob Schmidt saß mit einer Cola in der Hand auf dem Gästesessel. Der Mann schien Schatten anzuziehen. Er war still wie ein Stein, und Michael dachte, dass er sicher ein erstklassiger Jäger war. Geduld und Ruhe in Person.

»Was wollen Sie von mir?«, fragte Michael.

Der andere antwortete nicht.

Michael seufzte und leerte die Wodkaflasche, öffnete die Tür der Minibar, ohne sein leicht schwankendes Bett zu verlassen und nahm ein Fläschchen Gin heraus. Er schraubte den Verschluss ab und sah zum Schreibtisch. Sein Laptop war weg. Der Umschlag mit den Sternenbildern aus der Finnmark und den Koordinaten des Tatortes, den er unter den Teppich bei der Tür zum Korridor gelegt hatte, war weg. Er hatte den Balken über seinem Kopf noch nicht kontrolliert, wusste aber auch so, dass Elizabeth Caspersens verfluchte DVD auch weg war.

»Ich denke, die korrekte Frage lautet: Was wollen *Sie,* Michael? Wenn das überhaupt Ihr richtiger Name ist«, sagte Jakob Schmidt leise.

»Ich? Ich will überhaupt nichts«, sagte Michael. »Ich bin engagiert.«

»Wofür?«

»Um die Fakten in einer Vaterschaftsangelegenheit aufzudecken.«

Jakob Schmidt trank einen Schluck Cola.

»Erstens hat sich Flemming vor fünfzehn Jahren sterilisieren lassen, und zweitens wurde der Brief von Miss Simpson nicht von einer Amerikanerin geschrieben, sondern von einer Engländerin oder anderen, gebildeten Person mit guten Englischkenntnissen«, sagte er entspannt. »Eine Amerikanerin würde niemals *summarise* mit einem s am Ende schreiben, sondern mit z, und eine Amerikanerin würde niemals *a drop in the ocean,* sonder *a drop in the bucket* sagen. Und schon gar nicht, wenn die Betreffende Redakteurin in einem Verlag ist und seit sieben Generationen in New York lebt, wie Sie behauptet haben. Meine Frage lautet also weiterhin: Was wollen Sie?«

Michael sah ihn an.

»Haben Sie mit Elizabeth darüber geredet?«, fragte er.

»Noch nicht.«

»Ist allgemein bekannt, dass Flemming Caspersen sich sterilisieren ließ und warum er das getan hat?«

»Meine Mutter hielt das für eine gute Idee. Und nein, es ist nicht allgemein bekannt. Glaube ich. Aber das wird sich sicher klären lassen.«

Blufft der Mann?, dachte Michael.

»Ihre Mutter?«, fragte er.

Die Gestalt im Schatten machte eine seitliche Bewegung und stellte die Colaflasche auf das Fensterbrett.

»Ja.«

»Weil sie ein Verhältnis hatten?«

»Warum waren Sie in meinem Zimmer?«

»Ich habe die Zimmer verwechselt«, sagte Michael.

»Trotz abgeschlossener Tür?«

»Ich bin Schlafwandler. Da weiß ich nicht immer, was ich tue. Ich wache an den merkwürdigsten Stellen wieder auf.«

Der andere erhob sich.

»Dann würde ich das nächste Mal, wenn ich woanders übernachte, mich mit dem Fuß ans Bett ketten«, sagte er.

Michael lächelte, auch wenn es wehtat.

»Ich muss mich frei bewegen können. Außerdem ist es schwierig, sich zu verteidigen, wenn man ans Bett gekettet ist.«

»Das scheint auch nicht Ihre Stärke zu sein, wenn Sie nicht gefesselt sind.«

Er hat Humor, dachte Michael.

Jakobs braune Augen verschwanden hinter Lachfalten, was ihn völlig veränderte.

»Es geht darum, aufs Siegerpferd zu setzen, oder?«, fragte er.

»Wenn man die Zeit hat, ist das eine gute Idee«, sagte Michael ernst.

Der andere nickte. Er ging durchs Zimmer und achtete darauf, nicht in das Blut und Erbrochene im Eingangsbereich zu treten. In der Tür zum erleuchteten Hotelkorridor drehte er sich noch einmal um.

»Sie haben nicht sehr viele Freunde, oder?«

»Nein. Sie?«

»Ich bin nicht mehr so sicher«, sagte er und zog die Tür hinter sich zu.

Michael humpelte zur Tür und versicherte sich, dass sie wirklich zu war. Dann schob er den Schreibtisch in die Mitte des Zimmers, stellte den Stuhl darauf und erklomm mühsam die Konstruktion. Er schwitzte vor Nervosität, während seine Finger ein paar aufgeschreckte Spinnen über die Deckenbalken jagten. Nichts. Der Umschlag mit der DVD war weg. Wie zum Teufel hatten sie den entdeckt? Das schwarze Gefühl des Versagens und gallesaurer Selbstvorwürfe überrollte ihn. Und die Befürchtung, dass Keith recht hatte: dass es einen Klassenunterschied zwischen ihm und seinen Gegnern gab. Dass er in einer Liga spielte, in der er keine Chance hatte.

Obgleich es eigentlich unmöglich war, stemmte er sich mit den Armen hoch, bis er die staubige Oberseite der Balken sehen konnte. Der Spalt war, wie erwartet, leer.

Der Angreifer musste der pedantischste und gründlichste Mensch auf diesem Planeten sein.

Er ließ sich an zitternden Armen wieder sacken und wackelte ein paar Schrecksekunden auf dem glatten Stuhlsitz scharf an der Kante einer neuen Katastrophe vorbei, ehe er die Balance wiedergewann.

Nachdem er die Möbel wieder zurückgestellt hatte, zog er sich aus und schob sich in die Duschnische. Er drehte das kalte Wasser an, schützte die Wunde an der Schläfe mit einer der albernen Duschhauben des Hotels, und betrachtete das Wasser zwischen seinen Füßen, das erst klar, dann rostfarben und später wieder klar war.

Danach trocknete er sich mit der Geschwindigkeit eines an Parkinson leidenden Patienten ab, weil jede Bewegung schmerzte. Seine Hoden waren doppelt so groß wie normal, und der Sack verfärbte sich allmählich blau. Blaue Eier? Fantastisch. Er öffnete den Mund, begutachtete besorgt einen Riss in der Schleimhaut der Backe und ruckelte an einem losen Backenzahn. Er ließ sich weder ziehen noch drehen und würde wahrscheinlich von selbst wieder festwachsen.

Dann folgte er einer spontanen Eingebung, legte sich ein Handtuch über die Schultern und suchte seinen Haartrimmer aus der Reisetasche. Das schulterlange, fast schwarze Haar fiel auf die Fliesen. Er stöhnte, als die Maschine sich der Platzwunde näherte und ließ einen Streifen millimeterlange Stoppeln stehen. Er sah aus wie ein lebenslanger Häftling aus Sibirien. Einer, den die anderen Gefangenen nicht leiden können.

Die Frau an der Rezeption sah ihn besorgt an.

»Haben Sie sich verletzt, Herr Sander?«

Michael lächelte steif und spreizte die Beine ein wenig, um den Druck auf die Weichteile zu mindern.

»Eine kleine Unstimmigkeit mit einem Fahrradboten«, sagte er. »Wenn ich um die Rechnung bitten dürfte. Ich muss früher auschecken als geplant. Ein Krankheitsfall in der Familie.«

Die Frau nickte.

»Ein Unglück kommt selten allein«, sagte sie und tippte auf der Tastatur. »Minibar? ... Film?«

»Ein Wodka, ein Gin, zwei Cola, eine Dose Erdnüsse.« Michael lächelte angestrengt. »Keine Naturfilme.«

Er bezahlte mit seiner MasterCard und legte einen Geldschein auf den Tresen. Die Frau lächelte, und der Schein verschwand.

»Wir hoffen, Sie bald wieder bei uns begrüßen zu dürfen, Herr Sander.«

»Danke.«

Auf dem Weg zur Treppe dachte er, dass sie ihre letzte Bemerkung sicher bereute, wenn sie erfuhr, in welchem Zustand er das Zimmer zurückgelassen hatte.

Er holte seine Reisetasche und die Schultertasche aus dem ersten Stock, die er dort in einem Wäscheraum untergestellt hatte. Nach einem kurzen Blick auf eine Karte über die Fluchtwege im Brandfall entschied er sich für eine Hintertreppe, die ihn durch die Restaurantküche auf die Rückseite des Hotels führte. Er schlug den Mantelkragen hoch und ging schnellen Schrittes auf den Sankt Annæ Plads. Natürlich horchte er, ob er Schritte hinter sich hörte und schaute sich mehrmals um, ehe er durch die Glastüren in das neue Schauspielhaus trat.

Es war unmittelbar vor einer Vorstellung, und das Foyer war mit einer aufgekratzten Menschenmenge gefüllt, durch die er sich einen Weg bahnte. Wenige Meter von einem Taxistand entfernt verließ er das Schauspielhaus durch einen Seiteneingang.

Der Fahrer faltete seine Zeitung zusammen und betrachtete ihn im Rückspiegel.

»Wohin?«

»Gute Frage«, sagte Michael.

Der Mann lächelte.

»Und zu welchem Ergebnis sind Sie gekommen?«

War Elizabeth Caspersen noch in ihrem Büro? Und wenn nicht, wo wohnte sie eigentlich?

Er nannte die Adresse in der Bredgade.

Der Fahrer rührte sich nicht.

»Wollen Sie mich veräppeln? Da sind Sie zu Fuß in drei Minuten, Mann«, sagte er.

Michael reichte einen zusammengefalteten Fünfhundertkronenschein aus seiner Brieftasche über die Rückenlehne.

»Fahren Sie, verdammt noch mal«, sagte er. »Und lassen Sie das Taxameter laufen, wenn wir dort sind.«

37

Michael sah Elizabeth Caspersen die Schräge in den Parkkeller herunterkommen, den Studenten in dem kleinen Glaskasten bei der Schranke grüßen und zu ihrem Opel gehen. Sie setzte sich ans Steuer, lehnte sich zurück, zündete sich eine Zigarette an und schob eine CD mit einem Klavierkonzert in die Stereoanlage. Sie fuhr auf die Rampe zu, als sie ihn im Rückspiegel entdeckte. Sie schrie laut auf, und die Zigarette fiel ihr aus dem Mund.

»Ich bin es«, sagte er. »Ich bin in meinem Hotelzimmer überfallen worden und habe gehofft, dass Sie noch in der Stadt sind.«

Sie suchte hektisch zwischen ihren Füßen und den Pedalen nach der Zigarette. Fand sie, verbrannte sich die Finger und richtete sich mit einem Ruck auf – gerade noch rechtzeitig, um die Kollision mit einem Betonpfeiler zu vermeiden.

»Verdammt, Michael, was zum Teufel ... Was machen Sie hier!!?«

Er betrachtete traurig ihren Nacken, als er sich mit einer Hand über die millimeterkurzen Haarstoppeln strich.

»Sie wissen, wer ich bin.«

Sie schaute sich um.

»Ducken Sie sich und halten Sie den Mund«, sagte sie.

Er rollte sich folgsam wie ein Embryo auf dem Rücksitz zusammen und zog sich eine Decke über den Kopf.

»Was ist passiert? ... Michael?«

»Ich hatte keine Chance«, sagte er. »Jemand hat in meinem Zimmer auf mich gewartet, der der Meinung war, mein Kopf sei ein unwiderstehlicher Fußball.«

»Haben Sie denn nicht erwartet, dass eine Reaktion kommt?«

»Schon, aber nicht so früh. Was mich daran erinnert ... Haben Sie Charlotte Falster erreicht?«

»Ich habe mit ihr gesprochen, und sie will versuchen, Lene Jensen zu einer Art Zusammenarbeit zu überreden. Es hörte sich nicht so an, als wenn das leicht werden würde.«

»Er hat alles mitgenommen, Elizabeth«, sagte er.

Sie bog von der Frederiksborggade ab und fuhr an den Seen entlang.

»Was meinen Sie mit alles? Sie können sich wieder aufsetzen.«

»Die Koordinaten vom Tatort in der Finnmark ... Die DVD.«

Er sah ihre Kiefermuskeln arbeiten, ihr verkniffener Mund war ein roter Strich. Sie sagte nichts.

»Es wäre mir lieber, wenn Sie was sagen würden«, sagte er.

»Ich weiß aber nicht, was ich sagen soll.« Und nach einer kurzen Pause: »Wo fahren wir eigentlich hin?«

»Ich muss irgendwohin, wo ich nachdenken kann«, sagte er.

»Scheiße, Michael. Scheiße, scheiße, scheiße!«

Sie schlug mit den Händen aufs Lenkrad.

»Ich hätte es nicht besser sagen können«, murmelte er.

»Das ist genau das, was nicht passieren durfte! Genau das hier«, rief sie.

»Es tut mir leid. Wirklich.«

»Wer hat Sie überfallen?«, fragte sie.

»Ich habe sein Gesicht nicht gesehen, aber er trug spitze, schwarze Schuhe. Ich habe einen Abdruck auf der Bauchdecke und am Kopf. Das Merkwürdige ist, dass kurz darauf Jakob Schmidt in meinem Zimmer aufgetaucht ist. Er hat entdeckt, dass ich in seinem Zimmer im Schloss war.«

»War nicht abgemacht, dass Sie vorsichtig vorgehen, verdammt noch mal?! Sie kriegen zwanzigtausend Kronen am Tag für vorsichtiges Vorgehen!«

»Bin ich gefeuert?«

Sie sah ihn im Rückspiegel an, warf die Kippe aus dem Fenster und steckte sich eine neue an.

»Sie sind gefeuert, wenn ich sage, dass Sie gefeuert sind. Was wollte Jakob?«

»Ich glaube, er ist auch gekommen, um mich zu vermöbeln und wirkte fast enttäuscht, dass ihm jemand zuvorgekommen ist.«

»Ich kann ihn verstehen«, sagte sie düster.

»Er hat mir übrigens von der Sterilisation Ihres Vaters erzählt. Alle außer Ihnen scheinen davon gewusst zu haben. Er meinte, es wäre auf Initiative seiner Mutter passiert. Dann hat er noch auf einige sprachliche Details in unserem Brief hingewiesen, die nicht korrekt sind.«

»Dann können wir also feststellen, dass keiner von uns perfekt ist«, sagte sie und zog aggressiv an der Zigarette.

»Offensichtlich nicht.«

»Und was wollte er tatsächlich?«

»Rausfinden, wer als Sieger aus dem Kampf hervorgeht. Sie kennen ihn besser als ich. Er kam mir vor wie jemand, der gerne das Richtige tun will.«

»Ich kann ihn mir absolut nicht als kaltblütigen Mörder vorstellen, Michael. Das kann ich einfach nicht. Nicht Jakob.«

»Das haben schon viele Angehörige, Freunde und Bekannte von kaltblütigen Mördern gesagt«, sagte er. »Wie gut kann man eigentlich einen anderen Menschen kennen?«

Sie blinkte und fuhr an den Bürgersteig einer ruhigen Wohnstraße in Frederiksberg, drehte den Zündschlüssel und schaltete das Licht aus.

»Haben Sie eine Zigarette für mich?«, fragte er und klopfte seine Taschen ab.

Sie drehte sich um, reichte ihm eine und gab ihm Feuer.

»Kommen Sie nach vorne, ich verrenke mir sonst noch den Hals.«

Er stieg aus und schaute die Straße rauf und runter, ehe er sich auf den Beifahrersitz setzte und die Scheibe runterließ. Sie rauchten schweigend.

»Und was machen wir jetzt?«, fragte sie nach ein paar Minuten. »Und ja, ich gebe Ihnen hiermit noch eine Chance, sich nützlich zu machen.«

»Danke. Dann lassen Sie uns die positiven Dinge zuerst betrachten.«

»Das dürfte schnell überstanden sein«, sagte sie nach einem Blick in sein verunstaltetes Gesicht.

»Was will Victor?«, fragte er.

»Ziemlich einfach«, antwortete sie. »Er will sein Lebenswerk bewahren und ausweiten. Genau wie mein Vater. Victor ist ein zielbewusster und sehr eitler Mann. Wenn ich mitspiele und ihn als neuen Aufsichtsratspräsidenten unterstütze, ist alles gut ... Wenn nicht, wird er mich fertigmachen.«

»Und was wollen *Sie*, Elizabeth? So wie die Dinge momentan liegen, meine ich?«

Sie legte die Stirn in Falten und sah ihn an.

»Sie müssen aufgespürt werden, Michael. Die Jäger. Ich sehe nicht, dass das hier an der Situation etwas ändert. Wenn das, was wir beide denken, ohne es laut auszusprechen, stimmt, weiß Victor nicht mehr als vorher. Es muss noch mehr von dieser Menschenjagd geben, irgendeine Dokumentation. Ich weiß nicht, wer Sie überfallen hat, aber ich gehe davon aus, dass es einer der Jäger aus dem Film war. Die Frage lautet daher, wie weit *Sie* zu gehen bereit sind, Michael? Ich weiß, dass Sie verheiratet sind und Kinder haben, aber der Auftrag besteht weiterhin, wenn Sie ihn fortsetzen wollen. Und mir geht es dabei nicht um ein Gerichtsverfahren, sondern um Gerechtigkeit. Für Kasper Hansen, Ingrid Sundsbö und ihre Kinder, und möglicherweise andere, von denen wir nichts wissen. Ich schätze Sie sehr, Sie haben meine Erwartungen weit übertroffen. Sollte Ihnen etwas zustoßen, werde ich dafür sorgen, dass es Ihrer Familie in finanzieller Hinsicht an nichts fehlen wird. Diese Garantie gebe ich Ihnen hier und jetzt, falls Ihnen das hilft.«

Sie reichte ihm einen Umschlag mit dem Stempel der Anwaltskanzlei und einem offiziellen Dokument, unterschrieben von ihr selbst, zwei Seniorpartnern und einem Notar. Darin waren ausführlich der Umfang und die Bedingungen für eine direkte, lebenslange Pension an ... festgehalten. Michael konnte selbst den Begünstigten einfügen. Es gab drei Spalten für die Namen und Personennummern. Die Summe ließ ihn die Augen aufsperren.

»Damit würde ich aber allen einen Gefallen tun, vom Rundetårn zu springen«, murmelte er.

»Ich glaube, die drei würden lieber ihren Ehemann und Vater behalten.«

»Das hoffe ich.«

Er steckte den Umschlag in die Brusttasche.

»Eins ihrer Opfer ist Lene Jensen«, sagte er. »Oder jemand, der ihr sehr nahesteht. Ich vermute, dass sie eine ernstzunehmende Warnung erhalten hat, ihre Ermittlungen zu Kim Andersens Selbstmord einzustellen. Ich weiß nicht, ob sie verheiratet ist oder Kinder hat, aber so gehen sie vor: Sie schnappen sich die Angehörigen.«

»Laut Charlotte Falster hat sie eine einundzwanzigjährige Tochter, Josefine«, sagte sie. »Aber glauben Sie wirklich, dass die so weit gehen und eine Kommissarin bedrohen?«

»Das sind keine gewöhnlichen Verbrecher«, sagte er. »Sie fühlen sich unverwundbar, unsterblich. Ich muss mit ihr reden.«

Er fuhr mit den Handflächen über die Wangen und stöhnte, als er die Platzwunde an der Schläfe streifte.

»Ich kann nicht mehr klar denken, muss dringend schlafen, Elizabeth. Ein paar Zigaretten rauchen, Kaffee trinken.«

Sie startete den Wagen.

»Waren Sie Pfadfinder?«, fragte sie.

Er nahm die Hände herunter und sah sie an. »Pfadfinder? Natürlich war ich Pfadfinder! Ich bin der letzte wahre Pfadfinder!«

Sie kramte in ihrer Handtasche, fand ein Schlüsselbund und reichte es ihm. In ein kleines Stück Leder war die Lilie des dänischen Pfadfinderkorps gestanzt.

»Meine beiden Töchter sind bei den Pfadfindern. Ich hätte da ein Plätzchen, an dem Sie sich bestimmt heimisch fühlen.«

»Eine Pfadfinderhütte? Ich hatte auf eine Firmenwohnung oder so was in der Art gehofft ...«, sagte er.

»Tragen Sie es wie ein Mann.«

38

Konnte man an Trauer und Schuldgefühlen sterben? Von Scham aufgefressen, ausgehöhlt, bis der Schädel zerbröselte, bis nichts mehr von einem übrig war, das zu begraben oder zu besingen wert war? Lene hatte gebetet, unendliche Male das Vaterunser aufgesagt, während sie auf das gleichmäßige Klicken von Josefines Beatmungsgerät und dem Herzfrequenzmesser gelauscht hatte. Bis das Morphin aus dem Körper ihrer Tochter herausgespült war und die Schmerzen zurückkehrten, der Puls hochschnellte und Lene nach einer Krankenschwester klingelte.

Sie hörte das vorsichtige Klopfen der Krankenschwestern und Ärzte, ihre Schritte auf dem Linoleum, wie sie sich um ihre Tochter kümmerten, die schlafend in dem Krankenhausbett neben ihrem Gästebett lag, das sie zusammen mit dem Krankenbett ins Zimmer geschoben hatten. Sie drehte sich zur Wand, wenn sie kamen, weil die Schuldgefühle sie erdrückten. Ihre Augen waren trocken, und Gedanken und Bilder wirbelten chaotisch in ihrem Kopf herum. Sie hatten sie gefragt, ob sie ein Schlafmittel wollte, aber sie hatte keinen Schlaf und kein Vergessen verdient, meinte sie.

Sie hatte den ganzen Tag so gut wie kein Wort gesagt, aber sehr wohl jedes Wort aus Charlotte Falsters Mund vernommen. Und sie schämte sich. Schämte sich, weil sie sich über ihre Chefin lustig gemacht hatte, wegen ihres Misstrauens, ihrer Minderwertigkeitskomplexe, ihrer arroganten Distanz, weil sie es besser zu wissen glaubte als die Bürokratin, die niemals die toten Kinder fand.

Sie schämte sich wegen Charlotte Falsters Fürsorge und Geduld. Sie hatte am Fenster gestanden und stundenlang gewartet, bis Josefine aus dem OP zurückkam, hatte mit den Ärzten gesprochen und die Informationen portionsweise übersetzt, damit Lene sie verdauen konnte. Sie war schnell über die unschönen Dinge und Komplikationen hinweggegangen und hatte sich auf das Positive beschränkt: das MRT hatte keine Anzeichen auf eine Schädigung des Gehirns gezeigt. Josefine würde wieder ganz normal sehen und hören, schmecken und sprechen können. Mit der Zeit. Sie hatten dünne Titanschienen in ihren Gesichtsschädel eingebaut und alles ordentlich gerichtet. In ein paar Tagen konnte der Kieferchirurg Maß für die Zahnimplantate nehmen, die die Zähne ersetzen sollten, die in dem Reserveteillager im Südhafen lagen. Kosmetisch sei das kein Problem. Man würde hinterher nicht mehr sehen können, dass es nicht ihre eigenen Zähne waren. Die HNO-Spezialisten würden ihre gebrochene Nase wieder richten, und der Handchirurg hatte gesagt, dass es zwar einige Druckläsionen in der Hand gab, dass sich aber das Muskel- und Nervengewebe komplett wieder erholen würde. Die Knochen würden von selbst wieder zusammenwachsen. Mit der Zeit.

Charlotte Falster war neben ihrem Stuhl in die Hocke gegangen. Der Arzt hatte Lene eine Hand auf die Schulter gelegt, und nun wussten alle, dass man der rothaarigen Kriminalkommissarin in Zimmer 12 besser nicht zu nahe kam. Die Kommissarin sei bewaffnet, hieß es, und obendrein saßen auf Anordnung von Charlotte Falster zwei hellwache, kurz geschorene und durchtrainierte, mit Maschinenpistolen ausgerüstete junge Männer der Sondereinsatztruppe vor ihrem Zimmer.

Niels war auch schon da gewesen und hatte mit der Polizeidirektorin gesprochen. Und geweint. Als Lene ihren Exmann angesehen hatte, hatte sie sich einen verzweifelten, verächtlichen Blick eingefangen, obgleich er sonst der sanfteste und nachsichtigste Mann war, den man sich vorstellen konnte. Er hatte eine Stunde an Josefines Bett gesessen, bis die Krankenschwester meinte, dass sie Ruhe brauche und Charlotte Falster und Niels gebeten hatte zu gehen. Auf dem Weg aus dem Zimmer hatte er sich zu Lene hinabgebeugt und ihr mit leiser, heiserer Stimme etwas zugeraunt. Die Polizeidirektorin hatte ihn energisch mit sich aus dem Zimmer gezogen.

Lene schwang die Füße über die Bettkante und ging in das kleine Badezimmer. Sie vermied den Blick in den Spiegel, pinkelte und wusch sich die Hände. Dann trank sie etwas Wasser direkt aus dem Hahn, trat ans Fenster und schaute über die Stadt. Der Himmel schimmerte orange und violett. Sie hörte das Geräusch eines Helikopters, der auf einem der anderen Gebäude zur Landung ansetzte. Die Positionslichter blinkten rot, grün und weiß.

Sie zog den Stuhl ans Bett und streichelte vorsichtig Josefines bandagierte Hand. Das Gesicht ihrer Tochter war von Blutergüssen und gelbem Jod verfärbt und wächsern blass, wo es intakt war. Lene hielt die Hand ihrer Tochter und sah sie an. Zwischendurch döste sie ein, aber sie wurde wach, als sie eine Art Nähe spürte. Der gedämpfte, gelbe Lichtkegel der Bettlampe war auf den Boden gerichtet. Lene sah in Josefines gesundes, offenes Auge und bemerkte, wie sich die Pupille weitete. Sie beugte sich über sie.

Die grotesk geschwollenen Lippen ihrer Tochter bewegten sich langsam.

»Du musst nichts sagen, Schatz«, flüsterte Lene.

Josefine nickte in Zeitlupe.

»Dumm«, nuschelte sie.

Ihr Atem roch nach Blut.

»Ich weiß, mein Schatz. Verzeih mir.«

Josefines Kopf bewegte sich kaum merklich von einer Seite zur anderen.

»Ich ... dumm ...«

Lene hätte nicht gedacht, dass noch Tränen in ihr waren, aber da irrte sie sich. Jetzt tropften sie auf ihre Tochter hinunter. Ihre Hand bewegte sich, wollte sich befreien, und Lene ließ sie los. Unendlich mühsam hob sie die Hand und berührte Lenes Wange. Etwas in ihr zerriss, und sie schluchzte laut auf.

Josefines Hand fiel auf die Bettdecke zurück, und Lene betrachtete das zerschundene Gesicht. Es war ganz ruhig, und das Augenlid glitt nach unten. Dann ging es noch einmal auf und bildete einen zarten Faltenfächer um den Augenwinkel, wie üblich, wenn Josefine lächelte. Das war nicht viel, aber es war genug. Jetzt wusste sie, dass es irgendwie gehen würde, dass Josefine noch immer vorhanden war.

Ihre Tochter schlief wieder ein, und Lene stand auf, schlang die Arme um den Oberkörper und lehnte sich mit der Stirn gegen die kalte Scheibe. Auf dem Metalllauf vor dem Fenstersims saß eine Taube mit einer verkrüppelten Kralle. Sie schob den Kopf unter die Brustfedern, gurrte leise und schloss die Augen.

»Kaffee?«, ertönte es direkt hinter ihr.

»Ja, gerne«, sagte sie ohne sich umzudrehen.

Charlotte Falster war zurück.

Ein brauner Pappbecher wurde an ihr vorbeigereicht und auf die Fensterbank gestellt. Die Tür zum Flur war angelehnt. Lene nickte ihrer Chefin über das Spiegelbild der Scheibe zu. Zwei Frauen hatten die Männer vor der Tür abgelöst, Lene sah einen Ellbogen und einen Pistolenhalfter.

»War sie wach?«, fragte die Polizeidirektorin.

»Ja.«

»Hat sie was gesagt?«

»*Dumm.*«

Lene entfernte den Deckel von dem Becher und trank einen Schluck.

»Wie spät ist es?«, fragte sie.

»Halb elf. Warum haben sie das getan, Lene?«

Sie öffnete den Mund, aber es kam kein Laut. Sie konnte nichts sagen. Sie räusperte sich, trank mehr Kaffee und versuchte es noch einmal, mit demselben Resultat. Die Polizeidirektorin betrachtete ihr Mienenspiel.

»Kannst du es aufschreiben?«, fragte sie ungeduldig.

Lene grinste schief.

»Ich kann nicht«, murmelte sie.

Die Polizeidirektorin seufzte.

»Also gut. Dann versuche ich, es für dich zu rekonstruieren. Allan Lundkvist wurde von einem Schuss ins Gehirn mit einem Projektil Kaliber .22 getötet. Er war schon eine Weile tot, als du ihn gefunden hast. Es war schwierig, ihn aus dem Wohnzimmer rauszuschaffen. Die Techniker sind ständig von den Bienen attackiert worden, bis einer von ihnen auf die glorreiche Idee kam, die Bienenköniginnen in eine Ecke zu verfrachten, damit sie an ihn rankamen. Es gab keine Kampfspuren, keine anderen Verletzungen und nichts unter seinen Fingernägeln. Wir gehen davon aus, dass Allan Lundkvist den Täter kannte.«

Lene begann zu weinen.

Die Polizeidirektorin verstummte.

»Entschuldige, Lene. Das ist eigentlich gar nicht der Grund, weshalb ich hier bin. Ich bin hier, weil eine alte Studienkollegin meines Mannes mich angerufen hat, die ich seit Jahren nicht gesehen habe. Elizabeth Caspersen. Das war ein sehr überraschender Anruf, und es ging hauptsächlich um den Mann, der heute hier bei dir war. Michael Sander. Erinnerst du dich? Schwarze Haare. Blaue Augen?«

Lene nickte.

»Es war ein ziemlich seltsamer Anruf. Sie war sehr geheimnisvoll, und ich bin nicht sicher, ob sie ganz aufrichtig war. Zumindest habe ich Michael Vedby Sander abgecheckt. Er war Hauptmann bei der Militärpolizei der Gardehusaren und später vielversprechender Kriminalkommissar in Hvidovre, bis er sich in eine Engländerin verliebte und nach London ging. Er hat fast elf Jahre als Sicherheitsberater für eine große, multinationale Sicherheitsfirma da drüben gearbeitet, Shepherd & Wilkins. Die stellen keine Hilfsschüler ein, Lene. Wahrlich nicht. Im Moment arbeitet er für Elizabeth Caspersen, irgendwelche Nachforschungen, die in irgendeiner Weise mit Kim Andersen zu tun haben. Wie sich zeigt, gehörte Kim Andersen zu einer Gruppe von Veteranen der Königlichen Leibgarde, die zusammen auf einem Landgut gejagt haben, das dem Kompagnon ihres verstorbenen Vaters gehört. Offenbar ist diese Clique ein paar nicht ganz ... gesunden Aktivitäten nachgegangen. Das waren ihre Worte. Und dann noch etwas. Mein Mann hat sich in der Bankenwelt umgehört, frag mich nicht, wie er das angestellt hat, aber die zweihunderttausend Schweizer Franken, die auf Kim Andersens Konto aufgetaucht sind, können nach Westindien zurückverfolgt werden. Kim hat sie offenbar in einem Online-Casino gewonnen, das sich *Running Man Casino* nennt. Registriert auf Antigua und Barbuda und so gesehen legal und in Ordnung. Das Geld wurde über einen englischen Buchmacher ausgezahlt, somit wurde europäische Mehrwertsteuer darauf entrichtet. Sozusagen alles legal, aber es stinkt trotzdem.«

Charlotte Falster machte eine Pause und suchte Lenes Blick in der Scheibe.

»Was hat Sander zu dir gesagt, Lene?«

»Ich habe nicht zugehört.«

Charlotte Falster seufzte.

»Du lernst es nie, oder?«

»Natürlich nicht. Danke für alles, was du getan hast, Charlotte. Und entschuldige, dass ich mich dir gegenüber wie eine dumme Ziege benommen habe. Das hast du nicht verdient.«

Die Polizeidirektorin zog die Schultern hoch. »So schlimm warst du gar nicht. Ich habe das nie als problematisch empfunden. Du bist gut, Lene. Ich wünschte, ich hätte mehrere Mitarbeiter von deiner Sorte. Aber auch gern solche, die den Mund aufmachen und nicht immer einsamer Wolf spielen. Das ist nicht mehr zeitgemäß.«

Lene lachte bitter.

»Nein. Und jetzt, wo ich gerne was sagen würde, kann ich nicht.«

»Lass uns ein andermal darüber reden«, schlug Charlotte Falster vor. »Also, wie gesagt, ich kenne Elizabeth Caspersen. Sie hat einen Sinn für Qualität, ist großzügig und unanständig reich. Daher bin ich mir ziemlich sicher, dass sie auch nur den besten Privatdetektiv genommen hat. Und natürlich arbeiten auch wir nicht mit Amateuren zusammen, selbst wenn Sanders uns sicher für solche hält.«

Sie legte einen Zettel auf die Fensterbank neben den Kaffeebecher und gähnte verstohlen hinter der vorgehaltenen Hand.

»Vielleicht solltest du, wenn du dich überhaupt dazu in der Lage fühlst und es auch willst, die Sache weiter vorantreiben und mit Michael Sander reden. Ich denke nicht, dass das schadet, und meinen Segen hast du. Seine Nummer steht auf dem Zettel. Das heißt, eine seiner Nummern. Elizabeth Caspersens private Mobilnummer steht auch dort. Sie weiß, wo er zu erreichen ist.«

»Sie werden das rauskriegen, wenn ich mit ihm rede, Charlotte.«

Lene zeigte auf Josefine in ihrem Bett. »Sie würden meiner Tochter wieder was antun. Nicht gleich, vielleicht. Aber eines Tages. Eines Tages wird sie nicht nach Hause kommen, weil ich an der Sache drangeblieben bin.«

Die Polizeidirektorin nickte. »Ich habe selbst Kinder, Lene. Ich akzeptiere das, wenn du den Fall abgibst. Natürlich tue ich das, und natürlich ist das okay. Auch wenn es nicht okay ist, verstehst du? Ich habe mit unserem Chef gesprochen, und er hat mir volle Rückendeckung durch das Sondereinsatzkommando zugesagt, solange wir es für nötig halten. Das heißt, sie passen rund um die Uhr auf dich und deine Tochter auf, wo immer ihr seid.«

»Danke.«
»Schlaf gut, Lene.«
»Danke.«
»Ich lasse den Zettel einfach liegen, okay?«
»Danke.«
»Also, gute Nacht.«
»Gute Nacht.«

Endlich ging sie. Lene legte sich in das Gästebett, zog die Decke bis ans Kinn und starrte an die Decke.

Und sie starrte in ihr Inneres. Dachte an Kim Andersen. An die glänzenden 9 mm-Patronen auf den Kissen seiner Kinder. An die Wahl, die er getroffen hatte. Ein alter Rocksong auf einer CD. Tätowierungen. *Dominus Providebit*. Der Herr wird vorsorgen. Der Test. Wenn sie den bestand, würde Josefine davonkommen. Wenn sie ihn nicht bestand, würde sie selbst und alles, woran sie glaubte, zugrunde gehen. Und Josefine wäre auf alle Fälle ihr Opfer, weil es nichts mehr gäbe, woran sie sich halten mussten. Sie dachte an den ernsten, schwarzhaarigen Mann, Michael Sander. Und an das *Running Man Casino* in Westindien.

Dann schlug sie sich den Berater, Josefine und Charlotte Falster aus dem Kopf, auch wenn es ihr schwerfiel, und suchte nach einem glühenden Stück Wut unter ihren Schuldgefühlen und der Sorge um ihre Tochter, und als sie endlich etwas fand, blies sie es an, ganz vorsichtig, bis die Glut stärker und zu einer Flamme wurde, die sie schützte und mit Gedanken und Plänen fütterte, was sie mit dem Mann mit den blauen, lächelnden Augen unter der Ledermaske machen würde, der sie in Allan Lundkvists Haus gelockt hatte, gutgläubig wie ein Kind.

Sie schwang ihre nackten Füße auf den Boden und saß lange auf der Bettkante, das Gesicht in die Hände gestützt.

Josefine murmelte etwas im Schlaf, und Lene brach in der Dunkelheit der kalte Schweiß aus bei der Vorstellung, mit welchen Qualen das Unterbewusstsein ihrer Tochter gerade zu kämpfen hatte. Die Zimmertür ging auf, und eine der beiden Beamtinnen kam mit erhobener Maschinenpistole herein. Lene sah sie an.

»Was ist?«

»Sie haben geschrien«, sagte die junge Frau und senkte ihre Waffe. Sie war dunkelhäutig und hatte einen Kurzhaarschnitt. Inderin oder Pakistanerin.

»Wirklich? Tut mir leid. Das hab ich gar nicht gemerkt.«

Die Zähne strahlten weiß in dem dunklen Gesicht der Frau.

»Alles okay? Ich meine ...«

Lene nickte.

»Alles okay. Wie heißen Sie?«

»Aisha.«

»Ich möchte mit einem Arzt sprechen, Aisha. Mit einem von denen, die was zu sagen haben. Und ich würde gerne ihr Handy benutzen, wenn ich darf.«

Die junge Frau zog ein Handy aus der Tasche an ihrem Oberschenkel und reichte es ihr.

»Der Code ist 1882. Ich hole einen Arzt. Einen von denen, die was zu sagen haben.«

Sie verschwand.

Charlotte Falster klang hellwach, obwohl es halb zwei nachts war.

»Ich bin es«, sagte Lene.

»Wie geht es dir?«

»Ich bräuchte ein paar Garantien«, sagte sie.

»Lass hören.«

Sie sprachen lange miteinander. In einigen Punkten war die Polizeidirektorin absolut entgegenkommend, bei anderen stellte sie sich quer. Es gab sozusagen keinen Präzedenzfall für Lenes Wünsche. Und sie waren allesamt kostenaufwändig und personalintensiv. Aber das war ihr egal. Entweder das ganze Paket oder gar nichts.

Am Ende versprach Charlotte Falster, es zu versuchen.

»Ich bräuchte außerdem was zum Anziehen«, sagte Lene. »Und ein paar andere Sachen von zu Hause. Der Nachbar hat einen Schlüssel.«

»Ich werde mich persönlich darum kümmern.«

»Danke. Und redest du dann mit Elizabeth Caspersen?«, fragte Lene.

»Selbstverständlich.«

Sie setzte sich auf den Stuhl am Kopfende von Josefines Bett. Der Himmel war heller geworden, und sie fühlte sich merkwürdigerweise kein bisschen müde. Adrenalin war eine fantastische Erfindung, dachte sie, aber irgendwann würde sie den Preis dafür zahlen: Wenn das Stresshormon nachließ, würde sie zusammensacken wie ein geplatzter Ballon. Sie streichelte Josefine behutsam über die Wange. Das gesunde Auge öffnete sich, fokussierte und erkannte sie wieder. Und wieder war da diese Andeutung eines Lächelns im Augenwinkel. Lene atmete tief ein und hielt mit einer Kraftanstrengung die Tränen zurück.

Es klopfte an der Tür, und Aisha brachte einen kittelbekleideten Mann mittleren Alters ins Zimmer. Seine Haare standen vom Kopf ab, und der Blick hinter den Brillengläsern war matt.

»Ich habe einen Oberarzt für Sie gefunden, Lene.«

Der Mann reichte ihr die Hand und stellte sich vor.

»Kennen Sie die Geschichte?«, fragte Lene.

Er nickte. »Selbstverständlich. Ich war bei der Operation dabei. Es wird alles wieder gut. Mit der Zeit.«

»Kann sie verlegt werden?«

»Wohin?«

»In ein anderes Krankenhaus?«

»Welches?«

Sie erzählte ihm, was sie vorhatte, er verließ das Zimmer und kehrte mit Josefines Krankenakte und einer Krankenschwester zurück. Er las sich die Akte sorgfältig durch. Als er fertig war, entschuldigte er sich und nahm die Krankenschwester mit vor die Tür, wo sie eine flüsternde Konferenz abhielten, ehe er zurückkam.

»Wir können sicherheitshalber eine Narkoseschwester mitschicken und ihr Blutverdünner geben, um eine Embolie zu verhindern. Das ist ein hervorragender Ort, den Sie vorschlagen. Ich war selbst mal dort. Die haben dort tüchtige Leute.«

»Und die Nase und die Zähne?«

»Das kann warten. Es ist ohnehin besser, wenn die Schwellungen zurückgegangen sind. Aber wir dürfen auch nicht zu lange warten, damit die Nase nicht schief zusammenwächst. Nicht länger als vierzehn Tage, würde ich sagen. Wollen wir es so machen?«

Lene nickte. Sie hätte ihn am liebsten umarmt, aber das schickte sich wahrscheinlich nicht.

Als sie wieder allein waren, streichelte sie Josefine übers Haar und über die Wange, bis das Auge sich öffnete.

»Durst«, murmelte ihre Tochter, und Lene hielt ihr eine Schnabeltasse an die Lippen.

»Danke.«

»Hast du alles mitgehört, Jose?«

Josefine nickte.

Lene ging mit dem Gesicht nah an das ihrer Tochter.

»Du wolltest doch immer schon mal nach Grönland, oder?«

»Nein.«

»Hör auf, Jose. Natürlich wolltest du das. Wer will nicht gerne nach Grönland?«

»Ich. Kalt.«

»Dort, wo du hinkommst, nicht, Schatz.«

»Mama?«

»Ja.«

Das Auge schloss sich. Ihre Tochter murmelte etwas, ohne es wieder zu öffnen.

»Der Mann. An dem Abend im Café. Er hat auf mich gewartet. Er war vorher schon mal da.«

Es brannte hinter Lenes Augenlidern, als sie vorsichtig einen Finger auf Josefines Lippen legte.

»Später, Schatz. Du musst wirklich nicht ...«

»Doch! Die Drinkkarte. Er hatte Öl an den Fingern. Frag sie, ob sie die Karte noch haben.«

»Das werde ich tun, Schatz. Aber jetzt bist du wieder still!«

Im Mundwinkel ihrer Tochter deutete sich ein Lächeln an, und sie gehorchte.

39

Um zehn nach acht am nächsten Morgen rollten Sanitäter im Innenhof des Traumazentrums ein Krankenbett in einen Ambulanzwagen der Kopenhagener Feuerwehr. Eine Krankenschwester in orangem Parka und mit einem Trolley voller Überwachungsgeräte, Medikamente und persönlicher Habseligkeiten begleitete das Bett. Der Krankenwagen fuhr zum Flughafen Kastrup. Er passierte ein bewachtes Tor in dem kilometerlangen Maschendrahtzaun und hielt vor einer Challenger 604-Maschine der Luftwaffe, die vollgetankt und abflugbereit am Ende der Startbahn 22 L wartete. Die Patientin wurde auf eine Transportliege umgebettet und in die Maschine gebracht.

Zwanzig Minuten später erhielt die Maschine Starterlaubnis für die 4000 Kilometer lange Reise zur Thule Air Base im nördlichsten Grönland. Die Basis verfügte unter anderem über eine gut ausgerüstete Klinik. Außer der Krankenschwester, der Patientin und den beiden Piloten war niemand an Bord, und es wurde nie ein Flugprotokoll für diese Tour angefertigt.

Eine Hand auf der Schulter weckte Lene. Sie war in einen tiefen, erschöpften Schlaf gefallen, wenige Minuten, nachdem sie Josefine abgeholt hatten. Das Wissen, dass ihre Tochter in Sicherheit und weit weg von jeder erdenklichen Gefahr war, war wie ein Hauptschalter, der umgelegt wurde.

Lene schlug nach der Hand, ohne die Augen zu öffnen, aber sie kehrte zurück wie eine lästige Fliege. Sie hatte das vage Gefühl, dass sie schon länger dort war. Zusammen mit der Stimme. »Lene!«

»Was?«

»Mach die Augen auf!«

»Warum?«

Sie schlug die bleischweren Lider auf und schaute ausdruckslos in Charlotte Falsters Gesicht. Die Polizeidirektorin sah auch nicht gerade frisch aus, und ihre Frisur hatte gelitten.

»Ich habe deine Sachen dabei«, sagte sie.

Lene richtete sich auf und gähnte hinter vorgehaltener Hand.

»Danke.«

»Jemand war in deiner Wohnung, die Tür war offen. Ich musste also nicht erst deinen Nachbarn rausklingeln.«

Lene war schlagartig wach.

»Einbruch?«

Die Polizeidirektorin nickte. Sie stellte sich mit vor der Brust verschränkten Armen ans Fenster und gähnte ebenfalls.

»Ich bin echt froh, dass mein Job hauptsächlich aus Verwaltungsaufgaben besteht«, sagte sie mit Emphase, und Lene konnte sich ein Grinsen nicht verkneifen.

»Gut, wenn man seine Grenzen kennt«, sagte sie.

»Aber ich bin nicht bereit, sie zu akzeptieren«, sagte Charlotte Falster. »Ich werde immer versuchen, meine Grenzen etwas weiter auszudehnen.«

»Das hast du bereits getan«, sagte Lene. »Ich bin dir unendlich dankbar für alles, was du für Josefine möglich gemacht hast. Das werde ich dir nie vergessen, Charlotte. Niemals.«

Die Polizeidirektorin wurde rot.

»Sie haben deine Wohnung nicht verwüstet, Lene, aber sie haben alles durchsucht.« Charlotte Falster zögerte. »Es waren überall kabellose Kameras installiert.«

»Dann bist du gefilmt worden?«

»Ja.«

Lene schwang die Beine über die Bettkante. »Ich glaube nicht, dass das einen großen Unterschied macht.«

»Denke ich auch«, sagte Charlotte Falster. »Wollen wir loslegen?«

Lene nickte.

»Fünf Minuten.«

Sie duschte heiß und trocknete die Haare nur oberflächlich. Dann steckte sie einen Wattebausch in das Ohr mit dem geplatzten Trommelfell. Es tat nicht mehr weh, und der Oberarzt hatte gesagt, dass es innerhalb einer Woche von selbst wieder zuwachsen würde. Aber es pfiff immer noch höllisch in dem verfluchten Ohr.

Charlotte Falster hatte frische Unterwäsche mitgebracht. Lene zog sie an und putzte sich die Zähne. Kein Make-up. Die Leute vom Personenschutz der Sondereinheit schminkten sich nicht. Sie streckte den Kopf zur Tür raus und nickte der Polizeidirektorin zu, die einen Hocker nahm und ins Badezimmer trug. Charlotte Falster wischte den beschlagenen Spiegel mit einem Handtuch ab und legte es anschließend um Lenes Schultern.

»Bist du bereit?«

Lene setzte sich zurecht, schaute in den Spiegel und nickte traurig.

Charlotte Falster fuhr mit den Fingern durch Lenes langes, feuchtes rotes Haar und begutachtete es kritisch. Dann sammelte sie eine dicke Strähne in der Hand, setzte die Schere an und sah Lene im Spiegel an.

»Bist du wirklich ganz, ganz sicher? Manch einer würde einen Arm für solche Haare opfern.«

»Tu's.«

Zehn Minuten später hatte Lene eine sehr praktische, aber nicht sehr akkurat geschnittene Kurzhaarfrisur. Sie stand über das Waschbecken gebeugt, während ihre Chefin mit gleichmäßigen Bewegungen dunkle Farbe in ihre Haare massierte. Diese Nähe, Fürsorge und Gegenseitigkeit war vollkommen surreal, wenn man bedachte, was für eine Distanz und welche Vorbehalte sonst zwischen ihnen herrschten, dachte Lene. Das würde spätestens in dem Moment wieder vorbei sein, wenn der notwendige Abstand und die nötige Autorität am Arbeitsplatz wiederhergestellt werden mussten. Aber in diesem Moment waren sie zwei Frauen, die sich im Badezimmer beim Haarefärben halfen.

Charlotte Falster spülte mit der Handbrause die überschüssige Farbe aus dem Haar und trat einen Schritt zurück, als Lene die Haare trockenrubbelte, sie hinter die Ohren schob und sich mit leerem Blick im Spiegel betrachtete.

»Gott im Himmel«, sagte sie.

Charlotte Falster legte den Kopf schief.

»Schicke Farbe, finde ich«, sagte sie.

Sie wechselten einen Blick.

»Wann kommt sie?«, fragte Lene, als es an der Tür klopfte.

»Offenbar jetzt.«

Die Polizeidirektorin öffnete die Tür, und eine Frau in der dunklen Uniform des Sondereinsatzkommandos trat ein. Kurzes, dunkles Haar von ungefähr der gleichen Nuance wie Lene sie jetzt hatte, grüne Augen, eins fünfundsiebzig groß und etwa fünfundsechzig Kilo schwer, ebene Gesichtszüge – und eine Laufbahn als zivile Bevollmächtigte der Staatspolizei. Die Frau legte eine schwarze Sporttasche, eine Maschinenpistole und einen Gurt mit Pistolenhalfter auf den Boden und zog blitzschnell die Uniform aus.

Lene nahm eine kastanienrote, langhaarige Perücke aus der Sporttasche und reichte sie der Bevollmächtigten zusammen mit einer Sonnenbrille. Keine der drei Frauen sagte etwas, als Lene die Polizeiuniform anzog, sich den Gürtel umschnallte und den Riemen der Maschinenpistole über die Schulter hängte. Dann schulterte sie die Sporttasche und sah Charlotte Falster an, die ihr ein Bund mit Autoschlüsseln reichte.

»Weißer Passat, BK 46 801, Aufgang 3. Pass gut auf ihn auf. Das ist mein eigener.«

»Ich gebe mir Mühe. Hast du eine Adresse?«, fragte Lene.

Falster gab sie ihr.

»Was ist das?«

»Eine Pfadfinderhütte in Herfølge. Er hat im Augenblick kein Handy.«

»Pfadfinderhütte?«

»Sehr passend. Er ist der letzte wahre Pfadfinder. Nach eigenen Angaben. Viel Glück und Erfolg.«

Sie sahen sich an und bewegten sich andeutungsweise aufeinander zu, für eine linkische Umarmung, vielleicht, doch es blieb bei der Andeutung.

»Er ist ein extremer Einzelkämpfer«, sagte Charlotte Falster mit einem leisen Lächeln. »Und du hasst nichts mehr, als irgendjemandem irgendwas zu erzählen. Das wird bestimmt großartig.«

Lene erwiderte das Lächeln, setzte die Sonnenbrille auf und verließ das Zimmer.

Sie nahm den Aufzug in die Kelleretage des Krankenhauses, fand die richtige Tür und öffnete sie mit der Schlüsselkarte, die Charlotte Falster ihr besorgt hatte. Sie zog die Tür sorgfältig hinter sich zu und lief durch den langen, unterirdischen Gang, der den Klinikkomplex mit der medizinisch-wissenschaftlichen Fakultät auf der anderen Seite des Tagensvej verband. Ein Gang, der normalerweise nur von Krankenträgern benutzt wurde, die Leichen in die Anatomie brachten. Am Ende bog sie scharf links ab, öffnete eine weitere Stahltür zu einer Parkgarage und fand wenige Meter von der Tür entfernt den leuchtend weißen VW Passat der Polizeidirektorin.

40

Er hatte die Nacht im Schlafsack auf einer papierdünnen Unterlage auf einem wackligen Hängeboden in einer unbeheizten, tristen Pfadfinderhütte verbracht, die er als Siebenjähriger bestimmt ganz toll gefunden hätte. Obgleich er alle Kleider anbehalten hatte, war er im Laufe der Nacht mehrmals aufgewacht, weil er fror.

Ehe er sich auf den Hängeboden zurückgezogen hatte, hatte er in einem Schrank eine Stirnlampe entdeckt und die Hütte nach etwas Essbarem abgesucht. Das Ergebnis war recht niederschmetternd gewesen. Michael hatte sich eine Dose geschälte Tomaten auf einem Spirituskocher warm gemacht und mit ein paar Nudeln und Makkaroni angereichert, die er lose in einem Hängeschrank gefunden hatte.

Schließlich war er von ein paar morgenmunteren Vögeln in dem naheliegenden Wald und den Sonnenstrahlen geweckt worden, die durch die Ritzen zwischen den Dachpfannen fielen. Er hatte sich hin und her gewälzt, ehe er das Schlafprojekt aufgegeben hatte und mit steifen Knochen die Hühnerleiter in den eiskalten Raum im Erdgeschoss herabgeklettert war. Miesepetrig betrachtete er die schlaffen Wimpel, ein paar schlampig aufgespannte Felle in Holzrahmen und heimatlose Pappmachéfiguren, ehe er seine Boxershorts vom Kopf und die Wollsocken von den

Händen zog. Er spülte die leere Tomatendose aus, weil er keinen Becher finden konnte, und machte den Trangia-Kocher an. Er füllte Wasser in einen kleinen Kessel, stellte ihn auf die Spiritusflamme und suchte nach dem Beutel Zitronentee, den er gestern versteckt hatte, um nicht schon am Abend in Versuchung zu kommen.

Er entdeckte sie auf dem schmalen Pfad zwischen den Bäumen, der durch den Wald zu der Landstraße führte, an der verstreut ein paar Häuser und Höfe lagen. Sie ging leichtfüßig, obgleich der Weg ziemlich steil und matschig war und die Sporttasche einiges zu wiegen schien. Sie hielt eine Plastiktüte von einer Tankstelle in der Hand, ihr Blick war ernst und nach innen gewandt. Die Frau trug einen dunkelgrünen Kapuzenpulli, eine praktische schwarze Windjacke, Jeans und Tennisschuhe. Michael hatte sie noch nie gesehen. Das Wasser kochte, und er goss es geistesabwesend in die Dose und hängte den Teebeutel in die rötliche Flüssigkeit. Die Frau schob die Sonnenbrille in ihr kurzes, dunkles Haar und sah ihn durch das schmutzige Küchenfenster an.

Michael legte die Stirn in Falten. Dann verbrannte er sich am Kessel und erkannte im gleichen Moment die Frau wieder. Er fluchte und machte ihr die Tür auf. Die Vormittagssonne schien auf ihren Kopf und ihre Schultern und ließ sie kleiner und schmächtiger wirken.

Sie blieb auf der Türschwelle stehen und sah ihn an.

»Darf ich reinkommen?«

»Natürlich.«

Sie sah sich um und musterte ihn erneut.

»Sie sehen anders aus«, sagte sie, ohne ihm in die Augen zu sehen.

»Soll ich Ihnen die Tasche abnehmen?«, fragte er.

»Nicht nötig.«

»Sie sehen auch verändert aus«, sagte er und ging zurück zum Küchentisch. »Tee? Roter Tee? Tomaten-Zitronen-Geschmack?«

Sie stellte die Plastiktüte auf den Küchentisch, und Michael schnupperte.

»Als ich gehört habe, dass Sie in einer Pfadfinderhütte übernachten, dachte ich, ich bringe vorsichtshalber mal Kaffee und Brötchen mit. Und ein paar Zigaretten. Meine Chefin meinte, Sie rauchen.«

»Gott segne Sie«, sagte Michael feierlich.

Er nahm die Pappbecher mit dem Kaffee heraus und fummelte die Deckel ab. Es duftete himmlisch. Die Kommissarin öffnete die Brötchentüte und das Butterpaket und schnitt die Brötchen mit einem rostigen Fahrtenmesser auf. Sie machte das mit bedächtigen, sicheren Gesten.

Michael schmierte Butter auf eine Brötchenhälfte, legte zwei Scheiben Käse darauf, biss gierig hinein und nippte an dem immer noch wunderbar warmen Kaffee. Er schloss die Augen.

»Fuck, das tut gut«, sagte er.

Sie zog sich mit ihrem Kaffee in eine Ecke zurück, pustete in den Becher, verschränkte die Arme und schielte zu Michael hinüber. Michaels Blick wanderte zu der schwarzen Sporttasche.

»Ich muss dringend mit Ihnen reden«, sagte er. »Tut mir leid, dass ich Sie im Krankenhaus belästigt habe.«

»Woher wussten Sie, wo ich war? Über mein Handy?«

Er nickte, riss das Zellophan mit den Zähnen von der Zigarettenschachtel, fischte eine Zigarette mit den Lippen heraus und sah sich nach der Streichholzschachtel um. Er zündete die Zigarette an, inhalierte tief und sah sie mit zusammengekniffenen Augen an.

»Sie haben meine Tochter entführt und misshandelt«, sagte sie. »Dann haben sie mich geschnappt und gezwungen, mir das Ganze live auf einem Computer anzusehen. Von einem anderen Ort. Das ist ihre Vorgehensweise. Sie drücken ein paar Knöpfe. Die Liebe zu meiner Tochter, zum Beispiel.«

Michael nickte.

»Ich weiß. Wollen wir rausgehen? Ich glaube, da ist es wärmer.«

In der Sonne vor der Hütte stand eine Bank aus Holzbrettern, mit Stricken zusammengebunden. Da hatte sich wohl ein Pfadfinder sein Leistungsabzeichen verdient, dachte Michael. Er lehnte den Hinterkopf an die Bretterwand, die sich allmählich aufwärmte und nach Teer duftete. Lene Jensen setzte sich neben ihn und schob die Sonnenbrille auf die Nase.

So saßen sie eine Weile schweigend nebeneinander, bis sie fragte: »Wer sind Sie?«

»Sicherheitsberater mit eigener Firma. Ein Angestellter. Und ein Klient.«

»Elizabeth Caspersen?«

»Ja.«

»Wozu braucht Sie jemanden wie Sie?«

Er sah sie an.

»Das ist nicht so einfach ...«

»Verdammt schwer, Michael«, sagte sie. »Für mich ist es auch nicht leicht. Mir wurde gesagt, dass Sie Einzelkämpfer sind, und das bin ich auch. Meine Chefin treibe ich damit in den Wahnsinn, aber solange ich Resultate liefere, akzeptiert sie es. Vorläufig. Das scheint nicht mehr zeitgemäß zu sein.«

Michael musterte sie. Sie hatte die Beine übereinandergeschlagen und die Arme verschränkt.

»Also, worum geht es?«

»Ein Geheimnis«, murmelte er.

»Jeder Mensch hat Geheimnisse.«

Er lachte freudlos.

»Es gibt Geheimnisse und Geheimnisse. Glauben Sie mir.«

Sie seufzte.

»Ein großes Geheimnis, also. Wunderbar. Und?«

Er lächelte. »Das große Geheimnis eines Mannes. Einer Familie. Oder ... das habe ich zumindest am Anfang geglaubt. Dabei ist es tatsächlich nur Teil von etwas sehr viel Größerem. Er ist übrigens inzwischen gestorben.«

»Und Sie sind klüger geworden?«

»Ja. Kennen Sie Elizabeth Caspersen?«, fragte er.

»Nein, aber sie kennt meine Chefin.«

»Sie ist Fachanwältin für Wirtschaftsrecht und Flemming Caspersens Tochter. Sie haben eventuell schon von ihm gehört. Milliardär. Er hat ein Unternehmen aufgebaut, das Distanzmesser, Laser und Sonare für Waffenproduzenten in der ganzen Welt entwickelt und herstellt. Das ist ein sehr großer, weit verzweigter Konzern, der unter anderem die Ausrüstung für Jagdbomber, Drohnen, Satelliten und atomare U-Boote produziert. Im Großen und Ganzen sind alle von ihrer Technologie abhängig. Aber ihr Vater war auch Großwildjäger. Das ganze Haus hängt voller Trophäen, Hörner und Geweihe toter Tiere. Er ist der Pol Pot des Schalenwildes.«

»Natürlich habe ich schon von ihm gehört. Und er ist inzwischen tot?«

Michael nickte.

»Er hat eine DVD hinterlassen, die die Tochter beim Aufräumen zufällig in einem Tresor gefunden hat. Auf dieser DVD sind die letzten Minuten von einem Jagdausflug im nördlichsten Zipfel von Norwegen zu sehen. Scheinbar war Flemming Caspersen ... pervertiert. Es war ihm nicht mehr spannend genug, Tiere zu schießen, weshalb er sich auf schwierigeres Wild verlegte, nämlich junge, durchtrainierte Menschen, die weit und schnell laufen konnten und sich im Terrain auskannten.«

»Pervertiert?«

»Wahnsinnig.«

»Kasper Hansen und Ingrid Sundsbö?«

»Ja.«

Michael war beeindruckt. Dann hatte sie im Krankenzimmer tatsächlich zugehört.

»Ich glaube, ich kann mich daran erinnern«, sagte die Kommissarin. »Das ist schon ein paar Jahre her, oder?«

»März 2010 in der Finnmark. Nördlich vom Polarkreis. Sie wurden nie gefunden.«

Michael schloss die Augen. Es tat gut, hier zu sitzen und sich von der Sonne wärmen zu lassen. Er hätte ewig so sitzen bleiben können. Außerdem half es gegen die Kopfschmerzen.

»Es passt alles«, sagte er. »Fast zu gut, um wahr zu sein.«

»Wenn etwas zu gut ist, um wahr zu sein, ist es zu gut, um wahr zu sein«, sagte sie.

Michael sah sie dankbar an. »Genau. Hat Kim Andersen wirklich Selbstmord begangen?«

»Ja.«

»Daran besteht kein Zweifel?«

»Kein Zweifel. Andererseits hatte er keine andere Wahl. Jemand hat zwei scharfe Patronen auf die Kissen seiner Kinder gelegt und eine CD mit einem alten Rocksong hinterlassen. Das war im Krieg das Lied von ihm und seinen Freunden. Eine recht klare Botschaft. Bedingter Reflex.«

»*We Will Rock You?* Queen?«

»Ja. Woher wissen Sie das?«

»Das ist ihr Lied. Aber warum ausgerechnet jetzt?«

Lene lehnte sich ebenfalls zurück und hielt das Gesicht in die Sonne.

»Er brauchte Geld. Für die Hochzeit. Die Hochzeitsgeschenke. Etwas Großes, Schönes. Er wollte seine Frau halten, die ihn allmählich leid war. Oder er war einfach zu ungeduldig. Einen Monat vor der Hochzeit bekam er von *Running Man Casino* einen Betrag in Höhe von zweihunderttausend Schweizer Franken ausbezahlt. Er hat ein Auto für seine Frau, eine Rolex und einen Diamantring gekauft. Ich nehme an, er hat das Geld überwiesen, ohne vorher um Erlaubnis zu fragen, und das haben sie entdeckt.«

Michael zündete sich eine neue Zigarette an.

»Das hier ist als Austausch gedacht. Das ist Ihnen schon klar, oder, Michael? Ich bin überzeugt, dass sie es mit dem Vertrauen ihrer Klienten sehr ernst nehmen und so weiter, aber wir sitzen hier, weil wir beide mit dem Arsch auf Grundeis gehen und das Ganze persönlich geworden ist. Sie haben meine Tochter misshandelt. Das kann ich nicht akzeptieren. Ich wünschte, ich könnte das alles vergessen und einen Weg finden weiterzumachen, aber ich weiß, dass ich das nicht kann, egal, wie viel Zeit ich mir nehme. Ich würde immer damit rechnen, dass es wieder passiert.«

»Das würde mir genauso gehen«, sagte er. »Und es gibt keine Frage Ihrerseits, die ich nicht beantworten will. Kim Andersen ist Veteran der Leibgarde und gehört einer Gruppe ehemaliger Elitesoldaten an, die an einer Menschenjagd in Nordnorwegen am Porsangerfjord teilgenommen haben. Kasper Hansen wurde in den Abgrund getrieben und seine Frau ist spurlos verschwunden. Bei dieser Jagd wurde Kim Andersen am Bein verletzt. Auf der DVD ist ein bandagiertes Bein zu sehen, und ich bin felsenfest davon überzeugt, dass er dabei war.«

»Die Rechtsmediziner haben gesagt, er hätte eine Schusswunde am Bein«, sagte Lene. »Die nicht ärztlich behandelt wurde. Seiner Frau hat er erzählt, er wäre bei einem Jagdausflug in Schweden über einen entwurzelten Baum gefallen. Im März 2010. 2008 wurde er aus Afghanistan nach Hause geschickt, aber erst ab Juni 2010 wegen Depressionen behandelt. Seine Frau meinte, nach dieser Jagdtour wäre er total verändert gewesen.«

»Das könnte bedeuten, dass sie Kasper Hansen mit einer Waffe ausgerüstet haben«, sagte Michael nachdenklich.

»Wie sportlich von ihnen«, sagte sie. »Aber wieso?«

Michael stand auf und begann, auf und ab zu gehen.

»Weil sie die Möglichkeit dazu hatten? Weil sie sich langweilten? Weil das Psychopathen sind? Oder Adrenalin-Junkies?«

Die Andeutung eines Lächelns spielte um den Mund der Kommissarin.

»Wahrscheinlich von allem etwas, und weil Flemming Caspersen sie gut bezahlt hat«, sagte sie.

»Das ist inzwischen auch meine Schlussfolgerung. Aber wieso hat Flemming selbst die Tat verübt?«

Lene dachte nach.

»Männer können extrem eitel sein, habe ich festgestellt. Jeder Mann läuft irgendwann einen Marathon, oder?«

»Stimmt.«

»Sie glauben, sie laufen schneller als der Tod.«

»Flemming Caspersen ist wenige Tage vor seinem Tod einen Marathon gelaufen«, sagte Michael.

Die Kommissarin nickte.

»Vielleicht lindert es die eigene Todesangst, andere zu töten? Aber vielleicht ist es auch gar nicht zu verstehen, auch wenn wir meinen, dass es doch eine Erklärung geben muss. Die gibt es vielleicht schlicht und ergreifend nicht.«

»Wie meinen Sie das?«

»Motiv, Plan, Verbrechen. Das ist das Muster, das wir gewohnt sind. Aber in diesem Fall ist es zu simpel. Ich glaube, weder Sie noch ich können das verstehen. Ich habe neulich mit einer Psychologin vom Militärpsychologischen Institut gesprochen, eine sehr kompetente Frau, wie mir schien. Ihr zufolge waren sowohl Kim Andersen wie Allan Lundkvist psychisch betrachtet völlig normal, auch wenn sie unter extremen Bedingungen gelebt haben und außergewöhnliche Fähigkeiten hatten.«

»Normal?«

»Ja, normal. Gemessen mit den Hilfsmitteln, die den Psychologen zur Verfügung stehen und die von anderen normalen Menschen entwickelt wurden. Sie hatten keine Wahnvorstellungen oder Halluzinationen, sie waren nicht paranoid, verfolgten keine Verschwörungstheorien und hatten kein übertriebenes Isolationsbedürfnis, obwohl Kim

Andersen am Ende immer mehr dazu neigte. Sie waren, klinisch gesehen, nicht geisteskrank, aber deswegen können sie trotzdem schwer zu verstehen sein, für jemanden, der selbst normal ist ... oder relativ normal.«

Sie stand auf.

»Warten Sie hier«, sagte sie.

»Ich gehe nirgendwo hin«, sagte Michael.

Kurz darauf kam Lene mit einem Foto zurück. Er nahm es in die Hand und sah es sich an. Das linke Drittel war nach hinten geklappt.

»Das Foto kenne ich. Ich habe es vor einigen Tagen in einem Jagdschloss bei Jungshoved gesehen, Schloss Pederslund. Das gehört Flemming Caspersens Partner, Victor Schmidt. Kim Andersen war auf einer Reihe von Jagdfotos abgebildet. Veteranen der Leibgarde sind dort als Gutsjäger und Wildhüter eingestellt oder in den Jagdkonsortien dabei. Einer der Söhne des Hauses war Offizier bei der Leibgarde.«

»Einer der Söhne des Hauses?«

»Jakob Schmidt.«

»Ist er auf dem Foto dabei?«

»Vielleicht. Ich bin nicht ganz sicher. Wer sind die anderen?«

»Das ist Kim Andersen«, zeigte sie. »Selbstmord. Links von ihm steht Robert Olsen, der mit dem roten Bart, und neben ihm Kenneth Enderlein mit dem tätowierten Drachen auf der Brust. Sie wurden beide im Mai 2010 von einer Wegrandbombe in Afghanistan getötet. Der Mann rechts von Kim ist ... oder war Allan Lundkvist, fünfunddreißig Jahre alt, Imker und Hauptmann der Leibgarde. Er wohnte nicht weit von der Kaserne in Høvelte entfernt und wurde gestern mit einem Kaliber .22 in den Kopf geschossen. Ich habe ihn gefunden. Es war so geplant, dass ich ihn finde. Das Ganze war inszeniert.«

»Und von dort haben Sie ...?«

»Von dort habe ich zugesehen, wie meine Tochter gefoltert wurde, ja.«

»Wie viele waren beteiligt?«, fragte er.

»Zwei. Der eine hat Allan Lundkvist getötet und mich niedergeschlagen, der andere hat meine Tochter in einem Reserveteillager im Südhafen misshandelt. Es können natürlich noch mehr Personen daran beteiligt sein, aber das kann ich nicht sagen.«

»Sie haben das über eine Computerverbindung gesehen?«

»Ja.«

Michael nickte. »Gut, lassen Sie uns eine Art Volkszählung vornehmen. Allan Lundkvist ist tot. Kim Andersen, Kenneth Enderlein und Robert Olsen sind tot. Wer ist noch übrig?«

Der Finger der Kommissarin schwebte über dem letzten Mann auf dem Foto. Dem Überlebenden.

»Er ist offensichtlich der Einzige, der noch am Leben ist«, sagte sie. »Er hat eine Tätowierung am Hals, einen Skorpion. Kim Andersens Frau meinte, er könnte Tom heißen, war sich aber nicht sicher. Ebenso wenig konnte sie sagen, ob er Däne ist. Das Foto ist vor einer afghanischen Stadt aufgenommen worden, Musa Qala. Könnte das der Sohn von Pederslund sein?«

»Jakob?«

»Exakt der.«

Michael sah sich das Foto genauer an.

»Er steht etwas abseits, wie Jakob Schmidt es zweifellos machen würde. Ich habe ihn kennengelernt. Er ist ein sehr kalter, junger Mann. Und begabt. Das könnte er sein. Die Haarfarbe passt. Der Körperbau, die Größe.«

»Aber Sie sind nicht sicher?«

Michael ließ das Bild sinken.

»Nein. Der Gutsjäger von Pederslund heißt Thomas. Ihn habe ich nicht getroffen. Ihm gehört eine Safari-Firma. Thomas Berg.«

»Wie viele Personen waren auf dem Film zu sehen?«, fragte sie.

»Sieben. Mit dem Kunden.«

Sie nickte und zählte an den Fingern ab. »Kim Andersen, Robert Olsen, Kenneth Enderlein, Allan Lundkvist, der Mann mit dem Skorpion ... Flemming Caspersen. Wer ist der siebte?«

Er sah sie an und zuckte mit den Schultern. »Jakob Schmidt, vermute ich.«

»Hat er sie überfallen?«

Michael fasste sich an den Kopf und strich vorsichtig über die Platzwunde.

»Nein. Auch wenn ich glaube, dass er mich gerne verprügelt hätte. Er hat rausgefunden, dass ich in seinem Zimmer gewesen bin. Wer auch immer mich überfallen hat, hat meinen Computer und die DVD mitgenommen ... und hat mir eine massive Tür gegen den Kopf gedonnert, ehe er gegangen ist.«

»Sie haben die DVD in Ihrem Zimmer aufbewahrt?«, sagte sie ungläubig.

»Ich habe damit gearbeitet. Deswegen musste sie griffbereit sein, okay? Ich hatte sie gut versteckt.«

»Versteckt.«

»Ja, verdammt.«

Michael merkte, dass er rot wurde. Das war er nicht gewohnt. Er wusste, dass er Charme hatte, aber Lene war immun dagegen. Sie sprang mit keiner Faser darauf an, und Michaels Eitelkeit litt, obwohl ihm natürlich klar war, weshalb sie so fokussiert war. Unter ihrer Trauer. Er begann zu verstehen, wieso man sich besser nicht zwischen eine Bärin und ihr Junges stellte. Das war eine verflucht gefährliche Position. Die Jäger hatten einen unerhört groben Fehler begangen, als sie ihre Tochter entführt hatten, dachte er. Sie hatten an den Knöpfen der Natur herumgefummelt und waren sich der Gefahr nicht bewusst, weil sie Männer waren.

»Machen wir weiter?«

»Womit? Sie wissen doch, wer die sind.«

Für Michael die logischste Schlussfolgerung: Jäger, Kriegsveteranen, ein jagdgeiler, derangierter Milliardär. Ein fruchtbares Milieu für realitätsfernen Wahnsinn auf einem verzauberten, abseits gelegenen Schloss. Diskreter Zahlungsweg über Westindien. Er konnte sich das lebhaft vorstellen: der Rausch nach der Jagd und die triumphalen Wildparaden, aus jeder Pore trat verbotene Maskulinität aus, die Essen, die Kriegsgeschichten, die gemeinsame Faszination für Waffen und die ausgeprägten Fähigkeiten. Dieses Gefühl von Übermenschlichkeit war schon unter viel ungünstigeren Bedingungen entstanden.

»Ich glaube es zu wissen. Aber es muss Hintermänner geben, die das Ganze organisieren. Haben Sie den Mann mit dem Skorpion jemals getroffen?«

»Ich habe ihn in einem Auto auf dem Hotelparkplatz in

Holbæk gesehen, wo ich nach Kim Andersens Selbstmord übernachtet habe. Aber ich habe ihn nur von hinten gesehen.«

»Weil es Absicht war, dass sie ihn sehen?«

»Das glaube ich nicht. Ich habe nach dem Abendessen einen spontanen Spaziergang gemacht.«

»Was hatten Sie überhaupt da zu suchen, wenn es doch ein Selbstmord war?«

Sie sah ihn irritiert an.

»Seine Frau hatte ihm Handschellen angelegt.«

»Wie bitte?!«

Sie seufzte, eine kurze, braune Locke wurde heftig gezwirbelt.

»Um unser Interesse zu wecken, nehme ich an.«

»Wofür?«

Sie sah ihn an.

»An dem Geld, Michael. Seiner Persönlichkeitsveränderung, an dem Auto und den Diamanten. Sie wusste, dass irgendetwas mit Kim faul war. Die Wunde am Bein. Die Depression. Irgendwie kann ich sie gut verstehen. Sie will auch nur ihre Kinder schützen.«

»Haben Sie ihn später noch einmal gesehen?«

Sie zögerte.

»Ich glaube nicht. Meine Tochter hat in dem Café, wo sie arbeitet, einen Mann kennengelernt. Sie dachte ... ja, sie dachte, sie hätte ein Date mit ihm. Irgendjemand muss ihn in dem Café gesehen haben, aber ich habe noch keine Zeugenbefragung vorgenommen.«

»War er das draußen bei Allan Lundkvist?«

»Möglich. Ich habe ihn nicht gesehen. Ich bin direkt ins Haus gestapft und habe den toten Allan Lindkvist im

Wohnzimmer gefunden. Bedeckt von einer Unmenge Bienen. Ich hab mich wie die letzte Idiotin verhalten.«

Sie beschrieb Michael den Überfall, ihre Nacktheit, die Halskrause, dass sie eine Viertelstunde gebraucht hatte, um den Stuhl umzukippen und an den Linoleumschneider zu kommen, um sich zu befreien. Dann hatte sie Charlotte Falster angerufen, die Josefine für sie gefunden hatte.

»Haben Sie seine Hände gesehen?«, fragte er.

»Handschuhe.«

»Handgelenke?«

»Ich glaube nicht. Warum?«

Michael dachte an Jakobs typische Drehbewegung des Handgelenks, als er den Ärmel hochgeschoben hatte, um sein Chronometer zu konsultieren – und an den weißen Streifen Haut von dem Armband über dem ansonsten sonnengebräunten Gelenk.

»Jakob Schmidt trägt eine rostfreie Rolex am linken Handgelenk«, sagte er. »Er ist sehr braun und hat einen hellen Abdruck auf der Haut von der Uhr.«

Sie überlegte und schüttelte den Kopf. »Kein Handgelenk, da bin ich ziemlich sicher. Ich registriere normalerweise alles Mögliche ... oder erinnere mich zumindest im Nachhinein daran ... wenn es zu spät ist. Handschuhe, Skimaske. Derjenige, der meine Tochter misshandelt hat, trug so eine schwarze Fetisch-Ledermaske mit Reißverschlüssen über Augen und Mund. Er hatte extrem blaue, klare Augen. Fröhliche blaue Augen.«

Lene verstummte, und Michael beobachtete sie aufmerksam. Tränen liefen ihre Wangen hinunter.

»Sie weinen«, sagte er.

»Tue ich das?«

Sie wischte die Tränen mit dem Ärmel ab.

»Sie haben das Ganze mit einer Tonspur unterlegt. Einem Lied. *I'm On Fire.*«

»Springsteen?«

»Er hat meine Tochter im Takt von dem Lied geschlagen.«

Michael schwieg.

»Ich habe Angst vor denen«, sagte sie und starrte auf ihre Oberschenkel. »Richtig Angst. Sie arbeiten sehr effektiv.«

»Ich habe auch Angst vor ihnen«, sagte er. »Und dafür gibt es jede Menge Gründe. Aber irgendjemand muss sie aufspüren und ihnen das Handwerk legen. Solange sie glauben, dass sie besser und schlauer als alle anderen sind, werden sie immer weitermachen.«

Sie atmete tief ein und sah ihn mit wassergrün leuchtenden Augen an.

»Sie wissen also, wer die sind, was sie tun und getan haben. Sie wissen, wie sie es anstellen, das Geld zu überweisen, und Sie sind sich fast sicher, wer hinter der Organisation steht. Das Einzige, was Ihnen fehlt ...«

»... sind Beweise«, sagte er. »Allerdings ist mir inzwischen die Rechtsprechung ziemlich egal.«

Sie lächelte.

»Mir auch, das können Sie mir glauben. Aber wir werden kaum damit durchkommen, wenn wir sie finden und erschießen.«

»Nein«, räumte er ein. »Obwohl das ein sehr verlockender Gedanke ist.«

»Ich bin sicher, dass in Kim Andersens Haus noch mehr zu finden ist«, sagte sie. »Wir haben beim ersten Mal irgendetwas übersehen, die Techniker und ich.«

»Was?«

»Ihr Computer war weg. Es könnte interessant sein, den zu finden. Und dann ist mir ein Schornstein aufgefallen und ein hübsches Schutzdach mit perfekt gestapeltem Brennholz darunter. Aber es gibt keinen Kamin oder etwas in der Art. Nur eine Ölheizung. Vielleicht hat er irgendwo ...«

»Er war Tischler, oder?«

»Ja.«

Michael stand auf.

»Das sollten wir uns genauer ansehen«, sagte er.

»Das denke ich auch«, sagte sie.

»Ich gehe davon aus, dass sie nicht bis hierher gelaufen sind«, sagte er.

»Meine Chefin hat mir ihr Auto geliehen.«

»Ich muss ein paar Dinge besorgen«, sagte Michael. »Unter anderem einen brauchbaren Schlafsack.«

Sie legte die Autoschlüssel in seine Hand.

»Weißer Passat, ein paar hundert Meter die Straße runter. Könnten Sie zwei Schlafsäcke kaufen, wenn Sie schon mal dabei sind? Brauchen Sie Geld?«

Michael klopfte auf seine Tasche.

»Das ist ausnahmsweise mal das Einzige, wovon ich reichlich habe«, sagte er.

»Rufen Sie irgendwas, wenn Sie zurückkommen«, sagte sie. »Sonst riskieren Sie, eine Kugel in den Kopf zu kriegen. Das ist mein Ernst. Und falls Ihnen eine Taschenlampe über den Weg läuft, kaufen Sie sie.«

41

Als Michael ein paar Stunden später mit einer Sporttasche, diversen Tüten und einem Rucksack über der Schulter zurück zur Pfadfinderhütte kam, war die Bank leer. Michael rief ein paar Mal seinen Namen. Lene schien ihn nicht zu hören. In der Hütte war sie auch nicht. Er stellte Taschen und Tüten ab, während ein Wesen mit messerscharfen Krallen Xylophon auf seinem Rückgrat spielte.

Er trat wieder in die Sonne und sah sich auf der Lichtung um. Nichts.

Er blieb stehen und lauschte dem Vogelgezwitscher und dem fernen Summen der Hochspannungsleitungen. Er ging in den Wald und entdeckte Lene nach einer Weile auf einer sonnenbeschienenen Lichtung an einen Baum gelehnt – tief schlafend.

Michael seufzte erleichtert, aber zugleich irritiert und ging auf Lene zu. Sie saß zwischen den Baumwurzeln, die Knie angewinkelt, eine schwarze Heckler & Koch MP 5 im Schoß; die bevorzugte Nahkampfwaffe aller Soldaten und polizeilichen Sonderkommandos. Ein Zweig knackte unter seinem Fuß, gefolgt vom Schnalzen der Sicherung der Maschinenpistole – ein Geräusch, das Michael sehr vertraut war. Er schaute in die Mündung des Laufes, der nach oben geschwungen war und nun auf einen Punkt zwischen seinen Augenbrauen zielte. Die zusammengekniffenen Augen über dem Korn schienen noch nicht in dieser Welt angekommen zu sein. Ihr Finger krümmte sich über dem Abzug, und Michael schloss die Augen.

»Ich bin's«, murmelte er und legte die Hände vors Gesicht, als könnte er so die Kugel abhalten. Er kniff die Augen fest zu, drehte den Kopf zur Seite und wartete ... wartete ...

Als kein Schuss kam, öffnete er vorsichtig ein Auge. Lene hatte sich erhoben und sah ihn ausdruckslos an.

»Sie sollten rufen«, sagte sie.

»Ich habe gerufen«, sagte er.

»Tut mir leid.«

Seine Knie zitterten.

Sie sicherte die Waffe und ging mit merkwürdig kantigen Bewegungen an ihm vorbei.

»Ich habe Ihnen einen Schlafsack mitgebracht«, sagte er an ihren Rücken gewandt. »Und eine Taschenlampe, einen neuen Laptop und ... eine Flasche Wein.«

»Wein?«

»Châteauneuf du Pape.«

»Und einen Korkenzieher?«

»Sind Sie nie zufrieden?«

Sie ging weiter, ohne zu antworten.

Michael nahm sein neues Handy und schaute aufs Display. Als Erstes hatte er eine SMS an Keith Mallory in London geschickt, der geantwortet hatte. Ein Wort: *Kontakt*. Michael lächelte und wäre um ein Haar über eine Wurzel gestolpert. Er probierte es bei Saras Handy und hatte Glück.

»Hallo, Schatz, ich bin's.«

»Ich versuch schon die ganze Zeit, dich zu erreichen, Michael. Was ist passiert?«

Ihre Stimme zitterte, und Michael wusste, dass sie versuchte, gegen die Tränen anzukämpfen, so gut sie konnte. Manchmal klappte es, manchmal nicht.

»Mir geht's gut, Schatz. Wirklich. Alles in Ordnung bei mir.«

Lene verschwand in der Hütte.

»Sicher? Was war los?«

Michael ließ eine Hand über die Haarstoppeln im Nacken gleiten und sann über unterschiedliche Versionen nach.

»Ich bin überfallen worden. Mein Laptop und diverse andere, wichtige Dinge wurden geklaut«, sagte er.

»Überfallen? Von wem, wann, wo …? Bist du verletzt?«

»Ich weiß nicht, wer es war, Sara. Es ist gestern passiert, in meinem Hotelzimmer. Und das Einzige, was einen dauerhaften Knacks abbekommen hat, ist mein Stolz.«

Lange Pause. Er hörte sie atmen.

»Michael …«

Er schaute zu den kahlen Baumwipfeln hoch. Sara und er waren schon öfter an diesem Punkt angelangt, und er wollte nicht wieder dorthin. Nicht jetzt. Das schaffte er nicht. Und er hatte keine Zeit dafür.

»Ich gebe mir wirklich Mühe«, sagte sie.

»Das weiß ich doch. Du machst das gut, Sara.«

»Wann bist du fertig?«, fragte sie.

»Noch nicht so bald. Könntest du die Kinder ins Sommerhaus von deinem Bruder mitnehmen?«

»Jetzt?«

»Ich denke, das wäre gut.«

Er hatte sie schon öfter aufgefordert, das Haus zu verlassen, wenn er meinte, dass es gefährlich werden konnte. Es half ihm, sie an einem sicheren Ort zu wissen.

»Wie lange?«

»Eine Woche, denke ich.«

»Ich bin es so leid, Michael. Wirklich. Ich möchte unglaublich gerne cool sein, zynisch und tapfer, was weiß ich, aber ich weiß bald nicht mehr ...«

»Nicht jetzt, Sara.«

»Bist du allein?«, fragte sie.

»Nein, bin ich nicht. Jemand von der Polizei ist hier. Sie versucht ... Wir unterstützen uns gegenseitig.«

»Super«, sagte sie tonlos, und Michael seufzte.

»Hübsch?«, fragte sie.

»Bildhübsch. Jetzt hör schon auf, Sara.«

Sie schluchzte, und Michael schaute zur Hütte. Aus dem Schornstein stieg Rauch auf. Die Kommissarin hatte offensichtlich was zum Heizen gefunden. Warum hatte er in der letzten Nacht nicht selbst danach gesucht.

»Ich werde ihn fragen. Wegen der Sommerhütte«, murmelte sie.

»Danke. Das wäre mir eine große Erleichterung, Sara.«

»Mach's gut«, sagte sie.

»Ich liebe dich«, sagte er.

»Tschüss ...«

Michael warf noch einen Blick auf das Handy, ehe er es in die Tasche steckte. Dann ging er zurück zur Hütte. Lene hatte den Korken in die Flasche gedrückt und schenkte den Wein in Pappbecher, wobei sie den Korken mit einem Kugelschreiber vom Flaschenhals wegdrückte. Der Wein gluckste ins Glas und lief an der Flasche hinab.

Sie reichte ihm einen Becher und prostete ihm zu.

»Skål. Ich heiße Lene ... War das deine Frau?«

»Skål. Michael. Richtig geraten.«

Sie lächelte matt.

»Es ist sicher nicht einfach, mit dir verheiratet zu sein. Bei deinem Beruf, meine ich.«

»Bestimmt nicht. Aber mit dir auch nicht, oder?«

»Ich bin geschieden. Hast du Kinder?«

»Anderthalb und vier Jahre.«

Michael ging mit dem Becher zu einer Art umfunktionierter Öltonne, die als Ofen für den Gemeinschaftsraum diente und schon fast glühte. Er stellte sich mit dem Rücken zur Tonne, schloss die Augen und genoss die Wärme. Ihm war nach wie vor kalt bis ins Mark, was nicht nur der Nacht auf dem Hängeboden und den undichten Dachpfannen zu verdanken war.

Lene setzte sich auf eine lange Bank an der Wand und folgte mit dem Finger den Inschriften, die Generationen von Pfadfindern mit ihren Messern in die Tischplatte geritzt hatten. Sie trank einen Schluck Wein.

»Gab es irgendwo Brennholz?«, fragte er.

Sie schüttelte den Kopf.

»Ich habe ein paar von den Fahnen und Fellen genommen, und ich habe einen halb kaputten Stuhl gefunden. Den konnte man eh nur noch entsorgen.«

Michael betrachtete die kahlen Wände.

»Sie werden begeistert sein«, sagte er. »Deine Tochter ... Josefine. Was ist mit ihr? Wird sie sich wieder davon erholen?«

Ein unheilschwangeres Grün flammte in ihren Augen auf, und sie scannte ihn ab, als wäre er eine Pappfigur am Schießstand.

»Sie wird wieder gesund«, sagte sie. »Aber du meinst

wahrscheinlich eher in Bezug auf ihre Seele und Psyche, ihr Gemüt, *whatever* ... oder? Es ist nun mal passiert und lässt sich nicht ungeschehen machen. Es ist passiert. Und keiner von uns kann so tun, als wäre nichts gewesen. Niemals. Das ist nicht unsere Art.«

Sie stand hastig auf, ging in die Küche und kam mit der Weinflasche zurück. Er hielt ihr seinen Becher hin.

»Danke. Ist sie stark? Stabil?«

»Ich glaube schon, ja. Aber Vertrauen ... jemals wieder einem Menschen oder einem Mann zu vertrauen, das steht auf einem anderen Blatt.«

Sie wischte sich wütend eine Träne von der Wange.

»Verständlich«, sagte er.

»Wollen wir es nicht dabei belassen?«, fragte sie. »Ich bin fürchterlich müde.«

Michael nickte und drückte mit der Zunge gegen den losen Backenzahn. Er begann, die Sporttasche und die Tüten auf dem Tisch auszupacken. Sie sah ihm dabei zu. Er reichte ihr einen Schlafsack, und sie öffnete die Hülle, stand auf und schüttelte den Schlafsack aus. Dann hielt sie ihn an die Nase.

»Der riecht gut«, sagte sie.

»Gänsedaunen. Das Beste, was man für Geld kriegen kann. Und ich hab aufblasbare Isomatten gekauft«, sagte Michael und legte seinen eigenen Schlafsack über einen Stuhl neben der Öltonne. »Was zu essen. Eine Taschenlampe. Sogar ein paar T-Shirts hab ich gekauft, die uns beiden passen dürften. Unterhosen ...«

»Für mich?«

Er hielt eine weiße Herrenunterhose hoch. »Large.«

»Du findest also, dass ich einen dicken Arsch habe?«

Er sah sie an und steckte die Unterhose wieder in die Tasche. Verstehe einer die Frauen.

Später gähnte sie und reckte sich, während er in den Schlafsack gewickelt neben ihr vor der Öltonne saß. Sie hatten die Weinflasche geleert.

»Was ist, wenn du dich irrst, und in Kim Andersens Haus ist nichts zu finden?«, murmelte er mit geschlossenen Augen.

»Ich irre mich nicht«, sagte sie. »Was ist mit dem Skorpionmann? Glaubst du, wir werden ihm irgendwo begegnen?«

»Das hoffe ich nicht. Noch nicht, zumindest. Er ist gefährlich. Wie sie alle.«

»Wir sind bis an die Zähne bewaffnet«, sagte sie.

»Sind wir das?«

Sie öffnete den Reißverschluss ihrer Sporttasche und wühlte eine Weile darin herum, ehe sie ein Pistolenhalfter herauszog und auf den Tisch legte.

Michael sah sich die Waffe an.

»Für mich?«, fragte er.

»Wenn du willst. Das ist meine Dienstwaffe mit achtzehn Schuss. Ist schon in Ordnung. Ich übernehme die Verantwortung.«

Michael stand auf und zog die Pistole aus dem Halfter, klickte das Magazin in die Hand, lud durch und schaute durch den Lauf. Heckler & Koch. Die gleiche Marke wie die Maschinenpistole. Gut, schwer und hässlich. Er schob das Magazin wieder rein und steckte die Pistole in das Halfter auf dem Tisch.

»Ich weiß nicht«, sagte er. »Eigentlich halte ich nichts von Schusswaffen.«

Sie legte die Pistole in die Tasche zurück.

»Sie liegt hier, wenn du es dir anders überlegst. Wie wäre es mit einer Siesta? Ich kann nicht mehr klar denken.«

»Aber schlafen kannst du?«, fragte er.

»Wahrscheinlich nicht. Aber ich würde es gerne ausprobieren.«

Er nahm ihren Schlafsack und warf ihn hoch auf den Hängeboden.

»Und du?«, fragte sie.

»Ich bleibe hier unten und halte Wache.«

Sie nickte und verschwand.

Michael streckte sich auf der Bank aus und deckte sich mit dem Schlafsack zu. Er drehte sich auf die Seite und betrachtete den roten Schimmer hinter der Rauchklappe der Tonne. Er hörte das Knarren der Bretter unter ihren Schritten, ein Seufzen – und dann fiel er wie durch eine Luke in den Schlaf, die sich unter ihm geöffnet hatte.

42

Sie fuhr lange, ohne ein einziges Wort zu sagen. Die Kommissarin war sauer, soviel war Michael klar.

»Du bist eingeschlafen«, hatte sie ihm vorgeworfen, als sie ihn am Spätnachmittag geweckt hatte. »Du hast gesagt, du willst Wache halten.«

Er hatte eine Entschuldigung gemurmelt, aber sie war abweisend und kurz angebunden gewesen, während sie Wasser für einen Nescafé aufsetzte und Michael schon mal eine Ladung Sachen zum Auto brachte. Sie hatten den Kaffee schweigend getrunken, und sie war vor ihm den Pfad zur Straße hochgestapft und losgefahren, ehe er die Autotür zugezogen hatte.

Michaels einziger Versuch, ein Gespräch anzufangen, war fehlgeschlagen. Während sie in westlicher Richtung durch den nachmittäglichen Stoßverkehr fuhren, hatte er sich auf seinem Sitz halb zur Seite gedreht und ihrem starren Profil sein unwiderstehlichstes, schiefes Lächeln gesandt.

»Was machst du, wenn du schlafen willst?«, hatte er sie gefragt.

»Wovon redest du?«

»Wenn du schlafen willst. Ich suche nach Bildern und Stimmungen aus meiner Kindheit. Ein Dachboden mit altem Krimskrams, das Wohnzimmer meiner Großmutter.

Sie hatte eine Standuhr, die laut tickte, obwohl bei ihr die Zeit stillstand und ich nie jemanden die Uhr habe aufziehen sehen. Was machst du?«

Sie warf ihm einen raschen Blick zu, ohne den Verkehr aus den Augen zu lassen.

»Ich stelle mir vor, ich liege auf dem Rücken unter einer Guillotine und schaue zum Blatt hoch. Es fällt ... und in dem Augenblick, wo es trifft, schlafe ich ein.«

»Okay ...? Das ist *sehr* interessant, Lene.«

»Ich verarsche dich, Michael. Es geht dich gar nichts an, woran ich beim Einschlafen denke. In meinem Kopf wimmelt es momentan von lauter fremden Menschen. Verstehst du?«

»Klar.«

»Gut.«

Eine Stunde später fuhr sie auf einen Rastplatz mit Aussicht über den Holbæk Fjord. Sie machte den Motor aus und ließ die Hände auf dem Lenkrad ruhen. Der Rastplatz lag nur wenige hundert Meter von der Sackgasse entfernt, die zu Kim und Louise Andersens kleinem Forsthaus führte.

»Gehen wir das letzte Stück zu Fuß?«, fragte Michael.

»Ja.«

Michael betrachtete sie.

»Ich kann vorgehen und mich schon mal umschauen«, sagte er.

Sie schüttelte den Kopf.

»Ist schon okay. Ich muss nur kurz ...«

Ein Schweißtropfen lief von ihrem Haaransatz über die Schläfe.

Sie packten ihre Taschen in den Kofferraum. Michael nahm die Taschenlampe und schlug die Kofferraumklappe zu.

»Da steht ein Streifenwagen«, sagte er, als sie sich dem Haus näherten.

»Ich habe gesagt, sie sollen es im Auge behalten«, sagte sie.

Sie drückte die Klinke der verschlossenen Eingangstür herunter und runzelte die Stirn.

»Wahrscheinlich sind sie im Garten hinterm Haus«, sagte er.

Sie gingen den Stimmen nach. An einem Gartentisch saß der bärtige Beamte, der Lene am ersten Tag auf das fehlende Taustück an der Segeljolle aufmerksam gemacht hatte. Ihm gegenüber saß der Hundeführer, den sie in der Küche der Polizeiwache getroffen hatte. Der junge Schäferhund stand mitten auf dem Rasen und beobachtete sie mit gespitzten Ohren. Vor dem Hund lag ein gelber Tennisball im Gras. Die beiden Polizisten sahen sie forschend an.

»Ich bin's«, sagte sie und zückte ihren Ausweis.

Der bärtige Beamte lächelte vorsichtig.

»Jetzt sehe ich's auch.«

Michael räusperte sich ungeduldig.

»Irgendwelche Vorkommnisse?«, fragte sie und ignorierte ihn.

»Nichts«, sagte der Beamte. »Louise Andersen war ein paar Mal hier, um Sachen zu holen. Kinderklamotten und so was.«

»Was hat sie für einen Eindruck gemacht?«

»Traurig.«

»Ihr könnt nach Hause fahren. Wir übernehmen. Ihr

braucht auch nicht zurückkommen. Könnt ihr auf der Wache Bescheid geben?«

»Natürlich. Sind Sie sicher?«

»Ganz sicher«, sagte sie.

Der Beamte nickte, nahm Thermoskanne und Becher vom Gartentisch, während sein Kollege Wasserschale und Fressnapf einsammelte. Der Hund hatte die Ohren aufgestellt und spähte zum Waldrand hinter dem Rasenstück. Der Hundeführer sah ihn an, der Hund machte ein paar Schritte nach vorn und knurrte leise.

»Was ist los, Tommy?«

Michael schaute in die gleiche Richtung wie der Hund und entdeckte einen Rehbock, der langsam und scheu auf den Rasen trat, die Lauscher nach hinten gerichtet.

»Den kenne ich«, sagte Lene.

»Ach ja?«

»Der ist fast handzahm. Neulich Abend hätte ich ihn um ein Haar erschossen. Er stand direkt hinter mir und hat mir in den Nacken geschnauft. Ich wäre fast in Ohnmacht gefallen.«

Sie blieben stehen, bis sie hörten, wie der Wagen zurücksetzte. Die Zweige waren fast schwarz vor dem tiefblauen Abendhimmel, und die Sonne stand tief. Ein schöner Platz, dachte Michael. Friedlich. Er erinnerte ihn sehr an sein eigenes Zuhause. Der Rehbock äste ein Stück entfernt auf der Wiese.

»Ein schöner Ort«, sagte er. Lene schüttelte sich. »Aber du bist wohl eher ein Stadtmensch, was?«

»Genau«, sagte sie und setzte sich in Bewegung.

Vor dem immer noch tadellos angelegten Brennholzstapel unter dem solide konstruierten, mit Dachpappe gedeckten Schutzdach hinter dem Haus blieben sie stehen.

Michael öffnete einen Schrank neben dem Schutzdach, in dem zwei große, gelbe Gasflaschen standen. Die eine war mit einem Sicherheitsventil ausgerüstet und mit einem Gummischlauch an der Hauswand angeschlossen, die andere war plombiert. Er schaute durch das Fenster in die kleine, ordentlich aufgeräumte Küche: Gasherd, runder Tisch, zwei Stühle und zwei Trip-Traps für die Kinder.

Lene ruckelte an einem Stützbalken und ließ die Finger an der Innenseite des Schutzdachs entlanggleiten. Die Sonne sank jetzt schnell, und Michael knipste die Stablampe an, um sich das Schutzdach von unten anzusehen. Er konnte nichts Auffälliges entdecken.

»Versuch es mit dem Brennholz«, sagte er.

»Alles? Das sind mehrere Kubikmeter. Da muss es doch eine andere Möglichkeit geben.«

»Ich glaube nicht.«

Vielleicht war das tatsächlich nur ein Haufen Brennholz, dachte er und stampfte prüfend auf das Betonfundament vor dem Schutzdach. Das klang irgendwie hohl. Er ging in die Garage, durchsuchte die Jolle und fand neben einem Wagenheber eine rostige Eisenstange. Michael wog die Stange in der Hand. Sie schien robust zu sein. Er ging zurück zu Lene, die ein Holzscheit nach dem anderen über ihre Schulter warf.

Er schlug mit der Eisenstange auf das Betonfundament und wurde mit einem dumpfen Echo belohnt. Lene hielt inne und sah ihn an.

»Das klingt nach einem Brunnen«, sagte sie.

»Vielleicht hält er da unten jemanden gefangen«, sagte Michael.

Er fuhr mit der Hand an der Kante entlang, wo Schutzdach und Hauswand aneinanderstießen. Zwischen der Dachpappe und der Mauer war ein fingerbreiter Streifen Platz. Seltsam, so lief der Regen an der Mauer entlang hinter das Brennholz und machte es feucht. Er schob die Stange zwischen einen Mauerbalken und das Schutzdach, stemmte sich mit einem Fuß von der Hauswand ab und zog und zerrte, dass es in seinem Kopf sang, und er merkte, dass die Platzwunde aufzureißen begann. Es war eine Bewegung in der Konstruktion zu spüren, aber irgendwo blockierte etwas. Er wischte sich den Schweiß von der Stirn und sah sich das Dach genauer an.

»Ich glaube, wir gehen das Ganze falsch an«, sagte er. »Wir müssen nicht das Brennholz wegräumen, sondern den Schuppen. Es scheint irgendeine verborgene Schließvorrichtung im Boden zu geben, die wir finden müssen.«

Er kniete sich ins Gras und kratzte die Erde weg, wo der Rasen bis an den Beton heranwuchs. Lene kniete sich neben ihn und half ihm. Sie duftete schwach nach Shampoo und etwas Bitterem. Haarfärbemittel, vielleicht. Michael benutzte die Eisenstange zum Graben, und nach wenigen Minuten stieß Metall auf Metall. Er legte mit den Fingern in der Kiesdecke unter den Grassoden einen schwarzen Metallring frei, der an eine Art flache Metallschiene geschweißt war, die in einem Spalt in der Betonabdeckung verschwand.

Michael verlagerte sein Gewicht auf die Fersen und untersuchte die Vorrichtung.

Lene sah ihn an.

»Worauf wartest du? Jetzt zieh schon. Das scheint eine Art Schließmechanismus zu sein.«

Er nickte und zog. Ring und dazugehörige Stahlschiene glitten widerstandslos und ordentlich geschmiert etwa zwanzig Zentimeter heraus. Sie nickte ihm aufmunternd zu. »Worauf wartest du?«

»Willst du es lieber selbst probieren?«

Er stand auf und hielt ihr die Eisenstange hin, aber sie schüttelte den Kopf.

»Jetzt mach schon.«

Michael verkeilte die Stange hinter einem senkrecht verlaufenden Balken und hebelte ihn mit aller Kraft hin und her, worauf die gesamte Schuppenkonstruktion sich so plötzlich und frei bewegte, dass er nach hinten kippte und mit dem Nacken auf die Betonkante aufschlug.

Lene wandte sich ab, während hinter Michaels Augenlidern ein chinesisches Neujahrsfeuerwerk explodierte. Er hatte sich auf die Zunge gebissen und Blutgeschmack im Mund.

Er stemmte sich auf einem Unterarm hoch und rieb sich mit der anderen Hand den Nacken, schaute in die Handfläche und stöhnte. Wenn das so weiterging, würde er irgendwann auf der Station für Hirngeschädigte landen. Aber vielleicht wäre das gar nicht das Schlechteste: Frieden, Ruhe und regelmäßige Mahlzeiten.

Erst jetzt bemerkte er, dass Lene sich vor Lachen krümmte. Er setzte sich auf, ließ den Kopf hängen und schaute auf seine Füße.

Es dauerte eine Weile, bis Lene sich wieder einigermaßen unter Kontrolle hatte. Sie drehte sich zu ihm um.

»Entschuldige, Michael. Du sahst einfach so ... so unglaublich ... so zutiefst überrascht aus.«

Sie wischte sich Lachtränen aus den Augenwinkeln.

»Schon in Ordnung«, sagte er finster. »Es ist ganz natürlich, dass man hysterisch und bösartig reagiert, wenn man durchgemacht hat, was du durchgemacht hast. Freut mich, dass du was zu lachen hattest, und dass ich dir wenigstens insofern helfen konnte. Wirklich.«

Sie reichte ihm eine Hand, um ihm aufzuhelfen, aber er schüttelte den Kopf.

»Nein danke, ich komme allein zurecht ... Geh weg ...«

»Michael ... Es tut mir leid.«

Er nahm trotzig ihre Hand und ließ sich hochziehen. Ihm wurde schwarz vor Augen, und er musste sich auf den Knien abstützen, während sie die Konstruktion das letzte Stück über die Betonplatte zog.

Das Schutzdach war an einer Seite mit Scharnieren ausgerüstet und mit Rädern oder Rollen unter den Bodenbrettern versehen. Unter der Konstruktion kam eine galvanisierte Stahlplatte zum Vorschein. Die Platte war an der Hausseite an die Metallschiene montiert und an der dem Garten zugewandten Seite mit einem schweren Vorhängeschloss versehen. In der Platte war eine Abflussrinne, die das Regenwasser von dem darunter liegenden Hohlraum wegleitete.

Lene musterte Michael. Sie hatte Farbe im Gesicht bekommen, und ihre Augen funkelten triumphierend.

»Wie du gesagt hast«, murmelte Michael, um ihr zuvorzukommen.

»Wie ich gesagt habe«, sagte sie zufrieden.

Er schob seine treue Eisenstange zwischen die Bügel des

Vorhängeschlosses und hebelte es mit einem Knall auf. Lene bückte sich, schob die Finger unter die Platte und zog sie hoch.

»Die ist höllisch schwer«, sagte sie.

»Komm schon, das schaffst du«, sagte er.

Sie sah ihn an und ließ die Platte mit einem Krachen gegen die Hauswand knallen. Sie schauten in das Loch.

Kim Andersen hielt niemanden dort gefangen. Im Lichtkegel der Taschenlampe rollten sich nur ein paar Kellerasseln zusammen. Der Betonkasten war ungefähr eineinhalb Meter tief und trocken. In der Wand zum Haus war ein Metallgitter eingelassen, das vermutlich zu einer Art Kriechkeller unter der Küche führte.

Lene hielt die Lampe, als Michael einen Rucksack in grünem Camouflagestoff aus der Kammer hob.

»Ist da noch mehr?«, fragte sie.

»Das hier.«

Eine kleine, grüne Geldschatulle in einer dicken, durchsichtigen Plastiktüte, gut verklebt. Sie nahm ihm das Päckchen ab und klemmte es unter den Arm. Die Kammer war jetzt leer. Er bückte sich und leuchtete durch das Gitter, aber dahinter war nichts anderes zu sehen als Dunkelheit.

»Da scheint ein Keller zu sein«, sagte er. »Wusstest du das?«

»Im Küchenboden ist eine Luke und eine Stiege, die in eine Art Kriechkeller führt«, sagte sie. »Wir haben dort nichts gefunden. Leere Bierflaschen, ein paar Kisten Wasser. Schlitten und Skier und so was. Abflussrohre.«

»Aber das Gitter habt ihr offensichtlich nicht entdeckt«, sagte er. »Wollen wir die Sachen ins Haus bringen und sie uns ansehen?«

43

Zuoberst in dem Rucksack lag eine schwere Jacke mit arktisch grauem, weißem und schwarzem Camouflagemuster. Er breitete die Jacke auf dem Fußboden aus und durchsuchte die vielen Taschen, ohne etwas zu finden.

Lene hatte unterdessen die grüne Geldschatulle ausgepackt und suchte in den Küchenschubladen nach einem passenden Instrument zum Öffnen.

Michael zog eine zu der Jacke passende Hose aus dem Rucksack. Durch das an den Rändern ausgefranste Loch auf halber Höhe des Oberschenkels passte ein Finger. Um das Loch herum war der Stoff dunkelbraun und steif.

»Apropos Beweise, das könnte doch was sein«, sagte er.

Lene sah sich die Hose an, seinen Finger und die zwei Löcher in dem Hosenstoff.

»Was gibt's denn sonst noch?«

»Mütze, Handschuhe, Skimaske, Stirnlampe, Feldflasche. Alles, was ein gut ausgerüsteter Menschenjäger in der arktischen Wildnis braucht.«

Er zog einen Reißverschluss am Rucksackdeckel auf und fand drei gefaltete, laminierte Landkarten im Maßstab 1:50.000. *Statens Kartverk serie M711: Porsangerfjord, Alta Fjord.* Er zog sie vorsichtig zwischen zwei Fingernägeln heraus und legte sie auf das Wachstuch auf dem Küchentisch.

»Die Finnmark«, sagte er bedeutungsvoll.
»Das wusstest du doch längst.«
Er sah sie an.
»Allmählich wird mir klar, wieso du alleine arbeitest«, sagte er.
»Ebenso. Was sonst noch?«, fragte sie.
Michael richtete den Lichtkegel in den Rucksack und sah in alle Fächer und Taschen, die er finden konnte.
»Nichts, denke ich. Warte ... da ist noch was.«
Er hatte an der Innenseite der wasserdichten Abdeckung einen Reißverschluss ertastet und zog ihn auf. In der Tasche lag ein einzelnes A4-Blatt.
Lene probierte, den Deckel der Geldschatulle mit einem Küchenmesser aufzubrechen. Es rutschte ab, und sie schnitt sich in den Finger.
»Was ist das?«, fragte sie und steckte den Finger in den Mund.
»Eine Architektenskizze über Flemming Caspersens Palais. Vor einigen Monaten ist dort eingebrochen worden. Die Einbrecher haben die Hörner von einem Nashornkopf abgesägt und mitgenommen. Sie kamen gegen zwei Uhr nachts mit einem Gummiboot über den Sund, haben die Alarmanlage mit flüssigem Stickstoff eingefroren und offenbar nichts anderes mitgenommen. Es war niemand zu Hause.«
»Horn?«
Sie runzelte die Stirn.
»Von einer Nashorntrophäe, insgesamt 8 Kilo. Das bringt auf dem Schwarzmarkt so ungefähr fünfzigtausend Dollar das Kilo, wenn man die richtigen Leute kennt«, sagte er.
»Glaubst du, das war Kim?«

»Hier ist jedenfalls eine Skizze vom Haus mit Markierungen für die Alarmanlage mitsamt der Verteilung der Bewegungssensoren und Überwachungskameras.«

Lene wickelte ein Geschirrtuch um den Finger und funkelte die unverwundbare grüne Geldschatulle hasserfüllt an.

»Um Nashorn zu stehlen?«

Er zuckte mit den Schultern. »Ein ziemlich guter Stundenlohn, wenn du mich fragst. Ich würde so was glatt auch machen, wenn ich wüsste, wo ich das Zeug loswerde.«

»Du bist kein Dieb«, sagte sie ernst.

»Nein, ich bin kein Dieb«, bestätigte er. »Wie sieht es mit der Schatulle aus?«

»Nicht sonderlich gut. Ich bräuchte einen Dietrich oder so was. Einen Kuhfuß oder Schraubenzieher.«

»Darf ich mal?«

»Bitte schön.«

Sie schob die Schatulle über den Tisch. Michael stand auf und schleuderte sie auf den Steinfußboden. Der Deckel sprang auf, und der Inhalt verteilte sich über die Fliesen.

Lene rührte sich nicht.

»Elegant«, sagte sie. »Das hätte ich auch gekonnt.«

»Kurzschluss«, sagte er und ging in die Hocke.

Die Ausbeute war auf den ersten Blick enttäuschend: eine CD oder DVD in einer Plastikhülle und zwei Farbfotos. Michael legte die Gegenstände auf den Küchentisch und zeigte auf eines der Fotos.

»Das ist Schloss Pederslund im Hintergrund. Und da haben wir Kim Andersen mit Jagdhund und ... ist er das?«

Lene Jensen war beim Anblick der anderen Person auf dem Bild zusammengezuckt: groß, dunkelblond, breite

Schultern, weiße Zähne, dunkle, vielleicht braune Augen, kariertes Hemd, Oilskinjacke, Cordhose und Jagdstiefel. Und den Ausläufer einer Tätowierung, die sich bis unter das Ohrläppchen zog: der Gliederschwanz eines Skorpions. Michael hatte diesen Mann noch nie gesehen.

Sie nickte und sank in sich zusammen.

»Das ist er.«

Michael drehte das Foto um. *Pederslund 2008. Max und T.*

»Max ist wahrscheinlich der Hund«, sagte er.

»Und T ist Thomas.«

»Ja. Wenn man es weiß, kann man gut sehen, dass er das ist, der auf dem Afghanistanfoto am Rand steht«, sagte er. »Ein bisschen abseits. Thomas Berg.«

»Genau.«

»Und nicht Jakob Schmidt«, sagte Michael.

Das zweite Foto war unscharf und irgendwie schief. Der Schatten einer Hand hatte sich vor das Objektiv geschoben. Ein schwarzer, schräger Balken auf einer Seite im Bild war vermutlich die Querverstrebung von einem Autodach. Das Bild war am späten Nachmittag aufgenommen worden. Im Vordergrund war ein leerer, grauer, regennasser Parkplatz. Die Kamera fokussierte eine Frau in rotem Parka, die sich in der Tür eines gelben Holzhauses umdrehte. Sie trug einen Rucksack in der einen Hand und hielt mit der anderen die Tür auf. Sie lächelte den schlanken, dunkelhaarigen Mann hinter ihr an. Sie hatte glatte, schwarze Haare und ebene Gesichtszüge. Ihr Begleiter trug einen schwarzen Parka, hatte seinen Rucksack auf dem Rücken und stellte gerade ein Paar Langlaufski an die Wand neben der Tür.

Porsanger Vertshus spiegelte sich die rote Neonschrift in dem nassen Asphalt.

Er lehnte sich zurück.

»Sind sie das?«, fragte sie.

»Kasper Hansen und Ingrid Sundsbö.« Er nickte. Die Puzzleteile fielen an ihren Platz, dachte er betrübt.

Er steckte die Fotos in die Innentasche seiner Jacke und nahm die CD aus der Hülle.

»Solltest du nicht ein bisschen auf Fingerabdrücke achten?«, fragte sie.

Michael hielt die Scheibe in Augenhöhe und begutachtete die Oberfläche im Schein der Lampe über dem Esstisch.

»Da sind keine, und ist das inzwischen nicht egal?«

Er schob den Stuhl zurück und sah sie an. Schaute in ihre grünen Augen, die nicht blinzelten.

»Ist das nicht egal, Lene?«, fragte er noch einmal mit Nachdruck. »Brauchen wir noch mehr Beweise? Sie sind es. Die Frage ist nur, was du mit ihnen machen willst. Willst du sie vor Gericht sehen?«

»Das weiß ich noch nicht«, murmelte sie.

Sie schob ihren Stuhl ebenfalls zurück und starrte auf den Boden.

»Das ist nicht so einfach«, sagte sie schließlich. »Hast du schon mal dabei zugesehen, wie jemand umgebracht wurde und du hättest den Mord verhindern können?«

*

Michaels Wangen begannen zu glühen. Er dachte an die beiden Kidnapper in Holland und den leerstehenden Hof bei Nijmegen und an Pieter Henryks normalerweise sympathisches und jugendliches Gesicht, das völlig verzerrt und grau gewesen war, als Michael ihn nach der Rettungsaktion auf der Treppe vor dem Krankenhaus Slotervaart in Amsterdam getroffen hatte, wo seine Tochter nach ihrer Befreiung eingeliefert worden war. Der Hemdkragen des Holländers war eine Nummer zu weit gewesen, der dunkelblaue Mantel hing von seinen Schultern. Henryk hatte Michael einen Umschlag mit seinem Honorar überreicht. Im Laufe weniger Wochen war er ein alter Mann geworden, die Augen matt, die Bewegungen langsam und unsicher, die Stimme ein sprödes Flüstern.

»Danke, *Mijnheer*. Auch von meiner Tochter. Danke.«

»Ich bitte Sie.« Michael hatte an der Betonfassade des Krankenhauses hochgeschaut. »Wie geht es ihr?«

Der Holländer tupfte sich die feuchten Augen mit einem Stofftaschentuch ab und sah auf den kunstvollen Mosaikboden.

»Sie ist sehr zart«, sagte er. »Sehr scheu. Verträumt, kompliziert und künstlerisch. Sie war Flötistin im *Koncertgebouw*, Michael. Und sie war Jungfrau, obwohl sie zwanzig ist.«

»Aber geliebt«, sagte Michael hoffnungsvoll.

Der Milliardär blies seine eingefallenen Wangen auf.

»Absolut! Wenn wir Zeit hatten und es nicht zu beschwerlich war, sie zu lieben.«

»Vielleicht kommt sie darüber hinweg«, sagte Michael.

»Vielleicht, ja.«

Der Vater schien nicht daran zu glauben.

»Ich glaube, sie ist auf dem Weg in den Wahnsinn«, sagte Pieter Henryk.

Michael verzog das Gesicht.

»Was ist?«, fragte Lene.

»Nichts.«

»Was ist mit der Frage?«

»Ich habe es selbst getan. Ich habe Menschen umgebracht. Und ich habe es nicht bereut«, sagte er.

»Nie?«

»Sie hatten es verdient. Sie waren unmenschlich geworden. Hatten unverzeihliche Dinge getan.«

Er holte den neu gekauften Laptop ins Wohnzimmer und schob die CD in das Laufwerk.

Die CD war mit Dateien in unterschiedlichen Formaten beschrieben. Michael klickte auf ein Video-File, Sargarmatha 2006-23-10, und beugte sich vor.

44

Sie sahen sich den Film schweigend an. Er dauerte neunzig Sekunden.

»Johanne Reimers«, sagte Lene schließlich. »Die Frau, die mit den Milanen im Himalaya geflogen ist.«

Die junge Dänin hatte die Weltmeisterschaft im Paragliding gewonnen, ehe sie begonnen hatte, mit den berühmten schwarzen Milanen von Sagarmantha zu fliegen. Sagarmantha war ein Nationalpark im nördlichen Nepal, nicht weit entfernt vom Mount Everest. Im Oktober 2006 war sie spurlos verschwunden, gemeinsam mit einem amerikanischen Fotografen vom *National Geographic Magazine*, Ted Schneider. Mehrere Rettungsmannschaften hatten erfolglos nach ihnen gesucht.

»Es ist nie rausgekommen, was da unten eigentlich passiert ist, oder?«

»Natürlich nicht«, sagte Michael.

Lene fand bei Google ein gutes halbes Dutzend Porträts der Paragliderin. Johanne Reimers lächelte auf allen Bildern, war dabei aber immer hochkonzentriert. Sie muss komplett furchtlos gewesen sein, dachte Lene, oder zumindest in der Lage, die unmittelbare Furcht zu kontrollieren, die jeden überkommen musste, der ein paar Kilometer hoch in der Luft unter einem dünnen Nylonschirm hing. Aber wahrscheinlich war das Erlebnis, mit den Milanen zu fliegen, mit ihrer Leichtigkeit und Perspektive, einfach zu überwältigend, um darauf zu verzichten.

Es waren kein plötzlich aufkommender Sturm, keine Fehlberechnung, kein technischer Fehler, kein unerwarteter Windstoß oder Löcher in der Thermik gewesen, die die Siebenundzwanzigjährige überrascht und den Absturz verursacht hatten. Es geschah an einem Oktobertag 2006, auf einem schmalen Pfad, in den rohen Granit des Berghangs gehauen, hoch über einem Taleinschnitt mit einem silbrig glänzenden Fluss, der sich durch das Gebirge schlängelte, um sich tausend Kilometer weiter südlich mit einem von Indiens gewaltigen, heiligen Flüssen zu vereinen.

Es war ein regnerischer Nachmittag, die Felsen glänzten nass, die Luft war stickig und diesig, über den Pfad floss ein Bach. Man hörte rasselnde, hektische Atemzüge, und weiter vorne sah man zwei Gestalten, die strauchelnd und stolpernd davonliefen. Nach oben, die ganze Zeit aufwärts. Der Mann, vermutlich der amerikanische Fotograf, rief der Frau etwas auf Englisch zu. Johanne Reimers rutschte aus und fiel auf Hände und Knie. Er blieb ebenfalls stehen und stemmte eine Hand in die Seite. Er war blass und schnappte nach Luft.

Derjenige, der die Videokamera trug, blieb stehen. Das Bild hob und senkte sich mit seinen angestrengten Atemzügen.

Der Amerikaner sah die Frau an, die ein paar Meter unter ihm versuchte, wieder auf die Beine zu kommen. Dann schaute er zu den Verfolgern auf dem Pfad und wog offensichtlich seine Chancen ab zu entkommen – mit oder ohne sie. Er torkelte zurück, legte einen Arm um sie und zog sie mit einer übermenschlichen Kraftanstrengung hoch. Beim dritten Schritt verharrte er, als die Kugel seinen Brustkorb durchschlug. Die Windjacke plusterte sich kurz auf, aber sein Körper rührte sich nicht.

Johanne Reimers stürzte erneut, stemmte sich hoch und sah zu dem Amerikaner auf. Er stand ganz still und schaute forschend nach vorn, als hätte er etwas vergessen oder wollte ihr etwas Wichtiges mitteilen. Sie kam auf die Knie und streckte die Arme nach ihm aus, als er in Zeitlupe zur Seite kippte, über den Rand des Pfades und dem Fluss weit, weit unter ihnen entgegen.

Johanne Reimers stand auf und drehte sich zu ihren Verfolgern um. Ihre Arme wirkten kraftlos. Ihr Gesicht war ein helles Oval, das Haar klebte in dunklen, nassen Strähnen am Kopf.

Die Verfolger verhielten sich genauso still und abwartend wie die Frau. Wie das Publikum eines Kammerspiels. Der Kameramann bewegte sich nicht, das Bild war ganz ruhig.

Johanne Reimers zog die Augenbrauen hoch und machte den Mund auf, als ob sie etwas sagen wollte, schloss ihn aber gleich wieder. Sie schüttelte den Kopf, ein Jagdgewehr wurde durchgeladen. Sie trat an die Felskante und sah ins Tal.

»Ich kann nicht«, rief sie deutlich.

Auf Dänisch.

Die Kamera zoomte sie ein, bis ihr Mund das Bild füllte.

»Ich kann nicht«, rief sie wieder.

Das Bild zoomte schwindelerregend schnell ihr Gesicht aus, ein Schuss wurde abgefeuert, und die Frau fiel vornüber und blieb reglos liegen.

Lene begrub ihr Gesicht in den Händen. Der Blick der Frau war der aus Josefines geöffnetem Auge auf dem Computerbildschirm gewesen. Leer und ohne Zeit für Resignation. Das Gesicht ihrer Tochter schob sich unter Johanne Reimers Anorakkapuze, als Lene die Augen schloss.

»Diese Teufel«, murmelte sie und starrte in Michaels malträtiertes, aber gefasstes Gesicht. Es hatte etwas Beruhigendes, fast Tröstendes, ihn anzusehen. Er war nah, und er war wirklich.

Er streckte den Arm über den Tisch und ergriff für einen kurzen Augenblick ihre Hand.

»Was meinte sie mit ihren letzten Worten?«, fragte Lene.

»Ich denke, sie haben ihr die Wahl gelassen, sich selbst in den Abgrund zu stürzen … oder erschossen zu werden. Aber jemand wie sie würde niemals Selbstmord begehen.«

»Und das wussten sie«, sagte sie.

»Ja.«

»Die sind geisteskrank. Lauter Geisteskranke und Sadisten.«

»Nicht der Beurteilung der Psychologen zufolge«, sagte Michael.

»Die Psychologen haben diesen Film definitiv nicht gesehen«, sagte sie.

Michael nickte. Sie bemerkte einen zuckenden Nerv unter seinem Auge. Er hatte dunkle Ringe unter den Augen und sah so erschöpft aus, wie sie sich fühlte.

»Jedenfalls haben sie ein perverses Bedürfnis, ihre Unternehmungen zu dokumentieren«, sagte er leise.

»Mich erinnert das mit Schrecken an die Fotos und Filme, die die Nazis in den Ghettos und an den Massengräbern gemacht und gedreht haben. Vielleicht haben sie sich ja hinterher getroffen, und die Aufnahmen zusammen angeguckt.«

»Die Nazis?«

»Die Jäger, Michael.«

»Und Kim hat das Ganze gefilmt?«

»Vielleicht war es gar nicht geplant, dass er die Aufnahmen aufbewahrt oder kopiert. Aber vielleicht hat er sich das als eine Art Lebensversicherung gedacht. Weil sie nie sicher sein konnten, ob er sie nicht verriet, falls er sich bedroht fühlte. Vielleicht war es ursprünglich so geplant, dass die Kunden das Original bekamen.«

»Das kann sein«, sagte er. »Die Trophäe des Kunden war der Film. Dafür hat er bezahlt. Für eine Trophäe, die außer ihm kein Mensch hatte.«

Michael zog den Computer zu sich rüber und schwebte mit dem Finger über dem Touchpad.

»Weiter?«, fragte er.

Oh Gott, nein, dachte sie verzweifelt, wohl wissend, dass sie keine andere Wahl hatte. Dass das ihre verdammte Pflicht war.

Lene stand auf und schaute über seine Schulter auf den Bildschirm.

»Musa Qala«, sagte sie und zeigte auf eine Datei mit dem Namen. »Allan Lundkvist hat die Stadt erwähnt. Scheint so eine Art Bezirkshauptstadt in Afghanistan zu sein. Abwechselnd von Taliban und Alliierten besetzt. Das Foto mit den fünfen ist vor Musa Qala aufgenommen worden, hat er gesagt.«

Verglichen mit dem dunklen, nassen Nachmittag an dem Berghang im Himalaya war die Wüste extrem hell. Zwei der vier Soldaten im Vordergrund liefen trotz der sengenden Sonne mit nacktem Oberkörper herum, einer trug ein khakifarbenes T-Shirt und Shorts, einer ein weites Uniformhemd über der weiten Camouflagehose. Alle hatten schwarzweiße oder rotweiße Partisanentücher, Kufiyas, um den Hals oder über Mund und Nase gebunden, weil der Wüstenwind Sand und Staub von der ausgestorbenen, weißen Landstraße und der nackten, verbrannten Erde aufwirbelte.

Lene erkannte alle vier. Robert Olsen, Kenneth Enderlein, Allan Lundkvist, Thomas Berg.

Die Kamera bewegte sich in einem eingeschränkten Radius, und die Aufnahme war voller grüner Reflexe.

Michael zeigte auf einen Schatten auf dem Boden ganz vorn im Bild.

»Humvee«, sagte er. »Ein geländegängiges Panzerfahrzeug mit schwerem Maschinengewehr auf dem Dach. Er filmt aus dem Fahrzeug. Die Reflexe kommen von den Panzerglasscheiben.«

Die vier Männer waren mit automatischen Karabinern bewaffnet, die sie keine Sekunde absetzten. Zwei von ihnen waren im Vordergrund in ein Gespräch vertieft, während die anderen beiden geduldig im Schatten des Humvees hockten, ohne miteinander zu reden.

In der Ferne hing blaumilchiger Rauch über einer Ansammlung lehmfarbener, niedriger Gebäude mit Flachdächern, die der Anfang oder möglicherweise das Ende von Musa Qala bildeten. Ein schmales, grünes Band schlängelte sich an den Häusern vorbei und verlor sich am Horizont. Man konnte kärgliche Bäume und Büsche ausmachen, die am Flussufer wuchsen.

»Wovon um alles in der Welt lebt man an so einem gottverlassenen Ort?«, fragte Lene.

Die Erde sah nicht einmal danach aus, als ob Disteln in ihr wachsen könnten.

»Opium und Ziegen«, sagte Michael.

Lene zeigte auf einen der beiden Stehenden.

»Thomas Berg«, sagte sie.

»Der sich mit Allan unterhält.« Er nickte.

»Sie warten auf jemanden«, sagte Lene.

Die beiden Stehenden schwiegen und drehten sich zur Wüste. Die beiden im Schatten erhoben sich und klopften sich den Staub von den Hosen. Einer von ihnen warf Allan Lundkvist ein Fernglas zu, das dieser fing und vor die Augen setzte. Die Kamera zoomte eine hohe, wogende Staubsäule ein, die weit entfernt auf dem flimmernden Hitzestreifen balancierte. Am Fuß der Säule bewegte sich etwas Weißes. Die Männer machten sich bereit.

Die Karabiner wurden durchgeladen, und einer der Männer, den Lene als Kenneth Enderlein identifizierte, ging zurück zum Fahrzeug. Er öffnete die Tür und grinste breit in die Kamera, ehe er sich am Fotografen vorbeischob. Man konnte seine Beine und Stiefel sehen. Ein Schieber wurde nach hinten gezogen und schnappte mit einem Knall ein.

»Er steht in der Mannschaftsluke«, erklärte Michael. »Und hat gerade das Maschinengewehr entriegelt.«

Der weiße Punkt wuchs zu einem Toyota Pick-up, der auf dem metallischen Hitzeflimmern zu gleiten schien.

Die Soldaten sagten kein Wort. Alles wirkte eingespielt, ruhig und routiniert. Der Mann mit dem Skorpion am Hals hob eine Hand und winkte dem Auto zu, das sich in hohem Tempo näherte. Die Muskeln spielten unter der tätowierten Haut, als er etwas Unverständliches zur Begrüßung rief. Aus dem offenen Seitenfenster des Toyotas schob sich ein

Arm und erwiderte den Gruß. Der Arm blieb draußen, und die braune Hand klopfte den Takt der Musik aus dem Autoradio auf der heißen Autotür mit. Das Auto geriet beim Abbremsen ins Schleudern und kam mit quietschenden Reifen zum Stehen. Die weiße Staubsäule schob sich weiter, überholte den Wagen und löste sich auf.

»Sie sind nervös, wollen es aber nicht zeigen«, sagte Michael und deutete auf die zwei Personen im Pick-up.

»Ich kann sie verstehen«, sagte Lene dumpf. Es lag etwas absolut Unabwendbares und schicksalsschwanger Selbstbewusstes in den Bewegungen der Soldaten. Das waren geborene, eiskalte Mörder, dachte sie, nicht von dieser Welt.

Allan Lundkvist begrüßte ebenfalls die Neuankömmlinge und zog sein rotweißes Tuch über die untere Gesichtshälfte. Die Umgebung spiegelte sich in den silbrigen Gläsern seiner Sonnenbrille. Er sah seinen Partner an und nickte.

Sie stellten sich vor den Pick-up, der keine Nummernschilder oder andere Kennzeichen trug. Die Männer mittleren Alters aus dem Toyota trugen die typische weiße, weite Kleidung der Afghanen. Sie stiegen bei laufendem Motor aus, die atonale Musik tönte aus den Lautsprechern. Weiße Turbane, schwarze Westen, die Kalaschnikows an Riemen über der Schulter, breites Lächeln. Der kleinere, kräftigere von ihnen trug eine schwarze Sonnenbrille. Es wurden Umarmungen ausgetauscht. Offenbar verständigten sich die vier Männer unbeschwert in einer Mischung aus Englisch, Handzeichen und Farsi. Der größere der Afghanen hatte einen kurz gestutzten Bart, ein markantes Vogelgesicht und schmale, schwarze Augen. Er warf einen Blick auf den Humvee, entdeckte offensichtlich die Kamera und den

Fotografen in dem Fahrzeug und fuchtelte mit einer Hand in der Luft herum, während eine Salve aus Flüchen seinen Mund mit den drei Zähnen verließ. Er zog ein Ende seines Turbans vor den Mund. Allan Lundkvist beruhigte ihn mit einem Lächeln. Der Kleinere schien nichts dagegen zu haben, dass er gefilmt wurde. Er winkte in die Kamera und nahm sein Handy heraus, um ein Bild von dem Fahrzeug zu machen. Die beiden dänischen Elitesoldaten sahen ihn an. Ihr Lächeln war erstarrt.

»Das hätte er nicht tun sollen«, sagte Michael.

»Das Foto schießen?«

»Er ist wahnsinnig. Ein Amateur.«

»Was machen die?«, flüsterte Lene und fragte sich, wieso sie flüsterte. Aber irgendwie schien ihr das angebracht.

»Rohopium. Afghanistan ist der größte Exporteur der Welt. Was glaubst du, wie die das aus dem Land schmuggeln? Es wird mit ausrangiertem Material, mit Verletzten oder in versiegelten Särgen mit den toten Soldaten transportiert.«

Michael flüsterte ebenfalls.

»Sind das Ziegen, die sie auf der Ladefläche haben?«, fragte sie.

Man hörte ein leises, zitterndes Blöken von dicht gedrängt stehenden, langhaarigen Tieren hinter den hohen Lattenwänden der Ladefläche.

»Tarnung.«

Der Afghane mit dem Raubvogelgesicht zeigte auf den Laderaum, und sein untersetzter Begleiter schwang sich bemerkenswert elegant über die Seitenwand, bahnte sich einen Weg zwischen den meckernden, mageren und schmutzigen Ziegen und reichte längliche, braune Säcke nach unten. Allan Lundkvist und der Mann, den sie unter dem Namen Thomas Berg kannten, nahmen die schweren Jutesäcke entgegen und stapelten sie zu einer Pyramide auf dem Boden. Der Mann auf dem Pick-up packte ein Tier bei den Hörnern und warf es ans hintere Ende der Ladefläche, um mehr Platz zu haben.

»Armes Tier«, murmelte Lene.

»Vierundzwanzig Säcke«, sagte Michael.

Der korpulente Afghane sprang von der Ladefläche. Die Kalaschnikow schwang an dem Schulterriemen herum und traf ihn im Gesicht. Zum ersten Mal kam etwas Leben in das magere Gesicht seines Begleiters. Er legte den Kopf in den Nacken, lachte schallend und schlug sich auf die Oberschenkel.

Die beiden Dänen sahen sich an, ohne eine Miene zu verziehen.

Lene hielt die Luft an. Sie erwartete jeden Augenblick ein Blutvergießen, aber der tolpatschige Opiumschmuggler rieb nur seine bärtige Wange und lachte. Sie erinnerte sich, mal irgendwo gelesen zu haben, dass der Afghane an sich der gastfreundlichste, humorvollste und liebenswerteste Mensch war, den man sich vorstellen konnte. Gastfreundschaft war eine unumgängliche, heilige Pflicht, und wer einem Fremden seine Tür und den Rücken wies, war das niederste Geschöpf auf Erden.

Michael legte eine Hand auf ihren Unterarm.

»Da stimmt was nicht«, murmelte er. »Wer zum Teufel ist das da?«

Ein fünfter Soldat trat ins Bild. Er trug zwei augenscheinlich schwere Aluminiumkisten. Er stellte die Kisten neben der Gruppe ab und begrüßte die Schmuggler, die ihn offenbar kannten, da erneutes Händeschütteln und Umarmungen folgten und die beiden nicht überrascht schienen, ihn zu sehen. Der Neuankömmling stellte sich neben Allan Lundkvist, während Thomas Berg wie gewohnt etwas abseits stand.

Dann drehte er sich um. Lange Haare, Wüstenhut, langer Bart, die obligatorische Sonnenbrille, nackter Oberkörper mit gut wiederzuerkennenden Tätowierungen. Die Kamera machte einen Rundumschwenk und zoomte dann die Opiumsäcke ein.

»Kim Andersen«, sagte Lene.

»Ja. Aber wer sitzt dann mit der Kamera im Humvee?«

»Keine Ahnung. Der fünfte Mann«, sagte sie.

»Der sechste.«

»Thomas Berg. Kenneth Enderlein, Kim Andersen, Allan Lundkvist, Robert Olsen und ...? Wie viele waren es in Norwegen?«

»Sieben mit dem Kunden. Wenn wir davon ausgehen, dass der Kunde am Porsangerfjord Flemming Caspersen war, fehlt uns noch der sechste Mann. Es fehlt einer.«

»Jakob Schmidt?«

»Gute Frage«, sagte Michael und zeigte auf den Schirm. »Ich glaube übrigens, dass die armen Idioten fertig sind.«

Kim Andersen öffnete die Spannverschlüsse der Kisten und klappte die Deckel auf. Die Afghanen schauten hinein und grinsten sich breit an. Sie schüttelten erneut Kims Hand, der die Kisten wieder schloss und ihnen half, sie auf den Pick-up zu laden. Er reichte sie dem dicken Schmuggler an, der wieder auf die Ladefläche gesprungen war.

»Was ist in den Kisten?«, fragte Lene.

»Irgendwelches militärisches Zeug. Plastiksprengstoff,

Handgranaten, Panzerfäuste, Nachtsichtgeräte ... so was. Stinger-Raketen.«

»Die bei den Taliban landen?«

»Ich weiß es nicht. Aber wer sonst sollte so was abnehmen?«

Sie sah Michael ungläubig an.

»Sie bezahlen mit Waffen für das Opium? Waffen, die am Ende gegen sie oder andere Dänen eingesetzt werden? Oder ihre Alliierten?«

Er seufzte müde.

»Ich glaube nicht, dass es so weit kommt, Lene. Entweder werden die zwei in den nächsten zehn Sekunden ausgeschaltet, oder die Gruppe hat mit CIA oder MI6 vereinbart, dass die Kisten mit elektronischen Ortungsgeräten ausgerüstet sind, die die Spezialeinheiten ans Ende der Nahrungskette führt. Oder sie sprengen versteckte Sprengladungen in den Kisten per Fernauslöser in die Luft, wenn die beiden weit genug weg sind. Ich tippe auf die letzte Variante.«

»Ich auf die erste«, sagte Lene und schaute wie gebannt auf den Bildschirm. »Sieh dir Thomas an. Woher weißt du das eigentlich alles?«

»Ich war Kommandant bei der Militärpolizei. Ich habe tatsächlich eine Ausbildung, Lene.«

Der große, kräftige Soldat suchte den Himmel mit dem Fernglas ab, während der weiße Pick-up auf die Landstraße bog. Die braune Hand des Beifahrers schlug wieder taktfest gegen die Autotür, und die Musik aus dem Autoradio mischte sich mit dem Gemecker der Ziegen. Thomas Berg drehte sich zu dem Panzerfahrzeug um und fuhr sich mit der Handkante über die Kehle. Michael schluckte. Zwanzig Meter. Dreißig. Unter den Reifen des Toyotas wirbelte

Staub auf, die braune Hand in dem weißen Ärmel winkte zum Abschied, und dicht neben dem Mikrofon der Kamera war ein elektrisches Summen zu hören.

»Das Maschinengewehr«, sagte Michael, und Lene zuckte zusammen, als die Salve in den Lautsprechern des Computers explodierte. Man sah die Einschläge in der weißen Landstraße. Sie holten das Ende des Pick-ups ein, pflügte sich durch die Ziegenherde und erreichten das Cockpit. Die Geschosse fraßen sich durch das Blech. Das Bild wackelte im Takt mit der endlos langen Maschinengewehrsalve. Der Toyota kippte zur Seite, das hintere Ende schien einen Augenblick über dem Weg zu schweben, ehe der Wagen sich querstellte und langsam, tragisch langsam über die hohe, steile Wegkante rollte und sich überschlug.

»Jesus«, sagte Michael. Lene legte instinktiv die Hände auf die Ohren. Ihr verletztes Ohr pfiff. Es war schrecklich, was sie dort sahen, aber unmöglich, den Blick vom Bildschirm zu wenden. Der Mann mit der Skorpiontätowierung ging durch die Staubwolke, sprang über einen Graben und näherte sich dem umgekippten Wagen. Kim Andersen folgte ihm in wenigen Metern Abstand mit gezogener Pistole. Sie achteten instinktiv darauf, dem anderen nicht in die Schusslinie zu laufen.

Das Autoradio funktionierte wundersamerweise noch. Ein paar Ziegen stoben meckernd über den trockenen Boden davon, andere lagen reglos neben dem Toyota oder waren unter ihm begraben. Ein einzelnes Tier mit gebrochenem Vorderlauf humpelte auf die Soldaten zu. Die ersten Flammen züngelten aus dem Motor. Kim Andersen hob die Pistole und erlegte das Tier mit einem Kopfschuss. Er sagte irgendwas zu seinem Kollegen, der lachte.

Im Cockpit bewegte sich was. Der magere Opiumschmuggler zwängte sich mit Mühe durch das Seitenfenster. Er riss sich die Hände an den Glassplittern auf. Der Turban war weg, und das blutverschmierte Haar hing ihm ins Gesicht. Er sagte nichts, kämpfte stumm und verbissen gegen die Schwerkraft an. Als der Oberkörper endlich im Freien war, drehte er ihn so, dass er sich an der Kante des Unterbodens rausziehen konnte. Thomas Berg hatte den Wagen erreichte. Der Afghane drehte ihm das Gesicht zu, die Beine noch im Wageninnern. Ausdruckslos.

Der Soldat blieb wenige Schritte vor dem Schmuggler stehen, zog die Pistole aus der Hüfttasche, lud durch und nahm die klassische Schießhaltung mit gegrätschten Beinen und ausgestrecktem Arm ein. Aus unmittelbarer Nähe schoss er dem Schmuggler eine Kugel durch den Schädel. Der Kopf schnellte nach hinten, der Körper streckte sich wie bei einem Elektroschock und erschlaffte, festgehalten von den Glassplittern in der Fensteröffnung. Der Däne bückte sich, schaute ins Cockpit und feuerte schnell hintereinander zwei Schüsse auf den eingeklemmten Beifahrer ab.

Kim Andersen fand die Kisten ein Stück von dem havarierten Toyota entfernt, klemmte sie sich links und rechts unter den Arm und ging zurück zum Humvee und auf die Kamera zu.

»Und wieder hattest du recht«, sagte Michael.

Lene schüttelte den Kopf. »Ich begreife nicht, dass das möglich ist. Dass die sich das trauen. Ist nicht der ganze Himmel voller Drohnen, Flugzeuge und Satelliten, die jeden Quadratzentimeter auf dem Boden überwachen?«

»Das ist ein verflucht großes Land«, sagte Michael langsam. »Zum einen haben sie garantiert einen Plan über die Positionen und Flugbahnen der Drohnen und Satelliten, und zum anderen ... ja, zum anderen ist das einfach ein verteufelt großes Land. Wenn es Tag und Nacht aus der Luft überwacht würde, könnten die Taliban ihre Wegrandbomben nicht mehr verbuddeln.«

»Was macht er jetzt?«, fragte sie.

»Die Spuren verwischen. Mit einer Blendgranate.«

Thomas hatte den Verschluss des schiefhängenden Tanks abgeschraubt, und der Inhalt ergoss sich auf die Erde. Er entfernte sich ein paar Meter von dem Fahrzeug und warf etwas, das wie eine weiße Bierdose aussah, in hohem Bogen gegen das hintere Ende des Wagens. Dann hielt er sich die Ohren zu und schloss die Augen.

Es tat einen scharfen Knall, und ein grellweißes Licht blitzte auf. Im nächsten Augenblick bildete sich ein Flammenkranz um den Toyota.

Der Film brach ab.

Lene war schlecht.

»Er ist unfassbar unmenschlich und eiskalt«, sagte sie. »Ich dachte immer, ich wäre im Laufe meiner Karriere schon einigen Psychopathen begegnet, aber der ... Thomas übertrifft sie alle.«

»Er ist ziemlich einzigartig«, stimmte Michael ihr zu.

»Bist du jemals einem Menschen wie ihm begegnet?«, fragte sie.

»Ja.«

»Was hast du mit solchen Leuten zu schaffen?«

Er zuckte mit den Schultern. »Entweder habe ich für sie gearbeitet oder sie bekämpft.«

»Mir ist schlecht«, sagte sie.

»Willst du ein Glas Wasser?«, fragte er.

»Ja, gerne.«

Er ging an die Spüle und öffnete die Hängeschränke, bis er ein Glas fand. Er hing seinen Gedanken nach, während er mit dem Finger unter dem Wasserstrahl darauf wartete, dass es kalt wurde. Lene beobachtete sein Gesicht. Er schaute zerstreut aus dem Fenster und richtete sich unvermittelt auf. Seine Augen fokussierten einen Punkt, und er beugte sich nach vorn. Etwas leuchtend Weißes rauschte wie eine Sternschnuppe am Fenster vorbei und knallte mit einem dumpfen Schlag außen gegen die Mauer.

Michael fuhr herum und öffnete den Mund, aber Lene hörte keinen Laut. Er drückte sich auf der Tischplatte ab und schwang sich über die gesamte Breite. Er rammte ihren Oberkörper, als sie gerade aufstehen wollte, und sie gingen zu Boden. Michaels Gesicht war nur wenige Zentimeter neben ihrem, und er rief irgendwas von den Gasflaschen draußen, den Bruchteil einer Sekunde, bevor alles auseinanderkrachte, die Küche eine Feuerglocke wurde und eine große, heiße Druckwelle sie gegen die Wand schleuderte.

Sie flogen mit den Möbeln durch den Raum, Lene bekam keine Luft, wusste nicht, wo oben und wo unten war, ob sie lebte oder tot war. Ich bin tot, dachte sie dankbar, weil alles so hell und warm war, und dann war plötzlich alles schwarz und tat weh, und die Luft, die sie in die Lungen saugte, war glühend heiß – so heiß, dass sie daraus schloss, dass sie doch noch am Leben war. Sie vermisste das schöne Licht.

45

Michael war blind, und das versetzte ihn in Panik. Er drückte die Finger auf die Augen und seufzte erleichtert, als die klebrige Masse weg war und er wieder einigermaßen sehen konnte. Er war nicht sicher, was seine Augen verklebt hatte. Staub, Mörtel oder Blut. Wahrscheinlich eine Mischung aus allem. Er spürte, dass Lene unter ihm lag; sie fühlte sich warm an.

Er hob den Kopf und sah in die Richtung, wo die Wand zum Garten gewesen war. Die Bäume draußen wurden von den Flammen erleuchtet, die sich über das Haus hermachten. Über den Baumspitzen leuchteten Sterne. Über die Rasenfläche kamen langsam und zielstrebig zwei bewaffnete Gestalten mit Militärkarabinern auf sie zu, zuerst noch schemenhaft und undeutlich, dann als zwei Männer in Tarnanzügen und Skimasken erkennbar.

Über ihm war das trockene Knacken der Balken zu hören, die nachgaben, und Himmel, Bäume und Mörder verschwanden hinter einem Funkenvorhang, als das brennende Strohdach vor die weggesprengte Wand rutschte. Die Hitze war unbeschreiblich, er spürte, wie die Härchen der Brauen und Wimpern sich zusammenzogen und verkohlten. Lene starrte ihn mit aufgerissenen Augen an. Ihr Mund bewegte sich, und ihm wurde klar, dass sie mit ihm redete, aber er konnte kein Wort verstehen. Er rollte sich auf die

Knie und stand auf, zog sie hoch, legte ihr einen Arm um die Taille und schaute zu der Türöffnung, die ins Wohnzimmer führte.

»Raus«, murmelte er.

Sie schlug nach ihm, und er wollte schon zurückschlagen, als er sah, dass sie nur versuchte, Glut von seiner Schulter und aus seinem Haar zu wischen. Sie taumelten in das kühlere Wohnzimmer. Lene krümmte sich zusammen und hustete halb erstickt, während Michael den ersten Mundvoll Sauerstoff in die Lungen bekam. Er warf einen Blick über die Schulter. Die Küche war ein Inferno. Das glühende Strohdach war in den Raum gekippt und versperrte jeden Ausblick in den Garten.

Er bekam Lenes Hand zu fassen und torkelte mit ihr durch das Wohnzimmer auf den rettenden Windfang zu, als das Fenster zum Garten zerbarst. Merkwürdig abwesend registrierte Michael einen Perforationsstreifen in der weißen Wand. Eine Putz- und Mauerwerkfontäne explodierte zeitgleich in Bauchnabelhöhe und näherte sich rasant. Glitzernde Glasscherben stoben durch den Raum.

»Runter, verdammt«, rief er und trat ihr die Beine weg.

Die Projektile zischten heulend unmittelbar über ihre Köpfe hinweg. Michael legte sich auf sie und drückte ihr Gesicht auf den Boden. Sie waren zwischen dem Feuer und den Automatikwaffen der Mörder gefangen. Jeder Gedanke, durch den Eingang, das Kinderzimmer oder Bad zu entkommen, war sinnlos. Lene bewegte sich unter ihm. Ihr Gesicht war von winzigen, glänzenden Splittern bedeckt, die er vorsichtig mit den Fingerspitzen von ihren Lidern wischte. Sie schlug die Augen auf und schaute ihn an. Im

Widerschein der Flammen war ihre Iris nicht mehr grün, sondern schimmerte golden.

»Was jetzt?«, fragte sie. »Was ist passiert?«

»Sie haben eine Blendgranate oder Handgranate auf die Gasflaschen geworfen«, sagte er. »Und jetzt warten sie draußen auf uns.«

»Was tun wir?«, fragte sie ruhig. Sie wollte sich aufrichten, aber er drückte sie auf den Boden.

Michael zog den Kopf ein, als eine neue Salve von der Wiese, diesmal rechts vom Haus, abgefeuert wurde. Das alte Fachwerk und der Putz dazwischen boten keinen nennenswerten Widerstand für die Projektile, die die Wand wieder mit einer schnurgeraden Lochkette perforierten. Dieses Mal etwas tiefer als die erste Salve.

»Zurück in die Küche«, sagte er und bewegte sich rückwärts von ihr weg.

»Was?! Im Leben nicht!«

Er kroch zurück und legte ihr den Mund ans Ohr.

»Dann stirbst du! Komm schon! In den Keller. JETZT!«

Er packte sie am Jackenkragen und zog sie mit sich. Die Küche war eine Feuermauer aus sprühenden Funken, die von dem Luftzug durch das Loch in der Mauer zu den zersplitterten Fenstern im Wohnzimmer gesaugt wurden. Der Rauch lag wie eine dicke Decke über ihren Köpfen und trieb ihnen die Tränen in die Augen. Michael hustete krampfartig. Er hatte die Tür fast erreicht. Endlich arbeitete dieses verdammte Weib mit. Er kam auf die Knie und zog sie neben sich.

»Halt dich an meinem Fußgelenk fest! Einmal einatmen, Luft anhalten, Augen schließen. Jetzt oder nie, Lene! Kapiert?«

Er blinzelte die Tränen weg und sah sie mit geschlossenen Augen nicken. Sie holte tief Luft.

Die Hitze war dicht und stofflich wie ein dicker Vorhang. Michael stieß Tisch und Stühle beiseite und verbrannte sich die Handflächen, die Augen trockneten aus, und er konnte kaum noch etwas erkennen. Lene bekam den Eisenring zu fassen, der in die Bodenbretter eingelassen war und zog die schwere Luke auf, die zum Kriechkeller unter der Küche führte. Sie rutschte bäuchlings die kurze Stiege nach unten, er folgte ihr unmittelbar.

Dort unten gab es Luft. Sie kauerten am Boden, husteten und pumpten Sauerstoff in die Lungen. Die Tränen liefen unablässig über ihre rußverschmierten Wangen. In ihrem Haar glitzerten noch immer Glassplitter. Der Küchenboden über ihnen knackte und gab nach, als ein Teil der Dachkonstruktion einstürzte. Ein Funkenschauer rieselte auf Michaels Rücken. Er rollte sich instinktiv auf den Rücken und drückte die Schultern auf den Betonboden, um die Glut zu löschen. Lene zog ihn an die Wand, weg von der Stiege.

Er räusperte sich, spuckte Ruß aus und rollte sich wieder auf die Knie.

»Ich muss wieder hoch«, nuschelte er.

»Was?! Was hast du gesagt?«

»Muss hoch. Die CD.«

»NEIN!«

Er zog die Windjacke aus und wickelte sie um den Kopf. Sie versuchte, ihn festzuhalten, aber er schlug ihre Hände weg und stellte einen Fuß auf die Stiege. Die obere Stufe brannte bereits.

Michael schob den Kopf über Bodenniveau und fühlte

sich wie eine Tonfigur im Ofen eines Keramikers. Er sah, wie sich die Härchen auf seinen Handrücken aufstellten, zusammenrollten und abfielen. Die ehemals weißen Wände der Küche waren schwarz und brannten lichterloh. Er zog den Kopf in den Keller zurück, schnappte einen Mundvoll Luft und begab sich wieder nach oben. Er robbte über die schwarzen, verkohlten Bodenbretter und entdeckte den Computer unter einem Trip-Trap-Stuhl. Unbedacht griff er danach und schrie vor Schmerz auf, als sich der schmelzende Kunststoff wie flüssiges Wachs an seine Finger und Handflächen heftete. Er robbte wieder Richtung Luke. Kurz bevor er sie erreichte, stürzte von oben etwas Schweres, Glühendes auf seinen Rücken. Er konnte sich nicht mehr rühren und merkte, dass sein Hemd Feuer gefangen hatte. Er schob den Computer Richtung Öffnung und sah Lenes Gesicht.

Michael starrte sie an und gestikulierte. Er wollte einfach nur, dass sie sich den Rechner schnappte, wieder abtauchte und ihn liegen ließ, wo er war.

Kleine, blaue Flammen fraßen sich in ihre Haare, aber sie schob ihre Arme aus dem Loch, kriegte ihn an der Schulter zu fassen und zog ihn in den Keller hinunter. Die Luke klappte über ihnen zu.

Michael knallte mit dem Kopf auf den Boden, dann war ein paar Sekunden nichts als barmherzige Dunkelheit. Er hätte gern eine Pause gehabt, einen Augenblick Frieden, aber das war ihm nicht vergönnt. Lene war genauso gnadenlos, wie er sie eingeschätzt hatte. Sie schlug ihm mit den Handflächen auf den Rücken und riss ihm die Jacke herunter, um die Flammen auf seinem Hemd und in seinem Haar zu ersticken.

»Lass mich«, murmelte er.

Offensichtlich hörte sie ihn nicht, weil sie ihn weiter in die Dunkelheit zog bis zur Wand, wo es noch ein wenig Sauerstoff gab. Dann begann die unermüdliche Kommissarin mit einem Vorschlaghammer, den sie wo auch immer aufgetrieben hatte, gegen die Wasserrohre unter der Decke zu schlagen.

Michael beobachtete halb betäubt ihre Anstrengungen ohne zu begreifen, was sie da tat, als sie plötzlich triumphierend aufschrie. Etwas Metallisches gab mit einem erlösenden Knall nach, und kaltes, wunderbar kaltes Wasser spritzte in einem breiten, kräftigen Fächer aus einem geborstenen Wasserrohr. Er ließ sich das Wasser den Rücken hinunterlaufen.

Lene saß an der Mauer und hielt das Gesicht in den Strahl. Sie lächelte. Michael lächelte auch. Das schwarze Wasser stieg und war voller goldener Reflexe von dem Feuer, das direkt über ihnen wütete. Das war das Schönste, was er jemals gesehen hatte.

Er setzte sich auf. Der Computer.

Er schaute sich hektisch um und entdeckte ihn in einer Kiste Winteräpfel. Er schnappte ihn sich, klappte den Deckel auf und beobachtete mit nahezu religiöser Ehrfurcht das Blinken der weißen und blauen Lämpchen unter der Tastatur.

Er nahm die CD aus dem Laufwerk und sah sich nach etwas um, womit er sie vor Feuer und Wasser schützen konnte, leerte eine Plastiktüte mit ausrangiertem Spielzeug, wickelte die CD und seine Brieftasche vorsichtig darin ein und steckte das Paket hinter die Rohre unter der Decke. Das Wasser reichte ihnen inzwischen bis zu den Knien und schoss mit bemerkenswerter Kraft aus dem geborstenen Wasserrohr. Er trank ein paar Schlucke aus der hohlen Hand und sah Lene an, die immer noch reglos dasaß, das Kinn auf der Brust, die Augen geschlossen.

»Danke«, sagte er.

Sie hob den Kopf und sah ihn an. Ihr Gesicht war gespenstisch blass und leuchtete golden, wenn die Reflexe des Feuers darüber huschten.

»Ich danke dir«, sagt sie leise. »Woher wussten die, dass wir hier sind?«

Michael zog instinktiv den Kopf ein, als etwas Hartes auf den Küchenboden krachte. Er hob den Arm und legte die Fingerspitzen an die rauen Bretter. Sie waren heiß, und die Stufe unter der Luke dampfte und zog sich zusammen.

»Das Auto deiner Chefin«, sagte er. »Ich bin ein Idiot, dass ich es nicht auf GPS-Sender untersucht habe.«

»Aber dann hätten sie uns auch in der Pfadfinderhütte fertigmachen können, als wir geschlafen haben. Als *du* geschlafen hast!«

Er schüttelte den Kopf. »Es gab keinen Grund, uns zu erledigen, bis wir Kim Andersens Versteck gefunden haben. Sie sind in ihrem Wahnsinn auf ihre Art rationell, auch wenn es sie enttäuscht haben muss, dass sie dich nicht abschrecken konnten.«

Das Wasser erreichte jetzt seine Achseln. Er tauchte die Hände ein und schloss und öffnete sie. Für den Augenblick spürte er keine Schmerzen, aber er war sich nur allzu bewusst, dass sie wiederkommen würden, wenn sie trockneten.

»Mir ist da noch was eingefallen«, sagte er schließlich. »Oder ... genauer gesagt, gehen mir zwei Dinge durch den Kopf, Lene.«

Sie lächelte. Ein schönes Lächeln hat sie, dachte er.

»Zwei Dinge? Lass hören.«

Seine Hände sahen wie weiße Fische aus in dem schwarzen Wasser.

»Also, zum einen denke ich, dass wir bald ertrinken werden, was ... na ja, ich finde es ziemlich schnöde, in einem brennenden Haus zu ertrinken.«

Lene nickte nachdenklich. Das Wasser schwappte an ihr Kinn.

»Das ist in der Tat ziemlich schnöde. Und was ist das andere?«

»Ich verstehe nicht, wieso wir noch Luft kriegen. Das müsste eigentlich unmöglich sein, weil das Feuer oben allen Sauerstoff ansaugt. Eigentlich müssten wir schon vor ein paar Minuten erstickt sein. Mindestens.«

Er hob eine Hand aus dem Wasser und sah sie an. Der Handrücken trocknete schneller als die nach unten gewandte Seite. Er spürte einen schwachen Luftzug. Über ihnen fraß das Feuer allen Sauerstoff, aber es saugte auch von irgendwoher frische Luft durch den Kriechkeller an.

»Vielleicht sollten wir das Wasser abstellen«, schlug sie vor.

»Wenn du weißt, wie du das machen sollst?«, sagte er freundlich und legte den Kopf in den Nacken. Seine Stirn stieß gegen die heißen Bodenbretter über ihm.

Lene schob sich mit ihrem Vorschlaghammer bewaffnet durch das Wasser. Sie lokalisierte das kaputte Wasserrohr und drückte die Hände auf das Loch. Das Wasser spritzte mit unverminderter Kraft an ihren Händen vorbei. Sie probierte, das Loch mit dem Hammerschaft zu stopfen, aber das Rohr brach vor der Mauer ab. Offenbar war es schon ziemlich marode gewesen.

»Das ist nicht so gut«, sagte sie.

»Such nach dem Gitter, das zu seinem Versteck führt«, sagte Michael. »Und ich versuche, das Wasser zu stoppen.«

Sie nickte und bewegte sich langsam durch das schwarzorange schimmernde Wasser, die Nase nach oben gestreckt. Es waren jetzt höchstens noch zehn Zentimeter zwischen der Wasseroberfläche und dem brennenden Küchenboden.

Michael drückte die Hände auf den Rohrstutzen in der Wand und konnte den Strahl bremsen, dafür drückte das Wasser an mehreren anderen Stellen durch das undichte Mauerwerk. Er tastete mit einer Hand und bekam einen Stapel nasse Zeitungen unter die Finger, die er zu einer Kugel zusammenknüllte und gegen die Öffnung des abgebrochenen Wasserrohres presste. Er konnte sich nicht umdrehen, hörte Lene aber irgendwas am Ende des Kriechkellers zerreißen und verzweifelt nach Luft schnappen.

»Beeil dich«, rief er verzweifelt.

Sie antwortete nicht und begann, gegen etwas zu schlagen, das offenbar Widerstand leistete. Michael streckte sich der Länge nach aus, fand Halt mit den Füßen an der gegenüberliegenden Wand und drückte die Zeitungskugel fester gegen das Rohr, bis seine Arme anfingen zu zittern.

»Jetzt!«, rief sie.

Er kniff die Augen zusammen und drückte zu. Es war kein Luftraum mehr zum Atmen da. Er hatte nur noch die Luft in seinen Lungen. Kleine Luftblasen stiegen aus seiner Nase an Augen und Stirn vorbei nach oben. Seine Lungen brannten und hinter seinen Augenlidern blitzten merkwürdige Bilder auf. Seine Arme sackten herunter, er kroch kraftlos durchs Wasser, keine Energie und keinen Willen mehr, das Loch wieder zu suchen. Sein sauerstoffleeres Gehirn schaltete ab und bereitete sich auf die Bewusstlosigkeit und die große Dunkelheit vor. Er dachte an Sara. Die Kinder liefen über den Rasen vor ihrem Haus, er lächelte ihnen vom Gartentor zu, die Sonne schien warm, er wollte ihnen noch einmal zuwinken und dann gehen ...

Michael öffnete verzweifelt den Mund und hatte keine Wahl mehr, als den letzten, tiefen, alles abschließenden Atemzug zu nehmen, der seine Lungen mit Wasser füllen würde.

Aber es flossen weder ewige Kälte noch Wasser in seine leeren Lungen, sondern Luft, wunderbare, herrliche, rußig heiße und dreckige Luft. Er probierte es noch einmal, und es gab mehr davon. Mengen.

Er öffnete die Augen, stieß sich mit den Beinen ab und trieb auf Lenes Kopf zu.

Michael umarmte die nasse Gestalt, und nach einer Weile wurde seine Umarmung erwidert. Zurückhaltend.

Ihre Augen glitzerten grüngelb, ihr Gesicht war kreidebleich, und ihre Zähne klapperten.

Sie nahm seine Hand und führte sie an die Öffnung in der Wand. Irgendwie war es ihr gelungen, das Gitter und einen Teil der Gasbetonsteine zwischen dem Kriechkeller und Kim Andersens Versteck mit dem Vorschlaghammer loszuschlagen, damit das Wasser aus dem Keller abfließen konnte.

»Das Wasser steigt nicht mehr«, rief sie.

»Passen wir da durch?«, fragte er.

Sie drückte ihm den Vorschlaghammer unter Wasser gegen die Brust.

»Du bist dran«, sagte sie.

Die Reste des Daches brachen mit einem dumpfen Krachen zusammen, das bis in die Fußsohlen zu spüren war. Funkenwirbel stiegen in den dunklen Himmel auf und wurden von einer leichten Brise davongetragen. Die Männer im Wald hörten die Sirenen und sahen die ersten orangen und blauen Lichtblitze zwischen den Bäumen.

»Die sind fertig«, sagte der Größere.

»Höchste Zeit«, sagte der andere. »Sehen wir zu, dass wir Land gewinnen.«

Er zog ein Mobiltelefon aus der Tasche und warf einen Blick auf das Display.

»Ein Kunde«, sagte er. »Engländer norwegischer Abstammung. Magnusson. Ölmagnat aus Aberdeen. Großes Tier. Steinreich.«

»Überprüft?«

»Selbstverständlich.«

Sie setzten sich in Bewegung, hielten immer noch ihre automatischen Karabiner im Anschlag. Die Läufe waren glühend heiß.

»Was will er?«, fragte der kleinere der beiden.

»Einen, lieber zwei.«

»Wo?«

»Gerne Norwegen oder Finnland. Alaska, eventuell.«

»Dann wollen wir uns mal was Gutes für ihn ausdenken«, sagte der andere. »Norwegen kennen wir.«

46

»Ist sie das? Kims Frau?«, fragte Michael. Er hatte die Arme fest um seinen Oberkörper geschlungen, und zwischendurch schüttelte es ihn vor Kälte so heftig, dass er kaum sprechen konnte.

»Ja, das ist Louise Andersen. Kims Witwe. Und ihre Kinder.«

Lene zitterte auch wie Espenlaub.

Das Haus brannte noch immer unter den langen Bogenkaskaden der Feuerwehrschläuche. Wo das Wasser auf Feuerherde traf, stiegen Funken und weißer Rauch in den Himmel, der jetzt wolkenlos und klar war.

Er lehnte sich an den Baum und beobachtete die junge, schlanke Frau, die ihre beiden Kinder fest an sich drückte. Das Mädchen hatte seine Arme um ihr Bein geschlungen und wollte nicht hingucken, während der Junge mit einem Daumen im Mund und glasigem Blick das Feuer betrachtete. Die Frau starrte ausdruckslos vor sich hin, ihr Gesichtsausdruck war in dem flackernden Widerschein unmöglich zu deuten.

Die Krankenwagen waren wieder gefahren, der bärtige Polizeibeamte und der Hundeführer standen mit den Händen in den Taschen schweigend nebeneinander – stumme, schwarze Silhouetten vor den blau flimmernden Lichtern der Einsatzwagen.

Nach und nach erloschen auch die letzten großen Flammen, die Funkenwolken verglühten, und die Feuerwehrmänner senkten den Wasserdruck.

»Lass uns gehen«, sagte Lene. »Ich friere wie Schneider.«

Sie liefen durch den Wald in einem großen Bogen um die Wiese, leicht gebückt und ihren eigenen Gedanken nachhängend. Michael kontrollierte mehrmals, ob die CD noch in der Innentasche steckte, einem der wenigen intakten Teile seiner Windjacke.

Sie hatten einen kurzen, zähneklappernden Disput gehabt, ob sie sich den Feuerwehrleuten und den Polizisten aus Holbæk zu erkennen geben oder unbemerkt verschwinden sollten. Michael war für Letzteres, weil es ihnen gewisse Freiheiten bot, tot zu sein, einen Handlungsspielraum, den sie momentan gut gebrauchen konnten. Am Ende hatte Lene nachgegeben, aber Michael war nicht sicher, ob seine Argumente sie überzeugt hatten oder ob sie einfach keine Kraft mehr gehabt hatte, weiterzustreiten.

Ein paar hundert Meter vom Parkplatz entfernt kamen sie aus dem Wald und liefen das letzte Stück. Der Autoschlüssel fiel Lene aus den gefühllosen Fingern, Michael hob ihn auf und traf das Schloss beim dritten Versuch. Er setzte sich hinters Steuer, und Lene krümmte sich auf dem Beifahrersitz zusammen. Er startete den Motor, regelte die Heizung auf höchste Stufe und hielt die Hände über die Warmluftdüsen. An den Handflächen und Fingern bildeten sich flache, weiße Brandblasen, aber sie taten nicht sonderlich weh.

»Sitzheizung! Schnell!«, sagte sie bibbernd.

»Moment ...«

Michael machte den Motor aus, als er im Rückspiegel

die Löschzüge und den Streifenwagen sah, die mit ausgeschalteten Sirenen auf die Straße bogen. Etwas später folgte ein weißer Alfa Romeo, der rechts blinkte und hinter der nächsten Kuppe verschwand.

»Das Hochzeitsgeschenk?«, fragte er.

»Ein weißer Alfa?«

»Ja.«

»Teuer bezahlt«, sagte er. »Warum fahren wir nicht? Dann wird es schneller warm.«

»Lene ...«

»Mist. Der GPS-Sender. Den hatte ich vergessen.«

»Sofern du keine konkreten Todeswünsche hast, gehen wir zu Fuß. Ich weiß nicht, wie es mit dir ist, aber ich wollte eigentlich noch eine Weile weiterleben.«

»Und was machen wir jetzt?«, fragte sie. »Wir können Thomas Berg anzeigen. Wir haben den Film ...«

»Und die anderen? Da müssen noch andere sein außer ihm«, sagte Michael.

»Vielleicht gesteht er ja.«

»Das kann ich mir nicht vorstellen. Die haben ihren verdammten Kodex. Ich will alle, die zu dieser geisteskranken Organisation gehören, tot oder lebendig. Thomas Berg ist offensichtlich nicht der Letzte. Das waren mindestens zwei am Haus.«

»Tot oder lebendig?«, fragte sie.

»Genau. Vorzugsweise Letzteres. Aber gerne auch Ersteres.«

Sie schwieg. Vielleicht dachte sie an ihre Tochter. Dann holte sie tief Luft. »Okay.«

»Okay?«

»Ja, Michael. Okay. Und was jetzt?«

»Gehen.«

»Wohin?«

»In die Hütte«, sagte er.

»Aber die kennen sie doch!«

»Sie glauben, dass wir tot sind. Warum sollten sie die dann überwachen?«

»Hoffst du?«

»Hoffe ich«, sagte er.

»Wie wäre es mit einem Hotel?«, versuchte sie es. »Ein schönes, warmes Hotel mit richtigen Betten und Decken und ... Room Service ... und ...«

»Wir sind tot, Lene. Tote mieten keine Hotelzimmer.«

Sie funkelte ihn an.

»Wenn du einen besseren Vorschlag hast, raus damit«, sagte er.

»Ich kann nicht denken. Mir ist kalt. Ich hab Hunger. Ich vermisse meine Tochter.«

»Ihr geht es gut, Lene«, sagte Michael. »Es war eine gute Idee, sie nach Grönland zu bringen. Wirklich.«

»Meinst du?«

»Ganz sicher.«

Sie wickelte sich fester in ihre nasse Jacke ein.

»Noch fünf Minuten?«, fragte sie.

»Klar«, sagte er. »Fünf Minuten machen auch keinen Unterschied mehr.«

Sie suchten sich trockene Sachen von dem Einkauf heraus, den Michael am Vormittag getätigt hatte, und Lene verschwand zum Umziehen in den Wald. Michael schüttelte den Kopf über ihre Schamhaftigkeit, die er völlig abstrus fand. Sie wären um ein Haar gemeinsam verbrannt und ertrunken. Wie viel näher konnten sich zwei Menschen kommen, verdammt noch mal? Als Lene zurückkam, hatte er ihr Gepäck, die Waffen und ihre nassen Klamotten nach elektronischen Verrätern abgesucht, ohne fündig zu werden. Danach machte er sich an die Überprüfung von Charlotte Falsters Passat und fand den ersten nach wenigen Minuten: ein kleiner schwarzer Garmin GTU-10 von der Größe einer Zigarettenschachtel, befestigt mit Klettband in einer dunklen, unzugänglichen Ecke des Reserveradgehäuses.

Am Boden des Senders glühte eine grüne LED-Birne. Das Teil war ideal für die Überwachung von Teenagertöchtern, die behaupteten, sie übernachteten bei einer Freundin – oder für hartnäckige Kriminalkommissarinnen und übereifrige Sicherheitsberater. Er legte ihn dahin zurück, wo er ihn gefunden hatte. Im Grunde genommen war es sinnlos. Selbst wenn er einen gefunden hatte, wusste er nicht, wie viele es außerdem noch waren. Es gab Hunderte mögliche Verstecke in einem gewöhnlichen Pkw.

Sie liefen die vier, fünf Kilometer nach Holbæk und stiegen vor dem Bahnhof in ein Taxi.

Michael hatte Elizabeth Caspersen von einem Münztelefon angerufen und ihr einen kurzen Lagebericht und eine genaue Inhaltsangabe der CD gegeben. Ehe sie Fragen stellen oder mit Vorschlägen oder Einwänden kommen konnte, hatte er aufgelegt. Nicht, ohne ihr vorher mitzuteilen, dass er die CD in der Pfadfinderhütte für sie hinterlegen würde und ihr das Versteck beschreiben.

Das Taxi setzte sie einen halben Kilometer vor ihrem Ziel ab. Sie liefen schweigend durch den Wald abseits von Wegen und Pfaden. Lene hielt die Maschinenpistole schussbereit in Händen, Michael ihre entsicherte Dienstpistole. Die Pfadfinderhütte lag einsam und dunkel auf der mondbeschienenen Lichtung. Er berührte ihre Schulter und signalisierte ihr, dass sie nach rechts gehen sollte, während er in einem weiten Bogen links um die Hütte ging. Sie trafen sich in den dunklen Schatten hinter dem Feuerplatz auf der Rückseite des Hauses, ohne irgendein anderes lebendes Wesen gehört oder gesehen zu haben.

Michael kniete sich neben die Eingangstür und stieß sie mit einem Finger auf, während Lene mit dem Rücken an der Wand stand, die Maschinenpistole im Anschlag in Schulterhöhe. Es erwartete sie kein Empfangskomitee.

Sie machte Licht, stellte die Tasche auf den Boden und sicherte schnell den Hängeboden, die Küche und die Toilette.

»Nicht viel, aber immerhin ein Dach über dem Kopf«, sagte sie.

Michael nahm ein paar übrig gebliebene Fahnen und zerlegte eine Bank, um sie dem Ofen zu opfern. Beim nächsten Pfadfindertreffen würde es wahrscheinlich Tränen geben, fürchtete er.

Er machte Feuer und blieb mit dem Rücken zu der offenen Luke stehen, um seine Hände zu inspizieren. Die Brandblasen waren inzwischen prall gefüllt und wächsern. Ein paar waren geplatzt, und die Lymphflüssigkeit lief über die Finger.

Michael seufzte und ging in die Küche.

Lene wärmte eine Dose Minestrone auf dem Spirituskocher auf und rührte monoton in der Masse. Ihr Haar war durch das Feuer erheblich kürzer geworden, die Spitzen waren schwarz, spröde und verkohlt. Michael setzte sich an den Küchentisch, fuhr sich unbewusst mit der Hand über seinen kahlen Schädel und stöhnte laut auf. Die Haut löste sich in großen Fetzen vom Nacken bis über die Ohren. Er fragte sich, ob auf diesem abgebrannten Stoppelfeld jemals wieder Haare wachsen würden.

»Hast du irgendwelche Elektronik dabei, die noch funktioniert?«, fragte er.

»Kann ich mir nicht vorstellen. Bist du müde?«

»Ob ich müde bin?«

Sie lächelte und gab die Minestrone auf.

»Ja.«

»Ich bin ziemlich müde«, gab er zu.

»Ich auch«, sagte sie.

»Warte kurz«, sagte er.

»Ich geh nirgendwo hin«, sagte sie.

Er ging neben der Tasche in die Hocke und suchte Elizabeth Caspersens Dokument, in dem sie Sara und den Kindern ein Vermögen zusicherte, falls ihm etwas zustieße.

Michael faltete es auf dem Küchentisch auseinander, nahm einen Kugelschreiber, der an einer Schnur an der Wand hing, und sah Lene an.

»Wie lauten der komplette Name und die Personennummer deiner Tochter?«

»Warum? Was ist das?«

»Etwas, das ich schon lange hätte erledigen sollen«, sagte er. »Dieses Dokument hat meine Auftraggeberin ausgestellt. Es wurde von ihren Partnern und einem Notar unterschrieben. Falls ... also, falls mir irgendetwas zustoßen sollte, mit anderen Worten, falls ich sterben sollte, bekommt deine Tochter eine lebenslange Rente von Elizabeth Caspersen oder aus ihrem Nachlass. Ich kann sie als Empfängerin eintragen.«

»Ist das dein Ernst? Darf ich mal sehen?«

Er schob das Papier über den Tisch, und sie las es sorgfältig durch.

»Josefine Ida Thea Jensen«, sagte sie schließlich.

Dann nannte sie ihm die Personennummer, streckte den Arm über den Tisch und strich ihm leicht über den Unterarm. Das war das erste Mal, dass sie ihn in anderer Absicht berührte, als ein Feuer zu löschen.

»Danke, Michael.«

»Sie kann es sich leisten, so viel ist sicher ...«

Er verstummte, als ihn die Erkenntnis wie ein Tritt auf den Solarplexus traf.

»Was ist?«

»Nichts.«

Er versuchte, zu lächeln, was ihm nicht sonderlich gut gelang. Er schüttelte den Kopf über sich selbst. Er war müde, erschöpft ... ziemlich neben der Spur, wahrscheinlich. Was nicht weiter verwunderlich war bei allem, was er durchgemacht hatte. Und jetzt nistete sich ein nagender Gedanke in seinem Kopf ein. Wurde er nur ausgenutzt? Wurde er, verflucht noch mal, schamlos ausgenutzt, um Sonarteks Opposition aus dem Weg zu räumen, damit Elizabeth Caspersen mit der Aktienmehrheit von sich und ihrer Mutter das Ruder übernehmen konnte? Waren das in Wirklichkeit diejenigen, die sie ausschalten wollte, und nicht eine Bande psychopathischer Menschenjäger? Und hatte sie die ganze Zeit über gewusst, wer hinter dem Mord an Kasper Hansen steckte? Es gab niemanden, der eine bessere Gelegenheit gehabt hätte, die DVD unterzubringen. Sie kannte den Code für den Tresor. Auf gleiche Weise konnte sie die Mauser in Flemming Caspersens Waffenraum gestellt haben. Mit weniger Aufwand, als sich im Nacken zu kratzen.

Nonsens. Er war paranoid und sah überall Verschwörungen.

»Was ist los, Michael?«

»Was meinst du?«

»Du siehst aus, als hättest du ein Gespenst gesehen. Ist was nicht in Ordnung? Bis auf die Tatsache, dass ein Haufen bewaffneter Männer versucht hat, dich umzubringen?«

Er riss sich mit einer Kraftanstrengung zusammen und lächelte sie an.

»Nein ... absolut nicht. Alles in Ordnung. Fantastisch. Ganz sicher. Super.«

Sie sah ihn besorgt an.

Sie hatte nicht gesagt »*uns* umzubringen«. Er hoffte, dass er auch irgendwann einmal so großzügig werden würde.

»Du hast recht«, sagte sie später.

»Womit?«

»Dass es nicht reicht, Thomas Berg und den anderen das Handwerk zu legen.«

»Bist du sicher?«

»Ja, ich bin deiner Meinung. Du hast einen sehr schlechten Einfluss auf mich.«

»Das sagen alle.«

Sie aßen schweigend ihre Suppe, weil es nichts zu sagen gab. Michael versteckte die CD unter einem losen Bodenbrett, wie mit Elizabeth Caspersen besprochen, während Lene spülte. Dann rollten sie die Schlafsäcke auf, löschten das Licht und trugen sie hoch auf den Hängeboden.

Sie lagen nebeneinander in ihren warmen Schlafsäcken. Michael drehte sich auf den Bauch, um die Brandwunden auf dem Rücken zu schonen. Er legte seine Stirn auf die Unterarme und lauschte Lenes Atemzügen, die immer langsamer wurden.

Dann hörte er sie murmeln, aber erst nach einer ganzen Weile begriff er, dass es das Vaterunser war. Sie beendete das Gebet, indem sie ihre gefalteten Hände in die Luft streckte, ehe sie die Arme seitwärts ablegte.

»Betest du öfter?«, fragte er.

Sie antwortete nicht.

»Mein Vater war Pastor«, sagte er leise.

»Ich glaube«, sagte sie. »Du denkst an die Standuhr im Wohnzimmer deiner Großmutter, und ich bete. Das macht mich nicht unfähiger, Michael.«

»Natürlich nicht«, sagte er. »Gute Nacht.«

»Gute Nacht.«

Auf der Schwelle zwischen Wachen und Schlafen zuckte sie ein paar Mal heftig zusammen. Ihr Unterbewusstsein machte Überstunden, dachte Michael.

Sie zuckte wieder in ihrem Schlafsack, wimmerte und murmelte irgendetwas Unverständliches. Michael spähte zwischen den Brettern nach unten. Der schwache Lichtschein der Ofentonne floss über den Boden, und er dachte an die unruhig flackernde Wasseroberfläche in dem Kriechkeller im Wald, während das Haus über ihnen lichterloh brannte.

47

Michael setzte sich auf. Sie war nicht da. Er sah ihren leeren Schlafsack, schaute auf die Uhr und stöhnte. Es war halb elf Uhr vormittags. Die Nacht und der Morgen waren eine unendliche Aneinanderreihung wechselnder, unbequemer Schlafpositionen gewesen.

»Lene?«

Er schwang die Beine über den Hängebodenrand, schaute nach unten und stellte fest, dass niemand in der Hütte war. Die Sonne schien, und er legte eine Fingerkuppe auf eine warme Dachpfanne. Heute war Freitag. Er war jetzt seit sieben Tagen von zu Hause fort, und es war zwei Jahre und einen Monat her, dass Kasper Hansen und Ingrid Sundsbö in der Finnmark ums Leben gekommen waren.

Michael kletterte vorsichtig die Leiter hinunter und reckte sich. Sein Rücken knackte an mehreren Stellen besorgniserregend. Als er aus dem Küchenfenster schaute, sah er Lene vor einem kleinen, baumbewachsenen Hügel auf und ab gehen. Sie telefonierte mit einem neuen Mobiltelefon, gestikulierte mit der freien Hand und blieb ab und zu stehen und blickte beschwörend an den klaren, blauen Himmel. Einmal stampfte sie hitzig mit dem Fuß auf.

Als stünden sie in telepathischem Kontakt, verharrte sie plötzlich, drehte den Kopf zur Seite und sah ihn an. Ihr Gesichtsausdruck veränderte sich nicht, aber sie grüßte ihn mit einer minimalen Geste und trabte weiter. Er hielt den Aluminiumkessel hoch, zeigte darauf, und sie nickte und schickte ihm die Andeutung eines Lächelns.

Lene war der nüchternste und kompromissloseste Mensch, dem er je begegnet war. Er konnte gut nachempfinden, wieso sie ihren Job so herausragend gut machte und mit knapp über vierzig schon Kriminalhauptkommissarin war ... Aber ein kleines bisschen ... ein kleines bisschen Licht und Lebensfreude würden Wunder wirken.

Michael füllte Wasser in den Kessel. Dann dachte er an ihre Tochter und bekam ein schlechtes Gewissen. Unglaublich, dass sie überhaupt einen Fuß vor den anderen setzen konnte.

Er trug die beiden Becher mit Nescafé nach draußen und stellte sie auf die Bank, wo bereits ein paar Tragetaschen und ein neuer Rucksack standen. Sie war offenbar schon früh auf den Beinen gewesen. An einem Baum neben dem Pfad lehnte ein schickes blaues Damenrad.

Sie beendete das Gespräch und schüttelte sich wie ein nasser Hund, ehe sie mit energischen Schritten auf ihn zuging.

»Deine Chefin?«, fragte er.

»Mein Exmann«, brummelte sie und nahm einen Becher.

»Er war nicht sehr erfreut, nehme ich an?«

»Ich will nicht darüber reden«, sagte sie. »Zeig mir deine Hände.«

Michael streckte gehorsam die Hände aus, und sie wühlte in den Plastiktüten.

»Ich war in der Apotheke, als du noch geschlafen hast«, sagte sie. »Brandsalbe, Verband, Pflaster, lokalbetäubende Creme. Eigentlich müsstest du eine Woche lang Plastikhandschuhe tragen. Das sind Verbrennungen dritten Grades an deinen Händen, wenn du mich fragst.«

»Plastiktüten an den Händen würden mich massiv einschränken«, sagte er. »Aber hoffentlich hast du genügend betäubende Creme mitgebracht, damit ich darin baden kann.«

»Nein, aber genügend Pflaster, um deinen Kopf zu verarzten und dir den Mund zuzukleben«, sagte sie und begann, Streifen mit den Zähnen abzureißen. Sie fing mit seinen Händen an, schmierte Brandsalbe auf die offenen und nässenden Wunden und legte kühlende Kompressen auf. Michael beobachtete sie dankbar. Sie machte das sehr routiniert.

»Wie bist du in die Zivilisation gelangt?«, fragte er, und sie wurde rot.

»Ich habe ein Fahrrad geklaut.«

»Gute Idee«, sagte er. »Was hast du sonst noch mitgebracht?«

Sie reichte ihm einen Karton.

»Ein neues Handy mit Prepaidkarte und einen kleinen Laptop. Da ich wahrscheinlich nicht so viel verdiene wie du, habe ich die Quittungen aufbewahrt.«

»Sehr gut.«

Er drehte den Karton mit dem Handy zwischen den Händen und stellte fest, dass er die Finger wieder strecken und krümmen konnte.

»Fühlt sich gut an«, sagte er. »Die Hände.«

Sie wärmte sich ihre Hände an dem Kaffeebecher und starrte vor sich hin.

»Konntest du ein bisschen schlafen?«, fragte er.

»Ein bisschen, ja. Und du?«

»Etwas, glaube ich.«

»Michael, wie machen wir jetzt weiter?«, fragte sie ruhig.

Er lehnte sich zurück und schaute in den Himmel. Es war strahlendes Wetter. Er fragte sich, wie es jetzt wohl im nördlichsten Norwegen war. Kalt, bestimmt. Schnee. Eis auf den Seen.

»Ich mache allein weiter«, sagte er, leerte den Becher und vermied es geflissentlich, sie anzusehen.

»Vergiss es«, entgegnete sie.

Michael lächelte breit, und auf seiner Wange platzte eine Wunde auf. Er fuhr sich mit den Fingern übers Gesicht und fühlte Schorf und Wundsekret.

»Das ist hier kein demokratisches Forum, Lene. Ich mache allein weiter und damit basta«, sagte er.

»Ich kann dich festnehmen«, sagte sie.

»Weswegen?«

»Wegen Vagabundierens.«

Michael stand auf und sah sie ernst an.

»Du begibst dich direkt in eine sichere Todeszone, Lene. Eine Kampfarena. Du hast erlebt, wozu sie imstande sind. Und sie sind Profis. Daran ändert auch die Tatsache nichts, dass du bei der Polizei arbeitest, das kann ich dir garantieren. Sie werden alles tun, um dich auszulöschen. Und du hast gesehen, wie effektiv sie vorgehen. Und davon abgesehen wärst du mir auch keine Hilfe. Du bist nicht ausgebildet für Leute wie sie.«

Er bereute den nächsten Satz, noch ehe er ihn ausgesprochen hatte.

»Und denk an deine Tochter, Josefi…«

Als er ein paar Sekunden später wieder zur Besinnung kam, lag er neben der Treppe, ohne sich erinnern zu können, wie er die Distanz zurückgelegt hatte. Es tat nicht sonderlich weh, da er bereits so übel zugerichtet war, dass er den neuen Schmerz kaum von dem alten unterscheiden konnte. Sein zentrales Nervensystem war überlastet und funkte wirr wie ein kurzgeschlossenes Transistorradio. Er schaute zu Lene hoch, die mit geballten Fäusten neben der Bank stand. Die Fingerknöchel ihrer rechten Hand bluteten.

Michael bewegte seinen Unterkiefer. Er konnte die Zähne zusammenbeißen und den Mund öffnen, es fühlte sich fast normal an.

»Aber ich bin natürlich offen für Vorschläge«, nuschelte er.

Ihre Schultern hoben und senkten sich, und die Flammen in ihren grünen Augen verloschen nur langsam.

»Dann schlage ich vor, dass du mich einfach mitnimmst und frage noch einmal: Wie machen wir weiter? Wieso hatten wir das kryptische Gespräch über Thomas Berg, wenn du mich nicht dabeihaben willst? Und ich denke an meine Tochter, Michael, andauernd.«

Er kam auf die Füße und fokussierte das Fahrrad, das still stand, real war.

»Wollen wir uns setzen?«, fragte er.

»Das soll aufhören, hörst du? Das soll auf der Stelle aufhören. Jetzt!«

Er nickte.

»Also, okay! Ich denke, die Karten müssen neu gemischt werden, Lene. Und was die toten oder lebenden Jäger betrifft, habe ich nicht vor, dir eine Rolle aufzudrücken, die unvereinbar mit deinem Job als dänische Kriminalkommissarin ist.«

»Hervorragend«, sagte sie. »Großartig. Wie sehen die neuen Spielregeln aus? Und vergiss meinen Job. Vielleicht habe ich ja gerade gekündigt.«

»Köder«, sagte er. »Ein unwiderstehlicher Köder.«

»Und was schwebt dir da so vor?«

»Uns zwei, was sonst? Wir haben keine andere Wahl. Wir müssen sie auf offenes Terrain locken. Wo wir sie sehen können. Das ist unsere einzige Chance.«

»Welches Terrain? Wo?«

Er erzählte ihr seine Idee, und sie unterbrach ihn nicht. Als er fertig war, massierte sie ihre Stirn mit den Fingerspitzen und nickte. Ihre Miene verriet nichts, weder Skepsis noch Zustimmung.

»Das habe ich vor«, sagte er. »Da will ich sie haben.«

»Wenn sie mitmachen«, sagte sie zögernd. »Wenn eine Million deiner Vermutungen und Vorhersagen zutreffen.«

»Sie haben keine andere Wahl. Die Schwierigkeit besteht nur darin, sie daran zu hindern, das Spiel unterwegs zu boykottieren.«

»Glaubst du, es gibt dort oben etwas zu finden?«, fragte sie.

»Das spielt keine Rolle«, sagte Michael ruhig. »Solange keiner mit Sicherheit sagen kann, dass dort nichts ist, sind wir alle gezwungen, das Spiel bis zum bitteren Ende durchzuziehen. So sind die Regeln. Außer alle entwickeln gleichzeitig das Bedürfnis zu emigrieren. Daran kann sie natürlich niemand hindern.«

»Nach Antigua und Barbuda?«, schlug sie vor. »Das würde ich machen. Sie haben einen Haufen Geld auf den Banken da unten und werden sicher nicht ausgeliefert, wenn sie nicht was ganz Schlimmes aushecken, wie jemandem die Dreadlocks abzuschneiden oder ein Porträt von Haile Selassie zu verbrennen.«

»Unterschätz nicht die Eitelkeit der Männer«, sagte er.

»Das ist eine starke Triebkraft. Im Guten wie im Schlechten. Sie werden schon anbeißen.«

»Denk an Berlusconi.«

»Oder an Napoleon«, sagte Michael. »Willst du immer noch mit? Das ist hundertprozentig lebensgefährlich. Du bist Beamtin, hast eine Zukunft und eine Karriere vor dir, während ich extrem gut für diesen Auftrag bezahlt werde.«

»Ich will unbedingt mit. Ich muss«, sagte sie verbittert.

»Und du hast die Regeln aufgestellt?«

»So hat es sich entwickelt, ja. Das hoffe ich zumindest.«

»Es gibt einen Begriff für unbegründete und eingebildete Selbstüberschätzung, weißt du.«

»Megalomanie?«

»Größenwahn.«

Eine halbe Stunde später bog Michael mit dem Rad von dem Waldweg auf die Landstraße. Es war etwa eine halbe Stunde Fahrt von der Pfadfinderhütte zum nächsten Bahnhof. Er konnte nur hoffen, dass er unterwegs nicht angehalten wurde, weil er genauso aussah wie das, was er war, ein flüchtiges, verzweifeltes Brandopfer mit bandagierten Händen und schuppigen, schwarzen Flecken, wo früher einmal Haar gewachsen war. Und er fuhr auf einem gestohlenen, blauen Damenrad.

Er hatte gelogen, als er behauptet hatte, sie hätten es nicht eilig. In Wirklichkeit blieb ihnen sehr, sehr wenig Zeit, wenn sie die Initiative nicht verlieren wollten – es lagen schon viel zu viele lebenswichtige Entscheidungen im Ermessen anderer.

48

Er wurde auf dem Weg zum Bahnhof nicht festgenommen, aber argwöhnisch von seinen Mitreisenden beäugt, die einige Plätze um ihn herum frei ließen, obwohl die S-Bahn gerammelt voll war. Er machte ihnen keinen Vorwurf. Wahrscheinlich stiegen immer noch kleine Rauchwolken von seinem Kopf auf.

In Nørreport stieg Michael aus und eilte die Nørre Voldgade hinunter bis zu einem Herrenausstatter am Jarmers Plads. Die Verkäufer waren die Freundlichkeit selbst, wohlerzogen oder nur extrem desinteressiert. Seine diversen Kreditkarten wurden einer gründlichen Kontrolle unterzogen, man nahm einen Kontrollanruf bei seiner Bank vor und bat höflich, aber ausdrücklich, einen Blick auf seinen Pass werfen zu dürfen. Michaels Brieftasche war an den Rändern verkohlt, aber der Inhalt hatte Brand und Überschwemmung überlebt. Eine halbe Stunde später stand er mit diversen Tragetaschen und von Kopf bis Zeh neu eingekleidet vor dem Geschäft. Von Nørrevold fuhr er mit einem Taxi zu einem Fachgeschäft in Østerbro, das von zwei eingefleischten Bergsteigern betrieben wurde. Mit einem der beiden Inhaber auf den Fersen, lief er langsam durch die Räume der Kellerwohnung und zog alles Mögliche aus den Regalen: zwei Sechzigmeter-Rollen 11 mm-Kletterseil, Bandschlingen, Sitzgurte, Abseilachter, Keile, Ringbolzen, einen Hammer, Jumar-Steigklemmen, mit denen man ein Seil hochklettern konnte, ein Zweimannzelt, zwei Rucksäcke, ein Iridium-Satellitentelefon, Kletterschuhe und so weiter.

Der bärtige Inhaber summte leise vor sich hin, als Michael seine rotglühende Mastercard durch den Kartenleser zog und half ihm, die Sachen die Kellertreppe hoch und auf den Bürgersteig zu tragen. Michael rief ein Taxi und rauchte eine Zigarette, während er wartete. Er dachte an Lene und fragte sich, wo die Kommissarin gelernt hatte, so effektiv zuzuschlagen. Und an ihre anderen Eigenschaften. Eine Frau wie sie traf man nicht alle Tage, und das war vielleicht auch gut so. Man stieß sich an ihr wund.

Die verlegene Pantomime vom Herrenausstatter wiederholte sich am Hertz-Schalter am Flughafen in Kopenhagen. Obgleich Michael jetzt ordentlich angezogen war, reichte der Anblick seines Gesichts, der Hände und des malträtierten Schädels, dass die junge Frau einen Vorgesetzten rief, der alle Dokumente, den Pass und die Kreditkarten überprüfte.

»Was hatten Sie sich denn vorgestellt?«, erkundigte sich der Mann vorsichtig. »Im Moment hätten wir gerade einen schönen Ford Focus im Angebot.«

Michael warf einen uninteressierten Blick auf eine laminierte Übersicht der Automodelle.

»Ich hatte eigentlich an etwas Schnittigeres gedacht«, sagte er. »Was ist mit dem?«

Sein bandagierter Finger landete auf dem letzten Modell des Verzeichnisses. Der Vorgesetzte der jungen Frau atmete hörbar ein, und sie selbst stand reglos daneben.

»Audi A6, V8-Motor, 400 PS? Von null auf hundert in vier Komma sechs Sekunden?«, fragte der Vermieter.

Michael sah ihn an.

»Das klingt gut. Ist der verfügbar?«

»Ja, aber ...«

»Aber was?«

Sein Gegenüber musste das unverrückbare Funkeln in Michaels Augen bemerkt haben, da er nur nickte.

»Aber nichts. Der Wagen ist frei. Von welcher Zeitspanne sprechen wir?«

»Eine Woche, denke ich.«

»Der Mann lächelte und suchte die Schlüssel heraus.

»Passen Sie gut auf ihn auf«, sagte er streng. »Von denen gibt es nicht so viele ...«

Er warf einen Blick auf Michaels Ausrüstung auf dem Gepäckwagen und schnitt wieder eine besorgte Grimasse.

»Bergsteigen?«

»Das hatte ich vor.«

»Passen Sie gut auf ihn auf«, wiederholte er und bat die junge Frau, noch eine Kopie extra von Michaels Pass zu machen.

Sie stellten die letzten Taschen in den Kofferraum. Michael entsicherte Lenes Dienstpistole und steckte sie seitlich in die Tür – in Reichweite. Lene setzte sich auf den Beifahrersitz, installierte die Maschinenpistole zwischen ihren Füßen und strich mit den Fingerspitzen über den exklusiven, goldenen Lederbezug.

»Warum kann ich nicht fahren?«, fragte sie.

Michael drückte den roten Startknopf, und die acht Turbozylinder erwachten mit Tigergebrüll.

»Das haben wir schon beredet, Lene. Außerdem steht mein Name in dem Vertrag. Das ist eine Versicherungsfrage.«

Sie erwiderte etwas, aber er gab Gas und ertränkte ihre Worte im Motorendröhnen.

Wenige Minuten später fuhren sie bei Holbæk auf die Autobahn. Es dämmerte, und der Verkehr floss spärlich. Ideale Bedingungen. Michael ließ den Audi laufen. Er genoss es, zu fahren, volle Kontrolle über dieses kleine Stück Wirklichkeit zu haben.

Lene lehnte sich zurück. Sie schien sich mit ihrer passiven Rolle abgefunden zu haben.

»Ich habe mit meiner Tochter gesprochen«, sagte sie.

Michael sah sie von der Seite an.

»Kommt sie klar?«

»Sie ist noch jung. Sie wird es schaffen. Das weiß ich. Sie ist fantastisch. Das ist alles schrecklich für sie, aber ... es geht ihr gut. Sie wird sich wieder erholen.«

Michael lächelte.

»Natürlich wird sie das.«

Er dachte an Pieter Henryks Tochter. Sie war in einer geschlossenen, privaten Anstalt in der Schweiz gelandet, hatte mit dem Flötespielen aufgehört und wurde in einer Art Wachkoma gehalten, damit sie sich nichts antat. Der pharmakologische, weiße Schnitt. Sie rieb sich mit ihren eigenen Exkrementen ein, um sich alle Menschen – besonders männliche Pfleger – vom Leib zu halten.

Er schüttelte den Gedanken ab.

»Hast du mit deiner Frau gesprochen?«, fragte sie.

»Noch nicht.«

Er scherte hinter einer Lastwagenkolonne aus und trat

das Gaspedal durch. Der Wagen schoss mit einem beleidigten Heulen nach vorn.

Lene warf einen Seitenblick auf den Tacho.

»Vergiss, dass ich gefragt habe«, sagte sie leise.

»Was? Entschuldige ...«

Michael nahm den Fuß vom Pedal. Er hatte mehrere Anläufe gemacht, Sara anzurufen, aber jedes Mal hatte ihn etwas abgehalten. Er ertrug die Schuldgefühle nicht, fühlte sich so ohnmächtig bei dem Gedanken an die stummen oder ausgesprochenen Vorwürfe am anderen Ende, weil er wusste, dass dies nur der Anfang war. Es fing immer damit an, dass er sich nicht mehr überwinden konnte anzurufen. Er wusste genau, was Sara sagen würde, weil er seine Antworten kannte, und er überlegte, wie es so weit gekommen war: ein tödliches Muster, das keiner so wollte und keiner zu durchbrechen schaffte.

»Ruf sie an, Michael«, sagte Lene, als hätte sie seine Gedanken gelesen. »Sie muss ja verrückt werden vor Sorge. Inzwischen steht in allen Online-Zeitungen und im Videotext was über den Brand. Du hast ihr doch von mir erzählt, oder?«

»Ich habe nicht gesagt, wer du bist.«

»Aber sie wird wohl zwei und zwei zusammenzählen können.«

Nach Absprache mit Charlotte Falster war Kriminalhauptkommissarin Lene Jensen nun offiziell bei einer Gasexplosion in einem Haus nahe Holbæk Fjord ums Leben gekommen. So lauteten die Meldungen. Charlotte hatte eine kurze Pressemitteilung verfasst, und Lene musste schmunzeln, als sie sich selbst als inspirierte und engagierte Ermittlerin beschrieben sah. Man vermutete, dass es sich um einen Unfall handelte, die technischen Ermittlungen vor Ort liefen aber noch.

»Du hast recht«, sagte er. »Okay. Willst du nicht mal nachschauen, wie das Wetter dort oben ist?«

»Aber sicher.«

Sie widmete sich dem Laptop, dem WLAN-Modem und den meteorologischen Homepages, während Michael auf den Randstreifen fuhr, um mit seiner Frau zu telefonieren.

Er steckte das Handy zurück in die Innentasche.

»Danke«, sagte er.

»Nicht dafür. Gutes Gespräch?«

»Ja«, sagte er. »War es.«

Und es war wirklich okay gewesen. Sara hatte geweint, aber ihm keine Vorwürfe über Dinge gemacht, die sich nicht ändern ließen. Den Kindern ging es gut. Sie fanden es klasse im Sommerhaus ihres Onkels, weil es einen Bauernhof in der Nähe gab, wo sie kommen und gehen konnten, wie sie wollten. Dort gab es Katzenjunge und Welpen, mit denen die Kleine spielen konnte, und für den Großen gab es Schweine und Schafe, die er jagen konnte. Und für Sara gab es ein Meer, auf das sie hinausschauen konnte. Sie hatte gesagt, sie wüsste, dass er zurückkommen würde, da war sie sich ganz sicher.

Er liebte sie und wusste, dass er nie mit ihr fertig sein würde.

Er schielte auf den Laptopbildschirm auf Lenes Schoß.

»Und, wie sieht es aus?«

»Bis zur schwedisch-norwegischen Grenze geht es, aber hinter Kiruna ist alles weiß und minus sechs Grad. Am Tag. Offenbar ein sehr später Frühling.«

»Aber die E 10 ist geräumt?«, fragte er.

»Ja.«

Kiruna. Würden sie überhaupt so weit kommen? Das war unwirklich weit weg. Tausendfünfhundert Kilometer. Mindestens. Und von dort noch mal mehrere hundert Kilometer durch die Berge. Sie mussten mit allem rechnen. Die Initiative lag bei der Opposition. Sie konnten nur fahren – und sich danach richten.

Michael sah nach, ob neue Mitteilungen eingegangen waren. Die letzte hatte er vor zwei Stunden erhalten, und sie war so nervenaufreibend kurz und frustrierend wie die anderen gewesen: *Standby*.

Er hatte eigentlich nichts anderes erwartet, brodelte aber innerlich vor Ungeduld und aller möglicher Bedenken.

»Er steht immer noch da«, sagte sie eine Dreiviertelstunde später, als Michael an die Seite fuhr und etwa hundert Meter von Charlotte Falsters weißem Passat in der Parkbox neben den Tischen und Bänken des Aussichtspunktes hielt.

Es gab sonst keine Autos auf dem Parkplatz. Die Gegend war wie ausgestorben. Keine Hundebesitzer, Jogger oder Mountainbiker.

Er stellte den Motor ab, und sie beobachteten schweigend die Umgebung.

Michael stieg aus, lehnte sich an die warme Motorhaube und zündete sich eine Zigarette an. Die Sonne war hinter Tuse Næs untergegangen, der Brandgeruch vom Forsthaus hing noch immer in der Luft, aber die Vögel sangen unbeeindruckt davon, und alles wirkte friedlich. Der Holbæk Fjord breitete seinen glitzernden Wasserspiegel unter dem tiefblauen Himmel aus, und Michael folgte einer kleinen weißen Fähre mit dem Blick. Sie steuerte auf die verschwommenen, dunklen Konturen einer Insel zu, deren Häuser vereinzelte Lichtpunkte waren. Die ersten Sterne waren zu sehen. Er schnippte die glühende Kippe weg und ging zu dem Passat. Er versuchte mit jeder Faser seines Körpers zu erspüren, ob er beobachtet wurde, konnte aber keine Anwesenheit anderer wahrnehmen.

Charlotte Falsters Auto war von einer Tauschicht überzogen und offenbar keinen Millimeter bewegt worden, seit sie es am Vorabend hier zurückgelassen hatten.

Er ließ den Blick über die Tische und Bänke und den Waldrand schweifen, der den Parkplatz säumte. Nichts. Er legte sich auf den Bauch, schaltete eine kleine Stablampe ein und suchte gründlich Unterboden, Auspufftopf und Abgasrohr, Stoßdämpfer und Radkästen ab. Alles sah ganz normal aus. Kein Plastiksprengstoff und kein Display, das zu Explosion und Tod runterzählte, sobald sich jemand in den Wagen setzte und den Motor startete.

Michael stand auf und sah zu der unbeweglichen Gestalt im Audi hinüber. Er winkte sie zu sich, aber sie rührte sich nicht. Er öffnete den Kofferraum und fand den munter grün blinkenden Garmin GPS-Tracker an der gleichen Stelle wie am vorigen Abend.

Er schaute unter den Sitzen und Armaturen nach und untersuchte alle Nähte und Fugen, ehe er zufrieden war. Dann ging er zurück zum Audi, und Lene stieg aus, um ihr Gepäck zu sortieren.

Sie gähnte hinter vorgehaltener Hand und streckte sich. Sie schaute an den Sternenhimmel und zu dem Silberstreifen, den der Mond auf den Fjord malte. Sie fröstelte.

»Eintausendsechshundert Kilometer?«, fragte sie, obwohl sie die Antwort kannte. »Und wir können nicht zwischendurch anhalten und schlafen?«

»Das halte ich für unklug«, sagte Michael abwesend und hängte sich einen Rucksack über die Schulter. Er fluchte, als der Trageriemen auf den Verbrennungen am Rücken scheuerte. »Wir sind das doch schon tausendmal durchgegangen, Lene.«

Sie senkte den Blick und ließ die Schultern hängen.

»Ich weiß, aber ...«

»Aber was?«

»Nichts. Der GPS-Tracker?«

»Unserer oder ihrer?«

»Beide.«

»Ihrer ist am Platz«, sagte er. »Und deiner ist hier.«

Er reichte ihr ein gewöhnliches GPS-Gerät.

»Der deckt ganz Westeuropa ab. Du musst nur Kiruna eingeben«, erklärte er.

»Schon klar.«

Sie nahm den Rucksack in die Hand, hängte sich den Trageriemen der Maschinenpistole über die Schulter und ging zu dem Passat.

»Und keine Bomben unter dem Wagen?«, fragte sie.

»Nicht, soweit ich das sehen konnte«, sagte er.

»Was bedeutet das?«

»Dass ich nichts sehen konnte.«

Sie legten ihr Gepäck in den Kofferraum des Passats, dann positionierte sie die Maschinenpistole zwischen den Vordersitzen, setzte sich ans Steuer und schaute zu ihm hoch. Er reichte ihr den Schlüssel, den sie ins Zündschloss steckte und drehte. Der Motor begann zu schnurren. Sonst nichts.

Michael sah sie an.

»Hättest du nicht wenigstens warten können, bis ich mich ein Stück weg in Sicherheit gebracht habe?«, fragte er.

»Du hast gesagt, da wäre kein Sprengstoff.«

»Ich habe gesagt, dass ich nichts sehen konnte.«

»Das ist doch das Gleiche.«

»Finde ich nicht«, sagte er.

»Willst du übernehmen?«, sagte sie. »Dann nehme ich deine verdammte deutsche Luxuskarre.«

»Nein danke.«

»Bist du sicher, dass sie ihren Sender immer noch auf dem Radar haben? Die denken doch, dass wir tot sind«, sagte sie skeptisch.

»Ich kann mir nicht vorstellen, dass sie ihn rund um die Uhr überwachen, aber es werden eine Menge Alarme auf diversen Computern, Smartphones und Tablets losgehen, sobald du dich in Bewegung setzt.«

»Wenn du jetzt ...«, setzte sie an.

»Gute Fahrt«, sagte er und knallte die Tür energisch zu. Sie rief noch etwas, aber er hielt nur die Hand hinters Ohr, schüttelte den Kopf und drehte sich um.

49

Schweden zog sich endlos hin. Und war unerträglich langweilig. Lene fuhr mit dem weißen Passat ein paar hundert Meter vor ihm. Sie folgten jetzt schon stundenlang der E 45 durch schneebepuderte Nadelwälder. Die Sonne hatte lange durch das rechte Fenster geschienen, stand inzwischen aber hinter ihm. Die einzige Zerstreuung waren das Autoradio und die wechselnden Akzente durch die schwedischen Verwaltungsbezirke gewesen.

Sie hatten an denselben Tankstellen gehalten, denselben schwedischen Kaffee getrunken und dieselben Gummisandwiches gegessen, ohne sich anmerken zu lassen, dass sie sich kannten. Michael wartete, bis sie getankt hatte, auf der Toilette gewesen war und sich mit Proviant eingedeckt hatte. Er hielt sich im Hintergrund, aber immer in ihrer Nähe, die entsicherte Pistole griffbereit auf dem Rücken unter seinem Gürtel, bereit, jeden über den Haufen zu schießen, der sich ihr auf die falsche Weise näherte. Er hatte den Verkehr beobachtet, sich Kennzeichen und Automarken gemerkt und war ziemlich sicher, dass sie nicht beschattet wurde.

Südlich vor einem gottverlassenen Ort namens Porjus vibrierte das Handy an seinem Schenkel.

»Michael? Ich muss schlafen. Ich kann nicht mehr«, sagte sie.

»Jetzt? Ich weiß nicht, ob das so schlau wäre.«

»Bei der nächsten Gelegenheit halte ich an. Ich bin wie erschlagen. Ich halte an. Ich sterbe, wenn ich weiterfahre.«

»Okay«, murmelte er.

*

Der Rastplatz bot Aussicht über einen kleinen, tristen Ort an einem ausgetrockneten Flussbett. Michael parkte fünfzig Meter von dem Passat entfernt. Zwei kräftige Lastwagenfahrer in grünen Daunenwesten und Holzschuhen unterhielten sich neben einem der unbegreiflich langen Lastzüge, die mit noch längeren Kiefernstämmen beladen waren. Die Männer hielten dampfende Thermobecher in der Hand und schienen sich zu amüsieren. Michael lief bei dem Anblick das Wasser im Mund zusammen. Er hatte seit der Pfadfinderhütte keinen anständigen Kaffee mehr getrunken.

Lene hatte den Motor nicht abgestellt, aber sie war nirgends zu sehen. Er hielt sich den Parka am Hals zu, ging über den Platz und spähte mit den Händen über der Stirn durch die Seitenscheibe des Passats.

Sie lag in Embryonalhaltung auf der Rückbank, die Hände zwischen den Knien, die Augen geschlossen. Michael hörte leise Akkordeonmusik aus dem Autoradio. Er klopfte gegen die Scheibe, aber Lene rührte sich nicht. Also öffnete er die Tür und machte den Motor aus.

»Lene?«

»Geh weg.«

»Du erfrierst«, sagte er.

»Mach den Motor wieder an«, murmelte sie, ohne die Augen zu öffnen.

Er richtete sich auf und schaute an die dichte Wolkendecke. Die Lastwagenfahrer sahen neugierig zu ihm herüber. Hier passierte wahrscheinlich nicht viel.

»Das ist nicht ... in Ordnung«, sagte er.

»Was?«

»Schlafen und den Motor laufen lassen.«

Ein zornig funkelndes, grünes Auge öffnete sich einen Spaltbreit.

»Machst du dir Sorgen wegen der globalen Erwärmung? Sag, dass du mich grad verarschst, Michael. Bitte.«

Er holte ihren Schlafsack aus dem Kofferraum, schüttelte ihn aus und deckte sie damit zu.

»Ich bleibe hier stehen, bis du reingeschlüpft bis«, sagte er.

»Stirb«, sagte sie.

Er wartete.

»Ich stehe immer noch hier, Lene. Die Tür ist offen und der Motor aus.«

Er schlug die Tür zu und schloss ab, sobald sie seine Order befolgt hatte, und ging wieder zum Audi. Die Lastzüge fuhren mit heulenden Luftbremsen und federnden Fahrerkabinen los. Er setzte sich ins Auto, trommelte unentschlossen mit den Fingern auf dem Lenkrad, gähnte und merkte, wie müde er war. Eine halbe Stunde? Was könnte da schon passieren?

Alles.

Michael dachte an den unermüdlichen GPS-Tracker in Charlotte Falsters weißem Passat fünfzig Meter entfernt und fluchte. Einer von ihnen musste wachbleiben. Er fluchte noch einmal und schlug den Jackenkragen hoch. Dann ließ er die Seitenscheibe hinunter, damit die Kälte ihn wachhielt, und klappte den Laptop auf.

Er wollte Lene ein paar Stunden schlafen lassen, während er Wache hielt, und fühlte sich extrem christlich und selbstlos. Ob sie nun vor oder nach Mitternacht in Lakselv ankamen, spielte keine Rolle. Sie würden die kleine Siedlung am Ende des Porsangerfjord passieren und weiter auf der Landstraße 98 nach Børselva fahren. Danach waren es noch etwa vierzig Kilometer Nordnordwest bis zu der errechneten Position. Zu Fuß.

Er studierte sorgfältig alle verfügbaren Karten und Satellitenaufnahmen. Die Landschaft sah furchteinflößend aus: tiefe Schluchten mit rauschenden Schmelzwasserflüssen, Gletscher – und Gletscherspalten, Höhenzüge, wilde, unwegsame Moränenlandschaft mit Tausenden von Felsblöcken von der Größe eines Autos bis zu einem Wohnblock. Und so gut wie keine markierten Wege.

In diesem Moment kam ihm der geplante Marsch durch die Finnmark komplett unmöglich vor. Illusorisch. Selbst in ausgeruhtem Zustand und einigermaßen fit. Aber es war weder noch. Sie waren mit allem ausgerüstet, was sie brauchten, gutem Schuhwerk, warmer, wasserdichter Kleidung, einem kleinen Gaskocher, Zelt, gefriergetrockneter Nahrung, Energiedrinks, Schlafsäcken und so weiter. Aber das Problem war nicht die Ausrüstung, sondern der menschliche Faktor. Besonders, was ihn betraf. Lene hatte ein denkbar starkes Motiv, hier zu sein und bis über ihre körperlichen Grenzen hinaus weiterzumachen: Sie wollte ihre Tochter rächen, aber vor allen Dingen verhindern, dass etwas Ähnliches noch mal geschah. Seine eigenen Motive waren verglichen damit prosaisch, nahezu schäbig.

Er schloss Google Earth mit den frustrierenden Satellitenfotos dieser gnadenlosen Landschaft im Norden und schaute sich stattdessen den sonnenbeschienenen Strand auf den Seychellen an, den er als Bildschirmhintergrund gewählt hatte. Man konnte sich fast die Hände an dem Bild wärmen, dachte er. Plötzlich nahm er draußen eine Bewegung wahr und sah Lene mit unter den Achseln vergrabenen Händen und den für einen frierenden Menschen charakteristischen kurzen, steifen Schritten über den Parkplatz auf sich zukommen.

Sie setzte sich wortlos neben ihn und starrte vor sich hin.
»Ausgeschlafen?«, fragte er.
Sie schüttelte sich.
»Heizung«, sagte sie.
Michael startete den Motor und drehte die Heizung auf. Er reichte ihr ein Snickers, das sie schweigend aß.
»Wie weit ist es noch?«, fragte sie und faltete die Verpackung methodisch zusammen, ehe sie sie in die Tasche steckte.
»Ungefähr vierhundert Kilometer«, sagte er. »Luftlinie.«
»Oh Gott. Mir war nicht klar, dass Schweden so ... enorm groß ist.«
»Hier findest du schöne Landschaft, saubere Luft und ... es ist wie ausgestorben«, sagte er. »Man kann wandern, Ski laufen, angeln. Hier leben sogar Menschen, Lene.«
»Bist du sicher? Und wovon leben die?«
»Ziemlich sicher. Den Lastwagen nach zu urteilen, leben sie von gefällten Bäumen. Kurz hinter Lakselv sind es noch etwa vierzig Kilometer zu Fuß«, sagte er mit einem Anflug von Sadismus.
»Und was erwartet uns dort?«, fragte sie heiser.
Michael lehnte sich zurück und faltete die Hände.
»Das Perverse ist, dass das Schlimmste und Beste ein

und dasselbe ist. Das klassische Dilemma. Ich habe lange darüber nachgedacht. Wie es am Ende läuft, ist abhängig von der Opposition.«

»Opposition? So nennst du diese Psychopathen? Entschuldige bitte, aber das klingt mir zu akademisch, Michael. Hast du mal überlegt, dass die vielleicht jemanden angeheuert haben, der uns aus großer Distanz aus dem Hinterhalt einfach abknallt, ohne zu fragen?«

»Natürlich. Aber ich baue darauf, dass sie der Versuchung des Triumphes nicht ganz widerstehen können, sich zu erklären und das Ganze mit eigenen Augen zu bezeugen. Das sind, wie du sagst, Psychopathen.«

»Falls sie überhaupt dort sind.«

Michael nickte.

»Korrekt.«

Er dachte an die serbischen Söldner, die Pieter Henryk für die Befreiung seiner entführten Tochter angeheuert hatte. Europa war überschwemmt von Handlangern aus den Balkan-Kriegen – von allen Seiten des vielschichtigen Konflikts in den Neunzigern. Sie waren billig, konnten anpacken und sich verständigen, auch wenn sie möglicherweise auf verschiedenen Seiten in Bosnien-Herzegowina oder im Kosovo gestanden hatten. Sie erledigten ihre Arbeit relativ gründlich und hoch qualifiziert, ohne unnötig Aufmerksamkeit zu erregen.

Aber es wäre nicht der Stil der Jäger, jemanden anzuheuern, der die Jagd für sie erledigte, dachte er.

»Das ist eine Vermutung«, sagte er. »Eine Art Skizze, verstehst du?«

»Eine Skizze?«

Michael wurde ungehalten.

»Ich bin kein Hellseher und stecke nicht in ihren Köpfen, Lene! Ich arbeite nach bestem Vermögen mit den Fakten, die mir auf den verschiedenen Ebenen zur Verfügung stehen. So etwas nennt man Improvisation. Und entschuldige bitte, wenn ich dir zu akademisch bin.«

»Selber Entschuldigung.« Sie legte eine Hand auf seinen Unterarm. Einer ihrer seltenen physischen Annäherungsversuche. »Hast du Angst?«

Er wandte sich ihr zu und sah sie ungläubig an.

»Natürlich hab ich Angst, was denkst du denn! Wenn ich behaupten würde, dass ich mir nicht vor Angst in die Hose mache, wäre ich entweder mit Valium vollgepumpt oder hätte eine Lobotomie hinter mir.«

»War nicht so gemeint. Tut mir leid.«

Sie senkte den Blick.

»Ich verstehe nur nicht ganz, warum du das hier machst. Warum?«

»Das ist mein Beruf«, sagte er leise. »Ich bin nicht stolz darauf, aber so hat es sich entwickelt. Das ist faktisch das Einzige, was ich einigermaßen kann.«

Sie lachte hohl, der Atem stand in einer weißen Wolke vor ihrem Mund.

»Das kann ich nicht glauben, Michael. Du hast viele Talente, könntest doch machen, was du willst.«

»Ich werde bald vierundvierzig, Lene. Ich habe irgendwann versucht, eine normale Arbeit zu finden, aber es ist mir nicht gelungen. Inzwischen habe ich für mich beschlossen, dass dies meine Nische ist. Es ist wichtig, selbst daran zu glauben. Wenn man nicht daran glaubt, hält man es in dieser Branche nicht lange aus.«

Sie lächelte.

»Wie geht es deinen Händen? Soll ich den Verband wechseln?«

Michael streckte und beugte die Finger auf seinem Schoß. Die Verbände waren dreckig und feucht, aber die Finger taten nicht allzu weh.

»Vielleicht später«, sagte er.

Sie machte die Tür auf und setzte einen Fuß auf den Asphalt.

»Sag Bescheid.«

Sie blickte an den bedeckten, niedrig hängenden Himmel.

»Vierhundert Kilometer, hast du gesagt?«

»Um den Dreh«, sagte er. »Lass uns bei der nächsten Raststelle halten und was Ordentliches essen. Laut GPS gibt es in siebzig Kilometern eine kleine Siedlung mit einem Restaurant.«

»Unsere Henkersmahlzeit?«, fragte sie.

»Hoffentlich nicht«, sagte er.

50

Sobald sich der Pfad von dem donnernden Fluss auf ihrer rechten Seite entfernte, hörte Lene das Echo ihrer Schritte zwischen den Felswänden. Es klang, als würde ihr jemand folgen. Sobald der Pfad sich wieder dem Fluss näherte, verschluckten die brodelnden, weiß schäumenden Wassermassen alle Laute.

Der Fluss stürzte durch eine schmale Schlucht zwischen hohen Felswänden. Der Pfad war an vielen Stellen vom Schmelzwasser weggespült worden. Dann wieder schlängelte er sich vom Flusslauf weg, der bisweilen hinter hohen, nassen Steinblöcken verschwand.

Der Pfad lag komplett im Schatten, und es war kalt, aber immerhin waren sie hier vor dem starken Nordostwind geschützt, der die Wolkendecke über ihren Köpfen in Fetzen riss.

Lene warf einen Blick auf ihre Uhr. Es war fast elf. Sie waren vor vier Stunden von dem Parkplatz bei Børselva aufgebrochen, wo sie in getrennten Wagen die letzten Nachtstunden geschlafen hatten, bis Michael die Hupe des Passats bis zum Anschlag durchgedrückt hatte.

Plötzlich gab der Boden unter ihren Füßen nach. Sie klammerte sich an der Felswand fest. Schotter und Erde brachen langsam weg, bröckelten in den Fluss und wurden vom Strom mitgerissen. Unter ihr stürzte ein Baumstamm zur Seite und riss den letzten Halt unter ihren Füßen weg. Lene stieß sich ab und spürte wieder festen Boden, während der Pfad hinter ihr kollabierte. Der Baumstamm rotierte um seine Längsachse, stieß gegen das andere Ufer, riss sich los und stürzte mit splitterndem Krachen den nächsten Wasserfall hinunter. Der Puls hämmerte in ihren Ohren, aber wenige Meter vor ihr drehte Michael sich um und winkte sie ungeduldig hinter sich her, ehe er weiterstapfte. Lene hätte am liebsten hinter ihm hergeschrien, dass sie um ein Haar tot gewesen wäre, aber sie biss die Zähne zusammen und lief weiter. Sprachliche Äußerungen oder spontane und unkontrollierte Laute waren nach Anweisung des finsteren Expeditionsleiters streng untersagt.

Ferner war es verboten, sich einander zu nähern. Michael ging ein gutes Stück voraus, in der Regel außer Sichtweite, und Lene fühlte sich verlassen und allein, wenn sie seine gedrungene Gestalt nicht mehr sah. Er hatte sich mit der Maschinenpistole bewaffnet, die er schussbereit am Riemen über der Schulter trug, während sie ihre Dienstpistole in der Hüfttasche hatte. Für jemanden, der mehrmals erklärt hatte, nichts mit Schusswaffen am Hut zu haben, bediente er die Maschinenpistole erstaunlich selbstverständlich und routiniert. Lenes Schießinstruktor hielt sie für eine ausgezeichnete Schützin, aber sie hatte das vage Gefühl, dass sie im Vergleich zu Michael Sander die reinste Amateurin war.

Sie beschleunigte ihr Tempo, bis sie ihn hinter der nächsten Ecke sah. Die Schlucht weitete sich, wurde ebener, die Abstände zwischen den großen Felsbrocken wurden größer, der Fluss wurde breiter und langsamer. Sie sah jetzt mehr vom Himmel. Als sie feststellte, dass sie Michael schon wieder aus den Augen verloren hatte, stieg Panik in ihr auf, und sie bekam einen Kloß im Hals.

Sie begann zu laufen. Die Vegetation bestand aus niedrigen Weidenbüschen und einem dichten Gestrüpp aus Fichtenschösslingen zwischen den Moränenblöcken. Lene war kurz davor, seinen Namen zu rufen, aber dann würde er ausrasten. Sie lief an einem Felsbrocken von der Größe eines Einfamilienhauses vorbei und stieß einen erschrockenen Schrei aus, als sich eine Hand auf ihre Schulter legte und sie hinter den Felsen zog.

»Verdammt, Michael!«

»Ganz ruhig ... und nicht so laut.«

Hinter dem Felsen war es windgeschützt, und es gab eine kleine Kiesfläche von der Größe einer Tischtennisplatte, wo sie sitzen konnten, ohne von der Opposition gesehen zu werden.

Lene lehnte sich an den roten, rauen Granit, der flammend rot und orange glühen würde, wenn die Abendsonne auf ihn fiel. Michael sondierte das Terrain vor dem Felsen mit einem kleinen, aber effizienten Feldstecher.

»Wo sind wir?«, fragte Lene.

Sie saß auf der zusammengerollten Isomatte und merkte, wie ihre Oberschenkelmuskeln zitterten. Wenn Sie jemals wieder nach Hause käme, würde sie wieder mit dem Laufen anfangen. Oder Bergwandern. Das Terrain saugte ihr alle Kraft aus den Knochen, und ihr Blut schrie nach Nahrung. Ihr Blutzucker war dermaßen abgesunken, dass ihr ganz schummerig wurde. Sie legte den Kopf zwischen die Knie.

»Stimmt was nicht?«, fragte er.

»Unterzucker.«

Michael wühlte in seinem Gepäck und gab ihr ein paar Energieriegel und ein Snickers. Er nahm den Kessel von dem Trangia-Kocher, ging neben einem kleinen, ruhigen Seitenarm des Flusses in die Hocke und füllte ihn. Er zündete den Spirituskocher an, setzte den Kessel auf und hängte Teebeutel in ihre Becher, während sie gierig kaute.

»Danke«, sagte sie.

»Guten Appetit!«

»Das kommt von einer Sekunde auf die andere«, erklärte sie. »Als würde mein Skelett durch die Fußsohlen aus meinem Körper gezogen.«

»Das kenne ich«, sagte er. »Mir geht's auch so.«

»Wie reagierst du darauf?«

»Ich kippe um«, sagte er lachend.

Er reichte ihr einen Becher und pustete in seinen eigenen.

Lene musterte erst ihren roten und dann seinen hellgrauen Parka, der viel besser in die Landschaft passte. Sie kam sich vor wie ein Signalschild.

»Wieso trage ich eigentlich einen roten Anorak?«, fragte sie. »Damit sieht mich ja ein Blinder aus fünfzig Kilometern Entfernung.«

Er trank den Tee in kleinen Schlucken und betrachtete ausdruckslos ihren Parka.

»Ich finde ihn schön«, sagte er.

»Aber rot.«

»Hm, ziemlich rot.«

»Es gibt sonst nichts Feuerwehrrotes hier draußen«, sagte sie und umschrieb mit einem Armschwung die Landschaft bis zum Horizont.

Jede Spur von Munterkeit und Fürsorge verschwand

aus seinem Gesicht, das plötzlich wieder ernst und finster wurde.

»Das Beste und das Schlechteste, Lene«, sagte er hart. »Zwei Seiten einer Medaille. Wir wollen gefunden werden. Das war unsere Entscheidung. Ich hatte gehofft, das hättest du verstanden. Also, was willst du?«

Sie senkte den Blick, nahm eine Handvoll Kiesel und ließ sie durch die Finger rieseln.

»Ja, ich will gefunden werden«, sagte sie leise. »Aber hör auf, mich so herablassend zu behandeln. Wo sind wir?«

Michael faltete die Landkarte auseinander und konsultierte ein Hand-GPS. Er zeigte auf ein langgestrecktes, schmales Gewässer.

»Wir sind ungefähr sechs Kilometer südlich vor einem Gewässer namens Kjæsvatnet. Dort sind sie verschwunden. Polizei und Militär haben da einen Fischkorb mit Kasper Hansens Initialen gefunden.«

»Und danach?«

»Gut und gern achtzehn Kilometer. Bis jetzt liegen wir gut in der Zeit, finde ich.«

Lene schluckte den letzten Bissen Schokolade herunter, knüllte die Verpackung zu einer Kugel zusammen und wollte sie gerade in einen Felsspalt stecken, als sie seinen missbilligenden Blick bemerkte. Sie seufzte, schob das Papier in die Tasche und stand auf.

»Ab hier geht es bergauf«, informierte er sie. »Hier fängt die Hochebene an.«

»Bergauf? Na super, Michael.«

51

Das Kjæsvatnet lebte. Der Nordostwind trieb das Wasser in kleinen weißen, krausen Wellen vor sich her über den See und bohrte sich durch ihre Kleiderschichten, wenn sie sich nicht gerade im Windschutz von Felsen befanden oder in schwerem Nassschnee durch niedriges Weidengestrüpp stapften. Das Eis knackte unter ihren Stiefelsohlen. Lene trat hundert Meter hinter Michael in seine Fußspuren und war aus allen Richtungen meilenweit sichtbar in ihrem roten Parka. Die Sonne stand noch hoch am Himmel, die Landschaft war schön, wenn auch völlig ausgestorben und merkwürdig beklemmend.

Trotz des unwegsamen Terrains kamen sie erstaunlich zügig voran, stellte Michael bei seinem nächsten Blick auf die Karte fest. Er hielt den Feldstecher vor die Augen und suchte das Seeufer ab. Nichts, nicht einmal ein Zugvogel auf dem unruhigen, schwarzen Wasser, keine Bewegung zwischen den gefrorenen Schilfrohren oder zwischen den Birken, die bis ans Ufer heranwuchsen.

Hier hatten sie ihren letzten Abend verbracht, dachte er. Kasper und Ingrid. An einem Lagerfeuer. Das Wetter war gut gewesen und der Nachthimmel unendlich und sternenklar.

Er hörte Lenes Schritte hinter sich in dem feuchten Schnee.

»Gehen wir runter?«, fragte sie.

Michael schaute auf seine Uhr.

»Okay. Wir haben noch fast vier Stunden Tageslicht.«

»Ist da jemand?«

»Keine Menschenseele.«

Sie näherten sich dem steinigen Seeufer. Das Eis knackte zwischen den Grasbüscheln, am Uferstreifen dümpelten ein paar löchrige Eisschollen.

Sie standen nebeneinander und schauten über das kilometerlange, schmale Gewässer nach Nordosten. Das andere Ufer war nicht zu sehen.

Lene lief ein Schauer den Rücken hinunter.

»Hier könnte eine ganze Armee verlorengehen«, sagte sie. »Im totalen Nichts.«

»Es gibt ein paar Samen und ihre Rentiere«, sagte Michael.

Sie stellte sich auf die Zehenspitzen und sah sich um.

»Wo?«

»Theoretisch«, sagte er.

»Aber die zwei waren hier?«

Er nickte. In dem Artikel in *Verdens Gang* hatte ohne konkretere Angaben zum genauen Fundort gestanden, dass der Suchtrupp einen leeren Fischkorb und die Reste eines Lagerfeuers von Kasper Hansen und Ingrid Sundsbö gefunden hatte.

»Irgendwo an diesem See sind sie entführt worden«, sagte er.

»Jetzt kann ich mir vorstellen, dass das möglich ist«, sagte sie. »Hier oben ist alles möglich.«

»Wie im Himalaya«, sagte er.

»Und in Afghanistan. Keiner sieht, was sie tun.«

Michael sah sie an.

»Genau. Es gibt niemanden, der etwas sieht. Darum können sie tun, was sie wollen. Gehen wir weiter?«

»Ist es hier?«, fragte sie. »Ist das der Platz aus dem Film?«

Michael ließ eine Hand über den vom Eis glatt geschliffenen Felsen gleiten. Die zum Porsangerfjord gewandte Seite war von Wind und Eis ausgehöhlt. Am Fuß des riesigen Felsblocks lagen kleinere, vom Frost abgesprengte Steinsplitter, Kiesel und Schotter.

»Hier ist es. Genau hier haben sie ihn gestellt.«

Michael zeigte nach vorn.

»Und da ist er über die Felskante gesprungen.«

Er trat an die Kante. Der Wind, der unter ihm gegen die hundert Meter hohe Felswand schlug, blähte seine Hosenbeine auf. Der Nordostwind, der die Wasseroberfläche des Kjæsvatnet aufgeraut hatte, peitschte das Fjordwasser zu hohen Wellen auf, die in langen, weißkronigen Streifen nach Südwesten rollten. Auf der anderen Fjordseite erhoben sich die Berge, viele noch schneebedeckt. Ein ferner Gipfel nach dem anderen. Eine endlose Wildnis. Er lehnte sich gegen den Wind und schaute auf den Uferstreifen hinab. Der Schmelzwasserstrom hatte vor der Felswand einen vereisten Vorhang aus dicken Eiszapfen gebildet, und plötzlich brach ein riesiges Stück Eis von der Wand und stürzte in das schwarze Wasser des Fjords. Es verschwand unter der Wasseroberfläche und tauchte ein ganzes Stück entfernt wieder auf, wippte hin und her, bis es schließlich aufs offene Wasser hinaustrieb.

Er hörte Lene rufen und drehte sich um.

»Geh da weg, Michael!«

Er schaute zwischen seine Füße und stellte fest, dass er auf der abbröckelnden, erodierenden Felskante stand.

Er stellte sich in den Windschutz des Felsblocks.

»Entschuldige«, sagte er.

Ihre Lippen zitterten.

»Ich dachte, du stürzt ab …! Was denkst du dir dabei, du Idiot? Wem ist damit geholfen, wenn du abstürzt?«

»Niemandem. Entschuldige. Und ja, hier ist es passiert.«

Lene war wütend. Und erschrocken.

»Woher weißt du das so genau?«

Michael schaute zur Sonne auf der anderen Fjordseite. Sie malte lange, blaue Schatten in die Täler und ließ die Berggipfel erglühen.

»In ein paar Stunden wirst du es sehen«, erklärte er. »Wenn sich die Sterne zeigen. In den letzten Einstellungen des Films kann man sie sehen. Ich habe mir von einem Astronom anhand der Höhe der Sterne und ihrer Position zueinander die Koordinaten errechnen lassen. Die Berechnung ist sehr genau. Und das war bisher das Einfachste an der ganzen Sache.«

Lene zwängte sich aus den Rucksackriemen, legte ihn auf den felsigen Untergrund und setzte sich.

»Smart«, sagte sie.

»Danke.«

Sie klopfte neben sich auf die Erde.

»Setz dich. Bald ist es dunkel, dann kannst du mir alles erzählen.«

»Was alles?«

Sie lächelte ihn an.

»Von deiner Überraschung, Michael.«

Er zog eine versengte Augenbraue hoch.

»Hab ich eine Überraschung?«

»Ich glaube, ich kenne dich inzwischen schon ein bisschen besser.« Sie nickte nachdenklich. »Doch, ein bisschen besser, denke ich. Und ich möchte wetten, dass du nicht den weiten Weg hier raufmarschiert bist, um dich mit einer Zielscheibe vor der Brust in eine Kampfarena ohne Notausgang zu begeben, ohne irgendwas in der Hinterhand. Erzähl mir, was du in der Hinterhand hast, Michael!«

Er wedelte mit der Hand in der Luft. Der Wind zerrte an seinem Ärmel.

»Was soll das sein? Ein vergrabenes Panzerfahrzeug? Eine F-16 Jägerstaffel? Ein Taucherkorps?«

»Ja!«

Michael schüttelte den Kopf.

»Leider, Lene. Wir sind ganz allein.«

Sie sah ihn lange mit ihren grünen Augen an.

»Nur wir zwei? Ist das dein Ernst?«

»Ja.«

»Dann möge Gott uns beistehen«, murmelte sie.

Er nickte. »Ich hoffe zumindest, dass er sich nicht allzu weit weg von der Schalttafel befindet.«

Sie zeigte zur Felskante.

»Ich gehe mal davon aus, dass wir die zwei Kilometer Kletterseil nicht zum Spaß mit uns hier hochgeschleppt haben?«

»So ist es. Ich muss irgendwie da runter.«

»Hast du was gesehen, als du drauf und dran warst, deiner Todessehnsucht nachzugeben?«

Er zögerte, wusste nicht, wie er es erklären sollte. Es war eine vage Ahnung. Sie würde ihn für verrückt halten.

»Das Schmelzwasser ist geschmolzen und hat einen Eisfall gebildet. Das solltest du dir ansehen. Wunderschön.«

»Nein danke.«

Sie rückte näher an den Felsblock.

Er schaute über den Fjord. Die Kriminalhauptkommissarin hatte Höhenangst.

»Da unten ist nichts«, sagte er. »Steine, Wasser, Eis, nichts.«

Sie stand auf, und er blickte sie an.

»Sehen wir zu, dass wir weiterkommen«, sagte er. »Lass uns einen Platz fürs Zelt suchen und was zu essen machen. Das hier ist keine günstige Stelle.«

»Vor allem nicht für Schlafwandler.«

»Genau.«

Er trat in den heulenden Wind und schaute zu den fernen Hängen des Urgesteins, aus dem einst die Eiszeit diesen enormen Felsbrocken herausgebrochen hatte, der nun wie ein einsamer, vergessener Wachposten am Ende der Welt stand. Michael kniff die Augen zusammen. Moosüberwucherte Höhenzüge, ein paar Weidenbüsche und nackter Felsuntergrund mit Schnee in den Vertiefungen, so weit das Auge reichte. Keine Bewegung, keine Geräusche oder Lichtreflexe. Aber Michael spürte eine schwache, surrende, beobachtende Präsenz.

Dann wurde seine Aufmerksamkeit von einem Reflex im Augenwinkel abgelenkt. Etwas Kobaltblaues. Eine Farbe, die nicht hierher gehörte.

Lene hatte die Daumen unter die Rucksackriemen geschoben und wollte weiter.

»Was ist los, Michael?«

»Blau«, murmelte er.

»Blau?«

Er schnipste ungeduldig mit den Fingern.

»Kobaltblau. Wie diese Keramik, die in den Achtzigern alle hatten.«

»Wo?«

Er zeigte auf den Felsblock an der Kante.

»Da drüben.«

Michael ging zurück zu dem Monolithen und setzte den Rucksack ab. Er ging in die Hocke und blinzelte, weil die glitzernden Kieselflecken des Granits das Sonnenlicht reflektierten.

»Michael?«

Er wischte vorsichtig kleine Steine und Splitt beiseite und spürte etwas Weiches unter seinen Fingern. Eine Schnur – Schnürband. Er zog. Der kobaltblaue Schnürsenkel klemmte unter einem Stein fest, den er aufgeregt zur Seite rollte. Er zog an dem Schnürsenkel und förderte einen soliden Wanderstiefel aus grauem Leder und Goretex zu Tage. Er schaute in den Schuh.

»Scarpa, Größe vierundvierzig«, sagte er. »Rechter Fuß. Ein guter Schuh. Und neu. Guck dir die Sohle an.«

»Er ist kaputt«, sagte sie.

Die kleinen Metallhaken, um die der Schnürsenkel gespannt wurde, waren sauber vom Leder losgelöst.

»Das könnte eine Kugel gewesen sein«, sagte er. »Der Schuh ist innen dunkelbraun verfärbt. Blut, nehme ich an.«

Sie betrachteten schweigend den Schuh. Ihre Schultern berührten sich, und er hatte ihren Duft in der Nase. Sie roch nach Sonne, Wind und Schweiß. Ein guter Geruch.

Er räusperte sich.

»Glaubst du, das war seiner?«, fragte sie.

»Da bin ich mir absolut sicher. Offenbar hat er ihn versteckt, ehe sie ihn gefunden haben.«

»Und gehofft«, sagte sie.

»Gehofft, dass irgendjemand ihn eines Tages findet.«

»Das ist ein Beweis«, sagte sie. »Wir können eine DNA-Analyse von dem Blut machen lassen.«

»Wir können beweisen, dass Kasper Hansen hier war, aber nicht, wer ihn umgebracht hat«, sagte er.

»Wenigstens musst du dich jetzt nicht mehr an der Felswand abseilen, Michael!«

»Das entscheiden wir morgen«, entgegnete er. »Komm.«

Etwa fünfhundert Meter von der Steilwand und dem einsamen Felsblock entfernt, zwischen ein paar Weidenbüschen fanden sie einen einigermaßen ebenen Platz für das Zelt. Michael sammelte die losen Steine von der kleinen Fläche und schlug das Zelt auf, wozu er im Großen und Ganzen nur zwei flexible Aluminiumstangen durch ein paar Hohlsäume schieben und die Isomatten und Schlafsäcke ausrollen musste.

Sie hatten sich etwas zu essen warmgemacht, obwohl keiner von ihnen sonderlich großen Appetit hatte. Dann hatten sie Wasser für Tee aufgesetzt, den Michael mit einem Schluck Cognac aus seinem Flachmann angereichert hatte.

Den Flachmann hatte Keith Mallory ihm zu seinem fünfunddreißigsten Geburtstag verehrt. Er war aus Silber und leicht gewölbt, mit einem feinen, inzwischen speckigen Lederfutteral. Er schraubte den Verschluss ab und schwenkte die Flasche.

»Mehr?«

Lenes dunkle Silhouette verdeckte die ersten Sterne am Nordhimmel. Sie hielt ihm ihren Becher hin.

»Ja, gern. Ein schöner Flachmann.«

Er hielt ihn hoch und musterte ihn.

»Ein Geschenk von einem Freund«, sagte er.

»Einem Freund?«

»Ich habe Freunde.«

»Natürlich hast du das«, sagte sie neutral. »Wollen wir uns mit der Wache abwechseln?«

»Ich kann die ersten vier Stunden übernehmen«, bot er sich an.

»Wie heißt dein Freund, Michael?«

»Keith Mallory.«

Sie sah ihn an und fragte spontan: »Macht er das Gleiche wie du?«

»Ja, macht er. Er ist nur besser.«

Sie leerte ihren Becher.

»Wir sind nicht allein«, sagte sie leise, und Michael betrachtete ihr ruhiges, klares Profil vor dem noch hellen Abendhimmel. Es war keine Furcht in ihrer Stimme.

»Sind wir nicht, oder?«

»Nein.«

Michael setzte sich in den Schneidersitz, zog den Schlafsack aus dem Zelt und wickelte sich darin ein.

»Hast du irgendwas gesehen ... oder gehört?«, fragte er.

»Nichts. Ich weiß es einfach. Irgendjemand ist hier oben.«

»Ich habe nie an einen sechsten oder siebten Sinn geglaubt«, sagte er.

»Vielleicht solltest du damit anfangen«, sagte sie. »Ich bin ziemlich sicher. Gute Nacht.«

»Schlaf gut.«

Sie schlüpfte durch die Zeltöffnung, zog die Reißverschlüsse hinter sich zu und kramte noch eine Weile herum.

Michael lud die Maschinenpistole durch und entsicherte sie. Er steckte die Beine in den Schlafsack, zog ihn bis zum Bauchnabel und suchte nach einer bequemen Sitzposition an einem dicken, kurzen Weidenstamm. Er legte sich die Maschinenpistole über die Beine. Sie war schwer und sehr real. Er sah seinen eigenen Atem und dachte darüber nach, was Lene gesagt hatte.

Da draußen war nichts. Auf der anderen Fjordseite waren keine Autoscheinwerfer mehr zu sehen. Der Felsbrocken zeichnete sich scharf vor dem dunkelgrauen Wasser ab.

Er war kurz weggedöst. Er war es nicht mehr gewohnt, Wache zu schieben. Das letzte Mal war mit Keith Mallory auf diesem verdammten Kirchendachboden in Grosny gewesen.

We will, we will rock ya!

Im Halbschlaf registrierte er einen Stern am westlichen Himmel, der heller war als die anderen. Vielleicht war es ein Planet? Ein Gasriese.

Der Stern bewegte sich. Schnell.

Er öffnete die Augen und sah sich das Phänomen genauer an. Es bewegte sich unnatürlich schnell und fing grün an zu blinken, dann hörte er Rotorengeräusche – schwach – wie von einem eingesperrten Insekt.

Michael richtete sich auf und war schlagartig hellwach.

Das Navigationslicht des Helikopters strich gespenstisch und wie ein Pfeil über den Fjord. Zwischendurch verstummte das Geräusch der Rotoren, kam aber immer wieder zurück. Der Helikopter verschwand hinter dem Vorgebirge im Nordosten, das Geräusch wurde schwächer und verstummte ganz.

Er fuhr zusammen, als er sie direkt hinter sich spürte. Er hatte nicht gehört, wie sie das Zelt verlassen hatte und war beeindruckt von ihrer Lautlosigkeit.

»Verdammt, kannst du dich nicht wenigstens räuspern, statt dich wie ein Ninja anzuschleichen?!«

Michael hörte das leichte Zittern der Angst in seiner Stimme.

»Tut mir leid«, flüsterte sie und legte eine Hand auf seine verbrannte Schulter. »Waren sie das? Der Helikopter? Sind sie gekommen?«

»Ja. Sei so lieb und nimm die Hand weg.«

»Entschuldige. Bist du jetzt zufrieden?«, fragte sie.

»Nein.«

52

Lene hatte ein Walkie-Talkie in der Tasche und einen Ohrstöpsel im linken Ohr. Und leere Hände.

Sie hörte Michaels keuchenden Atem, während er sich an der Felswand abseilte. Das dünne, rotblaue Kletterseil vibrierte wie eine gespannte Bogensehne über der Isomatte, die Michael zwischen das Seil und die Felskante gelegt hatte, damit es nicht durchscheuerte. Zwischendurch bewegte es sich von einer Seite zur anderen, als würde er dort unten in großen Bögen vor der Wand hin und her schwingen. Er hatte ruhig und in sich gekehrt gewirkt, als er routiniert ein paar Sicherungen und Ringbolzen als Verankerung für das Seil im Fels angebracht hatte. Dann hatte er die Seilrolle über den Abgrund geworfen, sich am Kletterseil eingehakt und war mit einem letzten ausdruckslosen Blick auf Lene über die Kante verschwunden.

Lene setzte sich hinter den Felsblock. Michael hatte ihr die Maschinenpistole dagelassen. Wie lange würde er für die hundert Meter brauchen? Eine Minute? Zehn? Inzwischen waren über zwölf Minuten vergangen. Sie nahm das Walkie-Talkie aus der Tasche und drückte den Sendeknopf.

»Michael?«

Das Seil ruckte heftig. Erste Schaumgummiflocken lösten sich von der Matte.

»… Ja …?«

»Was machst du? Bist du schon unten?«

Sie hörte ihn ächzen.

»Ich hänge fest ... schon eine Weile. Das verfluchte Seil hat sich über mir um ein paar Eiszapfen gewickelt und unter einem Vorsprung verheddert. Ich kann verdammt noch mal nicht ...«

Lene hörte das Geräusch einer Eisaxt und schloss die Augen.

»Kannst du das letzte Stück springen?«

»Dreißig Meter? Lieber nicht. Ich melde mich, wenn ich gelandet bin, okay?«

»Okay ...«

Sie setzte sich wieder auf ihren Platz hinter dem Felsen und suchte ihre Taschen nach dem letzten Snickers ab. Sie musste irgendwas tun.

Michael ließ die Arme kraftlos herunterhängen. Die Muskeln waren völlig übersäuert, er konnte die Eisaxt kaum noch halten. Er hing recht bequem und ausbalanciert, die Steigeisen sicher an der Eiswand positioniert, aber ein Ausläufer des Schmelzwasserbachs bespritzte Helm, Kopf und Schultern unablässig mit einem eiskalten Sprühnebel. Das Wasser bahnte sich einen Weg unter den Kragen, über die warme Rückenhaut, bis in die Ärmel und über die Brust. Michael wandte das Gesicht nach oben, kniff die Augen zusammen und funkelte das Seil beschwörend an, das irgendwo über ihm eingeklemmt war.

Er schaute zwischen den Schuhen auf den schmalen Uferstreifen unter sich. Steine. Eis. Eine schmale Schneewehe auf der Nordseite des Felsens. Nichts. Er ging leicht in die Knie, stemmte seine Steigeisen gegen das Eis und stieß sich kräftig von der Felswand ab. Als er zurückschwang, packte er das Seil über seinem Kopf und begann, die Wand entlangzulaufen, waagerecht, mit einer Hand am Seil hängend, in der anderen die Eisaxt. Am äußeren Punkt des Bogens holte er aus und schlug mit aller Kraft eine Kerbe ins Eis.

Dann kletterte er Stück für Stück nach oben, um den Wahnsinnszug auf das Seil etwas zu verringern. Der Zug ließ etwas nach, und er konnte freier atmen. Er konnte alle Details in dem Felsen hinter der dünnen Schicht aus glasklarem Eis sehen. Michael kletterte an der Seilschlaufe vorbei, beugte sich vor, löste mit einem harten Ruck den Knoten und seilte sich in einem Schwung ab.

Er stand eine ganze Weile mit den Händen auf den Knien auf dem Uferstreifen und schnappte nach Luft, ehe er wieder zu sprechen in der Lage war.

»Ich bin unten«, nuschelte er ins Walkie-Talkie.

»… unten …?«, echote es.

»Ja, unten.«

»… Gut … Schön …«

Er schaltete das Gerät aus.

»Richtig, richtig fucking schön«, murmelte er und sah sich um.

Das Eis hatte dünenähnliche Formationen auf dem Uferstreifen und zwischen den Steinen im flachen Wasser gebildet. An der breitesten Stelle maß der Strand vielleicht sechs Meter. Michael balancierte an dem Eisfall vorbei. An exakt dieser Stelle dürfte Kasper Hansen auf das Ufer aufgeschlagen sein, dachte er.

Es gab keinen Vogel weit und breit, kein Geräusch von einem Bootsmotor oder Ähnlichem. Der Fjord war leer, so weit das Auge reichte. Er ging bis zur Schachtkante seiner

Stiefel ins Wasser und untersuchte den Grund. Direkt unterhalb der Wand war das Wasser grün, weiter draußen, wo die Sonne auf die Oberfläche traf, blau und glitzernd. Er ging an dem Eisfall vorbei in die entgegengesetzte, nördliche Richtung. Nach zwanzig Metern blieb er stehen und schaute die Wand hoch. Vom Uferstreifen bis zur Oberkante der Steilwand war eine schmale, schnurgerade Spalte so einladend wie eine Treppe, die ein Greis mit Rollator hätte erklimmen können.

Ein runder, weißer Gegenstand am Fuß der Klippe zog seine Aufmerksamkeit auf sich. Das Fjordufer bestand aus erstaunlich identischen, kartoffelgroßen und vom Wasser glatt geschliffenen dunkelgrauen Steinen. Der Frühjahrsschnee war grau und dreckig, aber im Schatten leuchtete etwas Kalkweißes. Er beugte sich über den Gegenstand und zog die Brauen hoch. Das Etwas war glatt und gewölbt und ragte über die umliegenden Steine hinaus. Es gab ein sprödes, hohles Geräusch von sich, als Michael vorsichtig mit der Eisaxt dagegenschlug. Als er behutsam Steine und Sand entfernte, stellte er fest, dass die knochige Kuppel der obere Teil eines großen Eisblocks war, dessen größerer Teil in einer Mulde verschwand, verborgen unter Kies und Sand im ewigen Schatten. Das Eis schimmerte grünlich und war von langen schwarzen Adern durchzogen. Wahrscheinlich lag er schon Ewigkeiten dort. Er grub ihn mit dem breiten Axtblatt aus, schob den Schaft unter den Klumpen, hebelte ihn aus seinem Nest und musste sich setzen. Erschrocken schlug er die Hände vors Gesicht und schloss die Augen, während sein Herz trocken und hart in der Brust hämmerte. Er musste mehrmals schlucken, ehe er in der Lage war, die Augen wieder zu öffnen.

In dem Eisblock befand sich ein gut erhaltener Frauenkopf: ebenmäßige Gesichtszüge, glattes, schwarzes Haar, das schwerelos in dem grünen Eis zu schweben schien. Der Kopf saß auf einem kurzen Halsstumpf, der unmittelbar unter dem Kehlkopf abgetrennt war, glatter Schnitt mit nahezu chirurgischer Präzision. Die Augen der Frau waren halb geschlossen und hatten einen vertieften, fast verträumten Ausdruck. Auf ihren blutleeren Lippen deutete sich ein schläfriges Lächeln an. Eine junge, schwarzhaarige Frau. Ingrid Sundsbö.

Michaels Finger zitterten, und er merkte, dass ihm warme Tränen über die Wangen liefen. Der obere Teil ihres Schädels, der sich über der Erde befunden hatte, war den Elementen ausgesetzt gewesen. Wind, Eis und Wasser hatten das Haar und die Kopfhaut weggeschliffen und eine weiße, porzellanglatte Schädelkuppe zurückgelassen. Der Rest des Kopfes war intakt. Klaviersaite, dachte er spontan. Die Jäger hatten ihren Kopf mit einer dünnen Drahtgarotte abgetrennt. Er war sich sicher, wer das getan hatte. Danach hatten sie den Kopf in einen Sack gepackt, den sie ihrem Mann zuwarfen, wenige Sekunden, nachdem er triumphierend geschrien hatte, weil er glaubte, sie sei ihnen entkommen. Als er sah, was sich in dem Sack befand, war seine Seele wie eine Kerze ausgeblasen worden. Jetzt wusste Michael, dass Kasper Hansen selbst in den Tod gesprungen war. Er hatte das getan, wozu Johanne Reimers nicht in der Lage gewesen war. Die Kugel hatte ihn nicht getroffen.

Er saß lange mit dem Rücken an den roten Granit gelehnt da und starrte auf die Eiskugel an seiner Seite. Dann griff er in seine Jackentasche, fand den Flachmann und leerte ihn in einem Zug.

Ehe er den Uferstreifen verließ, bedeckte er den Eisblock mit grauen, runden Steinen, Splitt und Sand. Er sollte hierbleiben, beschloss er. Ingrid sollte dem Körper und Geist ihres Mannes so nah wie möglich sein.

Er hatte etwa die Hälfte der schmalen Schlucht hinter sich, die tatsächlich so leicht zu erklimmen war, wie es von unten ausgesehen hatte, als er das Walkie-Talkie rauschen hörte. Womöglich knisterte es schon länger, aber er hatte es nicht bemerkt.

»Ja?«

Michael hielt den Apparat ans Ohr und dachte, wie absurd es war, sich über Funk zu verständigen, wo sie nur an die Kante zu gehen bräuchte, um sich mit ihm zu unterhalten.

»Da kommt jemand, Michael, wo bist du?!«

»Wer?«

»Komm sofort hoch!«

Er ging schneller. Knapp zwanzig Sekunden später zog er sich wenige Meter von Lene entfernt auf die Ebene. Sie stand mit dem Rücken zu ihm neben dem Seil und trat nervös auf der Stelle.

Er legte eine Hand auf ihre Schulter.

Sie fuhr herum, die Pistole halb aus dem Halfter. Ihr Blick war unscharf und intensiv fokussiert zugleich, das Gesicht ausdruckslos.

»Ganz ruhig! Ich bin's!«

Ihr Blick klärte sich.

»Verdammt, Michael! Wo zum Teufel kommst du denn her?«

Er machte eine halbe Drehung und zeigte auf die Stelle, wo er aus der Felswand gestiegen war.

»Von dort. Da gab's die reinste Rolltreppe.«

»Wie ... Egal. Da kommt jemand.«

Sie zog ihn hinter den Felsblock und gab ihm den Feldstecher.

»Wo?«

»Da drüben.«

Sie zeigte zu einem Felsblock in nordöstlicher Richtung, und er trat mit dem Fernglas vor den Augen in die Sonne.

Das Auftreten des Mannes hatte nichts Verstohlenes, er versteckte sich nicht, er ging rasch und entschlossen über den steinigen Untergrund, als würde er einen Sonntagsspaziergang machen. Er war rund hundert Meter von ihnen entfernt. Er war allein, und Michael hatte ihn längst erkannt.

Lene sah Michael an und litt mit ihm. Sein Gesicht war kalkweiß und verzerrt, seine Hände um den Feldstecher zitterten. Er hielt die Luft an.

»Wer ist das, Michael? Atme weiter.«

»Sei still.«

Der schlanke Mann blieb etwa fünfzehn Meter von ihnen entfernt stehen. Die grauen Augen musterten sie interessiert, aber sein Mund war ein gerader, besorgter Strich unter dem Schnauzbart. Er hatte ein schmales, ausgezehrtes Gesicht. Er schaute von Lene zu Michael, und die Falten um Mund und Augen wurden etwas weicher. Er verschränkte die Hände hinter dem Rücken und nickte kurz und militärisch.

»Wie stellst du das eigentlich an, Mike?«, fragte er in glasklarem Englisch.

Michael deutete ein Lächeln an, rührte sich aber nicht.

Lene machte einen Schritt nach vorn, worauf der Fremde augenblicklich einen Schritt nach hinten zurückwich. Michael packte sie fest am Arm. Die beiden Männer sahen sich an.

»Was meinst du, Keith?«, fragte er.

»Kurz vorm Nordpol in einer gottverlassenen Wildnis, aber in Begleitung einer hübschen Frau?«

»Vielleicht hab ich einfach Glück. Lene ist Kriminalkommissarin. Was ist schiefgelaufen, Keith? Können sie uns hören?«

Keith? Keith Mallory, dachte Lene. Michael Sanders Freund. Der Trumpf, auf den sie die ganze Zeit gewartet hatte, weil er viel zu intelligent und vorausschauend war, um ohne eine Lösung, die nur er kannte, in einen Hinterhalt zu tappen.

»Sie können uns nicht hören, Mike.«

Er hielt seine linke Hand hoch. Das äußere Glied des Ringfingers fehlte.

»Es lief alles wie geschmiert, bis ich in Gardermoen in Oslo zu ihnen gestoßen bin. Alte Bilder aus einer vergessenen Zeit. Meine Deckgeschichte flog augenblicklich auf. Sie waren wirklich extrem gründlich mit ihren Recherchen. Die ganzen Arschlöcher, denen ich begegnet bin, haben Bücher über ihre Heldentaten beim Regiment geschrieben. Selbst die, die nie da waren. Entschuldigen Sie meine Ausdrucksweise, *Miss,* aber das waren wirklich Arschlöcher.«

»Schon okay«, murmelte Lene.

»Sie haben mich auf einem Foto in so einem scheiß Buch wiedererkannt, Mike. An dem Drecksfinger, den ich im Irak gelassen habe. Und damit ... Exit, Aus für Magnusson, Ölmilliardär norwegisch-schottischer Abstammung. Ein feiner Kerl. S & W hat schon mehrere Aufträge für ihn erledigt, deswegen hatte er nichts gegen einen Doppelgänger für ein paar Tage. Wir gleichen uns wie ein Ei dem anderen. Das war eine brillante Idee von dir. Gutes Geld, wie du schon sagtest. Aber ...«

»Niemand ist vollkommen, Keith.«

»Sprich für dich selbst.«

Keith Mallory lächelte freudlos.

»Unternimm was gegen die, Mike. Besonders gegen den Jungen. Er ist das Böse in Person. Krank.«

»Ich versuch's«, sagte Michael.

Michael Sander schaute über die Schulter des Engländers zu einer höheren Partie der Moränenausläufer und den Weidenwäldchen hinauf.

»Wie viele?«

»Drei.«

»Wo?«

Der Engländer schmunzelte, rührte sich aber nicht.

»Irgendwo nicht weit hinter mir. Es tut mir leid, Mike.«

»Mir auch, Keith.«

Mallory drehte sich um und wollte auf einen Punkt hinter sich zeigen, als der Schuss abgefeuert wurde. Die Kugel kam zeitgleich mit ihrem Echo an. Sie traf den sehnigen Mann zwischen den Schulterblättern, durchschlug seinen Brustkasten, und Lene hörte und spürte Tropfen in ihr Gesicht und an ihre Kleider spritzen. Die Knie gaben unter dem Engländer nach, und er kippte haltlos vornüber.

Lene fing an zu schreien und starrte ihre blutverspritzten Hände an. Sie wollte zu dem Gefallenen laufen, als Michael sie packte und festhielt. Er war phänomenal stark, und sie konnte sich nicht rühren.

»Verdammt noch mal, steh still!«, fauchte er. »Guck hin, siehst du das, verflucht?!«

»Was?!«

Michael hielt eine Hand vor ihrer Brust und fing einen roten und einen grünen zitternden Punkt in der Handfläche.

»Laserzielgeräte. Zwei Stück. Direkt auf dein Herz gerichtet. Kapierst du jetzt?«

Sie nickte. Ihre Beine drohten, unter ihr nachzugeben.

Der rote und der grüne Punkt wanderten zu der Maschinenpistole, die über ihrer Schulter hing. Michael nahm sie langsam herunter, entsicherte sie wie in Zeitlupe und warf sie weg. Die aufgeregt flackernden Punkte huschten zu der Pistole in ihrer Hüfttasche, und er wiederholte die Prozedur. Es knallte metallisch, als die Pistole etwa zehn Meter entfernt auf einen Stein aufschlug.

Danach faltete er die Hände im Nacken und nickte ihr zu.

Sie tat es ihm gleich.

»Michael, können wir nicht …?«, setzte sie an.

»Nein.«

»Er war dein Freund«, sagte sie mit einem Blick auf die zusammengesackte, reglose Gestalt.

»Ja.«

»Was hat das alles zu bedeuten, Michael?«

»Nichts. Das hat überhaupt nichts zu bedeuten. Wir sind fertig. Sie haben gewonnen.«

Zwei Gestalten lösten sich von den Felsen und dem verkrüppelten Weidengestrüpp einen halben Kilometer entfernt. Sie gingen langsam. Sie hatten keine Eile.

53

Victor Schmidt ging mit langen Schritten vorweg, sein Jagdgewehr in der Ellenbeuge. Er trug die gleiche Tarnkleidung, die Michael auf Elizabeth Caspersens DVD gesehen hatte, und Kim Andersens Rucksack. Er hatte die Kapuze seiner Jacke über den Kopf gezogen und trug die Sonnenbrille an einer Schnur um den Hals. Ihm folgte Henrik Schmidt in identischer Aufmachung. Der Sohn trug keine Sonnenbrille, und seine blauen Augen strahlten.

Lene zuckte zusammen, als sie die Augen wiedererkannte. Michael betete, dass sie nicht auf ihn losstürzte. Sie würde keinen Meter weit kommen. Henrik Schmidt hielt einen feuerbereiten Militärkarabiner in den Händen. Der Lauf war auf ihren Bauch gerichtet, und der Zeigefinger des jungen Mannes lag über dem Abzug.

Vater und Sohn blieben in drei Metern Entfernung stehen. Henrik Schmidt lächelte, und Victor Schmidt schob die Kapuze zurück. Sie betrachteten beide den toten Mann.

»Ich hoffe, Ihrer Tochter geht es besser, Lene«, sagte Henrik Schmidt leise. »Sie hätten besser zuhören sollen. Ich werde sie finden. Das verspreche ich Ihnen. Das, was von ihr übrig ist.«

Er lächelte die Kommissarin an.

Michael schielte zu Lene. Ihr Körper war angespannt,

ihr Gesicht leichenblass, die grünen Augen leer und eiskalt.

Victor Schmidt schwang sich das Gewehr über die Schulter.

»Das mit dem Mädchen tut mir leid«, sagte er leise. »Das war nicht nötig.«

Er warf seinem lächelnden Sohn einen missbilligenden Blick zu.

»Henrik ...«

»Lernen wir Ihren Freund nicht kennen?«, unterbrach Michael ihn und nickte in Richtung Gelände hinter ihnen. »Thomas Berg?«

Victor Schmidt sah ihn forschend an und konsultierte seine Armbanduhr. Er zog die Schultern hoch und murmelte ein paar Worte in ein VHF-Funkgerät.

»Warum eigentlich nicht. Wir sollten alle hier versammelt sein. Ich schließe meine Sachen gerne ordentlich ab, auch wenn Erklärungen was für Kinder sind.« Er lächelte Michael an. »Meinen Respekt, Michael, Sie haben wirklich gute Arbeit geleistet. Ich kann verstehen, wieso Elizabeth Sie engagiert hat. Sie ist eine Menschenkennerin.«

»Ihren Vater kannte sie aber nicht sonderlich gut«, sagte Michael.

»Flemming?«

Victor Schmidt steckte das Funkgerät weg und behielt die Hände in den Taschen, als ein großer, kräftiger Mann aus dem Weidengestrüpp ins Freie trat.

»*Ich* kannte Flemming«, sagte Victor Schmidt leise. »Er hätte Sie gemocht, Michael. Für ihn waren die besonderen Fähigkeiten eines Menschen wichtiger als alles andere.«

»Meine Fähigkeiten sind offensichtlich nichts mehr wert«, sagte Michael. Seine Knie fühlten sich wie Gummi an. »Wenn sie es wären, stände ich jetzt an einem Strand auf den Seychellen statt hier.«

Er ließ seinen Blick auf Keith ruhen und wurde von grenzenloser Trauer und Schuld übermannt. Er dachte wie ein Besessener an Sara und die Kinder. Es war, als würde er gegen eine schwarze Wand gucken.

»Besiegt zu sein ist nicht das Gleiche, wie inkompetent zu sein«, sagte Victor Schmidt mit einem sanften Lächeln. »Die Organisation gewinnt in der Regel gegen das Individuum, Michael. Das ist eine simple Frage der Ressourcen. Flemming war ein außergewöhnlicher Mensch. Ich glaube, ich habe nie ganz herausgefunden, was ihn angetrieben hat ... und immer weiter angetrieben hat. Er blieb nie stehen, bis er hatte, was er glaubte, haben zu wollen, und er war ein Meister im Negieren von Schwierigkeiten.«

»Und Menschen zu töten war sein Hobby«, sagte Michael und hielt mit Mühe seine Stimme unter Kontrolle. »Genau an diesem Platz. Sie alle gemeinsam. Flemming Caspersen, Allan Lundkvist, Robert Olsen, Kenneth Enderlein, Kim Andersen, Thomas Berg und ... Ihr Sohn Henrik, nehme ich an?«

Victor Schmidt nickte und lächelte immer noch sanft. Das Glasauge war auf die Erde gerichtet, das gesunde Auge sah Michael forschend an. Es lag etwas Bedauerndes in seinem Blick. Er war nicht verrückt wie sein Sohn, dachte Michael.

»Wenn man reich ist ... Wenn man das Meiste ausprobiert hat. Ich glaube, man muss an diesem Punkt angelangt sein, um das verstehen zu können. Ich persönlich habe das nie ganz verstanden, diesen Drang, muss ich zugeben. Ich war nie selbst hier, wie Sie wissen. Nie.«

Er drehte sich zu seinem Sohn um.

»Da ist Henrik ganz anders. Flemming und er klebten wie Kletten zusammen. Immer schon. Flemming hat sich um ihn gekümmert, während ich mich um die Firma gekümmert habe. Ich war es, der Sonartek zu dem gemacht hat, was es heute ist. Jeder Mensch kann gute Ideen haben, Michael, das ist nicht das Problem. Aber sie umzusetzen, erfordert Talent, Glück und ein hartes Stück Arbeit.«

Er verstummte und starrte vor sich hin.

»Hat Flemming sich auch um Jakob gekümmert?«, fragte Michael.

Ein Schatten glitt über Henrik Schmidts himmelblaue Augen. Der Karabiner schwang herum und zielte auf Michaels Zwerchfell.

»Ruhig, Henrik«, sagte sein Vater. »Sander will dich nur provozieren. Aber du darfst dich nicht provozieren lassen, Henrik. Das ist kindisch.«

Michael schielte zu der Maschinenpistole am Boden, ehe er seinen Blick wieder auf das Gesicht des Sohnes richtete. Unmöglich. Henrik Schmidt ließ ihn keine Sekunde aus den Augen. Auch wenn er total durchgeknallt war, fehlte es seinen Reflexen und seiner Schießfertigkeit sicher an nichts. Außerdem lag die Maschinenpistole mindestens vier Meter weit weg.

Victor Schmidt lächelte Michael an.

»Flemming hat sich auch um Jakob gekümmert, das ist richtig. Wie wir alle. Obgleich sich zeigte, dass er am liebsten frei sein wollte. Wie Sie sich zweifellos schon ausgerechnet haben, war Jakob der Sohn, den Flemming sich so sehr gewünscht hatte. Flemming und ich haben das Meiste im Leben geteilt, auch wenn ich mir nicht immer ganz im Klaren darüber war, was genau das alles umfasste.«

»Wusste Jakob davon?«, fragte Michael.

»Selbstverständlich. Er hat sich nie was aus mir gemacht.«

»Er wird mir immer sympathischer«, sagte Michael.

Victor Schmidt drehte sich um, als er hinter sich das Geräusch von Stiefelsohlen auf Felsen hörte.

»Thomas. Du kennst Michael Sander und Lene natürlich«, sagte er.

Der Neuankömmling blieb neben Vater und Sohn stehen. Er war schlank mit einem muskulösen Hals und breiten Schultern. Er erinnerte extrem an Jakob Schmidt, dachte Michael. Die Tarnjacke stand offen, und sein Hemd war am Hals aufgeknöpft. Der Schwanz des Skorpions streckte sich zu seinem rechten Ohr.

»Sie waren das«, sagte Lene leise, und ihr Mund verzog sich.

»Das ist ...«, setzte Michael an, aber Victor Schmidt machte eine abwehrende Handbewegung.

»Schon gut, Michael. Lassen Sie die Kommissarin ausreden. Ich finde, sie hat ein Recht dazu.«

»Sie waren das«, wiederholte sie und starrte den Jäger an. »Sie haben sie entführt. Sie haben meine Tochter entführt, Sie Schwein!«

»Ich hoffe, sie erholt sich wieder«, sagte Thomas Berg mit angenehmer, tiefer Stimme. »Sie ist ein hübsches Mädchen.«

»Lene«, mischte Michael sich erneut ein. »Lass es.«

Victor Schmidt beobachtete die beiden interessiert. Dann lächelte er Lene an.

»Vielleicht sollten Sie an dieser Stelle wirklich aufhören«, schlug er vor. Er zog die Hand aus der Tasche und schaute auf seine Armbanduhr. »Die CD, Michael, wo ist sie? Kims CD. Ich gehe davon aus, dass ihr durch den Keller entkommen seid. Im sprichwörtlichen letzten Augenblick, wenn ich mir Ihre abgesengten Haare und Augenbrauen so ansehe.«

Michael fixierte ihn.

»Die ist verbrannt«, sagte er.

Der Finanzmann nickte nachdenklich und sah den Gutsjäger an. Wie aus dem Nichts lag eine schwarze automatische Waffe in Thomas Bergs Hand. Die Mündung zielte exakt zwischen Lene und Michael.

»Die CD, Michael?«, fragte Victor erneut, dieses Mal schroffer. »Jetzt!«

»Dann war Flemming Caspersen also der Kunde hier oben?«, fragte Michael.

Victor Schmidt schien ehrlich überrascht.

»Selbstverständlich. Aber er hat die Tour umsonst bekommen. Das war eine spannende Jagd. Alle waren begeistert von Kasper Hansen. Er war eine besondere Trophäe. Und seine Frau war fast noch besser. Henrik hat sie gefunden.«

»Und hat ihr den Kopf abgetrennt?«

Der Finanzmann machte eine versöhnliche Geste.

»Müssen wir wirklich so ins Detail gehen, Michael?«

»Und Caspersen ist friedlich im Schlaf gestorben?«

Schmidt spitzte den Mund und betrachtete ihn nachdenklich.

»Das ist er. Seine Zeit war gekommen. Der Teufel wollte wohl nicht länger warten. Von uns hat ihm keiner auf die Sprünge geholfen, falls es das ist, was Sie meinen.«

»Und Sie brauchen die DVD, um Elizabeth Caspersen

zu erpressen, nachdem sie zum juristischen Vormund ihrer Mutter ernannt wurde«, sagte Michael. »Sie haben die DVD während des sogenannten Hornraubes im Tresor ihres Vaters deponiert? Ist das korrekt?«

Er sah von einem zum anderen, aber keiner sagte etwas.

»Wären Sie so freundlich, mir meine Frage zu beantworten?«

Victor Schmidt sah ehrlich verständnislos aus. Thomas Berg schaute über den Fjord und tat, als höre er nicht zu. Selbst der fanatische Henrik schien verwirrt.

»War es nicht so?«, fragte Michael noch einmal und merkte, wie schrill seine Stimme wurde.

»Hornraub?«, fragte Victor Schmidt. »Was hat dies verfluchte Weib Ihnen da eingeredet? Die beschissene DVD war die ganze Zeit in Flemmings Besitz. Aber ich hätte mir in meiner wildesten Fantasie nicht vorgestellt, dass dieser Idiot sie in seinen Tresor legt.«

Michael fühlte sich wie von einem Rammbock gegen den Solarplexus gestoßen. Alle Instinkte sagten ihm, dass Victor Schmidt die Wahrheit sagte. Er lockerte den Griff seiner verschränkten Finger im Nacken, aber eine freundlich auffordernde Geste von Thomas Bergs Automatikpistole veranlasste ihn, sie wieder zusammenzuschieben.

Er ließ nicht locker. »Könnte Kim Andersen bei Flemming Caspersen eingebrochen sein und ein Set Nashörner geklaut haben? Ich meine, das Zeug ist fünfzigtausend Dollar das Kilo wert.«

Victor Schmidt sah ihn mit leerem Blick an. Dann drehte er sich zu seinem Sohn und dem Jäger um.

»Henrik? Thomas? Nashorn? Was habt ihr dazu zu sagen?«

»Absolut nichts«, sagte Henrik Schmidt. »Wenn er dabei gewesen wäre, hätte er vor seiner Hochzeit sein Konto im Casino nicht plündern müssen. Außerdem hätte er gar nicht gewusst, wie der das anstellen sollte. Flemming hatte immer das Neuste, was es an Alarmsystemen gab.«

»Dem schließe ich mich an«, sagte Thomas Berg. »Wenn er zehn Kilo Nashorn auf dem Schwarzmarkt verkauft hätte, wäre er niemals an sein Geld bei *Running Man* gegangen. Er wusste, dass wir fünf Jahre nicht an das Geld durften. Mindestens. Und er wusste, was passieren würde, wenn er es trotzdem tat und erwischt wurde. Aber ist das jetzt nicht egal?«

Victor Schmidt nahm wieder Michael ins Visier.

»Die CD? Ich frage nicht noch einmal.«

Michaels Mund war trocken wie die Sahara. Jetzt kam es also.

»Eins noch ...«, sagte er.

»Vater ...«, fiel Henrik ihm ins Wort. Er klang wie ein Kind, dem die Geschenke unter dem Weihnachtsbaum vorenthalten wurden.

»Augenblick«, sagte Victor Schmidt und fuhr sich mit der Hand über die Bartstoppeln. »Was?«

Michael warf einen Blick auf seinen toten Freund hinter dem Trio. Seine Augen brannten, aber er würde lieber sterben, als sich seine Trauer anmerken zu lassen. Keine Reue, nichts. Das war auf einmal sehr, sehr wichtig.

Victor Schmidt folgte seinem Blick.

»Einer Ihrer ehemaligen Kollegen bei Shepherd & Wilkins, vermute ich? Elizabeth wird einen fetten Scheck ausgestellt haben müssen, um ihn hierher zu kriegen. Seniorberater, nicht wahr? Ich möchte nicht wissen, was er die

Stunde gekriegt hat. Ich gehe davon aus, dass er sich nicht nur Ihretwegen als Magnusson aus Aberdeen bei *Running Man* gemeldet hat?«

Er sah Michael forschend an.

Der Mann war ein Pedant, dachte Michael. Ein analer, rachsüchtiger, verschmähter, kleiner Mann. Er konnte verstehen, wieso seine Frau so geworden war, wie sie war und weshalb Jakob ihn verachtete.

»Nicht ausschließlich«, sagte er.

Was der Wahrheit entsprach. Keith Mallory war sein Freund gewesen, aber der Engländer war auch Profi, und diese beiden Ebenen vermischte er nie miteinander.

Victor Schmidt sah seinen Sohn mit einem Hauch von Anerkennung in dem vitalen Auge an. Henrik Schmidt errötete.

Michael schüttelte es innerlich bei dem Anblick.

»Es war Henrik«, sagte der Finanzmann mit einem Lächeln. »Er hat behauptet, alles über den Ölmagnaten Magnusson zu wissen, und ich habe ihn herausgefordert, indem ich gesagt habe, dass man nie alles über jemanden weiß. Gott sei Dank hat Henrik die Herausforderung angenommen und sich daran gesetzt, alles über den neuesten Kunden von *Running Man* herauszubekommen.«

Er lächelte Michael an.

»Und das war eine gute Idee. Wirklich. Das Timing war etwas zu günstig, damit es ganz überzeugend war, aber es hätte gut gehen können. Für euch.«

Er drehte sich um und warf einen Blick auf den toten Engländer.

»Und dann wären wir es gewesen, die mausetot hier lägen. Henrik, Thomas und ich, nicht wahr?«

»So war der Plan.« Michael nickte.

Er spürte Lenes Blick, sah sie aber nicht an.

»Vater«, sagte Henrik wieder, und Victor Schmidt nickte. »Wo ist die CD?«

»Ich ...«, begann Michael, wurde jedoch von einem Schuss unterbrochen, der aus Thomas' Pistole abgefeuert wurde und klang, als wäre er in seinem Kopf explodiert.

Lene schrie auf, und Michael sah sie fallen. Er streckte die Arme nach ihr aus, aber Thomas machte einen Schritt nach vorn und trat ihm die Beine weg. Er knallte mit dem Rücken auf den Felsen und kriegte keine Luft mehr. Ohne zu denken, sah er sich suchend nach ihr um. Während sein Brustkorb vergeblich versuchte, Sauerstoff in seine Lungen zu pumpen, robbte er auf sie zu. Sie hatte ihm ihr aschfahles Gesicht zugewandt, und ihre Augen suchten seinen Blick.

Michael schnappte nach Luft wie ein Neugeborener, endlich öffnete sich die Luftröhre wieder.

»Lene ... Lene, verdammt noch mal«, flüsterte er. »Lene ...«

Sie lag auf dem Rücken und sah ihn mit weit aufgerissenen Augen an.

»Tut mir leid, Michael ... tut mir leid.«

Ihre Hände waren nach unten geglitten und umfassten über dem rechten Knie den Oberschenkel. Michael stemmte sich auf seinen verbrannten Händen hoch, schüttelte den Kopf und sah Blut zwischen ihren Finger hervorquellen. Irgendwo über sich hörte er Victor Schmidt reden und drehte sich um.

»Das war das Knie, Michael. Der nächste Schuss ist für ihre Möse oder ihren Kopf. Du hast doch ihre Möse gesehen, Thomas. Eine hübsche Möse, oder?«

Der Jäger nickte.

»Ja«, sagte er uninteressiert. »Hübsch.«

Victor Schmidts Atem ging schwerer.

»Verstehst du, Michael? Wie geht's jetzt weiter?«

Michael nickte. Sein Kopf war schwer wie die gesammelten Sünden der Menschheit, aber er schaffte es, ihn aufzurichten und dem älteren Mann ins Gesicht zu sehen.

»Eine Pfadfinderhütte«, sagte er. »Die DVD ist in einer Pfadfinderhütte in einem Wald ...«

Henrik Schmidt beugte sich über Lene. Sein Blick war nach innen gerichtet und konzentriert. Er lächelte nicht mehr. Endlich.

Michael leierte die Adresse und die nötigen Informationen über den Hängeboden und einem Spalt zwischen den Brettern herunter, um Zeit zu gewinnen und den geisteskranken Sohn zu neutralisieren. Henrik Schmidt war näher gekommen, hatte seinen Karabiner angehoben und die Mündung auf ihre Hände über der Wunde gesetzt. Er schob ihre Finger mit dem Gewehrlauf beiseite und lächelte sie an, als er sich mit seinem Gewicht auf den Karabiner stemmte. Sie versuchte, den Schrei zurückzuhalten, musste aber kapitulieren.

Und schrie noch einmal, als der nächste Schuss fiel.

Michael blinzelte und schaute Lenes Hände an. Sie waren noch da, aber der Gewehrlauf nicht mehr.

»Henrik ...?«, sagte Victor Schmidt irgendwo über Michaels Kopf. »Henrik ...?«

Michael ging auf, dass der Schuss von weiter weg gekommen war. Alle sahen Henrik Schmidts rechte Hand an. Daumen und Zeigefinger fehlten, und die kleinen Arterien pumpten feine, rote Fontänen in die Luft.

»Vater ...«

Der Karabiner lag ein paar Meter entfernt auf dem Boden.

Dann drehten sich alle fast zeitgleich vom Wasser weg zum Binnenland, den lang gestreckten Höhenzügen, den Felsbrocken und dem Weidengestrüpp um. Für den Bruchteil einer Sekunde blitzte etwas auf, wie der Sonnenreflex in einem Zielfernrohr, dachte Michael.

Der Jäger drehte sich um, als sein Kopf von einer unsichtbaren Hand nach hinten geschleudert wurde. Er schwoll an wie eine überreife Frucht und platzte. Er kippte vornüber wie ein gefällter Baum. Sein Hinterkopf war ein klebriger Krater.

Der Peitschenknall des unsichtbaren Gewehrs echote über das Terrain. Michael und Lene wechselten einen Blick.

Victor Schmidt hatte sein Gewehr von der Schulter genommen und beachtete die beiden gar nicht mehr. Er richtete es auf die Moränenlandschaft und die Felsen, aber es war nicht die kleinste Bewegung zu erkennen, nichts, worauf er schießen konnte.

»WER BIST DU?!«, schrie er. »WER BIST DU?!!«

Es kam keine Antwort, und er wirbelte mit erhobenem Gewehr herum.

»Du ...! Du verdammtes Schwein!«, schrie er. »Du ... du verfluchtes Schwein ...«

In der nächsten Sekunde lag Victor quer über Thomas. Die beiden Männer bildeten ein Kreuz auf dem hellen Schnee.

Michael hinkte an Henrik Schmidt vorbei, der sich vor Schmerz krümmte, die zerschossene Hand an den Bauch gepresst. Der junge Mann sah ihn nicht. Seine blauen

Augen waren unverwandt auf die beiden Männer am Boden gerichtet.

Michael hob Lenes Dienstpistole auf, stellte sich hinter Henrik Schmidt und trat ihm in die Kniekehlen, worauf er zusammensackte. Dann zog er einen Schnürsenkel aus Victor Schmidts Stiefel und fesselte Henriks Hände auf dem Rücken. Das Blut war warm und schmierig unter seinen Fingern. Danach zog er den anderen Schnürsenkel aus dem Stiefel des Finanzmannes und lief zu Lene, die sich aufgesetzt hatte. Er schob die Zeigefinger durch die Löcher in der Hose und riss den Stoff auf. Sie biss sich auf die Unterlippe und starrte auf seine Hände, aber es kam kein Laut über ihre Lippen. Die Kugel war durch die Muskeln an der Schenkelunterseite gegangen, die Schusswunde blutete nicht mehr so stark. Weder der Knochen noch größere Blutgefäße waren getroffen, hoffte er. Er riss den unteren Teil des Hosenbeins ab, faltete es zu einer Kompresse zusammen und band es stramm mit dem Schnürsenkel über die Wunde.

»Das wird höllisch wehtun«, sagte er, »ist aber nicht lebensgefährlich.«

Sie nickte bleich und starrte über seine Schulter auf Henrik Schmidt.

»Kannst du stehen?«

Er half ihr auf die Beine, und sie schnitt eine Grimasse, als sie das Gewicht auf ihren rechten Fuß verlagerte und einen vorsichtigen Schritt wagte. Sie drehte ihm das Gesicht zu, und er ließ sie langsam los, jederzeit bereit, sie zu stützen.

»Es geht«, sagte sie leise.

»Sicher?«, fragte er.

»Ja.«

Er sah ihr in die Augen. Sie berührte seinen Arm und nickte.

Michael drehte sich zu der Hochebene hinter ihnen um.

»Du hattest recht.«

»Womit?«

»Wir waren nicht allein«, sagte er.

Michael zeigte auf eine Gestalt in der Ferne. Sehr weit weg. Der Mann hatte sich zwischen ein paar Felsblöcken erhoben und spannte sich einen Rucksack auf den Rücken. Langsam und methodisch. Dann richtete er sich ganz auf und sah zu ihnen herüber. Michael hob langsam die Hand, und der Fremde erwiderte den Gestus, ehe er zwischen den Felsen verschwand.

»Kennst du ihn?«, fragte Lene.

»Ich glaube nicht«, sagte Michael.

Ein leichtes Lächeln umspielte Lenes Lippen, das verschwand, als ihr Blick auf Henrik Schmidt fiel.

»Bist du wirklich sicher?«, fragte Michael noch einmal und sehr ernst. »Das trägst du für den Rest deines Lebens mit dir rum, Lene.«

»Das weiß ich, und ich bin ganz, ganz sicher«, sagte sie.

Er reichte ihr die Pistole.

»Ich warte hier. Ich gehe nicht weg, es sei denn ...«

»Ich möchte, dass du bleibst«, sagte sie.

Henrik Schmidt hob den Kopf und sah erst sie, dann Michael an. Als sie auf ihn zuhumpelte, begann er zu weinen.

Ein paar Meter vor ihm blieb Lene stehen und hob die Pistole.

Henrik Schmidt fand keine Gnade in ihrem Blick und blickte stattdessen zu Michael.

»Tun Sie was«, sagte er lächelnd. »Sie will mich umbringen.«

»Was soll ich tun, Henrik?«, fragte Michael. »Sie sind unheilbar krank.«

Er zögerte lange und sah Lene an, die sich nur mit Mühe auf den Beinen halten konnte.

»Sie haben ihren Kopf mitgenommen, oder, Henrik?«

Der junge Mann antwortete nicht und stierte nur in Michaels tiefblaue Augen.

»Wessen Kopf?«

»Von der jungen Frau. Ingrid Sundsbö.«

Der junge Mann erinnerte sich lächelnd und nickte eifrig. »Das hat Flemming immer gesagt. Zerstöre, was sie lieben, und du kastrierst sie. Davon werden sie sich nie erholen. Das war eine gute Idee, erkennen Sie das nicht?«

Er sah ihn mit seinen strahlenden, klarblauen Augen an.

»Wir haben sie recht schnell gefunden, und Flemming hat sie mir überlassen. Er meinte, das wäre mein Recht.«

»Adieu, Henrik.«

Henrik Schmidts Kiefermuskeln zitterten. Er wollte schlucken, aber es gelang ihm nicht. Er schaute kurz in das Gesicht der Kommissarin und senkte dann den Blick. Er schloss seine blauen Augen, Michael schloss seine, und der Schuss fiel.

Michael zählte bis drei, als ein zweiter Gnadenschuss ins Herz über die Felsen und den Fjord hallte. Ein paar Möwen flogen von dem schwarzen Wasser auf, um etwas weiter draußen wieder zu landen.

54

Jedes Mal, wenn Michael erschöpft vor ihrem Zelt zusammengesunken war, etwas Wasser getrunken oder einen der sogenannten Energieriegel gegessen hatte, die wie Dachisolierung mit Nüssen schmeckten, war Lene unnahbar und schweigsam gewesen. Sie hatte entweder mit abgewandtem Gesicht auf einem Stein etwas abseits vom Zelt gesessen oder zusammengekrümmt im Zelt gelegen und an das Zelttuch gestarrt. Das war verständlich, und eigentlich hatte Michael auch kein Bedürfnis zu reden. Allein das Kauen war schon schmerzhaft genug.

Er lag rücklings auf einer Isomatte, die sie in die Sonne gezogen hatten und schaute in den blauen Himmel. Sein Puls und sein Herzschlag bewegten sich jetzt fast wieder im Normalbereich, und der Schweiß auf seiner Haut trocknete. Bevor die Muskeln ganz steif wurden, erhob er sich stöhnend und ging zu der Felskante zurück, um eine weitere Leiche zu holen, die er sich auf die Schultern lud und zu dem guten Versteck trug, das er unter einem der großen Moränenfelsen gefunden hatte. Victor und Henrik Schmidt waren schwer, aber Thomas Berg gab ihm den Rest. Der Mann war kolossal lang, und seine Füße schleiften hinter Michael über den Boden.

Er legte den Mann vor einem Felsen ab und schnappte nach Luft. Er stöhnte, packte die Jacke des Jägers und begann, den Toten rückwärts durch einen schmalen Spalt zu ziehen. Der Schweiß lief ihm übers Gesicht, und er stöhnte vor Erschöpfung, bis er endlich Thomas Bergs Leichnam unter den Felsen rollen konnte, in die schattige, feuchte Felskammer unter einer niedrigen Felswand, wo sie, wie er innig hoffte, ungestört bis zum Jüngsten Gericht liegen würden. Zusammen mit dem Gepäck und den restlichen Waffen, die er im Weidengestrüpp gefunden hatte. Er hatte ihre Mobil- und Satellitentelefone zerstört und ihre Kleider und Rucksäcke durchsucht, ohne irgendwas von Interesse zu finden – mit Ausnahme von Elizabeth Caspersens DVD in einer Tasche von Henrik Schmidts Rucksack und einer Erste Hilfe-Tasche. Zumindest stand sein Name auf der Deckelklappe.

Michael stand auf, streckte seinen leidgeprüften Rücken und begann, Felsen und Steine die Schräge hinabzurollen. Nach etwa einer Stunde waren die Leichen bedeckt und der Hohlraum versiegelt.

Michael taumelte von den Felsen weg zurück über die Ebene. Nun stand noch Keith Mallory aus. Michel hatte einen besonderen Platz für seinen alten Freund gefunden, weit weg von seinen Henkern.

Bei ihm angekommen, wischte Michael Blut und Dreck von seinem Gesicht und hob Mallory behutsam hoch wie ein schlafendes Kind. Der Engländer war leicht, viel leichter als die anderen, und sein Gesicht war selbst im Tod bemerkenswert friedvoll und diszipliniert. So, wie Michael gehofft hatte. Keith hatte jede Situation beherrscht, er war nie zögerlich oder unsicher gewesen. Augen und Mund waren geschlossen, und er duftete nach seinem Aftershave, dem teuersten, natürlich, das es für Geld zu kaufen gab.

Es bereitete Michael keine Probleme, seinen Freund hier oben zu begraben. Der Engländer war verheiratet gewesen, hatte seine Verflossene aber mindestens seit dreißig Jahren nicht mehr gesehen. Er hatte keine Kinder. Viele würden ihn vermissen, ganz sicher, aber keine Familie.

Eine Stunde später legte Michael seinen Flachmann auf Mallorys Brust, faltete seine Hände darüber und strich seinem Freund ein letztes Mal mit den Fingerspitzen über die Wange. Er sprach ein kurzes Gebet und bedeckte den Toten mit Erde, Steinen und zuletzt Grassoden. Es war ein guter, hoch gelegener Platz, ein heide- und grasbewachsenes Plateau zwischen den Felsen mit Aussicht über den Fjord. Das Beste, was er finden konnte.

*

»Lene?«

»Was?«

»Kannst du mir meinen Rucksack geben?«

Der Rucksack rollte aus der Zeltöffnung, und Michael riss ihn auf. Er war nackt, hatte laut schreiend in dem Schmelzwasserbach gebadet, sich mit Schnee abgerieben und war über die Ebene zum Zelt gerannt. Noch war seine Haut rot und prickelte, aber bald würde sie kalt und blau werden.

Er zog saubere Thermounterwäsche aus dem Rucksack, einen Fleecepullover, Socken und ein Paar Jeans, die er mit steifen Fingern zuknöpfte. Dann nahm er seinen relativ intakten Parka, schnürte seine Stiefel, hockte sich vor das Zelt und machte Wasser heiß.

Als es kochte, goss er es in ihre Becher und hängte Teebeutel hinein.

»Tee?«, fragte er über die Schulter.

Er spürte eine Bewegung hinter sich, erhielt aber keine Antwort.

Er wollte seine Frage gerade wiederholen, als sie aus dem Zelt gekrabbelt kam und sich einen Meter von ihm entfernt hinsetzte. Er gab ihr einen Becher. Sie nahm ihn und starrte mit leerem Blick auf den dampfenden Tee.

»Wie geht es dir?«, fragte er, den Blick über den Fjord gerichtet. Es war spät, und er war dafür gewesen, noch eine Nacht hier zu verbringen.

»Ich weiß es nicht. Geht so. Christ ... ich weiß es nicht.«

»Ich hätte es genauso gemacht«, sagte er leise. »Ganz genauso.«

»Ja.«

Sie bewegte sich nicht. Rutschte nicht weiter weg, aber auch nicht näher heran.

»Und was jetzt?«, fragte sie.

Michael schaute an den Himmel.

»Elizabeth Caspersen wäre sicher bereit, einen Helikopter zu spendieren«, sagte er. »Wir haben das Satellitentelefon.«

»Ich möchte lieber zurück zu den Autos gehen«, sagte sie.

»Dir wurde ins Bein geschossen«, sagte Michael.

»Es tut nicht sonderlich weh.«

»Spätestens morgen wirst du um eine Morphininfusion betteln, glaub mir.«

»Ich würde trotzdem gerne gehen, Michael. Hast du sie begraben?«

»Sie sind weg«, sagte er.

»Ganz weg?«

»Sie sind ganz weg.«

»Und dein Freund?«

»An einem anderen Platz. Weit entfernt. Honig?«

»Ja, danke.«

Michael drückte einen dicken Strahl Akazienhonig in ihren Becher.

»Wer war der Mann? Das Wunder, das uns gerettet hat. Du weißt es natürlich, willst es mir aber nicht sagen, weil ich ein Bulle bin. War er dein Plan B?«

Er gab ihr den Becher zurück.

»Der Scharfschütze? Er war nicht mein Plan B. Ich konnte ihn nicht genau erkennen. Hut. Sonnenbrille. Tarnnetz über dem Hut. Ich bin zu der Stelle gegangen, wo er gelegen haben muss.«

»Und, hast du was gefunden?«

Er lächelte. »Nichts. Nicht ein platt gedrückter Grashalm. Keine Patronenhülsen, keine Fußspuren im Schnee zwischen den Felsen. Nichts. Ein Gespenst, Lene.«

Sie schüttelte den Kopf.

»Wer trifft aus solcher Entfernung? Das waren doch gut und gerne sechshundert Meter.«

»Exakt 816 Meter«, sagte Michael. »Thomas Berg hatte einen Distanzmesser in seinem Rucksack.«

»Achthundert Meter?«

Michael nickte und zündete sich eine Zigarette an.

»Geschickter Schütze.«

»Wird Henrik Schmidt zurückkommen?«, fragte sie.

»Das ist es, wovor ich am meisten Angst habe. Dass er immer da sein wird.«

»Fuck ... Lene, woher soll ich das wissen. Ich hoffe, dass die Hölle alle drei hinter Schloss und Riegel hält. Du hast getan, was du für richtig hältst, und ich finde, dass du das Richtige getan hast. Ich hätte es genauso gemacht, wenn sie einem meiner Kinder das angetan hätten, was sie Josefine angetan haben. Und ich wäre dankbar gewesen, es selber tun zu dürfen. Henrik wäre in Behandlung gekommen, und du müsstest die ganze Zeit mit der Gewissheit leben, dass er noch irgendwo existiert. Das hier ist die bessere Lösung.«

»Was soll ich zu Hause sagen?«

»Bei der Arbeit?«

»Ja.«

»Nichts.«

»Meinst du nicht, es fällt auf, wenn einer der erfolgreichsten dänischen Industriellen und sein Sohn plötzlich nicht mehr da sind, Michael?«

Er ließ seinen Blick über die Ebene zu den schneebedeckten, schlafenden Bergen auf der anderen Fjordseite schweifen.

»Du hast es selbst gesagt, Lene: Hier oben könnte eine ganze Armee verloren gehen. Warum also nicht ein paar Wanderer und Jäger?«

Sie einigten sich auf einen Kompromiss.

Michael tippte die Nummer von der Anwältin des Obersten Gerichtshofs in das Satellitentelefon ein. Sie antwortete sofort, und die Verbindung war erstklassig.

Elizabeth Caspersen war zufrieden. Ohne die Dinge über die offene Leitung direkt auszusprechen, schilderte Michael ihr die näheren Umstände. Je länger das Telefonat dauerte, desto glücklicher war sie. Natürlich würde sie einen Helikopter für sie chartern, der sie hinflog, wo immer sie wollten. Michael erklärte ihr, dass es sich um eine Strecke von vierzig Kilometern zu einem Parkplatz handelte.

Zehn Minuten später rief sie zurück. Ihre Stimme klang angespannt, aber sie war so effektiv und pragmatisch wie immer. Anderthalb Stunden, sagte sie.

»Danke«, sagte er.

»Das ist fantastisch, Michael«, sagte sie. »Das ist alles ganz fantastisch.«

»Dann haben Sie also bekommen, was Sie wollten?«, fragte er. Am andren Ende der Verbindung entstand eine kurze Pause.

»Das habe ich durchaus. Haben Sie dort oben etwas gefunden?«, fragte sie.

»Nichts«, sagte er.

»Nichts?«

»Nein.«

»Na dann ... gut. Der Helikopter ist unterwegs.«

»Danke.«

»Ich bin dafür, dass wir mit einem Auto zurückfahren«, sagte Lene, die mit halbem Ohr das Gespräch verfolgt hatte.

»Dann aber im Audi«, sagte Michael.

»Okay.« Sie schaute auf das Satellitentelefon in seiner Hand. »Vertraust du ihr?«

Michael zündete sich eine Zigarette an, die viertletzte, und streckte sich mit einem Arm unter dem Kopf auf der Isomatte aus.

»Wenn der Helikopter tatsächlich kommt, gibt es nichts, worüber ich klagen könnte.«

»Aber vertraust du ihr?«

Er wedelte mit der Zigarette durch die Luft und gähnte.

»Spielt das eine Rolle? Wenn du mich nach ihrer Diskretion fragst, vertraue ich ihr hundertprozentig. Aber wenn du mich fragst, ob ich glaube, dass sie die ganze Zeit ihre eigenen Pläne hatte und mich nur benutzt hat, um ganz genau das zu erreichen, was sie wollte, ohne mich zu irgendeinem Zeitpunkt in die Gesamtgemengelage einzuweihen, bin ich ziemlich sicher, dass sie nicht nur die bauernschlaue Tochter ist, die aus reiner und selbstloser Güte versucht hat, die Missetaten ihres Vaters wiedergutzumachen.«

»Fühlst du dich nicht verarscht, so ausgenutzt zu werden?«

Michael sah sie an und lachte laut. Sie hatte das verletzte Bein von sich gestreckt und das andere an die Brust gezogen. Ihr Kinn ruhte auf dem Knie, und sie massierte ganz vorsichtig mit beiden Händen die Muskeln um die Wunde. Mit dem Inhalt des Erste-Hilfe-Sets aus Victors Rucksack hatte er die Schusswunde gründlich gereinigt und desinfiziert, während sie sich fast die Lippen blutig gebissen hatte. Danach hatte er ihr eine Handvoll Brufen und Panadol sowie ein Breitbandantibiotikum gegeben, die sie nur mit äußerster Mühe runterbekommen hatte.

»Worüber lachst du?«, fragte sie.

»Dafür werde ich bezahlt, Lene. Das ist mein Job. Wenn ich nur für Nobelpreisträger oder Heilige arbeiten würde, hätte ich nicht viel zu tun.«

»Erzähl mir nichts, Michael«, sagte sie mit einem verstohlenen Lächeln. »Wenn du ein eiskalter Profi wärst, hättest du mich nicht mitgenommen, dann hättest du mich gefesselt und geknebelt in der Pfadfinderhütte zurückgelassen. Du würdest dir keine Sorgen um meine Tochter machen und nicht ständig zu Hause anrufen. Und du hättest ganz sicher nicht dein Leben riskiert, indem du diese Felswand runtergeklettert bist, weil es nämlich keine Rolle gespielt hat, ob du dort unten was gefunden hättest oder nicht. Für den Auftrag war das irrelevant. Sie wären so oder so gekommen. Und du würdest nicht um deinen Freund trauern ...«

»Hör auf!«

Michael hob warnend die Hand mit der Zigarette, und sie schwieg.

»Lass mich einfach in Ruhe«, sagte er und schloss die Augen. »Ich bin eben nicht so professionell, wie ich es gerne wäre. Noch nicht.«

»Das wirst du Gott sei Dank nie werden«, sagte sie.

»Können wir nicht einfach die Klappe halten? Beide? Bitte.«

»Doch. Hast du unten auf dem Uferstreifen was gefunden? Was hatte das mit dem Kopf zu bedeuten?«

Michael setzte sich auf und funkelte sie zornig an. Dann stand er auf und begann wortlos und ohne sie eines weiteren Blickes zu würdigen, die Sachen zu packen.

Eine Stunde später hörten sie den Helikopter vom Porsangerfjord kommen.

55

Drei Tage später saß Michael wieder hinter seinem Schreibtisch in seinem üblichen Zimmer im Admiral Hotel. Der Teppich im Eingang war ausgetauscht worden. Es hatte keine Vorwürfe oder Schadenersatzansprüche seitens des Hotels gegeben, und die Frau an der Rezeption war so freundlich und entgegenkommend wie immer. Sie war Rap- und Rockstars gewohnt, erzählte sie, und nichts, was Michael sich für sein Zimmer ausdenken könnte, würde auch nur ansatzweise an die totale Zerstörungswut der aktuellen Wunderkids der Musikbranche heranreichen, der die Hotels ausgesetzt waren. Nichtsdestotrotz fühlte Michael sich veranlasst, ihr und allen anderen wann auch immer für was auch immer großzügige Trinkgelder zu geben.

Und er konnte es sich leisten. Sara hatte ihn vormittags angerufen und atemlos von der ungeheuerlichen Summe erzählt, die auf sein Geschäftskonto eingegangen war. Der Wirtschaftsprüfer hätte gepfiffen, als er sie davon in Kenntnis gesetzt hatte, sagte sie. Offenbar hatte Elizabeth Caspersen über sein vereinbartes Honorar, die Spesen und diverse Ausgaben hinaus gemeint, dass er eine Art Bonus verdient hätte. Siebenstellig. Ein siebenstelliges Halt-das-maul-Bonbon, hatte Michael zu seiner Frau gesagt, was sie überhört hatte.

Sie freute sich darauf, ihn wiederzusehen.

»Ich freue mich auf dich«, sagte er.

»Und auf die Kinder?«, fragte sie.

»Scheiß auf die Kinder. Ich freue mich auf *dich*«, sagte er. Das Lächeln war in ihrer Stimme zu hören.

»Danke. Wann kommst du nach Hause?«

»Morgen.«

»Morgen erst?«

»Ich muss noch ein paar Dinge erledigen, Sara. Kleinkram. Aber wichtig.«

»Dann sehen wir uns morgen«, sagte sie. »Erkenne ich dich wieder?«

»An den Ohren«, sagte er.

Elizabeth Caspersen hatte er gestern getroffen. Im Casper'schen Palais in Hellerup. Ihr schwarzer Opel stand auf dem Kiesplatz neben der Haupttreppe. Die Garagen waren leer. Maserati, Mercedes und Rolls Royce waren weg, die Wand über der Treppe in der Eingangshalle war kahl. Von Flemming Caspersens großem Porträt war ein großes, helles Rechteck geblieben. Der Mann wurde systematisch ausradiert, dachte Michael.

Klara Caspersen rief in ihrem abgedunkelten Schlafzimmer nach ihrem Mann, und eine Krankenpflegerin versuchte mit gedämpfter Stimme, sie abzulenken. In der Bibliothek waren das Licht und die Aussicht wie gewohnt sensationell, aber der Bär und das Urlaubsbild aus Schweden waren weg. Der endlose Sommernachmittag im Kanu war vorbei.

»Ziehen Sie jetzt hier ein?«, fragte er.

»Eher würde ich sterben«, sagte sie und setzte sich. »Setzen Sie sich doch.«

Michael nahm in dem Sessel neben der Anwältin Platz. Sie trug einen gut sitzenden, nadelgestreiften Anzug mit weißer Bluse, und hatte einen neutralen Gesichtsausdruck aufgelegt.

»Wird Ihr Haar nachwachsen?«, fragte sie.

Michael fuhr sich mit einer Hand über die kurzen Stoppeln. Seine Hände waren frisch verbunden. Der plastische Chirurg war zuversichtlich gewesen und meinte, dass Michael keine dauerhaften Schäden davontragen würde.

»Laut Arzt, ja.«

»Das freut mich zu hören«, sagte sie. Ihre Finger suchten nach der Perlenkette um ihren Hals. »Es war schön. Ihr Haar.«

»Danke.«

Michael schaute aus den Fenstern. Irgendetwas fehlte.

»Wo ist der Hund?«, fragte er.

»Nigger? Ich musste ihn einschläfern lassen. Leider. Es gab mehrfach Beschwerden. Michael?«

Er sah sie an.

»Ja?«

Sie errötete leicht.

»War er es?«

»Er war es.«

Sie schloss kurz die Augen und lehnte sich in ihrem Sessel zurück.

»Warum?«

Michael zündete sich eine Zigarette an und bot ihr auch eine an. Sie zögerte, nahm dann aber eine, stand auf und holte einen Aschenbecher, den sie auf die Armlehne stellte.

»Ich versuche aufzuhören«, sagte sie. »Wieder mal.«

»Ich auch«, sagte er. »Das Ganze war hauptsächlich Henrik Schmidts Initiative. Möglicherweise hatte ihr Vater die ursprüngliche Idee, aber es war Henrik, der alles organisierte, der *Running Man Casino* für die finanziellen Transaktionen gründete und die potenziellen Kunden screente. Und dann haben sie sich offenbar gedacht, dass sie mit diesem Sport der besonderen Art ja auch Geld machen können. Das waren Geschäftsmänner bis in die Fingerspitzen, ihr Vater, Victor und Henrik Schmidt.«

»Aber warum?«

»Henrik war wahnsinnig. Ein Bilderbuchpsychopath. Und er wollte beiden ganz nahe sein, ihrem und seinem eigenen Vater. Er wollte beiden etwas bedeuten, auf eine jeweils eigene Weise, und er wollte seinen Bruder Jakob übergehen. Das war möglicherweise sein wesentlichstes Motiv.«

Er sah sie an.

»Danke für die Hilfe, übrigens«, sagte er. »Wir waren so gut wie tot. Sie hatten Keith durchschaut, oder Henrik zumindest. Ihn haben sie zuerst umgebracht.«

»Das tut mir schrecklich leid, Michael.«

»Wie haben Sie es geschafft, Jakob zu überreden, uns zu helfen?«

Sie kniff die Augen zusammen und musterte ihn, ehe sie antwortete.

»Er ist einer von denen, die nicht kleinzukriegen sind. Er hat wohl gesehen, worauf das mit seinem Bruder und seinem ... mit Victor hinauslief.«

»Halbbruder, meinen Sie?«

»Selbstverständlich.«

»Ich glaube nicht, dass das die ganze Erklärung ist, Elizabeth.«

Sie blinzelte, lächelte aber. Ein echtes Lächeln.

»Sie sind intelligent, Michael. Die Frau. Henrik Schmidt hat sie ihm weggenommen. Er war eifersüchtig. Er hat Jakob geliebt. Und gehasst, weil er der Liebling aller war, obwohl Henrik derjenige war, der immer alles getan hat, was ihm gesagt und von ihm erwartet wurde, der Tag und Nacht für Victor und meinen Vater geschuftet hat.«

»Johanne Reimers?«

»Ja. Jakob hat sie in Nepal kennengelernt. Er hat sich in sie verliebt, war zu der Zeit aber noch beim Militär. Er ist zurück nach Afghanistan gegangen.«

»Und Henrik Schmidt hat von ihr erfahren?«

»Die beiden hatten ein enges Verhältnis. Natürlich hat Jakob Henrik von ihr erzählt. Und daraufhin hat Henrik einen Jagdausflug mit den Freunden aus dem Schloss organisiert. Vielleicht war das der erste, und ich gehe davon aus, dass Henrik dort die Idee kam, das Ganze zu systematisieren. Ich habe die CD aus der Pfadfinderhütte geholt und Jakob angerufen. Ich habe ihm von Nepal erzählt, und er hat sich den Film angesehen. Nennen Sie es Motivation.«

»Und dann haben Sie ihm die Koordinaten vom Porsangerfjord gegeben?«

»Das war das Einzige, worum er mich gebeten hat. Er ist geschickt.«

Michael nickte. »Er ist sehr, sehr geschickt. Aber hätten Sie mir nicht sagen können, dass er auch dort oben sein würde?«

»Das hätte ich, durchaus. Aber möglicherweise wäre sein Einsatz gar nicht nötig gewesen, vielleicht hätte seine Anwesenheit genügt, und er wäre danach einfach wieder abgezogen. Vermutlich hätten Sie nicht so natürlich reagiert, wie Sie es getan haben, wenn Sie gewusst hätten, dass er dort ist. Und dann hätten die drei sich nicht so in Sicherheit gewiegt.«

»Aber vielleicht hätte er dann Thomas Berg erschießen können, ehe der Keith Mallory erschossen hat«, sagte Michael verbittert.

»Eine Menge Vielleichts, Michael. Ich habe es so gut gemacht, wie ich konnte. Aber ich konnte von hier aus nicht alles fernsteuern.«

Sie blickte aus dem Fenster, und er nahm den stählernen Willen und die Härte wahr, die ihm schon längst hätten auffallen müssen.

»Natürlich nicht, Elizabeth. Entschuldigen Sie. Er hat uns das Leben gerettet, so viel steht fest. Danke.«

»Haben sie sie gefunden?«, fragte sie.

Er schob eine Hand in die Jackentasche und reichte ihr die DVD.

Sie hielt die Scheibe vorsichtig zwischen den Fingern.

»Und Sie haben keine Kopien gemacht?«, fragte sie mit einem Lächeln, als wäre die Frage im Scherz gestellt.

»Nein.«

Sie nickte. Ihre Knöchel wurden weiß, als sie die DVD zerbrach. Auf ihrem Gesicht erschien ein fast verklärter Ausdruck.

»Wie bin ich froh«, sagte sie. »Danke.«

»Ich habe zu danken.« Er lächelte matt. »Das ist hoffentlich Ihre eigene?«

»Was zum Teufel wollen Sie damit sagen?«

»Ich habe mich die ganze Zeit gefragt, wieso nur Ihre Fingerabdrücke auf der DVD sind. Wer, bitte, wischt seine Fingerabdrücke von seinem eigenen Film? Und wer würde einen Film wie diesen zu Hause in seinem Tresor aufbewahren?«

Die Anwältin des Obersten Gerichtshofes lächelte wachsam, ohne ihn anzusehen.

»Interessante Hypothese, Michael, wirklich. Eine von denen, die niemals bewiesen oder widerlegt werden können.«

»So wird es sein. Sie haben recht.«

Sie erhob sich, und Michael stand ebenfalls auf.

»Ich würde Sie gern weiterempfehlen, wenn ich darf«, sagte sie. »Anderen Menschen mit speziellen Problemen.«

»Das dürfen Sie natürlich. Aber sie müssen nicht ganz so komplex sein. Die Probleme, meine ich.«

»Man sucht sich seine Probleme nicht immer aus«, sagte sie.

Michael streckte die Hand aus.

»Die Dateien?«

Elizabeth Caspersens Augen wurden schmal.

»Was wollen Sie damit?«

»Nur meine persönliche Neugier befriedigen. Als Abschluss.«

»Ich will sie nicht auf YouTube sehen, Michael.«

Sie legte einen USB-Stick in seine Hand.

»Natürlich nicht. Sie werden gelöscht, sobald ich sie gesehen habe. Wie geht es Ihnen eigentlich damit?«

»Womit?«

»Dass Ihr Vater ... dass er ...«

»Menschen umgebracht hat?«

Sie hatte ihm ihr Profil zugewandt und schaute aus den grauen Fenstern. Das Licht war angenehm, gedämpft, glättend. Ihr Blick war fern und fokussierte einen Punkt draußen auf dem Meer. Der Puls schlug langsam unter der dünnen Haut über der Perlenkette.

»Ja, dass er willkürlich Menschen umgebracht hat«, sagte er.

»Das spielt keine Rolle«, sagte sie. »Nicht auf die Weise und nicht länger ...«

»Na gut. War es teuer?«

»Was war teuer?«

»Jemanden zu engagieren, der ins Haus einbricht und die Nashörner stiehlt? Ich gehe mal davon aus, dass der Hund deswegen mit Abwesenheit glänzte. Nigger?«

Es war keine Reaktion in ihrem Gesicht zu erkennen. Sie war großartig, dachte er.

»Das hat sich als Reingewinn erwiesen. Leben Sie wohl, Michael.«

»Was ist mit Tove Hansens Zwillingen?«

Elizabeth Caspersen nickte ernst. »Das liegt mir nach wie vor am Herzen. Sie werden keine finanzielle Not leiden. Niemals. Sie werden im Testament eines unbekannten reichen Mannes bedacht werden. Einem reichen Mann, der selbst keine Kinder oder weitere Angehörige hatte. Er hat über das Verschwinden ihrer Eltern gelesen und sich von der Geschichte anrühren lassen.«

»Genial«, sagte Michael und verließ das große, leere Haus.

Michael steckte Elizabeth Caspersens USB-Stick in seinen neuen Computer und öffnete ein Foto in höchster Auflösung. Ein Foto, das er inzwischen in- und auswendig kannte: die fünf Soldaten in der afghanischen Wüste, Kim Andersen, Kenneth Enderlein, Robert Olsen, Allan Lundkvist und etwas abseits Thomas Berg. Die jungen Krieger. Das Foto war auch auf Kim Andersens CD. Gewesen.

Er hatte in ein professionelles Bildverarbeitungsprogramm investiert und schnitt ein Detail des Bildes aus: Robert Olsens spiegelnde Oakley-Sonnenbrille. Aus dem vergrößerten Ausschnitt schnitt Michael wiederum ein Brillenglas aus und zoomte ein ... und noch weiter ein.

Sein Herz begann schneller zu schlagen. Allan Lundkvist hatte Lene erzählt, sie hätten das Foto mit Selbstauslöser aufgenommen, was wie alles andere in diesem Fall eine Lüge gewesen war. In der Sonnenbrille von Robert Olsen spiegelte sich der Fotograf, der sechste Soldat mit einer Kamera, die die Hälfte seines Gesichts verdeckte, aber eben nur die Hälfte. Neben seinen Füßen lagen ein Wüstenhut und sein Karabiner, er trug ein sandfarbenes T-Shirt und eine weite Tarnhose.

Jakob Schmidt.

Michael klickte das Foto weg und öffnete die zweite und letzte Datei auf dem USB-Stick, die Aufnahme mit den Schmugglern an der einsamen Wüstenstraße vor Musa Qala. Er trommelte ungeduldig mit den Fingern, bis der größere und wachsamere der beiden Opiumschmuggler einen anklagenden Finger auf den Humvee richtete und der Bildrahmen flackerte. Er fror die Aufnahme ein und studierte das Bild. In dem dicken Panzerglas der Seitentür war ein grünlicher Reflex zu sehen. Michael schnitt aus und vergrößerte, schnitt aus und vergrößerte, und irgendwann konnte er sich auf seinem Schreibtischstuhl zurücklehnen.

Es war ebenfalls Jakob Schmidt, der die Übergabe und die Ermordung der Schmuggler aus dem gepanzerten Mannschaftswagen gefilmt hatte. Er spiegelte sich in der Scheibe.

Ein Chamäleon. Ein Gespenst.

Er stand auf, öffnete die Balkontür und steckte sich eine Zigarette an. Meerluft strömte ins Zimmer. Er erinnerte sich mit gerunzelter Stirn an den Abend, an dem Henrik Schmidt ihn überfallen und Elizabeth Caspersens DVD mitgenommen und Jakob ihn später blutend in dem Hotelzimmer gefunden hatte. Er hatte gesagt, dass man auf das Siegerpferd setzen sollte. Und Elizabeth Caspersen hatte ihn als Opportunisten bezeichnet, der immer wieder aufstand.

Michael ging zurück an den Schreibtisch und klappte den Laptop zu. Er war noch nicht fertig mit Jakob Schmidt. Dachte er. Eines Tages würde er ihn finden.

Er betrachtete sein Gesicht in der geschlossenen Balkontür. Er wollte nach Hause. Wirklich. Aber er würde den Fall vermissen. Die Spannung. Die Aufklärungsarbeit. Den Widerstand. Die Jagd. Selbst die introvertierte und irritierend beherrschte Polizeikommissarin, die er morgens zum Flughafen nach Kastrup gefahren hatte, würde er vermissen. Keine Macht der Welt konnte sie jetzt noch länger von ihrer Tochter fernhalten.

Sie hatten sich mit einer Art Umarmung und ein paar genuschelten Worten vor der Rolltreppe in den Abflugbereich verabschiedet, aber oben an der Treppe hatte sie sich noch einmal umgedreht und gewinkt. Ohne Lächeln.

Er hatte sich an sie gewöhnt. Wie man sich an ein Kuscheltier gewöhnt, das man sich nicht gewünscht hat.

Michael seufzte, wandte sich von seinem Spiegelbild ab und begann zu packen.

EPILOG

Drei Wochen später

Die junge Frau räusperte sich auf der Schwelle zu Elizabeth Caspersens Büro. Die Anwältin drehte sich lächelnd zu ihr um.

»Setzen Sie sich, Louise.«

Die Frau nahm auf einem der Besucherstühle Platz und schlug die Beine übereinander, während die Anwältin sie betrachtete. Sie hatte sich verändert in den Wochen, seit Elizabeth Caspersen sie das letzte Mal gesehen hatte. Ihre Haut war rein und gepflegt und das dunkle, lockige Haar wunderbar wie immer, jetzt aber trug sie eine einfache, klassische Frisur.

Louise Andersen deutete mit einer Handbewegung auf die Umzugskartons.

»Sie packen?«, sagte sie.

Die Anwältin nickte, nahm die letzten Unterlagen aus einer Schublade und legte sie in einen Karton. Das Foto von ihrem Mann und den beiden Töchtern verpackte sie sorgsam in einem gepolsterten Umschlag und legte es auf die Papiere.

»Ich bin befördert worden«, sagte sie. »Oder genauer gesagt, ich bin jetzt selbstständig.«

Louise Andersen lächelte.

»Sie sind Aufsichtsratsvorsitzende von Sonartek, Elizabeth. Nennen Sie das selbstständig?«

Elizabeth Caspersen erwiderte das Lächeln.

»In gewisser Weise, ja. Und Sie selbst packen auch?«

»Es gibt nicht viel zu packen. Das Meiste ist in Flammen aufgegangen.«

»Selbstverständlich. Wann geht es los?«

»Montag. Erst mal einen Monat. Ich wollte schon immer mal in die Schweiz. Ich glaube, die Alpen tun meinem Asthma gut.«

Die Anwältin setzte sich hinter ihren Schreibtisch, beugte sich vor und schob den Karton beiseite.

»Ihre Bank ist die *Allgemeine Genève,* Louise, und Ihr Sachbearbeiter heißt Dr. Steinschweiger. Denken Sie daran, ihn mit Herr Doktor anzureden, die haben es da unten mit den Titeln. Das ist eine kleine, äußerst diskrete Bank, bei der Sonartek auch Kunde ist. Sie mögen uns und würden im Großen und Ganzen alles für uns tun.«

»Danke.«

Elizabeth Caspersen schüttelte schmunzelnd den Kopf.

»Ich muss Ihnen danken, Louise. Hätten Sie die Aufnahmen aus Norwegen und die anderen Filme vom Himalaya und von Afghanistan nicht gefunden und mir gebracht, säße ich mit Sicherheit jetzt nicht hier, jedenfalls nicht als Sonarteks neue Aufsichtsratsvorsitzende. Das ist unbezahlbar. Die DVD und die anderen Filme in dem Versteck Ihres Mannes haben Lene Jensens und Michael Sanders Interesse an dem Fall geweckt und meine Feinde dazu getrieben, Fehler zu begehen. Wussten Sie, dass Ihr Mann sich das Leben nehmen wollte?«

Die Witwe schaute nachdenklich aus dem Fenster.

»Er war ein Mörder. Ich weiß nicht, wie viele Menschen er mit den anderen zusammen umgebracht hat, und ich will es auch gar nicht wissen. Aber die Kinder hat er geliebt. Ich wusste, wie er auf das Lied und die Patronen reagieren würde. Er hat immer gesagt, Sie wären im Schloss der einzige normale Mensch gewesen, darum bin ich zu Ihnen gekommen, als ich herausfand, dass sie alle zusammen von dort unten kamen.«

Elizabeth Caspersen nickte. »Und dafür bin ich Ihnen, wie gesagt, unendlich dankbar. Das mit dem Nashorndiebstahl hat Sander übrigens nicht geschluckt. Dass Kim einer der Täter war.«

Louise Andersen runzelte die Stirn. »Dabei habe ich die Skizze über das Haus in seinem Rucksack deponiert, wie Sie es wollten. Sie müssen sie gefunden haben.«

»Das haben sie, aber Victor oder die anderen müssen ihn wie auch immer darauf gestoßen haben, dass Kim nicht daran beteiligt war.«

Sie verscheuchte den Gedanken mit ihrer großen Hand.

»Das ist jetzt auch egal. Eines von den Details, die ich zu dem Zeitpunkt als notwendig erachtet habe.«

»Und sie werden mich nicht verfolgen?«, fragte die Frau. »Michael Sander oder die Kommissarin?«

Die Anwältin sah sie aufmerksam an. »Warum sollten sie das? Sie wissen nichts, was sie auf diese Idee bringen könnte. Sie haben nichts verkehrt gemacht, Louise. Im Gegenteil, Sie haben dem Ganzen ein Ende bereitet. Sie können stolz auf sich sein. Außerdem tut Michael Sander nur das, wofür er bezahlt wird, und niemand bezahlt ihn, um Sie zu belästigen.«

Ihr Gegenüber nickte unsicher.